汪国真 诗文全集 Ⅰ

汪国真 著

汪玉华 主编

作家出版社

汪国真

　　祖籍福建厦门，生于北京，毕业于暨南大学中文系。当代诗人、书画家、作曲家，曾任中国艺术研究院文学艺术创作中心主任。逝于2015年。汪国真的诗集发行量创有新诗以来诗集发行量之最，并被翻译成多国文字在海外出版发行。他的诗文多次被收入中小学教材。他曾连续三次获得全国图书"金钥匙"奖。2009年入选中央电视台建国60周年百名代表人物之一；同年入选《中国青年》杂志评出建国60周年十名代表人物之一。

汪玉华

汪国真胞妹,1982年本科毕业于北京建筑大学。职业:教师。

目　录

现代诗卷

003 / 学校的一天
005 / 乡　思（二首）
007 / 泪　珠
008 / 我微笑着走向生活
010 / 三月雪
012 / 眼　睛
013 / 琴　音
014 / 毛毛雨
015 / 腾飞吧，中国
017 / 某长讲话
018 / 秋日的思念
020 / 夏夜，长街上
022 / 思　念
023 / 让我们跳吧妈妈
025 / 南方和北方
027 / 儿子的宣言
029 / 拭干眼泪吧，妈妈

031 / 长城在春天里飞翔
032 / 十八岁的门槛
034 / 舞　会
035 / 秋天，我们去看红叶
037 / 我不再等待
038 / 我的心
039 / 吃　梨
040 / 铃　声
041 / 妈妈，我被录取了
042 / 青春的理想
043 / 毕业，走向生活
044 / 儿子的祝福
046 / 苹果熟了
047 / 盼　归
048 / 上　街
050 / 父　亲
051 / 一个研究生的故事
052 / 我喜欢的颜色

053 /	女演员	085 /	海
054 /	溜冰的姑娘	086 /	踏 雪
055 /	他	087 /	风不能，雨也不能
056 /	那么，先别说	088 /	校园的小路
057 /	神奇的宫殿	089 /	举 杯
058 /	豪放是一种美德	091 /	相信自己
059 /	山高路远	092 /	船
061 /	一条小船	093 /	大海与太阳
062 /	不，不要说	094 /	冬天的童话
063 /	恋	095 /	读书的少女
064 /	尝 瓜	096 /	憧 憬
065 /	江边，一个少女	097 /	家乡的柳笛
066 /	前边，有一座小桥	098 /	海 边
067 /	大海的礼物	099 /	奉 献
069 /	看海去	101 /	窗
070 /	致理想	102 /	道 别
071 /	眼 睛	103 /	不必是
072 /	我为爱	104 /	因为你是船
073 /	雨	105 /	爱的方程
074 /	上夜校的女孩	106 /	战 士
075 /	别这样	107 /	鼓浪屿
076 /	回头，不是我的习惯	109 /	五月，在校园
078 /	你是春天	110 /	探 病
079 /	深情的目光	111 /	树
080 /	岁 月	112 /	我们是青年
081 /	凝 视	127 /	阳光下的少女
082 /	高山之巅	128 /	雪
083 /	只问一声爱吗	130 /	诽 谤
084 /	两个人的故事	131 /	位 置

132 /	信 任	168 /	小湖秋色
133 /	错 认	169 /	请跟我来
134 /	冬 夜	170 /	青春时节
136 /	迟 到	172 /	母亲的爱
137 /	泪与旗	174 /	思
138 /	把夜还给我	175 /	踏 浪
139 /	秋 景	177 /	缅 怀
140 /	音 乐	178 /	欢 乐
141 /	白栅栏	179 /	风
143 /	留 学	180 /	热爱生命
144 /	忍 受	182 /	思 念
145 /	感 谢	183 /	月 光
147 /	静静的桦树林	185 /	此时此刻
148 /	海滨夜话	187 /	不问,是理解
150 /	愿 望	188 /	历 史
151 /	南方来信	189 /	相 遇
152 /	路 灯	191 /	远 点
154 /	让星星把我们照亮	192 /	感 叹
155 /	赠	193 /	春天的儿女
156 /	生 活	195 /	失恋使我们深刻
157 /	弯 弯	196 /	我还是想
158 /	叠纸船的女孩	197 /	晚 恋
159 /	惜时如金	198 /	她
160 /	馈 赠	199 /	白雪情思
161 /	女明星	200 /	咖啡与黄昏
162 /	春的请柬	201 /	许 诺
163 /	那就走吧	202 /	请听我说一句话
165 /	一个中学生的步履	203 /	古 剑
167 /	祝 福	204 /	面对春天的期待

206 /	你 来	241 /	景山观夜
208 /	致	242 /	我知道
210 /	我把小船划向月亮	244 /	孤 寂
211 /	旅 程	245 /	感 觉
212 /	如果生活不够慷慨	246 /	祝你好运
213 /	选 择	247 /	我的河
214 /	那凋零的是花	248 /	你走来了
215 /	美好的情感	250 /	有云的日子
216 /	我不期望回报	251 /	只要彼此爱过一次
217 /	走,不必回头	252 /	送 别
219 /	也 许	253 /	人在冬天
220 /	淡淡的云彩悠悠地游	254 /	走向风雨
221 /	让我们彼此珍重	255 /	我并不孤独
222 /	自 爱	256 /	我能告诉你的
223 /	只要明天还在	257 /	怀 想
224 /	思想者	258 /	即便成功使我们声名远扬
225 /	期 望	259 /	生命总是美丽的
226 /	心 曲	260 /	我喜欢自然
228 /	夏,在山谷	261 /	多一点爱心
230 /	三个字	262 /	生命之约
231 /	小 店	263 /	能够认识你,真好
232 /	不要总说"好吧"	264 /	爱的无奈
233 /	告别,不是遗忘	265 /	流 逝
234 /	舞 会	266 /	写 生
236 /	孤 独	267 /	跨越自己
237 /	无 题(一)	268 /	不要赞美我
238 /	假如你不够快乐	269 /	初 夏
239 /	倘若才华得不到承认	270 /	少 女
240 /	一 夜	271 /	为 难

272 /	镜　子		305 /	真　想
273 /	钢　琴		306 /	是　否
274 /	寂　寞		307 /	无　题（三）
275 /	致友人		308 /	也是无题
276 /	走向未来		309 /	悼一位老人
278 /	雨西湖		310 /	有一段时间
279 /	又是雨夜		311 /	黄昏偶拾
280 /	人不长大多好		312 /	海　岸
281 /	回　首		313 /	祝　愿
282 /	月明星稀的晚上		314 /	咏　春
284 /	给友人		315 /	过　去
286 /	你可知道		316 /	如　果
287 /	但是，我更乐意		317 /	雨
288 /	默默的情怀		318 /	流行色
289 /	给我一个微笑就够了		319 /	或　许
290 /	把未来握在自己手里		320 /	独　白
291 /	昨日风景		321 /	幸　运
292 /	剪不断的情愫		322 /	何　必
293 /	永恒的心		323 /	忘　情
294 /	无　题（二）		324 /	不能失去的是平凡
295 /	美好的愿望		325 /	那把伞
296 /	日　子		326 /	友　情
297 /	含笑的波浪		327 /	相　约
298 /	叶子黄的时候		328 /	分手以后
299 /	江南雨		329 /	旅　伴
301 /	心中的玫瑰		330 /	唯有你最美丽
302 /	旅　行		331 /	小　城
303 /	纪　念		332 /	线　条
304 /	生　日		333 /	妙龄时光

334 /	一个梦	369 /	有　时
335 /	给父亲	370 /	梦中的期待
336 /	悄悄话	371 /	我　愿
337 /	洁白的歌	373 /	苦涩的芬芳
338 /	想　象	374 /	过去的岁月
339 /	凝　视	375 /	让我们把生命珍惜
340 /	应该打碎的是梦	376 /	总想爱得潇洒
341 /	晚　归	377 /	两地情
342 /	春天来了	378 /	这不是我的过错
344 /	雨　夜	379 /	自　勉
346 /	荣　誉	380 /	远离爱情
347 /	慈母心	381 /	不　是
348 /	雪　野	382 /	名　人
349 /	桥	383 /	走出栅栏
350 /	三　月	384 /	如果你选择了路
351 /	不仅因为	385 /	漓江吟
353 /	致我的热情	386 /	即使得不到
354 /	背　影	387 /	仅　仅
355 /	我已经长大了	388 /	我们的爱
357 /	惟有追求	389 /	恨有多少
359 /	为了明天	390 /	海誓山盟
360 /	真　的	391 /	不要急于相见
361 /	请你原谅	392 /	我能够不流泪
362 /	开　头	393 /	我们并不陌生
363 /	失　落	394 /	不幸袭来的时候
364 /	常　常	395 /	悼三毛
365 /	岁月，是一本书	396 /	亲
366 /	生命之爱	397 /	毕　业
367 /	别　等	399 /	心　路

400 /	再等未来		432 /	期　盼
401 /	男儿要远行		433 /	没　有
402 /	黄昏的小路		434 /	写在分别
403 /	永难重逢的时刻		435 /	感　怀
404 /	沉默就是我们的语言		436 /	因为年轻
405 /	世事望我却依然		437 /	一片向往
406 /	远行，方有一种心境		438 /	何必问彼此的姓名
407 /	在这个年龄		439 /	呵，春光
408 /	我该怎么办		440 /	问琴什么做弦
409 /	原来那是一份思念		441 /	年轻真好
410 /	高山流水		442 /	无言的凝眸
411 /	读　史		443 /	今夜有风
412 /	夙　愿		444 /	永在一起
414 /	一叶秋黄		445 /	岁月，别怪我太挑剔
415 /	那一天		446 /	生命的真实
416 /	桂林山水		447 /	追求并不是梦
417 /	同　龄		448 /	夜雨敲窗
418 /	故乡的雨		449 /	其实，这有什么
421 /	湖		450 /	走向天涯
422 /	妈妈的手		451 /	看　海
423 /	我们毕竟来了		452 /	暮色中的山峰
424 /	夏日梧桐		453 /	有一次碰杯
425 /	很　想		454 /	住进高楼
426 /	珍惜过去		455 /	艺术及其他
427 /	今　夜		456 /	让生命和使命同行
428 /	素　描		457 /	来自友人的信笺
429 /	晚　祷		458 /	鹰
430 /	无　题（四）		459 /	彼此的家乡
431 /	万里江山万里雄		460 /	沉　默

461 /	我是一只候鸟	490 /	倾 听
462 /	这个地方	491 /	向天空拔节
463 /	收 割	492 /	一幅油画
464 /	偶 感	493 /	叛 逆
465 /	青春是风	494 /	青檀树
466 /	酒	495 /	冬 天
467 /	西边的天空越来越红	496 /	都市风景
468 /	寂静的山野	497 /	岁月的桂冠
469 /	四 季	498 /	每天清早我们擦肩而过
470 /	爱情像一杯清茶	499 /	回 忆
471 /	魅 力	500 /	海的温柔
472 /	我们一同回家吧，夕阳	501 /	没有信来
473 /	愿看你从容	502 /	旧 地
474 /	古城新柳	503 /	海之子
475 /	遥远的等候	504 /	善待生命
476 /	你	505 /	把自己融入自然
477 /	手帕飘成了云彩	506 /	我在寻找一种感觉
478 /	门	507 /	过去的百叶窗
479 /	留 言	508 /	天 籁
480 /	贺 卡	509 /	洞 察
481 /	画 面	510 /	落日山河
482 /	秋	511 /	让我们把手臂挽起
483 /	景 色	513 /	假 日
484 /	不想告别	514 /	在往事激滟的波光上
485 /	失落的村庄	515 /	从前的歌谣
486 /	有一种语言	516 /	祷
487 /	故 园	517 /	什么时候
488 /	浮 想	518 /	故 乡
489 /	宁肯孤独	519 /	生命的堤岸

520 /	河边月夜		549 /	北海夜景
521 /	我放飞雪白的鸽子		550 /	最初的湖莲
522 /	路　口		551 /	我的心事
523 /	无　题（五）		552 /	回　忆
524 /	握住我的手		553 /	无　题（六）
525 /	叠不起的心绪		554 /	高与低
526 /	赠我一只苍鹭		555 /	生活片段
527 /	更把琴声抚向夕阳		556 /	我的心情
528 /	他的名字		557 /	海之恋
529 /	女　孩		558 /	那就对了
530 /	日　暑		559 /	无　题（七）
531 /	时　事		560 /	生活常是这样
532 /	世　相		561 /	岁月沧桑
533 /	记忆的射程		562 /	活得真
534 /	书　房		563 /	无　题（八）
535 /	买　花		564 /	旗　帜
536 /	远方的来信如银箔		565 /	无　题（九）
537 /	诗　人		566 /	无　题（十）
538 /	我喜欢传说中的蒿草		567 /	圣　诞
539 /	一个心愿		568 /	问
540 /	依然存在		569 /	是真将军不佩剑
541 /	知　音		570 /	新年好
542 /	寻　找		571 /	真情永远
543 /	蝴　蝶		572 /	你就是我的梦
544 /	在友人家做客		573 /	祝福你，善良的人
545 /	秋　韵		574 /	一双含泪的眼睛
546 /	一处风景		575 /	往事如烟
547 /	小鸟、大树和土地		576 /	风　格
548 /	北方的冬天易过		577 /	无　题（十一）

578 /	乘机偶感	607 /	守着宁静
579 /	最后一朵玫瑰	608 /	不　同
580 /	其实我对你很在乎	609 /	春天所以美好
581 /	水　乡	610 /	不朽的辞章
582 /	铁树开花	611 /	谁能告诉我
583 /	倾听寺院的钟声	612 /	只比苦难多一点
584 /	星星是我送给你的钻石	613 /	我的愿望
585 /	东风第一枝	614 /	当我们不再那样年轻
586 /	茗　茶	615 /	把磨难当成一种色彩
587 /	弹琴的女孩	616 /	对别人好一点
588 /	感谢生活	617 /	我沉默
589 /	男儿流血也流泪	618 /	爱你，不需要理由
590 /	海　浪	619 /	那本书
591 /	一切任由人说	620 /	无　题（十二）
592 /	最可贵的	621 /	我在等你
593 /	欣　赏	622 /	黄山松
594 /	请把那月光收藏	623 /	人性，能闪烁同样的光彩
595 /	渴望雨的日子	624 /	不因小不忍
596 /	岁月的田垄	625 /	高傲不是高贵
597 /	生命的花蕾	626 /	春天是生长故事的季节
598 /	珍　惜	627 /	必须坚强
599 /	不　要	628 /	生活告诉我们
600 /	世　相	629 /	风儿沉醉的晚上
601 /	我希望	630 /	往前走
602 /	伤	631 /	不要那么多"学问"
603 /	我是这样相信	632 /	不易凋谢的是诗意
604 /	无　求	633 /	且让心愿飞
605 /	静　待	634 /	还是未来
606 /	不是渴望孤单	635 /	心灵的天空

636 /	真　想		665 /	时艰玉可作石
637 /	必须坚持		666 /	黄昏美景
638 /	光阴的对话		667 /	无　题（十四）
639 /	但却不一样		668 /	初　恋
640 /	未　必		669 /	鲜花小路
641 /	生活也会骗人		670 /	记忆永远年轻
642 /	无　题（十三）		671 /	李　白
643 /	我不相信		672 /	春到水乡
644 /	责任，仿佛一扇门		673 /	相约香格里拉
645 /	没想到		674 /	成功有时就是那么简单
646 /	夜，很安详		675 /	没有爱成的那个人
647 /	希望是生命的天		676 /	不是，是什么
648 /	因为有你		677 /	西藏掠影
649 /	希望的胚芽		682 /	真香无让
650 /	因为平凡		683 /	向往的境界
651 /	布达拉宫		684 /	美丽不需要化妆
652 /	喷　泉		685 /	艺术天地
653 /	大理三塔		688 /	死去的生
654 /	源		689 /	梦中的画廊
655 /	松		690 /	嫁给幸福
656 /	欲望使人陌生		691 /	天使在人间
657 /	非得你来		692 /	你的荣光
658 /	可以不是		694 /	神州掠影
659 /	一次，便是永远		699 /	相知不在于距离
660 /	渡　河		700 /	后人遗忘的事情
661 /	闪光的生命不易老		701 /	忘不了你
662 /	一片绿草地		702 /	看海棠树上
663 /	握一握未来		703 /	千年的等候
664 /	磨难使人优秀		704 /	谁能让爱远航

705 /	心　愿	736 /	爱的片段
706 /	我干吗不快乐	737 /	我们生活在音乐中
707 /	不再是往日情怀	738 /	你在回忆
708 /	蝴蝶谷	740 /	爱的交响
709 /	山还是从前的山	741 /	插　曲
711 /	爱之苦	742 /	虹
712 /	红叶做成的书签	743 /	历史有时让人发冷
713 /	多少时候	744 /	随　想
714 /	走近你	745 /	生命中最可宝贵的
716 /	远　离	747 /	生活美好
717 /	你从季节里走来	748 /	我心灵的天空蓝了
718 /	对你的想念	749 /	心中的诗和童话
719 /	飞　天	750 /	汛期来了
720 /	我心静如常	751 /	你的美丽
721 /	你为什么这样忧伤	752 /	如歌的青春
722 /	不曾改	753 /	我有一个希望
723 /	内心的召唤	754 /	一切皆在己手
724 /	思	755 /	我只知道
725 /	打伞的日子	756 /	感谢磨难
726 /	望　海	757 /	湖水清清
727 /	成功是出色的平凡	758 /	百年暨南——汪国真配诗（七首）
728 /	如　果	761 /	曾经有过爱
729 /	眺　望	762 /	三　月
730 /	悟	763 /	乾坤湾
731 /	我　想	764 /	这是一个难忘的假期
732 /	让光明多一点	765 /	悔
733 /	幸运并不可靠	766 /	有一种深情叫忠诚
734 /	一种选择	767 /	这一年的雪好大
735 /	忘我的境界		

768 /	我们的心里有爱	802 /	诗艺长河
769 /	感　觉	804 /	无　题（十七）
770 /	让希望从废墟中诞生	805 /	千年一瞬
771 /	危难时刻，人们挺身而出	807 /	读　书
772 /	谈　书（四首）	808 /	无　题（十八）
774 /	兰	809 /	把未来眺望
775 /	兰　竹	810 /	我们是最美的风景
776 /	若我留在那里，别哭	811 /	我希望你选择飞翔
778 /	吴道子	812 /	心　声
779 /	齐白石	813 /	永久有多久
780 /	江　南	814 /	也如江河向东
782 /	保持一份安宁	816 /	问问自己
783 /	高贵的品质	817 /	写给儿子的话
784 /	魅力总是这样	818 /	保持内心的安宁
785 /	读诗的心情	819 /	把一切重来过
786 /	历史从来不会停下脚步	820 /	将夙愿追赶
787 /	成长是河流	821 /	时间禁不起潇洒
788 /	你能成了谁的红拂	822 /	你可别
789 /	这个世界	823 /	向着未来憧憬
790 /	英　雄	824 /	爱人如己
791 /	虞美人	825 /	笑着活
792 /	历史的遐思	826 /	永　恒
794 /	不要让爱成为负担	827 /	赠张雷诗三首
795 /	痛苦是成熟的代价	828 /	相信自己
796 /	四月的哀伤	829 /	雨与人生
798 /	无　题（十五）	830 /	荷　花
799 /	无　题（十六）	831 /	白杨礼赞
800 /	习　惯	832 /	但是，你可以
801 /	路的尽头	833 /	别亦成伤

834 /	你之于我	863 /	不因一念误千般
835 /	乱象之中	864 /	铭刻　是因为唯一
836 /	那涌来的是潮	865 /	听风吹梧桐神摇
837 /	蝶　舞	866 /	把握，靠睿智
838 /	世　相	867 /	幸福　有时很简单
839 /	仲　夏	868 /	岳　飞
840 /	小　丑	869 /	温暖不是因为季节
841 /	黑猫－白猫	870 /	奋斗之光
842 /	如诗岁月	871 /	最喜无欲一身轻
843 /	魔术师	872 /	君不伤我谁能伤
844 /	追星族	873 /	纸扇休怨夏已过
845 /	迷　途	874 /	长恨人生百十岁
846 /	在梦中，我遇见了你	875 /	幸福，不是获得的多
847 /	望月怀远	876 /	结束便是开始
848 /	初　雪	877 /	大爱懂得放手
849 /	青蛙王子	878 /	不敢说出的表达
850 /	梦	879 /	永诀是一种长痛
851 /	亚当与夏娃新传（一）	880 /	留下一个电话号码
852 /	亚当与夏娃新传（二）	881 /	爱，是能把欲望收藏
853 /	遥知不是雪	882 /	整个的楼兰
854 /	红　日	883 /	一种从容
855 /	玫瑰香	884 /	桂树　桂花
856 /	中国红	885 /	赤　壁
857 /	花仙子	886 /	咸　宁
858 /	温暖的太阳	887 /	美林湖（三首）
859 /	境　界	889 /	翠微峰
860 /	江宁府	891 /	无　题（十九）
861 /	五莲山	892 /	无　题（二十）
862 /	又一次出发	893 /	无　题（二十一）

894 /	武清南湖		924 /	渔家傲
895 /	无　题（二十二）		925 /	采桑子
896 /	十里蓝山		926 /	西江月
897 /	读　史		927 /	浣溪沙
898 /	有你才是生活		928 /	调笑令·春雨
899 /	现象之一		929 /	渔歌子·看理发
900 /	回　忆		930 /	满江红·问山河
901 /	无　题（二十三）		931 /	十六字令·风
			932 /	沁园春·抒怀

古体诗词卷

			933 /	虞美人
905 /	浣溪沙		934 /	忆秦娥
906 /	如梦令		935 /	清平乐·别令江南冷
907 /	卜算子		936 /	卜算子·欲减添思量
908 /	念奴娇·观海		937 /	减字木兰花·怀乡
909 /	南歌子		938 /	鹧鸪天
910 /	西江月		939 /	一剪梅·人生
911 /	相见欢		940 /	浣溪沙·长江
912 /	如梦令·祝酒		941 /	临江仙·集美
913 /	西江月		942 /	蝶恋花
914 /	南乡子·论英杰		943 /	忆秦娥·感怀
915 /	卜算子·赠友		944 /	点绛唇·湖畔
916 /	鹧鸪天		945 /	贺新郎
917 /	点绛唇·秋景		946 /	生查子·咏竹
918 /	如梦令		947 /	十六字令·山
919 /	渔歌子·月下飞瀑		948 /	定风波
920 /	渔歌子·神游		949 /	十六字令·江
921 /	破阵子·读史		950 /	如梦令
922 /	雨霖铃·游子		951 /	清平乐
923 /	眼儿媚·咏梅		952 /	临江仙·听涛

953 /	浣溪沙	981 /	鹧鸪天
954 /	诉衷情·春去秋来	982 /	唐多令
955 /	减字木兰花·故宫	983 /	相见欢·蝶恋花
956 /	小重山	984 /	阮郎归
957 /	水调歌头·登山	985 /	虞美人
958 /	醉花阴	986 /	鹧鸪天·虎
959 /	长相思·中秋	987 /	诉衷情
960 /	鹧鸪天	988 /	相见欢
961 /	卜算子	989 /	念奴娇·华夏颂
962 /	好事近·松	990 /	采桑子·昆明
963 /	摊破浣溪沙·周瑜	991 /	渔家傲·新疆
964 /	鹊桥仙	992 /	踏莎行
965 /	江城子·长城	993 /	西江月
966 /	点绛唇·中秋	994 /	七绝·金鞭溪
967 /	霜天晓角	995 /	鹧鸪天·云梦游
968 /	虞美人·飞天	996 /	环海清·嵩县
969 /	江城子·咏雪	997 /	浣溪沙·玉女沟
970 /	浣溪沙	998 /	五绝·万佛湖
971 /	鹧鸪天	999 /	如梦令·木札岭
972 /	南乡子·杰特曼国际俱乐部	1000 /	江城子·翻江倒海势奔腾
		1001 /	五绝·云梦山
973 /	南歌子·大西洋海景城	1002 /	念奴娇·山西
974 /	清平乐	1004 /	水调歌头·中原行
975 /	清平乐·黄山	1006 /	风入松
976 /	阮郎归	1007 /	风入松·运城
977 /	采桑子	1008 /	菩萨蛮
978 /	唐多令	1009 /	浣溪沙·赠友人
979 /	声声慢	1010 /	摊破浣溪沙
980 /	水调歌头·一笑对青山	1011 /	摊破浣溪沙·洛阳行

1012 / 浪淘沙·白云山
1013 / 浪淘沙·北武当山
1014 / 浪淘沙·九华山
1015 / 好事近·寸杯装四海
1016 / 相见欢·三亚
1017 / 踏莎行·五台山
1018 / 卜算子·牡丹
1019 / 鹧鸪天
1020 / 花果山
1021 / 鹧鸪天·鲤鱼戏水
1022 / 诉衷情·龙潭沟
1023 / 天仙子·一曲高歌青玉案
1024 / 柳梢青·老界岭
1025 / 风入松·鹤壁
1026 / 鹧鸪天·淇滨新区
1027 / 渔家傲·外蒲山
1028 / 少年游·情人谷
1029 / 踏莎行·锦绣山河
1030 / 七　古
1031 / 鹧鸪天
1032 / 满庭芳

采访点评卷

1035 / 舞姿翩然动四方
1037 / 东瀛一舞动四方
1040 / 飞吧，美丽的"白天鹅"
1043 / 她爱上了"红舞鞋"
1045 / 归来的燕子
1048 / 热情　敏捷　谦逊
1050 / 芭蕾之星在东方的天空闪烁
1053 / 张艾嘉
1059 / "长城"风衣势若长城
1061 / 东方歌舞一枝花
1065 / 舞坛新秀訾沙莉
1067 / 歌舞新秀李玲玉
1069 / 用心血浇灌民歌之花
1071 / 赵娜的新追求
1073 / 桃李满天下
1076 / 她是青年的朋友
1078 / 文坛上，一个勤奋的求索者
1081 / 暖　流
1083 / 两颗互耀的东方之星
1087 / 首都机场的女检查官
1092 / 柜台与社会
1105 / 真正的战士诗人
1108 / 友谊公司的年轻人
1111 / 对逃票者的现场采访纪实
1118 / 是他谱就《血染的风采》
1121 / 一个助理研究员的迷惘
1125 / 屏幕上的"《七巧板》姐姐"
1128 / 《血染的风采》诞生记
1132 / 有真情时才去写
1136 / 淡淡的忧郁
1141 / 以情染风采的人
1148 / 东方之星

1160 /	东方之星	1257 /	王毅访汪国真：有信心打出国界吗？
1170 /	东方之星		
1174 /	民歌新秀龚七妹	1261 /	汪国真答大学生及读者问（三）
1176 /	天使的忧郁		
1182 /	没有比脚更长的路	1263 /	序：为雪野著《雨季匆匆》而作
1186 /	女人的心 漂浮的云		
1196 /	透过隐秘的世界	1265 /	序：为张建术著诗集《寂静》而作
1205 /	画坛新秀——石愚		
1207 /	歌星杭宏素描	1267 /	序：《爱心爱语——青春赠言集粹》
1210 /	青年服装设计师马羚素描		
1213 /	在生活的舞台上	1268 /	赵冬印象
1216 /	"我喜欢唱民歌"	1270 /	序：《爱心爱语——青春赠言集粹》
1217 /	红十字下的忧郁		
1233 /	熄灯号和起床号	1272 /	序：给你，年轻的朋友
1235 /	常扬和他的报告文学	1273 /	修养，女人魅力的添加剂
1238 /	序：为王昆著《爱之梦——爱情、青春诗选》而作	1275 /	浅谈《寻找丢失的我》
		1278 /	序：为蔡勇著《回报生活的爱》而作
1240 /	我们在一起		
1241 /	笔答读者（一）	1280 /	序：王丽颖诗集《因为不全懂》而作
1242 /	笔答读者（二）		
1244 /	生命的呼唤（评点）	1282 /	坚韧修炼出的价值
1246 /	汪国真答本刊记者问	1284 /	我的近况
1250 /	汪国真答大学生及读者问（之一）	1287 /	序言二：为李木生著《翠谷》而作
1253 /	汪国真答大学生及读者问（二）	1289 /	干大活的常扬
		1291 /	多色调的胡常红
1255 /	序：为艾君著《奇异的情思》而作	1294 /	试问春归谁得见
		1295 /	他把蓝天留住
		1302 /	友谊的使者

1305 /	序言：为张宝瑞著《一只绣花鞋》而作	1337 /	谈中学生的创作问题
1307 /	序：为张浩著《让我软软的束缚你》而作	1339 /	序三：为周明臣著《寄情墨花》而作
1309 /	诗情画意	1342 /	似曾相识在长安
1311 /	江海之外有诗章	1348 /	我看操驰的画
1313 /	情系煤海	1349 /	读林卓宇的诗歌
1316 /	序：为要力石著《实用图书策划学》而作	1351 /	《太阳是一朵花》点评
		1361 /	我读卢梓仪的诗
1318 /	序：为李素红著《有梦在江南》而作	1363 /	序：为柳钢点评《一只绣花鞋点评本》而作
1320 /	序：为汪情天著《为爱执著》而作	1367 /	星星的诗意
		1370 /	序　二
1321 /	画由诗造　诗因画生	1371 /	序：为劳怡童著《花开有声》而作
1324 /	序：为龚智勇著《对手》而作	1373 /	《开封颂》点评
1326 /	诗人谷传民与总理的不了情结	1374 /	序：为赵德伟著《韵墨集》而作
1328 /	诗坛新秀少年行	1376 /	中国古诗词歌曲的传承与发展
1330 /	张建斌的诗情画意		
1332 /	十年后人们会更记得我的音乐	1377 /	缪斯之恋
		1380 /	有爱就有诗

现代诗卷

学校的一天

晨　练
天将晓
同学醒来早
打拳做操练长跑
锻炼身体好

早　读
东方白
结伴读书来
书声琅琅传天外
壮志在胸怀

听　课
讲坛上
人人凝神望
园丁辛勤育栋梁
新苗看茁壮

赛　球
篮球场
气氛真紧张

龙腾虎跃传球忙
个个身手强

灯 下

星光闪
同学坐桌前
今天灯下细描绘
明朝画一卷

创作于1979年2月5日（处女作），初次发表于1979年4月12日《中国青年报》，收录于《汪国真全新作品集》（作家出版社，2017年）

乡 思（二首）

望
他独自徘徊在海滩上，
极目向海天尽处眺望。
呵，对面那金色的海岸，
就是美丽富饶的家乡。

海潮冲掉了他深深的脚印，
却抚不平他那深深的忧伤。
因为在他的心房里，
有一个燃烧了三十年的愿望……

梦
他在梦中甜甜地微笑，
梦见自己化作一只海鸟，
展翅飞过波涛汹涌的大海，
扑进故乡温暖的怀抱……

用颤抖的双手
抚摸家乡的一岩一峭，
用含泪的双眼
辨久别的一径一道。

用呜咽的声音
喊出埋藏已久的话——
啊!故乡,故乡!
游子回来了!

初次发表于1980年10月23日《广东侨报》,收录于《汪国真全新作品集》(作家出版社,2017年)

泪　珠

圆润，像大海奉献的颗颗珍珠。
晶莹，似大地孕育的滴滴甘露。
这是爱的结晶，
这是情的凝固。

平日，它像潭清澈的湖水，
深藏在游子心底；
有时，它会像喷涌的清泉，
从游子眼窝溢出。

谁没经历过这样的时刻——
望见母亲慈祥的容颜，
捧起故乡芬芳的泥土，
获悉故乡秋叶落、新芽出……

创作于1980年11月5日，初次发表于1981年2月20日《广东侨报》

我微笑着走向生活

我微笑着走向生活
无论生活以什么方式回敬我

报我以平坦吗
我是一条欢乐奔流的小河

报我以崎岖吗
我是一座大山庄严地思索

报我以幸福吗
我是一只凌空飞翔的燕子

报我以不幸吗
我是一根劲竹经得起千击万磨

生活里不能没有笑声
没有笑声的世界该是多么寂寞

什么也改变不了我对生活的热爱
我微笑着走向火热的生活

创作于1984年4月28日，初次发表于1984年10月《年轻人》，收录于《年轻的风》(花城出版社，1990年)，入选《九年义务教育四年制初级中学语文自读课本第七册：灯下拾豆》(人民教育出版社，1995年)，《新课程初中语文读本　七年级　上册》(山东教育出版社，2005年)，《义务教育课程标准教科书　语文　五年级　上册》(河北教育出版社，2008年)

三月雪

晶莹的雪花
飘落下一片又一片
落在身上
像一朵朵梅花初绽
看到美丽的雪花
我仿佛已看到了春天

大地一片嫩绿
花朵开得格外鲜艳
孩子们，在花丛中嬉戏
情侣们，用照相机摄下一幅幅
美丽的画面
老人们，尽情享受着
生活的惬意与安闲
啊，三月雪
你孕育着一个多么美好的春天……

雪花落得更密了
仿佛亿万个白衣仙子
在舞蹈翩跹

啊,三月雪
你一定也在热情地把春天呼唤……

初次发表于 1984 年第 6 期《梅江文艺》

眼　睛

不必说
你有多么衷情
不必说
你怎样在做思念的梦
也不必做心的剖白
表爱的赤诚
请你望着我
让我看看你那
两扇心灵的窗户——眼睛
我希望　在那里
能读到两个字
——真诚

初次发表于1984年第7期《新疆青年》，收录于《汪国真爱情诗选（一）》（中国友谊出版社，1991年）

琴　音

美妙的琴音
在你指间流淌
听那清丽的音符
使人想起
孩子亮晶晶的眼睛

哦，琴音
你的心曲
唤起孩子们多少
美的向往
美的憧憬

初次发表于 1984 年 9 月 1 日《中国教育报》

毛毛雨

毛毛雨翩然飘下
飘上我们热烘烘的脸颊
在一片幽长的密林下
你两潭湖水般清澈的眸子
在对我说深情的话

小路，水榭，桃花
一切都是那么美丽、安详
只有风调皮地悄悄走来
拎走了一个
在春天里萌芽的童话

创作于1984年9月7日，初次发表于1985年第7期《广州文艺》，收录于《年轻的风》（花城出版社，1990年）

腾飞吧,中国
　——献给三十五岁的祖国

你结实的胸膛
仍像青年一样充满活力
你宽阔的额头
已懂得了像成年人一样思索
你走过的路
少的是平坦
多的是坎坷
贫穷、落后、愚昧
在你黝黑的肌肤上
留下的痕迹斑斑驳驳
在经过了漫长而痛苦的求索之后
你终于举起了改革的利斧
要铲掉所有锈斑
要砍落一切枷锁

啊,腾飞吧,中国
五千年的文明古国
蕴积了多少前人和后人的智慧
九百六十万平方公里土地
处处有燃不尽的干柴,烈火

在这块古老、富饶、神圣的土地上
不匮乏光和热
看啊,古黄河道上
樯桅密集如林
春潮澎湃如歌

啊,腾飞吧,中国

妈妈,将不再纺
那支古老的疲惫的歌谣
爸爸,也不会再推
那盘陈旧而笨重的石磨
乡亲们,也不再会赤着脚丫
弓着脊背
把汗水淌得像条河
一切新生的像花朵盛开
一切陈腐的在被彻底改革
啊,腾飞吧,中国

初次发表于1984年第10期《新疆青年》

某长讲话

某长上台讲话
拿出讲稿一沓儿
全由秘书代笔
照本宣科不差
开头中间结尾
三四五六七八
急坏了坐在会场的妈妈
饿煞了还在家中的娃娃
莫道某长会讲话
他一讲话人人怕

初次发表于1984年10月15日《中国法制报》

秋日的思念

你的身影离我很远很远
声音却常响在耳畔
每一个白天和夜晚
我的心头
都生长着一片常绿的思念

如果我邻近大海
会为你捧回一簇美丽的珊瑚
让它装点你洁净的小屋
如果我傍着高山
会为你采来一束盛开的杜鹃
让春天在你书案前展露笑靥

既然这里是北方
既然现在是秋天
那么，我就为你采撷下红叶片片
我已暮年的老师啊
这火红火红的枫叶

不正是你的品格
你的情操　你的容颜

初次发表于1984年11月3日《中国教育报》，收录于《年轻的思绪——汪国真抒情诗抄》（文化艺术出版社，1990年）

夏夜,长街上

夏夜,长街上
风,张开了翅膀
携着花香
携着清爽
在千家万户的门口荡漾

人们拿着"匣子"
摇着蒲扇
在铺满银色月光的
路旁纳凉
滔滔不绝的话语
像春天的江水
汩汩地流淌,流淌

一个小伙子
没有迈出家门
他正在绿色的田垄
播种美丽的诗行

在一棵老槐树下
一位退休的老人

把长长的烟斗
拨弄得一闪一亮
他周围坐了一群孩子
正聚精会神地听他讲
得了冠军的乌龟
战胜了恶狼的山羊

用吉他弹支曲子吧
呵，我真想
让快乐的音符驭上我的心
在温馨的长街上飘荡

听
夏夜，长街上
不但有古老的故事
清新的诗
还有一支欢快的曲子
在她坦荡的怀中拨响……

初次发表于1984年第11期《金城》，收录于《年轻的季节》（中国人民大学出版社，1991年）

思　念

月亮是船
白云是帆
两颗相隔遥远的心
　　之间
有一条看不见的航线

当两双思念的眸子
翘首神秘的苍穹
便有一群美丽的相思鸟儿
　　飞出心的窗口
在苍茫的天宇展翅，飞旋

初次发表于1984年第11期《金城》，收录于《年轻的季节》（中国人民大学出版社，1991年）

让我们跳吧妈妈

听,迷人的"多瑙河之波"响了
让我去快乐地跳吧,妈妈
让青春的血液
在运动中舒畅地流动
让美好的生活
在愉快的舞步里生花
我想跳,是因为我太快乐了
快乐的种子憋不住,要发芽
我要跳,是因为生活太美好了
我要用欢乐的舞步
把美好的生活尽情表达
妈妈,别担心
我会滑进肮脏的泥淖
您不是给了我一个健康的中枢神经
和一双明亮的眼睛吗
妈妈,别担心
我会掉下万丈悬崖
您不是时时在用慈祥的眼睛
望着我吗
呵,我和伙伴们快乐地跳着
看:青春的火花在这里闪跃

未来的彩虹在这里高挂
当这支曲子结束的时候
一支新的美好乐曲
便会在工地上、厂房里
在我们年轻的手掌中
更加浑厚,嘹亮地迸发

初次发表于 1984 年 12 月 12 日《青海青年报》

南方和北方

南方的水　温柔明丽
北方的山　豁达粗犷
两行飞转的轮子
曾载我几度南来北往

我出生在南方
心，热恋着我生长的北方
我爱北方汉子的性格
像北方秋季的天空
——天高气爽
我爱北方姑娘的容颜
像北方冬天的雪花
——皎洁漂亮
啊，我的北方

我生长在北方
心，常常思念我出生的南方
我赞美南方的土地
镶嵌着数不清的鱼米之乡
我赞美南方的山水
曾孕育了多少风流千古的

秀女和才郎
啊，我的南方

我爱北方　也爱南方
我赞美南方　也赞美北方
长江两岸的泥土和山水啊
都像母亲一样亲切、慈祥

初次发表于 1985 年第 1 期《金城》，收录于《年轻的思绪——汪国真抒情诗抄》（文化艺术出版社，1990 年）

儿子的宣言

"儿不嫌母丑"
每看到这样的字句
心头就不禁一阵颤抖
但,一年又一年
却仍听着这单调而沉闷的节奏

不,我要说
"不嫌"这还不够
既然母亲曾在剧痛中生下我
既然母亲曾拖着疲惫的
步子扶我走
既然母亲挑着重担的躯体
还这样羸瘦
那么 我就要用已经成熟的额头
为她设计一个美好的未来
我就要用肌肉隆起的双手
为她披上一身美丽的锦绣
我就要用宽阔的肩膀
接过母亲肩上的担子
大步朝前走

在不远的将来

让所有炎黄子孙

昂起头颅说

我们的母亲

不但慈祥、善良

而且美丽、富有

我们怎么爱啊

也爱个不够!

初次发表于1985年第1期《青年时代》

拭干眼泪吧，妈妈

拭干眼泪吧，妈妈
为了绿色的憧憬
我就要出发
拭干眼泪吧，妈妈
我虽然纤细
但不愿做草坪里的小草
我虽然柔弱
但不愿做温室中的娇花
我是一颗树种
喜欢长在广袤的原野
陡峭的山崖

别担忧，妈妈
那里风太狂
狂风，正好吹硬我脆弱的骨骼
别担忧，妈妈
那里雨太大
暴雨，正好滋润我苍白的脸颊
别担忧，妈妈
那里天太冷啊
皎洁的白雪

会使我变得更加容光焕发

过几年来看我吧,妈妈

一棵茁壮的白杨

挺立在丽日蓝天下

初次发表于 1985 年 2 月 2 日《中国教育报》

长城在春天里飞翔

一条巨龙,伏卧在
连绵起伏的峰峦上
它是一部史诗
也是一个民族不屈的形象

它曾默默地注视
一代又一代封建王朝的
兴盛和衰亡
它曾默默地承受
几千年变幻着的雨雪
和冰霜

它迎接共和国的诞生
和民众一起栉风沐雨
终于,到了今天
在这新时代的春天里
它要在世界的东方腾空飞翔

初次发表于1985年第3期《当代青年》(笔名:晓望)

十八岁的门槛

从十八岁的门槛跨出
我走向一条彩色的河

我要倾听春天跳动的心律
我要领略大江的气势
高山的巍峨
我要用双手
在那金灿灿的秋天
捧起沉甸甸的收获

从十八岁的门槛跨过
我走向一条奔流的河

我要用青春的喉咙歌唱
但,绝不唱阴郁或轻滑的音符
我的歌,是一条欢快清澈的小溪
笑着从绿色的田野流过
我要用丰满的双翼书写
但,绝不模仿艰深或晦涩
我的诗,是一片清白明丽的云朵
点缀在晴朗蔚蓝的天廊

从十八岁的门槛跨过
我走向一条生活的河

如果蓝色的大海召唤我
我便是一叶扬帆的小舟
如果早晨的青草呼喊我
我便是晶莹的露珠一颗
如果广袤的原野需要我
我便是一条闪亮的小河……

初次发表于 1985 年第 3 期《时代青年》

舞 会

头上，挂着一颗颗星星
脚下，青春的舞步轻盈
啊，我们正年轻
要用色彩
编织生活绚丽的梦

像百花斗艳
似千流汇拢
在这里，人们看到了
美丽的春天
和欢乐的海

初次发表于 1985 年第 4 期《年轻人》

秋天，我们去看红叶

秋天
正是万木凋零的季节
花枝下，落英缤纷
树干下，枯枝败叶……

哦，秋天
我们去看红叶
那里燃烧着一片起伏的原野
经了"春风化雨"的滋润
历了"赤日炎炎"的灼烤
于是
便有了这秋的火红，秋的热烈

老人，喜欢在这里徜徉漫步
是在翘首未来的路途
还是在追忆那风雨如晦的岁月

姑娘，愿意多多采撷
带回家去
陪伴那孤寂已久了的书页

孩子，小心翼翼把它拾起
怕的是地上的尘埃
损伤了它的肌体，玷污了它的高洁

秋天，我们去看红叶
万木飘零的萧瑟中
那里有一个太阳般火红的世界……

初次发表于 1985 年第 4 期《花城》，收录于《年轻的季节》(中国人民大学出版社，1991 年)

我不再等待

约会的时间已过了十分
不,我不再等待
如果她来得太晚
这是一次小小的惩罚
如果她有事不来
等待也是白挨

一味地等待
会浪费宝贵的光阴
一味地等待
会把习惯宠坏

创作于 1985 年 4 月 28 日,初次发表于 1986 年第 3 期《青年文学》,收录于《年轻的风》(花城出版社,1990 年)

我的心

我的心
像是一个银行

不论你存进来多少
最后,你都会
从这里
得到更多

初次发表于1985年第5期《绿风》,收录于《汪国真爱情诗选(一)》(中国友谊出版社,1991年)

吃　梨

初次到你家做客
你给我削了一个鸭梨
这梨真大呵
我想分一半给你

你娇嗔地瞪了
我一眼
没有
允许

我恍然明白了
想起了老人们常提起的
一个
有点迷信的话题

初次发表于1985年第5期《绿风》，收录于《汪国真爱情诗选（一）》（中国友谊出版社，1991年）

铃　声

下课了

我走出课堂

没走多远

身后，传来一阵

清脆的铃响

当我回过头来

车上，飘落下一朵雪花

一个穿连衣裙的姑娘

今天，发生的一切

和昨天一模一样

这清脆的铃声提醒我

有一堂课

该准备上了

初次发表于1985年第5期《绿风》，收录于《汪国真爱情诗选（一）》（中国友谊出版社，1991年）

妈妈，我被录取了
——大学生奏鸣曲（组诗之1）

妈妈，我被录取了
像一只欢乐的小鸟
我飞进了家门
飞进了厨房
霎时，寂静的小屋
被欢乐的海潮撞响

妈妈放下手里的活计
眼里泛着喜悦的波浪
为我拭去额头的汗水
为我抻一抻衣裳
还是那样端庄
还是那样安详
呵，我懂了，妈妈
船帆才刚刚张起
真正壮丽的是远航……

初次发表于1985年5月11日《中国教育报》

青春的理想

——大学生奏鸣曲（组诗之2）

我把理想捧在手上
阳光微笑着
为我把理想
镀上一层金色的光

一个绿色的希冀
在阳光哺育下长大了
终于从心的窗口飞出
飞向遥远的边塞
那响着驼铃的地方

莫道戈壁沙丘总是那样荒凉
等着我们吧：
茁壮挺拔的白杨一棵棵
飘逸袅娜的绿柳一行行……

初次发表于1985年5月11日《中国教育报》

毕业,走向生活
——大学生奏鸣曲(组诗之3)

告别美丽的操场
告别迷人的湖畔
告别一支唱了四年的歌
毕业了,我走向生活……

我走向生活
虽然,对过去还有些留恋
但更多的
却是走向未来的欢乐……

面对生活我要大声说
生活,请考验我……

我年轻的性格像血:热烈
我旺盛的精力像树:蓬勃
我令人羡慕的年华像太阳:
闪烁着迷人的光泽
今天,我愿把这一切奉献
为世界能有更绚丽的颜色……

初次发表于1985年5月11日《中国教育报》

儿子的祝福

我踏上离别的小路
故乡就要消失在那暮霭深处
我将远去了
只把故乡
装在心的深处

不说前去的道路
是坎坷，是坦途
我都将常常思念
故乡的山，故乡的水
故乡的屋，故乡的树

我思故乡坡前绿水塘
我思故乡坡后青翠竹
我思儿时甩响鞭儿去牧羊
我思儿时吹响牧笛踏归途
不是乡情重啊
只因山的儿子
有山一样的情愫

我将远去了

再深情地望你一眼
——故乡
送上山的儿子
深深的祝福

初次发表于 1985 年第 5 期（总 39 期）《南天竹》

苹果熟了

一颗颗压弯枝头的苹果
坠着山里人的美好心愿
摘苹果的姑娘
笑声又脆又甜
苹果满山
笑也满山

丰硕的苹果
又红又圆
分不清哟
那枝头上
哪个是红润的苹果
哪张是姑娘的笑脸

初次发表于1985年第5期（总39期）《南天竹》

盼　归

海鸟，衔来一缕晚霞
渔村，渐渐消失了喧哗
炊烟，从一户户屋顶飘起
牧民，吹响了牧笛归家

奶奶倚门向小路眺望
眼里噙着点点滴滴泪花
盼儿盼了三十载
离愁早已染白了鬓发

奶奶，快抹去忧伤的泪水
那不是不可逾越的一条海峡
待到两岸飞架起一道彩虹
我一定领着伯伯回家……

　　　　　　　初次发表于 1985 年第 5 期（总 39 期）《南天竹》

上 街

他在白桦树般挺直的
宽宽的肩膀上
罩上一副笔挺的西装
显得英俊而又刚毅

她在玉兰花皎洁的
俏丽的脸庞上
描两行纤细
抹一点猩红
显得更富有少女的娇媚
和活力

点缀为青春
他们手挽手
坦然地向大街走去
向人群走去
昔日像生活一样苍白的灰
和像岁月一样惨淡的绿
连同沉重的哀叹
已被他们打叠好
永远压在楠木箱底

今天，他们
昂起年轻的头颅
绽着轻松的笑意
向世界展示着
美丽的自己
真正的自己

还是这条大街
还是这些屋宇
但，他们都发现
今年的春天
要比去年更美丽

初次发表于1985年第5期《青年诗人》

父 亲

当我看到
你愉快地赤脚扶犁的身影
我无忧无虑的心
不再感到轻松

当我看到
你轻松地用辘轳吊起沉重的水桶
我手中轻轻的书本
一下变得很沉、很重

初次发表于1985年第5期《青年文学家》

一个研究生的故事

前途
掌握在他的手里

他的幸福
掌握在她的手里

她的未来
掌握在一张文凭手里

一张薄纸
竟主宰了两个人的命运

初次发表于 1985 年第 11 期《中国青年》,收录于《年轻的季节》(中国人民大学出版社,1991 年)

我喜欢的颜色
——一个纺织女工的话

小时候
我喜欢红色
太阳是红的
我的领巾也是红的

长大了
我喜欢白色
雪花是白色
我的工作服也是白的

现在
我喜欢蓝色
大海是蓝的
他的军衣也是蓝色的

初次发表于 1985 年第 6 期《青年时代》

女演员

最漂亮的
是她那双美丽的眼睛
最动人的
是她那张娟秀的脸庞
可是冬日
她常爱捂一个口罩
——不是为了挡风
可是夏日
她常爱戴一副茶镜
——不是为了遮阳

当和她一样
正处在鲜花般年龄的
姑娘们
骄傲地向阳光
向白雪　向世界
展示自己姣美的容颜时
她却不得不遮遮掩掩

初次发表于1985年第6期《当代青年》，收录于《年轻的思绪——汪国真抒情诗抄》（文化艺术出版社，1990年）

溜冰的姑娘

她梳着一个运动头
好麻利
她穿着一件鲜艳的红毛衣
真神气
她轻快地跨进溜冰场
于是，一枚精巧的唱针
在光洁的唱片上
滑响了优美舒缓的溜冰圆舞曲

美妙的乐曲
播放了一遍又一遍
她丝毫不感到疲倦
观看的人们也很入迷
在掌声和喝彩声中
她微笑
带着几分稚气的顽皮
接着，变奏
冰场上
骤然响起了充满活力的春之声

初次发表于 1985 年第 6 期《当代青年》，收录于《年轻的季节》（中国人民大学出版社，1991 年）

他

晚上
他沏了一壶热茶
邀来几位诗友
唠起闲话

一颗星星
被吸引住了
跌落在茶杯里
听到他们
正诗兴大发

夜深了
他的窗户
仍很亮很亮
原来，他把那颗星星
给端回了家

初次发表于1985年第6期《当代青年》，收录于《年轻的季节》（中国人民大学出版社，1991年）

那么，先别说

你很想说
却又嗫嚅
既然难于启齿
那么，就先别说

我希望
要么　像山林一样
漂亮地寂静
要么　像火山一样
壮丽地喷射

初次发表于1985年第6期《当代青年》，收录于《汪国真爱情诗选（一）》（中国友谊出版社，1991年）

神奇的宫殿

星期天
到图书馆去
去晒晒地中海的太阳
去淋淋雾伦敦的雨
那真是个富有魅力的地方
宏大、瑰丽
而且神奇

进去前
眼前的景物
还是那么混沌迷离
出来时
世界
就变得很清晰

创作于1985年6月7日,初次发表于1986年3月1日《中国教育报》,收录于《年轻的风》(花城出版社,1990年)

豪放是一种美德

我从眼睛里
读懂了你
你从话语里
弄清了我
含蓄是一种性格
豪放是一种美德

别对我说
只有眼睛才是
心灵的真正折射
如果没有语言
我们在孤寂中
收获的只能是沉默……

创作于1985年秋,收录于《年轻的风》(花城出版社,1990年)

山高路远

呼喊是爆发的沉默

沉默是无声的召唤

不论激越

还是宁静

我祈求

只要不是平淡

如果远方呼喊我

我就走向远方

如果大山召唤我

我就走向大山

双脚磨破

干脆再让夕阳涂抹小路

双手划烂

索性就让荆棘变成杜鹃

没有比脚更长的路

没有比人更高的山

创作于1985年6月26日，初次发表于1987年第2期《中国作家》,收录于《年轻的风》(花城出版社,1990年),入选《大语文 初中阅读总复习》(中国大百科全书出版社,2002年)、《半小时阅读(八年级)语文课-阅读教学-初中》(浙江少年儿童出版社,2005年)

一条小船

像一条漂泊了很久很久的小船
我渴望一片褐色的土地
渴望眼前能出现一座
圣洁而美丽的岛屿
也许是寻觅得太久了
当你突然出现在我的眼前
并走过来和我站在一起
我的眼睛竟忍不住
滴落下一串晶亮的欣喜

从今出海远航
我不怕有再大的风
也不怕有再大的雨
心头,有一块不沉的陆地
眼里,有一座耸立的岛屿

初次发表于 1985 年第 14 期《新观察》,收录于《汪国真爱情诗选(一)》(中国友谊出版社,1991 年)

不,不要说
——一个少女的独白

不,不要说
让我们依然保持沉默

我多么珍惜
这天真的羞涩
你也应保持
那青春的活泼

我们的肩膀
都还稚嫩
扛不起太多的责任

等一等吧
等你的肩膀更厚实些
我也懂得了
什么是成熟的思索

初次发表于1985年第14期《新观察》,收录于《汪国真爱情诗选(一)》(中国友谊出版社,1991年)

恋

暖了
怕他热
冷了
怕他寒
夏未到
先为他备了件衫
冬未来
先为他备了件棉

下雨了
她挟了件雨衣
冲出门
匆忙中
竟忘了打伞……

初次发表于 1985 年 7 月 14 日《工人日报》

尝 瓜

西瓜
切开了
圆圆的
像一轮火红的太阳

西瓜
切开了
弯弯的
像一钩金色的月亮

人们
笑开了
脆脆的
把夜撞得好响好响

初次发表于1985年7月14日《工人日报》

江边,一个少女

江边,一个少女
默默地
把一片片心碎的记忆
抛洒到江里
江水无言地流着
带走了她的哀伤
带走了她的忧郁
当她重新抬起头来
眸子里
镌入了金色的晨曦

初次发表于 1985 年 7 月 25 日《湖南妇女报》

前边,有一座小桥

你也沉默
我也沉默
我们中间有一条
无名的小河
默默地流着

你也不说
我也不说
任凭思念的白云
从河面上
悄然漂过

还是走吧
前边,有一座小桥
在河面上架着

初次发表于1987年第5期《山西青年》,收录于《年轻的思绪——汪国真抒情诗抄》(文化艺术出版社,1990年)

大海的礼物

总想遗忘
总不能遗忘
大海召唤着我们
就像沙滩召唤着波浪
终于,我们来了
带着储蓄太久了的向往

就在这迷人的大海边
你虔诚地说
你最喜欢海中的白帆
我深情地说
我最喜欢大海的波浪

那么,在未来的岁月里
就让我们把最喜欢的
互相馈赠吧
你赠我
白帆一样的纯真

我赠你

海浪一样的坦荡

初次发表于1987年第4期《南天竹》，收录于《年轻的季节》（中国人民大学出版社，1991年）

看海去

走啊
让我们看海去
为了实现那个蓝色的梦想
也为了让年轻的心
变得更加坦荡和宽广

在海边
哼一支心底的歌
有浪花轻轻伴唱
属于我们的
永远是欢乐　不是忧伤

面对波涛滚滚的大海
该遗忘的遗忘
该畅想的畅想
海岸边伫立的不是夕阳
——是我们
我们心里盛满的不是死水
——是波浪

初次发表于1986年4月20日《工人日报》，收录于《年轻的思绪——汪国真抒情诗抄》（文化艺术出版社，1990年）

致理想

你不是神话里缥缈的梦幻
你是现实中一团燃烧的火焰
当你在茫茫夜海里闪现
便是对我的无声召唤
于是,我扬帆向你驶去
怀着无比的坚毅和勇敢

也许途中
风雨会把船帆撕碎
也许途中
恶浪会把桅杆打断
但,永远打不断的是脊骨
永远撕不碎的是信念
小船在风雨里破浪穿行
啊,我是海燕
——我是海燕

初次发表于1986年4月20日《工人日报》,收录于《年轻的思绪——汪国真抒情诗抄》(文化艺术出版社,1990年)

眼　睛

眼睛曾传递了
多少热烈的情愫
眼睛曾倾诉了
多少美丽的向往

眼睛曾断送了
多少纯真的友情
眼睛曾压抑了
多少善良的渴望

人们啊
愿你的眼睛更明亮
但千万不要成为猎枪

初次发表于 1986 年 1 月 19 日《工人日报》

我为爱

我为爱而忘情
我为爱受折磨
不论忘情还是折磨
我全都勇敢地接过

欢乐的爱
那样欢乐
哪怕往往少了点思索

痛苦的爱
尽管痛苦
却常常多了些收获

创作于 1985 年秋,收录于《年轻的风》(花城出版社,1990 年)

雨

一阵雨
终于缩短了
他们之间
总是隔开半尺的距离

一把伞
轻轻罩住了
是风是雨
还是什么朦朦胧胧的甜蜜

初次发表于 1985 年 8 月 17 日《天津青年报》

上夜校的女孩

夜晚,在小巷
月光
在青石板铺成的小路上
潺潺流淌
那个从夜校回来的女孩
用一双清脆的高跟鞋
把沉寂的夜
优雅地弹响

她那件红艳艳的连衣裙
像一面年轻的旗帜
在晚风中舒缓地飘荡
飘荡,飘荡
夜色里
飘过来
一朵美丽的希望

初次发表于1986年2月17日《中国妇女报》,收录于《年轻的季节》(中国人民大学出版社,1991年)

别这样

还是别这样吧
一提到离别
你就成了一朵带雨的
梨花
我深情的叮咛
你全用眼泪作为回答

真的，别这样
没听说过吗
太多的厮守
易使爱枯萎
经常的小别
会使爱升华

创作于1985年秋，初次发表于1986年第3期《青年文学》，收录于《年轻的风》（花城出版社，1990年）

回头，不是我的习惯

你也无言
我也无言
在这个细雨霏霏的夜晚
夜，黑得狰狞
唯一闪亮的
是我们彼此变得
陌生了的双眼

爱，像一闪而过的陨石
光熄灭了
剩下的只是余温
彼此的些许留恋

终于，我转过身
向夜幕深处走去
走去时
真想再回过头
望你一眼

但我还是没有
——回头,不是我的习惯

初次发表于1985年第9期《无名文学》,收录于《汪国真爱情诗选(一)》(中国友谊出版社,1991年)

你是春天
——献给园丁的歌（组诗之一）

我曾想把你说成春雨

因为你有春雨一样的温馨

我曾想把你说成春风

因为你有春风一样的和煦

但，我终于没有说

——春风、春雨都概括不了你

我要说

你是春天

春风属于你

春雨属于你

一朵朵蓓蕾

在你的孕育中绽放

一簇簇鲜花

紧紧簇拥着你

啊——你

美丽而永恒的春天啊！

初次发表于 1985 年 9 月 28 日《中国教育报》

深情的目光
——献给园丁的歌（组诗之二）

不是父亲的目光
却有着父亲般的宽厚
不是母亲的目光
却有着母亲般的慈祥
大海一样的深情
凝聚在你的双眸上
是春天凉凉的雨露
是冬日暖暖的阳光
雨露滋润
——新苗健康茁壮
阳光哺育
——鲜花灿烂芬芳

初次发表于1985年9月28日《中国教育报》

岁　月
——献给园丁的歌（组诗之三）

昨天
你还年轻
却显得那样苍老
本该放射光彩的眼睛
流露出那样多忧郁
那样多哀伤
岁月啊！

今天
你已老了
却显得这样年轻
本该变得混沌的眼睛
是这样清澈
这样明亮
岁月啊！

初次发表于 1985 年 9 月 28 日《中国教育报》

凝　视

当我深情凝视
你的时候
你羞涩地闭上了双眼
哦，我多么高兴啊
你没有拒绝
而是
把我的身影
关在了里边

初次发表于 1985 年第 10 期《新疆青年》

高山之巅

他站在险峻至极的高山上
向远方眺望
任白云在身边飘动
任飞瀑在脚下轰响
在他惊喜的双眸里
有轻盈的旭日
有苏醒的原野
有起伏的海洋

他陶醉了
陶醉于大自然
鬼斧神工的杰作
却浑然不觉
当他屹立于高山之巅
便把自己也升华为
一帧风光
一座雕像

创作于1985年10月19日，初次发表于1987年1月25日《人民日报》，收录于《年轻的风》（花城出版社，1990年），入选《新课程小学语文读本　四年级　上册》（山东教育出版社，2005年）

只问一声爱吗

你向我走来
我向你走去
终于，我们并肩
站在了一起
虽然我高出你许多
但，你也无须把脚尖踮起
只问一声爱吗
够了，只要爱
就能缩短一切距离

世俗是一张无形的大网
我们可不是网里的游鱼
让别人去说三道四吧
就这样　我们肩并肩
坦然地向前走去

初次发表于1985年第11期《中国青年》，收录于《汪国真爱情诗选（一）》（中国友谊出版社，1991年）

两个人的故事

如果你是一本杂志
赏心悦目的封面
我便是这本杂志
深沉浑厚的封底

那中间厚厚的
是我俩的故事
写满了我们的
忧愁、欢乐、追求、希冀

我们亲密地连在一起
这些故事是那样诱人
如果我们一旦分离了
诱人的故事便会被降价处理

创作于1985年秋，初次发表于1985年11月17日《中国青年报》，收录于《年轻的风》（花城出版社，1990年）

海

天上
有湛蓝的海

地下
有蔚蓝的海

姑娘心中
也装着蓝色的海

那是她对
一个水兵的爱

初次发表于 1985 年 12 月（总 18 期）《西江月》

踏 雪

我们在雪地上走
路,永远没有尽头
两行清晰的脚印
告诉世界
这是愉快的同行
不是亲密的厮守
夜深了
我们已经分开
那双握别的手
有些颤抖
这不是爱的惜别
只等春天的征候

初次发表于 1985 年 12 月 10 日《第三产业报》

风不能，雨也不能

风不能使我惆怅
雨不能使我忧伤
风和雨
都不能使我的心
变得不晴朗

坎坷
是一双耐穿的鞋
艰险
是一枚闪亮的纪念章
我是一片叶
——筋脉是森林
我是一滴水
——魂魄是海洋

创作于 1985 年 12 月 29 日，初次发表于 1986 年 4 月 20 日《工人日报》，收录于《年轻的风》（花城出版社，1990 年）

校园的小路

有幽雅的校园
就会有美丽的小路
有美丽的小路
就会有求索的脚步

忘却的事情很多很多
却忘不掉这条小路
记住的事情很多很多
小路却在记忆最深处

小路是条河
流向天涯
流向海角
小路是只船
驶向斑斓
驶向辉煌

创作于1985年夏,初次发表于1986年5月3日《中国教育报》,收录于《年轻的风》(花城出版社,1990年)

举　杯

我们为相遇
举起晶莹的酒杯
却不知过去的生活
其实就是这次邂逅的准备
夜，张开黑色的帷幕
月，洒下温柔的清辉
雾袅袅
风微微
涌进心头的是潮水
溢出眼眶的是眼泪

昨天，我们各自
形影相吊
在小路上彷徨
今天，我们手携手
在星光下与清风共醉

人生啊
有多少痛苦
就会有多少欢乐

给你多少磨砺
就会给你多少珠贝

创作于1985年夏,初次发表于1987年11月1日《中国青年报》,收录于《年轻的风》(花城出版社,1990年)

相信自己

相信上帝
不如相信自己
全能的上帝
没有奇迹
仁慈的上帝
从不给予

上帝是上帝
自己是自己

如果
非要我相信上帝
那么
我相信
上帝就是——我
我——就是自己

创作于1985年夏,初次发表于1988年第7期《时代》,收录于《年轻的风》(花城出版社,1990年)

船

哦,大海
当我驶向坦荡的你
蔚蓝的你
也许是该笑的呵
但,我却发出了沉重的叹息

呵,大海
当我驶向怒吼的你
汹涌的你
也许是该惊的呵
但,笑却发自我的心底

不是
我不喜欢静谧
而是只有风浪
才能展示我的性格

初次发表于1986年1月19日《工人日报》,收录于《年轻的季节》(中国人民大学出版社,1991年)

大海与太阳

何必克制呢
既然是依依惜别
就让眼泪默默地流淌

何必压抑呢
既然是久别重逢
就让如火的热情把心照亮

我们的爱情
分别
——是大海
重逢
——是太阳

初次发表于1986年1月19日《工人日报》,收录于《汪国真爱情诗选(一)》(中国友谊出版社,1991年)

冬天的童话

放假了
他没有回家
南方的孩子
想看看北国的雪花

在那个假期
同学们家里
长出一个个清亮亮的故事
老教授的客厅
也结出一串串水灵灵的笑话

他也收获了许多
用透明的水晶盛满的祝愿
当他举起美丽的祝愿
就像捧起了　晶莹的雪花

创作于1986年1月，初次发表于1986年3月1日《中国教育报》，收录于《年轻的思绪——汪国真抒情诗抄》（文化艺术出版社，1990年）

读书的少女

捧起课本
捧起一面洁白的帆
阳光明媚的湖畔
是船儿停泊的港湾

正是灿烂的岁月
正是芬芳的华年
湖面上
闪烁着两颗充满希冀的星
心飞向遥远

她憧憬着
有一天
在蔚蓝的波涛上
让白色的帆
迎风，骄傲地舒展

创作于1986年2月，初次发表于1986年3月1日《中国教育报》，收录于《年轻的思绪——汪国真抒情诗抄》（文化艺术出版社，1990年）

憧　憬

像一面洁白的船帆
她渴望一次壮丽的远行
渴望去沐浴金色的雨
渴望去拥抱蓝色的风

她还渴望
有一根挺拔的桅杆
以它的顽强
以它的坚定
让她鼓荡起
美丽的生命

啊，少女
怀着渴望憧憬
憧憬使她的眼睛
变成两颗璀璨的星星

初次发表于1986年2月19日《青年晚报》

家乡的柳笛

我走了
带了一支家乡的柳笛
吹起它
耳畔响起妈妈亲切的叮咛
奶奶温暖的絮语

家乡的袅袅炊烟飘在眼前
村前的小河水汩汩流进心里

哪怕关山迢迢
哪怕灯海迷离
我心头
永远响着一支绿色的旋律

初次发表于1986年第2期《天涯》

海 边

傍晚
漫步在沙滩
拾几只绚丽的小海螺
点缀苍白的灵感

海风撩起思绪
海浪轻吻脚面
就这样走啊
哪怕是永远永远

初次发表于1986年第2期《天涯》，收录于《汪国真抒情诗选——年轻的潮》（学苑出版社，1990年）

奉 献[*]

为了那轮十五的月亮

不被蒙上丝毫阴影

他慷慨地奉献出烂漫的青春

为了那棵被雷电击伤的木棉

依然像从前那样蓬勃火红

她毫不保留地奉献出少女纯真的爱情

因为奉献

他很自豪

——自己是一个男人

因为奉献

她很骄傲

——自己是一个女人

奉献,使他的身影

成为一座伟岸的山峰

---

* 此诗为1986年7月由青年晚报社开展的"献给当代最可爱的人"的题照赛诗活动中,从来自全国各地的三千多首诗稿中所采撷的51首中的一首。收于《军人·少女·太阳》。

奉献，使她的眼睛
成为两颗明亮的星星

初次发表于 1986 年 3 月 19 日《青年晚报》，收录于《汪国真全新作品集》（作家出版社，2017 年）

窗

你在窗外
我在窗里

如果你寻求爱情
我挂一层薄纱

如果你寻求友谊
我把薄纱撩去

爱情
需要观察仔细

友谊
需要透明清晰

初次发表于 1986 年第 3 期《青年文学》，收录于《汪国真全新作品集》（作家出版社，2017 年）

道 别

道别就道别吧
让我们为此感到惬意
何必让缥缈的不祥之感
引来没来由的忧郁
何必掬一捧小气的泪水
献给人生一次短暂的别离
让我们微笑着握手
让我们微笑着别离
难道不该微笑吗
如果没有这样一次分手
又怎能尝到
思念的甜蜜

初次发表于1986年第3期《青年文学》,收录于《汪国真爱情诗选(一)》(中国友谊出版社,1991年)

不必是

不必是春雨
也不必是寒冰
既然长大了
自然会生出
玫瑰色的憧憬
让该生长的生长
让该开放的开放
何必对青春
设置过分的禁令
少男少女的路
——坎坷
大男大女的路
——泥泞

初次发表于1986年4月《七彩虹》，收录于《汪国真全新作品集》（作家出版社，2017年）

因为你是船

怎能不留住你
因为你是船
我是一湾蓝色的港湾

怎能留得住你
因为你是船
前方，大海在召唤

初次发表于 1986 年 4 月《七彩虹》，收录于《汪国真全新作品集》（作家出版社，2017 年）

爱的方程

一句不慎的话
像一根要命的导火线
引来一场烦恼的爆发
后来,在一片烧煳的感情上
寂寞开始萌芽
如果要和好如初
本来只需缝缀上一句
温情的话
可是,在你在我
都拐弯抹角地想方设法

爱的方程式呵
总是这样
把复杂变得简单
把简单变得复杂

初次发表于1986年第4期《广州文艺》,收录于《汪国真爱情诗选(一)》(中国友谊出版社,1991年)

战 士

夜晚，邀来月亮做伴

早晨，约上太阳同行

为了锤炼一身刚健的筋骨

呼唤着雨

也呼唤着风

立正

伫立着的忠诚

行走

运动着的坚定

跑步

滚滚向前的隆隆雷声

一棵绿树

一个挺拔的形象

无数绿树

一道防风挡沙的

巍巍长城

初次发表于1986年4月26日《战友报》，收录于《汪国真诗选》（民主与建设出版社，2019年）

鼓浪屿

携着夕阳所有的恋情
步入你风姿绰约的身影
在你的怀抱里
月儿也香
琴声也亮
海浪也多情
向你走来的
都是你的恋人
离你而去的
都是你的情人
如果思念宛如秋叶
一片片落下
那么怀想定如春花
一簇簇萌生
走近你时
真怕有一天要远离你
欲厮守你时
又不愿失却了男儿豪情
你啊　你
折磨我的心
一会儿

如白帆般轻松

一会儿

如波涛般沉重

创作于 1986 年 4 月 13 日,初次发表于 1988 年第 2 期《作品》,收录于《年轻的风》(花城出版社,1990 年)

五月,在校园

五月的鲜花
簇拥着五月的校园
五月的校园
呵护着五月的青年

在五月风华正茂的阳光下
他们让胸腔
渐渐涨满汹涌的蔚蓝
她们让双臂
缓缓拉起梦中的白帆

我们谈论动荡的世界
也谈论改革的中国
我们设计绚丽的今天
也设计辉煌的遥远
我们纪念五月
五月也把我们纪念

初次发表于 1986 年 5 月 3 日《中国教育报》,收录于《汪国真全新作品集》(作家出版社,2017 年)

探 病

她的脚步很急很轻
想见他
又怕把他惊醒
一场猛烈的山火
炙伤了他的肌肤
也烤化了她心中那层
薄冰

在她眼里
他不再是个
没男子气的腼腆小伙
而成了真正的英雄

她捧来一束鲜花
提来一网兜苹果
在病房留下一个少女的
温馨……

初次发表于1986年第5期《时代青年》

树

活着
用生命撑一片浓荫
给人们
遮阳纳凉

死了
用躯体
架一座桥梁
让人们走向远方

初次发表于1986年6月13日《北京晚报》，收录于《年轻的季节》（中国人民大学出版社，1991年）

我们是青年

序
我们是青年
正处在风华正茂的时刻
人生的路还很长很长
我们该怎样想
　　怎样说、怎样做
面对茫茫大地
　　巍巍昆仑、滚滚长江
我不禁深深地思索

一
我们是青年
我们应该是脚踏实地的理想者

请不要说
　不要说什么
我的理想已经破灭
心灵上的创伤难以愈合
请不要说
　不要说什么
我现在的信念是

两耳不闻窗外事
　　一心经营安乐窝

年轻的朋友
请听，请静静地听
历史的回音壁里
那是谁用深沉的声音在说

文王拘而演《周易》
仲尼厄而作《春秋》
屈原放逐，乃赋《离骚》
左丘失明，厥有《国语》
哦，那是史学家司马迁
　　回肠荡气的吟哦

是呵，古人落难
尚能不甘沉沦发奋作为
　　难道我们年纪轻轻
竟可以在风云激荡的时代面前
一蹶不振，甘心寂寞

年轻的朋友
把忧伤、彷徨、苦闷
抛到九霄云外去吧
我们正年轻
我们该有的是
　　指点江山的风采

关山飞渡的从容
　　大江东去的气魄

年轻的朋友
让欢乐的缠绵
赌场的狂热
让一让位置吧
我们正年轻
我们需要的是
　　白杨的筋骨
　　红叶的品性
　　松树的风格

青年时代
正是充满美好理想的时代
好啊，就让我们做脚踏实地的理想者
　　用我们的热血
　　用我们的汗水
　　用我们的青春
去创造我们理想中的美好生活

二

我们是青年
我们应该是年轻有为的创业者

哦，纵横九百六十万平方公里土地
上下五千年的文明古国

留下了多少
　　英雄的故事
　　英雄的传说

熟悉，太熟悉了
源远流长
脍炙人口的《三国》
敬佩煞了，二十五岁
便铲平群雄平定了江东的
"小霸王"孙策
羡慕煞了，二十七岁
便已在草庐中作了隆中对策的
"卧龙"诸葛

翻开现代中国革命的历史
熟悉，更熟悉了
　　南昌起义的枪声
　　秋收暴动的火炬
　　井冈斗争的星火
哦，又是一串更加响亮的名字
青年有为的
　　毛泽东
　　周恩来
　　朱德

年轻的朋友
面对蒙上尘埃的古老历史

请不要总是埋怨自己生不逢时
面对刚刚逝去的峥嵘岁月
请不要过多地感叹
　　　如果，我
我们来得正是时候
我们肩负着历史赋予的重托

还记得吗
油画《父亲》手中破旧的粗瓷大碗
古铜色的额前
那饱经风霜的沟沟壑壑
你知道吗
贫穷、落后、愚昧
这些令人诅咒的字眼
还常常联系着
我们可亲可爱的祖国

有这样一个古老的传说
共工与颛顼争帝
怒而触不周山
地为之陷
天为之折
可共工和我们比起来
又算得了什么
我们的力量
　　　排山倒海
我们的气势

  无限磅礴

要么我们不说，说了
就要浩气激荡
   天惊石破
要么我们不做，做了
就要江流改道
   山河易色

让葛洲坝工地的夯声
引滦入津工程的炮响
只做个小小的序曲吧
我们要奋力擎起如椽巨笔
在中国的大地上
谱写出一曲曲
  更加高亢嘹亮的创业之歌

三
我们是青年
我们应该是忠实勇敢的保卫者

哦，远去了
古时中原逐鹿的铁马金戈
消失了
当年军阀混战的连年烽火
结束了
帝国主义列强在中国的统治

我们的前辈
已在战争的废墟上
建立起一个崭新的人民共和国

我们是在和平的襁褓中
长大的祖国儿女
陪伴我们成长的是
  金色的太阳
  晴朗的天空
  鲜艳的花朵
但是,我们深深地懂得
世界还很不安定
战争狂人
随时有可能点起新的战火

年轻的朋友
切莫做游荡子
整日里追欢寻乐
切莫做纨绔儿
成天价卿卿我我
虎狼在前
我们怎能不随时警惕
风云变幻
我们必须时刻准备着

不过,我们还是要说
放心吧,蔚蓝的大海

放心吧,奇峻的高山
放心吧,茂密的森林
放心吧,美丽的湖泊
有好儿女守边陲
便是雄关座座

漫道它有黑云压城
我们,便是压不垮的长城
　　耸立巍峨
休说它有狂风凌我
我们,便是封不住
　　断不了的滔滔黄河

我们没有忘记
曾怀着仰慕的心情
拜谒了西子湖畔的岳飞金像
我们没有忘记
曾含着难以抑止的泪水
吟读了文天祥的《正气歌》
我们深深地理解
陆游这样的诗句
　　位卑未敢忘忧国
我们永远崇敬地怀念
近代的爱国志士
　　杨靖宇
　　赵一曼
　　闻一多

祖国的大地山川
滋养了我
祖国的小米高粱
哺育了我
　　我们的性格
也像先人一样刚烈
　　我们的血液
也像前辈一样滚热
我们也像前人一样懂得
　　高于一切的是祖国
放心吧，亲爱的母亲
放心吧，亲爱的祖国
一旦边关有事
祖国的召唤
我们中间站出来的将不是
一个
两个
三个
而是
　　百万
　　千万
　　万万
　　整整一代呵
高唱着
前进，把我们的血肉
筑成新的长城的共和国国歌

四
我们是青年
我们应该是辛勤劳作的耕耘者

中华民族
是一个勤劳、勇敢、质朴的民族
勤劳是我们民族的传统美德
让我们辛勤地耕耘吧
眼睛不要总是盯着收获

我们的胸怀要宽
莫要为了几块钱奖金
便哭鼻抹泪地患失患得
我们的眼光要远
莫要为了一级工资
便喊天骂地地觅死寻活
我们都很喜欢范仲淹这样的名句
先天下之忧而忧
后天下之乐而乐
是呵,这是何等的胸襟
　　何等的气魄

年轻的朋友
请不要总是抱怨
自己的职业低人一等
请不要总是感叹

自己没有一个称心如意的工作
请不要让宝贵的岁月空蹉跎

朝霞,是那样壮丽
我们就做这绚丽晨曦中的
　　霞光一缕
海洋,是那样浩瀚
我们就做这坦荡大海中的
　　一道清波
春天,是那样美好
我们就做这艳丽春色中的
　　花儿一朵

当代文豪郭沫若
曾这样期望人们
不要让诗人占尽了
　　嫦娥奔月
　　龙宫探宝的美丽传说

哦,多才的郭老
哦,多虑的郭老
　　我们可没有那么安分
　　我们不但不让诗人
　　占尽那些美好的传说
　　我们还要用我们创业的精神
　　辛勤的劳作
　　去感动诗人

让他们情不自禁地
跑上前来
为我们写下
　　一百篇新的传说
　　一千篇新的传说
　　一万篇新的传说

五
我们是青年
我们应该是披荆斩棘的开拓者

儿时吃粽子的时候
就已知道了汨罗江的故事
还在爱用小手擦鼻涕的时候
屈原，这个不朽的名字
便已在心头深深镌刻
诗人已死去了
但是他的精神仍然活着
路漫漫其修远兮
吾将上下而求索

年轻的朋友
让我们记住这种精神吧
前进的道路还
　　　有荆棘、有沟壑
正需要我们去奋力开拓
现存的制度还

有弊端、有缺陷
正需要我们去
　　　无畏地改革

年轻的朋友
请不要总是抱怨
　　　困难，为什么会这样多，这样多
请不要总是津津乐道地
谈论人家外国如何如何
是呵，困难很多
　　　多得像数不清的山峦
可是，没有困难
　　　又要我们做什么
是呵，我们在诸多方面
　　　还不如外国
然而，敢于向强者挑战
　　　才是真正的强者

面对现实
面对亲爱的母亲祖国
我们切不可采取
躲避的态度
没有门路的
　　　一心想着安乐
有了门路的
　　　一味想着出国
不，不呵

躲避
这个词句不属于青年
属于我们的是开拓
　　是拼搏

容国团曾这样说过
　　人生能有几回搏
是呵
我们正处在人生
最美好的青春时刻
　　我们的筋骨像钢
　　我们的热情似火
此时不搏
更待何时搏

来吧
　　张华的同学们
来吧
　　步鑫生式的改革者
来吧
　　张海迪的同龄人
来吧
　　你们
来吧
　　他们
来吧
　　我们
来吧

年轻的朋友们
让我们去创造
让我们去耕耘
让我们去开拓
让我们去改革

昨天的太阳和今天
不一样
在我们手中出现的
必将是一个
如朝霞般灿烂
如太阳般辉煌的
强大的人民共和国

创作于1986年6月1日—6月11日，收录于《汪国真全新作品集》（作家出版社，2017年）

阳光下的少女

捂住眼睛,
是因为阳光太晃?
捂住面庞,
是因为心儿太慌?

少女,
欲把羞涩捂住;
不料,
娇羞溢在阳光下流淌……

初次发表于1986年第6期《作品与争鸣》封2。

雪

在一个透明的早晨
北方
一扇橘红色的玻璃窗
被一阵阵孩子们的喧闹声
　　敲响
那个少女　醒来
窗外　已是一片白茫茫
她兴奋地跳起
让睡裙旋成一朵莲花
拉开房门
怀着一个少女的全部喜悦
她奔走在晶莹闪亮的大地上

冰雪覆盖的河边
白桦树向天空眺望
起伏的铅灰色的远山
雄浑而绵长
她用小手
捧起一抔白雪
笑了
啊，这一笑

竟把个沉寂的冬天
笑——活——了

创作于 1986 年 7 月 15 日,初次发表于 1988 年第 5 期《诗神》,收录于《年轻的风》(花城出版社,1990 年)

诽　谤

诽谤是一把刀子
总想把无辜逼上绝路
躺倒的确可以苟活
失去的却是高度

想来的就来吧
眼泪不是我的归宿
打开黑色的窗户
让玻璃一样的目光
从苦难的囚禁里射出

创作于1986年8月25日,收录于《年轻的风》(花城出版社,1990年)

位 置

夜,公园
一条长凳

天,有点凉
风,开始猛

我们换个位置吧
他想为她遮住风

不用换了
她坐着一动不动

他没挪动
她不挪动

两颗心动了
在悄悄靠拢

初次发表于1986年第8期《东方青年》

信 任

你如果爱我
就请你信任我
像青草信任大地
像岸柳信任长河

没有信任的爱
总是缺了些什么
你既然已把爱情
这颗珍珠交给我
为什么还要把信任
那个匣子收藏起来呢

初次发表于1986年第10期《作品》，收录于《汪国真爱情诗选（一）》（中国友谊出版社，1991年）

错 认

我在凉爽的晚风中
等你
走过来的每一个窈窕
都像是你
走过来的每一个窈窕
都不是你
终于,等来了
你那小鹿般轻盈的步履
待走近了
我用热情问候了一句
……对不起

约会
多了个话题

初次发表于1986年第10期《作品》,收录于《汪国真爱情诗选(一)》(中国友谊出版社,1991年)

冬 夜

在那个夜晚
没有醉人的晚风
没有迷人的花香
只有皑皑的白雪
和铺在白雪上的那层
轻柔的月光

路灯下
我们的身影
像我们不安分的思绪
一会儿短
一会儿长

默默地走
默默地想
沉默
不都是无形的墙

一切都说了
一切都没说

覆盖着大地的是白雪
覆盖着白雪的是月光

初次发表于1986年第10期《作品》,收录于《汪国真爱情诗选(一)》(中国友谊出版社,1991年)

迟 到

在你最美丽的时候
我没有看见
看见你时
已是夏天的容颜

我不知道
应该庆幸
还是应该遗憾
走出重门深锁的庭院
夏天的夜
——真好看

创作于1986年10月27日,初次发表于1987年第11期《诗刊》,收录于《年轻的风》(花城出版社,1990年)

泪与旗

从沼泽中寻找真理
从芬芳里捕获诗意
从玉兰飘香的树下
和野狼出没的荒野
探寻生命的全部意义

没有谁永远幸运
没有谁永远不幸
眼泪,是生命的果
歌声,是生命的旗

在无法猜测的未来里
要么,用旗裹住泪
要么,用泪洗亮旗

创作于1986年10月28日,初次发表于1987年第4期《男子汉》,收录于《年轻的风》(花城出版社,1990年)

把夜还给我

从小巷走上大街
让关闭已久的心扉
打开快要锈蚀的锁
路灯已然害了肝病
还立在那儿履行职责

星星亮成棋子
霓虹灯
像歹徒一样闪烁
车很多
人很多
懒成了水泥柱上的灰蛾
情绪，瞬间被碾成破碎的瓦砾
心，变得很沉默
沉默中
真想喊一声
——把夜还给我

创作于1986年10月28日，初次发表于1988年第5期《诗神》，收录于《年轻的风》（花城出版社，1990年）

秋　景

枯叶旋转着
敲打着窗棂
北风呜咽着
为远去的岁月送行

阳光仍是那么浪漫
泼洒了一地笑声
郊野走着一个人
抬头瞧瞧落叶
低头望望天空

创作于 1996 年 10 月 10 日，收录于《年轻的风》（花城出版社，1990 年）

音　乐

潮汐把柔长的鞭子甩响
森林梦一般歌唱
狂飙凄厉地与太阳搏斗
乌云偷袭了皎洁的月亮

平原上的风快乐地奔走
气势磅礴的瀑布
落成令人瞠目的风光
一位慈眉善目的老人
娓娓述说一个动人的故事
把一块七彩宝石
悄悄放在你我心上

创作于1986年11月2日，初次发表于1987年第4期《男子汉》，收录于《年轻的风》（花城出版社，1990年）

白栅栏

一顶红红的圆帽
斜扣在头上
黑发弯弯的
闪动着柔和的波光
哼着一支歌谣
跨出冬天的门槛
啊，白栅栏

路，变得很短
夜，显得很长
竹叶剪出憔悴的身影
星星镀亮疲惫的目光
一缕玫瑰色的思绪
在夜空里飘荡
啊，白栅栏

长长的睫毛上
垂着两粒哀伤
心，被霜打了
梦也会死亡
死亡就死亡吧

任凭风在空谷里响
啊,白栅栏

创作于1986年11月17日,初次发表于1988年7月号《花地》,收录于《年轻的风》(花城出版社,1990年)

留 学

因为许多人羡慕
最后,竟羡慕成一帧漂亮的
风景
白鸟激荡天空
追逐一个绮丽的梦

蓝色,有蓝色的烦恼
黑色,有黑色的抒情
在异国的土地上
那些黄河水哺育的儿女们
有的,把日子过成黄昏
有的,把日子过成黎明

他们的曲子
大家都愿意欣赏
他们的故事
只好留给儿孙们听

创作于 1986 年 11 月 23 日,初次发表于 1987 年第 11 期《诗刊》,收录于《年轻的风》(花城出版社,1990 年)

忍 受

并不是个个能够成为韩信
却几乎人人都学会了忍受
为了一个缥缈的希望
总是在墙壁面前低头

女人们,太能忍受
忍受得快成了地上的草
男人们,太能忍受
忍受得快成了锅里的油

太能忍受的土地
总是贫瘠
太能忍受的天空
总是简陋
学会做一根挺立的桅杆吧
怎样在风暴来临的时候
笔直地举起自己的手

创作于1986年11月23日,初次发表于1987年第4期《绿风》,收录于《年轻的风》(花城出版社,1990年)

感 谢

让我怎样感谢你
当我走向你的时候
我原想收获一缕春风
你却给了我整个春天

让我怎样感谢你
当我走向你的时候
我原想捧起一簇浪花
你却给了我整个海洋

让我怎样感谢你
当我走向你的时候
我原想撷取一枚红叶
你却给了我整个枫林

让我怎样感谢你
当我走向你的时候
我原想亲吻一朵雪花
你却给了我银色的世界

创作于1986年11月24日,初次发表于1988年2月27日《北京日报》,收录于《年轻的思绪——汪国真抒情诗抄》(文化艺术出版社,1990年),入选《小学语文课本单元平行阅读 六年级 上》(长春出版社,2013年)

静静的桦树林

这是一片寂静的山林
这是一片美丽的风光
不论道路坎坷还是平坦
和白雪相连的就难以遗忘
不论时光是夏日还是冬天
同白桦树在一起就值得我们珍藏
小路幻想着伸向远方
白桦树好奇地向天空眺望

初次发表于1986年第11期《作品与争鸣》封2。

海滨夜话

海风
推开了窗户
月光
悄悄踱进房屋
走近窗口
眺望的你啊
为什么
掬起晶莹的泪珠

是世界太小
盛不下你的辛酸
是世界太大
寻不着你的道路
潮汐不知疲倦地拍打堤岸
远方,历经沧桑的小岛
会对你说
逆境,不是痛苦
顺境,不是幸福

走向银色的沙滩
让思绪在夜色里漫舞

把心事全部抛给大海吧
要倾诉
你就热烈地倾诉

创作于1986年12月10日,初次发表于1987年第12期《花地》,收录于《年轻的风》(花城出版社,1990年)

愿　望

认识你的时候
也就刻下你的名字
问青山思恋几许
岁月有多久
记忆便有多久

何必幽径谈画
你就是一幅丹青
何必月下吟诗
你就是一首蝶恋花
恨你
也爱你
恨，就是价值
爱，无须解释

创作于1986年12月22日，初次发表于1988年第7期《当代诗歌》，收录于《年轻的风》（花城出版社，1990年）

南方来信

知道了你的名字
却不知道你的面容
北方白雪飘飘
南国烟雨蒙蒙
你的祈愿飘在细雨里
我的祝福洒在雪花中

何必想
你是否柔情似水
何必想
你是否伟岸如松
只要　情也洁白
只要　诗也透明

创作于1986年12月23日，初次发表于1988年第3期《东方青年》，收录于《年轻的风》（花城出版社，1990年）

路 灯

街边,站立着一盏盏路灯
路灯的手
碰弯了一个个思绪
路灯的眼
拉直了一道道身影

在橘黄色的灯晕里
雪花,愈发闪亮
细雨,愈发迷蒙

一个个孩子
在高高的灯柱下长大
一个个故事
在淡淡的灯影里出生

朋友,请听我说
有灯的地方
一定会有路

有路的地方

不一定会有灯

创作于 1986 年 12 月 25 日，初次发表于 1987 年第 6 期《当代诗歌》，收录于《年轻的风》(花城出版社，1990 年)

让星星把我们照亮

让我说什么
让我怎么说
当我爱上了别人
你却宣布爱上了我

该对你热情
还是该对你冷漠
我都不能
对于你,我只能是一颗
无言的星
在深邃的天庭
静静地闪烁

闪烁,却不是为了诱惑
只为了让那皎洁的光
照亮你
也照亮我
照亮一道纯净的小溪
照亮一条清澈的小河

创作于1986年春,初次发表于1986年第10期《诗刊》,收录于《年轻的风》(花城出版社,1990年)

赠

人们都说
命运对你格外地恩宠
你却时常忧戚
时常感到心
像幽潭里的石头般沉重

我不敢想
如果你像那些
历经艰辛和磨难的人们
又会是怎样的呢

不过,我相信
只要不对生活期求得太多
你就会感到轻松
就会露出欢容
即使世界萧索
也自会是一片葱茏

创作于1986年春,初次发表于1986年第10期《诗刊》,收录于《年轻的风》(花城出版社,1990年)

生　活

你接受了幸福

也就接受了痛苦

你选择了清醒

也就选择了糊涂

你征服了别人

也就被别人征服

你赢得了一步

也就失去了一步

你拥抱了晨钟

怎么可能拒绝暮鼓

创作于1986年春，初次发表于1987年第2期《中国作家》，收录于《年轻的风》(花城出版社，1990年)

弯 弯

弯弯的小径
淌着弯弯的月光
弯弯的晚风
跑来把弯弯的思绪擦亮

你，弯弯
生出一朵羞涩
我，弯弯
弹出一串爽朗

弯弯，弯弯
小径
缀满金色的音符
弯弯，弯弯
月光
流溢迷人的芬芳

创作于1986年春，初次发表于1988年第11期《新观察》，收录于《年轻的风》（花城出版社，1990年）

叠纸船的女孩

他长大了
认识了一个
喜欢叠纸船的女孩
那个女孩喜欢海
喜欢海岸金黄的沙滩
喜欢在黄昏里的沙滩漫步

有一天
那个女孩漫步
走进了他家的门口

晚上,妈妈问他
是不是有个女孩子来过了
他回答说
没有,没有啊
妈妈一笑
问那个纸船是谁叠的

创作于1987年1月13日,初次发表于1988年第7期《花地》,收录于《年轻的风》(花城出版社,1990年)

惜时如金
——题一幅摄影

用心灵追赶金色的时间
用憧憬编织绚丽的花环
捧起庄严的书本
走向风
走向雨
走向大自然

思索在历史的沙滩
听大海弹奏如泣的慢板
摆动不懈的双脚
耸起巍峨的信念
让今日的宁静
掀起明天的狂涛巨澜

初次发表于1987年第2期《青年月刊》,收录于《年轻的思绪——汪国真抒情诗抄》(文化艺术出版社,1990年)

馈　赠

即使我们有
也不要随便地给予
轻易能够得到的东西
别人往往不珍惜

过于慷慨
有时，倒不如
过于吝惜

一枝红蔷薇
要比一簇红蔷薇
更富有魅力

初次发表于1987年第2期《中国作家》，收录于《年轻的思绪——汪国真抒情诗抄》（文化艺术出版社，1990年）

女明星

绽在海报上的笑
是笑非笑
洒在屏幕上的泪
是悲非悲
只有点点滴滴的苦衷
很真实

总有几件轶事
漂在茶杯里
被吹来吹去

她身边有一个男人
常常很悲哀
人们很容易记住他
却怎么也记不住他的名字

初次发表于1987年3月15日《中国青年报》，收录于《春季风——汪国真抒情诗文自选集》（北京十月文艺出版社，1991年）

春的请柬

既然眼睛已经长得很高
既然思绪已经染得很蓝
既然感情已经变得很暖
那就张开翅膀飞吧
飞出四季做的茧

既然嫌夏天太绿
既然嫌秋天太黄
既然嫌冬天太白
那就发一张请柬吧
——邀请春天

初次发表于1987年第4期《男子汉》,收录于《年轻的风》(花城出版社,1990年)

那就走吧

既然眼睛不再发亮
那就走吧
我不想问你会去什么地方
只是外边有雨
朋友,请你把纸伞拿上

既然热情已经冷却
那就走吧
我不想问你要去什么地方
只是外边有风
朋友,请你把风衣穿上

既然爱心已经死亡
那就走吧
我不想问你将去什么地方
只是外边有雪
朋友,请你把围巾戴上

既然再没有什么值得留恋
那就走吧
我不想问你走向什么地方

只是你教会我怎样珍藏
为什么不告诉我该如何遗忘

初次发表于1987年第4期《绿风》,收录于《汪国真爱情诗选(一)》(中国友谊出版社,1991年)

一个中学生的步履

世界是好奇
向往是万花筒
那个孩子
以嫩绿的形象
高举起双臂
迎接雨
也迎接风

眼睛是妈妈的期待
耳朵是爸爸的深情
那个少年
在崎岖的山路上
以不屈的姿态
走入艰难
走向高峰

有蔚蓝色的憧憬
也有玫瑰色的梦
把憧憬倾洒在纸上
把梦藏在心中
懂得了洒脱

也懂得了珍重
那个年轻人
在毕业典礼上
收获的礼物
一半是掌声
一半是叮咛

初次发表于1987年5月2日《中国教育报》

祝　福

真的，别再送了
你已经陪我
走了好几站路
我不愿
缩短我的寂寞
延长你的孤独

你想给予
我也想付出
此刻，我不需要什么
只想你能送我
一个皎洁的祝福

初次发表于1987年第5期《山西青年》，收录于《年轻的思绪——汪国真抒情诗抄》（文化艺术出版社，1990年）

小湖秋色

秋色里的小湖
小湖里的秋色
岸在水里小憩
水在岸上漾波

风来也婆娑
风去也婆娑
湖边稀垂柳
湖中鱼儿多

小湖什么都说了
小湖什么都没说

初次发表于1987年第6期《作品与争鸣》封2,收录于《汪国真抒情诗选——年轻的潮》(学苑出版社,1990年),入选《新课程小学语文读本 四年级 上册》(山东教育出版社,2005年)

请跟我来

既然所有的节日
都可以是一次开始
既然所有的开始
都可以是一次节日
那么,请跟我来
我要告诉你
一个斑斑驳驳的故事

既然春天
是你淡淡的忧郁
既然秋天
是你绵绵的相思
那么,请跟我来
让我们在黄昏里
写下青春的名字

创作于 1987 年 6 月 26 日,初次发表于 1988 年第 5 期《诗神》,收录于《年轻的风》(花城出版社,1990 年)

青春时节

当生命走到青春时节
真不想再往前走了
我们是多么留恋
这份魅力和纯洁

可是不能啊
前面是鸥鸟的召唤
身后是涌浪般的脚步
和那不能再重复一遍的岁月

时光那么无情
青春注定要和我们诀别
时光可也有意啊
毕竟给了我们
璀璨的韶华和炽热的血液

我们对时光
该说些什么呢

是尤怨
还是感谢

初次发表于1987年第7期《中学生》,收录于《汪国真抒情诗选——年轻的潮》(学苑出版社,1990年)

母亲的爱

我们也爱母亲
却和母亲爱我们不一样
我们的爱是溪流
母亲的爱是海洋

芨芨草上的露珠
又圆又亮
那是太阳给予的光芒
四月的日子
半是烂漫　半是辉煌
那是春风走过的地方

我们的欢乐
是母亲脸上的微笑
我们的痛苦
是母亲眼里深深的忧伤
我们可以走得很远很远
却总也走不出母亲心灵的广场

初次发表于1987年第7期《中学生》，收录于《汪国真抒情诗选——年轻的潮》（学苑出版社，1990年），入选《新课程小学语文读本　四年级　上册》（山东教育出版社，2005年）

思
——题油画

只一个沉默的姿态
便足以让世界着迷
不仅因为是一尊圣洁
不仅因为是一片安谧
还因为是一面昭示
还因为是一个启迪
还因为她以现代人的形象
告诉我们
——沉思是一种美丽

创作于1987年7月18日,初次发表于1987年10月号《诗刊》封2,收录于《年轻的风》(花城出版社,1990年)

踏　浪

踏浪　踏浪
把辉煌的青春
潇洒地书写在波涛上
像一只银灰色的鸥鸟
把玫瑰色的歌
唱给蔚蓝的海洋

青春就是幸福
幸福就是翱翔
纵有忧愁
浪花尽可以把它涤荡
纵有哀伤
大海尽可以托起沉重的翅膀

不论什么气候
不论什么时光
有青春的地方
就有对大海的向往
有对大海的向往
就有对踏浪的渴望

翱翔就是幸福

踏浪就是翱翔

初次发表于1987年第8期《青年作家》,收录于《年轻的季节》(中国人民大学出版社,1991年)

缅　怀

生命总要呈现灰色
永远新鲜的是岁月的河
别悲哀　同夕阳一道消逝的
是我的身影
如果你理解大地的沉默
也就理解了我

拥有时光的时候
还不知道怎样珍惜
懂得珍惜的时候
光阴已不太多
年轻的时候　也曾渴望安逸
年老的时候　总是怀念漂泊
生活并不都是快乐
回忆却是一首永恒的歌

创作于1987年8月18日，初次发表于1988年第2期《追求》，收录于《年轻的风》（花城出版社，1990年）

欢　乐

摄下这珍贵的一瞬
记下这永恒的时刻
节日的广场啊
汹涌着欢乐的河

孩子们从广场上
看到气象万千的祖国
我们从孩子身上
看到祖国姹紫嫣红的花朵

初次发表于 1987 年 10 月 1 日《中国教育报》

风

我是一棵树
愿你走来
向我亲密地靠拢
不必躲避阳光吧
青春不仅是梦

呼啸而来
款款而来
愿意怎么来
你就怎么来
只是不要改变自己
即使,夜很朦胧

初次发表于1987年第9期《星星》,收录于《汪国真抒情诗选——年轻的潮》(学苑出版社,1990年)

热爱生命

我不去想是否能够成功
既然选择了远方
便只顾风雨兼程

我不去想能否赢得爱情
既然钟情于玫瑰
就勇敢地吐露真诚

我不去想身后会不会袭来寒风冷雨
既然目标是地平线
留给世界的只能是背影

我不去想未来是平坦还是泥泞
只要热爱生命
一切,都在意料中

创作于1987年9月17日,1987年11月17日获《全国短诗大展赛作品集》一等奖,初次发表于1988年第2期《追求》,收录于《年轻的思绪——汪国真抒情诗抄》(文化艺术出版社,

1990年),入选《诗·散文诗(初一卷)》(浙江文艺出版社,1999年),《初中语文自读课 第5册》(北京师范大学出版社,2001年),《义务教育课程标准实验教科书 语文 九年级 下册》(语文出版社,2003年)

思 念

我叮咛你的
你说　不会遗忘
你告诉我的
我也　全都珍藏
对于我们来说
记忆是飘不落的日子
——永远不会发黄
相聚的时候　总是很短
期待的时间　总是很长
岁月的溪水边
捡拾起多少闪亮的诗行
如果你要想念我
就望一望天上那
闪烁的繁星
有我寻觅你的
　　　　　目——光

创作于1987年9月28日，初次发表于1990年3月《爱情四季》，收录于《年轻的风》（花城出版社，1990年）

月　光

风
水一般清凉
田野
梦一样安详
飘散的蓝色的雾
飘不散的是银色的池塘
噢，月光

箫声
自远方游来
蛐蛐儿
在石板下轻唱
江水随思绪流走
夜露洗净了迷惘
哦，月光

星星
是月亮挥洒的泪滴
月亮
是太阳沉重的哀伤
世界的背面是憧憬

明天的明天是希望
噢，月光

创作于1987年9月8日，初次发表于1988年第1期《星星》诗刊，收录于《年轻的风》(花城出版社，1990年)

此时此刻

此时此刻
我并不想为你献上一支颂歌
你的可爱
是表达不了的啊
何况　我不是一个好的歌者

此时此刻
我并不想为你奉上一幅画卷
你的神韵
是描摹不出的啊
何况　我又疏于翰墨

此时此刻
我并不想为你举起一捧花束
到处已是
花的海洋
没我不少　有我不多

此时此刻
我只是想说
祖国　我愿把命运

紧紧和你　系在一起
你的贫瘠就是我跋涉的源泉
你的富足就是我追求的欢乐

愿你永远像旭日东升光芒万丈
我愿像大海浪花默默祝福

初次发表于 1987 年第 10 期《中学生》

不问，是理解

孩子大了
便成了母亲的心事
母亲的心事
是夏天的树叶
怎么落　也落不尽

母亲也知道
不好总问
问多了
石头也会生气
于是，母亲的脸上
常有一层薄薄的霜翳

嗨，母亲
为什么
不学学沉默的父亲
问是爱
不问，是理解

创作于1987年10月9日，初次发表于1988年第3期《东方青年》，收录于《年轻的思绪——汪国真抒情诗抄》（文化艺术出版社，1990年）

历　史

命运是时代抛起的飞鸟
时代是历史崭新的脚步
月光照耀小路
阳光洒满大路
耸立的城垣
记载着光荣
也诉说着残酷

地上碧绿青草
地下幽幽白骨
历史是一份珍贵的礼物
历史是一部无价的书……

创作于 1987 年 11 月 25 日，收录于《年轻的风》(花城出版社，1990 年)

相 遇

不知经历了
多少长满荆棘的坎坷
不知走过了
多少满是泥泞的小路
不知熬过了
多少孤独的夜晚
终于
我们相遇了
相遇在心灵深处

像帆期待着风
像船期待着橹
从前没有风
令人欲哭还笑
今天有了橹
令人欲笑还哭

谁说不是呢
最大的痛苦
是欲哭还笑的痛苦

最大的幸福

是欲笑还哭的幸福

初次发表于 1987 年第 4 期《南天竹》

远　点

远点的地方
是一个迷人的梦幻
远点的女孩
是一枝清雅的幽兰
远点的山峰
是一腔火热的激情
远点的栅栏
是一曲凄婉的幽怨

远点远点
远点的石头是阑珊

初次发表于1987年12月2日《中国青年报》，收录于《汪国真抒情诗选——年轻的潮》（学苑出版社，1990年）

感 叹

放学了
他俩只是走在一起
走在一起
便成了一道作文题

同学先做
老师后做
家长最后做

世上
多了三篇文章
人间
少了一份美丽

初次发表于1987年12月2日《中国青年报》,收录于《年轻的思绪——汪国真抒情诗抄》(文化艺术出版社,1990年)

春天的儿女

为了明媚的春光
也为了不辜负你的美丽
挺起你的胸膛吧
春天的儿女
虽然远方的燕子
还没有飞来
虽然北风的呼啸
还显得有些凄厉
但春天终会来的
谁也不能阻挡
那波涛一样的绿色旋律

啊,春天的儿女
不要再迟疑
晦暗的日子
终究会成为过去
面对冰雪的欺凌
你该坚强忍耐
你要无所畏惧
斗争是为了灿烂的憧憬
憧憬是为了无悔的追忆

向世界庄严地宣告吧

花的河流

必定要奔腾不息

帆的船队

必定要航行在晴朗的天宇

春天的儿女啊

必定要前进在春天的队伍里

初次发表于1988年第1期《广州文艺》,收录于《年轻的思绪——汪国真抒情诗抄》(文化艺术出版社,1990年)

失恋使我们深刻

恋爱使我们欢乐
失恋使我们深刻
松树流下的眼泪
凝结成美丽的琥珀

笑是对的
哭也不是错
只是别那么悲伤
泪水毕竟流不成一条河

走过来
向世界说
眼睛能够储存泪水
更能够熠熠闪烁

创作于1988年1月11日,初次发表于1988年第5期《追求》,收录于《年轻的风》(花城出版社,1990年)

我还是想

你告诉我
你喜欢寂静
因为舌头多的地方
会有冰凌
关好窗子　锁住门
刮不进雨　也吹不进风

真的，也许躲避
不失为　一种聪明
但我还是想
出去走走
不是因为
我不惧怕寒冷
而是我无法忍受
大地上　没有我的身影

创作于1988年1月8日，初次发表于1988年第5期《追求》，收录于《年轻的风》（花城出版社，1990年）

晚　恋

太阳落山了

失去光泽的不该是你我

我们看不清彼此的眸子

这倒真是一种诱惑

晚风轻轻吹过

河水潺潺流过

感情的月亮爬上来

心，只好陨落

也许，大地早已渴望收获

多么遗憾

我们直到今天

还是不成熟的苹果

初次发表于1988年第1期《星星》诗刊。

她

宁肯像种子一样等待
也不愿像疲惫的陀螺
旋转得那样勉强
尽管冬天的路
可能还要延续很长很长
她却相信
这丰腴的土壤

爱是纯真的
不爱也是纯真的
失去纯真
换取一袭轻柔的白纱
白纱也会变得冰凉

发表于1988年2月21日《文汇报》，收录于《年轻的思绪——汪国真抒情诗抄》(文化艺术出版社，1990年)

白雪情思

风是树的爱人
雪是春的笑靥
冬日里
有多少玉树琼花
就会有多少人心雀跃

轻盈飘舞是美丽
肃穆安详是高洁
即便寒凝大地啊
也温暖了我们的心

初次发表于1988年第2期《作品与争鸣》,收录于《年轻的思绪——汪国真抒情诗抄》(文化艺术出版社,1990年)

咖啡与黄昏

用小匙搅拌
咖啡
是在调一种温馨
用眼睛凝视
夕阳
是在体验一种悲壮

咖啡
调好了
心
散发出清香
夕阳
被浪涛吞没了
泪
早已流成了诗行

创作于1988年2月12日,初次发表于1988年7月号《花地》,收录于《年轻的风》(花城出版社,1990年)

许 诺

不要太相信许诺
许诺是时间结出的松果
松果尽管美妙
谁能保证不会被季节打落

机会,凭自己争取
命运,靠自己把握
生命是自己的画板
为什么要依赖别人着色

创作于1988年2月17日,初次发表于1988年第6期《时代》,收录于《年轻的风》(花城出版社,1990年)

请听我说一句话

你为什么这样矜持
也许,你渴望春天
可又担心
春天会带来风沙

你为什么这样害怕
也许,你习惯了春天
唯恐,有一天
春天会像飘逝的云霞

友人,请听我
说一句话
睁大眼睛
不如举起火把

创作于1988年2月21日,初次发表于1988年第6期《时代》,收录于《年轻的风》(花城出版社,1990年)

古 剑

岁月流去了
流不去的是一身锋芒
还是昆仑凝雪
还是南海波光
依稀中原逐鹿古战场

把杯举起来
把月挑起来
把剑舞起来
愿人生如剑
立起——寒光四射
躺倒——四射寒光

为1988年3月全国首届《函谷》短诗大赛获奖作品,初次发表于1988年3月16日《人民日报》,收录于《年轻的思绪——汪国真抒情诗抄》(文化艺术出版社,1990年)

面对春天的期待

岁月的车轮
无情　越转越快
回首逶迤的车辙
憧憬的荆冠上
不禁飘落
几朵叹息　几片感慨

尽管成功的日子
还遥遥无期
淅淅沥沥的小雨
却不肯离去
仍然　在窗外
久久徘徊

我不知道
是否该打开窗棂
让小雨
飘进屋来
我不知道
面对春天的期待

我该付出
怎样的爱

创作于1988年4月2日,初次发表于1988年第10期《诗神》,收录于《年轻的风》(花城出版社,1990年)

你　来*

你来
便有一种温暖　潜入心怀
眼睛不由发亮
额头也变得很有光彩

你来
便为青春的际遇欣喜
便为似水的流年悲哀
便知道　与其埋下悔恨
不如植下热爱

你来
清风就来

---

* 1988年初，作者读到一位喜欢他的诗的中学生寄给他的信中的一句话："您一定有夫人了，她是一个好漂亮的女人吧？愿她幸福。"作者说："我真不知道该怎样回答这个问题。我不知道这位可爱的中学生凭什么断定我'有夫人'了。而且还'好漂亮'，这真够叫我惭愧的了，虽说我现在的年龄离人到中年还有一截子，但绝对已经属于大龄青年了。把时光推回去几十年，像我这样的年纪，成家早的男人怕是小三都会拎着瓶子上街买醋打酱油了……那天晚上，遥想一种可遇而不可求的爱情，不由写下了一首题为《你来》的小诗。"

——摘自《习诗片段》

你来

海潮就来

创作于 1988 年 4 月 17 日,初次发表于 1988 年第 5 期《追求》,收录于《年轻的思绪——汪国真抒情诗抄》(文化艺术出版社,1990 年)

致*
——给陌生的朋友们

当你向我敞开了心扉
我的心　便含满了泪水
我那颗疲惫不堪的灵魂
便体验到了一股温暖　一缕欣慰

成熟的友情像浆果
陌生的呼唤如新蕊
当我遥想你
远方的橄榄树
我的胸腔顿时充溢着
天空般　莹澈的喜悦

---

* 作者在文化部文学艺术研究院工作期间，信件是最多的人之一。这些来信，大部分是素不相识的喜欢诗歌的青年朋友写来的。这些陌生的朋友的来信，总是能给作者带来一股温暖，一缕欣喜，一份慰藉。同时，在与他们交往中，也时常让作者生出些许愧疚，些许遗憾……

作者曾写道："从心底讲，我希望给每位读者回信，因为这是一种责任，也是起码的礼貌。尽管我在努力这样做，却常常感到力不从心。"为此，作者以此诗送给年轻的朋友们，以表达其感激和愧疚……

——参考《往事如烟——心中的憾事》

和海洋般　深深的忏悔

创作于 1988 年 4 月 24 日，初次发表于 1988 年第 5 期《追求》，收录于《年轻的风》（花城出版社，1990 年）

我把小船划向月亮

请不要责怪我
有时　会离群索居
要知道
孤独也需要勇气

别以为　有一面旗帜
在前方哗啦啦地招展
后面就一定会有我的步履
我不崇拜
我不理解的东西

我把小船划向月亮
就这样划啊
把追求和独立连在一起
把生命和自由连在一起

创作于1988年4月30日，初次发表于1988年7月31日《北京晚报》，收录于《年轻的风》(花城出版社，1990年)

旅　程

意志倒下的时候
生命也就不再屹立
歪歪斜斜的身影
又怎耐得
秋叶萧瑟　晚来风急

垂下头颅
只是为了让思想扬起
你若有一个不屈的灵魂
脚下，就会有一片坚实的土地

无论走向何方
都会有无数双眼睛跟随着你
从别人那里
我们认识了自己

创作于1988年5月11日，初次发表于1988年第5期《追求》，收录于《年轻的思绪——汪国真抒情诗抄》（文化艺术出版社，1990年），入选《义务教育课程标准实验教科书语文七年级（上册）》（人民教育出版社，2001年）

如果生活不够慷慨

如果生活不够慷慨
我们也不必回报吝啬
何必要细细地盘算
付出和得到的必须一般多

如果能够大方
何必显得猥琐
如果能够潇洒
何必选择寂寞

获得是一种满足
给予是一种快乐

创作于1988年5月14日,初次发表于1988年第5期《追求》,收录于《年轻的思绪——汪国真抒情诗抄》(文化艺术出版社,1990年),入选《诗·散文诗(初一卷)》(浙江文艺出版社,1999年)

选 择

你的路

已经走了很长很长

走了很长

可还是看不到风光

看不到风光

你的心很苦　很彷徨

没有风帆的船

不比死了强

没有罗盘的风帆

只能四处去流浪

如果你是鱼　不要迷恋天空

如果你是鸟　不要痴情海洋

创作于1988年5月14日，初次发表于1988年第5期《追求》，收录于《年轻的风》（花城出版社，1990年）

那凋零的是花

你的生命正值春光
为什么　我却看到了霜叶的容颜
只因为那面美丽的镜子
打碎了
你的眷恋深深
在梦幻旁　久久盘桓

既然伸出双手
也捧不起水中的月亮
那么让昨日成为回忆
也成为纪念

人生并非只有一处
缤纷烂漫
那凋零的是花
——不是春天

创作于1988年5月15日，初次发表于1988年第5期《追求》，收录于《年轻的风》（花城出版社，1990年）

美好的情感

总是从最普通的人们那里
我们得到了最美好的情感
风把飘落的日子吹远
只留下记忆在梦中轻眠

善良,不是夜色里的松明
却总能把前途照亮　热血点燃
真诚,不是春光里的花朵
却总能指示希望　把憧憬编织成花篮

往事总是很淡很淡
如缕如烟
却又令人　难以忘怀
感激总是很深很深
如海如山
却又让人　哑口无言

创作于1988年5月24日,初次发表于1988年第5期《追求》,收录于《年轻的思绪——汪国真抒情诗抄》(文化艺术出版社,1990年)

我不期望回报

给予你了
我便不期望回报
如果付出
就是为了　有一天索取
那么，我将变得多么渺小

如果，你是湖水
我乐意是堤岸环绕
如果，你是山岭
我乐意是装点你姿容的青草

人，不一定能使自己伟大
但一定可以
使自己崇高

创作于1988年5月4日，初次发表于1988年第5期《追求》，收录于《年轻的风》(花城出版社，1990年)，入选《义务教育课程标准实验教科书　语文　六年级（上册）》(江苏教育出版社、凤凰出版传媒集团，2009年)

走,不必回头

走
不必回头
无须叮咛海浪
要把我们的脚印
尽量保留

走
不必回头
无须嘱咐礁石
记下我们的欢乐
我们的忧愁

走
向着太阳走
让白云告诉后人吧
无论在什么地方
无论在什么时候
我们

从未停止过前进
从未放弃过追求

初次发表于1988年第6期《时代》卷首语,收录于《年轻的思绪——汪国真抒情诗抄》(文化艺术出版社,1990年)

也 许

也许,永远没有那一天
前程如朝霞般绚烂
也许,永远没有那一天
成功如灯火般辉煌
也许,只能是这样
攀缘却达不到峰顶
也许,只能是这样
奔流却掀不起波浪

也许,我所能给予你的
只有一颗
饱经沧桑的心
和满脸风霜

初次发表于1988年第6期《当代诗歌》,收录于《年轻的风》(花城出版社,1990年)

淡淡的云彩悠悠地游

爱,不要成为囚
不要为了你的惬意
便取缔了别人的自由
得不到　总是最好的
太多了　又怎的消受
少是愁多也是忧
秋天的江水汩汩地流

淡淡的雾
淡淡的雨
淡淡的云彩悠悠地游

创作于1988年6月1日,初次发表于1988年第10期《诗神》,收录于《年轻的风》(花城出版社,1990年)

让我们彼此珍重

如果不那么爱慕虚荣
我们可以避免许多愚蠢的事情
当我们痛悔失去得太多
才发现原本不会失去的
只要心灵安谧　灵魂纯净

有时，我们迷失了路途
不是因为太笨
而是由于太过聪明
苍山郁郁　绿水悠悠
让我们彼此珍重

创作于1988年6月7日，初次发表于1988年第9期《东方青年》，收录于《年轻的风》（花城出版社，1990年）

自 爱

你没有理由沮丧
　　为了你是秋日
彷徨

你也没有理由骄矜
　　为了你是春天
把头仰

秋色不如春光美
春光也不比秋色强

初次发表于 1988 年 7 月 31 日《北京晚报》,收录于《汪国真抒情诗选——年轻的潮》(学苑出版社,1990 年)

只要明天还在

只要青春还在
我就不会悲哀
纵使黑夜吞噬了一切
太阳还可以重新回来

只要生命还在
我就不会悲哀
纵使陷身茫茫沙漠
还有希望的绿洲存在

只要明天还在
我就不会悲哀
冬雪终会悄悄融化
春雷定将滚滚而来

初次发表于1988年第7期《时代》，收录于《汪国真抒情诗选——年轻的潮》（学苑出版社，1990年）

思想者

我信奉真实
却不信奉谶语
我崇拜真理
却不崇拜权力

你征服了我的心
也就征服了我的躯体
你占据不了我的思想
就什么也没占据

初次发表于1988年第7期《时代》,收录于《年轻的思绪——汪国真抒情诗抄》(文化艺术出版社,1990年)

期　望

给我你的友谊
不是在风光旖旎的时候
给我你的爱情
不是在群芳争艳的时候
给我你的温暖
不是在春回大地的时候
给我你的支援
不是在山巅欢呼的时候

给我你的真诚吧
在真诚被淹没了的时候

初次发表于1988年第7期《时代》，收录于《年轻的思绪——汪国真抒情诗抄》（文化艺术出版社，1990年）

心　曲

我想忘记你
却无法忘记你
哪怕
你已是一条融入大海的河流

爱你勇敢地来
也爱你勇敢地走
来去都高歌着自由

我不想惋惜不已
更不想无聊地诅咒
相聚或分手
都有不能抗拒的理由

也没有什么
值得我为之沮丧
失去欢乐的时候
也失去稚嫩

收获忧郁的时候
也收获成熟

初次发表于1988年第7期《当代诗歌》,收录于《汪国真爱情诗选(一)》(中国友谊出版社,1991年)

夏,在山谷

夏,在山谷
清冽的涧水
沁凉了空气
茂密的丛林
嬉戏着顽皮的松鼠
在一些危而不险的地方
踏青的人
折断了几根
情趣盎然的花枝
这是深深的眷恋啊
而不是一种残酷

心,只有一颗
路却有无数
比涧水清的是溪水
比溪水美的是瀑布
能把这无处不绮丽的风光
尽收笔端吗
哦,真是

忍也忍不住

画又画不出

初次发表于1988年7月号《花地》，收录于《年轻的风》(花城出版社，1990年)

三个字

如果
三个字
可以打开一扇门
为什么
还缺乏勇气

如果
三个字
打不开一扇门
夏季
也不会变成冬季

初次发表于1988年7月号《花地》,收录于《汪国真爱情诗选(一)》(中国友谊出版社,1991年)

小 店

谁也没听见他俩
说了些什么
没有
他俩一起
在萧瑟的秋风里
走出小店
两个初恋的年轻人
占据了他们
原来的位置
发现
还未撤去的咖啡
一杯　已空
一杯　仍满

初次发表于1988年7月号《花地》，收录于《汪国真爱情诗选（一）》（中国友谊出版社，1991年）

不要总说"好吧"

不要总说"好吧"
我们毕竟不是池塘里
只会单调重复的青蛙
既然有思想
那就让思想昂首
既然有意志
那就让意志挺拔
既然厌恶虚伪
那就让任何虚伪构成的建筑
全都无可挽回地崩塌

还要学会说"不"
是的——不
即便在美妙的时刻
这也可以是最为出色的回答
在否定的灯标旁
那条美丽的帆船
正向着黛色的远方进发

初次发表于1988年8月10日《北京日报》,收录于《年轻的思绪——汪国真抒情诗抄》(文化艺术出版社,1990年)

告别,不是遗忘

我走了
不要嫌我走得太远
我们分享的
是同一轮月亮

雨还会下
雪还会落
树叶还会沙沙响

亲爱的
脚下可是个旧码头
别在上边
卸下太多的忧伤
告别,不是遗忘

创作于1988年8月2日,发表于1988年第12期《爱情·婚姻·家庭》,收录于《年轻的风》(花城出版社,1990年)

舞　会

沉重了一天的思绪
此刻,终于起锚
眼前是一片轻盈的波涛
华尔兹也是一种
愉悦的漫步
波澜深处
有一座迷人的音乐岛

或许为了遗忘
或许为了寻找
或许什么都不为
只是像一只
飞向暖巢的候鸟
当地板也激动地战栗
夜晚的城市
不再像只忧郁的猫

这是座旋转的森林
里边有无数河流和小路

当你像清风一样流动
你便成了向导和美丽的桥

创作于1988年8月4日,初次发表于1988年9月11日《北京晚报》,收录于《年轻的风》(花城出版社,1990年)

孤 独

追求需要思索
思索需要孤独
有时，凄清的身影
便是一种蓬勃
而不是干枯

两个人
也可以是痛苦
一个人
也可以是幸福

当你从寂寞中走来
道路便在你眼前展开

初次发表于1988年第9期《东方青年》，收录于《年轻的思绪——汪国真抒情诗抄》（文化艺术出版社，1990年）

无 题（一）

梦中的伊甸园
没有刺
长长的叹息
总在醒来时

不愿意梦醒
却也不愿意长眠
有时，最孱弱的生存
也蕴含铁的意志

渴望生
不是因为惧怕死
黑夜的虚幻
分娩了黎明的真实

初次发表于1988年第9期《东方青年》，收录于《年轻的思绪——汪国真抒情诗抄》（文化艺术出版社，1990年）

假如你不够快乐

假如你不够快乐
也不要把眉头深锁
人生，本来短暂
为什么　还要栽培苦涩

打开尘封的门窗
让阳光雨露洒遍每个角落
走向生命的原野
让风儿熨平前额

博大可以稀释忧愁
深色能够覆盖浅色

初次发表于1988年第5期《追求》，收录于《汪国真抒情诗选——年轻的潮》（学苑出版社，1990年），入选《中学生诵读文选（下）　名家精美诗文》（华夏出版社，2001年）

倘若才华得不到承认

倘若才华得不到承认
与其诅咒　不如坚忍
在坚忍中积蓄力量
默默耕耘

诅咒　无济于事
只能让原来的光芒暗淡
在变得暗淡的光芒中
沦丧的更有　大树的精神

飘来的是云
飘去的也是云
既然今天
没人识得星星一颗
那么明日
何妨做　皓月一轮

初次发表于1988年第5期《追求》，收录于《汪国真抒情诗选——年轻的潮》（学苑出版社，1990年），入选《当代学生经典必读——一生必读的名家诗歌》（内蒙古文化出版社，2005年）

一 夜

夹竹桃
在窗外轻轻摇曳
影子
在墙上一次次重叠
台灯
疲惫地睁大着眼睛
墙壁
早已累得苍白如雪

一首诗
从心头　流了出来
稿纸上
浸透着青春和血

初次发表于1988年第10期《诗神》,收录于《汪国真抒情诗选——年轻的潮》(学苑出版社,1990年)

景山观夜

夜上景山
倚古亭　临风
秋月弯成号角
吹落满天星
星海托起天边的夜
夜　很轻

赞语急速凝固
灵感全部失踪
谁也不想寻找什么
只想此刻也在夜色里消融

初次发表于 1988 年第 10 期《诗神》，收录于《汪国真抒情诗选——年轻的潮》(学苑出版社，1990 年)

我知道

欢乐是人生的驿站
痛苦是生命的航程
我知道
当你心绪沉重的时候
最好的礼物
是送你一片宁静的天空

你会迷惘
也会清醒
当夜幕低落的时候
你会感受到
有一双温暖的眼睛

我知道
当你拭干面颊上的泪水
你会粲然一笑
那时,我会轻轻对你说

走吧　你看
槐花正香　月色正明

初次发表于1988年10月25日《安徽工人报》，收录于《年轻的思绪——汪国真抒情诗抄》（文化艺术出版社，1990年）

孤　寂

已经过了做梦的年龄
可是　又怎能没有梦
即便在冰天雪地的日子里
梦中的花朵
依然活泼　轻盈

树叶可以指示季节
却无法指示爱情
等待　漫长的等待之后
是硕大的幸福
还是绵绵的哀痛

初次发表于 1988 年第 10 期《诗神》

感　觉

欢乐总是太短
寂寞总是太长
挥不去的
是雾一样的忧伤
挽不住的
是清晨一样的时光

能把这一切记住的
唯有笔
和一颗无垠的心
满含期待的眼睛
——热泪盈眶

创作于1988年10月7日，初次发表于1988年11月6日《北京晚报》，收录于《年轻的思绪——汪国真抒情诗抄》（文化艺术出版社，1990年）

祝你好运

还没有走完春天
却已感觉春色易老
时光湍湍流淌
岂甘命运　有如蒿草

缤纷的色彩　使大脑晕眩
淡泊的生活　或许是剂良药
人，不该甘于清贫
可又怎能没有一点清高
枯萎的品格
会把一切葬送掉

祝你好运
愿你的心情　和运气一样好

创作于1988年10月8日，初次发表于1988年11月6日《北京晚报》，收录于《年轻的风》（花城出版社，1990年）

我的河

早想有一个人
能让我把深情诉说
今天我却依然沉默
沉默
是一条冰封的河

在我记忆的树梢上
白云轻盈飘落
星空神秘闪烁
只是还没有小路和紫荆花
编织的那支动人的歌

我的河
习惯了沉默
却绝不冷漠
它无时不在呼唤
明媚的春天
它无时不在寻觅
那潭美丽的湖泊

初次发表于1988年第11期《新观察》,收录于《年轻的思绪——汪国真抒情诗抄》(文化艺术出版社,1990年)

你走来了

你走来了
带给我轻松
我陡然发现
瀑布从山峰飞落
湖面上
徐徐吹过温馨的风
茂密的大森林
鸟儿婉转地啁啾
遥远的天边
缓缓挂起一颗诱人的红杏

你走来了
带给我沉重
我知道
爱得深　期望也深
你不愿我留恋眼前的景色
盼我去远行
去万里鹏程
去找寻更美丽
更壮阔的风景

你走来了

走来了

带给我轻松

带给我沉重

带给我一个变得

丰富了的人生

初次发表于1988年第11期《新观察》,收录于《汪国真爱情诗选(一)》(中国友谊出版社,1991年)

有云的日子

要么　让霞光出来
要么　落成瓢泼大雨
有云的日子
总是很沉　很阴郁

刀在切割破碎的心
心在等待
或悲或喜的结局
生活　有时太折磨人了
只有痛苦的人
别把废墟　当成墓地

初次发表于1988年12月《诗刊》，收录于《汪国真抒情诗选——年轻的潮》（学苑出版社，1990年）

只要彼此爱过一次

如果不曾相逢
也许　心绪永远不会沉重
如果真的失之交臂
恐怕一生也不得轻松

一个眼神
便足以让心海　掠过飓风
在贫瘠的土地上
更深地懂得风景

一次远行
便足以憔悴了一颗　羸弱的心
每望一眼秋水微澜
便恨不得　泪光盈盈

死怎能不　从容不迫
爱又怎能　无动于衷
只要彼此爱过一次
就是无憾的人生

初次发表于1989年第1期《辽宁青年》，收录于《汪国真抒情诗选——年轻的潮》（学苑出版社，1990年）

送　别

送你的时候

正是深秋

我的心像那秋树

无奈飘洒一地

只把寂寞挂在枝头

你的身影是帆

我的目光是河流

多少次

想挽留你

终不能够

因为人世间

难得的是友情

宝贵的是自由

创作于1989年1月13日，初次发表于1989年2月18日《中国青年报》，收录于《年轻的思绪——汪国真抒情诗抄》(文化艺术出版社，1990年)

人在冬天

尽管春天很美丽
可有时候
我还是想回到从前去
回到那白雪飘飘的日子里

捧那晶莹的雪
吸那清凉的空气
在寒风凛冽的时候
就围在暖洋洋的炉火旁
烤着红薯　忆往昔

人在冬天
总是没有距离

创作于1989年1月15日，初次发表于1989年2月18日《中国青年报》，收录于《年轻的风》（花城出版社，1990年）

走向风雨

既然要到大自然中去
就总会遇到风
总会遇到雨
有了风雨　不能不走路啊
那就让我们
披上一件风雨衣

谁说风雨无情
有了风雨
我才有了
灰色的潇洒
你才有了
红色的飘逸

初次发表于 1989 年第 2 期《人生与伴侣》

我并不孤独

我并不孤独
有忧伤为我祝福
走在梦一般的大森林里
我迷了路
眼前是一片轻柔的薄雾

阳光透过茂密的枝叶
心弹响金色的鼓

哪里是我回家的小径
问枝头的小鸟
也问脚下的泥土

初次发表于1989年第3期《炎黄子孙》,收录于《汪国真抒情诗选——年轻的潮》(学苑出版社,1990年)

我能告诉你的

别问我从哪里来
我把梦　已留给了
昨日的山岚
从前的日子　一言难尽
我能告诉你的是
——不是春天

别问我往哪里去
我把思念　托付给了
明日的白帆
未来的追寻　千言万语
我能告诉你的是
——只有春天

初次发表于1989年第3期《炎黄子孙》，收录于《汪国真抒情诗选——年轻的潮》(学苑出版社，1990年)

怀　想

我不知道
是否　还在爱你
如果爱着
为什么　会有那样一次分离

我不知道
是否　早已不再爱你
如果不爱
为什么　记忆没有随着时光流去

回想你的笑靥
我的心　起伏难平
可恨一切
都已成为过去
只有婆娑的夜晚
一如从前　那样美丽

初次发表于1989年第3期《炎黄子孙》，收录于《汪国真抒情诗选——年轻的潮》（学苑出版社，1990年）

即便成功使我们声名远扬

即便有一天
成功使我们声名远扬
我们又怎能忘却
心中的梦想
怎能忘却　昨夜窗前
那簇无语的丁香

大路走尽　还有小路
只要不停地走
就有数不尽的风光
属于鲜花　微笑　和酒杯
怎比得属于原野　清风　和海洋

初次发表于1989年第3期《炎黄子孙》，收录于《汪国真抒情诗选——年轻的潮》（学苑出版社，1990年）

生命总是美丽的

不是苦恼太多
而是我们的胸怀不够开阔
不是幸福太少
而是我们还不懂如何生活

忧愁时,就写一首诗
快乐时,就唱一支歌
无论天上掉下来的是什么
生命总是美丽的

初次发表于1989年第3期《炎黄子孙》,收录于《汪国真抒情诗选——年轻的潮》(学苑出版社,1990年)

我喜欢自然

我不想故作潇洒
只想活得真实
就像无拘无束的风
在时光里轻盈地走
既不是标榜
也没有解释

我喜欢自然
就像喜欢流逝的往日
无论花丛　还是蒺藜
过去了的
总让人染上　莫名的相思

初次发表于1989年5月20日《北京晚报》，收录于《汪国真抒情诗选——年轻的潮》(学苑出版社，1990年)

多一点爱心

多一点爱心
少一点嫉妒
我们欠缺的那把鲜花
时光自会弥补

让我们学会爱
学会真诚地祝福
在别人快乐的微笑面前
我们的眼睛　总是清澈如水
只为自己的不幸
有时，才浮出些淡淡的云雾

或许我们会永远平凡
平凡也有宁静的风度

初次发表于1989年5月24日《北京晚报》，收录于《汪国真抒情诗选——年轻的潮》（学苑出版社，1990年）

生命之约

如果到了约定的时候
我还没有来
那一定是出了　人祸天灾
房舍被夷为平地
桑田变成沧海
所有必经的道路　全都被阻塞

有许多东西
可以遗忘
——比如仇恨
有许多事情
必须铭记
——像爱和关怀

岁月慢慢风蚀着容颜
时光渐渐把窗棂打开

初次发表于1989年第5期《绿风》，收录于《汪国真抒情诗选——年轻的潮》（学苑出版社，1990年）

能够认识你,真好

不知多少次
暗中祷告
只为了心中的梦
不再缥缈

有一天
我们真的相遇了
万千欣喜
竟什么也说不出
只用微笑说了一句
能够认识你,真好

初次发表于1989年第5期《绿风》,收录于《汪国真抒情诗选——年轻的潮》(学苑出版社,1990年)

爱的无奈

当我和你握别以后
总是不由把记忆折叠起来
阳光是那么金黄
天空清澈得没有一丝云彩
蓝蓝的风
把心吹得晶莹
流光溢彩的眸子里
盈满了对万物的关怀

心情愉悦得
想做任何事情
却什么也做不成
紧闭的门窗
拦不住奔放不羁的情绪
在早春的江边流连徘徊
或许，爱都是这样的吧
既美丽　又无奈

初次发表于1989年第6期《当代青年》，收录于《汪国真爱情诗选（一）》（中国友谊出版社，1991年）

流　逝

相逢无须解释
分别不必解释
正如晨曦
正如落日

来像一幅画
去似一首诗
或者缠绵
或者凄然
都是美的故事

初次发表于1989年6月4日《人民日报》，收录于《汪国真爱情诗选（一）》（中国友谊出版社，1991年）

写 生

你好,原来你在这里
金色的树林
绿色的草地
阳光展开的斑斓裙裾

少年,用十六岁
支起欢乐
支起幻想
支起希冀

丹青妙手
不必
不必
十六岁
正是画不出的年纪

初次发表于 1989 年 6 月 4 日《人民日报》,收录于《汪国真抒情诗选——年轻的潮》(学苑出版社,1990 年)

跨越自己

我们可以欺瞒别人
却无法欺瞒自己
当我们走向枝繁叶茂的五月
青春就不再是一个谜

向上的路
总是坎坷又崎岖
要永远保持最初的浪漫
真是不容易

有人悲哀
有人欣喜
当我们跨越了一座高山
也就跨越了一个真实的自己

初次发表于1989年6月13日《北京日报》,收录于《汪国真抒情诗选——年轻的潮》(学苑出版社,1990年)

不要赞美我

总是觉得
愧对那些期待的眼睛
过去的一切
仿佛是一个
极易破碎的梦

我只是把
心灵孕育的种子
虔诚地撒在了大地上
不曾想　它们
真的长成了树
长成了一片风景

不要赞美我
那是由于慷慨的阳光
温馨的雨
还有那微笑着走来的
暖暖的风

初次发表于 1989 年 6 月 13 日《北京日报》，收录于《汪国真抒情诗选——年轻的潮》(学苑出版社，1990 年)

初 夏

从这个时候起
我们把窗棂全部打开
渴望风
从远方吹来

不惧怕乌云
我们期待雨
也不躲避阳光
我们向往安详的湖
和汹涌的海

我们从春天走来
带着青春的风采

初次发表于1989年8月15日《北京晚报》,收录于《汪国真抒情诗选——年轻的潮》(学苑出版社,1990年)

少　女

总是这样
春天来临的时候
心还没有做好准备
晚风
轻轻掀动垂落的窗帷

梦里常笑醒
醒来难入睡
在花落花开的季节
笑是醉　哭也是醉

告别过去
过去没有流着泪枯萎
迎接明天
明天该不是害羞的蔷薇

初次发表于1989年第8期《青年文学》，收录于《汪国真抒情诗选——年轻的潮》（学苑出版社，1990年）

为 难

让进屋里
就不好意思请出门去

第一次来了
削苹果

第二次来了
洗鸭梨

第三次来了
便玩指甲刀

你最厌烦的客人
屁股总是沉甸甸的

初次发表于1989年第8期《青年文学》，收录于《汪国真抒情诗选——年轻的潮》（学苑出版社，1990年）

镜 子

拿起你来
你仍然是我少年时的样子
日子，还是那么宁静
我却已不是
一首活泼天真的诗

拿起你来
常感叹岁月的流逝
那路太远
那山太高
跑也不是　走也不是

拿起你来
在心中默默祈求
岁月，无论怎样
改变我的容颜
只是　请千万保留我
最初的品质

初次发表于1989年第8期《青年文学》，收录于《汪国真抒情诗选——年轻的潮》（学苑出版社，1990年）

钢 琴

还没有弹

夕阳　就已流淌出

愉悦的旋律

给我　十倍于你金钱

也无法让我

如此欢畅地呼吸

圣洁是一种感情

这种感情　价值无法代替

初次发表于1989年第8期《青年文学》，收录于《汪国真抒情诗选——年轻的潮》（学苑出版社，1990年）

寂　寞

寂寞不是痛苦
寂寞是一种忧郁
想到郊外走走
想到海滩走走
走走是释放
也是汲取

殷红的血液
毕竟不是一泓安详
可以四大皆空
可以无嗔无怨
然而，即便有兜着走的忧愁
也不羡慕佛门子弟

愚蠢总是欺瞒别人
精明总是欺瞒自己
我都不要
笑，便是虹霓
哭，便是骤雨

发表于1989年第8期《青年文学》

致友人

我没有太多的话
告诉你
走什么路　全在自己
只是愿你
不要太看重红色的花
和金色的果
不要太看重
名利　与　荣誉

即使没有辉煌的未来
如果能有无悔的往昔

初次发表于1989年8月9日《北京晚报》，收录于《年轻的思绪——汪国真抒情诗抄》（文化艺术出版社，1990年）

走向未来

——献给国庆四十周年

经过血与火的战斗
共和国在这片土地上诞生
回首苍茫岁月
历史已走过了四十年历程

四十年道路
并不轻松
我们从沉重中认识到了
必须改革　改革是雨露

四十年道路
确实很沉重
我们从危难中懂得了
必须开放　开放是风

重新集结起
一支浩浩荡荡的大军
重新鼓荡起
一个民族昔日的雄风

我们再也无路可退
只能勇往直前　众志成城
我们再也耽搁不起
只能审时度势　大潮向东

四十年历史在这里沉思
中国在沉思中前进
一个觉醒了的伟大民族
定会双手托起新的辉煌黎明

初次发表于1989年10月1日《中国机电报》

雨西湖

西湖细雨里
一片苍茫
不见了莺飞草长
苏堤长长　白堤长长

有多少雨滴
就溅起多少幻想
西湖友人笑我
晴也寻常　雨也寻常
如此，波光水色
不尽惘然
唉，最好　西湖不是故乡

初次发表于1989年11—12月《诗人》，收录于《汪国真抒情诗选——年轻的潮》（学苑出版社，1990年）

又是雨夜

因为钟情也因为留恋
一句温馨的话
便让心　浮想联翩

春花入梦　秋月入梦
积攒了四个季节的梦
拎都拎不起来了
沉甸甸

雨夜　又是雨夜
却仍然不见去年
那把淡蓝色的小伞

初次发表于 1989 年 11—12 月《诗人》，收录于《汪国真抒情诗选——年轻的潮》（学苑出版社，1990 年）

人不长大多好

人不长大多好
就可以用铁钩
滚月亮
就可以蹲在地上
弹星星
就可以把背心一甩
逛银河

人不长大多好
哪怕有茶叶一样香的朋友
哪怕有美酒一样醇的恋人
哪怕有野草莓一样鲜红的事业
人长大了
烦恼总是比快乐多

初次发表于1989年11—12月《诗人》，收录于《汪国真抒情诗选——年轻的潮》（学苑出版社，1990年）

回 首

曾总想穿过那段
最无瑕的时光
去实现所有缤纷的梦想
当回首深深浅浅的脚印
不禁顿足扼腕
恨冬日太短　夏日不长

真想把还没有走完的青春
重新再走一遍
便知该如何珍惜
每一抹黄昏　每一缕霞光
叹只叹光阴不肯倒流
从此，再也不敢懵懂与疏狂

初次发表于1989年11月12日《北京晚报》，收录于《汪国真抒情诗选——年轻的潮》（学苑出版社，1990年）

月明星稀的晚上

请你记住
这个月明星稀的晚上
蓝色的风
把沉思的菩提树
变成了哨子
轻轻地　轻轻地
吹向飘在那泓涟漪上的
一片薄薄的月光

湖边
我用真诚的珠玑
缀成一串项链
挂在你柔美的脖颈上
你流泪了
尽管这串项链
并不会发光

我要告诉你啊
我要告诉你
你再也不会孤独
因为我想念着你

你也不要迷惘
我们既已站在一起
还惧怕什么地狱
还稀罕什么天堂

初次发表于1989年第22期《辽宁青年》,收录于《汪国真抒情诗选——年轻的潮》(学苑出版社,1990年)

给友人

不站起来
才不会倒下
更何况
我们要去浪迹天涯
跌倒是一次纪念
纪念是一朵温馨的花
寻找　管什么日月星辰
跋涉　分什么春秋冬夏
我们就这样携着手
走啊　走啊

你说，看到大海的时候
你会舒心地笑
是啊　是啊
我们的笑　能挽住云霞

可是，我不知道
当我们想笑的时候

会不会
却是 潸然泪下

初次发表于1989年第6期《追求》,收录于《汪国真抒情诗选——年轻的潮》(学苑出版社,1990年)

你可知道

我不想用那迷雾
把我的心灵遮住
让你凝望了半天
感觉仍是一片模糊

我不想用一道藩篱
把我的思想束缚
笑　就灿烂地笑
哭　就晶莹地哭

你可知道　你可知道
倘若我不能真实地
袒露自己
我是多么痛苦

初次发表于1989年第6期《追求》，收录于《汪国真抒情诗选——年轻的潮》（学苑出版社，1990年）

但是,我更乐意

为什么要别人承认我
只要路没有错
名利从来是鲜花
也是枷锁

无论什么成为结局
总难免兴味索然
流动的过程中
有一种永恒的快乐

尽管,有时我也祈求
有一个让生命辉煌的时刻
但是,我更乐意
让心灵宁静而淡泊

初次发表于1989年第6期《追求》,收录于《年轻的思绪——汪国真抒情诗抄》(文化艺术出版社,1990年)

默默的情怀

总有些这样的时候
正是为了爱
才悄悄躲开
躲开的是身影
躲不开的　却是那份
默默的情怀

月光下踯躅
睡梦里徘徊
感情上的事情
常常　说不明白

不是不想爱
不是不去爱
怕只怕
爱也是一种伤害

初次发表于1990年第1期《中国青年》，收录于《汪国真抒情诗选——年轻的潮》（学苑出版社，1990年）

给我一个微笑就够了

不要给我太多情意
让我拿什么还你
感情的债是最重的啊
我无法报答　又怎能忘记

给我一个微笑就够了
如薄酒一杯,像柔风一缕
这就是一篇最动人的宣言啊
仿佛春天　温馨又飘逸

初次发表于1990年第1期《中国青年》,收录于《汪国真抒情诗选——年轻的潮》(学苑出版社,1990年)

把未来握在自己手里

没有谁能够改变过去
却可以把未来握在手里
选择是一种权利
这种权利属于自己
你选择汗水
便收获丰硕的秋天
你选择大海
便收获迷人的四季
你选择一条通向阳光的道路
就会发现　这个世界有多美丽

初次发表于1990年1月6日《法制日报》

昨日风景

我不知道
有多少个星辰
醉心其间
挥一挥手
又怎能抹去
这不绝如缕的眷恋

哪怕前面的风景
更美更好
我都无法
轻抛过去　一展笑颜
尽管人生告别寻常事
真告别时　却又难说再见

初次发表于1990年1月7日《工人日报》，收录于《汪国真抒情诗选——年轻的潮》（学苑出版社，1990年）

剪不断的情愫

原想这一次远游
就能忘记你秀美的双眸
就能剪断
丝丝缕缕的情愫
和秋风也吹不落的忧愁

谁曾想　到头来
山河依旧
爱也依旧
你的身影
刚在身后　又到前头

初次发表于1990年第2期《诗刊》，收录于《汪国真抒情诗选——年轻的潮》（学苑出版社，1990年）入选《普通话教程》（山东文艺出版社，2002年）

永恒的心

岁月如水
流到什么地方
就有什么样的时尚
我们怎样苛求
世事与沧桑

永不改变的
是从不羞于见人的
真挚与善良

人心
无论穿什么样的衣裳
都会　太不漂亮

初次发表于1990年第2期《诗刊》，收录于《汪国真抒情诗选——年轻的潮》（学苑出版社，1990年）

无　题（二）

我可以拒绝一切
却无法拒绝寂寞
如果有人背叛你
总是在落魄的时刻

也会有人送来慰藉
如天国降临的使者
在无法报答的日子里
只有默默地记着

春寒时节不说
秋雨时节不说
真待说时
不见花开　只见花落

初次发表于1990年第2期《诗刊》，收录于《汪国真抒情诗选——年轻的潮》（学苑出版社，1990年）

美好的愿望

我要用一生去实现
心中美好的愿望
即便那是一条
没有尽头的路
走向远方　又有远方

有时，感觉自己
真像一只孤独的大雁
扇动着疲惫的翅膀
望天也迷茫　望水也迷茫

只是从来不想改变初衷
只是从来不想埋葬向往
我不在乎　地老天荒
只要能够　如愿以偿

初次发表于1990年2月4日《工人日报》，收录于《汪国真抒情诗选——年轻的潮》（学苑出版社，1990年）。入选《中学生诵读文选（下）：名家精美诗文》（华夏出版社，2001年）

日　子

总是觉得日子这样简单
走过去的道路那么平凡
没有几多郁悒　可以铭记
也没有多少欣喜　值得流连
秋色萧索复萧索
春光烂漫又烂漫

即便如此　我又怎么能
——忘却从前
即便如此　我又怎么能不
——向往明天
希望在不断地寻找中失去
憧憬在不断地失去中再现

初次发表于1990年2月3日《北京晚报》，收录于《汪国真抒情诗选——年轻的潮》（学苑出版社，1990年）

含笑的波浪

我不想追波
也不想逐浪
我知道
这样的追逐
永远也赶不上

我只管
走自己的路
我就是
——含笑的波浪

初次发表于1990年第3期《绿风》,收录于《汪国真抒情诗选——年轻的潮》(学苑出版社,1990年)

叶子黄的时候

别把头低
别把泪滴
天空没有力量
需要我们
自己把头颅扬起

生活不总是宽敞的大道
任你漫步
任你驰骋
每个人都有自己
泥泞的小路　弯弯曲曲

春天的时候
你别忘记冬天
叶子黄的时候
你该记起绿

初次发表于1990年3月11日《工人日报》(笔名：晓望)，收录于《汪国真抒情诗选——年轻的潮》(学苑出版社，1990年)

江南雨

江南也多晴日
但烙在心头的
却是　江南的
濛濛烟雨

江南雨　斜斜
江南雨　细细
江南雨斜
斜成檐前翩飞的燕子
江南雨细
细成荷塘浅笑的涟漪

江南雨
是阿婆河边捣的衣
江南雨
是阿妈屋前舂的米
江南雨
是水乡月上柳梢的洞箫
江南雨
是稻田夕阳晚照的竹笛

江南雨里

有一把圆圆的纸伞

江南雨外

有一个圆圆的思绪

江南雨有情

绵绵得使江南人不想离别

江南雨有意

密密得使外乡人不愿归去

初次发表于1990年3月11日《工人日报》(笔名:晓望),收录于《汪国真抒情诗选——年轻的潮》(学苑出版社,1990年)

心中的玫瑰

为了寻找你
我已经是　伤痕累累
青春的森林真大啊
你的声音　又太轻微

眼睛还燃烧着渴望
心已是很憔悴
真想停下来歇一歇
怎奈岁月如流水

星星在每一个夜晚来临
候鸟在变幻的季节回归
我却不知
该是等待你　还是寻找你
——心中的玫瑰

初次发表于1990年第3期《爱情·婚姻·家庭》，收录于《汪国真抒情诗选——年轻的潮》(学苑出版社，1990年)

旅　行

凡是遥远的地方
对我们都有一种诱惑
不是诱惑于美丽
就是诱惑于传说

即便远方的风景
并不尽如人意
我们也无须在乎
因为这实在是一个
迷人的错

到远方去　到远方去
熟悉的地方没有景色

初次发表于1990年3月17日《中国青年报》，收录于《汪国真抒情诗选——年轻的潮》（学苑出版社，1990年）

纪　念

命运可以走出冬天
记忆又怎能忘却严寒
春天，是个流泪的季节
你别忘了打伞

当你走向萧索
我知道
你不是喜欢孤单
当你泪花闪烁
我知道
你不是悲哀　而是喜欢

沧桑抹去了青春的容颜
却刻下纵横交错的山川

初次发表于1990年3月17日《中国青年报》，收录于《年轻的思绪——汪国真抒情诗抄》（文化艺术出版社，1990年）

生　日

壁灯还是那么神圣
红蜡烛还是那么热情
友谊还是那么温馨
可是　你没有来
音乐流淌着
没有歌声

人们向我微笑
微笑像柠檬
我也笑了
只有我知道
笑是腊月的火
心却是溽暑的井

初次发表于1990年第3期《绿风》

真　想

真想为你做点什么
因为　我总觉得所欠太多
你仿佛是结满浓荫的枝柯
遮蔽着我　一个疲惫的跋涉者

真想回报你以温暖
我却不是太阳
真想回报你以雨水
我又不是云朵

真想了却的心愿不能了却
这不只是遗憾　也是折磨

注：作者被《女友》杂志特邀为第一个专栏撰稿人，在该"精品屋"中，汪国真介绍了他的笔名是晓望、晓汪。

创作于1990年4月，初次发表于1990年第7期《女友》，收录于《汪国真抒情诗选——年轻的潮》(学苑出版社，1990年)

是 否

是否　你已把我遗忘
不然为何　杳无音信
　　天各一方

是否　你已把我珍藏
不然为何　微笑总在装饰我的梦
　　留下绮丽的幻想

是否　我们有缘
只是源头水尾
　　难以相见

是否　我们无缘
岁月留给我的将是
　　愁绪萦怀　寸断肝肠

初次发表于1990年第4期《读者文摘》，收录于《汪国真抒情诗选——年轻的潮》（学苑出版社，1990年）

无　题（三）

年龄
总是如期而来

忧愁
总是不请自来

不幸
总是突如其来

而你
为何　总也不来

收录于《汪国真抒情诗选——年轻的潮》（学苑出版社，1990年）

也是无题

年龄
总是聚集不去

忧愁
总是慢慢离去

不幸
总是劫掠而去

而你
即使来了
又怎会不去

收录于《汪国真抒情诗选——年轻的潮》（学苑出版社，1990年）

悼一位老人

时光可以抹去春天的容颜
却抹不去春天的气质
当大地落满皑皑的白雪
又需要什么来为它装饰

季节总要变幻
不变的是那双眼睛
亲切而睿智
当那一天
他溘然离去了
雪花啊
整整　落了一日

收录于《汪国真抒情诗选——年轻的潮》(学苑出版社，1990年)

有一段时间

随意的时候很少
失意的时候很多
有许多美丽的渴望
转瞬都成了泡沫

心很冷的时候
太阳也失去了光泽
好像没有使人高兴的事情
只独自嚼着苦涩

拨响凄清的吉他
唱一支悲凉的歌
在很深很深的惆怅里
等待命运转折的时刻

收录于《汪国真抒情诗选——年轻的潮》（学苑出版社，1990年）

黄昏偶拾

黄昏弥漫着朦胧
等待月儿入梦
在湖边　捡起石子
打出一串水漂
不是为了无聊
而是因为感动

只有水　才能总是
让我们情不自禁地低头
当我们低下头来
便有一种
清纯和丰沛的感觉
悄悄　注入心中

初次发表于1990年第6期《北京文学》，收录于《汪国真抒情诗选——年轻的潮》（学苑出版社，1990年）

海 岸

你总是和很多
最美丽的向往连在一起
连在一起
就像白天的我们
和梦中的自己

这该是怎样的一种绮丽
在一个旭日喷薄的清晨
徜徉在微风吹拂的沙滩上
倾听海洋蔚蓝色的呼吸

面对大海
面对无数流逝了的世纪
不知不觉　心的四周
轰然坍塌了
忧郁垒砌成的墙壁

初次发表于1990年8月22日《人民日报》，收录于《汪国真抒情诗选——年轻的潮》（学苑出版社，1990年）

祝　愿
　　——写给友人生日

因为你的降临
这一天
成了一个美丽的日子
从此世界
便多了一抹诱人的色彩
而我记忆的画屏上
更添了许多
美好的怀念　似锦如织

我亲爱的朋友
请接受我深深的祝愿
愿所有的欢乐都陪伴着你
仰首是春　俯首是秋
愿所有的幸福都追随着你
月圆是画　月缺是诗

收录于《汪国真抒情诗选——年轻的潮》（学苑出版社，1990年）

咏　春

夏太直露
冬又不那么温柔
秋天走来的时候
浪漫便到了头

多情还夸春日
推开窗户
只一阵　清风吹来
便把心醉透

无奈却是春雨
喜上眉头偏带忧

收录于《汪国真抒情诗选——年轻的潮》(学苑出版社，1990年)

过 去

过去
是什么

过去是路
留下蹒跚的脚步无数

过去是雾
近的迷蒙　远的清楚

过去是湖
回忆，是掠过湖面的白鹭

收录于《汪国真抒情诗选——年轻的潮》（学苑出版社，1990年）

如　果

如果你一定要走
我又怎能把你挽留
即使把你留住
你的心　也在远方浮游

如果你注定一去不回头
我为什么还要独自烦忧
即便终日以泪洗面
也洗不尽　心头的清愁

要走　你就潇洒地走
人生本来有春也有秋
不回头　你也无须再反顾
失去了你　我也并非一无所有

收录于《汪国真抒情诗选——年轻的潮》（学苑出版社，1990年）

雨

下雨了
大地溅起了一片欢乐
山谷是太浅的酒杯
盛不下欢乐汇成的河

尽管我们知道
这并不是春天
但我们还是痴迷
为了这清明的景色

然后讲一个
关于大山的故事吧
还有春光中的蝴蝶
和秋色里的野果

收录于《汪国真抒情诗选——年轻的潮》(学苑出版社,1990年)

流行色

她喜欢最漂亮的时装
却不喜欢穿流行色
一切都是流行
一切都不是流行

雍容也别致
随意也别致
人们都说
今年的流行色真好
可惜如蚂蚁
没人说她
她春天的颜色
便是秋天的流行色

收录于《汪国真抒情诗选——年轻的潮》（学苑出版社，1990年）

或　许

或许　我们纯真的愿望
终归只能成为一个美丽的梦想
或许　走遍了万水千山
依然找不到太阳升起的地方
或许　正是前路漫漫
才使我们又是神往　又是忧伤
或许　正因为我们
并没有被许多或许羁绊
生命才会变得
勃勃茂盛　不可阻挡

收录于《汪国真抒情诗选——年轻的潮》（学苑出版社，1990年）

独 白

不是我性格开朗
其实，我也有许多忧伤
也有许多失眠的日子
吞噬着我
生命从来不是只有辉煌

只是我喜欢笑
喜欢空气新鲜又明亮
我愿意像茶
把苦涩留在心里
散发出来的都是清香

收录于《汪国真抒情诗选——年轻的潮》（学苑出版社，1990年）

幸 运

真的,这只是一种幸运
就像那花
有的灿然在路旁
有的寂寞在荒芜的小径

我没有理由自得
就像在被人遗忘的时候
心儿也没有理由伶仃
当我接过你美丽的祝愿
竟不知道
该回赠一个
什么样的表情

初次发表于1990年第5期《作品》,收录于《汪国真抒情诗选——年轻的潮》(学苑出版社,1990年)

何　必

像这样去爱
让人真是没有脾气
躲在树后的是猫
不该是你的美丽

既然是无瑕的云朵
为什么　不能化为
透明的雨滴
爱就爱吧
何必　如临大敌

初次发表于1990年第5期《作品》，收录于《汪国真爱情诗选（一）》（中国友谊出版社，1991年）

忘　情

你望着我的时候
我正望着水上的浮萍
桥下
映着我们年轻的倒影

不要说路有多长
山有多险
青春是一个
没有遮拦的梦

有许多感觉
像迷人的傍晚
含混不清
当你触摸我的手
我才想起　今天
一件被遗忘了的事情

初次发表于1990年第5期《作品》，收录于《汪国真爱情诗选（一）》（中国友谊出版社，1991年）

不能失去的是平凡

总有许多梦不能圆
在心中留下深深的遗憾
当喜鹊落在别人的枝头
那也该是我们深深的祝愿

是欢乐就与友人共享
是痛苦就独自默默承担
任愁云飘上安静的脸庞
人心永远向着善

生命可以没有灿烂
不能失去的是平凡

初次发表于1990年第5期《作品》，收录于《汪国真抒情诗选——年轻的潮》（学苑出版社，1990年）

那把伞

不是所有能遮住雨的
都是伞
那无语的是树
淡漠的是屋檐

有谁能伴我
四方漂流呢
为了寻找那把伞
有好些人
在风雨中
竟跋涉了　很多很多年

初次发表于1990年第5期《作品》,收录于《汪国真抒情诗选——年轻的潮》(学苑出版社,1990年)

友 情

有了友情
就少了许多烦忧
阴郁的叶子
便不会落在土里
而会浮在水面上
向远方漂流

友情是溪是河
是一种清新的空气
在身前背后
我是这样
难以离开友情
就像面对葱茏的风景
怎么能不　驻足停留

初次发表于1990年第5期《国际人才交流》,收录于《年轻的思绪——汪国真抒情诗抄》(文化艺术出版社,1990年)

相　约

我们不能挽留住现在
只好相约未来
道一声珍重再见
心中的玉兰花
再也开不败

我们无法把记忆掩埋
只好默默期待
盼过严冬　更望春归
谁想春归来时
反而　更添愁怀

初次发表于1990年第5期《国际人才交流》，收录于《年轻的风采——专访汪国真》（人民日报出版社，1991年）

分手以后

我想忘记你
一个人
向远方走去
或许,路上会邀上个伴
与我同行
或许,永远是落叶时节
最后那场冷雨

相识
总是那么美丽
分别
总是优雅不起
你的身影
是一只赶不走的黄雀
最想忘却的
是最深的记忆

收录于《汪国真抒情诗选——年轻的潮》(学苑出版社,1990年)

旅　伴

这一次握别
就再也难以相见
隔开我们的不仅有岁月
还有风烟

有一缕苦涩
萦绕心间
迎着你是雾一样的惆怅
背过身是云一样的思念

命运，真是残酷
为什么　我们只能是旅伴

初次发表于1990年第6期《北京文学》，收录于《年轻的思绪——汪国真抒情诗抄》(文化艺术出版社，1990年)

唯有你最美丽

自从认识了你

就再也难以忘记

从此,在我的眼里

所有的色彩

都变得黯然

唯有你最美丽

没有雕琢

也无须刻意

淡淡的　就像那风

漫不经心间

便在身后

留下了一道道涟漪

初次发表于1990年第6期《北京文学》,收录于《汪国真爱情诗选(一)》(中国友谊出版社,1991年)

小 城

小城在梦里
小城是故乡
小城的石径弯弯
小城的巷子长长

小城没有
烟囱长长的叹息
小城没有
声音汹涌的波浪

小城的旋律是潺潺的
小城的空气是蓝蓝的
小城是一位绣花女
小城是一个卖鱼郎

收录于《年轻的思绪——汪国真抒情诗抄》(文化艺术出版社,1990年)

线 条
——题一幅摄影

简单

是最成熟的美丽

单纯

是最丰富的高雅

收录于《年轻的思绪——汪国真抒情诗抄》(文化艺术出版社,1990年)

妙龄时光

不要轻易去爱
更不要轻易去恨
让自己活得轻松些
让青春多留下些潇洒的印痕

你是快乐的
因为你很单纯
你是迷人的
因为你有一颗宽容的心

让友情成为草原上的牧歌
让敌意有如过眼烟云
伸出彼此的手
握紧令人歆羡的韶华与纯真

收录于《年轻的思绪——汪国真抒情诗抄》（文化艺术出版社，1990年）。入选《诗·散文诗（初一卷）》（浙江文艺出版社，1999年）

一个梦

在有自由的时候
我不能没有你
在没有自由的时候
连我也不属于自己

我的梦　是鸽子的梦
圣洁而美丽
给我辽远的天空
和一小块栖息的土地

不只是一碗水
不只是一抔米
那是一种恩赐
不是生命的逻辑

收录于《年轻的思绪——汪国真抒情诗抄》（文化艺术出版社，1990年）

给父亲

你的期待深深
我的步履匆匆
我知道
即使步履匆匆
前面也还有
太多的荆棘
太远的路程

涉过一道河
还有一条江
翻过一座山
又有一架岭
或许
我就是这跋涉的命
目标永远无止境
有止境的是人生

收录于《年轻的思绪——汪国真抒情诗抄》(文化艺术出版社，1990年)。入选《新课程小学语文读本 四年级 上册》(山东教育出版社，2005年)

悄悄话

过来
告诉你一个秘密
不和云说
不和星说
只和你说

后来,那个秘密
长上了翅膀
她生气了　却不知道
泄密的不是别人
正是自己

收录于《年轻的思绪——汪国真抒情诗抄》(文化艺术出版社,1990年)

洁白的歌

天空一定是微笑的
大地一定是慈祥的
风儿一定是温柔的
因此,才有这支洁白的歌

孩子的梦一定是蓝的
老人的泪一定是甜的
年轻的心一定是温馨的
因此,才有这支洁白的歌

过去一定是萧条的
现在一定是美丽的
未来一定是缤纷的
因此,才有这支洁白的歌

收录于《年轻的思绪——汪国真抒情诗抄》(文化艺术出版社,1990年)

想　象

那不是
纤细的手指
那是流淌的琴声

那不是
流淌的琴声
那是空谷的鸟鸣

那不是
空谷的鸟鸣
那是苏醒的早晨

那不是
苏醒的早晨
那是一个女孩沉思的倩影

收录于《年轻的思绪——汪国真抒情诗抄》(文化艺术出版社，1990年)

凝 视
——题一幅摄影

是什么使她忧郁
是什么使她沉静
房子无语
树　无声

那么对面呢
对面　或许有双
让我们浮想联翩的
眼——睛

收录于《年轻的思绪——汪国真抒情诗抄》(文化艺术出版社，1990年)

应该打碎的是梦

世事多迷离
当秋风从远方走来
飘零便成了落叶的踪迹

秋叶或许可以
觅到一个美丽的归宿
然而秋叶总是不如
秋风的随意

应该打碎的是梦
不是真实的自己

收录于《年轻的思绪——汪国真抒情诗抄》(文化艺术出版社,1990年)

晚　归

每一个黄昏
都是绮丽的风景
潺潺的河水
流着青山的倒影

每一个归人
都有田野的芳馨
悠悠的扁担
挑着对大地的深情

收录于《年轻的思绪——汪国真抒情诗抄》（文化艺术出版社，1990年）

春天来了

遗失了风韵
最悦耳的
是天籁的声音
河流欢笑起来
绿柳垂钓着白云

杏树的枝头
挂满五颜六色的目光
每一阵风里
都有数不清的追寻

自然的女儿
已经到了出嫁的年龄
美丽的脸庞
泛起了红晕

人们步履轻盈
走向缤纷的剧场

聆听春风的手指
拨响大地的竖琴

收录于《年轻的思绪——汪国真抒情诗抄》(文化艺术出版社,1990年)

雨 夜

雨淅淅沥沥地下
像是诉说
也像是回答
没有星星的夜晚
流水是最好的家

石子铺成的小路上
一顶草帽
就是一阕词
一把动听的吉他
不论推开门
或者关上窗子
心都没有篱笆

到这里来
到一株海棠树下
滴溜溜的雨水
洗长长的睫毛如画
女孩捡起一朵朵娟秀

不知是爱怜自己

还是惋惜那遍地落花

收录于《年轻的思绪——汪国真抒情诗抄》（文化艺术出版社，1990年）

荣　誉

因为年轻

才那样渴望获得

因为成熟

又把获得的遗弃

得到的东西

不再是我憧憬的

我所憧憬的

是还没有得到的东西

奖牌　是一阵风

金杯　是一阵雨

跋涉才是太阳啊

永恒地照耀

心灵的土地

收录于《年轻的思绪——汪国真抒情诗抄》（文化艺术出版社，1990年）

慈母心

半是喜悦
半是悲哀
最难与人言的
是慈母的情怀
盼望　果子成熟
成熟了
又怕掉下来

收录于《年轻的思绪——汪国真抒情诗抄》(文化艺术出版社，1990年)

雪　野

曾袭来狂舞的雪
曾吹来肆虐的风
风雪杀戮后的原野
并非是一片凄清

风，割不断生命
雪，扑不灭歌声
那条蹒跚的足迹
印下了走向春天的历程

待蓝天一行大雁鸣
方知，却原来
雪是俏丽
风是峥嵘

收录于《年轻的思绪——汪国真抒情诗抄》(文化艺术出版社，1990年)

桥

就这么日复一日地流着
不知已流了几多时光
就这么年复一年地架着
不知已承受了多少风雨

只有那两岸的窗棂
有时关　有时启
人世，已是物换星移
岁月，却没留下多少痕迹

收录于《年轻的思绪——汪国真抒情诗抄》（文化艺术出版社，1990年）

三 月

你还没有来
思念就已经发亮
我有一个蒲公英的梦
在时光的背后隐藏

想吗
真想
春天的柳絮
纷纷扬扬
但，那不是轻狂

雨很甜
云很秀
风很香
哦，三月
三月深处
是淋湿了的故乡

收录于《年轻的思绪——汪国真抒情诗抄》（文化艺术出版社，1990年）

不仅因为

日子可以是普普通通的
却不甘心
生命也普普通通

如若为土
为什么
不能是山冈

如若为水
为什么
不能是波浪

如若为植物
为什么
不能是白杨

如若为风景
为什么
不能黯淡了所有风光

总是向往大海

不仅因为

那是一个迷人的梦境

总是追寻流云

不仅因为

那是一件美丽的衣裳

收录于《年轻的思绪——汪国真抒情诗抄》(文化艺术出版社,1990年)。入选《中学生诵读文选(下):名家精美诗文》(华夏出版社,2001年)

致我的热情

我有太汹涌的热情
是因为我有太多的梦
即便在寒风凛冽的日子里
我的热情
也不会结冰

既然相信春天必然来临
为什么不相信
命运也会有黎明
抬起曾经迷惘的头颅
却原来满天都是星星

收录于《年轻的思绪——汪国真抒情诗抄》（文化艺术出版社，1990年）

背　影

背影
总是很简单
简单
是一种风景

背影
总是很年轻
年轻
是一种清明

背影
总是很含蓄
含蓄
是一种魅力

背影
总是很孤零
孤零
更让人记得清

收录于《年轻的思绪——汪国真抒情诗抄》(文化艺术出版社，1990年)

我已经长大了

这是一次漫长的跋涉
请你不要搀着我
你给了我力量
我却会失去欢乐
我已经长大了

前面的山峰巍峨
请你不要拉着我
你给了我温暖
我的攀登又算什么
我已经长大了

有一天我淌出了眼泪
请你不要为我擦拭
相信江水冲不垮堤岸
我会笑得比你还出色
我已经长大了

岁月从身旁匆匆流逝
请你不要离开我
无论太阳还是星光

我都渴望
我已经长大了

收录于《年轻的思绪——汪国真抒情诗抄》(文化艺术出版社,1990年)

惟有追求

生活是一望无际的大海
我是大海上的一叶小舟
大海没有平静的时候
我也总是
有欢乐　也有忧愁

即使忧愁
如一碗苦涩的黄连
即使欢乐
如一杯香醇的美酒
把它们倾注在大海里
都太淡了　太淡了
一如过眼烟云
不能常驻我心头

惟有追求
永远和我相伴
在风平浪静的时候
也在浪尖风口

收录于《年轻的思绪——汪国真抒情诗抄》(文化艺术出版社,1990年)。入选《中学生诵读文选(下):名家精美诗文》(华夏出版社,2001年)

为了明天

我们现在所做的一切
都是为了明天
明天　并不遥远
当为了一个神圣的期待
甚至可以献出一切
我们已不需要
再发什么誓言

没有比为了明天
更激动人心的事了
就像一个太阳
能使万物都戴上绚丽的光环
尽管我们相视无语
却已了然
我们将去走的路
会像金子一样诚实
不含有任何闪着光泽的欺骗

收录于《年轻的思绪——汪国真抒情诗抄》(文化艺术出版社，1990年)

真 的

真的,别那么晦涩
如果要显示机智
还不如来点儿幽默
哪怕思想
深奥如变幻的魔方
也不要像
猜不透的火柴盒

洞穿你的玄虚太累
太累了容易使人睡着

收录于《年轻的思绪——汪国真抒情诗抄》(文化艺术出版社,1990年)

请你原谅

阳光纵然慈祥
也没力量
让每一棵果树
都挂满希望
我们怎能责怪太阳

我纵有爱心
也没有可能
圆你每一个
绮丽的梦想
因此,请你原谅

收录于《年轻的思绪——汪国真抒情诗抄》(文化艺术出版社,1990年)

开 头

从春到夏
从夏到秋
你在寻求
我也在寻求
也许　命中注定了
我们还不该聚首

该是冬了
冬，似乎不是好兆头
真的不是吗
——从冬天开始
不正象征着
从纯洁开头

收录于《年轻的思绪——汪国真抒情诗抄》（文化艺术出版社，1990年）

失 落

她美丽皎洁
可惜总没有纱裙如雪
她举止典雅
可惜总不见如花笑靥
她心地善良
可惜上帝打起了瞌睡
她只有一颗心
却还是被风暴撕裂

收录于《年轻的思绪——汪国真抒情诗抄》(文化艺术出版社,1990年)

常 常

常常都是这样
开头的时候璀璨
结束的时候
却难以辉煌
长长的流水
灌溉了那么多的
无奈和忧伤

男儿总是心碎
女儿总是流泪
留在心底的遗憾或爱
总比恨要长
过去那一段情
成了掉在地上的画框

收录于《年轻的思绪——汪国真抒情诗抄》(文化艺术出版社,1990年)

岁月，是一本书

岁月，是一本书
我用整个身心在读
一年又一年
我读得很幸福
也很辛苦

有一天
妹妹对我说
这样生活
你会很快老的
我反驳她说
不，这不叫衰老
——叫成熟

收录于《年轻的思绪——汪国真抒情诗抄》（文化艺术出版社，1990年）

生命之爱

我渴望走进
你的生活里去
不是为了
破译秘密
面对变幻无穷的季节
谁能奢望　一览无余

我将用整个生命爱你
却也会始终属于自己
回首我们相处的日子
你会发现
没有秋天
只有秋天留下的些许痕迹

收录于《年轻的思绪——汪国真抒情诗抄》(文化艺术出版社，1990年)

别　等

别等
那一朵芳香的花
向你飘来
飘来了
如果已失去了风采

别等
那一簇美丽的浪
向你涌来
涌来了
如果已没有了澎湃

别等
那一缕温馨的风
向你吹来
吹来了
如果已不再透明

别等
别等

在溪水是勇敢
在青山是豪迈

收录于《年轻的思绪——汪国真抒情诗抄》（文化艺术出版社，1990年）

有　时

有时
只拈起一枚邮票
也足以让人流泪
远方那条可爱的小船
是否　也有几分憔悴

有时
只收到一只白鸽
也很能令人陶醉
那枉称深深的海洋啊
是否　也知道羞愧

收录于《年轻的思绪——汪国真抒情诗抄》（文化艺术出版社，1990年）

梦中的期待

你走来的时候
我的期待在远方
你离去的时候
我才明白
你就是我
梦绕魂牵的期待

命运,有时像个
调皮的女孩
制造了许多懊恼
却又悄悄躲开
天空还是昨日的天空
云彩不是昨日的云彩

收录于《年轻的思绪——汪国真抒情诗抄》(文化艺术出版社,1990年)

我　愿

我愿
我是一本
你没有翻过的书
翻了
就不想放下

我愿
我是一片
你没有见过的风景
见了
就不想离开

我愿
我是一首
你没有听过的乐曲
听了
还想再听

我愿
我是一个
无比瑰丽的梦境

让你永远永远

也走不出

收录于《年轻的思绪——汪国真抒情诗抄》(文化艺术出版社,1990年)

苦涩的芬芳

我是多么不情愿
把惆怅也化作诗行
在人生的路上
留下一路苦涩的芬芳

可是,总有这样的时候
忧郁似雾
遮住了路
也遮住了阳光

恋人不在的时候
我期待友人
友人不在的时候
我寻找心灵的太阳

那一行行饱蘸真情的文字
既有失落　更有坚强

收录于《年轻的思绪——汪国真抒情诗抄》(文化艺术出版社,1990年)

过去的岁月

过去的岁月
总也难以忘怀
不能忘怀
是因为我们付出了爱

铃兰花开的时候
我们欢笑着跑过去
白毛风吹来的日子里
我们咬紧牙关挺过来

不论今天
我们在哪里相聚
或在哪里分手
忆及往昔
总忍不住
滚滚热泪　濡湿襟怀

收录于《年轻的思绪——汪国真抒情诗抄》(文化艺术出版社，1990年)

让我们把生命珍惜

世界是这样的美丽
让我们把生命珍惜
一天又一天
让晨光拉着我
让夜露挽着你

只要我们拥有生命
就什么都可以争取
一年又一年
为了爱我们的人
也为了我们自己

收录于《年轻的思绪——汪国真抒情诗抄》(文化艺术出版社，1990年)

总想爱得潇洒

总想爱得潇洒
不辜负青春明丽的韶华
如果要爱
就爱得有声有色
如果要走
就走得无牵无挂

谁料
秋瑟难忘春花时
欲想潇洒
偏难潇洒
拿是拿得起
放却放不下

收录于《年轻的思绪——汪国真抒情诗抄》(文化艺术出版社,1990年)

两地情

你还没有启程
我已经开始想你
仿佛我们之间已隔开
犹如远古的距离

你已远在天边
却好像仍和我在一起
每一阵徐来的轻风
都带有你淡雅的气息

一次又一次分别
一次又一次重聚
催开鲜花的总是重逢的泪滴
遮住明月的总是离别的消息

初次发表于1990年第8期《爱情·婚姻·家庭》,收录于《汪国真爱情诗选(一)》(中国友谊出版社,1991年)

这不是我的过错

这不是我的过错
是你　使我无法
保持沉默
纵使表白后
方知是一场误会
我也宁愿发生一些什么
不是不会品味沉默
不是一时耐不住寂寞
只因为对我来说
——你是春光
我的心是含苞欲放的花朵

初次发表于1990年8月22日《人民日报》，收录于《汪国真爱情诗选（一）》（中国友谊出版社，1991年）

自 勉

总有一丝遗憾
为什么
这不是我的灵感
这样瑰丽的绝唱
不属于我
而属于一个翩翩少年

我真羡慕你
诗很漂亮
年华也灿烂
于是,我更不敢稍怠
总把明年　当作今年

创作于1990年8月5日,初次发表于1990年第12期《诗刊》,收录于《年轻的风采——专访汪国真》(人民日报出版社,1991年)

远离爱情

即使有睿智如星

也笔笔难描爱情

爱在潺潺溪流

爱在蓊郁树影

爱在每一个季节　四季常青

有时真想远离爱情

因为孤独也是一种意境

可是好似

情丝难断　尘缘未了

不是不愿　而是不能

创作于1990年8月5日，初次发表于1990年第12期《诗刊》，收录于《年轻的风采——专访汪国真》(人民日报出版社，1991年)

不 是

不是所有的赞美
都是出自真诚

不是所有的敌视
都必须用敌视回敬

不是所有的失败
都是浪漫感情

不是所有的胜利
都有心灵的鲜花簇拥

创作于1990年8月6日，初次发表于1990年第12期《诗刊》，收录于《年轻的风采——专访汪国真》（人民日报出版社，1991年）

名　人

我相信
这不完全
是由于一种机遇
宛如花朵
盛开自有它的道理

我也相信
你的光华
所以会转瞬即逝
是因为你的绽放
太多的依赖节气

创作于1990年8月10日，初次发表于1990年第12期《诗刊》，收录于《年轻的风采——专访汪国真》（人民日报出版社，1991年）

走出栅栏

我们已经很熟悉了
很熟悉了
却还不曾相见
那数不清的信笺
既是倾诉　也是无言

你或许在揣摩立体的我
我也在想象你微笑的容颜
让我们走出栅栏
并且相信
真挚的眸子
会比梦幻更斑斓

创作于1990年8月16日，初次发表于1990年第12期《诗刊》，收录于《年轻的风采——专访汪国真》（人民日报出版社，1991年）

如果你选择了路

如果你选择了路
我便选择河流
你有坚韧的双脚
我有破浪的轻舟

我不想跟随你走
是因为我不愿落在人后
原谅我吧
虔诚不够　崇拜不够

你有你的烂漫
我有我的锦绣

创作于1990年8月17日，初次发表于1990年第12期《诗刊》，收录于《年轻的风采——专访汪国真》（人民日报出版社，1991年）

漓江吟

山峰映在水里
星星亮在山上
这如诗如画的风景
暮也斑斓　晨也辉煌

轻舟似梦
神思似桨
古往今来
那语惊四座的文臣
那驰骋疆场的武将
哪一个不
流连忘返　如痴如狂
更何况那
凡夫俗子　芸芸众生
又怎能不
醒也桂林　梦也漓江

初次发表于1990年9月《桂林山水新诗选粹》，收录于《汪国真全新作品集》（作家出版社，2017年）

即使得不到

即使得不到
我也还会默默地爱你
只要心与心之间
没有距离

生活
常有许多不如意
比如搭不上末班车
就只好一步一步
孤独地走回去

既然爱你
就不想损害你的圣洁
扰乱你的安谧
只要能够对得起你
我宁肯对不起自己

初次发表于1990年第9期《女友》，收录于《年轻的季节》（中国人民大学出版社，1991年）

仅 仅

我不想对你说
I love you
只想用目光请求你
和我一起走
在漫漫的人生路上
让我们永远手牵着手

我不能够给你一切
因为我并非拥有一切
或许　你能够得到的
仅仅只是
在你软弱的时候
得到一分坚强
在你忧伤的时候
收获一缕温柔

初次发表于1990年第10期《女友》，收录于《年轻的季节》（中国人民大学出版社，1991年）

我们的爱

爱你已经爱了很久
爱了很久
仿佛仍是开头
回顾我们走过的步履
真可以让
松柏惭愧　岩石害羞

我们好像
从不为不爱发愁
只是为太爱了担忧
我们都不愿意
贫穷得只剩下爱
尽管这也是一种富有

我们爱得忠贞
也爱得自由
我们是这样的深信
我们的爱
没有坟墓　只有不朽

初次发表于1990年第10期《女友》

恨有多少

分手时总要争吵
离别后又担心春花易凋
回首　已不见伊人踪影
一时只觉
风也瑟瑟　雨也潇潇

有时真恨不能
斩断情丝
可是一旦坠入情网
便不能再如往日般骄傲

不知已有多少次
欲罢还休
到这时候方知
恨有多少　爱有多少

初次发表于1990年第10期《女友》，收录于《年轻的季节》（中国人民大学出版社，1991年）

海誓山盟

如果爱了
还用得着什么海誓山盟
如果不爱
海誓山盟又能有什么用
一句话，可以和一万句
表达得一样多
其余的　还是留给
羔羊般的眼睛
和礁石般的心灵

不要担心哪一天风暴来临
更无须有什么生生死死的约定
把爱情存给高山
不如融进大海
把爱情交给土地
不如刻在天空

初次发表于1990年第11期《女友》，收录于《汪国真全新作品集》(作家出版社，2017年)

不要急于相见

不要急于相见
为天空再留一朵洁白的梦幻
洁白的梦幻
雨打芭蕉　泪湿栏杆

不要急于相见
等庭院盛开温馨的玉兰
温馨的玉兰
举杯把盏　花好月圆

不要急于相见
既然已分别了很久很久
平安便是夙愿
离愁终有尽　相思诉不完

初次发表于1990年第12期《女友》,收录于《春季风——汪国真抒情诗文自选集》(北京十月文艺出版社,1991年)

我能够不流泪

你是一只远走高飞的鸟
留给我无限孤寂
当你走了以后
我真恨不能成为那
高高的蓝　蔼蔼的绿

天空低下头看得见你
大地抬起头望得见你
而我不论低头或者抬头
都寻不到你的踪迹

我的表情可以像玻璃
心却不能
我能够不流泪
却不能不忧郁

初次发表于1991年第1期《女友》，收录于《我心灵的诗韵——汪国真自选最新诗文集》（中国广播电视出版社，1991年）

我们并不陌生

我们并不陌生
我们早已熟悉
年轻的心
总是相通的
甚至不需要言语

夜晚，因为有了星星
才变得美丽
人生，因为有了友情
更值得记忆

我们早已熟悉
我们同在春天的季节里

初次发表于1991年第1期《国际人才交流》，收录于《年轻的风采——专访汪国真》（人民日报出版社，1991年）

不幸袭来的时候

不幸袭来的时候
意志是一面无言的墙
可又有什么
能阻挡花朵的芳香

我们为不幸流的泪水
总是很短很短
我们为鲜花流的泪水
却是好长好长

初次发表于1991年第1期《国际人才交流》,收录于《春季风——汪国真抒情诗文自选集》(北京十月文艺出版社,1991年)

悼三毛

撒哈拉沙漠很大很美
她一定是迷了路了
再也走不出来

她迷路的那天
并没有下雨
可是　许多人的心
都被淋湿了

从此
雨季不再来

初次发表于1991年第4期《国际人才交流》，收录于《年轻的风采——专访汪国真》（人民日报出版社，1991年）

亲

恨江河留不住
恨岁月留不住
那一份童趣真美妙
让人都不想成熟

初次发表于1991年第1期《明日》,收录于《汪国真全新作品集》（作家出版社,2017年）

毕 业

我们从这里起航
走向遥远的地方
当我们走向明天
又怎能把昨日遗忘

回首昨日
那郁郁葱葱的日子
有过青涩
也有过芬芳
更有的是
相遇　相识　相知
那瑰丽的宝藏

今天　我们流泪了
可那不是忧伤
——是歌唱
今天　我们分别了

可那不是遗失
——是珍藏

初次发表于1991年第1期《明日》,收录于《我心灵的诗韵——汪国真自选最新诗文集》(中国广播电视出版社,1991年)

心　路

在这样的一个夜晚
没有爱情　只有诗句
只有温暖的炉火
照着沉思　映着忧郁

窗外是寒流
雪花铺满了大地
墙上浓重的身影
像凝结了思绪

过去的一切
了无痕迹
整个心灵的世界都在等
心上人的消息

初次发表于1991年第2期《国际人才交流》

再等未来

每一个瞬间都难以忘怀
每一个意思都无须表白
每一次分手都成期待
每一次默契都生出无限感慨

你说　我们永远在一起
我说　我们永远不分开
可是难道这是命运的错
让我们像星星
互相凝视却难以厮守
让我们像古藤
生出一段　就是一段悲哀

岁月有尽　思无尽
年年岁岁
我都等待着你
等完过去　再等未来

初次发表于1991年第2期《国际人才交流》

男儿要远行
　　——致警官的妻子

是男儿总要走向远方
走向远方
是为了让生命更辉煌

她知道
远方有雨
远方有雪
远方有风霜

她含着微笑的眼泪
为他送行
她是蔚蓝的海水
托起了出征的太阳

初次发表于1991年第3期《啄木鸟》

黄昏的小路

我们总是在黄昏
放慢了脚步
踏上了小路
小路好长好长
仿佛永远没有结尾
只有序幕

没有一条道路
我们能走得这样耐心
这样幸福
走了很远很远
小路依然如故
你我却已不是当初

收录于《年轻的风采——专访汪国真》(人民日报出版社，1991年)

永难重逢的时刻

假如没有说破
那是一种永远的诱惑
如今都已说破
反而成了无尽的折磨

生活,你凭什么
让无辜的我们
扮演这样尴尬的角色
让我们彼此剖白在
永难重逢的时刻

机缘这样慷慨
让我们相识在栀子花开的季节
命运如此吝啬
当我们并不迟疑地
想拉住对方的手
船儿还是相错而过

初次发表于1991年3月《明日》,收录于《汪国真全新作品集》(作家出版社,2017年)

沉默就是我们的语言

我们总是用心灵交谈
沉默就是我们的语言
那双眸子
表述着一切
在水为舟　在山为泉

最美丽的谈话是无声的
每一个会意的眼神
都令人感慨万千
两颗心　仿佛是一样的
不一样的　只是容颜

初次发表于1991年第2期《追求》，收录于《年轻的风采——专访汪国真》（人民日报出版社，1991年）

世事望我却依然

不要问我为什么惆怅
不要问我为什么无言
你知道
有些事情难以说清
我只想独自品味孤单

不必向我诉说春天
我的心里并没有秋寒
不必向我解释色彩
我的眼里自有一片湛蓝
我叹世事多变幻
世事望我却依然

初次发表于1991年第2期《追求》,收录于《年轻的风采——专访汪国真》(人民日报出版社,1991年)

远行,方有一种心境

夜阑人静
偶闻遥远的吠声
在这远离故乡的地方
月光清凉如水
树影婆娑如梦
思绪缓缓地流动

忆起少年往事
往事像窗外的流萤
有几多可笑几多可恼
全被岁月——抚平
不知为什么
今夕 会想起太多
或许
远行,方有一种心境

初次发表于1991年第4期《国际人才交流》,收录于《年轻的风采——专访汪国真》(人民日报出版社,1991年)

在这个年龄

在这个年龄
什么都值得记忆
无论哪一个季节走来
都是难忘的花期

在这个年龄
生长很多幻想
也生长很多忧郁
渴望　像一株健硕的昙花
一朵朵醒来
又一朵朵睡去

在这个年龄
要哭你就尽情地哭
要笑你就尽情地笑
在这个年龄
不必太含蓄

收录于《年轻的风采——专访汪国真》(人民日报出版社，1991年)

我该怎么办

我是那样喜欢你
就像喜欢冰峰上的花朵
开得潇洒　也开得寂寞
寂寞里更显出幽雅的本色

面对你那双
冰清玉洁的眼睛
我甚至难以掩饰
心中的赞叹与快乐

咳，我该怎么办
在你面前
我再也无法
使自己变得深刻

收录于《年轻的风采——专访汪国真》(人民日报出版社，1991年）

原来那是一份思念

走近秋天
我可以感受到飘零
走近黄昏
我可以感受到朦胧
当我走近你
却什么也说不清

心里想着月季
眼睛却望着无形的风
当月亮升起来的时候
我才明白
原来那是一份思念
很浓很浓

收录于《年轻的风采——专访汪国真》（人民日报出版社，1991年）

高山流水

是去　是留
是去是留皆是愁
都是因为你啊
来得太不是时候
如果离你而去
谁能再为我弹一曲
高山流水
如果为你而留
我又怎识　天外春秋

心之域
早已是风雨满楼
你为我苍老
我为你消瘦

收录于《年轻的风采——专访汪国真》(人民日报出版社，1991年)

读 史

有一个秋天已成往昔
尘土埋葬了
那个萌芽在春天的消息
落叶在大河上漂流
站在岸边的悲伤
挥也挥不去

这片土地
英雄很多
是因为苦难很多啊
那是一种沉重的光荣
也是一种古老的忧郁
好在倒下的人
永远没有站起来的多
那在夜色中闪亮的
有星星　更有火炬

收录于《年轻的风采——专访汪国真》（人民日报出版社，1991年）

夙　愿

总是在寻找一种

美丽的感觉

却空耗了许多

如水的岁月

不知抛却了多少

月下之约

只为了保留那份

珍贵的纯洁

那颗心

很高很高

叹只叹

命却很薄很薄

这个世界毕竟太大啊

那份缠绵

又到哪里去找

纵使常抱一怀惆怅的月光

终不甘洁白的夙愿难偿

多少人向岁月投降

她却比岁月更坚强

收录于《年轻的风采——专访汪国真》(人民日报出版社，1991年)

一叶秋黄

不知前行
还是却步
一叶秋黄
在风中漂泊　踌躇

要割舍就割舍得彻底
要思念就思念得痛苦
为何　却偏偏
夜里结霜　晨里凝露
一条林木掩映的小径
总是若有若无

收录于《年轻的风采——专访汪国真》(人民日报出版社，1991年)

那一天

那一天
我们走下了爱的山岗
荆棘没有划破衣裳
皮肤也没有受伤
可是,那一天
雨水很多
泪也很多
脚下的土地
也被淹得忧伤

那一天
我们终于结束了
爱的彷徨
可那是一种怎样的结束呵
从那以后
我知道了
爱,有时也会是一种悲壮

收录于《我心灵的诗韵——汪国真自选最新诗文集》(中国广播电视出版社,1991年)

桂林山水

山也晶莹

水也透明

长篙轻轻一点

更生出无限风情

有雾的时候盼雾散

没云的时候盼云生

若笑　便笑得花红柳绿

若哭　便哭得烟雨迷蒙

无论悲欢都是美

山重似曲　水复如屏

初次发表于1991年4月《明日》，收录于《汪国真全新作品集》（作家出版社，2017年）

同　龄

那是一段沉重的岁月
那是一片美丽的霞光
历史的火炬
点燃了未来的胸膛

既然青春是鲜红的
那么就让她像太阳一样闪光
明天不会遗忘我们
就像我们不会把昨天遗忘

收录于《年轻的季节》（中国人民大学出版社，1991年）

故乡的雨

刚一走出故乡的小站
便碰上了下雨
挟着山林的清爽
带着故乡的气息
我没有犹豫
我没想躲避
一头扎进雨幕里

哦,故乡的雨
就像故乡的孩子一样顽皮
时而骤　时而稀
时而疏　时而密
深深吸一口凉爽的空气
我加快步伐
向故乡的山林走去

山道弯弯
小径曲曲
蹲下来
挽挽裤腿
把松了的鞋带

再系一系
雨浇透了鞋面
雨淋进了脖里

哦，好雨
春天的雨
不是忧是喜
故乡的雨
不是水是蜜

穿过茂密的竹林
跨过清澈的小溪
走过两座小石桥
哟，到了
我一头扑进故乡
怀抱里

站在小屋门口
又一次打量自己
衣服全湿透
脚上一腿泥
但我还是舒心地笑了

故乡的雨
淋在身子上
落进心坎里

丝丝都是温柔

滴滴都是甜蜜

收录于《年轻的季节》(中国人民大学出版社,1991年)。入选《新课程小学语文读本 五年级 上册》(山东教育出版社,2005年)

湖

本是碧蓝的天空一角
落到地上
便成了玉液一瓢
许是太留恋天空了
即便落在地上
也要让白云在怀里飘

收录于《年轻的季节》(中国人民大学出版社,1991年)

妈妈的手

妈妈的手
摇着一支歌谣
歌谣里
有我甜甜的笑

妈妈的手
纺着一支小曲
小曲中
我走进了童年的梦里

妈妈的手
捧着一首诗
那是我写的
关于妈妈的故事

收录于《年轻的季节》(中国人民大学出版社,1991年)

我们毕竟来了

是的,我们来迟了
虽然山还是这样青
水还是这样绿
柳还是这样柔

虽然迟了
但也无须忧愁
我们毕竟还是来了
正赶上热烈的夏
正赶上茂盛的夏
不是寒冽的冬
也不是萧瑟的秋

把湖水掬在手
把阳光捧在手
迈着成熟的步伐
走向五彩缤纷的人流

收录于《年轻的季节》(中国人民大学出版社,1991年)

夏日梧桐

梧桐树
阔大的叶片
搭起了凉棚
搭起凉棚
挡住阳光
请进了风

梧桐树下
我为你送行
送走的是一段青春的往事
留下的是一片不老的心情

收录于《年轻的季节》（中国人民大学出版社，1991年）

很 想
——给《祝你幸福》杂志社

很想把我的微笑给你,
当春日来临的时候,
但愿这是一簇迎春,
带给你温馨的欣喜。

很想把我的歌声给你,
当夏日来临的时候,
但愿这是一缕清风,
带给你清爽的凉意。

很想把我的祈祷给你,
当秋日来临的时候,
但愿这是一朵白云,
带给你悠然的心境。

很想把我的祝福给你,
当冬日来临的时候,
但愿这是一盆炭火,
带给你生命的亮丽。

初次发表于1991年第5期《祝你幸福》

珍惜过去

不必对我说
你曾经有过的爱
是一种过错
既然你曾在繁星闪烁的夜晚
同另一个人在小路彳亍
那就在记忆里
把那如水的月光好好收藏着

不要因为爱我
就否认过去的爱
也是一种美丽
凡是真心付出过的
都不要在后来再给予指责
我不会怪你怨你
——亲爱的
珍惜过去
真心爱我

初次发表于1991年第5期《女友》，收录于《1994·汪国真抒情诗选》（时代文艺出版社，1994年）

今 夜

绵绵不断的雨丝
仿佛绵绵不断的思念
雨下个不停
思念也没有边

没有星星的夜晚
更像夜晚
想念恋人的孤单
更觉孤单

窗台上的茉莉凋落了一瓣
真像是一声无奈的轻叹
今夜真是凄清
连月亮也不来　陪伴无眠

收录于《我心灵的诗韵——汪国真自选最新诗文集》(中国广播电视出版社，1991年)

素 描

有一种气质
远胜过美丽
仿佛黄昏的迷离
仿佛云朵的飘逸

只要是一把尼龙伞
或者是一件风衣
走在凉凉的雨中
走在清清的风里

收录于《我心灵的诗韵——汪国真自选最新诗文集》(中国广播电视出版社,1991年)

晚　祷

在钟声的陪伴下
我远离了喧嚣
把心中的愿望说给大地听
圣洁的感觉是真美妙

我不是想躲开尘世
躲开岁月的迢遥
我只是想
保持心灵纯净如水
不想听乌鸦的聒噪

出家人
不打诳语
不出家的人
难道就做不到

收录于《我心灵的诗韵——汪国真自选最新诗文集》（中国广播电视出版社，1991年）

无 题（四）

天
下起了雨

风
碰响了玻璃

阳光
涂红了脸颊

两颗心
没有了距离

收录于《我心灵的诗韵——汪国真自选最新诗文集》（中国广播电视出版社，1991年）

万里江山万里雄

青山绿水总为屏
塞北寥廓　江南空蒙
旧时烽火狼烟地
换成游人凭吊影

俯首江水滔滔
放眼关山重重
愿五千年沧桑
孕育十万里心胸

不是诗人能作赋
不是画家已丹青
千回百转诉衷情
万里江山万里雄

创作于1991年6月23日，初次发表于1991年9月26日《今晚报》，收录于《1994·汪国真抒情诗选》（时代文艺出版社，1994年）

期 盼

没有人能把这种感觉
全部说清
仿佛秋天的流水
那么忧伤而又晶莹

在春天的日子里
总是渴望奇迹发生
梦中常想能有
一抹黛色的霞光
点缀青春蔚蓝色的航程

孰料　偏偏却是
左等是风
右等是飘零

不由仰天怅望
茫茫天宇　迢迢岁月
既然给了我生命
为什么　不给我爱情

收录于《汪国真爱情诗选（一）》（中国友谊出版社，1991年）

没　有

没有你
就什么也没有
既没有欢乐
也没有忧愁
感情的世界
一片空白
仿佛峡谷深处
一条寂寞的涧水潺流

我不想轻易付出
是因为不愿随便接受
没有　依然没有
只有如雪的纯情依旧

收录于《汪国真爱情诗选（一）》（中国友谊出版社，1991年）

写在分别

当我离你而去
我有那么多的凄清与不安
我不曾想
有一天　我会成为寒流
塑你欢乐的心
为枯槁的容颜
岁未凉
心已寒
命里注定无缘
抗拒也难
那个水罐打破了
秋风落木里
流出来的　都是
苍凉的诗篇

收录于《汪国真爱情诗选（一）》（中国友谊出版社，1991年）

感　怀

在春光烂漫的时候
却不禁生出一缕惆怅
青春已流逝了那么多
可青春的收获却令人失望

纵有已采撷的荣耀美丽如花
也抚不平心头的忧伤
春天本来就是开花的季节
有枝也寻常　有花也寻常

真想有长剑如虹
所向披靡　锐不可当
徒唤奈何　仍就只能
过着平平的日子　挨着淡淡的时光

初次发表于1991年第7期《时代青年》，收录于《汪国真全新作品集》（作家出版社，2017年）

因为年轻

因为年轻
所以我们总是怀着
深深的渴望
渴望蓝蓝的空气
和金色的雨
渴望清晨很神圣
傍晚很吉祥

飘飞的蒲公英
系着我们洁白的梦
大片大片的苜蓿
是爱情生长的故乡
我们没有太多的往事回味
因此,灵魂很轻盈
我们有太多的未来要去追寻
所以　思想有重量

初次发表于1991年第7期《时代青年》,收录于《汪国真全新作品集》(作家出版社,2017年)

一片向往

有一条道路
走过了总会想起
有一种感情
经过了就再也难以忘记

有一个高度
总是叫人难以企及
有一片向往
真是让人不能舍弃
就仿佛那
春光可饮　秋色可依

初次发表于1992年第1期《莫愁》,收录于《1994·汪国真抒情诗选》(时代文艺出版社,1994年)

何必问彼此的姓名

既然再不能相逢
何必问彼此的姓名
留一点遗憾在心底
去填补记忆的裂缝

雨后的水洼会干
一支蜡烛也难以亮到天明
这一次邂逅不是永恒
但美好的往事会像琉檐下的风铃

初次发表于1992年第1期《莫愁》,收录于《1994·汪国真抒情诗选》(时代文艺出版社,1994年)

呵,春光

我们的心在轻轻鼓掌
为了又一次来临的春光
迎春用绽放吐露心声
河水用欢畅写出诗行
呵　春光　春光

我们的笑在脸上流淌
为了又一次来临的春光
鞭炮声响着的是祝愿
春联上写着的是向往
呵　春光　春光

我们的心在轻轻鼓掌
我们的笑在脸上流淌
我们满怀喜悦迎接春天
祝人人快乐　家家吉祥

初次发表于1992年1月4日《郑州工人报》

问琴什么做弦

每一次生活的变迁
都是由于一个难以拒绝的召唤
蓦然回首的灵感
照亮了写给未来的信笺

我们曾问过地也问过天
这个世界
是否因为你我的出现
而有了多多少少的改变

山已经很近　海依然遥远
真羡慕海不是文字却是诗篇
问笔什么做墨
——能在时间的画布上蔓延
问琴什么做弦
——能在空间的风景里飞旋

初次发表于1992年1月7日《北京晚报》，收录于《1994·汪国真抒情诗选》（时代文艺出版社，1994年）

年轻真好

我们一同用心捧起晶亮的雨滴
我们一起用手挽住飘逸的长风
我们在春天的原野默默祝愿生命与永恒

那云朵的洁白是我们真挚的过去
那湖水的丰盈是我们蓄满的深情
那空气里激荡着的是我们露珠般闪烁的笑声

羡慕我们吗　二月还有十月
嫉妒我们吗　大地还有天空
我们为这个季节的烂漫深深感动
年轻真好　真好年轻

初次发表于1992年1月17日《今晚报》，收录于《1994·汪国真抒情诗选》（时代文艺出版社，1994年）

无言的凝眸

走过荒原　走过绿洲
却走不出眼中那一片萧瑟的寒秋

找过江水　找过河水
却找不到那一条清冽甘甜的水流

望过星星　望过太阳
却望不着那一颗升起来便属于自己的问候

哦，纵有如歌的话语漫进心头
又怎比心中的你无言的凝眸

初次发表于1992年第2期《知音》，收录于《1994·汪国真抒情诗选》（时代文艺出版社，1994年）

今夜有风

景物已朦胧
想你
在另一座城市的天空
看晚霞如你
美丽的脸庞
为我羞红
初夏的日子里
今夜有风
只是不知　这风
明日能吹到你那里吗
还有一片　淡蓝的心情

初次发表于1992年第3期《辽宁青年》，收录于《1994·汪国真抒情诗选》(时代文艺出版社，1994年)

永在一起

如果你是壮丽的晨曦
不必问我的浩瀚在哪里
如果你是峥嵘的峰峦
不必问我的出岫在哪里
如果你是大漠的孤烟
不必问我的笛声在哪里
如果你是长河的落日
不必问我的奔流在哪里

我不是你的影子
但和你永在一起

初次发表于1992年第3期《辽宁青年》,收录于《1994·汪国真抒情诗选》(时代文艺出版社,1994年)

岁月，别怪我太挑剔

我静静望着季节变来变去
有时不禁拉开记忆的抽屉
总是不满意已有的那些收藏
岁月啊别怪我太挑剔

我不想向清风诉说
选择有时候是那么身不由己
我不想向皓月告白
心愿有时候也会被风暴扭曲
我不会因为海棠花的枯萎
便把生命看得毫无意义
我不奢望每一个日子都理解我
像青草理解露珠　芭蕉理解雨
我过去是怎样
走过来　还会怎样走下去

初次发表于1992年3月28日《北京晚报》，收录于《1994·汪国真抒情诗选》（时代文艺出版社，1994年）

生命的真实

因为现实不尽美好
心灵才有那么多白云的向往
因为生活严峻
向往才用手托起温暖的月亮
责任,并不就是
整天一副冰山般的深沉状
空洞的宣言和崇高的大话
难以同有血有肉的灵魂发生碰撞
平凡就像泥土
并不意味着荒凉
激昂的未必是山
平缓的未必不是江
生命的真实为什么不能像水塘
懂得贮存
也不吝啬流淌

初次发表于1992年4月10日《今晚报》,收录于《1994·汪国真抒情诗选》(时代文艺出版社,1994年)

追求并不是梦

我们渴望心灵的宁静
却没有谁愿意活得无息无声
既然已经走出生命的黎明
那就干吧　甩掉手中为防磕绊的灯笼

经过思索的追求　并不是梦
没有我们走不出的灌木丛
朝着阳光与阴影响亮地打个呼哨
不仅有表情还有心情

初次发表于 1992 年 4 月 27 日《今晚报》,收录于《1994·汪国真抒情诗选》(时代文艺出版社,1994 年)

夜雨敲窗

夜雨敲窗　夜雨敲窗
今夜的雨比往日多了惆怅
身上感觉到冷
是因为心里有点儿凉
在乍暖还寒的日子里
总是渴望萱草一样的目光

向往高处
高处有连绵不绝的风光
可高处风也很大啊
很大的风里　难以握住安详

夜雨敲窗夜雨敲窗
清愁和清爽一样悠长

初次发表于1992年第5期《女友》，收录于《1994·汪国真抒情诗选》（时代文艺出版社，1994年）

其实，这有什么

其实　这有什么
平凡又怕什么
水很平凡
狂风吹不破
土地很平凡
冰雪无奈何

其实　这有什么
不凡又有什么
不要以你的傲慢
遮盖你的自卑
不要以你的冷峻
掩饰你的虚弱

初次发表于1992年5月12日《现代家庭报》，收录于《开朗文库2·岁月的河》（台湾金安出版社，1993年）

走向天涯

月光摇曳着白茫茫的树挂
心里也没有风沙
末班车从身旁匆匆驶过
大街小巷里从剧场流淌出来的人群
早已归家
夜好静
只有我们的心绪如浪花
我们走着很少说话
喉咙如大漠般喑哑
任凭两颗相知的心
互相扶携着走向天涯

初次发表于1992年第7期《知音》,收录于《1994·汪国真抒情诗选》(时代文艺出版社,1994年)

看 海

海耸起脊背
白鸥在波涛上飞
远方灰蒙蒙一片
仿佛是沧桑的深邃

沉在浪花下面的船
是一支历史的舰队
天上的白云
是舰队昨日的帆影
紧紧跟随
不是海上没有历史
而是历史被深埋在她的胸膛内

初次发表于1992年7月号《诗刊》，收录于《1994·汪国真抒情诗选》（时代文艺出版社，1994年）

暮色中的山峰

尽管树依旧绿
花依旧鲜
暮色中的山峰
也只是剩下了轮廓

蝙蝠纷纷出动
用翅膀画出纷乱的曲线
山峰凝重思考的时候
蝙蝠在唱着晦暗的歌

我凝视着远方的峰峦
心被深深感动着
不论在什么样的光线里
你都有一种凛然难犯的颜色

初次发表于1992年7月号《诗刊》，收录于《1994·汪国真抒情诗选》(时代文艺出版社，1994年)

有一次碰杯

想礼节性地同你握手
却只是握了握拳头
是为了把那点局促
从指缝间都挤走

我的故事
已另写一章
你的作品
是否也有新开头

我们碰杯的时候
再没有像从前那样
碰出火花
却把记忆碰缺了口

初次发表于1992年7月号《诗刊》,收录于《1994·汪国真抒情诗选》(时代文艺出版社,1994年)

住进高楼

住进高楼的人
越来越多
那一道道防盗门
多少昭示着彼此的隔膜

一句话
一个微笑
也逐渐难得

夜晚灯亮的时候
大人们纷纷向孩子许诺

初次发表于1992年7月号《诗刊》,收录于《1994·汪国真抒情诗选》(时代文艺出版社,1994年)

艺术及其他

请原谅我
背叛了你的模式和准则
如果你属于历史
时代需要我

一代人
有一代人的声音
就像一代人
有一代人的姓名

我不能走在你的前面生活
你也无法阻拦钟声在黎明响着

初次发表于1992年7月号《诗刊》，收录于《1994·汪国真抒情诗选》（时代文艺出版社，1994年）

让生命和使命同行

我们像金鸰一样
不知疲倦地飞行
在我们飞过的地方
没有留下姓名
没必要让所有的心
都懂得我们
我们飞啊　飞个不停

我们像一支响箭
一往无前地出征
我们不是风中的墙头小草
摇摆不定
我们出征
让生命和使命同行

初次发表于1992年第8期《女友》，收录于《1994·汪国真抒情诗选》(时代文艺出版社，1994年)

来自友人的信笺

月亮笑成香蕉
柠檬在玻璃杯里漂
来自友人的信笺
仿佛橄榄
让我慢慢咀嚼

那是一份真挚的友谊
美丽纯洁如冰雕
天冷的时候
才看得见形状
天热的时候
如此瑰丽的造型
找也找不到

初次发表于1992年第8期《女友》，收录于《开朗文库2·岁月的河》（台湾金安出版社，1993年）

鹰

因为你的悬挂
蓝天便成了一幅壁画
天空的嗓子发不出声音
大地的表情一片肃杀

因为你的悬挂
蓝天便成了一幅壁画
许多人凝神观望
有的人却流出了泪花

因为你的悬挂
蓝天便成了一幅壁画
你是孤独的
孤独方可傲天下

初次发表于1992年第8期《女友》,收录于《1994·汪国真抒情诗选》(时代文艺出版社,1994年)

彼此的家乡

灯光如雨
洒在你我身上
桌上的咖啡
散发出袅袅清香

我们在这里坐了很久很久
外面的树影已转移了方向
这种感觉真好
我们是彼此的家乡

初次发表于1992年第8期《女友》,收录于《1994·汪国真抒情诗选》(时代文艺出版社,1994年)

沉 默

远来风雨的造访
却激不起一点儿回响
因为这里不是一片
茅屋草房

这一片建筑
依然像从前那样
观日出日落
望四面八方

初次发表于1992年第8期《女友》,收录于《1994·汪国真抒情诗选》(时代文艺出版社,1994年)

我是一只候鸟

我不是一只留鸟是候鸟
无法为自己编织一个永远的小巢
我的脚下常常是波涛
是波涛　我却不能抛锚
看阳光在海面上舞蹈
冥王星在遥远的苍茫中闪耀

海是我的故乡也是我的死敌
更是我无法言说的骄傲
终会有一天
我将走向海的怀抱
让海水中的月亮船把时光轻摇

初次发表于1992年第8期《女友》，收录于《1994·汪国真抒情诗选》（时代文艺出版社，1994年）

这个地方

这个地方
你和我来过
如今你在哪里
只剩下我如孤云闲鹤

在这个地方
我们曾激动得
如初看节日的焰火
那一天,透明的心像珍珠
漆黑的夜晚似贝壳

我不想来这个地方
可还是来了
我说不清这一次来
是为了彻底地遗忘
还是为了更深地记着

初次发表于1992年第9期《女子文学》,收录于《1994·汪国真抒情诗选》(时代文艺出版社,1994年)

收 割

纵使今天不再用镰刀
却曾留下关于镰刀的记忆
夏天的太阳
烤熟了大片大片的麦地
学着捆麦子
像学着解习题
那已是很多年前的事了
可是那麦香
却飘过了时光千万里

初次发表于1992年第9期《女子文学》,收录于《1994·汪国真抒情诗选》(时代文艺出版社,1994年)

偶　感

读你的信
仿佛在读一颗玻璃的心
你对我说
不是爱得不深
不是爱得不真
是爱得太遥远啊
一声喟叹
足以把道路摧断
令落英缤纷
让我怎样回答你呢
千古一道题
困扰往往来来多少人

我想　这便是一种
忧伤的浪漫吧
如果心相通
隔着千里也握手
只要志相投
一生无缘梦也真

初次发表于1992年第9期《女子文学》，收录于《1994·汪国真抒情诗选》(时代文艺出版社，1994年)

青春是风

迎着石榴花一样
亮丽的阳光
我们走出门窗
铃声在柏油路面上
清脆地滚动
心绪在柳絮中飞扬

青春是风
没有固定的形状
没有一支笔
能写透我们

我们就这样
刮过原野　漫上山冈

初次发表于1992年12月8日《安徽青年报》，收录于《1994·汪国真抒情诗选》（时代文艺出版社，1994年）

酒

平展展的紫绒布上
站立着一只
晶莹的高脚酒杯
杯里装的是色酒

这酒香醇得不能喝
能喝的酒醉一天
不能喝的酒醉一生

收录于《开朗文库2·岁月的河》(台湾金安出版社,1993年)

西边的天空越来越红

两棵树之间有一个吊床
空中悬着一本书
表盘上的分针
转了两个三百六十度
书薄了许多

西边的天空越来越红
不远处一只狗的眼睛
开始越变越绿
草叶上的露珠悄然滑落

收录于《开朗文库3·热爱生命》(台湾金安出版社,1993年)

寂静的山野

桦树林还有雪还有月
马和雪橇的影子
如舒伯特笔下滑行的音阶
远方村庄的灯火明明灭灭
猎人留恋山野

山野很寂静
一条溪水的声音也能
流得很远很远
昭示季节
清洌的水面上
漂浮着一片落叶

初次发表于1993年第2期《女友》,收录于《1994·汪国真抒情诗选》(时代文艺出版社,1994年)

四　季

凉风　惊落无数叶
一时满地皆黄
生命　总是在无奈的时候
才发现难以同规律对抗

白雪　迎着晨光
怀着恐惧和渴望
惊蛰　在冷雨中吟哦黄昏
不禁生出对浓荫的遐想

初次发表于1993年第2期《女友》，收录于《1994·汪国真抒情诗选》（时代文艺出版社，1994年）

爱情像一杯清茶

当你出现
爱情就像一杯清茶
来到身旁
在我眼里
那些五颜六色的饮料
没有一种
能散发永远的芳香
你笑的时候
世界仿佛也变得明亮
那拥塞的街衢
也变得很宽敞
我们一起走
走过繁华
去寻找传说中的古塔
在古塔浓重的阴影里
留下一个
闪着金色光泽的童话

初次发表于1993年3月12日《大众日报》,收录于《1994·汪国真抒情诗选》(时代文艺出版社,1994年)

魅　力

生活
有许多美丽
生命
有许多憧憬

追逐风景的人
也是一道风景

初次发表于 1993 年 6 月 25 日《南方周末》

我们一同回家吧,夕阳

走向郊外
去寻远古的空旷
可是期望
早已被时光掠去
旋花与百合,只是相像
一位画家
在那里准备装饰墙上的画框
枝头上的小鸟
仿佛在唱着吉祥
我的思绪
在变得已朦胧的风中飘荡
我们一同回家吧
——夕阳

初次发表于1993年7月《青年之友》,收录于《1994·汪国真抒情诗选》(时代文艺出版社,1994年)

愿看你从容

有一些不肯飘落的故事
总成提醒
只好把它深埋在大地之中
我们不能老是这样为往事感伤
甚至恨不能去守望
古刹那苍茫的钟声
古老的河流
赋予我们的除了生命
还有一道长长的纤绳
更别忘了北方亲切的白杨林
和江南含笑的烂漫花丛
别站那么远那么孤零零
我欣赏你的独立
却不包含你的表情
真的　你
很聪睿很飘逸很迷人很生动
如果你能在风中在雨中
在冰雪中
从从容容

初次发表于1993年7月《青年之友》，收录于《最新·汪国真抒情诗选（增订本）》（时代文艺出版社，1995年）

古城新柳

古城像一位老人
威严而凝重
新柳像一群晚辈
蓬勃而年轻

两代人
都有许多话要说
要说的话语
尽在风中和雨中

初次发表于 1993 年 7 月 9 日《南方周末》,收录于《最新·汪国真抒情诗选(增订本)》(时代文艺出版社,1995 年)

遥远的等候

为了一个遥远的等候
不知在风中立了多久
又一次心仪
群山和夕阳握手
又一次歆羡
黄栌向秋风致意点头

你终于还是来了
大海边上
美丽的不再只是海市蜃楼
问脚下的这条沙滩很长吗
真担心　不够我们走

初次发表于1993年第9期《知音》，收录于《1994·汪国真抒情诗选》（时代文艺出版社，1994年）

你

典雅如古琴
不知怎样的一颗心
才能弹
墙上的油画
已灿烂了几百年
精致得如你的背影

仿佛为雨天和落叶而生
彳亍到哪里都让人感怀
走动着是泉水
凝神是竹

初次发表于1993年第10期《家庭》，收录于《1994·汪国真抒情诗选》（时代文艺出版社，1994年）

手帕飘成了云彩

绿草如茵
巨松如盖
在通往寺庙的山路上
我们停下来

蜻蜓在阳光下逡巡
树叶在微风中摇摆
一阵突来的山风
卷走了你张开的手帕
手帕在温暖的注视中
飘成了云彩

初次发表于1993年第10期《家庭》，收录于《1994·汪国真抒情诗选》（时代文艺出版社，1994年）

门

门
有时候
变成一座牢笼

自由
只剩下
一双眼睛

初次发表于1993年10月15日《南方周末》，收录于《汪国真全新作品集》（作家出版社，2017年）

留　言

我走了
是为了以一个崭新的
面貌回来
就像树木抖落了黄叶
是为了春天以更葱茏的形象
走向大地的期待

我会一切很好
心中更有一份挚爱
如果，你相信我是雪
那么，也请相信
当我飘落下来
一定和从前一样洁白

初次发表于 1993 年 11 月 12 日《南方周末》，收录于《1994·汪国真抒情诗选》（时代文艺出版社，1994 年）

贺 卡

每到新年将临的时候
便开始忙
此前的日子
都觉着太平常
看蝴蝶飞在冬天
冬天的蝴蝶可真漂亮

这是一种方式
这种方式让情意张开了翅膀
用眼睛感受心
从心到心
是记忆亲切的脸庞

初次发表于 1993 年 11 月 23 日《今晚报》,收录于《1994·汪国真抒情诗选》(时代文艺出版社,1994 年)

画　面

有一个画面
永远不会遗忘
就像有一首诗
早已在血液中流淌

岁月的水
无法把它带走
只是把它洗得更新更亮

初次发表于1993年11月23日《今晚报》，收录于《1994·汪国真抒情诗选》（时代文艺出版社，1994年）

秋

秋天常常令人伤怀
因为那里有一份生命的无奈
萧瑟更加重了这种气氛
思潮不由在落叶中徘徊

自古有多少寂寞的人伤秋
望河水漂枯叶一年又一年
自古有多少伤秋的人寂寞
看天空飞疾鸟一载复一载

我说，秋是有一种悲
可那是悲壮　不是悲哀
我说，秋是有一阵风
可那不仅有风沙　更有风采

初次发表于1993年第23期《辽宁青年》，收录于《1994·汪国真抒情诗选》（时代文艺出版社，1994年）。入选《新课程小学语文读本　四年级　上册》（山东教育出版社，2005年）

景　色

黑夜吞噬了景色
景色并没有消亡
一旦风儿走过
依然响起了清脆的铃铛
字迹污染了景色
景色会有一点感伤
修葺覆盖了肮脏
景物依然辉煌

初次发表于1993年第23期《辽宁青年》，收录于《1994·汪国真抒情诗选》（时代文艺出版社，1994年）

不想告别

耳朵里刮过摇滚
却并不想告别古典
金属的声音划破了假面
心更留恋绿色和自然

不要对我说
在阳光下堆一个
美丽的雪人
便是堆起了一个遗憾
美即便只是瞬间
记忆却可以久远

金属的声音像裂帛
回荡着一个时代的灿烂
也有一种颜色并不矫饰
自自然然
代代相传

初次发表于1994年第1期《啄木鸟》,收录于《汪国真诗文集珍藏版——抒情诗》(内蒙古人民出版社,1996年)

失落的村庄

我没有打败你
是你打败了自己
你想撕去的
是一百年后的日历

你把那一天
想象成为你绽放的含笑花了
可是　你的眼睛
并非能穿透漫长的风雨

你感到心在不断受伤
因为失去了今日的村庄
有什么理由轻视今日的建筑呢
谁能够证明
昨天的灿烂
今天就不再辉煌

初次发表于1994年第1期《啄木鸟》，收录于《最新·汪国真抒情诗选（增订本）》（时代文艺出版社，1995年）

有一种语言

有一种语言
只有你我能懂
在最平凡的字眼里
隐藏着最惊心动魄的感情

这种感情又是那么圣洁
胜过了教堂的钟声
让这种默契默默成长吧
雪一样白　草一样青

初次发表于1994年1月18日《齐鲁晚报》，收录于《1994·汪国真抒情诗选》（时代文艺出版社，1994年）

故　园

这就是故园
蓝色的海浪
冲刷着金色的沙滩
橙色的太阳
映照着回归的白帆
雨滴敲打着绿色的棕榈
清风吹开了火红的木棉
一个穿紫色长裙的女孩
走在青石板路上
打着一把赭石色的小伞

初次发表于1994年1月18日《齐鲁晚报》，收录于《1994·汪国真抒情诗选》（时代文艺出版社，1994年）

浮　想

有一些仇恨
总是不能随黑夜埋葬
仿佛点点闪着蓝光的磷火
在心灵的荒野里游荡
有那么多眼睛渴望和平
可是人们还是要正视死亡
蓝天上那洁白的鸽子啊
是否知道
也是在从前的废墟上飞翔

初次发表于1994年1—2月号《青春诗歌》，收录于《1994·汪国真抒情诗选》（时代文艺出版社，1994年）

宁肯孤独

在浮躁的空气里
宁静反而让人觉得醒目
我不愿引来更多的视线
此时此刻　我宁肯孤独

不要随意打开吧
我不一定是你要读的那本书
我的关切在哪儿
去问书中
那些古典而又精美绝伦的插图

初次发表于1994年1—2月号《青春诗歌》，收录于《1994·汪国真抒情诗选》（时代文艺出版社，1994年）

倾 听

其实,真是没有必要
为了你心中的夙愿忧伤
模特的猫步
可以踏平舞台
却踏不平起伏的海洋
生活不仅只是橱窗

有一种心声
就会有许多传递的渴望
在心灵的沃土里
渴望像种子一样顽强

我在倾听你的诉说
你也听到我的声音了吗
太阳,也会沉睡
却不会失去光芒

初次发表于1994年3月号《诗刊》,收录于《1994·汪国真抒情诗选》(时代文艺出版社,1994年)

向天空拔节

我关心季节
却不留意大街上
服饰的更替
服饰尽管有无数变化
怎可比一年四季
一生四季

所有的努力
并不都是为了
一个辉煌的结局
或许只有鸶鸟
能够明白　我的心意

我不是都市里的车辆
注定要和前面的车辆保持距离
我要向天空拔节
循着自然的轨迹

初次发表于1994年3月号《诗刊》，收录于《1994·汪国真抒情诗选》(时代文艺出版社，1994年)

一幅油画

缆绳系住了秋船
却系不住飞动的油彩
让它泼了个满地金黄

当季节走进了画框
便让绿色的居室
充满了想象

品着秋叶
像品着一片片以往
落叶下面
清凉的河水　无声流淌

初次发表于1994年第2期《新生界》，收录于《1994·汪国真抒情诗选》（时代文艺出版社，1994年）

叛　逆

我不稀罕
你陵墓一样的庄严
我不稀罕
你陈尸般的历史感
我不稀罕
你空中楼阁般的崇高
我不稀罕
你不值一文的经典
心中自有一面旗帜
飘扬　永远永远

初次发表于1994年第2期《新生界》，收录于《1994·汪国真抒情诗选》（时代文艺出版社，1994年）

青檀树

青檀树花开的时候
是我的生日
青檀树生长的地方
也生长诗

青檀树
长得很高很朴素
浅灰色的树皮
后来成了
董其昌和张大千
笔下的宣纸
青檀树下
是北方的土地
青檀树上
是南方的风
青檀树里
有我生长的影子

初次发表于1994年第2期《新生界》,收录于《最新·汪国真抒情诗选(增订本)》(时代文艺出版社,1995年)

冬 天

冬天不是死亡
只是生命的一次退让
在雪压冰欺的泥土下面
椴树的根须仍汲取着
大地的琼浆
金钟花也没有死
它正应合着古老的节奏
积蓄着力量
当四月响起了铃铛
看吧　依然是水苍苍　山莽莽

初次发表于1994年2月4日《南方周末》，收录于《1994·汪国真抒情诗选》（时代文艺出版社，1994年）

都市风景

森林里散发着好闻的松脂味
远远望去
薄雾裹着的小木屋
宛若一首诗

淙淙的溪水
像日子一样从树梢上流走
活泼的松鼠
使林子更宁静

没有污染的地方
是心灵最好的栖息地
没有污染的心灵
是都市最美丽的风景

初次发表于1994年第4期《辽宁青年》，收录于《1994·汪国真抒情诗选》（时代文艺出版社，1994年）

岁月的桂冠

冬天将要离开的时候
痛苦得哭了
春天走来的时候
它的眼泪还没有干
这是没有办法的事情
自然的法则
就是这样
新鲜地伴着浪漫
不要嘲笑花蕾的幼小
它会有怒放的那一天
无法压制的年轻
是岁月捧出的桂冠

初次发表于1994年第4期《辽宁青年》,收录于《1994·汪国真抒情诗选》(时代文艺出版社,1994年)

每天清早我们擦肩而过

每天清早我们擦肩而过
渐渐地有点什么想要诉说
从眼睛里读到了彼此的渴望
而脚步却拉大了你我的隔膜

每天清早我们擦肩而过
渐渐地有点什么想要诉说
只是不知怎样才能有一个开头
像小溪自然地流入江河

每天清早我们擦肩而过
渐渐地有点什么想要诉说
许许多多日子就这样无声流过
不知是害怕打破沉默
还是喜欢沉默

初次发表于1994年2月《Miss 小姐》,收录于《汪国真全新作品集》(作家出版社,2017年)

回 忆

其实并没有多少经历
可有时却总爱回忆
或许因为往事的美好
或许因为往事中有个你

我知道明天还会回忆今天
因此不想把日子过得平淡无奇
我要不停地努力
让记忆里多一点绚丽

初次发表于1994年2月《Miss小姐》，收录于《汪国真全新作品集》（作家出版社，2017年）

海的温柔

寂寞的时候
便低下了头
留一个影子在身后
欢乐的时候
便抬起了眸
送一道波光在时空里走

柔情似水
总是很静很静
很静
是海的温柔

初次发表于1994年第3期《爱情 婚姻 家庭》，收录于《1994·汪国真抒情诗选》（时代文艺出版社，1994年）

没有信来

没有信来
只好重读往日的温馨
往日的温馨
更勾起我期盼殷殷

夕阳
渐渐挨近了远方的树群
头上的彩云
可是你掷来的纱巾

初次发表于1994年第3期《爱情 婚姻 家庭》,收录于《1994·汪国真抒情诗选》(时代文艺出版社,1994年)

旧 地

往事已久远
一片旧地
使往日变得新鲜

阳光用手
清风用心
托起了记忆的花篮

思念如绿叶
渐渐舒展
这一夜
与星星相望醉眼

初次发表于1994年3月4日《南方周末》，收录于《1994·汪国真抒情诗选》（时代文艺出版社，1994年）

海之子

开始是喜欢大海
后来是喜欢你了
有着大海的气息
还拥有大海所没有的
善解人意和顽皮

木船悬挂着期望出海
螺号里起伏着蔚蓝色的呼吸
大海　螺号和白帆孕育的孩子啊
坦荡　自然而纯洁
令活得很累的我们
不仅欣赏　而且着迷

初次发表于1994年4月1日《南方周末》，收录于《最新·汪国真抒情诗选（增订本）》（时代文艺出版社，1995年）

善待生命

不要总是忙碌不停
不要忘了善待生命
就像别忘了给船上漆
或者在惬意的湖水中
洗净闪亮的羽翎

云很白可也很高
等待一双矫健的翅膀
海很蓝可也很大
需要一次一往无前的出征

出去听一听
听一听蛙鼓虫鸣
出去看一看
看一看节日璀璨的华灯

初次发表于1994年第4期《科学与生活》

把自己融入自然

在漂流了很久很久以后
真想能有一个静谧的港湾
让我枕着波浪轻眠
轻眠
却不是为了收起风帆

在跋涉了很久很久以后
真想能点燃一缕炊烟
围着篝火席地而坐
哑着嗓子唱歌
把悲怆的曲调轻弹

尽管心很累　很疲倦
我却没有理由后退
或滞留在过去与未来之间

就这样　就这样
在身心俱疲的时候
把自己融入自然

初次发表于1994年第6期《金色年华》，收录于《汪国真经典代表作Ⅱ》（作家出版社，2010年）

我在寻找一种感觉

当灯光旋转起来
世界开始变得晕眩
脚步　常常踩不准鼓点
为了自由地舒展
我拒绝舞伴

没有喝酒的人
也会醉
就像没有喉咙的花
也会发出声音

我在寻找一种感觉
为了不像海螺那样搁浅

初次发表于1994年第6期《金色年华》

过去的百叶窗

过去的百叶窗
已有些古老
古老的东西
总有点儿味道

站在房子中间
抚摸洒在屋内的阳光
一缕缕　一道道

悄然之中
感情有点迷蒙
眼泪有点缥缈

初次发表于1994年第6期《金色年华》，收录于《最新·汪国真抒情诗选（增订本）》（时代文艺出版社，1995年）

天　籁

鹿群是森林的旋律
天鹅是湖水的风光
自然是心灵之花
含也富丽　绽也堂皇

别得了喧嚣
怎别得了那夏日幽篁
最悦人处
是那山一道　水一行

初次发表于1994年第6期《啄木鸟》，收录于《最新·汪国真抒情诗选（增订本）》（时代文艺出版社，1995年）

洞　察

什么样的嘴
都可以吐出童话
就像什么样的手
都可以举起赏心悦目的花

圣洁的修女
胸前挂着十字架
可那一横一竖的前后
也可以藏着别人的
凶残和狡诈

森林很大
不仅有溪水、松鼠和小鸟
世界很大
不仅有寺庙、佛祖和袈裟

初次发表于1994年第6期《啄木鸟》，收录于《最新·汪国真抒情诗选（增订本）》（时代文艺出版社，1995年）

落日山河

我站在一片秋瑟里

看落日山河

山峰巍巍如诗

江河滔滔如歌

更有无数英雄豪杰

用情怀和热血

把山河染成火的颜色

镀成金的光泽

百川归海

万仞齐指蓝天

何等气魄　何等规模

太阳落　山河不落

那是一个民族

脊梁挺立着　血液奔流着

收录于《1994·汪国真抒情诗选》(时代文艺出版社,1994年)。入选《新课程小学语文读本　四年级　上册》(山东教育出版社,2005年)

让我们把手臂挽起

那久违了的桉树
亲切又熟悉
那久远了的薄雾
别有一番温馨与惬意
扶着岁月的栏杆
真羡慕鸿鹄
波光上一飞千里
也感慨青山
妩媚又雄奇　万古屹立

纵然心事像桨
搅起不尽涟漪
也别疏忽了
残冬赏雪　初夏听雨
即使阴霾去而又复返
也别错待了
生命葱茏　青春绚丽
如果面对这个
风景又风霜的世界
你的力量太单薄
那就让我们把

年轻又坚强的手臂
紧紧挽在一起

收录于《1994·汪国真抒情诗选》(时代文艺出版社,1994年)

假　日

把一块蓝布
铺在青春的草地上
我们的眼睛
闪动着快乐的光芒
风暖暖地吹
蜜蜂在鲜花丛中
旋律一样徜徉

鸟儿
迅疾地从空中掠过
炫耀着矫健的翅膀
小道上　孩子用童心
摇响了手中的铃铛
游人
把心留给了自然
就像游子把思念留给了故乡

收录于《1994·汪国真抒情诗选》（时代文艺出版社，1994年）

在往事潋滟的波光上

走过花期
生命就不再是一张
没有涂抹过的纸
在往事潋滟的波光上
记忆曾经与黯淡和辉煌相识

那是一种向往
和平鸽衔着橄榄枝
真实的生活
却仿佛是一条
琳琅满目的街市

不如意的时候
不必匆忙向恨你或者
爱你的人解释
只要是波涛
潮落自有涨潮时

收录于《1994·汪国真抒情诗选》（时代文艺出版社，1994年）

从前的歌谣

因为不期而遇
不由感觉世界真小
人生漂泊不定
仿佛被风卷起
又吹落的羽毛

最怕人还年轻
心却已经苍老
生活的轨迹
有时像置放案头
被人描来又涂去的石膏
我最近一切都好
那么你呢
路上疲惫的时候
不妨唱起
从前那首　大地听了
也会为之一绿的歌谣

收录于《1994·汪国真抒情诗选》(时代文艺出版社,1994年)

祷

真想有一次不同寻常的相逢
总愿有一个不同以往的心情
像一颗投入湖水的石子全部沉没
全部沉没了的情怀　那般神圣
最怕是那漂浮在水面上的枯叶
也怕像那半明半暗的芙蓉
如果没有一片让心全部覆没的水域
那就让它仍像鸟儿
飞翔在自由自在的天空

收录于《1994·汪国真抒情诗选》（时代文艺出版社，1994年）

什么时候

什么时候能和你一道
去看激荡人心的长风与排浪
什么时候能和你一起
去森林采摘芬芳的野蘑菇
捧起那绿茸茸的阳光
什么时候等你的信
不再如等一份判决书
什么时候接你的电话
不再如听天堂遥远的钟响
什么时候　什么时候
思念的雨滴
不再淋漓在
一张不堪负重的薄薄的宣纸上

收录于《1994·汪国真抒情诗选》（时代文艺出版社，1994年）

故 乡

有一片繁茂的老榕树
总是让我向往
还有那海风
和海风梳理过的灯光
我的记忆
常常走不出
那条蔚蓝色的走廊
走廊里
银灰色的海鸟在飞翔
汹涌的潮水
像时代一样涌来
又像历史一样退去
涌来退去
都敲打着心灵的门窗
门窗訇然而开
里面悬挂着的是
太阳金色的肖像

收录于《1994·汪国真抒情诗选》（时代文艺出版社，1994年）

生命的堤岸

不论什么时候
我的失望
也不会无边无沿
令心事滂沱任泪水漫卷
海水可以漫过沙滩
却漫不过生命的堤岸
在追赶黎明的路上
走过多少崇山峻岭
便挥洒多少青春的
执着与斑斓

收录于《1994·汪国真抒情诗选》（时代文艺出版社，1994年）

河边月夜

这是一条闪亮的河
更加闪亮的是夜幕中的渔火
乌篷船的影子
在闪烁的渔火中斑斑驳驳

伫立岸边
说不清想了些什么
时间大把大把流走
哦,今天
今天可真挥霍
船像摇篮在河边晃荡
歌声在月夜里的河水中覆没

收录于《1994·汪国真抒情诗选》(时代文艺出版社,1994年)

我放飞雪白的鸽子

让我们成为朋友
请接受这遥远的问候
我放飞一只雪白的鸽子
希望它早日
落在你的肩　托在你的手
有这个愿望
已经很久很久
真庆幸这一天
我找到了通向彩虹的渡口
我的朋友
友情不只在风中雨中
还在蕙草迎接晨曦
天空结满星斗

收录于《1994·汪国真抒情诗选》(时代文艺出版社, 1994 年)

路　口

站在这里
我迷失了方向
雾遮盖了一切
也遮盖了花朵的芳香

划一根火柴
可以把黑夜点亮
可是此刻
佛光仿佛也被埋进了土壤

也许
等待是唯一的选择
昨日，困住小鸟的是庙门
不是蛛网

收录于《1994·汪国真抒情诗选》(时代文艺出版社，1994年)

无 题（五）

我把书本合上
开动思想

我把诅咒接过
搁在一旁

我把窗帷拉开
请进阳光

我把脚步跨出
让春光在脚下流淌

收录于《1994·汪国真抒情诗选》（时代文艺出版社，1994年）

握住我的手

了解你
是因为一个细节
你不曾留意
我却没有忘却
了解自己
是因为这一次告别
当我知道
再也难以同你联络
八月的天空
忽然下雪

我这是明白
不是感觉
握住我的手好吗
不要用你远行的跫音一声一声
敲打我心灵的台阶

收录于《1994·汪国真抒情诗选》(时代文艺出版社,1994年)

叠不起的心绪

一片葱茏的叶子
飘落在无尘的傍晚
那是远方你的寄语
和着青春的气息
我在灯下读你
如读一行过目难忘的诗句
白杨树叶哗哗摇动窗帘
夹竹桃的芳香洒满大地
这一晚
整个儿都是你
叠起又展开的是你的字迹
展开却叠不起的是我的心绪

收录于《1994·汪国真抒情诗选》(时代文艺出版社,1994年)

赠我一只苍鹭

你画了一只鸟
我知道它的名字叫苍鹭
你却偏偏写上了它的俗称
——老等
老等
没有苍鹭好听
可是却写尽了
一种令人心颤的感情
还是赠我一只苍鹭吧
让我只联想水库和湖泊
或者鱼蛙与昆虫
苍鹭会飞
老等,让我感觉太沉重

收录于《1994·汪国真抒情诗选》(时代文艺出版社,1994年)

更把琴声抚向夕阳

长风　掠过黄昏里的湖面山坡
宁静的心
不禁被吹得一波三折
自然的美
是一种所向披靡的扫荡
她根本用不着
为了征服　先遣使者

站在湖畔
看能否依稀有些
青山的风格
更把琴声抚向夕阳
一任心灵的城堡
无声地陷落

收录于《1994·汪国真抒情诗选》（时代文艺出版社，1994年）

他的名字

他走过的道路
叫作历史
他住过的院落
叫作故居
他安息的地方
叫作纪念堂

他的指挥
叫作诗篇
他的领导
叫作雕塑
他的思想
叫作结晶

他的名字
叫作——毛泽东

收录于《1994·汪国真抒情诗选》（时代文艺出版社，1994年）

女　孩

今日的眼眸里

依然闪烁着

昨夜湖水的波光

袖口边儿

还飘散着桂树的芳香

没有人知道

昨晚她去见了谁

但在她轻盈的心上

总是撩过一丝紧张

收录于《1994·汪国真抒情诗选》(时代文艺出版社，1994年)

日　晷

日晷已成了遗迹
只是用来说明某些道理
历史在不断地演变
留下的是些筛了又筛的记忆

没有人烟之处
草木萋萋
车水马龙的地方
少了些自然和真实

日晷无言
有声有色的是人世间的
来来去去

收录于《1994·汪国真抒情诗选》（时代文艺出版社，1994年）

时　事

生存本来简单
是人心使它变得复杂
子弹尖厉的呼啸
一次又一次
打碎古老的寓言和优美的童话

有时人无处可躲
因为灾难已属于整个国家
天很大　海很大
可是那里却种不活
一根小草　一朵小花

收录于《1994·汪国真抒情诗选》(时代文艺出版社，1994年)

世 相

欲望

使生活残缺

泥泞问冬天

你还有多少雪

乌鸦

在枯枝上笑了

笑那消融得

那么快的纯洁

当纯洁变得

可笑了的时候

空荡荡的大地上

刮过的岂止是北风的呜咽

收录于《1994·汪国真抒情诗选》(时代文艺出版社,1994年)

记忆的射程

原以为走远了
便听不到从前凉亭的雨声
便会逐渐淡忘那些
黛色的黄昏和浅红的黎明

后来发现
那只是一种幻想
走得再远
又怎能走出记忆的射程

收录于《1994·汪国真抒情诗选》(时代文艺出版社,1994年)

书 房

一群作家与一个画家
倚墙对视
中间是主人思想的牧场

鸟鸣撩开绿色的窗帘
书桌上升腾着茶香

主人
很少再出远门
一排排藏书
已经发黄

收录于《1994·汪国真抒情诗选》（时代文艺出版社，1994年）

买 花

生命如花
在阒无人迹处盛开
方可成为景致
花店里的繁花是商品
离开才能成为点缀

卖花的人是在卖一种表情
买花的人是在买一种心情

收录于《1994·汪国真抒情诗选》(时代文艺出版社,1994年)

远方的来信如银箔

远方的来信如银箔
把你的脸一瞬间装饰得苍白
纵然最有造诣的画家
也无能涂抹出这般凄惶的色彩

如果距离
便能把真正的爱情掩埋
那么世间
还有什么能被称为期待
吊兰能够美丽地垂下来
皆是因为花盆在高台

收录于《1994·汪国真抒情诗选》(时代文艺出版社,1994年)

诗 人

纸烟
亮着的台灯
还有出鞘的钢笔

写字台上
搁置着风从远方
吹来的消息

烟蒂堆积如山
墨水在瓶里退潮了
退了潮的沙滩上
躺着一本蓝色封皮的诗集

收录于《1994·汪国真抒情诗选》(时代文艺出版社,1994年)

我喜欢传说中的蒿草

蒹葭在秋色里苍茫
大雁又飞向远方
留下我孤独地守在这里
向另一个季节眺望

我喜欢传说中的蒿草
平凡又摇曳着芬芳
那也是你吗
走入萌动时期
便期待着在黄昏里邂逅的形象

明知绿色的爱
会划出红色的伤
不会一切美丽得如古老的
画廊
可是我又怎样说服这心
不为你　喜与伤

收录于《1994·汪国真抒情诗选》(时代文艺出版社,1994年)

一个心愿

树
老得只剩下
风烛残年
却依然挺着
岁月深刻的躯干

要老
就老成一棵树吧
一个年轻人
在心中许下了
一个不老的心愿

收录于《1994·汪国真抒情诗选》(时代文艺出版社,1994年)

依然存在

风欺过
大树依然存在

浪埋过
礁石依然存在

阳光晒过
海洋依然存在

浮云遮过
光明依然存在

收录于《1994·汪国真抒情诗选》(时代文艺出版社,1994年)

知 音

在淡淡的音乐中
我们相对而坐
任凭感觉像杯子里的柠檬
举起又滑落
如果话题老是重复
那还不如沉默
我们没有　永远没有
有的只是语言
总是在不知不觉中
走进朦胧　融入夜色

收录于《1994·汪国真抒情诗选》(时代文艺出版社，1994年)

寻 找

很早就开始寻找
可是,不知为什么
爱情非要迟到

令一颗心
柳絮一样随风流浪
不知何处　才能抛锚

想有一个童话中的小屋
屋里有灯光和温馨萦绕
问大地还要等多久呢
山川不老　岁月会老

初次发表于1994年第7期《知音》,收录于《汪国真全新作品集》(作家出版社,2017年)

蝴　蝶

蝴蝶是会飞的花朵
动人得使芬芳失色
尽管后来成为标本
它的身影
依然在记忆中轻盈飞过

美丽有一种力量
使人心变得脆弱
人心有一种美丽
胜过了聪睿与深刻

初次发表于1994年7月8日《南方周末》，收录于《最新·汪国真抒情诗选（增订本）》（时代文艺出版社，1995年）

在友人家做客

狭小的空间
失去了舒适
却没有失去温馨
那挂在墙上的鹿角
使我忆起过去
向往森林

有的人
见过一眼
形象便贯穿于整个生命之中
怀念
就像岁月的雪地上
时浅时深的印痕

初次发表于 1994 年 10 月号《青年之友》，收录于《汪国真全新作品集》(作家出版社，2017 年)

秋　韵

古刹的钟声震落秋叶片片
阳光茂密如雨点
山泉从这里流向远方
仿佛一个纯朴的流浪汉
边走边拨动铮钆的琴弦

候鸟是季节写给天空的留言
金色是大地留给岁月的封面
这个时候心境很舒缓
有一个心愿　想与未来谈

初次发表于1994年11月11日《南方周末》，收录于《汪国真全新作品集》（作家出版社，2017年）

一处风景

我不知道
你的才华还要被埋没多久
人们早已厌倦了
那貌似惊人的喋喋不休

我深深地相信
不是人们读不懂你
是人们读不到你
读到你时
便领悟了发现的含义

立体的时候
你是冰是雕是冬天的妖娆
当耸立的身影消失在某一个清早
你是水是河是春天向大地的问好

初次发表于1994年第12期《分忧》，收录于《最新·汪国真抒情诗选（增订本）》（时代文艺出版社，1995年）

小鸟、大树和土地

祖国是无垠的土地
家是土地上郁郁葱葱的大树
亲人是栖息在大树上的小鸟

我爱小鸟
怎能不爱那遮风蔽雨的大树
我爱大树
怎能不爱哺育了大树的土地

小鸟　大树和土地
是风景　更是爱和生活

初次发表于1995年第1期《家庭生活指南》,收录于《最新·汪国真抒情诗选(增订本)》(时代文艺出版社,1995年)

北方的冬天易过

北方的冬天易过
门和窗户
分隔出两种
截然不同的生活

生命的艰辛易过
那也不过是冬天的北方

初次发表于1995年2月3日《南方周末》，收录于《汪国真全新作品集》（作家出版社，2017年）

北海夜景

春柳
垂下柔长的发丝
晚妆

风儿
吹起一层层细浪
小船　在岸边打着
瞌睡
惟有高高的白塔
很安详

那幽径　那曲廊
不知记录了
多少绿色的梦幻
有的悱恻
有的凄凉
只是当朝晖
抖落夜的幕布
清晨　又轻轻荡起了桨

收录于《最新·汪国真抒情诗选（增订本）》（时代文艺出版社，1995年）

最初的湖莲

了解你
是在你走了很久以后
仿佛不经意旋开了
一个不引人注目的瓶子
才发现这原来竟是一瓶
酿造在遥远年代的酒
无法与你痛饮
是我深深的遗憾
从此
生活常常像一个垂钓者
心思却不在钓竿
即使从今以后
再不会错过
可毕竟错过了你啊
风
吹动的
总是记忆中最初的湖莲

收录于《最新·汪国真抒情诗选（增订本）》（时代文艺出版社，1995年）

我的心事

我的心事
不喜与人说
如果里面结了冰
也会是很薄很薄

请不要问　我的心事
来如何　去如何
且让时间的水
把它渐渐淹没

也请不要猜
我的心事
是什么样的颜色
别猜　猜了就错

收录于《最新·汪国真抒情诗选（增订本）》（时代文艺出版社，1995年）

回 忆

那挂在墙上的鹿角
使我忆起了往日的森林
这狭小的空间
失去了舒适
却留住了温馨

有的形象
看过一眼
便贯穿了整个记忆
心底的怀念
像时间的雪地上
时浅时深的印痕

收录于《最新·汪国真抒情诗选（增订本）》（时代文艺出版社，1995年）

无 题(六)

有一些深刻

总让人想笑

就像那沟沟壑壑的皱纹

并不叫作深沉　而叫作老

文冠果耐寒　不耐涝

把寒冷给予它

那不是惩罚是关照

收录于《最新·汪国真抒情诗选(增订本)》(时代文艺出版社,1995年)

高与低

把树伐倒
并
不
能
说明
你比树高

收录于《最新·汪国真抒情诗选(增订本)》(时代文艺出版社,1995年)

生活片段

泡一杯清茶
让目光像犁
深掘遥远的字迹
运笔如泼
心绪　绵延千里万里
月光溢出来的时候
心潮　融了进去

收录于《最新·汪国真抒情诗选（增订本）》（时代文艺出版社，1995 年）

我的心情

相爱在如梦的傍晚
相识却在缥缈的清早
一切都是那么迷离
心,早已不是城堡
同你在一起很清新
同你在一起很骄傲
你的晶莹仿佛晨露
我的心情宛若青草

收录于《最新·汪国真抒情诗选(增订本)》(时代文艺出版社,1995年)

海之恋

阳光　椰树　海岸线
风把白帆送上了天
这里看不到玫瑰
却是玫瑰生长的家园

与你相遇之前
沙滩只是沙滩
当海水漫了上来
沙滩便开出了美丽的雪莲

这雪莲不仅开得美丽
而且浪漫　久远

收录于《最新·汪国真抒情诗选（增订本）》（时代文艺出版社，1995年）

那就对了

说什么
是你的权利
做什么
是我的专利

我做的
得不到你的赞赏
那就对了
否则,我会同你一样
平淡无奇

收录于《最新·汪国真抒情诗选(增订本)》(时代文艺出版社,1995年)

无 题（七）

在世界面前
一个崭新的时代
让五千块
躺倒的多米诺骨牌
——复原

收录于《最新·汪国真抒情诗选（增订本）》（时代文艺出版社，1995年）

生活常是这样

心冷的时候
你会觉得每一个
季节都凉
星星仿佛是冰做的光

其实　大地并非那样寒冷
否则
檫树怎么会摇动
满目清香

生活常是这样
你所失去的
命运会用另一种方式补偿
桂花枯萎的时候
菊花又亮新妆

收录于《汪国真诗文集珍藏版——抒情诗》(内蒙古人民出版社，1996年)

岁月沧桑

记忆里有那么多沧桑
岁月不知覆盖了多少青春的脸庞
可是,今天那一颗心啊
还是像当年那样真挚、滚烫

我们知道
大地不论有过怎样的冰霜
阳光会依然慈祥
我们知道
冰霜期不论怎样漫长
春风会依然摇响三月的铃铛

我们回忆而且向往
回忆那风中有浪的日子
向往在浪尖上我们展翅高翔

初次发表于1996年第3期《中国高校招生》,收录于《汪国真精品集 上 抒情诗》(青海人民出版社,1998年)

活得真

生命在夹缝中求生存
虽然渺小
却活得真

收录于《汪国真精品集 上 抒情诗》(青海人民出版社,1998年)

无 题（八）

干裂的土地

诉说着荒凉

碧绿的小草

表现着生命的顽强

顽强的生存着啊

昭示未来

闪烁希望之光

收录于《汪国真精品集 上 抒情诗》（青海人民出版社，1998年）

旗　帜

旗帜
总是在山峰上飘扬
省略了多少
走向胜利的路
艰险又漫长

收录于《汪国真精品集　上　抒情诗》(青海人民出版社，1998年)

无 题（九）

既然分手
为何却又相连
说得清的是
万年的沧桑
说不清的是
千年的情感

收录于《汪国真精品集 上 抒情诗》（青海人民出版社，1998年）

无 题（十）

艰难困苦的土壤上
生长着青春之树
仰者
羡其尊
俯者
钦其度

收录于《汪国真精品集　上　抒情诗》（青海人民出版社，1998年）

圣　诞

送给你一个美好的祝愿
里面有我的万语千言
在这个灯火辉煌的夜晚
我为你默默举起晶莹的杯盏

愿这一天伴你的有欢笑
欢笑的名字叫作灿烂
愿这一天伴你的还有温馨
温馨的名字叫作永远

收录于《汪国真精品集　上　抒情诗》（青海人民出版社，1998年）

问

如果是哭
谁能想象大海的眼泪
如果是笑
谁能想象醇酒的陶醉
满天飘舞的雪花
有谁知她在思念谁
遍地旋转的落叶
有谁知她为谁暗徘徊

一座古亭
有谁记得曾令多少须眉憔悴
一湾绿水
有谁记得曾照过多少红颜妩媚
落日黄沙　白帆秋水
你可知谁的记忆在时空里飞

收录于《汪国真精品集　上　抒情诗》(青海人民出版社，1998年)

是真将军不佩剑

是真将军不佩剑
手中轻摇一把薄薄的纸扇
宫殿的明月　妃子的灿烂
河边的洞箫　舞女的蹁跹
全赖将军运筹帷幄间

是真将军不佩剑
灯里轻吟着千载的词篇
飘扬的旗帜　胜利的号角
今日的功勋　历史的尘烟
全在将军运筹帷幄间

是真将军不佩剑
留下那指挥若定的故事代代传

收录于《汪国真精品集　上　抒情诗》(青海人民出版社，1998年)

新年好

请让我对你说一声新年好
看雪已成舞　花将如潮
请让我对你说一声新年好
让过去的日子如水流　让将来的日子似拂晓

请让我对你说一声新年好
愿雨里有你的收获　愿风中传你的捷报
请让我对你说一声新年好
阳光中我为你祝福　月光下我为你祈祷

收录于《汪国真精品集　上　抒情诗》(青海人民出版社,1998年)

真情永远

无论时光如何绵延
让真诚永远
无论世事如何变迁
让善良永远
无论眼前还是天边
让美好永远
无论熟悉还是陌生
让真情永远

收录于《汪国真精品集 上 抒情诗》(青海人民出版社，1998年)

你就是我的梦

你就是我的梦
可如今这梦已成泡影
想拉住你的手却不能够
流泪的心不知不觉已是烟雨蒙蒙

悔当初为什么不向你倾诉衷情
恨今后怎独守那长夜孤灯
让我将如何面对这凉风暖风都是悲风
让我将如何怀想这过去未来都是伤痛

从今后这心中的天哪还有个晴
从今后这眼里的山哪还有个青
怕只怕秋来望那满地落英
怕只怕春来看那花如泪凝

收录于《汪国真精品集　上　抒情诗》（青海人民出版社，1998年）

祝福你,善良的人

贫穷也有美好的向往
尽管那向往常因无奈飘落池塘
飘落也不改往日颜色
你可知这颜色点缀了多少今来古往

开在心灵里的花是最美的花
她在流淌的岁月里默默生长
经过雨雪
经过风霜
永不会变的是那天然的芳香

祝福你
一切善良的人
祝福你
所有美好的愿望
愿鸟儿都能展开翅膀在蓝天飞翔
愿花朵都能在春天的原野里尽情开放

收录于《汪国真精品集 上 抒情诗》(青海人民出版社,1998年)

一双含泪的眼睛

一双含泪的眼睛
让我的心烟雨迷蒙
朋友　你即便受了委屈
也不要消沉
埋怨命运不公平

一双含泪的眼睛
让我的心落叶飘零
朋友　你即使受了打击
你也要挺住
要同这个世界抗争

一双含泪的眼睛
让我的心有说不出的痛
朋友　我默默地为你祝愿
有那么一天
你会万里鹏程

收录于《汪国真精品集　上　抒情诗》(青海人民出版社，1998年)

往事如烟

清晨的露珠　夜晚的流萤
往事闪烁在流动的记忆中
春天的青草　秋天的红枫
记忆凝固在晶莹的泪花中
慈祥的母亲有一份不变的情
哪怕盼穿双眼　望尽飞鸿
坚强的母亲有一个不灭的梦
哪怕季节艰辛　生活飘零
昨日的钟声　今日的琴声
曾经走过的道路烟雨迷蒙
今日的琴声　明日的歌声
放眼望花已满树帆已满篷

收录于《汪国真精品集　上　抒情诗》（青海人民出版社，1998年）

风　格

不是因为格外美丽
不是因为异域沧桑
风格
自有一种力量

收录于《汪国真精品集　上　抒情诗》（青海人民出版社，1998年）

无 题（十一）

过错
是短暂的遗憾
错过
是永远的遗憾

收录于《汪国真精品集　上　抒情诗》（青海人民出版社，1998年）

乘机偶感

一
银燕是过去的传说
白云是蓝天洁白的花朵

二
仰首是风景一点
俯首是无限江山

三
刚刚白雪飘在眼里
转瞬细雨洒在心里

收录于《汪国真精品集 上 抒情诗》(青海人民出版社,1998年)

最后一朵玫瑰

最后一朵玫瑰格外美
那里有祝愿
也有忏悔
玫瑰花开正鲜艳
不知为什么我却流眼泪

也许是因为遗憾
也许是因为寂寥
也许是因为物是人非
也许是因为说不清的滋味

晚风轻吹
飘香玫瑰
只是不见了昨日的流水

收录于《汪国真精品集　上　抒情诗》(青海人民出版社，1998年)

其实我对你很在乎

从那一刻起我才明白
其实我对你很在乎
从那一刻起我才知道
我并不聪明其实很糊涂

从此我的心被你放逐
四处流浪没有归宿
从此我的悔恨无边无际
洒满走过的大道和小路

噢
错过了的季节不能再捉住
错过了的流水不能再重复

收录于《汪国真精品集 上 抒情诗》(青海人民出版社,1998年)

水 乡

仿佛是唐诗宋词
从远方走来
依稀流淌着千百年前的风采
今天的流水依然无言
无言的流水
却折射着一个崭新的时代

收录于《汪国真旅游作品选集——旅游,一个春天的梦》(中国旅游出版社,1998年)

铁树开花

真不容易
许多年
才开一次花
于是
引来无数憧憬的目光
凝视那绝代风华

收录于《汪国真旅游作品选集——旅游,一个春天的梦》(中国旅游出版社,1998年)

倾听寺院的钟声

庙宇因为有佛
便高出了一切大厦
无论怎样尊贵的头颅
在这里也曾悄悄低下
更无须说不论怎样的山高水远
也不能动摇朝拜者的步伐
那四季不灭的香火
飘浮着最虔诚的表达

我来这里
并不是为了诉说
而是面对那金色的庄严
我会感到心灵的净化
于是,在城市的喧嚣中
我常常向往
倾听寺院那悠远的钟声
一下　一下

初次发表于 2000 年 10 月《九州诗文》,收录于《汪国真新作选》
(新华出版社,2002 年)

星星是我送给你的钻石

我无法送给你贵重的礼物
因为我很贫穷
我知道贫穷并不值得炫耀
请暂且把我当作末路英雄

我想送给你的很多
但我却拥有得太少
星星是我能送给你的钻石
原野是我能送给你的花园
还有一颗心　剔透晶莹

如果这样，你还愿意和我一起
就请告诉我一声
我也想对你说
虽然，有一条路叫荆棘
可是还有一种花叫紫荆

初次发表于2000年10月《九州诗文》，收录于《汪国真新作选》（新华出版社，2002年）

东风第一枝

两岸飘香倒映满江红
谁人知晓哪个是东风第一枝
群芳争艳真是羞煞了虞美人
江山如画引来无数蝶恋花
漫步风光里不由使人想诉衷情

有亭台楼阁的地方都成了沁园春
睹物思人免不了要忆秦娥
小桥流水处有几个渔家傲
渔家笑里但闻了水调歌头
谁个还能想起念奴娇

夜色中最迷人的当数西江月
此时，有人最想看的是苏幕遮
有人最喜欢听的是清平乐
古今多少自命不凡的人都想水龙吟
到头来终不免却成了浪淘沙

初次发表于2000年10月《九州诗文》，收录于《汪国真新作选》（新华出版社，2002年）

茗 茶

新茶一杯飘清香，
古筝一曲音绕梁。
天边一抹晚霞红，
远望青山笑君王。

初次发表于2000年11月26日《北京青年报》

弹琴的女孩

一只陶罐凝结了
久远的文明
一抹微笑包容了
难言的感情

鹳鸟的心事
也许只有湖泊能懂
兰草的传说
也许只有微风愿听

而有谁能理解黄昏里
从琴键下流淌出的点点晶莹

初次发表于2001年第1期《中国校园文学》，收录于《汪国真新作选》（新华出版社，2002年）

感谢生活

你给了我灵感
也就是给了我生命
你以浪漫的发梢
让思想的旗帜庄严上升

我想写一首词给你
并且自己谱曲
用浪花作音符
岁月作旋律

最动人的景色
总在荆棘上边　严寒后面
而爱到深处
却找不出合适的语言

初次发表于2001年第1期《中国校园文学》，收录于《汪国真新作选》(新华出版社，2002年)

男儿流血也流泪

男儿流血也流泪
男儿血　是红色的花朵
为了春天绽放
男儿泪　是闪亮的诗行
为了纪念刻骨铭心的沧桑

当男儿佩戴勋章
你可知道
那正面是光荣　背后是悲怆
当男儿载誉归来
你可知道
今天是明媚　昨日是冰霜

男儿流血也流泪
只要这血　流得值得
只愿这泪　不是因为心伤

初次发表于2001年第1期《中国校园文学》，收录于《汪国真新作选》（新华出版社，2002年）

海　浪

有多少心事
想与大海讲
你是在倾听吗
涌来又退去的海浪

我是这样深深依恋你
你每一次退去
带走的都是我的惆怅
而你每一次涌来
都会给我的生命
注入新的力量

初次发表于2001年第1期《中国校园文学》，收录于《汪国真新作选》（新华出版社，2002年）

一切任由人说

何必解释呢
一切任由人说
无论什么样的火焰
也不能改变金子的本色

让心情轻轻松松去远方旅游
背后的一切
都留给一把锁

人生需要呐喊
有时　也需要沉默
沟渠还是沟渠
江河还是江河

初次发表于2001年第2期《中国校园文学》,收录于《汪国真新作选》(新华出版社,2002年)

最可贵的

在这个世界上
人一定会打许多次仗
没有谁能全胜
从不输一场
最可贵的是
输了也不放弃希望

初次发表于 2001 年第 2 期《中国校园文学》，收录于《汪国真新作选》（新华出版社，2002 年）

欣 赏

有一种旋律古色古香
有一种情调水远山长
有一种语言箫音筝骨
有一种风景过目难忘

有一种黄昏菊魂兰魄
有一种妩媚穿透时光
有一种风格剑胆琴心
有一种人生不同凡响

初次发表于2001年第2期《中国校园文学》，收录于《汪国真新作选》（新华出版社，2002年）

请把那月光收藏

黄昏不知不觉弥漫了思绪
孤独的人
请眺望那滑落的夕阳

秋雨忽轻忽重敲打着惆怅
忧伤的人
请抓住那风的翅膀

溪水无声无息流到了心上
沉思的人
请写下你隽永的辞章

云朵时隐时现飘荡着悲伤
不幸的人
请把那月光收藏

初次发表于2001年第2期《中国校园文学》,收录于《汪国真新作选》(新华出版社,2002年)

渴望雨的日子

天空油画一样蔚蓝
风却像天一样遥远
渴望雨的日子
好难　好难

渴望雨的到来
是因为渴望打开心灵的
窗扇
就像山间飞流
渴望扑向碧澈的潭

初次发表于2001年第3期《中国校园文学》，收录于《汪国真新作选》(新华出版社，2002年)

岁月的田垄

我们踩着岁月的田垄
目光紧张　心情轻松
终归是青春季节呵
山泉是我们的歌声
春花是我们的笑容
沉默便是诗意
爽朗中蕴含着朦胧

我们还是一幅并不简单的图画
即使你细细地读
也未必能　全看得懂

当然,我们也有忧愁
那是因为有时
阴云覆盖了眼睛
当然,我们也有苦恼
那是因为有时沙尘吹打着心灵
但是,我们更多的还是欢乐
因为我们毕竟春笋一样年轻

初次发表于2001年第3期《中国校园文学》,收录于《汪国真新作选》(新华出版社,2002年)

生命的花蕾

没有哪个人
能把岁月追回
缤纷的花季
芳香得有点像
清晨的咖啡

谁说青春无悔
最悔便是青春时的愚昧
有一种心痛的感觉
是哭不出的眼泪

爱惜生命
更爱惜生命中的花蕾
在收割的日子里
起伏着一片金色的麦穗

初次发表于2001年第3期《中国校园文学》，收录于《汪国真新作选》（新华出版社，2002年）

珍 惜

幸福
有时是那样难以追寻
就像打柴人
却不知哪里是大山的衣襟

有时付出了很多
看到的却是池塘里的枯荷
那绚烂的季节
可是与祈祷擦肩而过

不想再等待太久
可岁月一眼望不到头
终于懂得了珍惜
在有点无奈的时候

初次发表于2001年第4期《中国校园文学》，收录于《汪国真新作选》(新华出版社，2002年)

不 要

不要那么骄傲
为了你生得沉鱼落雁
其实,越是美丽的花朵
往往越是容易凋残
不要那么老成
为了你那饱经风霜的心灵
其实,不论什么样的颜色
都不能覆盖青春的火红

不要那么懊丧
生活里还有许多滋味你没有品尝
即使输了本不该输掉的一切
何妨准备好了再打一仗

不要,永远不要
对自己失去信心
人生的意义
正在于去不断追寻

初次发表于2001年第4期《中国校园文学》,收录于《汪国真新作选》(新华出版社,2002年)

世 相

金钱使人变得性急
欲望使人变得浮躁
梦幻使人变得唠唠叨叨
天气也来凑热闹
不时来点儿
沙尘暴

许多演员只让人记住了五官
许多演出只让人记住了门票
许多画家只让人记住了头发
许多诗人只让人记住了莫名其妙

有许多东西并不美好
有许多过程必不可少

初次发表于2001年第5期《中国校园文学》,收录于《汪国真新作选》(新华出版社,2002年)

我希望

我希望
吹来的是没有沙尘的风
我希望
看到的是无须表扬的感动
我希望
能领略没有胭脂的风情
我希望
能欣赏花团锦簇中的青衣素容
我希望,真的希望
能倾听没有噪音的天籁之声

初次发表于2001年第5期《中国校园文学》,收录于《汪国真新作选》(新华出版社,2002年)

伤

划破了的伤口
要不了太久就可以愈合
心灵的创伤
需要平复的时间更长
最响的是没有声音的响
最痛的是没有伤口的伤

初次发表于2001年第5期《中国校园文学》，收录于《汪国真新作选》(新华出版社，2002年)

我是这样相信

我是这样相信
诚实才会久长
质朴才令人难以遗忘
勇敢才能活得安详
善待平凡才能让生命
　　熠熠闪光

我是这样相信
深奥多是因为贫乏
晦涩多是因为缺少思想
冷漠多是因为没有自信
嫉妒多是因为感觉自己
　　没有希望

我是这样相信
命运就像道路
　该短的短　　该长的长

初次发表于2001年第6期《中国校园文学》，收录于《汪国真新作选》(新华出版社，2002年)

无 求

无求
并非真的无求
就像山间的清泉
静静地流
带着大地的问候
洗净春天的眼眸

初次发表于2001年第6期《中国校园文学》,收录于《汪国真新作选》(新华出版社,2002年)

静　待

静待
以自身的透明洁白
不是因为没有激情
而是知道需要忍耐
等到桃花开了
瞧呵，我是怎样地
春潮澎湃

初次发表于2001年第6期《中国校园文学》，收录于《汪国真新作选》（新华出版社，2002年）

不是渴望孤单

不是渴望孤单
而是因为心寒
心寒的情形
宛如一条断了线的项链
找回从前的感觉
真是很难
心的距离
仿佛星际一样遥远
只有记忆还能重温亲切
就像偶然抚摸
一张旧日的唱片

初次发表于2001年第7—8期《中国校园文学》,收录于《汪国真新作选》(新华出版社,2002年)

守着宁静

思想在皎洁的月光下跳舞
在喧嚣的环境里
守着宁静　便是守着幸福

到哪儿去找纯洁
如果纯洁也能让人嫉妒
从哪儿去找清新
如果清新也能让人羡慕

城市愈来愈大
可是愈来愈难找到一片净土
口袋愈来愈鼓
可是欲望却愈来愈难以满足

在滚滚红尘之中
又有多少人能够明白
失去健康或自由的富有
其实是一场白辛苦

初次发表于2001年第7—8期《中国校园文学》，收录于《汪国真新作选》（新华出版社，2002年）

不 同

不同的鸟
唱着不同的歌
述说着森林里的快乐
不同的森林
长着不同的树
那是大地种植的音符
不同的音符
表达着不同的情感
那是发自心底的呼喊
不同的呼喊
折射着不同的思想
犹如天上的七彩之光

初次发表于2001年第7—8期《中国校园文学》，收录于《汪国真新作选》（新华出版社，2002年）

春天所以美好

我感到幸福
因为能让你快乐
付出的愉悦
其实，能胜过获得
谁能说得清
爱与被爱
哪一个满足更多
春天所以美好
那是因为大地开满了花朵

初次发表于 2001 年第 9 期《中国校园文学》，收录于《汪国真新作选》（新华出版社，2002 年）

不朽的辞章

千古情怀　万世不衰
不朽的辞章
与山河同在
那是古老土地孕育的精灵
那是一个民族飞扬的风采
有血　有泪　有歌　有泣
惟独没有奴颜与媚态
山耸起来　浪扬起来
用浪的手弹山的弦
让那太阳与月亮的旋律
响彻千秋万代

初次发表于2001年第9期《中国校园文学》，收录于《汪国真新作选》（新华出版社，2002年）

谁能告诉我

有多少时光

能经得起挥霍

有多少感情

能落泪成河

有多少背叛

能让心灵不脆弱

有多少欺骗

能让信任不打折

有多少虚伪

能让真诚的心不失望

有多少流言

能让无辜的人不难过

……

所有这一切

谁能告诉我

初次发表于 2001 年第 9 期《中国校园文学》，收录于《汪国真新作选》（新华出版社，2002 年）

只比苦难多一点

天空不会总是蔚蓝
道路不会总是平坦
生活中有一些不幸
我们必须面对
我的坚强并不多
只比苦难多一点

多一点马就能穿过荒原

多一点鹰就能掠过高山

多一点骆驼就能找到甘泉

多一点队伍就能跨越艰险

多一点啊　多一点
生命之花就能度过寒流
开得无比绚烂

初次发表于2001年第10期《中国校园文学》，收录于《汪国真新作选》（新华出版社，2002年）

我的愿望

我不会因为无聊而感动
也不会因为晦涩而虔诚
我不会因为权势而膜拜
也不会因为虚幻而憧憬
我的愿望实在而普通
把绿色还给大地
把白云还给天空
把鸟儿还给树林
把自由还给生命

初次发表于2001年第10期《中国校园文学》，收录于《汪国真新作选》（新华出版社，2002年）

当我们不再那样年轻

当我们不再那样年轻
才发现我们的心原本相通
当年,缺的只是一次表白
难道说那仅仅是为了慎重

岁月不可以重来
生活也不可以再做安排
从前的失误
从此便成了心中永远的痛

人生有时竟是这样无奈
错过了的竟是最美的风景
遗失了的竟是最纯真的感情

初次发表于2001年第10期《中国校园文学》,收录于《汪国真新作选》(新华出版社,2002年)

把磨难当成一种色彩

让抑郁变成轻松
不妨多想一些开心的事情
让谤议考验心胸
那心胸是蔚蓝的天空
把嘲讽变成动力
去取得更辉煌的成功
把磨难当成一种色彩
去涂抹五彩缤纷的人生

初次发表于2001年第11期《中国校园文学》,收录于《汪国真新作选》(新华出版社,2002年)

对别人好一点

对别人好一点
又有何妨
没有什么人
愿意拒绝善良
微笑能让人温暖
就像春天会融化冰霜
世界会因此多了些美好
送人花束　心有留香

初次发表于 2001 年第 11 期《中国校园文学》，收录于《汪国真新作选》（新华出版社，2002 年）

我沉默

当流言袭来的时候
我沉默
当嘲笑投来的时候
我沉默
当误解走来的时候
我沉默
在沉默中精心做好
每一件事情
用微笑约会那
春花烂漫的时刻

初次发表于2001年第11期《中国校园文学》，收录于《汪国真新作选》（新华出版社，2002年）

爱你,不需要理由

爱你,不需要更多理由
只是因为暴风雪袭来的时候
你没有走
冬天的相守
便是春光的问候

跋涉中,有时路没有了
那是昭示我们
生活需要新的开始
而不表明
希望已到了尽头

初次发表于 2001 年第 12 期《中国校园文学》,收录于《汪国真新作选》(新华出版社,2002 年)

那本书

那本曾经喜爱的书
虽然被搁置的时间已经很长
却总也忘不掉那里面
刻骨铭心的辞章
就像不论岁月流逝了多久
也无法忘怀初恋女孩
那清晨一般的模样

读那本书
就像走在一条令人
流连忘返的路上
走着走着
就走进了
词的宋　　诗的唐

初次发表于2001年第12期《中国校园文学》，收录于《汪国真新作选》（新华出版社，2002年）

无 题（十二）

在最不需要鲜花的时候
鲜花总是最多
在最需要滋润的时候
冷漠就像一条干枯的河

无法诅咒的富有
难以指责的吝啬
谁能说鲜花开的不是时候
谁能说河流的干涸是季节的错

初次发表于2001年第12期《中国校园文学》，收录于《汪国真新作选》（新华出版社，2002年）

我在等你

我不会放弃
因为此时,你是我生命的
全部意义
有多少感情
是那么不堪一击
而我相信　真爱会把
生命之光传递

不要沮丧
太阳落了还会升起
不要灰心
一切会慢慢好起来的
记住我的话
原野在等你
沙滩在等你
清风在等你
——我在等你

初次发表于2002年第1期《中国校园文学》,收录于《汪国真新作选》(新华出版社,2002年)

黄山松

多少风雨　多少欺凌
黄山青松不改容
多少岁月　多少变幻
黄山青松傲苍穹
过去的苦难已是曾经
过去的创口是记忆的伤痛
当云开雾散的时候
岿然屹立的还是黄山松

初次发表于2002年第1期《中国校园文学》,收录于《又见汪国真——汪国真诗文书画歌曲作品选》(中国国际广播出版社,2003年)

人性,能闪烁同样的光彩

生活往往使艺术无奈
心灵常常让诗句苍白
如果我走来
就一定会让你记住
而不会出现这样的景象
比出现更快的是忘怀
是的,你难以忘却
因为我说的
正是你想作的表白
这不是猜
人性　能闪烁同样的光彩

初次发表于2002年第1期《中国校园文学》,收录于《汪国真新作选》(新华出版社,2002年)

不因小不忍

风雨会使我们变得强壮
挫折会使我们变得坚强
一些成熟的思想
和宝贵的品质
来自于受伤

不要害怕嘲讽的目光
也不要害怕别人的蜚短流长
许多时候
沉默就是一种最好的抵抗
水一样存在
树一样成长
不因小不忍
偏移大方向

初次发表于2002年第2期《中国校园文学》,收录于《归来,汪国真》(北岳文艺出版社,2005年)

高傲不是高贵

高傲不是高贵
自赏不是纯粹
在晦涩和深奥的背后
可能不过是一堆
鸡零狗碎

李白爱酒
贪杯的却不一定
都是才子
而可能是落魄的酒鬼

我相信
如果真有一双翅膀
——迟早会飞

初次发表于 2002 年第 2 期《中国校园文学》，收录于《又见汪国真——汪国真诗文书画歌曲作品选》（中国国际广播出版社，2003 年）

春天是生长故事的季节

春天是生长故事的季节
和故事一起翩飞的
是美丽的彩蝶
有的故事那么纯洁
你可知道
因为滋润这故事的
是昨日的雪

即便有一天
从前走过的小路
已变得荒芜
苔藓已绿了台阶
可是记忆之花不会凋落
它会绽放在有雨或无雨的
日日夜夜

初次发表于2002年第2期《中国校园文学》，收录于《归来，汪国真》（北岳文艺出版社，2005年）

必须坚强

因为向往
所以选择了远方
因为无可依靠
所以必须坚强
在前路渺茫的时候
也不放弃希望
在孤立无援的时候
靠信念支撑前进的力量
再深的水也淹不死鱼儿
再烈的火也烧不死凤凰

初次发表于2002年第3期《中国校园文学》，收录于《汪国真新作选》(新华出版社，2002年)

生活告诉我们

蓝色的海洋
金色的沙滩
那是青春温馨的驿站
曾经走过的道路告诉我们
只要心仪　远方不远

生活还告诉我们
爱不是喜欢那么简单
牵手不是有爱就能如愿
就像不是所有的水都清洌甘甜
就像不是所有的树都绽放花瓣
我们不仅要学会争取
也要学会让时间的流水
洗去失意和忧伤
还世界一个青春焕发的容颜

初次发表于2002年第3期《中国校园文学》，收录于《汪国真新作选》(新华出版社，2002年)

风儿沉醉的晚上

心跳是火石的碰撞
思念是凄美的惆怅
诗歌是心灵的闪光
有多少情感的烟雨
就会有多少写得出
或写不出的诗行

不要总问
未来将会怎样
还是让月光静静地流淌
流淌　流淌
流淌在这个
风儿沉醉的晚上

初次发表于2002年第3期《中国校园文学》，收录于《汪国真新作选》（新华出版社，2002年）

往前走

有一个现象很平凡
晴天多过雨天
有一个道理很简单
明天好过从前
因此,没有必要为了天阴
而心情晦暗
没有必要因为一时的困顿
总是紧锁眉头
往前走　往前走
前面一定能看见
星光灿烂　彩霞满天

初次发表于2002年第4期《中国校园文学》,收录于《汪国真新作选》(新华出版社,2002年)

不要那么多"学问"

不要那么多"学问"
这会妨碍心灵的靠近
多么美好　原野的自然
让人感觉清新

更甭提那蹩脚的
故作深沉
玄虚就像厚厚的脂粉
让人觉得恶心
像风的流动
像雨的滋润
真正的深刻是简洁
真正的成熟是单纯

初次发表于2002年第4期《中国校园文学》，收录于《汪国真新作选》（新华出版社，2002年）

不易凋谢的是诗意

爱的花悄悄绽放
然后渐渐枯萎
无论绽放或枯萎
都没有留下痕迹
只有心中明白
那不易凋谢的是诗意

很多年过去了
偶然还会想起
想起青春旅程中
那个带点儿薄荷味的秘密

初次发表于2002年第4期《中国校园文学》，收录于《汪国真新作选》（新华出版社，2002年）

且让心愿飞

固执地把错认为是对
向你关闭了原本敞开的心扉
让无辜的你恨不得怒发冲冠
让脆弱的你恨不得流泪

如果误解难以解释
不如坦然面对时间的流水
不论花儿绽与落
且让心愿飞

初次发表于2002年第5期《中国校园文学》,收录于《汪国真新作选》(新华出版社,2002年)

还是未来

这个世界变化太快
让人记不住昨日的精彩
仿佛一支
不断前行的船队
掉队了便预示着一种悲哀

船已远离了岸
置身于海
远方不仅是生存的土地
还是未来

初次发表于2002年第5期《中国校园文学》，收录于《汪国真新作选》（新华出版社，2002年）

心灵的天空

是谁拉响了凄婉的琴声
让城市的夜晚也变得迷蒙
丁香花寂寥地开了
那花儿绽放的声音
有谁能听得懂

生命总是在与命运抗争
无不是为了争取一个更好
　的前程
如果忧郁时能有琴声相伴
这算不算是一件绮丽的事情

刺骨是风,清凉是风
谁也不会拥有
一成不变,心灵的天空

初次发表于2002年第5期《中国校园文学》,收录于《汪国真新作选》(新华出版社,2002年)

真　想

真想让夜空缀满闪烁的
音符
真想让城市成为森林中的
小木屋
真想空气像海一样
湿润而蔚蓝
真想人们珍惜情感
像绿叶小心翼翼捧起花骨朵
真想这一切都是真的
而不只是用笔把憧憬写出

初次发表于2002年6月1日《中国校园文学》，收录于《汪国真诗文全集（1）》（广东旅游出版社，2008年）

必须坚持

必须坚持
为了不被淹没
必须坚持
既然不想苟活
必须坚持
为了不被视为弱者
必须坚持
既然想证明什么
必须坚持
坚持到最后一刻

初次发表于2002年第6期《中国校园文学》,收录于《汪国真诗文全集(2)》(广东旅游出版社,2008年)

光阴的对话

谱一支歌
一支遥远的歌
喜欢歌的人
不会寂寞
写一幅字
一幅飞扬的字
那播撒下的
是年华的种子
画一张画
一张传世的画
画里画外
那是光阴的对话

初次发表于2002年第6期《中国校园文学》,收录于《归来,汪国真》(北岳文艺出版社,2005年)

但却不一样

相识总觉着寻常
分手却不禁有些迷惘
那往日不经意的点点滴滴
像星星闪烁在记忆的夜空上

春之花朵
秋之白霜
这不都是很自然的事
分别也很自然
但却不一样

收录于《汪国真新作选》（新华出版社，2002 年）

未 必

红颜未必薄命
浅显未必易懂
深奥未必深刻
努力未必成功

春华未必秋实
秀外未必慧中
幸运未必幸福
不幸未必不幸

初次发表于2002年第7—8期《中国校园文学》

生活也会骗人

生活也会骗人
又有多少人
因被骗而沉沦

我也曾受骗
但我却不想
沉沦

我不想自我毁灭
仅仅因为
一道伤口　一个疤痕

初次发表于2002年第7—8期《中国校园文学》

无 题（十三）

缺少诗的城市
总觉得有些荒凉
钱太多的日子
容易过得荒唐
主意太快的人
缺乏的竟是主张
似乎超前的意识
居然不知道方向

初次发表于2002年第9期《中国校园文学》，收录于《又见汪国真——汪国真诗文书画歌曲作品选》（中国国际广播出版社，2003年）

我不相信

我不相信
不能善待别人的人
终能善待我

我不相信
不能原谅别人的人
终能原谅我

我不相信
不能理解别人的人
终能理解我

我不相信
柔情似水
那是因为火

初次发表于 2002 年第 9 期《中国校园文学》

责任，仿佛一扇门

责任，仿佛一扇门
放弃责任
仿佛开门揖盗
遗失的不只是物品
更有良心

等着瞧吧
责任不仅关乎名誉
也关乎生存

初次发表于2002年第9期《中国校园文学》

没想到

没想到会相识
没想到会遇上
没想到黯淡的眼睛
能重新放射光芒
没想到春风会推开
紧闭的门窗
没想到爱情会这样
让人
——让人猝不及防

初次发表于2002年第10期《中国校园文学》

夜,很安详

这个夏夜很凉爽
很凉爽的空气
弥漫着莲子的清香
雨飘在树上
飘在地上
飘在人们心上
阳光变得很懂事
来去很匆忙
天阴着
大地的脸可很晴朗
没有了火热的欲望
夜,很安详

初次发表于 2002 年第 10 期《中国校园文学》,收录于《又见汪国真——汪国真诗文书画歌曲作品选》(中国国际广播出版社,2003 年)

希望是生命的天

树梢
昭示时间
使命
指引罗盘
树木
聆听季节
星星
预告明天

爱情是青春的肩
希望是生命的天

初次发表于 2002 年第 10 期《中国校园文学》，收录于《又见汪国真——汪国真诗文书画歌曲作品选》（中国国际广播出版社，2003 年）

因为有你

我爱漫天飞舞的雪花
因为雪花里有你
我爱令人向往的童话
因为童话里有你
我爱姹紫嫣红的春天
因为春天里有你
我爱一切美好的事物
因为有你

初次发表于2002年第11期《中国校园文学》,收录于《归来,汪国真》(北岳文艺出版社,2005年)

希望的胚芽

坐看夕阳
夕阳里有海鸥飞翔
和水面上
燃烧着的波光
浪在礁石上开花
一朵又一朵
彼伏此起怒放
原来,石头上也并非
什么都不能生长
有希望的胚芽
就一定能找到绽放的土壤

初次发表于2002年第11期《中国校园文学》,收录于《又见汪国真——汪国真诗文书画歌曲作品选》(中国国际广播出版社,2003年)

因为平凡

因为平凡
所以很少有人青睐
因此专心致志生长
因为平凡
所以很少有人热情
因此在冷漠中懂得善良
因为平凡
所以很少有人关照
因此不得不学会坚强
因为平凡
后来他成了不凡的人

初次发表于2002年第11期《中国校园文学》,收录于《归来,汪国真》(北岳文艺出版社,2005年)

布达拉宫

蓝天是宁静的海洋
白云是流动的哈达
蓝天白云下的布达拉宫
仿佛一幅庄严肃穆的油画

我们凝视她
仿佛端详一个民族的历史
她凝视我们
仿佛打量沧海桑田的变化

初次发表于 2002 年 11 月 13 日《中国国门时报·口岸周刊》，收录于《又见汪国真——汪国真诗文书画歌曲作品选》（中国国际广播出版社，2003 年）

喷　泉

高高扬起

轻轻落下

你是

人们心中

绽放的水花

更是水中

绽放的

人们的心花

初次发表于2002年11月13日《中国国门时报·口岸周刊》，收录于《又见汪国真——汪国真诗文书画歌曲作品选》（中国国际广播出版社，2003年）

大理三塔

美好的风景
总有美丽的传说
何况大理远近闻名的塔
有三座

就在这三座
神奇的塔前
许三个愿吧
一愿幸福
二愿安康
三愿祥和

初次发表于2002年11月13日《中国国门时报·口岸周刊》，收录于《又见汪国真——汪国真诗文书画歌曲作品选》（中国国际广播出版社，2003年）

源

山道弯弯
流水弯弯
山道流水间
走过的是故乡的童年

也许，长大了的我们
会走得像流水一样远
可我们的思念也像流水啊
知道哪里是自己的源

初次发表于2002年11月13日《中国国门时报·口岸周刊》，收录于《又见汪国真——汪国真诗文书画歌曲作品选》（中国国际广播出版社，2003年）

松

在石缝中生长
便长成了一种象征
便有资格
笑那雨
笑那风
笑那冰雪
笑那痴心妄想的种种

初次发表于 2002 年 11 月 13 日《中国国门时报·口岸周刊》，收录于《汪国真全新作品集》(作家出版社，2017 年)

欲望使人陌生

欲望使人陌生
一次赤裸的谈话
破坏了原本平静的
心情
欲望
真能使友谊之花
凋零
没有花朵的枝干
不知该是一种
什么样的表情

初次发表于2002年第12期《中国校园文学》，收录于《归来，汪国真》（北岳文艺出版社，2005年）

非得你来

有一首乐曲
已听了许多遍
因此，非得你来弹
有一个地方
已去了许多遍
因此，非得你来唤
有一本书
已读了许多遍
因此，非得你来翻
有一个名字
已念了许多遍
因此，非得你来应

初次发表于2002年第12期《中国校园文学》，收录于《归来，汪国真》（北岳文艺出版社，2005年）

可以不是

可以不是作家
但要留下不朽的作品
可以不是画家
但要留下传世之画
可以不是音乐家
但要留下动人的音乐
可以不是伟大
但要让质朴闪烁光华

初次发表于2002年第12期《中国校园文学》，收录于《归来，汪国真》（北岳文艺出版社，2005年）

一次,便是永远

有一首
经典名曲
名字叫以吻封缄
不知不觉
听了许多年
忆了许多遍
这就是魅力吧
一次,便是永远

初次发表于2003年第1期《中国校园文学》,收录于《又见汪国真——汪国真诗文书画歌曲作品选》(中国国际广播出版社,2003年)

渡　河

把花青和藤黄
调成生命的颜色
让三青融合胭脂
在时空里展示高贵的光泽
用憧憬和坚毅铺一条
希望之路
用才华和汗水作舟
渡过那波涛汹涌的河

初次发表于2003年第1期《中国校园文学》，收录于《又见汪国真——汪国真诗文书画歌曲作品选》（中国国际广播出版社，2003年）

闪光的生命不易老

裂变的情感
仿佛夏日隔夜的盛宴
味道已变
样子也不再好看
既然已准备倒掉
又何必留恋

珍惜生活
努力活得像星星一样璀璨
闪光的生命不易老
它总是那么光彩
灿烂在岁岁年年

初次发表于2003年第1期《中国校园文学》，收录于《又见汪国真——汪国真诗文书画歌曲作品选》（中国国际广播出版社，2003年）

一片绿草地

白云飘在湖泊的怀里
湖泊睡在自己的梦里
恋人走进我的诗里
我的诗洒落在芳香的泥土里

有一天
白云变成了白莲
湖泊醒来在氤氲的晨曦
恋人成了心上的肖像
我的诗成了一片绿草地

初次发表于2003年第2期《中国校园文学》,收录于《又见汪国真——汪国真诗文书画歌曲作品选》(中国国际广播出版社,2003年)

握一握未来

无望的天气
有望的雨
谁能数得清
窗外的雨滴

无望的爱情
有望的结局
每一次结束
都孕育了一次新的生机

无望的年龄
有望的道理
握一握未来
笑一笑过去

初次发表于2003年第2期《中国校园文学》，收录于《又见汪国真——汪国真诗文书画歌曲作品选》（中国国际广播出版社，2003年）

磨难使人优秀

磨难使人优秀
那种顽强的品质
只有经历了才有

雨落下来了
等一等
就到了天晴的时候

雪飘下来了
朋友们呵
我们什么时候去春游

初次发表于2003年第3期《东方少年》，收录于《又见汪国真——汪国真诗文书画歌曲作品选》（中国国际广播出版社，2003年）

时艰玉可作石

那路再远再难
我也不怕
只要不会在中途倒下

而该来的
就让它来吧
该发生的
就让它发生吧

时艰玉可作石
秋来叶能当花

初次发表于2003年第3期《东方少年》,收录于《又见汪国真——汪国真诗文书画歌曲作品选》(中国国际广播出版社,2003年)

黄昏美景

理不清的思绪
道不明是欣赏还是悲哀
你是那么突如其来
只是有点来得太晚
黄昏美景
总夹着些许无奈
于是,放逐心情
在寂寥的夜晚
久久徘徊

收录于《又见汪国真——汪国真诗文书画歌曲作品选》(中国国际广播出版社,2003 年)

无 题(十四)

风刮过之后
雨便接着下
你来了之后
树木便开始发芽

生活因你而葱郁
生命因葱郁而开花

收录于《又见汪国真——汪国真诗文书画歌曲作品选》(中国国际广播出版社,2003年)

初　恋

初恋　往往没有结果
但却可能是
记忆天空中
一片最美丽的云朵

尽管那一段时光
甜蜜里常浸着忧伤
心甘情愿承受的
却是折磨

可那一段时光啊
爱得最真　没有杂质
爱得最深　深不可测

收录于《又见汪国真——汪国真诗文书画歌曲作品选》（中国国际广播出版社，2003年）

鲜花小路

铺满鲜花的路
看着
就是让人舒畅
遗憾在于
这样的路
从来不会太长

收录于《又见汪国真——汪国真诗文书画歌曲作品选》(中国国际广播出版社,2003年)

记忆永远年轻

因为有你同行
我记住了这处不知名的
风景
我爱上这里每一条溪水
和吹拂心灵绿色的风

许多著名的景色
因着岁月的久远都淡忘了
而这普普通通的小径
却常常蜿蜒在闪亮的眼眸中
生命可以苍老
而记忆永远年轻

收录于《又见汪国真——汪国真诗文书画歌曲作品选》（中国国际广播出版社，2003年）

李 白

如果没有你
整个唐朝
不知会黯淡多少

如果你不饮酒
你的传说
不知会清淡多少

何为风流
风流挥动的是历史的衣袖
何为豪饮
豪饮手握的是不尽的江流

收录于《又见汪国真——汪国真诗文书画歌曲作品选》(中国国际广播出版社,2003年)

春到水乡

春到水乡
春到水乡
江南的水乡
是一幅多么生动的景象
水乡人在画里忙
写意人在画外忙

收录于《又见汪国真——汪国真诗文书画歌曲作品选》(中国国际广播出版社,2003年)

相约香格里拉

酒中豪情雾里花,
惟愿时光尽潇洒。
人间仙境何处寻,
香格里拉情如家。

初次发表于2003年浦东香格里拉大酒店珍藏版红酒宣传册,收录于《汪国真全新作品集》(作家出版社,2017年)

成功有时就是那么简单

成功有时就是那么简单
当别人误入歧途的时候
而你没有

成功有时就是那么简单
当别人半途而废的时候
而你没有

成功有时就是那么简单
当别人故弄玄虚的时候
而你没有

成功有时就是那么简单
当别人孤芳自赏的时候
而你没有

成功有时就是那么简单
当别人绞尽脑汁急于成功的时候
而你没有

初次发表于2003年第3期《中国校园文学》,收录于《归来,汪国真》(北岳文艺出版社,2005年)

没有爱成的那个人

男人会老
女人也会老
后来
便成了老夫老妻
有一个人不会老
那是年轻时爱上的一个人
没有爱成的那个人
总是那么年轻

初次发表于2003年第3期《中国校园文学》,收录于《汪国真全新作品集》(作家出版社,2017年)

不是，是什么

不是你弹得好
是风把琴声送远
不是你开得好
因为此时不是春天
不是你唱得好
是因为上帝正在瞌睡
不是你生得好
是因为天上有云遮住了星星的眼

不是　不是
不是　是什么

发表于2003年第3期《中国校园文学》，收录于《国真私语——京城四大怪才丛书》（北岳文艺出版社，2004年）

西藏掠影

(一) 藏地男孩

有一种纯朴

让人无法忘怀

有一种可爱

阳光也会青睐

有一种微笑

诠释着善良

有一种悠然

似清风扑面而来

而你都有

远在高原的

——藏地男孩

初次发表于 2003 年 3 月 25 日《中国国门时报·口岸周刊》,收录于《汪国真全新作品集》(作家出版社,2017 年)

(二) 西藏的河流

清清的河流

静静地流淌
岁月的小舟
载着我们驶向前方
前方可有风
前方可有浪
什么样的风浪
都不能把我们阻挡
只能伴着我们成长

初次发表于 2003 年 3 月 25 日《中国国门时报·口岸周刊》，收录于《汪国真全新作品集》(作家出版社，2017 年)

（三）阿里古格王朝遗址
再灿烂的王朝
也会走向沉寂
再热烈的燃烧
也会无声无息
能摆脱的是厄运
不能摆脱的是规律

初次发表于 2003 年 3 月 25 日《中国国门时报·口岸周刊》，收录于《汪国真全新作品集》(作家出版社，2017 年)

（四）西藏江南：林芝

江南的景色里

找不到西藏

西藏的风光里

却可以看到江南

这是怎样的一种美

美得博大而且宽广

初次发表于2003年3月25日《中国国门时报·口岸周刊》，收录于《汪国真全新作品集》（作家出版社，2017年）

（五）顽强的小草

辉煌自有辉煌里的渺小

平凡自有平凡中的骄傲

阅尽绿色

谁能轻视那些顽强的小草

阳光下挺立

风沙中舞蹈

在贫瘠和荒凉之中

也许是惟一的美妙

有许多事物不能小瞧

微小却并非微不足道

初次发表于2003年3月25日《中国国门时报·口岸周刊》，收录于《汪国真全新作品集》（作家出版社，2017年）

（六）翼龙

河流
长上了翅膀
也许是因为
她渴望飞翔
我们
也有一个
不能泯灭的愿望
那是因为
心中的西藏

《翼龙》初次发表于2003年3月25日《中国国门时报·口岸周刊》，收录于《汪国真全新作品集》（作家出版社，2017年）

（七）色拉寺的小喇嘛

原来
笑也有一种力量
如果
能笑得像
头上的天空
一样晴朗

初次发表于2003年3月25日《中国国门时报·口岸周刊》,收录于《汪国真全新作品集》(作家出版社,2017年)

(八)风浪

风把积雪吹成了浪
浪花下面可是远古的海洋

泥土把平原塑成了山冈
可是为了让时代的目光
向远方眺望

按下的快门记录下了沧桑
可是为了在上面种下诗行

初次发表于2003年3月25日《中国国门时报·口岸周刊》,收录于《汪国真全新作品集》(作家出版社,2017年)

真香无让

因了欲望像高楼一样疯长
便有了形形色色的粉墨登场
还有了说不清的链接
还有了道不尽的上网

面对五光十色的画笔
纯洁很难再是一面
粉白的墙
可是　仍有一种珍贵的东西
总让人想　就像那
真水无香　真香无让

初次发表于2003年第4期《中国校园文学》，收录于《国真私语——京城四大怪才丛书》（北岳文艺出版社，2004年）

向往的境界

晚风拂过
竹叶簌簌作响
半个爬上来的月亮
印在了地上
大自然就有这样的神奇
让不懂艺术的人
也能够欣赏

这真是令我
心驰神往的境界
像竹一样生存
像月一样宁静
像夜一样安详

初次发表于2003年第4期《中国校园文学》,收录于《归来,汪国真》(北岳文艺出版社,2005年)

美丽不需要化妆

美丽不需要化妆
那是一种清新的亮相
太多的雕饰
只能证明缺少魅力
缺少动人心魄的力量

美丽不需要化妆
化妆是因为还不够美丽
白云没有化妆
洁白中自有一种旖旎
花儿没有化妆
妩媚中自有一种芬芳

初次发表于2003年第4期《中国校园文学》,收录于《归来,汪国真》(北岳文艺出版社,2005年)

艺术天地

(一)鸭绿江印象

金色的树

绿色的河

仿佛一首

连绵不绝的歌

风吹着

水流着

风吹水流中

世事悄悄变化着

初次发表于2003年4月29日《中国国门时报·口岸周刊》,收录于《汪国真全新作品集》(作家出版社,2017年)

(二)农家

这是另外一种生活

这是另外一种风光

里里外外透着寻常

然而，当有一天
你厌倦了车水马龙
你厌倦了名利场
你会发现
这里才是梦的故乡

初次发表于 2003 年 4 月 29 日《中国国门时报·口岸周刊》，收录于《汪国真全新作品集》（作家出版社，2017 年）

（三）红叶

是自然里的叶
是生命中的旗
是亘古不变的诗意
是千里万里的痴迷
还是一种象征
昭示明天　印证过去

初次发表于 2003 年 4 月 29 日《中国国门时报·口岸周刊》，收录于《汪国真全新作品集》（作家出版社，2017 年）

（四）吉林雾凇

在冰雪中屹立

在寒冷中携手
凛冽中方显如此品格
——晶莹剔透

不要说天太冷
不要说北风吼
真豪杰总在临危受命
好风景尽在考验之后

初次发表于 2003 年 4 月 29 日《中国国门时报·口岸周刊》，收录于《汪国真全新作品集》（作家出版社，2017 年）

（五）祖居

是祖辈
居住的地方
免不了
有许多往事
让后人想
有一天
他们也会成为
祖辈
留下的又是
怎样一个画框

初次发表于 2003 年 4 月 29 日《中国国门时报·口岸周刊》，收录于《汪国真全新作品集》（作家出版社，2017 年）

死去的生

再精致的鸟笼
也是鸟笼
笼中鸟的生活
简直是一种死去的生
伤肝伤肺怎比得了伤心
肌疼肤疼怎比得了心疼
那样一种悠闲
仿佛是流亡的总统
看似轻松　实是沉重
没完没了的辛酸
常常是袭上心头的内容

初次发表于2003年第5期《中国校园文学》，收录于《国真私语——京城四大怪才丛书》（北岳文艺出版社，2004年）

梦中的画廊

琴声响亮
如生命的激扬
激扬如你
秀丽的长发飘荡
飘荡成
梦中的画廊

有画廊在远方
思念便不再迷惘
从此　风便成了画
雨便成了诗
空气便成了香

初次发表于2003年第5期《中国校园文学》，收录于《国真私语——京城四大怪才丛书》（北岳文艺出版社，2004年）

嫁给幸福

有一个未来的目标
总能让我们欢欣鼓舞
就像飞向火光的灰蛾
甘愿做烈焰的俘虏

摆动着的是你不停的脚步
飞旋着的是你美丽的流苏
在一往情深的日子里
谁能说得清
什么是甜　什么是苦
只知道　确定了就义无反顾

要输就输给追求
要嫁就嫁给幸福

初次发表于2003年第5期《中国校园文学》，收录于《国真私语——京城四大怪才丛书》（北岳文艺出版社，2004年）

天使在人间

当"非典"伸出了
无形的魔爪
在这个本该
阳光明媚的季节里
人们却感觉到了一阵阵的凉

正是在这个时候
那些挺身而出的白衣天使
为我们筑起了一道道屏障
于是人们看到了
春季里的春季
感受到了春光中的春光

阴霾一片片散去了
憧憬一节节在生长

天使在人间
她们是美好
是希望　是安详

初次发表于2003年5月《同心曲》，收录于《汪国真全新作品集》（作家出版社，2017年）

你的荣光
——献给护士

不是启明
却带来了希望的曙光
不是火炬
却照亮了生命前进的方向
不是泉水
却滋润着每一个渴盼的心房
不是花朵
却在人心的土地上绚丽地开放

每一个寻常的日子
对你来说都不寻常
每一个不寻常的日子
对你来说都很寻常
一天又一天
流逝的光阴
像迁徙的候鸟
飞呵飞　飞向远方

也许，只有灾难来临的时候
人们才能真正理解你

就像老船长理解海洋
也许，只有灾害离去的时候
人们才能真正了解你
你的辛劳　你的崇高
你的奉献　你的荣光

初次发表于2003年5月26日《北京晚报》，收录于《汪国真全新作品集》（作家出版社，2017年）

神州掠影

（一）内蒙古军马场坝上
因了眼前绮丽的景象
恨不能闯入坝上风光
恨不能像马儿一样疾跑
恨不能放开喉咙
亮一亮嗓

生活就该是画中的这样
该蓝的蓝
该白的白
该黄的黄

初次发表于2003年5月27日《中国国门时报·口岸周刊》，收录于《汪国真全新作品集》（作家出版社，2017年）

（二）云南"莫奈"
云南的黑龙潭水
倒映出的却是
莫奈印象

许多许多年的从前
有谁能想得出
艺术原来可以这样

是呵,可以这样
可以那样
艺术上没有多少不可以
不可以的是缺少想象

初次发表于 2003 年 5 月 27 日《中国国门时报·口岸周刊》,收录于《汪国真全新作品集》(作家出版社,2017 年)

(三)云南森林

森林是陆地上的海洋
林涛起伏着绿色的喧响
来吧　到这里来吧
在这里你才能体会
什么叫筋脉相连
来吧　到这里来吧
在这里你才能知道
什么叫浩浩荡荡

初次发表于 2003 年 5 月 27 日《中国国门时报·口岸周刊》,收录于《汪国真全新作品集》(作家出版社,2017 年)

（四）京郊
老屋可是从前的树木
树木可是未来的门窗
当三月走来
免不了让人春怀秋想

老屋老了
不过老得挺有味道
树木不很年轻
如果再多一点沧桑

初次发表于2003年5月27日《中国国门时报·口岸周刊》，收录于《汪国真全新作品集》（作家出版社，2017年）

（五）无题
绿树成荫　浓荫匝地
清清的湖泊
微微起涟漪
美得我们　不想言语

心在憧憬
眼睛在寻觅
心驰神往令我们
悄无声息

初次发表于 2003 年 5 月 27 日《中国国门时报·口岸周刊》,收录于《汪国真全新作品集》(作家出版社,2017 年)

(六)津郊

惊讶于如此的美丽
惊讶于美丽就在身边
如果没有一双慧眼
是不是金子也会
被埋没在沙石里面

美往往并不遥远
深刻也总在寻常的
字里行间
年不过是三百六十五中的一天
美常常是司空见惯中的发现

初次发表于 2003 年 5 月 27 日《中国国门时报·口岸周刊》,收录于《汪国真全新作品集》(作家出版社,2017 年)

(七)无题

水一层
山一重

山山水水都是情

走一路
看一路
走走看看皆入赋

乡亲问我何处来
我却不知归何处

初次发表于 2003 年 5 月 27 日《中国国门时报·口岸周刊》，收录于《汪国真全新作品集》(作家出版社，2017 年)

相知不在于距离

相知不在于距离
也许　这是网络创造的
一个奇迹
深知却必须走近
还要披挂上时光的蓑衣

过去的一切
能铭刻的寥寥无几
属于这寥寥无几的
都是最魅人或最烦人的记忆

初次发表于2003年第6期《中国校园文学》，收录于《国真私语——京城四大怪才丛书》（北岳文艺出版社，2004年）

后人遗忘的事情

既然过于普通
就不要指望沧桑
把平庸变成古董
即使有一天成了
古董
也不要奢望价值连城
今日的珍宝
岁月会使她变得更加璀璨
而那些美妙的一厢情愿
早已成了一些
被后人遗忘的事情

初次发表于2003年第6期《中国校园文学》，收录于《归来，汪国真》（北岳文艺出版社，2005年）

忘不了你

手挡不住雨
我忘不了你
我们是钥匙和锁
失去一方
另一方便显得没有意义
从来　爱情也能创造奇迹
就像蛹儿脱掉丑陋的外衣
舒展斑斓的蝶翼
对于你　我格外珍惜
是因为我愿看到遍野绿色
而不是一片疮痍

初次发表于2003年第6期《中国校园文学》，收录于《归来，汪国真》（北岳文艺出版社，2005年）

看海棠树上

狂风骤起
落花满地
看海棠树上
还有什么如意不如意
一切都成了烟云
一切都成了记忆

重新开始
哪有说得那么容易
尽管现在正是眉清目秀的春季
可没听常言道知音难觅
知音难觅
难就难在不分节气
这样的情景　梦中都难得一回
与一可意的人儿
冬日踏雪　夏夜听雨

初次发表于2003年7月《诗刊》，收录于《国真私语——京城四大怪才丛书》（北岳文艺出版社，2004年）

千年的等候

月光的衣服很轻很柔
披着月光行走
永远不希望路有尽头

你的眼眸
是我心灵的窗口
就像你的希望
是我的肩头

此刻音乐不在音乐厅里
而在我们的血液里流
能和相爱的人在一起真好
为了这一天
哪怕千年的等候

初次发表于 2003 年 7 月《诗刊》，收录于《国真私语——京城四大怪才丛书》（北岳文艺出版社，2004 年）

谁能让爱远航

爱只在乎相守

却不太在乎方向

放任感觉自由自在流浪

爱还有点儿像生在水边的菖蒲

根茎蕴含着香

相爱并不难

难的是像等待那样久长

我们为爱称贺举觞

爱让我们远航

可是　谁又能让爱远航

初次发表于 2003 年 8 月 25 日《华夏诗报》，收录于《归来，汪国真》（北岳文艺出版社，2005 年）

心　愿

掬一捧唐时的清水
洗去今日的污秽
点燃宋时的烛光
把今日的情思照亮
借一把未来的扇子
送来清爽与清凉
目送洁白的天使
向黛色的远方飞翔

收录于《国真私语——京城四大怪才丛书》（北岳文艺出版社，2004年）

我干吗不快乐

谁都会有
不被理解的苦恼
既然谁都会有
我又何必祈祷

谁都会有
遇到烦心事的苦闷
既然谁都会有
我又何必伤神

谁都会有
被人误解的委屈
既然谁都会有
我又何必让心哭泣

谁都会有
遇到喜事的快乐
既然谁都会有
我干吗不快乐

收录于《国真私语——京城四大怪才丛书》（北岳文艺出版社，2004年）

不再是往日情怀

你用耳朵恋爱
又怎么能指望
把什么都看明白
你可知道
令你醉心的那些
甜言蜜语
不过是一席盛宴上
不可或缺的一道菜
许多事情
难以从头再来
从头再来时
已不再是往日情怀
既然　不希望有一天后悔
没有想清楚的时候
就不要出牌

收录于《国真私语——京城四大怪才丛书》(北岳文艺出版社，2004年)

蝴蝶谷

花朵已经很美
更美的花朵会飞
来一次便再难忘却
只这名字便不饮也醉

会飞的生命很短暂
可记忆的美好却很久远
去看看这美丽的王国吧
体会那蓝天下的遗憾和无憾

收录于《国真私语——京城四大怪才丛书》(北岳文艺出版社,2004年)

山还是从前的山

走出家门
外面一片灯红酒绿的嘈杂
不知有谁还能欣赏
郊野中那千树万树的梨花

宽宽的林荫道上
如果有谁忽然想起
那遥远依稀的古道西风瘦马
那情形会不会是有点儿傻

有那么多人喜欢热闹
是不是因为心灵寂寞
有那么多人愿意恋家
是不是因为人心叵测
世风日下

山还是从前的山
花还是从前的花吗

岸还是从前的岸

水还是从前的水吗

收录于《国真私语——京城四大怪才丛书》(北岳文艺出版社,2004年)

爱之苦

有建交的愿望
却找不到大使
空有一腔热血
满腹文与诗

不是没有胆量
而是生怕一旦失去
恨不能死
旁观者都道痴
当局者此刻唯有恨
恨当初　没有学好历史

收录于《国真私语——京城四大怪才丛书》（北岳文艺出版社，2004年）

红叶做成的书签

每天已习惯于思念
宛若每到傍晚
都会捡起夹在书中的
那枚红叶做的书签

那红叶是我们的历程吗
青时是情缘
红时也是情缘

那红叶是我对你的情感吗
样子可以残破
颜色却不会改变

那红叶是我们的未来吗
无论怎样枯槁
都能感受到一双熟悉的目光
目光是那样温暖

收录于《国真私语——京城四大怪才丛书》（北岳文艺出版社，2004年）

多少时候

寻你寻到哪天
觅你觅到哪年
放眼蓝天下
又已是青草漫蓝山
春天早已来了
可总觉得依然是乍暖还寒

心不是一口古井
却总难掀起波澜
酒并未喝多
却总仿佛雾里看花
张开闭上的都是醉眼
多少时候
结局是一声轻叹
等你难道非要等到
红叶又红　残阳更残

收录于《国真私语——京城四大怪才丛书》（北岳文艺出版社，2004年）

走近你

走近你
因为你的魅力
不可抗拒
仿佛云霞
留恋傍晚悠扬的竹笛
宛若恋家的夕阳
在寻觅来时的踪迹

走近你
是因为在浮躁的生活中
体会到的那缕
清凉的诗意
无论何时
人们都会倍加珍惜
那残存的美丽

走近你啊
走近你

既是为了亲近

也是为了逃离

收录于《国真私语——京城四大怪才丛书》(北岳文艺出版社,2004年)

远　离

远离
不是为了逃避
而是为了更好地生息
仿佛花朵的谢幕
不是为了永远的凋零
而是为了来年
开得更美丽

远离
而又回归
来去都珍藏着一份
永不褪色的情意
如果我的眼里没有泪
那是因为欣喜
如果我的眼里有泪
那是因为更大的欣喜

收录于《国真私语——京城四大怪才丛书》（北岳文艺出版社，2004年）

你从季节里走来

春从日历中走来
你从季节里走来
走来
便是命运的安排

际遇
有时就像胡同一样窄
而与你相识
难道是上帝的青睐

我们都不会忘记
这个日子
这一天
正是春暖花开

收录于《国真私语——京城四大怪才丛书》（北岳文艺出版社，2004年）

对你的想念

对你的印象
仿佛一幅经典油画
最耐人寻味的是侧影

对你的感觉
仿佛遥远的古韵
弦弦筝筝都动听

对你的思念
仿佛飞檐下的风铃
宁静却不平静

对你的感情啊
仿佛生机盎然的花圃
虽然五颜六色的
但全部是它的内容

收录于《国真私语——京城四大怪才丛书》(北岳文艺出版社,2004年)

飞 天

飞天一飞就是千年
不知跨越了
多少个洞箫般悠远的世纪
飞天一飞就是万里
从茫茫黄沙戈壁
到嗅到海洋蓝色的气息
飞天很普通
让每一双瞳孔都能感觉她美
飞天很神奇
她的美无与伦比
飞天不说话
但她的沉默
却胜过了无数的
锣声鼓声　风言风语

收录于《国真私语——京城四大怪才丛书》(北岳文艺出版社，2004年)

我心静如常

世态难免有炎凉
只求我心静如常
如此　风来何妨
无风怎知什么叫清爽
如此　浪来何妨
无浪怎知我豪放
我们在生活中学会坚强
因为坚强
我们百炼成钢

收录于《国真私语——京城四大怪才丛书》（北岳文艺出版社，2004年）

你为什么这样忧伤

你为什么这样忧伤
就像迷途的小鹿
找不到回家的方向

你为什么这样忧伤
就像受伤的大雁
舔着流血的翅膀

你为什么这样忧伤
就像流浪的云朵
漫无目的地飘荡

你为什么这样忧伤
我愿张开一双臂膀
把你所有的悲凉收藏

收录于《国真私语——京城四大怪才丛书》(北岳文艺出版社,2004年)

不曾改

追求不曾改
那追求
像涨潮时的大海
退了　还会再来

向往不曾改
那向往
如同身上的血脉
与生命同在

青春不曾改
那青春
改变的只是容颜
可那一颗心啊
永远与春花一样
——汹涌澎湃地开

收录于《国真私语——京城四大怪才丛书》（北岳文艺出版社，2004年）

内心的召唤

时间是最公正的裁判
一时的毁誉
姑且当作妄言
只当是风的手
在弹荒野的弦

兴趣　便是心中最华美的
红地毯
何须管别人柳絮一样
唠唠叨叨　没了没完
只服从于一个声音
那是内心深处的召唤

收录于《国真私语——京城四大怪才丛书》（北岳文艺出版社，2004年）

思

是风轻轻张开翅膀
是水在大地上静静流淌
是竹亭亭长在青葱季节
是画淡淡挂在心灵的墙上

初次发表于2004年第9期《中国校园文学》,收录于《汪国真全新作品集》(作家出版社,2017年)

打伞的日子

打伞的日子
都不是好天气
伞下的天空
却告诉我们
失望中也会有一种美丽

初次发表于 2004 年第 10 期《中国校园文学》，收录于《汪国真全新作品集》（作家出版社，2017 年）

望 海

你问我为什么久久不愿离去
因为大海是我最喜欢的书籍
没有哪一本书
我能读得如此
神清气爽　心旷神怡
倾心　如不弃不离的棕榈
不能再见到你
也许　是我惟一的畏惧
有一种爱无法舍弃
就像鸟儿无法割舍自己的翎羽

初次发表于2004年10月26日《中国中学生报》，收录于《归来，汪国真》（北岳文艺出版社，2005年）

成功是出色的平凡

不要急于成佛成仙
也许我们应该按部就班
踏踏实实埋下每一粒种子
认认真真过好每一天

你也许期待
粉荷盈香　花羡木怜
你也许期待
玉树临风　如日中天

其实　成功很远也很近
成功是出色的平凡

初次发表于 2004 年 10 月 26 日《中国中学生报》，收录于《归来，汪国真》(北岳文艺出版社，2005 年)

如　果

如果山河不老
什么又能使它老
如果意志不倒
什么又能使它倒

不论风天还是雨天
如果翅膀已经准备好
不论生存还是毁灭
如果勇气比死神还要高

在磨难中表现出从容
在从容中展示出骄傲

初次发表于 2004 年 10 月 26 日《中国中学生报》，收录于《归来，汪国真》(北岳文艺出版社，2005 年)

眺 望

站在现实与未来之间
前面是怎么样的一种空旷
手扶栏杆
眼眸里燃烧着飞翔的愿望

初次发表于2004年第11期《中国校园文学》

悟

看清这个世界
需要一双明亮的眼睛
这双清澈的眸子
谁又能够读懂

初次发表于 2004 年第 12 期《中国校园文学》，收录于《汪国真全新作品集》（作家出版社，2017 年）

我 想

这时舞蹈着一片荒草
这里是瘦骨嶙峋的荒凉
谁能想到
这里曾是姹紫嫣红
鲜花开遍的地方
如今这里却成了
缅怀往事的橱窗
曾经多么神采焕发你的脸庞
曾经多么美轮美奂你的霓裳
如今只能在记忆或梦幻里
找到你从前的容光
好在种子还在　花籽还在
我想　若干年后
这里定能看到一片鹤影荷塘

初次发表于2005年第1期《西城文苑》，收录于《归来，汪国真》（北岳文艺出版社，2005年）

让光明多一点

你觉得世界黑暗
是因为紧闭着双眼
没有任何兴致的人
怎么会不感到孤单

光明与黑暗
一半对一半
所有的耕耘都是为了收获
所有的出海都是为了靠岸
所有的努力都是为了
让光明多一点

初次发表于2005年第3期《文化月刊》,收录于《归来,汪国真》(北岳文艺出版社,2005年)

幸运并不可靠

幸运并不可靠

就像一张年深日久的唱片

不知什么时候就会跑调

或者　像一堆阳光下的积雪

很容易就被融化掉

可靠的只有自己

自己的辛劳

真实如岛上的石礁

增强自己的实力

如强健身体

这样　天气变幻的时候

不容易感冒

初次发表于 2005 年第 3 期《文化月刊》，收录于《归来，汪国真》（北岳文艺出版社，2005 年）

一种选择

你对我说
你恨爱
我知道
你的爱是被不能
兑现的承诺磨得单薄
有点变了颜色
其实　对于爱来说
不能兑现的承诺
常常　不是不爱
而是爱得不够忘我
一边还在想着分寸和原则
也许　爱也需要宽容
没有宽容的爱
是一条渐渐干涸的河
鱼儿不能活
宽容与陨落
常常是必须的
一种选择

初次发表于2005年第3期《文化月刊》

忘我的境界

爱情有时
竟是那么回肠荡气
比如
英雄一怒为红颜
比如
红颜生死为知己
最热烈的爱仿佛
蕴含着一种宁静的皈依
这种境界
是那么晶莹透明
仿佛森林中
清晨的露珠
一滴

初次发表于 2005 年第 3 期《文化月刊》，收录于《归来，汪国真》（北岳文艺出版社，2005 年）

爱的片段

等待
是丝丝缕缕的藤蔓
曲折蜿蜒

想念
是风吹动的露珠
婆娑泪眼

相聚
是枝头的小鸟
啁啾爱恋

分手
是掉在地上的花瓶
全是碎片

初次发表于2005年第3期《文化月刊》,收录于《归来,汪国真》(北岳文艺出版社,2005年)

我们生活在音乐中

你的到来
是一次最令人眩目的降落
从此　心灵便不再漂泊
从那天起
我们便生活在音乐中
旋律起伏跌宕
那是一首四三拍的曲子
名字叫春之歌

我们并不常见
思绪总被思念牵引着
没有认识你之前
只知道什么叫孤独
认识你之后
才知道什么叫寂寞
我们乘着爱情的小船远航
风浪是沐浴的风浪
颠簸是陶醉的颠簸

初次发表于2005年第3期《文化月刊》，收录于《归来，汪国真》（北岳文艺出版社，2005年）

你在回忆

你在回忆幸福
是否因为现在的痛苦
是否蓦然发现要引经据典
却忘了出处

你在回忆年少
是否因为现在的老
英雄暮年
是否只有在回忆中
你才能找回往日的
风采与骄傲

你在回忆初恋
是否因为现在的孤单
当你站在秋风里
是否在感伤那落叶片片

你在回忆中度日
你真的老了
老到只拥有回忆

那满天的雪花
也成了飞舞的碎纸

初次发表于2005年第3期《文化月刊》，收录于《归来，汪国真》（北岳文艺出版社，2005年）

爱的交响

想让风牵着我的浪漫
飞向蓝色的海洋
想让海洋敞开胸襟
让我的思绪与珊瑚一起生长
想让珊瑚玲珑的手指
挂满五彩缤纷的音符
想让音符落在叮叮咚咚的琴键上
奏一曲爱的交响

收录于《归来，汪国真》（北岳文艺出版社，2005年）

插 曲

晕眩的开始
辛酸的结束
中间都是
路一样的付出
还有　激情遭遇激情
生命的挥霍无度
本想海枯石烂
没想却应了一句老话
于是　俩人背向而行
一步一步丢了幸运　盼着幸福

收录于《归来，汪国真》（北岳文艺出版社，2005年）

虹

你是昨日的梦境
你是今日的憧憬
你是雨后天空那一弯绚丽
你是苍穹底下那七彩飞鸿
虹　虹　虹

你在碧水湖畔
你在青山之中
你是旅途上柳暗花明的风景
你是生命里枯木逢春的笑容
虹　虹　虹

你美轮美奂的身影
我如痴如醉的心灵
虹虹虹
你美轮美奂的身影
我如痴如醉的心灵
虹　虹　虹

收录于《归来，汪国真》（北岳文艺出版社，2005年）

历史有时让人发冷

历史有时让人发冷
里面有太多阴谋和血腥
比如　断剑刺胸
却没有发出响声
比如　以阳光的名义出现
遮盖杀戮的过程
不论舞台下藏了什么
胜利者都会得到歌颂

收录于《归来，汪国真》（北岳文艺出版社，2005年）

随 想

星星眨着眼睛
那是栌叶飘上了天空
夕阳照在水平面上
像秋天里的香山
火一样的红

憧憬似海里的艨艟
心境却像一叶小舟
最赏心悦目的当是
夏日池塘里
既靓且雅的芙蓉

收录于《归来,汪国真》(北岳文艺出版社,2005年)

生命中最可宝贵的

外面的世界
里面的向往
都市的霓虹里闪烁着
一片喧响
你记忆中可还有故乡屋前
那一簇丁香
比夏日还烫的是人的欲望
你是否还能淡定自若
像雪花一样自由自在地美丽
而不失去主张

为了解脱没有钱的痛苦
有太多的人
痛苦地把自由赔上
为了解脱没有女人的痛苦
更有一些人
孤独地走进了永远的牢房

有些人到头也没弄明白
生命中最可宝贵的

并不在于这些那些
而在于顽强而自由地生长

收录于《归来，汪国真》（北岳文艺出版社，2005年）

生活美好

让心灵被诗歌照耀
让音乐流进细胞
让花儿在眼前开放
嗅一嗅春天的味道
生活美好

让烦恼在秋天枯萎
让阴郁像烟尘散掉
让自卑落叶一样流走
听一听百鸟的啼叫
生活美好

让幻想被现实代替
让向往耸起更高的目标
让心愿像一只永生的太阳鸟
看一看自然的美妙
生活美好

收录于《归来,汪国真》(北岳文艺出版社,2005年)

我心灵的天空蓝了

大雁从天上飞过
是为了追寻远方的云朵
小河从桥下流过
是为了寻找大海的浪波
骏马从草原奔过
是为了找到驰骋的感觉
你从烂漫的季节走过
让我心灵的天空蓝了

收录于《归来,汪国真》(北岳文艺出版社,2005年)

心中的诗和童话

雪轻轻落下
那是多少人心中的
诗和童话
这是开得最短暂
也是开得最多的花啊
凉凉的
却不知温暖了
多少心灵的家

收录于《归来,汪国真》(北岳文艺出版社,2005年)

汛期来了

理智告诫欲望
欲望沉默不言
这不是一般的选择
一边是花圈　一边是花篮

最重要的关头
没人能替你拍板
更甭说当你的导演
汛期来了
这是对堤坝的一次考验

收录于《归来，汪国真》（北岳文艺出版社，2005年）

你的美丽

你的美丽
无法用语言传递
任春天也不能翻译

你的美丽
花朵也无法相比
只会让花朵为此而忧郁

你的美丽
滋润着心房
那干裂的土地

你的美丽啊
是写不出的诗句
谱不就的曲

收录于《归来,汪国真》(北岳文艺出版社,2005年)

如歌的青春

像那天上的白云
像那蓬勃的山林
像那奔向海洋的江水
像那万物复苏的清晨
哦，那是如歌的青春

让憧憬向现实靠近
让现实美好而清新
让我们创造灿烂的明天
让我们把明天献给母亲
哦，那是如歌的青春

初次发表于2005年第16期《工会博览》，收录于《汪国真经典诗文》（中国画报出版社，2008年）

我有一个希望

你说
你把青春都给了泪水
我不知道
你为何如此伤悲
只是在下雨的时候
我才见过花的眼泪

我有一个希望
如果要哭
就留给生命辉煌的时刻
那时流出的不是眼泪是露珠
它会使你更美

初次发表于 2006 年 1 月 27 日《中国中学生报》，收录于《汪国真经典诗文》（中国画报出版社，2008 年）

一切皆在己手

有谁能参透自己的手掌
那有如沟壑的纹路
仿佛无言的上苍
说一切尽在命运
不如说一切皆在己手
只是一瞬的念想
会成了无尽的苍茫

初次发表于 2006 年 1 月 27 日《中国中学生报》，收录于《汪国真经典诗文》(中国画报出版社，2008 年)

我只知道

请不要对我
奢谈高雅　冒充深刻
对于那些
纸上谈兵的大言不惭
对于那些
似是而非的废话
历史从来就没有青睐过

我只知道
是花就应该香着
是草就应该绿着
是山就应该耸立着
是水就应该清澈着
是好诗　就应该在人们的
心中
——活着

初次发表于 2006 年 1 月 27 日《中国中学生报》，收录于《汪国真经典诗文》（中国画报出版社，2008 年）

感谢磨难

感谢磨难
它有一双慧眼
帮助想成功的人了却心愿

磨难给予你坚强
磨难给予你勇敢
磨难给予你沉着
磨难给予你不凡

在很高很高的山的下面
你还是一个孩子
在很高很高的山的上面
你已是一个顶天立地的男子汉

初次发表于2006年1月27日《中国中学生报》,收录于《汪国真经典诗文》(中国画报出版社,2008年)

湖水清清

风的迷蒙雨的清醒
蓝天下
湖水里映着锈迹斑斑的青铜
我感叹的是
眼里　满是清清的湖水
心里　何时方能
湖水清清

初次发表于 2006 年 1 月 27 日《中国中学生报》，收录于《汪国真经典诗文》（中国画报出版社，2008 年）

百年暨南——汪国真配诗（七首）

（一）南京创建时的暨南
仿佛是蓓蕾初绽的春花
仿佛是破土而出的嫩芽
仿佛是风中成长的小树
仿佛是旭日东升的光华
那是我们的暨大

（二）暨南假山荷池
还记得吗
那屋檐梦一样的翘角
还记得吗
那秋树风中的轻摇
还记得吗
那一泓清澈的池水
还记得吗
岁月　来也悄悄　去也悄悄

（三）国立暨南大学
那是怎样的如歌岁月
那是怎样的世事沧桑
那是怎样的热血奔涌

那是怎样的团结救亡
庄重而无言的校门
让我们——
在纪念中回忆
在回忆中默想

（四）蒙古包（学生膳堂）[①]

多少记忆
多少欢笑
多少真情
多少思念
都定格在这
永远的蒙古包

（五）师生共同修建明湖

昨日的一锹一土
建成了景色怡人的明湖
今天的一课一书
可是明日那闪烁光芒的珍珠

（六）复办后首届开学典礼

那一天
天很蓝
那一天

[①] 蒙古包（学生膳堂）是暨南园最有特色的景观之一，在广大校友心中留下了永不磨灭的印迹，于1961年动工兴建，1962年竣工投入使用，1988年拆除兴建邵逸夫体育馆。

风不大

那一天

晶莹的不是水花是泪花

那一天

美丽的不是云霞是脸霞

（七）在暨南大学新校门前

宛如一道彩虹

在蓝天下

宛如一弯月亮

在夜色下

说不清

有多少憧憬

在这里集合

说不清

有多少希望

从这里出发

初次发表于2006年9月为暨南大学百年校庆纪念图册，收录于《汪国真全新作品集》（作家出版社，2017年）

曾经有过爱

曾经有过爱
后来又用雪花
把它掩埋
可那是一粒种子
春天来时　又悄悄盛开

曾经有过爱
后来又有云朵
把它覆盖
可那是一颗星星
清风吹过　又闪烁光彩

曾经有过爱
后来又被船帆
把它远载
可那是一缕思念
牵着过去　也系着未来

初次发表于2007年第2期《视野》

三　月

三月有色亦有声，
柳绿花红鸟啼鸣。
岂用天上寻异彩，
何处枝叶不春风。

创作于 2004 年，收录于《汪国真全新作品集》（作家出版社，2017 年）

乾坤湾

黄河奔流去不还，
壮美最是乾坤湾。
雄姿一展惊天地，
直教诗人不敢言。

初次发表于2007年6月《中国作家放歌乾坤湾》，收录于《汪国真全新作品集》(作家出版社，2017年)

这是一个难忘的假期

这是一个难忘的假期
我们在这里留下一段记忆
放下心中的行李
放飞手中的希冀

山是那么青
水是那么绿
笑声是那么灿烂
年轻的心不懂得哭泣

来的来　去的去
来去都有了诗意
有时阴　有时晴
眼里都是一片太阳雨

初次发表于 2007 年第 8 期《黄河之声》，收录于《汪国真经典诗文》（中国画报出版社，2008 年）

悔

只一个悔
便把心揉碎
揉碎的心
早已是面目全非

最伤心时
哭不出眼泪
仿佛夏日
凄风苦雨中
一枝无花的干梅

初次发表于2007年第8期《黄河之声》，收录于《汪国真经典诗文》（中国画报出版社，2008年）

有一种深情叫忠诚

有一种深情叫忠诚
有一种诗句血凝成
有一种生活风雨里
有一种回首是前行
有一种男人叫血性
有一种道路叫憧憬
有一种幸福叫充实
有一种人生叫永恒

初次发表于2007年第8期《黄河之声》，收录于《汪国真经典诗文》（中国画报出版社，2008年）

这一年的雪好大

这一年的雪好大
它没完没了地下
这一年的雪好大
它让好多人回不了家
这一年的雪好大
它让南方也成了北方
这一年的雪好大
没电灯的夜晚又点起了蜡

这一年的雪好大
好大的雪挡不住
亲人送来的温暖
这一年的雪好大
好大的雪让我们
感受到了天南地北的父老乡亲
兄弟姐妹是一家

初次发表于2008年第2期《黄河之声》,收录于《汪国真全新作品集》(作家出版社,2017年)

我们的心里有爱

风可以把树干折断
雪可以把道路掩埋
风和雪都不能摧垮我们
勇往直前的气概

风过了,晴朗会回来
雪化了,春天会回来
今天,在冰天雪地的日子里
我们的心里有爱

初次发表于2008年第2期《黄河之声》,收录于《汪国真全新作品集》(作家出版社,2017年)

感 觉

月光找不到惬意的木屐
因为总不和谐
小溪轻快地流着
忧伤的心却听成了呜咽

冻僵的猎枪
打不着疲惫的麻雀
海洋是一张大纸
自然是无与伦比的字帖

初次收录于《汪国真经典诗文（2）》（广东旅游出版社，2008年）

让希望从废墟中诞生

春天的雪最冷
无妄的灾害更严重
我的心也如此悲凉
叫我如何抚平你的伤痛
好在,和你一样
我们都有苦难中的坚强
好在,和你一样
我们都有绝地中的英勇
让昨天在瓦砾中逝去
让希望从废墟中诞生

初次发表于2008年5月《金鹰报》特刊,收录于《汪国真经典代表作Ⅱ》(作家出版社,2010年)

危难时刻，人们挺身而出

巨大的灾难
考验着一个古老的民族
这个民族赢得了世界的尊敬
危难时刻，人们挺身而出

挺身而出
民众有炽热的血液
挺身而出
军队是撼不动的中流砥柱
挺身而出
关怀是溽热中的凉风
挺身而出
大爱是干涸中的雨露

挺身而出
世界重新认识了伟大的中国
挺身而出
东方屹立着一个不可战胜的英雄民族

初次发表于2008年5月27日《羊城晚报》，收录于《汪国真经典代表作Ⅱ》（作家出版社，2010年）

谈　书（四首）

一
流觞曲水成美谈，
一篇兰亭千古传。
笔底亦可涌风雷，
纸上风云岂等闲。

二
龙飞凤舞鬼神惊，
书家仗笔天下行。
莫道唯剑是利器，
软毫一支荡心平。

三
心驰神往慕先贤，
苏黄米蔡卷在前。
平时倚马出诗句，
圣人面前不敢言。

四
银钩铁画笔做刀，
读雨耕晴亦逍遥。

书家也能为诗句,
词不青涩笔更老。

初次发表于 2008 年 5 月 28 日《书法报》,收录于《汪国真全新作品集》(作家出版社,2017 年)

兰

空谷一幽兰,
花开也悠然。
俗香岂能比,
只因质不凡。

创作于 2010 年（庚寅汪国真书法），收录于《汪国真全新作品集》（作家出版社，2017 年）

兰　竹

远望是清新，
近观气如熏。
风来何曾惊，
雨去愈精神。

初次发表于 2008 年 5 月 28 日《书法报》，收录于《汪国真全新作品集》(作家出版社，2017 年)

若我留在那里,别哭

报载,一个军人赴川救灾前发短信给女友:若我留在那里,别哭……

若我留在那里,别哭
如果我回不来
那一定是因为我已找不到回家的路
曾经美好的一切
我永远都会记得
如果春天来了
那里盛开的百花丛中
有我为你绽放的火红的一簇

若我留在那里,别哭
我要用行动给爱和生命
写一本无字的书
你是会读懂的
因为这本书的序言
早已写在我们走过的
大地的字里行间
眺望过的蓝天的白云深处

若我留在那里,别哭

眼泪不该是爱的归宿

像从前一样青的是山

像过去一样绿的是树

像以前一样虔诚的是我对你的祝福

若我留在那里,别哭

你一定要好好生活

不管前面是风是雨还是雾

我去了,义无反顾

此刻,巨大的悲痛

已经让整个民族泪眼模糊

军人也有眼泪

更有责任和坚强

相信我吧

爱情和使命都让我

——全力以赴

初次发表于2008年第7期《家庭》,收录于《汪国真经典代表作Ⅱ》(作家出版社,2010年)

吴道子

吴带可当风,
秉笔意纵横。
水流山不移,
百代一画圣。

初次发表于2011年9月《中华魂诗书画杰出人物长卷》,收录于《汪国真全新作品集》(作家出版社,2017年)

齐白石

虾本寻常物,
画亦似普通。
远近细思量,
笔底有神功。

初次发表于 2011 年 9 月《中华魂诗书画杰出人物长卷》,收录于《汪国真全新作品集》(作家出版社,2017 年)

江　南

一把青伞
便生动了一个江南
寂寥的天空
斜飞的除了细雨　还有紫燕
袅娜的柳枝
蹁跹的睡莲
吱吱呀呀的是那
古老的乌篷船

是谁拨响锦瑟
让人忆起了华年
心绪如潮
耳畔依稀回荡激昂的广陵散

愁不能多
多了就憔悴了容颜
情不能少
少了就委屈了无限江山
大丈夫的人生
就在那不多不少之间

哦　江南
眼里的江南
由伞而生
心中的江南
与诗为伴

初次发表于2009年第9期《诗潮》，收录于《汪国真经典代表作Ⅱ》（作家出版社，2010年）

保持一份安宁

你可见遍野青草绿
你可见满山樱桃红
你可见漫漫黄沙无尽头
你可见滚滚风烟如潮涌

自然变化无穷
我却不相信什么神灵
生命中可以感知的
是一座无形的巅峰

阳光普照大地
也会留下阴影
白昼向你微笑
夜晚也会露出狰狞

凡是规律　无可抗拒
能提升的只是自己的勇敢
和在勇敢中
保持的一份安宁

初次发表于2009年第9期《诗潮》，收录于《汪国真经典代表作Ⅱ》（作家出版社，2010年）

高贵的品质

不陌生的似乎只剩下漏卮
还有几人了悟旧时的宫尺
凡酒都已沾上了文化
有许多珍贵的东西
总是让人在貌似高雅中丧失

不是繁华就能令人向往
人们开始懂得躲避
缺少鲜花的城市
有几个所谓艺术天才
自诩是一面旗帜
可是谁相信他们手中拿着的不是鸡毛
而是开启心灵之门的钥匙

人云亦云谈得上什么辨识
独立思考是一种高贵的品质

初次发表于2009年第9期《诗潮》，收录于《汪国真经典代表作Ⅱ》（作家出版社，2010年）

魅力总是这样

何须繁复
只需轻描那
登临送目　烟柳画桥　余花落处
便胜却了人间无数

何须晦涩
不妨淡写那
解印归田　衡阳归雁　折腰争舞
便神会了蓬山此去无多路

真理总是这样
不在繁　在简
魅力总是这样
不在密　在疏

初次发表于2009年第9期《诗潮》，收录于《汪国真经典代表作Ⅱ》（作家出版社，2010年）

读诗的心情

残垣爬满了枯藤
那是因为岁月凋零
大地开始返青
那是因为春天已经睡醒

我不想打开窗子
是因为我不想看到
污染了的天空

溽闷的日子里
渴望清凉的风
你可知　那就是我
读诗的心情

初次发表于 2009 年第 9 期《诗潮》，收录于《汪国真经典代表作Ⅱ》（作家出版社，2010 年）

历史从来不会停下脚步

历史从来不会停下脚步
待见那些穷经皓首的腐儒
一位哲人说得真好
生活是常青之树

白雪飘落芜蘅
真理方能陷落心城
是谁向你敞开了大门
太阳照耀金光熠熠的屋顶

岁月淘汰了的叫作平庸
平庸的玩意儿根本不要指望永恒
一时的喧闹什么也不能够代表
悠远动听的是旷野中的一支竹箫

初次发表于 2009 年第 9 期《诗潮》,收录于《汪国真经典代表作Ⅱ》(作家出版社,2010 年)

成长是河流

如果你有生存的大智慧
怎会畏惧卑劣的小谣言
虫蛇虎豹出没的地方
那是自然的动物园
一切阴谋和诡计
不妨把它看作难得的表演

磨难产生英杰
时穷出现经典
树木是正剧
野草似谎言
成长是河流
千回百转　勇往直前

初次发表于2009年第9期《诗潮》,收录于《汪国真经典代表作Ⅱ》(作家出版社,2010年)

你能成了谁的红拂

没了旷世豪杰
你能成了谁的红拂
遥望湖面上的星星渔火
除了一张古琴相随
剩下的皆是寂寞

任你锦心绣口
任你绝代姿色
人非松柏
岂经得住与岁月厮磨

远有千帆竞过
近有树影婆娑
一声长叹里
依旧是青灯在旁　长卷在握

初次发表于2009年第9期《诗潮》，收录于《汪国真经典代表作Ⅱ》（作家出版社，2010年）

这个世界

这个世界
有五颜六色的人
就有了乱七八糟的事情
你时不时会觉得
活得很累
甚至　想在酒杯中
找清净

这个世界就是这般无奈
有太阳就有阴影
有花朵就有杂草丛生
这个世界注定了你只能
在白天和黑夜里
快乐和忧伤中成长

收录于《汪国真经典代表作Ⅱ》(作家出版社，2010年)

英　雄

英雄总是那么孤独
谁能识得那伶仃的脚步
笑看了多少风雪迷漫　艰难险阻
只有胜利的喜悦　能让他哭

擎一面旗帜
在苍茫中舞
舞得人心头热乎乎
旗帜上　汇聚了多少神往的目光
让人记住了温暖的彼岸
淡然了凶险的江湖

英雄开辟了一条路
英雄的身影像一竿潇洒风神的竹
裁断有笛声　不裁见风骨

英雄总是那么孤独
英雄啊　你并不孤独

初次发表于2009年第9期《诗潮》，收录于《汪国真经典代表作Ⅱ》（作家出版社，2010年）

虞美人

无尘的高雅
决胜美貌如花
虞姬的美
美在垓下

最悲的歌
是四面楚歌
最美的女人
是虞美人

初次发表于 2009 年第 9 期《诗潮》,收录于《汪国真经典代表作Ⅱ》(作家出版社,2010 年)

历史的遐思

人生可以有涯
风月却是无边
戎马倥偬的岁月中
犹能拨响
闲的琴弦　抒写爱的诗篇
那才是真浪漫

月儿一弯
照战马低鸣
也照画眉深浅
照离人泪　杨柳岸
也照慈母手中线

纵你有神机妙算
又谁能识透
谋臣的心思　帝王的机关
君知否　常常是
殿上风光和泪眼
殿下繁华心黯然
官场愁多计恨少
杯中酒浓总觉淡

能了却的是残生
不能了却的是心愿

历史的衣袖悠悠一挥
挥去的便是千年
才情的五指轻轻一攥
攥住的便是那
唐诗宋词　元管明弦

初次发表于2009年第9期《诗潮》，收录于《汪国真经典代表作Ⅱ》（作家出版社，2010年）

不要让爱成为负担

不要让爱成为负担
不要让过去的一切美好
变成了彼此的责难

感情有时像极了时间
无头无尾
痛苦有时像极了宇宙
无边无沿

不要让抱怨的阴霾
把心灵的天空尽染
如果你看不到蓝天　青草　湖泊
那是因为你没有拉开窗帘
如果你觉得孤独　无助　彷徨
那是因为你没有走出房间
情感还应像海岸
早也美好　晚也美好
心境还应像松柏
夏也依然　冬也依然

收录于《汪国真经典代表作Ⅱ》（作家出版社，2010年）

痛苦是成熟的代价

不要任由痛苦侵蚀年华
痛苦应只是成熟的代价
在没有星光的时候
心中点亮一支闪亮的火把
孤独不怕
洞箫吹出悠长的怀念
寂寞不怕
眼里何妨入远山二三青黛
耳中正可响田园五六鸣蛙

春柳轻拂
拂动波光水影
秋雁漫裁
裁破如绸晚霞
生命的美　美不胜收
生活的美
如新橙　似荷花

收录于《汪国真经典代表作Ⅱ》（作家出版社，2010 年）

四月的哀伤

因为灾难
四月的风
也裹挟着哀伤
因为灾难
四月的雨
也流淌着悲凉

可是,不仅仅是这样
因为灾难
我们感受到了大爱无疆

可是,不仅仅是这样
因为灾难
我们看到了不屈和力量

生命无法不脆弱
我们选择希望

今天无法不悲伤
我们选择坚强

初次发表于2010年4月21日《北京晚报》,收录于《青春在路上——汪国真新诗精选》(新华出版社,2015年4月)

无 题(十五)

多少真情故事,
风雨里,
变化皆成芳蕊。
有限花时,
洒落无穷韵味。
也曾偶生误解,
气难平,
雨似花泪。
待晴朗,
玉案上无酒也醉。

初次发表于 2010 年 11 月 21 日腾讯微博,收录于《汪国真全新作品集》(作家出版社,2017 年)

无 题(十六)

还未来得及说你好
便要匆匆说声再见
就这样地想着你
　那么近
　却又那么远

读着你写给我的诗行
突然间
思绪
　化不成了灵感
灵感
　组不成了语言
或许
这就是最复杂的简单

朋友啊
给你我最虔诚的祝福
祝福你
幸福　快乐　每一天

初次发表于 2011 年 4 月 19 日新浪博客，收录于《汪国真全新作品集》(作家出版社，2017 年)

习　惯

习惯了痛心
习惯了无言
习惯了就这样地一直走下去
而不管前面有没有岸

习惯了羁绊
习惯了欺骗
习惯了就这样地闭上眼睛
任现实在耳畔呼唤

当终于累得不能再去奉献
当终于伤得不能再去习惯
一路走来的我啊
拿什么把青春去换
而逝去的年少
　　——又岂是一声空叹

初次发表于 2011 年 4 月 19 日新浪微博，收录于《汪国真全新作品集》（作家出版社，2017 年）

路的尽头

路的尽头
有两样东西
一样
是还未变成路的路
一样
是驾着马车放声痛哭

初次发表于 2011 年 4 月 19 日新浪微博,收录于《汪国真全新作品集》(作家出版社,2017 年)

诗艺长河

坐上那条灰灰　暗暗的船
我看到了一片淡淡的忧伤和哀怨
那尘土飞扬的路旁
　有人偷偷地流泪
那看似风花雪夜的亭台楼阁上
　有思妇在倚栏远望
年年白骨埋荒外
　不正是因为那战火纷飞的战场

拨开岁月的尘土
透过缤纷的世事
穿过漫长的时光
我看到诗意的中国
几千年
　淳朴美丽
　智慧而不张扬
明眼人打扰的中国
把那悠悠的笛声丝丝的琵琶

——寂寞地
　写在纸上

初次发表于2011年4月19日新浪微博,收录于《汪国真全新作品集》(作家出版社,2017年)

无　题（十七）

手中的香茗已不知去向
只有窗台花散发着阵阵清香
暧昧的橙色开始变红
远处的音乐依然在响
……

明天不知道会怎样
只希望没有眼泪　没有悲伤
什么时候才能找回真实的自己
我不愿去想
……

前途迷茫
但心里却还有一点希望
我愿意相信
只要心里有阳光
明天　终会豁然开朗

初次发表于 2011 年 4 月 20 日新浪微博，收录于《汪国真全新作品集》（作家出版社，2017 年）

千年一瞬

一千年太短
一瞬间太长

我们双目对视的瞬间
我看到了从你眼神里流露出的无奈
这一太长的瞬间
我看到了真挚爱情的悲哀

于是
我抱起琵琶
舍弃故国故情的愫怀

千年后
仍有人记得这黄沙漫漫
仍有人记得
　　我失望而憔悴的容颜
只是
我的情
已太淡

一千年
　　——可真的太短

初次发表于2011年4月20日新浪微博,收录于《汪国真全新作品集》(作家出版社,2017年)

读　书

这是前人的智慧
这是未来的储备
这里有夕阳晚照
洞箫的长吹
这里有晨风拂柳
湖畔的明媚
此时，舒卷便是舒心
此刻，饮茶宛如寻醉
明镜从来不染尘
书本岂能落薄灰
何必皓首枉叹息
读是远见
不读是悔

初次发表于2011年4月23日《北京晚报》，收录于《汪国真全新作品集》（作家出版社，2017年）

无　题（十八）

我想做一个梦
一辈子都不要醒来
就这样地过着　过着
不必考虑成功与失败
就这样地过着　过着
不必想太多的单调与精彩

可是上天
偏让我在最不想的时候醒来
于是
一个诗人
在无奈中痛苦
在痛苦中无奈

初次发表于2011年4月25日新浪微博，收录于《汪国真全新作品集》（作家出版社，2017年）

把未来眺望

欲望是一副枷锁
却有着最亮丽的伪装
当它成为主宰你的国王
你便注定了要黯然退场

这个世界不相信什么感伤
成功和失败的区别
也绝不仅仅是正规和草莽
街上的人们似乎都一样
但他们每天走向的却是不同的地方

命运不是不可逾越的宫墙
我们需要的是
用坚毅和坚定的目光
把未来眺望

创作于 2011 年 4 月,收录于《青春在路上——汪国真新诗精选》
(新华出版社,2015 年 4 月)

我们是最美的风景

当你把命运握在手中
一切,便都显得从容
当我们来到这个世界
便肩负了某种与生俱来的使命

历史仿佛一口深不可测的古井
北斗好像是照亮未来的明灯
不论前面何时是悲何时是喜
随时准备收拾好自己的心情

春雨把大地冲洗干净
蚯蚓让泥土变得酥松
种子在悄悄发芽
啊,春天仿佛我们
我们是最美的风景

创作于2011年4月,收录于《青春在路上——汪国真新诗精选》(新华出版社,2015年4月)

我希望你选择飞翔

你的轻狂
是许多人的忧伤
冬天的午间
太阳也显得没有力量

你的懒惰
让许多心摇晃
生命可以选择精彩
也可以行尸走肉般
来来往往

起风了
天气会有些凉
别龟缩在暖巢里好吗
我希望　希望你选择飞翔

创作于 2011 年 4 月，收录于《青春在路上——汪国真新诗精选》（新华出版社，2015 年 4 月）

心 声

我们不断努力
让每一天过得充实而从容
在这如锦似绣的季节
我们怎能让田园荒芜
在这似画如诗的年龄
我们怎能不姹紫嫣红

我们珍惜　我们用功
我们绝不用
一时的懈怠和轻松
去换一生的悔恨与沉重

如果是花
我们就开它个春色满园
如果是树
我们就长它个郁郁葱葱

创作于2011年4月,收录于《青春在路上——汪国真新诗精选》(新华出版社,2015年4月)

永久有多久

因为花朵盛开
所以果实丰硕
因为你开心
所以我快乐

永久有多久
追求就有多久
阳光有多灿烂
生命就有多烂漫

创作于2011年4月,收录于《青春在路上——汪国真新诗精选》(新华出版社,2015年4月)

也如江河向东

如果你了解的更多
将知道自己懂得的太少
尽管路途迢遥
好在你还不老

即便不老
你也要知
岁月无痕时光如梭
你要紧紧抓住
那风的衣角

也许你觉得
酷是一种值得
炫耀的符号
可我却以为
这才叫酷
百转千回
也如江河向东

千难万险
也如山岳不倒

创作于 2011 年 4 月,收录于《青春在路上——汪国真新诗精选》(新华出版社,2015 年 4 月)

问问自己

你落后了
这是个问题

是学校不好吗
那么其他的学生呢

是老师不优秀吗
那么其他的学生呢

是课堂太吵了吗
那么其他的学生呢

或许,最该
问问自己

创作于2011年4月,收录于《青春在路上——汪国真新诗精选》(新华出版社,2015年4月)

写给儿子的话

过去已成为历史
重要的是如何去写
未来的日志
逝去了的会是一种暗示
它会影响却不能决定
你如何写就明天的故事

生活不会是迎风招展的花枝
你将历尽艰辛
才能拿到开启成功之门的钥匙
去建一座美丽的城市
证明自己是最富有创意的设计师

创作于 2011 年 4 月，发表于 2014 年 1 月 28 日《新快报》，收录于《青春在路上——汪国真新诗精选》（新华出版社，2015 年 4 月）

保持内心的安宁

看横塘鹤影
想跌宕旅程
外面的世界愈是繁华
愈要保持内心的安宁

春天美丽
却不会永恒
光阴短暂
人才祈愿长生

输掉现在
就有可能输掉未来
落后不是由于笨
而是因为不聪明

放肆不得
妄为不能
今天的随意任性
会是将来心中永远的痛

创作于2011年4月,收录于《青春在路上——汪国真新诗精选》(新华出版社,2015年4月)

把一切重来过

不好的消息
宛如不速之客
立刻,一切归于沉寂
归于毫无兴致的沉默

远山影影绰绰
湖面上几个星儿闪烁
夏是红色
心是灰色
真想对命运喊
有没有搞错

唉,何必想是谁的错
只当是曲折
把一切重来过
一切重来过
挫败不少　努力更多

创作于 2011 年 4 月,收录于《汪国真全新作品集》(作家出版社,2017 年)

将夙愿追赶

听一听轻松的音乐
让疲惫的四肢舒展
看一看大海的蔚蓝
洗濯胸中的哀怨

以休闲的心态
去面对艰险
以赴死的决心
将夙愿追赶

哪怕理想远在天边
也要踮起脚尖
哪怕诱惑近在眼前
心已然成茧

抒新韵点燃智慧的灵感
抚古琴感受历史的温暖

创作于 2011 年 4 月,收录于《汪国真全新作品集》(作家出版社,2017 年)

时间禁不起潇洒

春光有限　恨却无涯
秋天来了
何处可觅　昨日的桃花

你或许可以挥霍钱财
可时间却禁不起潇洒
将来我们要饮　就饮庆功酒
那悔恨的酒　不饮也罢

创作于 2011 年 4 月，收录于《汪国真全新作品集》（作家出版社，2017 年）

你可别

你可别
留给亲人的只是心痛
你可别
让心灵成为一片荒凉的城
你可别
早早别了春天的笑容
你可别
寞寞失去了生活的热情
你可别
别叫贪欲在纯洁中出生
你可别
别令向往在青春时变冷
你可别
有一天羞愧地对时光说
等等　等一等

创作于2011年4月，收录于《汪国真全新作品集》（作家出版社，2017年）

向着未来憧憬

不论多少次失败
只要最后一次成功
过去的失败
便不再是失败
而只是走向成功的过程

生活也是一种战争
没有谁能够全胜
失败并没什么
只要　不言放弃
永远向着未来憧憬

创作于2011年4月,收录于《汪国真全新作品集》(作家出版社,2017年)

爱人如己

成功的道理
基本一条 爱人如己

爱人如己
是天凉时的风衣
爱人如己
是大旱时的雪雨
爱人如己
是面对前辈肩上的责任
爱人如己
是无愧子孙的一点一滴

给予不是为了获得
获得却是因为给予

创作于2011年4月,收录于《汪国真全新作品集》(作家出版社,2017年)

笑着活

阳光了许多年
有时　也难免
尝到苦涩
苦涩也是一部分生活

叶子悄悄从树上飘落
仿佛一片片坠落的音符
编织的是一支萧瑟的歌
可秋天不仅仅是枯零
它也可以成为传说

人虽然是哭着生
却一定要笑着活

创作于2011年4月,初次发表于2011年第10期《文苑(经典美文)》,收录于《青春在路上——汪国真新诗精选》(新华出版社,2015年4月)

永　恒*

含泪
松开你还稚嫩的手
放你远走
给你自由

记得当时
正是深秋
娘的心像一棵树
寂寞挂满了枝头

真的想挽留
却不能够
人世间最珍贵的是亲情
　最难得的是自由

初次发表于 2011 年 4 月 29 日新浪微博，收录于《汪国真全新作品集》(作家出版社，2017 年)

---

* 前几天看到一篇文章，大意是一个年轻人要离家闯荡，母亲虽不舍却还是选择了含泪送别的故事。

赠张雷诗三首

一

苦心孤诣研诗艺，年少行吟出句瑰。
若梦如风还似画，且听笔底起惊雷。

二

少年诗客时间稀，弱冠曾结倜傥集。
剑啸龙吟花亦好，幽燕小将恁雄奇。

三

花好情浓剑气寒，飘然诗笔落云端。
忆昔燕赵相逢日，座上峥嵘一少年。

创作于2010年12月17日，初次发表于2011年第5期《诗词世界》

相信自己

能飘舞的
　　不一定是风
七色彩的
　　不一定是虹
能挺拔的
　　不一定是松

明天的故事
历史不会注定
要相信自己
是一只能搏击长空的雄鹰

初次发表于 2011 年 5 月 8 日新浪微博，收录于《汪国真全新作品集》（作家出版社，2017 年）

雨与人生

应该是一湾独特的宁静
但内心的感情很难在天际里自由地飞行
不是刻意地喜欢孤寂的世界
只因为那儿有风雨过后的彩虹
尽管
她行色匆匆
却给了我不尽的理由去经历雷电雨风
也许
风雨过后
只是一场虚无的空
但我依旧满足

人生如雨
重要的不是结果
而是飘落的过程

初次发表于2011年5月22日新浪微博,收录于《汪国真全新作品集》(作家出版社,2017年)

荷 花

雨去风来都是赢,
赢在人心赢在情。
高洁何须多言语,
只作清香不作声。

初次发表于 2012 年 2 月 5 日腾讯微博,收录于《汪国真全新作品集》(作家出版社,2017 年)

白杨礼赞

脚下牢牢抓住一方泥土
头顶一片空旷的苍天
在雪与风中挺直躯干
风花雪月
岁月孤艰
也只算得上你生命的伞
纵然滋润不了万物
也要滋润每一片叶子的丹田
直到落叶归根
才在寒风中把身体舒展

初次发表于 2011 年 8 月 4 日新浪微博，收录于《汪国真全新作品集》（作家出版社，2017 年）

但是,你可以

并不是所有的水都清澈闪亮
但是,山泉可以

并不是所有的树都笔直向上
但是,白杨可以

并不是所有的男人都不畏惧死亡
但是,勇士可以

并不是所有的美丽都让人终身难忘
但是,你可以

初次发表于 2011 年第 10 期《文苑》

别亦成伤

聚已成痛
别亦成伤
时间的流水
把感情侵蚀得
不成模样

还是春天
枝头已找不到
从前的鹅黄
还是春水
仿佛只有落寞
在静静地流淌

自古人生
多憾事
聚怎能不痛
别如何不伤

收录于《热爱生命》(长江文艺出版社,2011年)

你之于我

别得了从前的身影
别不了今后的伤痛
别得了南方的烟雨
别不了心中
长江之南的迷蒙

惜只惜
能忆的都是以往
恨只恨
能悔的总是曾经

我之于你
是一段
你之于我
是一生

收录于《热爱生命》（长江文艺出版社，2011年）

乱象之中

在乱象之中
不是什么时候都能够看清楚
世事常若琴声零落
似秋草干枯
不适合出击
却可以坚守
瞧那峰峦叠嶂
任它乱云飞渡
我总依然如故

寂寞可以是一个人的丰富
热闹常常只是集体的孤独

初次发表于2012年3月14日腾讯微博,收录于《青春在路上——汪国真新诗精选》(新华出版社,2015年4月)

那涌来的是潮

历史总是在曲折中向前
生活中有最精彩的表演
有多少今天的毁灭
是因了昨天的狂欢
有多少明天的喜悦
是因了今天的磨难

遮不住的　那一时的尘烟
因为人们渴望明媚和蓝天
挡不住的　那小小的舢板
因为那涌来的是潮　是大海的波澜

发表于2012年5月5日腾讯微博,收录于《汪国真全新作品集》(作家出版社,2017年)

蝶 舞

单独
是花朵
集体
是花束
舞起来
是满眼纷飞的花团锦簇

这真是
真是一种
赏心悦目的征服

初次发表于2012年6月28日腾讯微博,为程亚杰油画《蝶舞》配诗,收录于《诗情画意——汪国真程亚杰诗画》(天津人民美术出版社,2013年)

世 相

有的人为什么一事无成
因为总在冒充深刻
为什么总在冒充深刻
因为一事无成

初次发表于2012年6月29日腾讯微博,收录于《汪国真全新作品集》(作家出版社,2017年)

仲　夏

你淡然的凝望
仿佛散发着栀子花的芬芳
你就是仲夏
吹来的那一缕清凉
你古色古香的风韵
幻灭了多少艳脂俗香
悄然中
你已把我带进了
易安的宋
青莲的唐

创作于2012年6月30日腾讯微博，为程亚杰油画《仲夏》配诗。初次发表于2013年第1期《海外文摘》，收录于《诗情画意——汪国真程亚杰诗画》（天津人民美术出版社，2013年）

小　丑

原想出彩
却踩塌了舞台
原想赌赢
却露出了底牌

出场
便成为笑料
这，也是一种天才

初次发表于2012年7月4日腾讯微博，为程亚杰油画《小丑》配诗，收录于《诗情画意——汪国真程亚杰诗画》（天津人民美术出版社，2013年）

黑猫-白猫

一句朴素的真理
胜过无数花哨的定义

猫的勋章
是老鼠颁发的

初次发表于2012年7月6日腾讯微博,为程亚杰油画《黑猫白猫》配诗,收录于《诗情画意——汪国真程亚杰诗画》(天津人民美术出版社,2013年)

如诗岁月

最难忘的一天
是与你相识
最浪漫的时节
是那些兰叶葳蕤的日子
不艳
因为那是你的衣袂
不俗
因为那是你的胭脂
因为有你
岁月如诗

初次发表于2012年7月8日腾讯微博，为程亚杰油画《如诗岁月》配诗，收录于《诗情画意——汪国真程亚杰诗画》（天津人民美术出版社，2013年）

魔术师

在现实里
祭起梦幻
在玄虚中
搬弄简单

初次发表于2012年7月13日腾讯微博,为程亚杰油画《魔术师》配诗,收录于《诗情画意——汪国真程亚杰诗画》(天津人民美术出版社,2013年)

追星族

常感叹

沧桑变幻

岁月流逝

曾经

那是怎样的一种

荣光与崇尚

毛遂自荐

请自隗始

初次发表于2012年7月14日腾讯微博,为程亚杰油画《追星族》配诗,收录于《诗情画意——汪国真程亚杰诗画》(天津人民美术出版社,2013年)

迷　途

是因为
风雪覆盖了道路
是因为
不知何人能解
眼里的迷茫
心头的痛楚
要么寻找
寻找方向
要么等待
等待日出

初次发表于 2012 年 7 月 14 日腾讯微博，为程亚杰油画《迷途》配诗，收录于《诗情画意——汪国真程亚杰诗画》（天津人民美术出版社，2013 年）

在梦中，我遇见了你

只记得花开碧树

可曾顾衾冷锦疏

最难忘

应是来时路

那会儿身影不斜也扶

到如今

凭谁问甘苦

梦中事

笑是真笑

哭是真哭

初次发表于2012年7月15日腾讯微博，为程亚杰油画《在梦中，我遇见了你》配诗，收录于《诗情画意——汪国真程亚杰诗画》（天津人民美术出版社，2013年）

望月怀远

是因为孤单
是因为思念
是因为从前的韶光
在每一个月夜里迭现

望月
憔悴了栏杆
怀远
凋残了菡萏

初次发表于 2012 年 7 月 19 日腾讯微博，为程亚杰油画《望月怀远》配诗，收录于《诗情画意——汪国真程亚杰诗画》（天津人民美术出版社，2013 年）

初 雪

有许多绚丽的誓言
终归成空
其实一片洁白无瑕
已足以让人动容

何须许多
省却红暖蓝冷
看那初雪如莹
干干净净

初次发表于 2012 年 7 月 20 日腾讯微博,为程亚杰 油画《初雪》配诗,收录于《诗情画意——汪国真程亚杰诗画》(天津人民美术出版社,2013 年)

青蛙王子

最美丽的
往往都是童话
总有一个故事
能把心中的愿景表达

或许这就是奋斗吧
让童话成为现实
把现实变成童话

初次发表于 2012 年 7 月 23 日腾讯微博,为程亚杰油画《青蛙王子》配诗,收录于《诗情画意——汪国真程亚杰诗画》(天津人民美术出版社,2013 年)

梦

梦不会说话

却会传达

就像那树叶

不会飞却会飘洒

多梦之时

多事之秋

有梦醒来

或是因为惊喜

或是因为惊吓

初次发表于2012年7月26日腾讯微博,为程亚杰油画《梦》配诗,收录于《诗情画意——汪国真程亚杰诗画》(天津人民美术出版社,2013年)

亚当与夏娃新传（一）

凡是被禁止的
往往都具有诱惑
人类的祖先
也曾偷食禁果

要当心了
哄诱你的可能是蛇

自由的意志
这当然不错
只是别忘了提醒自己
不要坠入深渊
甚至罪恶

初次发表于2012年8月7日腾讯微博，为程亚杰油画配诗，收录于《诗情画意——汪国真程亚杰诗画》（天津人民美术出版社，2013年）

亚当与夏娃新传(二)

沉郁的感情
仿佛总是伴随着折磨
各取所需的相伴
那只是片段
构不成传说

即便经不住诱惑
也要经得住岁月
即便经不住岁月
也要让过去的一切
结一颗值得回味的记忆之果

初次发表于2012年8月7日腾讯微博,为程亚杰油画《亚当与夏娃新传》配诗,收录于《诗情画意——汪国真程亚杰诗画》(天津人民美术出版社,2013年)。

遥知不是雪

因香知非雪
因雪识佳人

有一种魅
魅过魅力
有一种白
白过白雪

初次发表于2012年8月11日腾讯微博,为程亚杰油画《遥知不是雪》配诗,收录于《诗情画意——汪国真程亚杰诗画》(天津人民美术出版社,2013年)

红 日

如果本身发光
何惧
太阳照不到的地方

如果阳光拂照
为何
不把生活紧紧拥抱

初次发表于2012年8月11日腾讯微博，为程亚杰油画《红日》配诗，收录于《诗情画意——汪国真程亚杰诗画》（天津人民美术出版社，2013年）

玫瑰香

有多少日子荒唐
因情
锁住狂野的心房

有多少花朵芬芳
为爱
独留玫瑰香

初次发表于2012年8月11日腾讯微博,为程亚杰油画《玫瑰香》配诗,收录于《诗情画意——汪国真程亚杰诗画》(天津人民美术出版社,2013年)

中国红

中国红
红一点
中国红
红一片

见了
由衷喜欢
不见
依然思念

初次发表于 2012 年 8 月 25 日腾讯微博,为程亚杰油画《中国红》配诗,收录于《诗情画意——汪国真程亚杰诗画》(天津人民美术出版社,2013 年)

花仙子

在完成使命的过程中
找到幸福
过去的艰辛
便不再是苦

乐观
是把苦难
当成故事
而不是事故

初次发表于2012年8月25日腾讯微博,为程亚杰油画《花仙子》配诗,收录于《诗情画意——汪国真程亚杰诗画》(天津人民美术出版社,2013年)

温暖的太阳

寻找绚烂
是因为平淡
喜欢阳光
是因为她能带来
那一片蔚蓝

晴朗的日子
我们嫌热
当明媚的时光即将远去
才发现
我们真的恋恋不舍

初次发表于 2012 年 8 月 26 日腾讯微博,为程亚杰油画《温暖的太阳》配诗,收录于《诗情画意——汪国真程亚杰诗画》(天津人民美术出版社,2013 年)

境　界

心涌激情笔生花，
寻经一路到天涯。
何为人生真境界，
琴棋书画诗酒茶。

创作于2012年，收录于《汪国真全新作品集》（作家出版社，2017年）

江宁府

晋武南巡命江宁,
绿水黄云看不赢。
谁人到此不诗兴,
唤起江山万古情。

创作于2012年,收录于《汪国真全新作品集》(作家出版社,2017年)

五莲山

五莲峰秀气势雄,
不输雁荡当是赢。
莫道看山不相思,
只知今日已痴情。

创作于2012年,收录于《汪国真全新作品集》(作家出版社,2017年)

又一次出发

多少红尘往事　随风飘洒
秋去处　望尽落花
烂漫后的归隐
那是准备又一次出发

不能轻视的诺言
不可依赖的繁华
在独守中　让自己变得强大

初次发表于 2012 年 10 月 24 日新浪微博，收录于《汪国真全新作品集》(作家出版社，2017 年)

不因一念误千般

总有欲望趁夜来袭
总有诱惑如潮来卷
享受是沾
难受是不沾
淡定　怎对眼花缭乱

有时　一生的智慧
难决刹那的考验
这样的选择并不简单
——不因一念误千般

初次发表于 2012 年 10 月 27 日腾讯微博，收录于《汪国真全新作品集》（作家出版社，2017 年）

铭刻　是因为唯一

记住你　无须刻意
风总会吹开烟尘覆盖的记忆
梦总会推开遮掩往事的藩篱
还有长河　还有落日
还有原野　还有小溪

遗忘　是因为无视
铭刻　是因为唯一

初次发表于 2012 年 10 月 31 日腾讯微博，收录于《汪国真全新作品集》(作家出版社，2017 年)

听风吹梧桐神摇

多少曲　犹自向天歌
难与人言的痛楚
总在不可触摸的旧棄
笑　有时却是因为痛彻
哭　有时却是苦尽甘来的欢乐
道路不都是仅仅需要跋涉
表情也并非都押韵合辙
听风吹梧桐神摇
望云遮银蟾泪落

初次发表于 2012 年 11 月 8 日腾讯微博,收录于《青春在路上——汪国真新诗精选》(新华出版社,2015 年 4 月)

把握，靠睿智

百万大军可败如溃堤
一衣香脂可杀气重重
女弱　男雄
谁能说得清
几个蟊贼
足以致手忙脚乱
大敌当前
仍可吟月弄风
蠢材　只会慌张
帅才　总是从容

太少的给予让人无动于衷
太深的眷恋让人生娇恃宠
把握　靠睿智
把握不了靠命

初次发表于2012年11月10日腾讯微博，收录于《青春在路上——汪国真新诗精选》（新华出版社，2015年4月）

幸福　有时很简单

现实与理想之间
有一面无形的墙
放眼望去
白云下
有多少祈祷的目光
戈壁的尽头
又有多少颗心
像胡杨一样守望

失落源于曾经的期望
期望因为失落而受伤
幸福　有时很简单
就是用不着坚强

初次发表于2012年11月30日腾讯微博，收录于《汪国真全新作品集》（作家出版社，2017年）

岳 飞

明知情深易伤还深情
山河之恋哪有轻
痛总是为故国
惜总是为英雄
想那千古岳武穆
独木偏支大厦将倾

出师未捷身先死之痛
是功败垂成之痛
青山有幸埋忠骨之痛
是痛彻心扉之痛
思那军神中的军神
令多少百姓的泪水
从宋流到今
从夜流到明
只是　只是
只要人间有秦桧
何处没有风波亭

创作于 2012 年，收录于《汪国真全新作品集》(作家出版社，2017 年)

温暖不是因为季节

在不知所措的时候
有时我们会不由失语
在漫漫人生路上
谁不曾有过颠沛流离

那是一种境界
悠远如清越的竹笛
那是一种祈盼
自由似妙思解语

温暖不是因为季节
心寒无关于天气

初次发表于 2012 年 12 月 2 日腾讯微博,收录于《汪国真全新作品集》(作家出版社,2017 年)

奋斗之光

或是因为深刻
或是因为思想
或是因为创造
或是因为高尚
或是因为改变历史进程
或是因为造福社稷　公德无量
总有一些人
闪烁在人类历史的星空上

是啊
这名牌　那名牌
何牌能比　自身就是名牌
这闪光　那闪光
何光能胜　奋斗之光

初次发表于2012年12月7日腾讯微博，收录于《汪国真全新作品集》（作家出版社，2017年）

最喜无欲一身轻

有满腹心事
不知说与谁听
闻荷风　过凉亭

有太多忙碌
难得几回逸致闲情
享筝弦意境

月下芭蕉石上影
石下流水向鸰鹉
最喜无欲一身轻
强似那
不是清白说清白
纵有才　不由衷

初次发表于 2012 年 12 月 21 日腾讯微博，收录于《汪国真全新作品集》（作家出版社，2017 年）

君不伤我谁能伤

在渔舟唱晚的时候
思念是最美好的时光
仿佛四月的花朵
开得那么嚣张

此时
不想飘扬　只想深藏
如今
君不伤我谁能伤
情如覆水　念若重洋

初次发表于 2012 年 12 月 28 日腾讯微博，收录于《汪国真全新作品集》(作家出版社，2017 年）

纸扇休怨夏已过

这是我要的生活
像流水一样自然　清澈
既不会嫉妒别人
也无须别人羡慕我

世上本多红尘事
看破红尘又如何
纸扇休怨夏已过
秋叶又去向谁说

初次发表于2013年1月6日腾讯微博，收录于《汪国真全新作品集》（作家出版社，2017年）

长恨人生百十岁

沐风听雨忆从前,
从前未远梦已残。
轻舟一棹江水远,
心底事多波浪宽。
长恨人生百十岁,
寻她竟要千万年。

初次发表于 2013 年 2 月 12 日腾讯微博,收录于《汪国真全新作品集》(作家出版社,2017 年)

幸福，不是获得的多

有许多失意
是因为高估自己
有许多满足
是因为清心寡欲

幸福　不是获得的多
而是能够不断争取
痛苦　不是得到的少
而是因着生死永隔的距离

生活是题
未来是谜

初次发表于 2013 年 2 月 23 日腾讯微博，收录于《汪国真全新作品集》（作家出版社，2017 年）

结束便是开始

因为欲望或者无奈
有许多颗疲惫的心
放置于命运的股市
梦想中的彩霞满天
不知遁向何方
迎来的总是
跌跌不休的暗无天日

打破了的平静
该如何收拾
无处安顿的灵魂
幻想着来世
陷落的城池
已然难以维持
惊雷响自无声
结束便是开始

初次发表于 2013 年 3 月 10 日腾讯微博，收录于《汪国真全新作品集》（作家出版社，2017 年）

大爱懂得放手

丰盈的海棠
也会枯萎消瘦
海誓山盟的约定
有时　真的禁不住春秋

鱼死网破的冲动
从来不是一种享受
曾经的美好
何必让它一地狼藉
你该扼住的不是曾经的爱
而是命运的咽喉

大爱懂得放手
予己释怀　予人自由

初次发表于2013年3月14日腾讯微博,收录于《汪国真全新作品集》(作家出版社,2017年)

不敢说出的表达

总不想长久的咫尺天涯
又怕一语道破
反成了风吹落花
望水中夕阳下的古塔
思何时可挽
那脱尘出世的绝代风华

铭刻　不仅是过目不忘的号码
更是最想却不敢说出的表达
一样纠结　万千人家
原来并非容易
织就一个令人动容的童话

初次发表于2013年3月23日腾讯微博，收录于《汪国真全新作品集》（作家出版社，2017年）

永诀是一种长痛

永诀是一种长痛
让人痛不欲生
眼泪仿佛怎么也拭不干
此时　方知什么叫泪如泉涌

斯人已去空留余恨
恨人死为何不能复生
心　从未像这般沉重
像乌云　像大山　像雷霆

初次发表于2013年4月5日腾讯微博，发表于2014年10月期《秋水诗刊》，收录于《青春在路上——汪国真新诗精选》（新华出版社，2015年4月）

留下一个电话号码

有许多问题
无法回答
有许多感觉
随风飘洒
有许多场景
华丽而且宏大
有许多曾想记住的人和事
时间　还是让我们忘啦
但是　我确信
有一个刻骨铭心的故事
始自留下一个电话号码

初次发表于 2013 年 4 月 29 日腾讯微博，收录于《青春在路上——汪国真新诗精选》（新华出版社，2015 年 4 月）

爱，是能把欲望收藏

一个秋
便能让满眼的葱郁荒凉
一个眼神
便能让一颗炽热的心不再滚烫

远远望去
人们看到的是前行的船
有谁注意那划动的桨

喜欢　是忍不住张望
爱　是能把欲望收藏

初次发表于 2013 年 5 月 31 日腾讯微博，收录于《汪国真全新作品集》（作家出版社，2017 年）

整个的楼兰

任你弱水三千
我手中的一瓢
便是整个的楼兰

我不敢背弃当初的诺言
是害怕后来的一切
变得那么不堪

人贵在安宁的生活
凭什么让别人的一根鱼竿
却把自己静谧的水面搅乱

初次发表于 2013 年 8 月 4 日腾讯微博，收录于《汪国真全新作品集》（作家出版社，2017 年）

一种从容

青梅无关沉香
因缘记住过往
那些过往的日子
有时亭台　有时苍茫
请君莫笑从前
谁个年少不轻狂

马蹄踏霜月色响
激情如卷亦如浪
真羡慕秋风的淡然
一种从容　扫落万千花样

初次发表于 2013 年 9 月 12 日腾讯微博，收录于《汪国真全新作品集》（作家出版社，2017 年）

桂树　桂花

树满城　花满山
绿叶能够让希望升起
繁花可以把热情点燃

桂树　桂花
赞美你
何须万语千言
你自身就是
至高无上的桂冠

初次发表于2013年10月1日《咸宁日报》，收录于《汪国真全新作品集》（作家出版社，2017年）

赤　壁

自古用兵全在奇
遥想当年周郎披战衣
雄才偏遇英雄敌
便留下满江情怀
半山烟雨

从来
坚硬不如坚毅
险阻亦可险取
何妨再借东风
展身手
谱写今天的传奇

初次发表于2013年10月1日《咸宁日报》，收录于《汪国真全新作品集》（作家出版社，2017年）

咸　宁

有一种风光
过目难忘
有一种情感
别亦是伤
有一河温泉
微波荡漾
有一座城市
满城皆香

香城满城皆香
从此不识芬芳

初次发表于 2013 年 10 月 1 日《咸宁日报》，收录于《汪国真全新作品集》（作家出版社，2017 年）

美林湖(三首)

(一)致中国美林湖-803

在缺少诗的时候
这里是产生诗的地方
这里的风也绿
这里的空气也香
这里林木的枝头绽放憧憬
这里的湖水中闪烁月亮的光芒

天堂太远
这里不是天堂却胜似天堂

创作于2013年11月"美林湖·诗·享·中国梦——名家诗歌论坛",收录于《汪国真全新作品集》(作家出版社,2017年)

(二)致美林湖温泉大酒店-804

彩蝶翩翩

泉水萦回

林木掩映

翠鸟低飞

湖光山色

相伴永随

笑语盈盈

宾至如归

创作于 2013 年 11 月"美林湖·诗·享·中国梦——名家诗歌论坛"。

（三）致美汇半岛 -805

美汇半岛

醉了湖水

风情毕现

不痴有谁

创作于 2013 年 11 月"美林湖·诗·享·中国梦——名家诗歌论坛"。

翠微峰 *

喜欢你的独特
喜欢你的峥嵘
喜欢你的陡峭
喜欢你的山径
哦　翠微峰

总觉得
海没有波涛
心便无法汹涌
总觉得
山没有险峻
便不值得攀登
哦　翠微峰

向往攀缘
是因为不甘于沉寂
奋力向上

---

*　翠微峰在江西宁都。

因为这是追求者的宿命
——啊 翠微峰

初次发表于2013年11月21日腾讯微博,收录于《汪国真全新作品集》(作家出版社,2017年)

无 题（十九）

春天总是那么柳绿花红　风情万种
不由疏远了刚刚的霾重风轻　雪寒冰冷

看多了世间沉浮
渐渐变得波澜不惊
非我超然　非我从容
我醒只是因曾经深迷
我悦只是因曾经极痛

初次发表于 2014 年 3 月 19 日腾讯微博，收录于《汪国真全新作品集》（作家出版社，2017 年）

无 题（二十）

炭也不能总是燃烧
日子平淡就好
有一种成功或许更重要
比如总不见老

何必翻云覆雨
何必勾心斗角
活得累　怎么可能活得美妙

蚕儿做茧　鸟儿做巢
人生贵在心儿能够逍遥

淡点名　淡点利
深了笑容　浅了烦恼

初次发表于2014年4月2日腾讯微博，收录于《汪国真全新作品集》（作家出版社，2017年）

无 题（二十一）

即便尊贵高雅如奇楠
即便千载难求似蜜蜡
也会遇有眼无珠
也会逢有声嘈杂

其实　许多时候
最好的回答是不回答
时间自会
让嘲讽成为嘲讽
让笑话成为笑话

初次发表于2014年4月9日腾讯微博，收录于《汪国真全新作品集》（作家出版社，2017年）

武清南湖

从来健笔意飞扬,
好景难压好辞章。
南湖波影羞诗画,
风光总比风雅强。

初次发表于2015年《京津·高村科技创新园》台历,收录于《汪国真全新作品集》(作家出版社,2017年)

无 题（二十二）

走不出阁楼
便走不进春秋
有时　栉风沐雨
也能成为一种享受

登高望远的境界
并不是谁都会有
总能当之无愧
是因为早已懂得了害羞

一部《三国》
说的岂止是曹刘
能飞不如乘风
会泳怎敌顺流

初次发表于 2014 年 6 月 12 日腾讯微博，收录于《汪国真全新作品集》（作家出版社，2017 年）

十里蓝山

水映树　花映天
我眼里的十里蓝山
赞复赞　叹复叹
我心中的十里蓝山

聚难聚　散难散
我梦里的十里蓝山

还是那天涯海角的过往　十里蓝山

还是那百转千回的流年　十里蓝山

初次发表于2014年7月12日腾讯微博，收录于《汪国真全新作品集》（作家出版社，2017年）

读 史

承平日久
便容易多几分戾气
不居安思危
更添了些文恬武嬉

纵舞低杨柳
有几人能会意宫商角徵羽
看歌尽桃花
又有谁留意那繁花似锦后的危机

如此这般　有一日
没了东篱
何处去采菊
见了南山
只怕南山已在狼烟里
家国事　从来不容易
时在风云中　运在际会里

初次发表于 2014 年 10 月 24 日腾讯微博，收录于《汪国真全新作品集》（作家出版社，2017 年）

有你才是生活
——和一位年轻朋友的诗

哭几何
笑几何
理想几何

爱几何
恨几何
都是折磨

有你
才是生活
没你
只是活着

初次发表于2014年11月2日腾讯微博,收录于《汪国真全新作品集》(作家出版社,2017年)

现象之一

容颜不是琥珀
恒久闪烁诱人的光泽
知道　却无可奈何
常常是人前欢笑　人后落寞

掩得了的是喜怒哀乐
掩不了的是内心失落

不是我任岁月蹉跎
而是无人让我心折

初次发表于2014年11月15日腾讯微博，收录于《汪国真全新作品集》（作家出版社，2017年）

回　忆

尽管有时
会如一支洞箫在秋风里落寞
尽管有时
哀伤会似雨水在大地上溅落
只是　困顿时从不改执着
只是　即便心如死灰也总能复活

冷嘲像冬
却给了我清醒的头脑
热讽像夏
却给了我健康的肤色

我不仅要活出精彩
而且要让精彩为我而活

初次发表于 2014 年 12 月 21 日腾讯微博，收录于《汪国真全新作品集》(作家出版社，2017 年)

无 题（二十三）

你想让我哭
我却偏要笑
每一次低我
总使我更高
溢美似露珠
诋毁是肥料
风吹树更长
雨过山愈姣

初次发表于2015年1月7日腾讯微博，收录于《汪国真全新作品集》（作家出版社，2017年）

古体诗词卷

浣溪沙

走过季节看海浪,风吹石栎蟹黄香,共酌水色与山光。
明月醉人沙更醉,滩涂无际不觉长,任凭思绪漫飞扬。

初次发表于1993年2月20日《济宁日报》,收录于《汪国真诗文集〔首版〕》(内蒙古人民出版社,1996年)

如梦令

自古青春难驻，年少正好射虎。妙手挽风华，功就与君共祝。起舞，起舞，更有憧憬无数。

初次发表于1993年2月20日《济宁日报》，收录于《汪国真诗文集〔首版〕》（内蒙古人民出版社，1996年）

卜算子

千里路相隔,难见君容貌。风雨敲窗沙沙响,更感音空杳。望君善自珍,葱郁如篁筱。明日传来好消息,去返一青鸟。

初次发表于1993年第3期《中外文谭》,收录于《汪国真诗文集〔首版〕》(内蒙古人民出版社,1996年)

念奴娇·观海

登高远眺,海天色,一片苍茫无际。风劲涛鸣,何处问:多少英雄来去?纵有奇才,怎同时抗,遗恨成飘絮。身躯为冢,但留天地豪气。

却忆赤壁情怀,东坡①足踏处,顿成绝句。长叹伯仁②,真奋勇,溢使吴王③折臂。笔健曹霑④,红楼高万仞,鬼哭神泣。试瞧出手,裁白云胜瑜砌。

初次发表于1993年第3期《中外文谭》,收录于《汪国真诗文集〔首版〕》(内蒙古人民出版社,1996年)

---

① 东坡:苏轼(1037—1101),字子瞻,又字和仲,号东坡居士,宋朝词人。
② 伯仁:常遇春(1330—1369),字伯仁,元末红巾军杰出将领,明朝开国名将。
③ 吴王:朱元璋(1328—1398),明朝开国皇帝,称帝前曾称吴王。
④ 曹霑:曹雪芹(约1715—约1763),清代小说家,著有《红楼梦》。

南歌子[*]

入眼姿容雅,香飘气亦清。
不学俗媚露妆浓,风骨自存表里、句难穷。

初次发表于1993年3月12日《法制日报》,收录于《汪国真诗文集〔首版〕》(内蒙古人民出版社,1996年)

---

[*] 此词为王毅摄影"一身清白留倩影"配词。

西江月

自古山河雄壮,今日更显锦绣。春风吹送绿潮头,姹紫嫣红都有。

志在乘风破浪,再施诸葛筹谋。修整岁月展身手,谁忍辜负杨柳。

初次发表于1993年4月9日《法制日报》,收录于《汪国真诗文集〔首版〕》(内蒙古人民出版社,1996年)

相见欢

冬深更盼春容,望葱茏。
水暖花开如咏,引飞鸿。

江山美,令人醉,与谁同?
但愿时光厚我,幸从容。

初次发表于1993年4月9日《法制日报》,收录于《汪国真诗文集〔首版〕》(内蒙古人民出版社,1996年)

如梦令·祝酒

海角天涯朋侣，四面八方来聚。满座俱英才，松竹梅兰之叙。高举，高举，互道一声心语。

初次发表于1993年第6期《神剑》，收录于《汪国真诗文集〔首版〕》（内蒙古人民出版社，1996年）

西江月

今日阳关驰骋,昨天小径徘徊。重门从此为君开,举目流光溢彩。

莫叫年华辜负,转依舞榭歌台。何如远去踏蓬莱,浓淡一生钟爱。

初次发表于1993年第6期《神剑》,收录于《汪国真诗文集〔首版〕》(内蒙古人民出版社,1996年)

南乡子·论英杰

兵法善发挥,禁止令行不敢违。百代功勋从开始,巍巍,大涌奔流头不回。

能制胜解危,又擅长吟赋举杯。儒雅雄风皆本色,称谁?远在天边近在楣。

初次发表于1993年第6期《女友》,收录于《汪国真诗文集〔首版〕》(内蒙古人民出版社,1996年)

卜算子·赠友

细雨故人来,对弈谈心事。暮色当酒夜当歌,走马拔旗帜。
明早君将行,再见知何日?挥手一鞭荡风尘,不负男儿志。

初次发表于 1993 年第 6 期《女友》,收录于《汪国真诗文集〔首版〕》(内蒙古人民出版社,1996 年)

鹧鸪天

桃粉梨白香几重?一江春水醉东风。开门满眼缤纷色,回首轻别枯与荣。

海天阔,任飞腾,男儿放胆向前行。取来东海菩提露,泼洒彩霞深浅红。

初次发表于1993年第6期《女友》,收录于《汪国真诗文集〔首版〕》(内蒙古人民出版社,1996年)

点绛唇·秋景

伫立江边,望深秋败颜残景。鸟归人静,唯有白帆动。
思绪如潮,欲罢风难定。君知否?情深是令,不为春来聘。

初次发表于1993年第6期《女友》,收录于《汪国真诗文集〔首版〕》(内蒙古人民出版社,1996年)

如梦令

风过千红万紫,多少游人争褀。郊外景绝佳,浓淡自由天赐。凝视,凝视,诗兴与花纷至。

初次发表于1993年第6期《女友》,收录于《汪国真诗文集〔首版〕》(内蒙古人民出版社,1996年)

渔歌子·月下飞瀑

瀑布轰鸣月色悄,山峦不动树枝摇。思渺渺,兴滔滔,游人从此忆良宵。

初次发表于 1993 年 7 月 23 日《南方周末》,收录于《汪国真诗文集〔首版〕》(内蒙古人民出版社,1996 年)

渔歌子·神游

天柱山下望杜鹃,洞庭湖上荡渔船。山吐翠,水含烟。情融天地画图间。

初次发表于1993年7月28日《北京晚报》,收录于《汪国真诗文集〔首版〕》(内蒙古人民出版社,1996年)

破阵子·读史

一剑乾坤初定,万民长幼欢迎。覆地翻天射恶鸟,变代更朝护潜龙,江山颜色浓。

也有贞观强盛,不乏投井①昏庸。漫道输赢存定数,实在兴亡掌握中。沧桑多少重。

初次发表于 1993 年 7 月 28 日《北京晚报》,收录于《汪国真诗文集〔首版〕》(内蒙古人民出版社,1996 年)

---

① 投井:南朝陈后主,生活奢靡,政治腐败。隋兵破建康时,藏匿井中被俘,后病死洛阳。

雨霖铃·游子

　　车龙如珠，锦团花彩，炮仗灯树。儿童到处欢笑，回眸脆唤，双亲来睹。百感交集心绪，此情谁能诉？自古来，佳景良宵，最令天涯客酸楚。

　　英才四海风飘荡，破浪行，险阻为之丧。一片挣得天地，握在手，泪滴盈眶。奋斗经年，多有，一些往事残酷。几个晓，辛苦虽多，岂比得心苦。

初次发表于 1993 年 7 月 31 日《海南侨报》，收录于《汪国真诗文集〔首版〕》（内蒙古人民出版社，1996 年）

眼儿媚·咏梅

一见君容起相思,玉骨冷香姿。映红白雪,冰心也动,谁不为痴。

从此百花失颜色,春蕾第一枝。孤芳虽是,不夸自赏,大雅如斯。

初次发表于1993年8月《现代人》,收录于《汪国真诗文集〔首版〕》(内蒙古人民出版社,1996年)

渔家傲

心在晴日忽逢雨，未成功业时匆去。只怕振翅飞不举。弹何律？无愧山海歌一曲。

自有子牙①能钓取，更说叔夜②非凡宇。莫道樵夫唯草履，天付与，青山踏遍青峰沮。

初次发表于1993年8月《现代人》，收录于《汪国真诗文集〔首版〕》（内蒙古人民出版社，1996年）

① 子牙：指姜尚，字子牙，西周初期军事家。
② 叔夜：指嵇康，字叔夜，晋初"竹林七贤"之一，著名琴艺家、哲学家，有名曲《广陵散》。

采桑子

甚烦都市多喧闹。只剩三更,花影娉婷。梦里常思看绿汀。
若能常对山湖色,畅饮抒情,泼墨书声,不做神仙做老翁。

初次发表于1993年8月《现代人》,收录于《汪国真诗文集〔首版〕》(内蒙古人民出版社,1996年)

西江月

江北枫红初见,江南柳绿重逢。分别之后若飘萍,不晓何为高兴。

长恨酒杯总浅,几多孤鹜终生。倘能有幸遇瑶瑛,怎不识得酩酊?

初次发表于1993年8月《现代人》,收录于《汪国真诗文集〔首版〕》(内蒙古人民出版社,1996年)

浣溪沙

不愿回头写旧词，半因不思半因迟，花开自有最浓时。
花落并非无奈处，从前芳艳已成滋，应瞧新蕊更绝姿。

初次发表于1993年8月16日《北京日报》，收录于《汪国真诗文集〔首版〕》（内蒙古人民出版社，1996年）

调笑令·春雨

春雨,春雨,灿若珠长似缕。问天可晓心情?为何点滴到明。明到,明到,兰花洁白如缟。

初次发表于1993年8月16日《北京日报》,收录于《汪国真诗文集〔首版〕》(内蒙古人民出版社,1996年)

渔歌子·看理发

四月鲜花满处摇,三十头发妙刀薅。旁两老,若观雕。平常事里觅逍遥。

初次发表于1993年8月20日《南方周末》,收录于《汪国真诗文集〔首版〕》(内蒙古人民出版社,1996年)

满江红·问山河

暮色苍茫,大江涌,远山落日。临高望,怅然良久,画图将逝。迎日入怀红杏绽,乘风行远白帆驶。几个能,了却诸心愿,归桑梓。功未建,年如矢。向何处?寻双翅。恨无能展翼,破天惊石,怕负了青山绿水,无由见古钟新寺。问山河,何法挽春华,拼一试。

初次发表于1993年8月20日《大众日报》,收录于《汪国真诗文集〔首版〕》(内蒙古人民出版社,1996年)

十六字令·风

风,吹送花香伴酒浓。星光下,豪气渐朦胧。

初次发表于1993年8月20日《大众日报》,收录于《汪国真诗文集〔首版〕》(内蒙古人民出版社,1996年)

沁园春·抒怀

黄鹤冲霄,绿浪连绵,紫气满天。望山河雄壮,流长源远;人杰无数,难上毫端。槐老茶新,月明星暗,人世沉浮皆等闲。轻漫步,寄情风雨里,听水观澜。

知无世外桃源,也非想学说道坐禅。只置身院落,地狭思阔;远追沧海,高越峰巅。休教时荒,克难扫险,遥祝秋来捧玉盘。有何怅?可伴书度日,对景如含。

初次发表于1993年8月21日《湖南日报》,收录于《汪国真诗文集〔首版〕》(内蒙古人民出版社,1996年)

虞美人

春华一簇撩愁思,岁月何飞逝?也忧无蕾望空枝,有道伤神最是,未逢时。

千声数尽皆非遇,心落潇潇雨。明知言语有人同,只是不知却向,哪边逢。

初次发表于1993年第9期《爱情婚姻家庭》,收录于《汪国真诗文集〔首版〕》(内蒙古人民出版社,1996年)

忆秦娥

夕阳里,汽笛一响烟波起。烟波起,那边风雪,这边潮汐。

伊人从此难寻觅,四时独望苍山碧。苍山碧,高天远水,海鸣鸥唳。

初次发表于1993年第9期《爱情婚姻家庭》,收录于《汪国真诗文集〔首版〕》(内蒙古人民出版社,1996年)

清平乐·别令江南冷

树摇窗影,别令江南冷。绿水青山四时景,顿教无言泪哽。

人生一瞬百年,哪堪去去还还。无论漂泊何地,只祈如水如船。

初次发表于1993年第9期《婚姻与家庭》,收录于《汪国真诗文集〔首版〕》(内蒙古人民出版社,1996年)

卜算子·欲减添思量

昨日初识君,别后难相忘。暮去明来光阴老,欲减添思量。思君格调高,梅鹤怡相让。何日重逢共擎杯,对月酣歌唱。

初次发表于 1993 年第 9 期《婚姻与家庭》

减字木兰花·怀乡

云横万里,翻卷起连绵记忆。异域他国,或是寻常或是佛。
秋盈春瘦,想念故乡思醉酒。玉液琼浆,醉了何曾忘故乡。

初次发表于1993年9月21日《齐鲁晚报》,收录于《汪国真诗文集〔首版〕》(内蒙古人民出版社,1996年)

鹧鸪天

英雄有泪何处流?谁说七尺不知愁。全凭坚毅生拦住,要不黄河淹大楼。

肠已断,泪仍收,绛侯①落魄做人囚。阴晴可测心何测,心似海天便自由。

初次发表于1993年9月21日《齐鲁晚报》,收录于《汪国真诗文集〔首版〕》(内蒙古人民出版社,1996年)

① 绛侯:指周勃,汉初大臣。曾帮刘邦平韩信、陈缔叛乱,后又平诸吕之乱。因有人告其谋反,被汉文帝抓捕,后经袁盎向薄太后讲情被释。参见《汉书·周勃传》。

一剪梅·人生

色彩缤纷舞欲狂,声若汪洋。情若汪洋,曲终人散向何方,风也苍茫,雨也苍茫。

一世人生有炎凉,晨要担当,暮要担当。丈夫遇事似山冈,毁也端庄,誉也端庄。

初次发表于1993年9月21日《齐鲁晚报》,收录于《汪国真诗文集〔首版〕》(内蒙古人民出版社,1996年)

浣溪沙·长江

一道蜿蜒短又长,渐成大势不匆忙,遥相辉映问斜阳。
到海奔流回首看,千山万壑最终降,英雄披彩笑东方。

初次发表于 1993 年 9 月 21 日《齐鲁晚报》,收录于《汪国真诗文集〔首版〕》(内蒙古人民出版社,1996 年)

临江仙·集美

离去更觉集美好,涛声犹胜蝉声。白帆点点镜般平。波中镶小岛,远暗近分明。

一道海堤围海浪,浪花泪水盈盈。也知此地赛娉婷,不能轻漫过,只好梦中逢。

初次发表于1993年第11期《青春潮》,收录于《汪国真诗文集〔首版〕》(内蒙古人民出版社,1996年)

蝶恋花

桥下水流桥上雨,更有风吹,阵阵添头绪。远看长亭近观枑[1],谁人能解心如缕?

都道春光无限好,感叹青春,却要和烟老。不怕冬来树将倒,只忧空有出师表[2]。

初次发表于1993年第11期《青春潮》,收录于《汪国真诗文集〔首版〕》(内蒙古人民出版社,1996年)

---

[1] 枑:此处读 jǔ,不读 guì,柜柳,一种植物,也叫元宝枫。
[2] 出师表:三国时诸葛亮所写,该表文情俱佳。

忆秦娥·感怀

风含翠,清新万里飘丹桂。飘丹桂,壮哉鲁岳,妙哉吴水。

江山锦绣谁能绘?英雄策马率精锐。率精锐,旌旗落日,老枝新蕊。

初次发表于1993年11月25日《北京日报》,收录于《汪国真诗文集〔首版〕》(内蒙古人民出版社,1996年)

点绛唇·湖畔

千顷清波，夕阳斜挂苍山外。客别舟在，暮霭倚天籁。
气爽风凉，湖阔心胸朗。楼阁上，请出佳酿，畅饮听鸾唱。

初次发表于1993年12月10日《南方周末》，收录于《汪国真诗文集〔首版〕》（内蒙古人民出版社，1996年）

贺新郎

立世倚书剑。慕前贤,文韬武略,功勋霞灿。生为山川添颜色,死令后人钦叹。问花蕊,为谁而绽?莫道不识人话语,岂不瞧,四月繁花乱,香更在,忠魂殿。

想当年亚夫①威武,细柳营,雄风长在,古今歌赋。涤荡中原襄阳复,岳武穆②功堪妒。又大木③,一军成柱。社稷危急出壮士,论豪杰,真是无法数。望户外,草正绿。

初次发表于1994年第1期《文友》,收录于《汪国真诗文集〔首版〕》(内蒙古人民出版社,1996年)

---

① 亚夫:指周亚夫,西汉大将。
② 岳武穆:岳飞,南宋抗金名将。曾于公元1133年,率军收复襄阳六郡。
③ 大木:指郑成功,原名郑森,字大木,明代著名将领。

生查子·咏竹

平常喜绿竹,道劲还清爽。若再立成林,岂止愉观赏。久凝节也高,葱郁心神旷。明月暖风吹,叶响心更想。

初次发表于1994年第2期《现代人》,收录于《汪国真诗文集〔首版〕》(内蒙古人民出版社,1996年)

十六字令·山

山。巨手伸出挽大川,挥将去,东海钓霞丹。

初次发表于1994年第2期《现代人》

定风波

世上鸿鹄本不多,爱惜几分却如何?休道穿杨神射法,只怕,愁山寒水痛胡笳。

陈亮①吟诗非兴事,更耻,于谦②含恨枉折枝。元素③何曾酬大志,大致,贤能立业小人觑。

初次发表于1994年第2期《现代人》

---

① 陈亮,宋思想家、文学家。力主抗金,因遭人嫉恨,曾三次入狱。其词多有悲壮奔放之句。
② 于谦,明代政治家、军事家,多有军功,英宗复辟时,以"谋逆罪"被处死,是为历史上一大冤案。
③ 元素,即袁崇焕,明末大将。被崇祯帝冤杀。

十六字令·江

江,点点白帆似画廊。风吹动,片片轻云裳。

初次发表于1994年7月4日《江南晚报》,收录于《汪国真诗文集〔首版〕》(内蒙古人民出版社,1996年)

如梦令

丽日梅花白雪，新月书灯青叶。只憾影孤独，此怅谁人能解？抛却，抛却，且等来时听鹊。

初次发表于1994年7月4日《江南晚报》，收录于《汪国真诗文集〔首版〕》（内蒙古人民出版社，1996年）

清平乐

年轻真好,望去如春晓。不必精心多塑造,已是幽兰曲调。

蓬勃宛若山林,也曾飘过浮云。毕竟终成过去,依然冰雪精神。

初次发表于1994年8月19日《南方周末》,收录于《汪国真诗文集〔首版〕》(内蒙古人民出版社,1996年)

临江仙·听涛

万里浪潮秋荡岸,银鸥似电如风。白云依旧任轻盈,目追夕照去,船载满天星。

抛却身边急慢事,且来先赏涛声。浪花飞溅壮心旌,北国枫叶老,南海涌如城。

收录于《汪国真诗文集〔首版〕》(内蒙古人民出版社,1996年)

浣溪沙

踏雪观梅意早融,精神更胜丽姿容,山农①画笔亦难工。
不到寒时知也浅,识君风骨愈尊崇,凉时不禁忆花红。

收录于《汪国真诗文集〔首版〕》(内蒙古人民出版社,1996年)

---

① 山农:指王冕,元代画家,字元章,号煮石山农等,以画墨梅著称。

诉衷情·春去秋来

春来秋去好多年,境况已三迁。不知君在何处,桐叶暂且当笺。

岂敢忘,采山岚,捧流泉。情中之月,去似灯残,来若香檀。

收录于《汪国真诗文集〔首版〕》(内蒙古人民出版社,1996年)

减字木兰花・故宫

玉栏碧水,曾护君王贪酒醉。宝殿巍峨,宫内纷争毒似蛇。春花处处,空剩亭台承雨露。楼宇层层,只见星光不见灯。

收录于《汪国真诗文集〔首版〕》(内蒙古人民出版社,1996年)

小重山

林鸟纷飞知几年?斑斓长短路,尽言难。少年应思上峰巅,脚踩万壑开颜。

只憾尚空谈,一挥重见扇[①],少冰盘。历经风雨始知天,终持重,大海会行船。

收录于《汪国真诗文集〔首版〕》(内蒙古人民出版社,1996年)

---

① 南朝梁国人萧子显,曾任吏部尚书,此人自视甚高,接见九流宾客,不与人交谈,只举起扇子一挥罢了。

水调歌头·登山

踏浪觉山耸,凌岳感潮舒。松边云下畅饮,山海入一壶。千顷林涛听鸟,万载岩石观日,心境若澄湖。问几时归去?住废二三庐。

举足近,怀念远,怕生疏。人生无奈,思清幽又念编桴。静似流泉轻缓,动像雷霆重促,不教岁烟浮。看我随云远,破险践当初。

收录于《汪国真诗文集〔首版〕》(内蒙古人民出版社,1996 年)

醉花阴

依然从前佳景致,草青花露湿。湖上小舟行,树上蝉鸣,游客多闲适。

依旧景物情非是,分手伤心事。一叶已无踪,一叶孤零,落日呵山寺。

收录于《汪国真诗文集〔首版〕》(内蒙古人民出版社,1996年)

长相思·中秋

思月圆,怕月圆,明月推窗斜照笺。笺中有泪斑。
怕月圆,思月圆,千里迢遥共对天。举杯意可传。

收录于《汪国真诗文集〔首版〕》(内蒙古人民出版社,1996年)

鹧鸪天

酒徒不凡数高阳①,说得齐主率城降。古今也有风骚客,貌似非凡实饭囊。

本学浅,却乖张,装神弄鬼不寻常。偏偏百姓非阿斗,不把衰草作蕙芳。

收录于《汪国真诗文集〔首版〕》(内蒙古人民出版社,1996年)

① 高阳:秦末郦食其,自称"高阳酒徒",曾说服齐王率七十余城降汉。

卜算子

依旧望苍山,依旧苍山远。只是心情非旧时,辜负云霞晚。还是迎春风,还是春风暖。面对春光融融意,独自肝肠断。

初次发表于1997年1月《中国培训》,收录于《汪国真精品集　上　抒情诗》(青海人民出版社,1998年)

好事近·松

风骨道奇绝,笑傲风云冰雪。落木无边满地,自若真豪杰。
水常流与君常青,天上星和月。更有精神传世,方圆一碑帖。

初次发表于1997年1月《中国培训》,收录于《汪国真精品集 上 抒情诗》(青海人民出版社,1998年)

摊破浣溪沙·周瑜

赤壁硝烟过眼云,将军一战傲古今。社稷江山赖君护,虎龙吟。

从来襟怀宽似海,非为翻案事本真。长叹名花何早谢,雨纷纷。

出版于《汪国真新作选》(新华出版社,2002年)

鹊桥仙

花明柳暗,风疏雨密,景色与谁同赏。幸光阴未负年华,云与月,两不相忘。

摇红烛影,何须寻酒,深爱自成佳酿。任湖水近远山长,有君伴,不费思量。

收录于《汪国真精品集 上 抒情诗》(青海人民出版社,1998年)

江城子·长城

长城万里亦千秋,雪悠悠,雨幽幽。故人不见,去向哪边留?一统河山功绩伟,风云会,荡诸侯。

收录于《汪国真精品集 上 抒情诗》(青海人民出版社,1998年)

点绛唇·中秋

明月中秋,夜风拂柳凉初透。云白水秀,只盼相厮守。
无奈星河,空使清波皱。枉怀想,难相聚首,热泪湿衣袖。

收录于《汪国真精品集 上 抒情诗》(青海人民出版社,1998年)

霜天晓角

风云际会,飞霞拥千翠。无限江山眼底,男儿血,女儿泪。素手执剑锐,红妆挽秋水。雁过斜阳烟笼,荡尘虏,应妩媚。

收录于《汪国真精品集 上 抒情诗》(青海人民出版社,1998年)

虞美人·飞天 *

　　常思把酒留君住，同赏琵琶舞。飞天神采照河山，彩袖千年依旧，映云烟。
　　星移日转古今事，明暗皆飞逝。但得情谊驻心头，似空山新雨后，色更稠。

　　　　收录于《汪国真精品集　上　抒情诗》（青海人民出版社，1998年）

---

* 此词应邀为郑州飞天大酒店大堂而作。

江城子·咏雪

谁说冬日不飞花,色绝佳,玉无瑕。漫空飞舞,天女撒奇葩。无限晶莹谁可比,临窗望,落轻纱。

收录于《汪国真精品集 上 抒情诗》(青海人民出版社,1998年)

浣溪沙

情到深处泪便流,江河水上走轻舟,一去远方十万里,不回头。

相悦两情庆共聚,月愈皎洁花愈柔,更有旁观羡此景,红石榴。

收录于《汪国真精品集 上 抒情诗》(青海人民出版社,1998年)

鹧鸪天

真情难得亦能得,峰回路转见清波。解读春色无穷意,酒里黄昏云斜拖。

花不少,叶更多,红红绿绿满山坡。饶是多情成风景,彩霞不流帆不过。

收录于《汪国真精品集 上 抒情诗》(青海人民出版社,1998年)

南乡子·杰特曼国际俱乐部*

名士到何方,霞在蓝天帆在江,此处最宜风云会,常常,来见贤才去栋梁。

有茶道流觞,又合休闲益健康,明日更出缚龙手,何妨,撷取辉煌报上苍。

收录于《汪国真精品集 上 抒情诗》(青海人民出版社,1998年)

---

* 此词应邀为山西太原杰特曼国际俱乐部大堂而作。

南歌子·大西洋海景城[*]

眼底波涛涌,心中海景城,万千气象入心胸,光大发扬历史,建新功。

收录于《汪国真精品集　上　抒情诗》(青海人民出版社,1998年)

---

[*] 此词应邀为厦门大西洋海景城会客室而作。

清平乐

玉树灯路,举目鱼龙舞。深浅酒杯同一祝,遍地飘香金粟。

应惜大好时光,再赋锦绣辞章。翻转光阴无恨,处处都是珍藏。

收录于《汪国真精品集　上　抒情诗》(青海人民出版社,1998年)

清平乐·黄山

峰绝天地,云若翻飞翼。松令霞霓常相忆,泉自横空飘逸。

风流千古无双,名传四海悠扬。一派从容风度,敢教笔墨皆狂。

收录于《汪国真精品集 上 抒情诗》(青海人民出版社,1998年)

阮郎归

冬天虽久不觉长,心凉才觉凉。漂泊流浪雪复霜,云非梦故乡。

泪未落,已心伤,前方路渺茫,不甘无为做寻常,试瞧我锋芒。

收录于《汪国真精品集　上　抒情诗》(青海人民出版社,1998年)

采桑子

似云飘过一心愿,却驻心间,梦绕魂牵,淡对南山轻紫烟,也曾恨落花流水,不似琴弦,且作啼鹃,唤得心中彩云还。

收录于《汪国真精品集 上 抒情诗》(青海人民出版社,1998年)

唐多令

霓彩照高楼,酒杯映醉眸。好像是,万般皆休。谁人知我心寂寞,多少回,梦断兰舟。

往事恨悠悠,白云渡沙洲。旧风光,生出新愁。欲诉新愁垂岸柳,看落叶,水中流。

收录于《汪国真旅游作品选集——旅游,一个春天的梦》(中国旅游出版社,1998年)

声声慢

春来送翠,夏去留红,冬飞一片玉碎。似画如诗风景,惹得人醉。千山万水漫步,与知音,品尽滋味。更把酒,庆平生,白雪梅花无悔。

多少真情故事,风雨里,变化皆成芳蕊。有限花时,洒落无穷韵味。也曾偶生误解,气难平,雨似花泪。待晴朗,玉案上无酒也醉。

收录于《汪国真旅游作品选集——旅游,一个春天的梦》(中国旅游出版社,1998年)

水调歌头·一笑对青山

问雾早霞晚,谁可挽春天?奈何落叶流水,一去不回还。指点金戈铁马,挥洒春花秋月。朝气问云端。三月本无恨,只恨三十天。

读诗书,戏波浪,弄琴弦。少年心绪,愁是歌舞乐成仙。议论古今千载,谈笑云烟万里。梦残语不惭。纵使有遗憾,一笑对青山。

收录于《汪国真旅游作品选集——旅游,一个春天的梦》(中国旅游出版社,1998年)

鹧鸪天

人世有怨更有情,天然彩笔画丹青。桃花万点歌春色,柳叶千枝舞东风。

云雾散,看天晴。白鸥飞远一身轻。秋来同样风光好,黄是菊花红是枫。

收录于《汪国真旅游作品选集——旅游,一个春天的梦》(中国旅游出版社,1998年)

唐多令

新翠向清幽,落红顺水流。许多事,重上心头。还是旧时风景地,鹈鹕飞,只剩空楼。

举目向汀洲,春来万绿稠。更此时,为故人秋。纵有柳枝相伴舞,终难忘,少年游。

收录于《汪国真旅游作品选集——旅游,一个春天的梦》(中国旅游出版社,1998年)

相见欢·蝶恋花

又是秋黄霜满路，一曲悲吟，落叶和风舞。山道接云若金瀑，游人不晓藏何处。

河上小舟应半渡，水澈林幽，一见清心目。何时方能去繁缛，只邀山色同一住。

收录于《汪国真旅游作品选集——旅游，一个春天的梦》（中国旅游出版社，1998 年）

阮郎归

望山望水望平安,夕阳残又残。竹篱荠菜复炊烟,小桥流水潺。

人团聚,月儿圆,远离车马喧。且将薄酒醉容颜,放情山水间。

收录于《汪国真旅游作品选集——旅游,一个春天的梦》(中国旅游出版社,1998年)

虞美人

　　回眸来路风飘恨，酒醉不堪饮。曾将岁月付东流，流水落花相对，两含羞。

　　寒山夜雨催心冷，更思花竹影。谁人能解我心愁。扫荡浮云迷雾，月如钩。

收录于《汪国真旅游作品选集——旅游，一个春天的梦》（中国旅游出版社，1998年）

鹧鸪天·虎

万里纵横谁可当,无须推举已称王。天生霸气何须问,处处崇山是故乡。

月下走,不着慌。啸如霹雳眼如光。青山无汝形神在,花损容颜味不香。

收录于《汪国真旅游作品选集——旅游,一个春天的梦》(中国旅游出版社,1998年)

诉衷情*

绵延千里近边关,含吐哈油田。英杰挥汗洒血,创建美好家园。

情已许,志弥坚,是天山。心牵西域:眼底都市,梦里河山。

收录于《汪国真旅游作品选集——旅游,一个春天的梦》(中国旅游出版社,1998年)

---

* 此词及书法应徐守信总经理之邀,为北京西域石油宾馆而作。

相见欢

山雄树秀流清,美画屏。到此方知景色,太痴情。
静寺庙,佛缘道,路迢遥。谁挡虔诚之意,比天高。

创作于1999年春,镌刻于安徽九华山国家森林公园,收录于《又见汪国真》(中国国际广播出版社,2003年)

念奴娇·华夏颂

长江万里向东海,难数山川锦绣。荏苒时光尘烟里,多少英名不朽。李杜诗篇,秦唐事业,光灿追星斗。沧桑变幻,万古魂魄依旧。

都道泰岳雄姿,南海多宝藏,苏杭灵秀。更有人杰与才女,能建功破窠臼。霸王神威,汉武帝抱负,风啸雷吼。今日华夏,却使天也低首。

初次发表于2000年2月3日《中国文化报》,收录于《又见汪国真》(中国国际广播出版社,2003年)

采桑子·昆明

风和日丽四时好,滇水逶迤,石柱新奇,不羡天堂情已迷。
思呼笔墨抒长卷,云裳羽衣,清河绿堤,忘却何日是归期。

初次发表于2000年2月3日《中国文化报》,收录于《汪国真新作选》(新华出版社,2002年)

渔家傲·新疆

虽然不曾到西域[1],心中早唱昆仑[2]曲。热瓦甫[3]声真绮丽,云霞里,天池[4]水碧清如洗。

惠远钟楼[5]观日夕,南疆喀什[6]称奇异,火焰山[7]红西游记。相言语,旅程怎可无西域。

初次发表于2000年2月3日《中国文化报》,收录于《汪国真新作选》(新华出版社,2002年)

[1] 新疆:古称西域。
[2] 昆仑山:位于新疆南部。
[3] 热瓦甫:维吾尔族常用的弹拨乐器。
[4] 天池:新疆著名风景区。
[5] 惠远钟楼:位于霍城县东南,楼为三重,气势雄伟。
[6] 喀什:中国历史名城之一,位于新疆南部,是我国边境城市。
[7] 火焰山:位于吐鲁番盆地北部,《西游记》中记载了有关火焰山的故事。

踏莎行

青春家园,希望宫殿,蕙风吹拂群星灿。旋律起色彩缤纷,憧憬寄水长山远。

春雨如歌,秋霜非怨,年华锦绣真好看。鹏程万里任飞翔,蓝天白云永相伴。

收录于《汪国真诗文集(1)》(广东旅游出版社,2000年)

西江月

气势恢宏上海,堂皇富丽锦江。一条黄浦水流长,无数玉兰[1]绽放。

浪漫豪华班地[2],古琴雅韵竹园[3]。蓝天[4]旋转尽欢颜,谁可与春争艳?

收录于《汪国真诗文集(1)》(广东旅游出版社,2000年)

---

[1] 白玉兰:上海市花。
[2] 班地:新锦江大酒店西餐厅名。
[3] 竹园:新锦江大酒店中餐厅名。
[4] 蓝天:新锦江大酒店旋转餐厅名。

七绝·金鞭溪*

金鞭岩下望雄奇,神姿应照十万里。莫道眼前清水浅,波澜源自出小溪。

收录于《汪国真新作选》(新华出版社,2002年)

---

* 金鞭溪:位于湖南张家界风景区内。

鹧鸪天·云梦游

纵横捭阖多少家①,师出一门②露光华。云梦山③里清溪④水,洗去浮尘⑤看晚霞。

百兽壁⑥,天书崖⑦。鬼谷⑧妙算谁能察?至今犹道演兵岭⑨,内揵抵巇⑩似崤岈⑪。

创作于2001年,收录于《汪国真新作选》(新华出版社,2002年)

---

① 这里主要指纵横家苏秦、张仪和军事统帅孙膑、庞涓、毛遂、尉缭等。
② 师出一门:苏秦、张仪、孙膑、庞涓、毛遂、尉缭等人都是鬼谷子的学生。
③ 云梦山:位于河南省鹤壁市,为太行山余脉,海拔500余米。
④ 清溪:龙泉和仙泉在映瑞池汇流成溪,沿鬼谷流入清水河,小溪就是当年鬼谷子隐居地的清溪。
⑤ 浮尘:这里指历史尘烟。
⑥ 百兽壁:位于孙膑墓旁,由钟乳石构成的形似各种禽兽的天然浮雕。
⑦ 天书崖:位于云梦山鬼谷中段。字迹依稀可见,世称"无字天书"。
⑧ 鬼谷:鬼谷子,名王禅,号鬼谷子,历史奇人,培养过众多杰出人才。
⑨ 演兵岭:当年鬼谷子带学生布阵的地方。
⑩ 内揵抵巇:《鬼谷子》卷三、卷四的名称。
⑪ 崤岈:山幽深貌。

环海清·嵩县*

地处中原。域牵三水①,三山②连绵,放眼陆浑③浩渺,如画舟船。想鹤鸣九皋④,非斯所,怎会聚,恁多先贤。

伊尹⑤为相开端。更有那,两程⑥似玉斑斓。李杜白岑⑦,激荡风雷诗篇。刘杨李⑧盘踞争战,论兴衰皆瞧烽烟。看今日伊地⑨,握此时,兴明天。

创作于2001年,收录于《汪国真新作选》(新华出版社,2002年)

---

* 嵩县:位于河南西部,河南位于中原地带。
① 三水:指黄河、长江、淮河。据有关专家考证,嵩县是我国唯一跨三大水系的县城。
② 三山:指嵩县境内伏牛山、外方山、熊耳山三大山系。
③ 陆浑:汉时嵩县古称,现境内有陆浑水库。
④ 鹤鸣九皋:《诗经·小雅·鹤鸣》中有"鹤鸣于九皋"的诗句,鹤比隐士,九皋即九皋山,在嵩县境内。
⑤ 伊尹:商初大臣,中国历史上第一位丞相。
⑥ 两程:指程颢、程颐两兄弟。北宋著名教育家、哲学家。
⑦ 李杜白岑:指李白、杜甫、白居易、岑参,四位皆为唐代著名诗人,都曾在嵩县写下诗篇。
⑧ 刘杨李:指刘秀、杨延昭、李自成。刘秀,东汉光武帝,曾在嵩县与王莽争战。杨延昭,北宋名将,曾在嵩县一带作战。李自成,明末农民起义军领袖,曾在嵩县一带作战。
⑨ 伊地:炎帝时嵩县古称。

浣溪沙·玉女沟*

林木葱茏涧水潺,奇石异草也平凡。彩蝶如簪花如颜。
到此方知真景致,枉攀十万八千山。空静之中觅幽兰。

收录于《汪国真新作选》(新华出版社,2002年)

---

* 玉女沟:为河南嵩县天池山风景区内景点。

五绝·万佛湖*

闲暇瞧水色,最喜万佛湖。心底生禅意,烟尘尽去除。

收录于《汪国真新作选》(新华出版社,2002年)

---

* 万佛湖:位于安徽省舒城。

如梦令·木札岭*

水澈、径幽、林秀,不忍点滴疏漏。处处是风景,双眸怎生得够。樵叟,樵叟,沉醉并非因酒。

收录于《汪国真新作选》(新华出版社,2002年)

---

* 木札岭:位于河南省嵩县境内。

江城子·翻江倒海势奔腾

翻江倒海势奔腾。驭长风,气如虹。万水千山,皆是心中情。欲建奇勋兴华夏。抬望眼,看天龙。

创作于2001年,收录于《汪国真新作选》(新华出版社,2002年)

五绝·云梦山

战国军校地,云梦有先贤。多少风云事,源头在此班。

创作于2001年,收录于《汪国真新作选》(新华出版社,2002年)

念奴娇·山西

万年①三晋②,问谁数,多少裴杨③人物。霸业终成说重耳④,骑射胡服赵武⑤。文水才人、太原公子⑥,后作蛟龙舞。解州武圣⑦,赢得不尽歌赋。

遥想子安⑧当年,有滕王阁序,天下独步。恒吕汾黄⑨,更哺

---

① 万年:形容山西历史的悠久。中国旅游界有一种说法,十年中国看深圳,百年中国看上海,千年中国看北京,三千年中国看陕西,五千年中国看山西。
② 三晋:指现在的山西。春秋战国时代,韩、赵、魏三国曾分晋。
③ 裴杨:指裴、杨两姓家族。山西闻喜裴氏家族,历史上曾出过宰相59人,大将军59人,是著名的将相门第。杨业曾任代州刺史(今山西代县),他和他的几个儿子的故事就发生在山西。
④ 重耳:晋文公(公元前697—公元前628),春秋时期第二个霸主。
⑤ 赵武:赵武灵王(约公元前340—公元前295),战国中后期赵国君主,死后谥号武灵。他实行胡服骑射,建立骑兵,推动赵国的军政改革。
⑥ 文水才人、太原公子:武则天和李世民。武则天(624—705),山西文水人,中国历史上唯一一位正式登基的女皇帝,14岁入宫,被封为才人。李世民(599—649),山西太原人,为隋末太原留守李渊之子,后为唐太宗。
⑦ 解州武圣:关羽,山西运城解州人。
⑧ 子安:指王勃,山西运城人,唐代著名诗人。代表作《滕王阁序》,词采绚丽,气势奔放,为后代传诵。
⑨ 恒吕汾黄:恒山、吕梁山、汾河、黄河。恒山,位于山西北部,海拔1700—2400米,为五岳之一北岳。吕梁山,位于山西吕梁地区。汾河,山西主要河流之一。黄河,流经山西。

育尧舜禹①荀狄傅②。大小神仙，情惶惶拜到，五台③佛处。壶口飞瀑④，激起千帆争渡。

收录于《汪国真新作选》（新华出版社，2002年）

① 尧舜禹：晋南为尧、舜、禹的故乡。
② 荀狄傅：指荀子、狄仁杰、傅山。荀子（约公元前313—公元前238），战国后期儒家大师，赵国人。狄仁杰（630—700），盛唐宰相，山西并州（今太原）人。傅山（1607—1684），明末清初著名思想家、书画家，山西太原人。
③ 五台：指五台山，佛教圣地，四大佛教名山之首。
④ 壶口飞瀑：壶口瀑布位于山西临汾地区。

水调歌头·中原行

史论安危事,天下系中原。曾经刘项①逐鹿,前此有轩辕②。还是诗圣故里③,更有香山居士④。神往虎牢关⑤。武话少林寺⑥,国色看牡丹⑦。

谁能比,安洛汴①,三千年。遥思鹏举②,追想诸葛③、包青

---

① 刘项:指刘邦、项羽,二人曾在中原争战。刘邦(公元前256—公元前195),字季,沛(今江苏)人,即汉高祖,西汉王朝开国之君。项羽(公元前232—公元前202),名籍,字羽,下相(今江苏)人,秦末农民起义军领袖,垓下战败,自刎于乌江边,后人有感其英雄气概,称其为"西楚霸王"。
② 轩辕:指黄帝。传说中是中原各族共同祖先。
③ 诗圣:指杜甫,字子美,原籍襄阳,后徙巩县(今河南巩义市),唐代诗人。
④ 香山居士:指白居易,字乐天,晚年号香山居士,祖籍山西太谷县,后徙居下邽(今陕西渭南)。在洛阳生活过很长时间,死后葬在洛阳。洛阳现有"白园"。
⑤ 虎牢关:位于荥阳西北18公里的汜水镇以西。楚汉相争的重要战场,刘邦、项羽曾在此展开成皋之战。《三国演义》中的著名故事"三英战吕布"也发生在此地。
⑥ 少林寺:位于中岳嵩山腹地。少林寺武术名扬天下。
⑦ 牡丹:洛阳的牡丹花天下闻名,古人有诗云:"洛阳牡丹真国色,花开时节动京城。"
⑧ 安洛汴:指安阳、洛阳、开封。中国七大古都河南占其三,即殷商古都安阳,九朝古都洛阳,七朝古都开封。
⑨ 鹏举:指岳飞,字鹏举,河南汤阴人,南宋抗金名将。
⑩ 诸葛:指诸葛亮,字孔明,琅琊(今山东)人,三国时期政治家、军事家,曾在河南南阳躬耕。

天。龙门石窟[①]惊世,清明上河[②]俗骇,木兰[③]亦成篇。且抛郑韩[④]调,笑揽云台山[⑤]。

写给郑州丰乐园大酒店。收录于《汪国真新作选》(新华出版社,2002年)

[①] 龙门石窟:位于河南洛阳城南13公里处。
[②] 清明上河:指张择端的名画《清明上河图》,画中描绘了开封的繁华景象。
[③] 木兰:指花木兰,河南虞城县人,替父从军的女英雄,后人作《木兰词》。
[④] 郑韩:指郑国、韩国。春秋战国时期,两国先后在新郑市区双泊河与黄河交汇处建都,现留有"郑韩故城"。
[⑤] 云台山:位于河南修武县北部。

风入松

海天一眺尽无边,遥指鸟和帆。劲风吹过生豪气,弄大潮,波涌云翻。带来渤海泥土,要筑玉栋雕栏。

觅一处都市田园,叶绿百花鲜。芳雅豪情人杰会,莫相笑,碱沾衣衫。高举杯中美酒,邀饮万里江山。

收录于《汪国真新作选》(新华出版社,2002年)

风入松·运城*

河东自古多高贤，回首桑与盐。永乐、通鉴炫人目，普救、铁牛动心田。子安文章百世，云长肝胆千年。

五老经此也流连，望鹳雀奇观。黄河九曲皆历史，尧舜一脉是云烟。舞剑南风伴酒，抚琴秋风入弦。

初次发表于2000年《诗词 书法 绘画 歌曲——汪国真作品邮资明信片》，收录于《汪国真新作选》（新华出版社，2002年）

---

* 此词每句均含有关运城的典故，共计16个。此词书法镌刻在山西运城大酒店大堂汉白玉墙壁上，字幅长12米，高1.8米。

菩萨蛮

闲来最喜读诗画,好风好水游三峡。莫道是寻常,山河当小庄。

虽非峰顶立,但取葱茏意。何处问钟情,山青接水清。

收录于《汪国真新作选》(新华出版社,2002年)

浣溪沙·赠友人

飒爽英姿玉生莹,肝胆相照有古风,感时更觉君难逢。
闲来也喜弹妙乐,高歌一曲绕云行,斯时惊羡满天星。

收录于《汪国真新作选》(新华出版社,2002年)

摊破浣溪沙

未睹真容已知名,相逢一见忘不成。风韵更有精神在,桂花清。

想使白云无去意,思留天外胭脂红。谁令世间多绿色,看春风。

收录于《汪国真新作选》(新华出版社,2002年)

摊破浣溪沙·洛阳行

昨日龙门景里行,晨来又到牡丹城。国色天香谁可写?无笔能。

古有洛阳说纸贵,今有友谊非虚名。若问酒家何处好?自分明。

收录于《汪国真新作选》(新华出版社,2002年)

浪淘沙·白云山 *

绝妙数白云，山貌嶙峋。玉皇顶上看浮沉。一水一山皆好景，忘了晨昏。

瀑布落清音，溅起欢欣。珍珠潭水爽胸襟。此地风光观赏后，罢了追寻。

收录于《汪国真新作选》（新华出版社，2002年）

---

* 白云山：位于河南省嵩县境内。

浪淘沙·北武当山*

雄伟武当山,势上青天。峰奇叶秀荡云帆。耳里风吹林木响,声若飞湍。

万马踏平川,一往无前。铁骑扫过卷狂澜。遥想古今人与事,极目凭栏。

收录于《汪国真新作选》(新华出版社,2002年)

---

* 北武当山:位于山西省吕梁地区。

浪淘沙·九华山 *

遥望九华山,苍翠云烟。神工鬼斧描亦难。势若雄关花若媚,不羡天仙。

低首思华年,岁月又添。光阴流逝似行帆。唯有青松真风骨,长在人间。

收录于《汪国真新作选》(新华出版社,2002年)

---

* 九华山:位于安徽省池州市青阳县境内,与山西五台山、浙江普陀山、四川峨眉山并称为中国佛教四大名山,为大愿地藏王菩萨道场。

好事近·寸杯装四海

雄峻古长城,尽现中华气概。绚丽高洁富士,美名传天外。白云为袖酒当水,熠熠生光彩。气度应如斯地,寸杯装四海。

收录于《汪国真新作选》(新华出版社,2002年)

相见欢·三亚

风轻浪细沙平,蓝盈盈。寰岛泰得远眺,听涛声。
椰子树,天涯路,画不如。更喜激荡心绪,海风梳。

收录于《汪国真新作选》(新华出版社,2002年)

踏莎行·五台山

清丽云山,庄严庙宇。五台灵境天付与。既有宝殿能知心,到此何妨诉心语。

田野情怀,都市思绪。人生多少风雪雨。且向苍莽借胸襟,安然面对朝和暮。

收录于《汪国真新作选》(新华出版社,2002年)

卜算子·牡丹

亭外绽百花,不见牡丹影。姹紫嫣红比妍难,又见春之景。
信步向前行,得看真国色。满眼风华绝代姿,时光亦难舍。

收录于《汪国真新作选》(新华出版社,2002年)

鹧鸪天

一望秋水再望山,几番秋瑟几番寒。落花已从冬日去,春叶何时随风还。

天已破,梦不残,炼成彩石可补天,扶栏眺远依稀处,不是风烟是紫烟。

收录于《汪国真新作选》(新华出版社,2002年)

花果山

名山皆有仙,怎比花果山[①]。一声孙大圣。彩霞飞满天。

创作于2002年秋,收录于《又见汪国真》(中国国际广播出版社,2003年)

[①] 花果山:花果山是河南省宜阳县一风景区。

鹧鸪天·鲤鱼戏水*

千鸟啁啾万朵开,清风路过亦徘徊。流云到此难言走,要看鱼儿戏水来。

好风景,畅襟怀。未闻笙鼓上瑶台。我信如此奇妙地,惟有神仙方可裁。

收录于《汪国真新作选》(新华出版社,2002 年)

---

* 鲤鱼戏水:位于河南省嵩县天池山风景区内。

诉衷情·龙潭沟*

龙潭满眼是清新,一水一登临,激流飞泻真好,空谷响琴音。掬一捧,去俗尘,洗凡心。怎生能忘:花是春妆,溪是秋痕。

收录于《汪国真新作选》(新华出版社,2002年)

---

* 龙潭沟是河南西峡县境内一风景区。

天仙子·一曲高歌青玉案

剑气如虹因体健,美貌如花凭妆点,此中深意若能知,春更灿,秋好看,一曲高歌青玉案。

创作于2002年,收录于《又见汪国真》(中国国际广播出版社,2003年)

柳梢青·老界岭*

秀比苏①杭②，雄如昆③泰④，奇若张⑤黄⑥。雾拢云飞，断虹霁雨，多少风光。

不忍独自癫狂。且挽袖，纵横驰骋；四五毛锥⑦，六七陈墨，八九文章。

收录于《又见汪国真》（中国国际广播出版社，2003年）

---

*　老界岭：河南西峡县境内一风景区。
① 苏：苏州。
② 杭：杭州。
③ 昆：昆仑山。
④ 泰：泰山。
⑤ 张：张家界。
⑥ 黄：黄山。
⑦ 毛锥：即毛锥子，笔的别名。中国文房四宝多别名：墨又称"陈玄"，纸又称"麦光"，砚又称"陶泓"。

风入松·鹤壁*

鹤栖峭壁舞南山。思淇水①诗篇②。曾经许穆夫人③在,更鬼谷④、云梦⑤执鞭。三教大伾⑥扬腕,三珍⑦太极⑧名传。　江湖散人⑨著风烟。瞧石像⑩奇观。子贡⑪才智药王⑫手。怎能比,时下群贤。适才风积云涌,转瞬覆地翻天。

收录于《又见汪国真》(中国国际广播出版社,2003年)

---

* 鹤壁:因古传说"古有仙鹤栖于南山峭壁"而得名。
① 淇水:指淇河,两岸景点密布,风光优美,有"北方漓江"之称。
② 诗篇:《诗经》中有13首描写淇河风光的诗歌。
③ 许穆夫人:许穆夫人为历史上第一位爱国女诗人(约公元前690—?,春秋时期卫国人)。
④ 鬼谷:指鬼谷子,名王禅。战国时期著名的军事家和纵横家,著有兵书《鬼谷子》。战国时期的孙膑、庞涓、苏秦、张仪、毛遂等人都是他的学生。
⑤ 云梦:指云梦山,位于河南省历史文化名城淇县境内。
⑥ 大伾:指大伾山,历史上为道教、儒教、佛教并存的名山。
⑦ 三珍:淇河鲫鱼、缠丝鸭蛋、冬凌草。
⑧ 太极:指淇河太极图,是一幅自然形成的神秘而奇妙的阴阳太极图,世传周文王在此观天象,看风水,而形成周易的玄学思想。
⑨ 江湖散人:指罗贯中,号江湖散人。在鹤壁隐居,终完成名著《三国演义》。
⑩ 石像:指石佛。鹤壁五岩山石窟境开凿于北魏时期,距今1600年,被专家称为"全国最早、北方最大"的石佛雕像。
⑪ 子贡:春秋时期孔子的弟子端木赐,字子贡。
⑫ 药王:孙思邈,曾在鹤壁隐居著书。

鹧鸪天·淇滨新区*

早闻中原有明珠①,淇滨新秀惊世殊②。夜来喜见花千树③,星去欣瞧绿万株④。

抬眼望,彩云飞。春来此处不思归,一草一石都振奋,含是兰花绽是梅。

收录于《又见汪国真》(中国国际广播出版社,2003年)

---

* 诗词为鹤壁市淇滨经济开发区创建十周年而作。
① 中原明珠:此处指鹤壁市。
② 淇滨新秀:指鹤壁市淇滨新区,鹤壁市新市区。
③ 花千树:每当夜晚,新区隧道灯、槐花灯、变色喷泉灯、礼花灯、庭院灯、草坪灯、霓虹灯等彩灯齐放,流光溢彩,形成灯的海洋。
④ 绿万株:新区绿化一路一树、一街一景,花繁似锦,浅草平铺,三季有花,四季常绿,形成了绿的世界。

渔家傲·外蒲山 *

海中之山从来好,佛门圣地外蒲岛。近赏石树远望鸟,何曾祷?重重心事已袅袅。

一桥架起通天道,若逢神仙非因巧。圣贤到此也骄傲。谁人教?只见年少不见老。

收录于《又见汪国真》(中国国际广播出版社,2003年)

---

* 外蒲山:位于浙江嘉兴九龙山国家森林公园。

少年游·情人谷*

何须道海誓山盟,只相守云中。茂林烟草,水空天远,最好是心情。

有意人真应到此,回首不虚行。仙境人间,魂牵梦里,山水祝永恒。

创作于 2002 年冬,收录于《又见汪国真》(中国国际广播出版社,2003 年)

---

* 情人谷:位于河南省西峡县老界岭风景区。

踏莎行·锦绣山河

锦绣山河,辉煌历史。流长源远雄峰峙。云龙风虎新篇章,壮丽豪迈旧故事。

意气风发,昂扬斗志。大鹏奋起展双翅。长江奔腾向海洋,波涛万顷映红日。

收录于《又见汪国真》(中国国际广播出版社,2003年)

七　古*

湖海浩瀚因水聚，伟业从来寻常起。我信点石能成金，勇在潮头奋旌旗。

初次发表于《中国 2009 世界集邮展览》（河南省洛阳市邮政局，2009 年 4 月）

---

* 此诗词首次以书法的形式制作成邮资明信片发表，明信片编号为 09-410300-13-0600-00500LY2009J2（2-1）

鹧鸪天

月光如水亦如情,情似花影衬月明。神扬都为心中客,归去更思梦里朋。

喜新雨,不忧晴,有君同在重犹轻。只恨彩霞留不住,怨过南风怨北风。

收录于《秋风入弦》(群众出版社,2011年)

满庭芳
——贺中国艺术研究院建院六十周年

斜水横山,淡花疏草,损折多少精神?六十年过,甘苦化一樽。历历峥嵘往事,谁能忘、烟雨纷纷。凭何数,莘莘学子,盼立雪程门。

邀君,当此际,铺宣布阵,落笔成军。写千里江山,最美时分。真的不应有恨,该念到、冬浅春深。临高望,云飞霞舞,落日映黄昏。

初次发表于2012年第1期《艺术评论》杂志,收录于《汪国真全新作品集》(作家出版社,2017年)

采访点评卷

舞姿翩然动四方

——访青年芭蕾舞演员汪齐风

11月中旬的一天,在中央芭蕾舞团四楼一间朴素、整洁的房间里,我见到了刚从法国归来、在巴黎国际芭蕾舞比赛中获得特别奖的上海芭蕾舞团青年演员汪齐风。她中等身材,穿着一件棕红色毛衣,秀气的脸庞上一双眼睛明亮有神。当她回答我的提问时,一口流利的普通话像山间的溪水潺潺流淌……

汪齐风出生在上海一个普通工人的家庭,是家里四个孩子中最小的一个。她从小喜欢跳舞,还在考入上海舞蹈学校之前,她就是上海闸北区少年宫舞蹈班一名很不错的小演员。1973年,她十岁时,由于身材匀称,舞蹈感觉好,被上海舞蹈学校选中。从此,她跨入了芭蕾舞艺术的殿堂。由于勤奋努力,她进步很快,先后成为上海舞蹈学校和上海芭蕾舞团的主要演员,在《吉赛尔》等舞剧中扮演过主要角色。

1980年,在大阪国际芭蕾舞比赛中,她表演出色,获得第十四名,成为我国第一个在国际芭蕾舞比赛中获得名次的演员。

汪齐风在谈到芭蕾舞演员的甘苦时说:"作为一个演员,能在舞台上表演,能用舞蹈动作表达内心的感情,是一件很幸福的事,是一种乐趣。但是,当演员也是很辛苦的,有时候要忍着伤痛表演,还要恰如其分地表达剧中人物的感情,这是很不容易的。"

这次参加巴黎国际芭蕾舞比赛，汪齐风和舞伴王才军都有不同程度的脚伤，但他们没有气馁，而是互相鼓励，忍着伤痛，出色地完成了几轮比赛。在表演中，汪齐风做了三个漂亮的"单腿控制"的高难度舞蹈动作，把剧场气氛推向高潮，赢得满堂喝彩，法国观众一般是不在演员表演时鼓掌的，但这三个漂亮的"单腿控制"动作，却使观众激动得不能自已，汪齐风每做一个"单腿控制"动作，观众都报以热烈的掌声。

演出结束后，一位著名的瑞士舞蹈评论家夸奖道："我真怀疑你的鞋子里装了钉子，竟然可以这样长时间地不动。"

许多国家的演员、领队，纷纷要求中国的芭蕾舞演员前去访问、演出。汪齐风和王才军的精彩表演，使许多对中国芭蕾舞艺术不够了解的人也都刮目相看了。

在采访快要结束时，汪齐风对我说："这次比赛，不但是业务上的一次锻炼，也是对意志的一次考验。我希望将来参加比赛时，能取得更好的成绩。"

初次发表于1984年12月5日《中国妇女报》

东瀛一舞动四方

——访青年芭蕾舞演员唐敏

她喜欢艺术。还在很小的时候,她就喜欢唱歌、跳舞、打扬琴、拉小提琴。虽然,那时她还不懂什么叫艺术。后来,命运之神向她敞开了芭蕾舞艺术的大门,那美好、壮丽、宏大的艺术殿堂,一下就把她的心给吸引住了。她如醉如痴,不能自已。她在里边跳呵转呵,忘记了一切……

她用全身心挚爱着芭蕾舞艺术。终于有一天,艺术女神馈赠给她一颗璀璨的宝石——她获奖了。

在 1984 年 10 月大阪第四届国际芭蕾舞比赛中,她获得了双人舞二等奖奖牌。

她就是中央芭蕾舞团青年演员唐敏。

二十二年前的一天,唐敏出生在吉林省吉林市一个普通铁路工人的家庭里。十一年后,唐敏已经长成一个活泼好动、美丽聪颖的女孩子。有一天,她跑回家告诉爸爸、妈妈一个消息:北京舞蹈学校来招生了!她表示要去报考。

"唱歌、跳舞能有什么出息?将来有机会还是去上大学吧。"一向宠爱小女儿的爸爸这次却第一个站出来反对了。是呀,缺少文化知识的父亲,是多么希望女儿将来成为一个有知识、有文化的人呵。更何况,小女儿才十一岁。让她一个人跑到老远的北京去,他们怎么能够放心呢。

"爸爸,还是让唐敏去试试吧。"几个姐姐理解妹妹的心情,一起帮着她劝说爸爸。

后来,也许是少数服从多数,也许是父母不愿违了女儿的心愿,他们还是尊重女儿的意见,让她自己去选择生活的道路。

唐敏真的去应"试"了。她连闯数关,终于被舞蹈学校录取了。

唐敏进入舞蹈学校以后,由于刻苦努力,进步很快。十七岁开始在舞剧《天鹅湖》中扮演主要角色黑天鹅,一年后又串演白天鹅。而后,又先后在舞剧《葛蓓莉娅》《舞姬》《鱼美人》中扮演主要角色……

当然,成长道路并非那么一帆风顺。有一次,芭蕾舞团去广州演出。在火车上的两天两夜,唐敏没有机会练功。芭蕾舞团抵达广州的第二天,她参加了演出。

这一次,她演砸了。

演出结束后,老师把全体演员召集起来,当着大家的面把唐敏这个主要演员狠狠"剋"了一顿。"我当时坐在那里听着,头都快要炸了,真恨不能有个地缝钻下去……"

唐敏牢记了这次教训。"从那以后我老想着这件事,记着过去的耻辱,我练功的时候就更刻苦,更努力。"

她向前大大迈进了一步。在酝酿参加大阪第四届国际芭蕾舞比赛的人选时,领导和老师选中了唐敏。

走上国际芭蕾舞台,这是唐敏的心愿。她希望在国际芭蕾舞台上锻炼自己,使自己更快地成熟起来。

……

可是,当她在大阪踏上舞台时,她不禁有些紧张了,茫然了。舞台那样高,那么大,那样空旷,充满了神秘和庄严的气氛,台下静极了。她鼓起勇气,从舞台一侧轻盈地跃了出去。立刻,一潭静寂的湖水沸腾了。观众席上爆出热烈的掌声，如雷鸣似潮涌。她立刻信心百倍地跳了起来，跳得那样自如，那样优美，观众席上不断传来赞叹声。一舞终了，观众席上又一次响起大浪拍岸般的掌声。

接着，又是第二轮、第三轮比赛。唐敏和舞伴张卫强配合默契，以精湛的表演赢得了观众的赞誉，赢得了各国评委的一致好评。

一位日本观众激动地说：我们日本男人轻易不掉眼泪，但你的演出，使我们掉了眼泪，你用你的眼睛和身体打动了我。

一位美国观众说：我很惊讶，我没有想到中国的女演员进步得这样快，你的表演很美，在女演员中最有光彩。

一些法国、英国评委走上前来表示祝贺；日本的舆论，也对唐敏等人的表演给予很高的评价。

她成功了，面对荣誉，唐敏谦虚地说："我虽然得了奖，但这是大家帮助的结果，是大家的荣誉。如果将来有机会，我还想去参加比赛，开阔眼界，学习别人的长处使自己成为一名真正的芭蕾舞演员。"

初次发表于1985年第1期《文艺欣赏》

飞吧,美丽的"白天鹅"

——访青年舞蹈演员郭培慧

去年10月下旬的一天,阳光灿烂,天高气爽。在风景怡人的陶然亭公园附近的中央芭蕾舞团,我们见到了刚从日本归来的青年舞蹈演员郭培慧。在大阪第四届国际芭蕾舞比赛中,她和赵民华一起,获得双人舞四等奖。在这次比赛获得一至五等奖的五对演员中,有两对是中国演员,另一对获得二等奖。而四年前,我国在国际芭蕾舞比赛中,只获得第十四名。

"你是第四届国际芭蕾舞比赛的获奖演员,我们随便谈谈好吗?"在芭蕾舞团二楼一间朴素整洁的房间里,我对郭培慧说。

大阪第四届国际芭蕾舞比赛,是一次世界水平的芭蕾舞大赛。这次比赛云集了包括美、苏、法、意等芭蕾舞水平很高的国家在内的二十二个国家的三十三对优秀演员,在这样一次高水平的比赛中获奖,确实不是一件容易的事情。

"谈些什么呢?"刚从排练厅回来,还穿着一身练功服的郭培慧,秀丽文静的脸上浮现出腼腆的微笑。

"你是哪里人?"我随意提起个话头。

"我是上海人……"

在交谈中,郭培慧告诉我们,她原在上海大沽二小学习,是家里三个女孩中最小的一个。全家只有她一个人是从事艺术工作的。

1972年，当她还在小学五年级的时候，就被舞蹈学校录取了。从那时起，她就跨进了芭蕾舞艺术的殿堂，这位刚刚二十四岁的姑娘，已是一个有十二年舞龄的老演员了。

"别看我跳舞这么长时间了，这次出国比赛，心情还是蛮紧张的呢……"郭培慧说，这次比赛，是她第一次参加世界芭蕾舞比赛。由于没有经验，又不知道其他国家芭蕾舞演员的水平，心里总是惴惴不安的。特别是到了大阪以后，经过抽签，他们的表演被安排在苏联和法国这两个芭蕾舞水平很高的国家之间，精神压力就更大了。

"但你们取得的成绩还是很不错的嘛。"

"是呀，后来领导和老师就给我们做工作，让我们不要有顾虑，放开去表演。这样，心情才不那么紧张了。到了真的上场表演，什么紧张呀，担心呀，就全都忘了，只想着怎样把舞蹈动作完成好。不过，在第二轮比赛中，我们还是出现了一些失误。我刚出场时，不慎磕了一下，这直接影响了赵民华的情绪。在表演快要结束时，赵民华有一个托举的动作，由于我们配合得不够默契，他没把我举起来，不然成绩会更好一些的。"郭培慧秀气的眼睛里，流露出十分惋惜的神情。

我不由想起了我国著名舞蹈家，大阪第四届国际芭蕾舞比赛中国评委白淑湘老师对我说的一段话：郭培慧和赵民华在第二轮比赛中，虽然有些失误，但下场以后，两个人没有互相埋怨，而是主动承担责任，互相鼓励更好地完成下一轮比赛。我们的演员思想是成熟的，风格是高尚的。而在这次比赛中，有一位外国姑娘落选后，跳双人舞时不愿上场，把男舞伴给晾在一边。

"这次你没有经验，下次你一定表演得更出色。"

"但愿如此吧。"郭培慧笑了，充满了自信。

采访快要结束的时候，我们还了解到，郭培慧最近要参加中央芭蕾舞团《天鹅湖》剧的演出,她将在《天鹅湖》中饰演美丽的白天鹅。我们衷心祝愿她像白天鹅那样,在芭蕾舞艺术的万里蓝天尽情翱翔。

初次发表于 1985 年第 2 期《新疆青年》

她爱上了"红舞鞋"

——访首届芭蕾舞比赛一等奖获得者冯英

她身材修长,容貌秀丽,穿着一件蓝色羽绒衣,显得潇洒飘逸。一口流利悦耳的普通话,像山间的清泉淙淙流淌……

今年2月,在北京举行的第一届全国芭蕾舞比赛中,这位二十三岁的姑娘,以她高超的技艺,动人的舞姿,夺得了女子独舞一等奖桂冠。她来自松花江畔的冰城哈尔滨,1979年毕业于北京舞蹈学院,1980年成为中央芭蕾舞团的主要演员。曾先后在《天鹅湖》《希尔薇亚》《林黛玉》等舞剧中扮演主要角色,1982年被选派到法国歌剧院舞蹈学校学习一年。

冯英说:她从小就喜欢舞蹈,长大以后,知道从事芭蕾舞艺术是很辛苦的,但因为太喜欢了,也就不觉得苦了。每当演出得到观众的好评,她就感到莫大的幸福。冯英还幽默地说:"在排练和演出累极了的时候,觉得芭蕾舞这项艺术真是又可爱,又可恨。"我们都笑了。

在舞台上,冯英是个戏路很宽的演员,她扮演过各种不同的角色,有的奔放热烈,有的娴静飘然,有的舒缓抒情。每演一个新角色,冯英都力求和过去有所不同,她追求用芭蕾语言准确、生动、形象地表达出各种不同角色的不同性格。业余时间,冯英喜欢绘画、看雕塑展览和听音乐。她认为,这些业余爱好,对自己芭蕾舞艺术上的提高是有很大帮助的。

谈到今后的打算时,冯英说:"概括起来就是两个字:苦练。"她说,"我还年轻,正处在人生最辉煌的青春岁月,我希望多参加演出,不断提高自己的表演水平,努力向世界芭蕾舞艺术的高峰攀登。"

初次发表于1985年3月29日《青年晚报》

归来的燕子

——访旅日歌星陈美玲

4月的北京,正是春暖花开的季节。她像一只欢乐歌唱春天的燕子,从遥远的东瀛飞回来了。她心中的夙愿就是要在这里实现,在首都体育馆,她将为宋庆龄基金会举行三场义演独唱会。

在她飞抵北京的当天,我采访了她。

此刻,她坐在一张长沙发上,秀丽、典雅、恬静,仿佛一幅淡淡的山水画。在她身上,丝毫没有一点大明星的架子,她很平易,平易得就像我们兄弟姐妹中的一员。她还很喜欢笑,不论是倾听还是和你交谈,她那秀气的脸庞上,总是挂着几分稚气未脱的微笑。

陈美玲出生在香港,今年二十九岁。她从小就喜欢唱歌,后来以她那甜嫩的歌喉征服了广大听众。她在香港和日本享有很高声誉,是日本广大青年崇拜的偶像之一。

1971年,陈美玲在香港异军突起,获得"十佳歌手奖"。1972年,她只身赴日,在日本演唱的第一支歌曲《丽春花》,一时风靡全日本,成为日本当年最流行的歌曲之一,她并因此获得"新人奖",并被日本青年誉为"受崇拜的歌星"。她灌制的唱片更在日本掀起了"陈美玲热"。

陈美玲祖籍贵州。她那颗赤子之心常常思念着故土。她总爱说:"香港是我出生的地方,固然是我的第一故乡;我在日本定居工作,日本可算是我的第二故乡。然而中国是我的祖籍,是我的根,而且是伟大无比的根。"

今年2月,日本广播协会电视台邀请她参加拍摄一部来中国寻找她的"根"的特辑,她有机会来到她母亲的故乡——贵州,谈到这次寻"根"活动,她说:这次贵州之行,我有机会见到很多亲人,很高兴,很愉快。但这次活动主要是为了工作,我希望将来再来贵州时,不是为了工作,而主要是游玩,我渴望痛痛快快领略故土可爱的山山水水和绮丽风光……

近几年,她的演出活动,不仅限于唱歌,她还在《马可·波罗》等几个国际性影视剧片中担任角色。除此之外,她还参加或主持各种电视节目的演出,这些节目大都寓知识于娱乐中,很受观众的欢迎。

当谈到这次回国义演的感想时,她兴奋地说:"这次回国参加义演,我很高兴,特别是能为中国的儿童唱歌,我感到很有意义,我给大家带来的礼物就是歌曲,希望我的歌声能给观众带来愉快的夜晚……"

在采访快要结束时,我特意告诉陈美玲小姐:我是《新疆青年》杂志的特约记者,这次是受《新疆青年》杂志的委托来采访她的,希望她能向新疆的青年们说点什么。她听后高兴地拍着手说:"哎呀,新疆可是个好地方。"接着她愉快地拿起钢笔,略微沉吟了一会儿,写下了几行娟秀的字迹:

亲爱的新疆青年们,
你们好!
我从来没有到过新疆,
有机会我一定会到您们的故乡,
更希望有机会为您们唱歌!

如果有一天,这只归来的燕子真的飞到美丽的新疆,新疆的青年朋友们一定会张开双臂,热情地迎接她。

初次发表于 1985 年第 6 期《新疆青年》

热情　敏捷　谦逊
——诗人作家柯岩印象点滴

柯岩是我国颇有名气的女诗人、女作家。她的诗歌《周总理，你在哪里》、报告文学《船长》等作品，曾震撼和激动了千千万万颗读者的心。

在她那宽敞而朴素的客厅里，我见到了她。她亲切地招呼我在沙发上坐下，又亲自沏茶、递糖，没有一点架子。我的拘束感，被一扫而光。

当我向她提出问题的时候，她很专注地听着。待我讲完，她略假思索，便侃侃地谈起来了……她告诉我，她最近准备写一部长篇小说，是反映医务工作者生活的……我发现，当她回答问题或讲话的时候，从不用"嗯……"或"这个、这个……"之类的语气词来延长思索的时间。她的话语一从口里流出，便像山间清泉涓涓流淌，不阻滞，不停顿，我不由暗暗佩服她思维的清晰和敏捷。

几天以后，我把写成的稿子拿给她看，征求她对稿子的意见。她看后对我说，这篇稿子写得挺好，朴素实在，谈到她的时候没有什么过甚之词。她说她不喜欢别人"吹"她。对于文章中的个别词句，她做了些修改。每要做一处修改，她都先讲出理由，并用商量的口吻征求我的意见："你看这样是不是更好些？"一点不强加于人。

这次采访，作为诗人和作家的柯岩，留给我的印象是：热情、敏捷、谦逊。

初次发表于1985年6月20日《湖南妇女报》

芭蕾之星在东方的天空闪烁
——著名舞蹈家白淑湘谈我国芭蕾舞艺术

起源于意大利文艺复兴时期的芭蕾舞艺术,发展至今已有近四百年的历史了。芭蕾舞艺术在发展过程中冲破了国界,成为世界各国人民都很喜爱的一种美的艺术。随着我国人民视野的开阔和艺术欣赏水平的不断提高,芭蕾舞艺术在我国已为越来越多的人特别是青年所喜爱。我国的芭蕾舞艺术现状如何,前景怎样,很多人都想知道。

最近,笔者走访了中央芭蕾舞团,见到了我国著名舞蹈家白淑湘同志。当笔者讲明了来意后,这位新中国的第一个"白天鹅"沉吟了一会儿说,这几年,我国芭蕾舞艺术发展很快,一个重要的标志是——

新星迭现闪烁出璀璨的光华

自从1980年我国参加国际芭蕾舞比赛以来,年轻的芭蕾舞演员唐敏、张卫强、汪齐风、王才军、郭培慧、赵民华、杨新华等人,在多次重大的国际芭蕾舞比赛中获奖,充分显示了我国在芭蕾舞艺术方面,有着不容忽视的潜力。同时,我国更年轻的一代芭蕾舞演员正在迅速成长,大有继这些新秀之后走向世界的趋势。这一点，在今年 2 月北京举行的全国第一届芭蕾舞比赛中，已出现了可喜的势头。我国芭蕾舞演员在国际芭蕾舞比赛中取得的优异成绩表明，中国人是很有跳芭蕾舞才能的。在这方面，我们完全没有理由妄自菲薄，自己瞧不起自己，其实，现在——

外国人对中国芭蕾亦刮目相看

1984 年 10 月，我作为大阪第四届国际芭蕾舞比赛的中国评委，自始至终观看了比赛。我国芭蕾舞演员出色的表演所引起的国外观众的惊异和赞叹的情景，至今还使人记忆犹新……在大阪，当我国芭蕾舞演员表演的时候，台下静极了，偌大一个剧场，仿佛一潭静谧的湖水，没有一点声息。演出结束后，观众席上总是响起大浪拍岸般的掌声，各国评委也热情地走过来和我握手表示祝贺。专家们认为：中国芭蕾舞演员的外形是很出色的，线条好，形象好，气质好。专家们还认为，我国芭蕾舞艺术过去主要是学习苏联的，但我们在吸取苏联芭蕾舞长处的同时也吸收了欧美派的某些长处，很有自己的特点。有一对老资格的英国观察员夫妇评论说，中国芭蕾舞演员的表演非常出色，很细腻，刻画人物深刻，让人感觉那确实是艺术，而不单是在台上耍技巧。我认为，这样评价是符合实际的。

但是，也毋庸讳言，同一些芭蕾舞水平先进的国家比较——

我国的芭蕾舞艺术还有一定差距

这主要表现在：男演员在完成高难度动作方面，稳定性差，一些高难度动作完成得不够漂亮、干净、潇洒，显得比较勉强。女演员的足尖功夫，旋转和弹力也有待于进一步提高。另外，我国芭蕾舞演员的应变能力还比较差，不大善于在演出时排除干扰，很好地控制自己的情绪,易于受场内气氛影响,在表演失误时易失态。当然,这和我国芭蕾舞对外交流还比较少,演员缺乏经验有很大关系。再有,我国芭蕾舞在编导方面还比较薄弱。创作手法陈旧,缺乏开拓精神,至今还未能编排出优秀的芭蕾舞剧目。随着我国对外交流的增多,这种状况可望有较大的改善。不过——

我国要成为芭蕾强国仍需付出巨大努力

最近几年,芭蕾舞虽在我国有了很大发展,但中国人学习芭蕾舞的时间毕竟不长,我们还有许多事情要做。这里最重要的工作是培养人才,不能培养出许多世界第一流的芭蕾舞演员,一切都谈不上。要培养优秀的人才,就必须打破"大锅饭",为"尖子"在各方面创造条件,使他们更快更好地成长起来,为祖国去赢得荣誉……

我国有这么多关心芭蕾舞艺术的人们,又有许许多多勤奋刻苦热爱芭蕾舞艺术的男女青少年,我相信,通过坚持不懈的努力,在不远的将来,中国的芭蕾舞一定会跻身于世界芭蕾舞艺术的最前列。

初次发表于 1985 年第 8 期《青年文摘》

张艾嘉
——一个清丽、洒脱的台湾影后

她的形象清丽、飘逸，是很不错的了。但在美女如云的台湾影星中，还算不得顶漂亮。她娇媚不如林凤娇，潇洒不如林青霞，也不像新近崛起的杨惠珊有"天使般的脸孔，魔鬼般的身材"的美誉。但她以她那清丽、洒脱的银幕形象和高超娴熟的演技，赢得了广大电影观众的喜爱。

张艾嘉除了演技日臻完美外，她还在歌唱、导演、制作电视节目，甚至电影公司行政事务方面显示出不同凡响的才华，她被台、港人士誉为"影坛才女"和"女强人"。

近几年，约她拍片的电影制片人纷至沓来，有时，她甚至有同时拍五部戏的纪录，真可谓红极一时。但是，她并不是一个一帆风顺的"幸运儿"，她的艺术经历是坎坷不平的……

坎坷的经历

张艾嘉祖籍山西五台，1953年出生于台北一个书香之家，其外公为一位政坛重要人物。她十一岁去香港，十二岁到美国，快十五岁时返回台湾，少年时代的生活，真是多姿多彩。

张艾嘉从小是个个性非常强的女性，长大以后依然故我。有这样一件事,大概很能说明她那洒脱不羁的性格。在她成名并结婚以后,有一位记者十分认真地问她:"当导演是你一生中最大的目标吗?"她莞尔一笑回答说:"我一生最大的目标是生个孩子,我想做真正的制作'人'。"她的轻描淡写的神态,直抒胸臆的坦率,诙谐幽默的语言,使那位记者先是一愣,然后哈哈笑了起来。除了个性强以外,张艾嘉的自信心也很强。她常说:一个人应该有足够的自信心,否则就什么事情也干不成了。这也是她能经历坎坷而不悔,终能荣登影后宝座的一个重要原因。

十五岁从美国回来以后,张艾嘉就读于台北的一所"美国学校",因为在美国生活了好几年,回来后又读的是"洋"学校,张艾嘉能够讲一口漂亮的英语。外加一副天生娇美的歌喉,在学校读书时,她唱的西洋流行歌曲就很得同学们喜爱。后来在她从影以后,水平大进,在1981年以《童年》《光阴的故事》两首歌,唱红台港,使这两支歌成为台港当年的流行歌曲。

十六岁高中毕业的时候,张艾嘉的歌唱才能被台湾电视界的一位女制作发现,推荐她进了电视界,先在综艺节目中演唱她最拿手的英文歌曲,后来又在电台主持热门音乐节目。那几年,张艾嘉真可以说是管弦之声不绝于耳,轻歌曼舞不离其身。她是在充满音乐的气氛中度过自己青年时代的最初几年的。

1973年,她被导演汤生发掘出来,让她在一部飞车动作片《飞虎小霸王》中饰演女主角。这是张艾嘉正式踏入电影界。但此次拍片出师不利,最后竟导致全军覆没。原因是,这部电影的导演,当时不知为何突发奇想,竟用坐落在台岛的十分庄严肃穆的"国父纪念馆"作为这部走私贩毒片的大毒窟的外景。影片拍出送审时,台湾电影检察官自然不能容忍这种亵渎行为。于是,尽管《飞虎小霸王》身手不凡,但最终还是被技高一筹、出手狠辣的台湾电检官员逮住枪毙了。

刚刚踏入电影界，就遭此厄运，这对张艾嘉来说，不啻是一次沉重的打击。所幸的是，正当张艾嘉愁肠百转、茫然不知所措的时候，适逢香港嘉禾公司赴台发掘新人。张艾嘉独具一格的个性和气质，使嘉禾公司非常欣赏。于是张艾嘉得以琵琶另抱，签约嘉禾。也许是为了表示一个全新的开端，也许是为了表示对嘉禾的感激，这时，张艾嘉取了个颇具寓意的艺名：张爱嘉。

嘉禾公司的确很看重张艾嘉，先后让她在《小英雄大闹唐人街》和《黄面老虎》等影片中担任第二、第一女主角。不过这些主要以拳脚功夫招徕观众的功夫片，只是用女角作为点缀和陪衬，她的演技无法发挥出来，表现平平，未能取得出色成就。

本来，张艾嘉是个个性倔强的女性。在生活中她恪守"没有把握做好的事情要尽量少做或不做"的信条。拍这些影片，对她来说都可说是"没把握做好的事"，但当时由于她的"资历不厚、星辉不亮"，不得不是别人让她拍什么就拍什么片，饰演什么角色就饰演什么角色，毫无主动性可言。她常常为没有适合自己演的角色而苦恼。

张艾嘉真正开始崭露头角，是因为拍了根据台湾著名女作家琼瑶的小说改编的电影《碧云天》。这个影片描述的是，纯洁善良的女学生俞碧涵，饱受继父母的虐待折磨，幸得代课老师肖依云同情她的不幸遭遇，把她救出，并带到丈夫高能天家去住。而俞却在高家和高能天产生了爱情纠葛。在这部影片中，张艾嘉把个楚楚可怜的女学生俞碧涵给演活了。她如诉如泣的表演，打动了千千万万个观众，不少人为此掬一捧热泪。台湾电影评论界也对张艾嘉的表演倍加赞赏，并为此发了许多评介文章。由于张艾嘉在《碧云天》片中的出色表演，她得到了金马奖最佳女配角奖和亚洲影展金皇冠盾牌奖。

幸遇名师

不论在国内还是海外影视界,常有这样的现象:有的颇具才华的人苦争苦斗几十年,仍是默默无闻,有的人机遇凑巧,由于有名导演的指点或提携便能如月升中天,放射出璀璨的光华。人们常感叹千里马常有而伯乐不常有,不是没有道理的。张艾嘉能在台湾电影界脱颖而出,不能不说跟著名导演李翰祥有很大关系。

1977年,张艾嘉被名导演李翰祥看中,让她在黄梅调电影《金玉良缘红楼梦》中饰演林黛玉,而反串贾宝玉的则是素有"港台首席女星"之称的大名鼎鼎的林青霞。当时的林青霞早已凭天生丽质、潇洒表演红透了半边天,张艾嘉和这样一位出尽风头的女明星合作,真可称得上是"凶多吉少",很容易费力不讨好,给人留下相形见绌的印象。实际上,影片拍出后,观众和舆论界也是对林青霞赞誉较多,对张艾嘉反应平平。但张艾嘉个人却认为,这次拍片是她从影以后的一大突破。因为她在李翰祥的悉心指点下,终于对演技"开窍"。这次拍片使她对怎样恰到好处地饰演一个角色,怎样表演才能打动观众,有了较深的体会。后来,张艾嘉果然在电影艺术方面有了一个飞跃,她的戏越演越好,终于"成长为一个凭演技作号召的'演技派明星'"。

在拍完《金玉良缘红楼梦》以后不久,张艾嘉便和香港一个叫鲍卜刘的新闻记者结了婚。

即便在爱情和婚姻问题上,张艾嘉也表现出了她那独特的个性。她说,我不喜欢把感情单纯浓缩到男与女的关系,丈夫应该就是爸爸、哥哥、知己、爱人,当你和一个人可以这样相处时,那么两个人之间的关系才会更持久,如果单纯是爱情,那会变得自私……我对感情的想法就是不希望感情太狭窄,而能更广大……

荣为影后

在台港和海外，许多女艺人的艺术生涯随着结婚盛典的钟声一响便告结束了。张艾嘉却不然。她的演艺事业，"在结婚后开放得更灿烂"。

在1980年，张艾嘉以影片《茉莉花》首次获金马奖最佳女主角提名。她在这部影片中饰演一个率领学生从战场上逃难的女教师，她演得有板有眼，丝丝入扣，得到广泛好评，但此次未能如愿，桂冠被《源》片女主角徐枫撷走。此次虽未能成功，但她能获得提名一事，表明了张艾嘉有着不可忽视的潜力和实力。

1981年，张艾嘉终于凭《我的爷爷》获金马奖最佳女主角奖，荣登影后宝座。在《我的爷爷》一片中，张艾嘉流畅自然、细致入微地扮演了一名耐心周到、任劳任怨伺候公公的好媳妇，给观众留下了深刻的印象，赢得了极大的赞誉。

而后，张艾嘉又在《光头神探贼状元》《心跳一百》《台上台下》等片中饰演主要角色，都大受欢迎。进一步确立了她在台湾电影界的地位。

张艾嘉虽贵为影后，但她不是个狂妄自大的人。她不认为自己是个什么角色都能演的"魔女"。而是坚持拍"自己最熟悉，又最能表达好"的题材。她不喜欢别人称她是"女强人"。她说，她自己是个普通人，也会生气，沮丧，闹情绪。只是尽量把工作做好，决定问题时比较果断罢了。

在当今台湾电影风气日下，大有"无裸不成戏"趋势的情况下，张艾嘉还是一个创作态度比较严肃、比较洁身自爱的女演员。她对拍裸戏的态度是：如果确实是剧情需要就拍，如果出于商业目的就不拍。这种比较严肃的创作态度，在今天台湾电影界确属难能可贵了。但在竞争激烈、风气日益败坏的台湾电影界，她的这种不为商业目的拍戏的愿望究竟能坚持多纯，就很难说了。

初次发表于 1985 年第 8 期《青年文摘》

"长城"风衣势若长城

——访北京市特等劳模、服装三厂厂长张洁世

如果把工厂比作舞台的话,那么他则是一个出色的导演。几年来,他以非同寻常的胆识和魄力,在北京市服装三厂这个舞台上,导演出了一幕幕有声有色的活剧。在经历了种种艰难曲折之后,他倡导生产的"长城"牌风雨衣,终于成了饮誉中外、畅销国内和欧美的名牌产品。

几年前,服装三厂是个生产过冬棉服的工厂,原料由国家供给,产品由国家包销,日子过得还是蛮舒坦的。那时,为什么会想起转产呢?当记者提出这个问题时,张厂长告诉记者说,几年前,他在参加广交会的时候,看到外宾和归国华侨穿着五颜六色、款式新颖的服装受到了很大触动:"我是搞服装生产的,我多么想把我们的人民打扮得漂亮一点啊。"正是从那时起,一种渴望改变服装生产现状的愿望在老张心中油然而生。

"后来,我们通过市场调查,预测到不久以后棉服将会滞销,在分析了工厂的生产能力和了解到人们特别是青年强烈地渴求美、追求美的愿望后,一个试制、生产风雨衣的计划便悄悄形成了……几年来,经过同因循守旧思想的不断斗争和大胆地改革,我们终于创出了一条新路,掌握了生产的主动权。就拿1984年来说吧,我们厂的总产值达三千八百万元,比1983年增长55.8%;总产量

一百二十万件，比 1983 年增长 40.8%；实现利润三百五十二点三万元，比 1983 年增长 58.6%……随着企业经济效益的提高，职工的收入也有了较大的增加。"说到这里，老张兴致勃勃地说，"请到我们的展品室去看看吧。"

在展品室里，老张指着那些美观大方、做工讲究、琳琅满目的各色男女风雨衣说，这只是我们生产的一部分样品，现在我们所掌握的样式大约已有一千种了。说到这里，老张指着一件造型大方的米黄色风雨衣对记者说："这件风雨衣叫'大岛茂式'，外形完全是按照电视剧《血疑》中男主人公大岛茂身上穿的那件设计的，投放市场以后，很受顾客欢迎。"说着，老张又指着一件美观新颖、端庄高雅的风雨衣说，"这种风雨衣，我们都称作'紫阳'式，赵紫阳总理出访美国等国，穿的就是我们厂生产的各种样式的风雨衣。"望着老张自信舒畅的神情，我不由想：每个厂都有自己的标志，而此厂的标志就是"长城"，它真是我们祖国和民族的象征呀。

走出展品室，老张又带着我们参观了车间和科室，所到之处，一派热情紧张、有条不紊的繁忙景象。记者注意到，在服装三厂的车间和楼道看不到纸屑痰迹，到处布置得整洁优雅。确实是一个管理有方的现代化企业。

初次发表于 1985 年第 9 期《当代青年》

东方歌舞一枝花

——记青年歌舞演员李玲玉

我曾经采访过不少演员,他们往往以英俊挺拔或美丽婀娜的形象给我留下了印象。当我在东方歌舞团见到她的时候,她最先引起我注意的却是一双眼睛:纯真、明亮、极富表情。我相信,在平时你无须去过问她的喜怒哀乐,答案全在这双眼睛上写着呢。真的,她——李玲玉,姿容秀美,气质高雅,一双美丽的大眼睛闪闪发亮。造物主太偏爱她了,一个女演员应该具备的基本条件,她都有。说到她的出身,也许会使许多她的崇拜者感到意外,她既不是名门闺秀,也不是白雪公主。1961年她出生在黄浦江畔一个普通的工人家庭里,她的父母都是工人,上边还有两个哥哥,她最小。

童年时代的李玲玉,体弱多病,身体一直不太好。不过,"年少不知愁滋味",她整天总是快乐地唱呀跳呀的……作为全家最小和唯一的一个女孩,她自然成了父母的"掌上明珠"和两个哥哥的"保护对象"。但是,比别人得到的更多的宠爱,并没有把她惯坏,反而使她从小就养成了争强好胜的倔强性格。在她幼小的心灵中,她憧憬将来当一名出色的医生或者是当一名能歌善舞的演员。

1978年,十七岁的李玲玉参加了高考,不幸却名落孙山。为此,她很惆怅了一阵子。好在南方不亮北方亮,这时,适逢北京红旗越剧团去沪招生。这个消息,立刻把李玲玉那颗渴望艺术的心弦拨动了。她知道爸爸、妈妈不喜欢她搞艺术,他们认为考大学才有出息。怎么办呢?看来只好瞒天过海了。莫瞧她小小年纪,却也懂得先斩后奏。她瞒着父母报了名。

报名那天,来了好多好多人。长长的队伍排成了S形。男孩子们个个英俊潇洒,女孩子们人人如花似玉。平时蛮自信的李玲玉这时也感到惴惴不安了。终于,轮到她了……

"姓名?"报名处的老师也许太忙,连头都没抬。

"李玲玉。"

"年龄?"

"十七岁。"

"我们招的是十五岁以下的,你都十七岁了,还来报什么名?"老师仍是头也不抬,想用一句话把她打发走。

"你们不是二十五岁以下的都要吗?"李玲玉站着一动不动。

"那是指有专业特长的。"

"你们没有考,怎么知道我没专业特长?"李玲玉生气了,排队排得腿发麻,可不是为了要听这些话。

是谁,这么倔?老师不由抬起头来,一瞥之下,立即被李玲玉的眼睛吸引住了,这真是一双演员的眼睛:明亮有神,由于生气,更是闪闪发亮。老师笑了,和周围的其他老师交换了一下眼神,让李玲玉填写了准考证。

李玲玉果然不同寻常,在考试中她斩关夺隘,连闯数关,在战胜了五千多名对手后,终于被红旗越剧团录取了。

进入红旗越剧团以后,李玲玉学唱的是小生。一个女孩子要学会、学像男子的做派、举止已属不易,每天必须进行的课目,诸如跑步、练身、练腿功等等,更把刚刚跨进艺术大门的李玲玉累得疲惫不堪。俗话说:"台上一分钟,台下十年功。"真是一点不假。

刚开始练功的时候,李玲玉不习惯束练功带。为了适应,她干脆晚上睡觉的时候也不摘下来。有一天,她想把练功带解下来松弛一下筋骨,可是被汗水浸透了的练功带紧紧贴在肌肤上。旁边的小姐妹告诉她,使猛劲才能扯下来。她照着做了,连皮也扯下来一大块,血殷殷流了出来,痛得她眼泪都快掉出来了。由于吃不了这种苦,同李玲玉一起来的一个女孩子自动"隐退"了。而李玲玉却不然,不干则已,要干就干出个样儿来,她在腰上缠了一层层纱布继续练……

功夫不负苦心人,李玲玉很快就成长为越剧舞台上一个引人注目的新秀,她在《红楼梦》等许多剧目中扮演了主要角色。正当她在舞台上崭露头角、准备鹏程万里的时候,生活却给她出了道难题:在南方大受欢迎的越剧,由于"水土不服",在北方竟难以生存,有关部门决定解散这个剧团。在此情况下,同伴们纷纷向艺术告别,另寻门路。有的当了资料员,有的当了打字员,而喜爱艺术、性格倔强的李玲玉却决心沿着艺术的道路继续走下去。

在男朋友的支持下,她准备报考享誉中外的东方歌舞团。考取"东方",谈何容易?

她真的去考了。由于缺乏经验和紧张,考试那天,她表演得并不理想,她失败了。但是,她清丽的形象和质朴的表演风格,仍然给东方歌舞团的老师们留下了深刻的印象。

几个月以后,东方歌舞团要推出一台新节目,东方歌舞团的老师没有忘记她,把她叫了来。他们交给她三组歌。要求是:不仅要唱,而且要跳,要"载歌载舞"。

这对她来说,又是一次机会。她风风火火地忙碌起来。看录像,听录音,搜集有关国家的艺术图片和文字资料,向外籍专家学发音,尽可能多地去了解有关国家的风土人情……

演出的日子到来了,在首都的舞台上,她的歌,她的舞,像一阵清风,荡起了观众心中的阵阵涟漪,人们互相在问,这个演员表

1063

演得好有光彩,以前怎么没听说过呀?一些调皮的小伙子,说她的演唱真是"盖了""镇了""没治了",巴基斯坦和日本的朋友们看完她的表演也倍加赞赏。

"不鸣则已,一鸣惊人。"唱片公司为她的演唱录了音,电视台为她的歌舞录了像,报刊记者纷至沓来,各种各样的观众来信像雪片似的向她飞来……她成功了!

但,她,还是她,还是那个纯真、活泼的姑娘。观众们喜欢她,尊敬她,她也以一颗纯真的心热爱观众们。面对案头的近千封信,她竟千方百计挤出时间争取每封都回。

"这么多来信,我真有点回不过来了,这可怎么办呀?"她向我诉说着她的苦恼,并征询我的意见。

"还是有选择地回一回吧,观众一定会谅解的。"我回答说。

"只要有时间,我还是想尽可能多地给观众回信,我该理解他们的心情。"她十分认真地对我说。

观众是演员的上帝,已经颇有了些名气的她,能如此虔恭地对待自己的"上帝"。那么,她的提高,她的进步,将会得到更多的观众的关注。

初次发表于1985年第9期《山东青年》

舞坛新秀眭沙莉

在成千上万渴望艺术的姑娘们心中,能够成为一名演员是幸运的,能够成为一名大歌舞团的演员更是十分幸运的,能够成为一名大歌舞团的主要演员则是极为幸运的了。东方歌舞团舞蹈新秀眭沙莉就是这样一个"幸运儿"。

最近,在首都的北京展览馆剧场,我有幸欣赏了东方歌舞团的精彩表演和眭沙莉的优美舞姿。由眭沙莉独舞或领舞的《伞舞》等几个外国舞蹈,有活泼、欢快,有恬静、飘然。不论是什么样风格的舞蹈,她都能用自己的舞姿完美地表现出来,显示了她娴熟高超的舞蹈技巧。她的演出,给观众留下了深刻的印象。

今年二十五岁的眭沙莉,容貌秀丽,性格娴静。和许多从事艺术工作的人们不同,最开始,她并没有去奋力叩击艺术的大门,而是艺术女神主动跑来光顾她的。还是她在辽宁省盘山一中上学的时候,一天早晨,她在去学校的路上,被一个素不相识的女同志叫住了:"小姑娘,你叫什么名字?我总看你从这里走过。"事情来得突然,眭沙莉一时不知该怎么办好了,她愣了一愣,然后撒腿向学校跑去。

第二天,在学校里眭沙莉又遇见了她。和眭沙莉在一起的同学认识那个女同志,告诉眭沙莉这是学校的李老师。

李老师问她:"你喜欢舞蹈吗?"

"我没学过,也不会跳。"訾沙莉怯生生地回答。

"你条件很好,如果愿意学,我来教你。"就这样,訾沙莉进入了学校舞蹈队,开始了最初的舞蹈生涯……后来在她十三岁时,她又进入了营口歌舞团,1978年考进了享誉中外的东方歌舞团。

訾沙莉是个要强的姑娘,她练功刻苦,有一股子韧劲儿,加上悟性又好,很快成长为东方歌舞团的主要舞蹈演员。她曾先后在《孔雀舞》《荷花舞》《樱花》等许多中外节目中担任领舞……日本驻华使节在观看了由她领舞的日本舞蹈《樱花》以后,极为赞赏,夸奖说:"你们演得真好,我们就像置身于祖国樱花盛开的季节,谢谢。"

业余时间,訾沙莉喜欢学英语和看美术展览,她觉得这些爱好对于自己在艺术上的提高是有很大帮助的。在中央电视台播放了她的演出录像和影片《东方之花》对她做了介绍以后,訾沙莉收到了许多读者来信。

对此,她说:"我要更加刻苦练功,争取更大进步,不辜负观众对我的期望。"

初次发表于1985年第9期《新疆青年》

歌舞新秀李玲玉

李玲玉，是东方歌舞团继郑绪岚、朱明瑛、远征、成方圆之后，最近在舞台上崭露头角的又一个新秀。她的表演风格自然、流畅、活泼；她的表演特点以舞伴歌，以歌带舞，载歌载舞。她演出的节目，很受观众欢迎。

今年二十四岁的李玲玉，容貌俏丽，身材苗条；白皙的脸庞上，一双美丽的大眼睛闪闪发亮，二十四年前，她出生在黄浦江畔一个普通工人的家庭里，从小喜欢唱歌跳舞。1978年，她考入了北京红旗越剧团，学唱小生，后来在越剧《金玉良缘》等剧目中担任主要角色。1984年9月，进入东方歌舞团任歌唱演员。

在艺术上，李玲玉是个能吃苦并有着不尽追求的姑娘。在她刚跨入艺术大门的时候，练功时要束练功带，开始她不习惯。为了适应，她在晚上睡觉的时候也不摘。到了东方歌舞团以后，为了演好节目，她不辞劳苦地翻资料，查图片，每天跑很远的路，去向外籍专家学发音……正是靠了这种拼搏精神，使她不论是在红旗越剧团还是在东方歌舞团，都能很快成长为业务尖子，并成为受观众喜爱的演员。

更难能可贵的是，在中央电视台播放了她的演出实况并对她做了介绍后，面对近千封观众来信，她竟挤出时间一封一封回复，始终把自己放在一个普通人的位置上。这位美丽、谦逊的姑娘,在未来的艺术道路上一定会取得更大成就。

初次发表于1985年10月17日《湖南妇女报》

用心血浇灌民歌之花
——记中国音乐学院教师金铁林

最近几年,我国文艺舞台姹紫嫣红,百花斗艳,涌现出了一批又一批新秀。他们以精湛的技艺赢得了广大观众的喜爱和尊敬,为我国文艺事业增添了光彩。

在这些艺苑新秀身上,倾注了许许多多园丁的智慧和汗水,当我们向这些新秀献上簇簇鲜花时,不应该忘记这些"成功者"的背后,那些默默耕耘的人们……

怀着对园丁的崇敬之情,我来到了中国音乐学院。在一间朴素的办公室里,我见到了声乐系副主任金铁林老师。他穿着一身合体的西装,身材魁梧,性格热情豪爽。不愧是搞音乐的,随随便便说起话来,声音也像洪钟一样响亮。

他今年四十五岁,在音乐学院执教已经多年,曾经培养出李谷一、彭丽媛这样深受观众喜爱的著名歌唱演员。

"你是怎样搞起音乐教学的呢?"

他告诉我:他从小就喜欢音乐,早在少年时代就学会了拉手风琴、打扬琴、吹笛子……上高中的时候,他参加了当地群众艺术馆的演出活动。一个偶然机会,他的歌唱才能被一位老师发现,并受到热情鼓励。从此,他对声乐产生了兴趣。1960年高中毕业时,他考取了中央音乐学院,从师于著名声乐教育家沈湘教授。对于他来说，是适逢名师，对沈湘教授来说，则是喜得高徒，俩人各得其所。

他最早从事声乐教学工作，大概可以追溯到1962年，那时，他还是中央音乐学院的一名普通学生。

有一天，两个中学生想听沈湘教授讲课，适逢沈湘教授有事，就让他来代课……从那以后，他就常常给这两个中学生上课。一年之后，其中的一位就考取了中央音乐学院，成了金铁林的低年级同学。

"看来你很早就显示出了当教师的才能。"我说。

他爽朗地笑了。

从那以后，金铁林再也没有间断过教学工作。他常常在社会上热心地进行业余辅导，不过当时他教的都是西洋唱法。从1968年起，他开始探索如何把西洋唱法和民族唱法结合起来，从而创造出一种新的唱法，第一个学习这种唱法的就是当时湖南花鼓戏剧团的青年演员李谷一。实践证明，这种探索是很有意义的。

他只有四十五岁，却培养出许许多多受观众喜爱的歌唱演员，绝非偶然。听他的学生彭丽媛说，前几个月在哈尔滨举行全国聂耳、冼星海声乐作品比赛，金老师带着彭丽媛前往参赛。哈尔滨是金老师的故乡，但在哈尔滨准备比赛的将近一个月时间里，金老师把全部心思都放在学生身上，竟连家也没顾得上回。辛勤的耕耘，无私的奉献，终于结出了硕果。彭丽媛在比赛中取得了优异的成绩……

勇于探索、勤于钻研、认真负责是他的教学风格，正因为这样，才使金铁林在平凡的岗位上做出了突出的贡献。谈到今后的打算，金铁林对我说："我希望经过努力，培养出更多更好的民族声乐演员和教师，形成我们自己民族的声乐体系，为发展我们的民族声乐贡献一份力量。"

初次发表于1985年12月21日《中国教育报》

赵娜的新追求

初秋的一天,在北京电影学院我采访了她。她和银幕上一样:秀丽、端庄而富有朝气。交谈时,她身上既没有某些成了名的演员身上的傲气,也没有初出茅庐者身上的局促不安,她让人想到的是一汪清澈的泉水。她,就是八一电影制片厂的青年演员、北京电影学院表演干部专修班的新学员——赵娜。

自1975年从影以来,赵娜已先后在影片《大渡河》《元帅之死》《花枝俏》《许茂和他的女儿们》《天山行》《何处不风流》《金色的晚秋》《情血疑案》中扮演了主要或重要角色,她是近些年来活跃在我国银幕上为观众所喜爱的青年电影演员之一。

北京电影学院表演干部专修班录取新生的消息在报刊发表后,曾引起了社会上的广泛关注。在这期专修班中,荟萃了为观众所熟悉的郭凯敏、唐国强、吴玉芳、肖雄、赵娜、赵静等许多优秀青年演员……

谈到这次来电影学院学习,赵娜说:这次能入表演干部专修班学习,她感到特别高兴,到院校进一步深造,这是她多年来的夙愿……

"为了实现这个夙愿,你一定吃了不少苦吧?"我问。

赵娜笑了笑,说:确实如此,考试前复习功课那阵子,每天早晨五点钟天蒙蒙亮就跑到公园去复习功课,吃饭的时候,边吃边放录音听,甚至厕所里也贴上了需要复习的要点……

"新同学们来自四面八方,关系处得怎么样?"

赵娜告诉我:她们这个宿舍住了八个人,除了她以外,还有姜黎黎、肖雄、宋春丽、方卉、夏提姑丽等七人……"由于不少同学来电影学院之前就合作拍过片,来后很快就处得非常融洽……"我想象得出来,这么些性格开朗、活泼的姑娘聚在一起,业余生活一定蛮有意思的。

"来到电影学院后,我还有一个很深的感受,这就是:同学们确确实实是怀着一颗求知的心,怀着渴望改变我国电影落后面貌的决心来学习的……学校规定,有的选修课,两门之中只能选一门,可是全部二十四个同学,人人都要求两门都选。有一位哲学课老师,曾担心同学们对哲学课不感兴趣,担心这些'明星'不好管,但实际上大家听课十分认真,课堂纪律极好,给老师留下了深刻的印象……社会上有些人认为我们是为了张'文凭'才进电影学院,这是对我们的不理解……"

望着她那诚恳而认真的面容,我似乎更深地理解了她和她的伙伴们的理想和追求。赵娜和她的同学们,在人们心目中已是些"明星"了,可是他们并不满足于已经取得的成就。

初次发表于1985年第12期《当代青年》

桃李满天下
——访中国音乐学院教授沈湘

他是个忙人，像只绷紧了发条的钟，总没有停闲。他要给学生上课，要参加各种各样的会议，要接待各种各样的来访，还要带领学生出国演出。找他可真不容易，几经周折，我才终于站在他的面前。

他中等偏高的身材，虽然年过花甲，仍然精神矍铄，颇有风度。我讲明了来意，他沉吟了一下，答应了，却又补充了一句："最多谈一小时怎么样？我还有事。"说着，他引我走进屋。这是一间会客室，说不上考究，但整齐清洁。

"谈些什么呢？"他问。

"先谈谈您的简况和您如何走上音乐道路的吧。"

他点了点头，说："我叫沈湘，姓沈的沈，湘江的湘。"他一边说一边在桌面比比画画。这开头一句话，立即给我一个印象，我面对的是一位一丝不苟的老教授。

沈教授1921年出生于天津，从南开中学毕业后，考取了燕京大学英国文学系，同时兼修音乐。太平洋战争爆发后，燕京关闭，他又到上海圣约翰大学学习，同时也在上海音专上课。在圣约翰大学毕业的同时，被音专开除了。原因是他"拒绝为日本人唱歌"。虽然事隔多年，但谈到这里，沈湘教授仍然抑制不住内心的愤慨。

"我是从1947年开始从事音乐教学工作的。先在北京师范大学音乐系教课，1950年至今都在中央音乐学院工作。"他侃侃谈道。

几十年来，沈湘教授为国家培养了大批声乐人才。我国不少艺术院校的系主任、教授、副教授都出自他的门下。为观众所熟悉的郭淑珍、金铁林、程志、殷秀梅和近几年在国际声乐比赛中获奖的梁宁、迪里拜尔、刘跃等，也都是他的学生。沈湘教授名下，真可谓人才辈出。

看过电影《英雄儿女》的人们大概都记得影片中王芳唱的《慰问炊事员》一首歌："说老李，道老赵，老李老赵有功劳，饭香菜美手艺巧，战场上也逞英豪……"这首歌，唱得音色优美，字润腔圆，味道十足，给观众留下了极其深刻的印象。而这首歌的演唱者，就是沈湘教授的学生李木先。遗憾的是，这位颇有才华的青年女歌唱家，却不幸英年早逝了。当沈湘教授谈起这位当年的学生时，流露出了十分惋惜的神情……

一阵叩门声，打断了我们的谈话。一个姑娘风风火火地闯了进来。她便是沈湘教授的学生梁宁。对这个名字，我并不陌生，她是三次国际声乐比赛的获奖者。她和沈湘教授的另一个学生迪里拜尔，参加了今年秋季美国旧金山市赫布斯特剧院举办的独唱音乐会，曾引起轰动。《旧金山纪事报》这样评价她们的演出："整场音乐会没有高潮，一曲接一曲全是顶峰。"

"请稍候。"沈湘教授对我说。

梁宁是来向沈湘教授请教一首外国歌曲的几个发音的，她坐在沈湘教授的旁边，一边问，沈湘教授一边示范。看得出来，他们师生之间的关系非常融洽……

梁宁爽快地告诉我：沈湘教授对学生可好了，就像父亲关怀自己的孩子。有几个寒暑假，迪里拜尔是在北京度过的，放假期间，音乐学院伊斯兰小食堂关门，沈湘教授就请迪里拜尔来自己家里吃饭，因为迪里拜尔信奉伊斯兰教，沈湘教授全家就陪迪里拜尔吃了几个假期的羊肉……梁宁爽快地对我说，她自己也常来沈湘教授家"蹭"饭。向我谈过沈湘教授，梁宁要告辞了。临走的时候，她看到桌子上有一塑料袋金橘，毫不客气地伸手去抓。

沈湘教授在一旁幽默地说："只许拿三个。"

看来梁宁是个"馋嘴"的姑娘，她抓起四个橘子跑了。我感到，沈湘教授在学生眼里不仅是可敬的，而且是可亲的……

又有人敲门。进来的是中央音乐学院的一位助教，他是来请沈湘教授给学生上课的。

"您晚上还要给学生上课吗？"我奇怪地问。

"白天会多，有时只好把课挪到晚上。对不起，学生在等我。"他边说边站了起来。

我已看出，他是个把学生看得很重的人。我不好再耽误他的时间，只得也站起身来。同他一起下楼的时候，我不禁暗暗发愁：有些问题似乎言犹未尽，这篇文章我该怎样结尾呢？握别之后，他健步走向灯火通明的教室。望着他的背影，我不禁心中一动，这不也是一种结尾吗？一种令人回味的结尾……

初次发表于1986年1月18日《中国教育报》

她是青年的朋友

——访著名作曲家谷建芬

深秋的一天晚上，在北京一幢普通的红砖楼房里，我叩开了她家的门。

她的大女儿把我领进了房间。她正在看电视。不是坐着，而是躺着……她向我解释说：前些天在去上班的路上，被一辆三轮摩托撞了。诊断结果：脊椎压缩性骨折，医生吩咐她要绝对卧床三个月……我立即感到来的不是时候，不由局促起来。她发现了我的窘态，亲切地招呼我在她病榻对面的一张沙发上坐下。然后，和我谈了起来……

她虽年已半百，两鬓已出现了缕缕白发，但我感到她的心却是那样年轻。前些年，她创作的《年轻的朋友来相会》《清晨，我们踏上小道》《那就是我》等歌曲，深受广大青年的喜爱，在青年中广为传唱。她是广大青年特别喜爱的一位作曲家。

她不但有着一颗年轻的心，我还感到了她对青年的热爱和理解。我把这一感觉告诉了她。她笑了，说：这些年，她交了不少青年朋友，青年人认为她和青年靠近，这对她是一个鼓励。她说，她喜欢青年，喜欢青年的纯真和坦率，她认为，青年身上虚假的东西最少，而她对虚假是深恶痛绝的。她还说，这些年来，如果没有青年和老百姓的支持，她早就完了。

我听说，她最近主要忙于主持中央歌舞团艺术培训中心工作。我请她谈谈这方面的情况。

她告诉我，艺术培训中心是1984年12月开课的，学制两年，主要培养声乐演员。办这样一个艺术培训中心的主要目的，是为那些有培养前途，而又没有机会进艺术院校深造的青年，创造一个学习机会。培训中心设置了：试唱练耳、乐理、声乐、民歌、文学、英语、日语、吉他、形体训练共九门课程。上午学习，下午排练，现有来自北京和外地的十名学生在这里学习。

谈到这里，她强调说："培养人才，人才的品质很重要，其次才是专业条件。我们要培养的不是那种一出了名，连自己是哪国人都不知道的演员。"

作为一名著名作曲家，她很忙。除了大量的日常工作和会议需要她去做、去参加以外，她还要挤出时间阅读全国各地寄给她的每天高达上百甚至数百首的歌词。

我问："您为这些素不相识的词作者谱过曲吗？"

她说："谱过。像《年轻的朋友来相会》《清晨，我们踏上小道》都是。"她认为，那些来自基层的歌词，往往更富有生活的气息和情趣。

不知不觉中，我们已谈了一个多小时，为了不再打扰她休息，我便起身向她告辞，在回家的路上，我整理着自己的思绪，谷建芬，青年的朋友。这是一席话后，她留给我的最深的印象。

初次发表于1986年第3期《新疆青年》

文坛上，一个勤奋的求索者
——访作家、诗人柯岩

她是一位集作家和诗人于一身的女性。

她喜欢用多种体裁写作：小说、诗歌、散文、报告文学……她善于描写各类人物：工人、教师、海员、船长、收税员、科学家、艺术家、国际友人……在文学这个领域中，她似乎是无所不能的；她笔下的人物，几乎是无所不包的。不仅如此，无论用哪种体裁写作，她每每都能写出感人肺腑、脍炙人口的佳作来。她的诗歌《周总理，你在哪里》情感至深，令人唏嘘；她的长篇小说《寻找回来的世界》，震撼人心，发人深省；她的报告文学《船长》，正气浩然，激人向前；她的散文《我们这支队伍》，抚今思昔，令人感慨万千……

在她家那宽敞而朴素的客厅里，我见到了她。

她告诉我说，她最近正在写一个长篇小说，主要内容是反映医务工作者的，是写中西医综合治疗的。谈到这里，她深情地说："周总理在世时，非常关心中西医综合治疗，中西医各有长处，综合治疗很有意义……"当她谈到这部正在构思的小说时，我不由想起了她刚出版不久的长篇小说《寻找回来的世界》，我问她，当时怎么想起写这样一部反映青少年犯罪问题的长篇小说呢？

她对我说："青少年犯罪问题，是个世界性问题，各种社会制度的国家都存在这个问题，在社会动荡之后，这个问题往往更突出。我写这篇小说，不但是为了教育孩子，而且是要鞭挞不正之风。我想通过这篇小说告诉青年人：世界本来是美好的，虽然丢掉了，但应该找回来，而且是能够找回来的。"

她的愿望没有落空，据我所知，这部长篇小说发表及在中央人民广播电台播放后，震动了千千万万颗年轻的心——

有一位湖北青年来信说："小说《寻找回来的世界》收听完了，可我心依然留在那个'世界'里……"

河北一位农村青年来信说："收听完长篇小说《寻找回来的世界》后，我的眼睛都湿润了，激动、心酸的心情混合着……这部小说太动人了……"

谈话在无拘无束的气氛中进行着，话题自然而然地又转到了诗歌上。

谈到诗歌创作，她说："最近我的诗歌写得较少，但不是不写，生活是很丰富的，我不主张写诗的人，光是读诗、背诗、写诗。并不是所有的生活素材都适合写诗的。有的适合写小说，有的适合写戏，有的适合写电影，合适写什么我就想写什么，单写一样，就把自己束缚住了，容易把生活积累和感情积累白白浪费掉。"

"据我了解，目前诗集发行量都不很高，您对此怎么看呢？"我问道。

"我认为诗和小说不一样，诗是文学中的文学，应该是最能深入人心的，比如天安门诗歌，比如古典诗歌。李白的'床前明月光，疑是地上霜，举头望明月，低头思故乡'，只有二十个字，可是概括的内容不知有多丰富。有不少青年人以为，诗歌是最好写的，我搞创作几十年，我认为诗歌是最难写的，当然，我是指好诗。裴多菲的'生命诚可贵，爱情价更高，若为自由故，两者皆可抛'，这几句诗，包含了非常丰富的内容。如果用其他样式去表达，不知要写多厚一本呢。如果诗都能写成这个样子，那么我想诗集的发行量绝不会少。诗歌发行量少的原因之一，我想是诗要写好很难……这也是我最近诗歌写得少的一个原因。"

柯岩是谦逊的，她没有提自己的诗集。据我所知，她的诗集《周总理，你在哪里》发行量就相当高。这次在我的请求下，她告诉我《周总理，你在哪里》这本诗集共发行了十六万册，第一次印刷了十四万册，因供不应求后来又追加二万册。可见诗若写得好，若能和群众心心相通，还是能拥有大量读者的。

"您对我国诗歌的前景怎样看呢？"

"青年是我们的未来，爱好诗歌的青年是诗歌的未来。我们国家爱好诗歌的青年很多，有才华的青年也很多，这是诗歌繁荣的一个很好条件。我们国家是一个有着古老诗歌传统的国度，现在实行对外开放政策，又有外国优秀的文化可供借鉴，这是诗歌繁荣的又一个很好条件。我认为现在一个重要的问题是要使青年得到更好的诗的修养和诗的教育。办刊授学院是个好办法，当然这要严肃地来办，认真地来办，如果有深厚的生活基础，又有较高的思想境界，再通过刊授给青年以正确的指导，帮助青年走上广阔的诗的道路，经过努力，我国诗歌的大繁荣是指日可待的。"

……

两个小时很快过去了，又有客人来拜访她，我只好向她告辞。我感到作为作家和诗人的柯岩是热情的、平易的、敏捷的，对于当前文化上的许多问题，她都是成竹在胸的，她都有着成熟而独到的见解。她的作品和她的谈话，给了我一个深刻印象：在文学的道路上，她真是一个勤奋的求索者！

初次发表于1986年第4期《当代青年》

暖　流

（1）她是个普普通通的饭店服务员，长得端庄秀丽。

（2）在饭店里，她负责开票工作。对待工作，她耐心细致，从来也不和顾客红脸。

（3）这一天，她坐在那里，像往常一样准确麻利地收钱、找钱、开票……

（4）这时，排在前面的队伍发生了一阵骚乱。

（5）她抬起头来，看见几个打扮不伦不类的小伙子从外边插了进来。

（6）"后边排队去……"人群里发出了不满的抗议声。

（7）"你他妈管得着吗？喂，来四瓶啤酒。"

（8）"请你到后边排队去。"她怯生生地说。

（9）"嘿，快点儿，哥儿们一会儿有电影，误了点你负责？"

（10）"到后边排队去。"这次语气是坚定的。

（11）"你他妈这叫什么服务态度？是不是想叫老子表扬表扬你了？"几个小伙子退了出去。

（12）突然，她的心一阵紧缩。她看见几个小伙子摘下了挂着的意见本。

（13）他们聚成一堆儿，一边在上面写着什么，一边不时向她发出几声得意的怪笑。

（14）她感到十分委屈、十分孤独，鼻子开始一阵阵发酸。

（15）晚上，经理找她谈话。经理面前放着意见本。

（16）她怀着忐忑不安的心情翻开了意见本，几行歪歪扭扭的字迹把她臭骂了一顿。

（17）后边许多页都是赞扬她的。

（18）她翻着，看着，看着，翻着……泪水忍不住噼噼啪啪地从美丽的眼睛里滚落出来。"谢谢你们，正直的人们。"她的心里奔涌过一股暖流。

初次发表于1986年第4期《中外妇女》

两颗互耀的东方之星

——青年演员胡平和李玲玉的爱情故事

一

今年三十二岁的胡平,是个出生在青岛的小伙子。他身材修长,形象英俊,性格文静,是东方歌舞团的主要舞蹈演员;今年二十五岁的李玲玉,是个上海姑娘,她容貌秀丽,身材苗条,性格开朗,是东方歌舞团很受观众喜爱的歌舞新秀,谈起他们的相识、恋爱,可以追溯到六年前……

1980年,李玲玉当时所在的北京红旗越剧团排演新戏《东海传奇》,剧中要穿插一段日本舞蹈,老师带李玲玉到东方歌舞团登门求教。在排戏的这段日子里,大家经常接触,李玲玉的美丽和纯真赢得了胡平主教老师的好感,而胡平英俊潇洒的外表和强烈的事业心,给李玲玉的老师也留下了深刻的印象。两位老师私下一合计,认为他们真是天造地设的一对。于是,两位搞艺术的老师亲自指导了一幕"人间喜剧"。

这天,李玲玉的老师带她到胡平的老师家"串门"。当她们到来时,胡平和指导老师以及其他几个肩负"特殊使命"的老师已经在里面了。寒暄,介绍。在座的人都是同行,不愁没有共同语言,很快,大家都变得无拘无束了。

此刻，在座的人只有胡平和李玲玉这两个年轻人尚在"云雾山中"，其余的人都知道是怎么回事，只是不露声色罢了。老师们通力合作，创造了一个最适宜的氛围。果然，胡平和李玲玉很投机地谈了起来……不一会儿，老师们开始陆续告辞。最后，胡平和李玲玉的老师也站起来对他们说："我们去买点冷饮，你们谈。"说着也退了出去。

买冷饮回来后，老师对相处得已十分融洽的他俩说："你们很谈得来呀，我看你们……"毫无思想准备的胡平和李玲玉，脸都刷地红了。在老师的撮合下，他们留下了彼此的地址。

二

分手以后，俩人又投入紧张的排练和演出中去了。

一天，李玲玉从排练厅回到宿舍，门上钉着一张留给她的纸条——

李玲玉：

请给北京大学姓胡的回电话。

纸条的右下角，还写着一个电话号码。

"北京大学姓胡的？"她并不认识这样一个人啊。

"请问，是北京大学吗？"她按纸条上的号码拨通了电话。

"错了。"对方把电话挂了。

"是谁来的电话呢？"蓦然，她记起这个号码好像是胡平带给她的。她翻开通信录一看，果然是。

"是东方歌舞团吗？"她再一次拨通电话。

"是的，你找谁？"

"我找胡平。"

过了一会儿，电话里传来胡平熟悉的声音。胡平告诉她那个电话是他打的，那样说是为了"避嫌"。在电话中，他们约定在天坛见面……

天坛公园，环境幽雅，景色宜人。但对这两个从小在外地长大的年轻人来说，天坛在哪儿，门朝哪儿开，却一无所知。结果，约会的那天，胡平跑到公园的东门去等，李玲玉却在公园的西门站着。相约的时间过了，胡平向旁人一打听，才知道天坛公园的门有好几个，当他匆匆忙忙赶到西门的时候，已经过去了四十五分钟。不料李玲玉还老老实实地在那里等着。她没有像某些自视甚高的姑娘那样，拂袖而去，也没有对胡平的"迟到"表现出丝毫的愠怒。听完胡平的解释，她恬然一笑："我们进去吧。"

三

天坛公园内一片静谧，胡平和李玲玉找到一条长凳坐了下来。可是，两个初次接触爱情的年轻人却不知该说什么好。

沉默，久久地。

性格活泼的李玲玉终于坐不住了，她站起来，像个孩子似的一会儿揪揪树上的叶子，一会儿又踢踢脚下的石子。过了半晌，默默观察她的胡平终于开口了："我怎么觉得你这样小，简直像个孩子。"

"我还小呵，我都快二十了。"李玲玉最不愿意别人总拿她当孩子。

"你不是二十二了吗？"胡平愣住了。

"谁说我二十二？我还不到二十呢。"

"是老师告诉我的。"

"那……那你多大？"李玲玉脱口问道。

"我今年二十六了。"胡平老老实实地回答。

俩人这才明白，满怀善良愿望的老师，把他俩都给"蒙"了。

沉吟了一会儿，胡平认真地对李玲玉说："我比你大七岁，你再好好考虑考虑。"

"如果合得来，年龄我不在乎。"李玲玉爽快地说。李玲玉说的是心里话。事实上，年龄上的差异并未给他们的爱情带来丝毫影响，无形中反倒使胡平处于某种更有利的地位。他们于去年结婚以后，一遇到在某个问题上两人争执不下的时候，胡平就会对李玲玉说："你还跟我犟？我是看着你长大的。"

四

他们相爱了。

他们的恋爱绝少在公园流连忘返，绝少在花前月下缠绵。常常是星期天胡平到李玲玉那儿去，俩人谈谈彼此的近况，随便弄点吃的就算过了个假日。

刚开始交朋友的时候，他们没有公开彼此的关系，对旁人就称是兄妹，由于俩人长得像极了，大家都信以为真。加上胡平从李玲玉那儿学了几句上海话，就更没有人怀疑了，后来中央电视台对他俩做了介绍，观众们也说他俩长得真像。

现在胡平和李玲玉已经置起了自己的小家，随着事业上的进步，探访李玲玉的记者越来越多，每当报刊上发表了介绍李玲玉的文章，胡平都细心地剪下，作为资料，妥为保存。李玲玉在工作和生活上遇到了难题，也常常征求胡平的意见，俩人之间充满了一种温馨和睦的气氛。

他们的家庭生活，给人一种十分和谐的感觉，这不由使我想起了一位哲人说过的话：什么是美？美就是和谐。

初次发表于1986年第9期《新疆青年》

首都机场的女检查官

担负重大使命的是"黄毛丫头"

自从1931年第一次发生飞机被劫事件,世界航空史上就充满了劫持与反劫持的记载。据统计,仅1960年到1980年间,我们这个小小的地球上就发生了五百多起劫机事件,成百上千的旅客惨遭劫机者的杀害,更多的人在空中火并中丧生。为此,联合国安理会和国际民用航空组织做出决议,号召世界各国坚决制止劫机等恐怖行为。1981年4月1日,中华人民共和国公安部发出通告:在中华人民共和国境内各民用机场,对乘坐国内国际航班的中外籍旅客及其行李物品实行公开的安全检查。

于是,在首都机场上有了一队头戴大盖帽的威武的检察官。

然而,这却是一群爱笑又爱哭的二十岁左右的女兵!"黄毛丫头"啊,你们担当得起对国内国际航班进行安全检查、保证不发生劫机或其他事故的重大使命吗?

女检察官之一:爱笑的谷岚

她圆圆的脸,大大的眼睛,说起话来总在笑。一点七二米高的身体上穿着笔挺的警服,蛮帅。如果你看她那副总是笑容可掬的样子,以为她特别好说话,那你就错了!

这是她上勤中的一个片断:

"我可以看一下你的提包吗?"她彬彬有礼地问一位四十岁左右、颇有风度的中国妇女。

"我是参赞。"中年妇女傲然以对。

"我们的机器看不清你包里的东西,需要打开检查一下。"

"我是参赞!我的包没什么好看的。"

沉默。沉默。

谷岚既不说话,也不放行,只是注视对方。

"你看吧!你看吧!"中年妇女明白了,在这个认真而倔强的姑娘面前,毫无通融可言。"我进出海关这么多次,从来没有被检查过。"中年妇女嘟囔着从包里往外搜东西。

"这不是海关,这是安全检查,每一个人都必须接受这种检查。"谷岚寸步不让。

这一回,轮到中年妇女沉默了。

执拗,是她,也是她的伙伴们的一个共同特点。她们极其认真地注视着每一个旅客,即使老幼病残也莫能逃避。须知,现代的化装技术足以使一个身体彪悍的小伙子,表面上变成一个虚弱、步履蹒跚的老人。安全检查上的疏忽,都可能带来意想不到的严重后果。她们都深深明白这一点。

女检查官之二:敏捷的王丽萍

"开箱检查"是安全检查的一个重要环节。但首都机场的检查不同于国外。国外检查站往往是抓住提包的两端,往下一抖,把物品稀里哗啦倒出来,检查后就 Sorry(对不起)了。而这儿为方便旅客，检查后则要物归原"位"。

王丽萍是 1982 年的兵，一个秀气的山东姑娘。这会儿，她在检查一位五十多岁的法国妇女的行李。

她麻利地打开旅客的箱子，按顺序取出箱子里的东西。

"您是哪国人？"她一边检查一边用英语和旅客交谈。

"我是法国人。"

"这次到中国来，玩得愉快吗？"

"十分愉快。"

"欢迎您有机会再来。"谈话间，她已检查完毕。

女旅客打开箱子一看，嗬，物品竟按原样子全放好了。她十分惊讶，对态度和蔼、话语亲切、动作麻利的小王产生了好感，于是拿出一瓶高级法国香水送给小王。可小王拒绝了。

"你……"法国女旅客感到困惑。

小王和颜悦色地解释说："我们有规定……"

法国妇女摇了摇头，笑着走了。

女检察官之三：才女周丹心

在平均身高超过一米六五的姑娘中，一米六多一点的周丹心算是个"小个子"。

别看她是 1984 年的兵，军龄不长，但她是安检一班的"才女"，说话中的，出手不凡。

有一天，正值她上勤，一个西装革履、身材魁梧的外国军事代表团团员快步走进检查厅。当他的棕色手提箱通过 X 光检查仪时，密切注视荧光屏的安检员对负责开箱的小周说："请检查一下这只箱子。"

小周过去把箱子从传送带上提出来，当着旅客的面利索地打开了箱子。这是只极其普通的手提箱,箱子里放了几件衣物、几支钢笔和一些书籍,没有什么值得特别怀疑的东西。她再一次迅速地打量了一下箱子里的物品,突然果断地从书籍中取出一本厚度达一寸的书来,刚一翻开,"啪"的一声,一粒长度不超过三厘米的子弹落在检查台上;经过又一次检查,她从箱子的夹层中又找出了第二粒子弹。这一连串麻利干净的动作,把这位外国军事代表团成员看呆了。他感慨地说:"这次我出访了几个国家,经过了十几次类似的检查,唯独在中国的首都机场被检查到了这两发连我自己也忘掉了的子弹。真是第一流的检查,乘坐从你们这里起飞的飞机我们放心!"

女检察官之四:"爱哭"的冯卫平

出身军人家庭的冯卫平是个讨人喜欢的姑娘。胖乎乎的脸总给人一种稚气未脱的感觉。上勤的时候,她是个认真而严肃的战士;回到宿舍却简直像个孩子。也难怪,她本来就不大,还不到二十岁哪。

她和谷岚是好朋友。前回,谷岚要出去开会,也就那么两三天,冯卫平却坐不住了。谷岚在房间里收拾东西,她就在谷岚身后转。

谷岚像个大姐姐似的对她说:"卫平,这里有两块点心你赶紧吃了,不然就坏了。那些饼儿可以先留着。"

"嗯。"冯卫平机械地答应着。

谷岚又说:"这鸡蛋你也得赶紧吃了,听见了吗?"

"嗯。"冯卫平的声音竟带了点哭腔。

"我收拾东西你老跟着转什么?你也不嫌烦?"

"嗯,不嫌烦。"

……

事后，冯卫平对人说："我真想她，真不愿她走……"说着，眼圈便红了，泪水在眼眶里直打转……

哟，这"爱哭"的姑娘，还当兵哩，可谁又能说爱流泪的她不是个好检查官呢？

她们是姑娘，却首先是战士

她们就是这样一群奇特的军人。

有的秀气腼腆，有的漂亮爽快；有的聪慧好学，有的热情质朴；有的总是微笑，有的顷刻便能洒泪……姑娘们性格各异，爱好不同，却亲密地走到一起来了！

她们是威武的军人，但她们又是女性。

她们是满身蕴藏着中华女性传统美德的姑娘，但她们现在却首先是战士——守卫国门、守卫蓝天、守卫生命的女军人、女检察官！

初次发表于1986年第10期《知音》

柜台与社会

——首都服务行业采访实录

第一章：一个人所关注的话题

1986年7月12日，《人民日报》在第五版重要位置上刊登了美国白宫出口委员会副主席、著名美籍华人陈香梅女士的一封来信，来信的标题赫然写道：《北京友谊商店不友谊》——

"北京友谊商店服务之差是有口皆碑的，而且是大家一致公认的事实，但因只此一家，别无分号，大家只好忍气吞声地出钱买气受，我也受过两次他们的后娘脸孔，而且发誓不再去领教。但因为时间仓促，又要为友人买些礼物，只好再去一次。这是最近的事，想不到这些小姐的服务比以前更差，而且态度之劣是世界上少见的，称之为友谊商店实在是一大讽刺。那些女同志实在不知友谊为何物，她们简直把客户当敌人，所以大家都说友谊商店是最不友谊的！"

"我可以举下面几个例子……"

由于这封来信反映了一个人们普遍关心的问题，在一段时间内，服务态度又成了许多家庭茶余饭后的话题。

陈香梅女士的来信，在北京友谊商店引起的震动更是巨大的。

——北京友谊商店所有职工，当年暑期冷饮费被全部扣发。

——事情发生后的一段时期，商店每天抽出一段时间，专门组织职工学习、讨论，提高对服务工作的认识……

北京友谊商店几位年轻的售货员对我说："那段时间，我们上班时精神高度紧张，生怕再出一点差错，商店的领导也在办公室里坐不住，走马灯似的在商店里转，经常检查我们的工作……"

北京友谊商店不论从售货环境、货物质量和花色品种，以及售货员的仪表和服务态度，都是高于绝大多数普通商店的。如果说，这样一种高于一般水准的服务，仍然被一锤定音为"服务之差是有口皆碑的"，那么，相当大数量的服务质量还不如北京友谊商店的商店，该如何评价呢？

其实，服务质量不高，并不是什么新鲜事。

"唉，现在的服务态度呀。"这样的感叹笔者听到的实在太多了。

第二章：形形色色的剖面

拿着《追求》杂志社给我开的介绍信，开始在北京大大小小的服务网点中周游：找熟悉业务的人单独探讨，阅读一封封顾客来信，找一拨又一拨售货员座谈，有时像个幽灵似的在北京的各个商场出没，当然，也没忘了穿上工作服，真像那么回事似的站站柜台。

一位顾客的来信

我的手头，有一封读者来信。是北京市化工实验厂一位叫陈答合的女同志写的，这封来信说，1986年8月28日晚8点左右，她和一位朋友饥肠辘辘地赶到××小吃店，在卖馄饨的窗口买了两碗馄饨，她伸手去端，非常烫手，想向一位服务员借个碗套在馄饨碗下面，服务员不但不借还瞪着眼训斥人，要她立刻端走。她正为难，又来了一位顾客要买馄饨，那位服务员便让顾客端走她买的馄饨,她不同意,服务员厉声对她说:"你拿走不拿?"她顶了一句:"想拿就拿,不想拿就不拿。"一句话惹恼了服务员,她竟"啪"的一下,把一碗馄饨摔在地上。

类似这样的故事,每天都在北京的饭馆、旅店、商场、公共汽车上发生着、重演着。人们甚至已经习惯了。

顾客有顾客的怨气,服务员也有他们自己的烦恼:房子问题谁给解决了?孩子入托问题谁关心了?又脏又累干了一天,单位里连个洗澡的地方都没有,干他妈的这种倒霉的职业,连找对象都难……你要我为你好好服务,谁又为我好好服务啦,让我对你好,没门,凑合着吧,您哪。

当然,热情礼貌的服务也是有的,《北京日报》记者赵红在一篇题为《诚招天下客》的文章中有这样一段描写:

> 我来到燕京饭店对外餐厅——同仁堂御膳厅。
>
> "您好!""您几位!"一位脸上带着酒窝的女服务员正站在门口,我刚推门进去,她马上发问,倒弄得我一怔。
>
> 接着,她把我领到一处靠窗的餐桌前,"您坐这儿吧。"而后又走到厅口去站"迎宾岗"。
>
> 刚刚坐稳,又有一位女服务员手举托盘走来。"您来了。"她招呼了一声,而后又从托盘中端出一杯茶,一方小手巾,并将菜谱送到我手边。
>
> 这一套服务程序,我书包里的一份材料有所介绍。可实际体验一下,竟还有点不自在——没办法,这几年自我服务惯了,一时还无法很自然地适应别人较为周到的服务。

面对很正常的服务，记者感到"不自在"了，而对那些差劲的服务，记者已经习以为常。

那么，这仅仅是记者赵红一个人的心态吗？如果是，又说明了些什么呢？

是的，商业是人们瞭望一个国家的窗口，从北京服务业这个窗口，人们本应看到美好、和谐与高度的文明。

下去，体验一下生活

这天，我来到事先打过招呼的某大商场，商场宣传部部长刘冰，一个清秀、消瘦的女干部和有关部门联系了一下，安排我到三楼化纤部专卖"大华"衬衫的柜台去体验生活。穿着临时借来的工作服，我到柜台报到。路上，恰好碰到前几天刚刚采访过的化纤部团支部书记杨莉，一个很喜欢笑的姑娘，她告诉我即便是来实习，也要在右胸前挂一个牌子，否则碰上检查人员会遇到麻烦的。她问我是要个"工厂信息员"的牌子，还是要个"学员"牌子。我考虑了一下。对于服装和售货这两行，我都是门外汉，为了避免顾客把我当成"工厂信息员"，反映问题时，哼哼哈哈地说不清楚，我选择了"学员"的牌子。这样即便出了什么差错，顾客也能包涵。

8点40分，商场开门不久，我已站在柜台里边了。这个时候还没有多少顾客光临，柜台前稀稀落落，偶尔有一两个人走过来，也是随便瞄一眼就走了。虽无生意可做，作为售货员既不能坐下歇会儿，也不能找出书来翻翻，站还得有个站姿，我开始体会到售货员说的"闲了愣"的滋味了。

9点半以后，柜台前的顾客多了起来，而且越来越多，柜台里的几个售货员开始忙碌起来，有的给顾客拿衬衫，有的给顾客当参谋，有的外地顾客乡音特重，根本听不清楚他在讲什么，售货员只好扯着嗓子让顾客再重复两遍。我一边卖货，一边观察，一个小时过去了，什么都正常。就在这时，我注意到了两个"细节"。

"俺可以打开塑料袋看看吗？"一位外地人模样的顾客指着手里的衬衫问。

"你想看什么？"售货员小A注视着顾客。

"俺想看看衣服的颜色。"一口山东话冒了出来。

"隔着这么薄的塑料你还看不清楚吗？"

"拿出来看得更清楚，俺怕装在里边和拿出来不一样，颜色会有变化。"

"有什么变化，都一样呵。"小A脸上出现了明显的冷淡神色。

在柜台的另一边。一个知识分子模样的中年妇女看中了一种衬衫的款式，她要40号的，柜台上，38、39号和41、42号都有，这种款式的衬衫偏偏就是没有40号的，可这位女顾客看来是特别喜欢这种款式，她让售货员给她找找看。售货员小B给她挑了五六件，也没找到她要的尺寸。

"您再给找找。"她脸上堆着笑容。

"不是给你找了吗？"

"能再找找吗？"语调、神态已近央求。

"没有就是没有。"售货员小B已经不耐烦了，她接待其他顾客去了，把那位中年妇女冷落在一边。

明明知道拿出来看看和装在薄薄的塑料袋里颜色不会有什么变化，但拿出来看看就放心了，明明知道再找也不大可能找出自己要的尺寸，但再找一找就死心了，总之，希望能买到自己满意的商品，不愿意再来，这是顾客的心理。顾客的心理自然而合理，售货员的心理自然却不合理。因为顾客就是上帝，对上帝是不该不虔诚的。

那两位顾客先后悻悻走了，我想，她们走的时候，心里一定是不那么满意的。

应该说，从当前整个服务水平来看，小 A 和小 B 服务态度说不上有多过分。她们表现出的仅仅是一种"有限度的冷漠"的态度，既不热情，也不至于冷淡到顾客想在意见本上给你刷两条的程度。我在许多场合留意观察过，对顾客十分热情周到的售货员是少数，对顾客态度十分恶劣的也是少数，大多数是，顾客少的时候，服务还比较细致，一旦人多了，或顾客的要求太琐碎，服务员便不耐烦了。

许多顾客不满意并常常碰到的就是这样一种"有限度的冷漠"的态度。

我探访了不少顾客，他们告诉我，出来买一件东西，让售货员拿个三五次还敢开口，再多心里就毛了，为什么呢？怕人家脸子难看呵。

顾客不满意了，主要责任在售货员，但在某些场合下，售货员也有自己的难。稍微了解一下从事服务行业的人是怎么工作的，对我们如何当好顾客，融洽彼此关系是有些益处的。

这几年，随着对外开放，人们横向比较的机会大大增加了。

"瞧瞧人家外国服务员的态度。"这是越来越多的一种赞叹。原来我也有这种同感，经过这次调查，我发现这种看法有偏颇的地方。

据资料统计：日本一家同百货大楼规模相当的商场，每天一位售货员接待的顾客为八至十人，而百货大楼每天一位售货员接待的顾客在五百人以上。两者之比为 1∶50。同日本其他商场或同其他发达国家商场相比，这个比例可能会有所变化，但我们的售货员每天接待很多顾客则是肯定的，因为同发达国家相比，我们的第三产业还很不发达。

如果我们没有机会出国实地考察，留意一下电影或电视屏幕，你就会发现：顾客拥挤在柜台前，一有紧俏商品甚至能挤破柜台这种现象在发达国家几乎是看不见的。

由于顾客流量小,发达国家的售货员可以从容地接待每一位顾客,而在许多场合下,我们的售货员则不能。如果不厌其烦地给某一位顾客挑商品,解释,那么有时就可能引起其他顾客的不满非议。如果不论什么情况,一味指责服务员服务态度不好,是有失公允的,心理学所指:心理互换。不但对售货员是十分必要的,对顾客来说也并不是多此一举。

当然,这不是说在接待顾客量大的情况下服务员们的态度不好就是情有可原的,或者说在顾客盈门的情况下服务员的服务态度就难以改进。不,这里不能不说有服务员自身的原因,否则,就不好解释为什么同样在繁忙的商店里,有的服务员笑对顾客,百拿不厌,有的却面若冰霜,一拿就烦;同样的,也不好解释闲得扎堆聊天的服务员,为什么对顾客态度那么气人。

一点感慨

在探讨过程中,我听说了这样一件事,一个在医院里当化验员的姑娘和一个外表、学识都比她强的男孩子谈朋友,女孩子本人很喜欢那个男孩子,但女方家长绝对就是不乐意,原因并不是对男孩子本人有什么看法,就是因为男孩子是个服务员,女方家里觉得有辱门风,跌份。

事情虽小,却反映了深刻的社会内容和广泛的社会信息。

许多售货员还不约而同地告诉我这样一种现象,当顾客和售货员发生口角时,甭管顾客有理没理,到了什么也说不出来的时候,往往就说出这么一句:"你不就是干这个的吗?"

谁也没说明"这个"是什么,但不难看出,在人们的意识里"这个"和"下贱"是同义语,仿佛为了证实他们说的确实不假,在探讨的那段时间里,我也目睹了这种现象:

那天在西单附近的一个水果店,有一个工人模样的中年人买两斤苹果。售货员用秤盘给他称,他看见有一两个苹果有点疤,自己便伸手往外拣。

"这苹果不能挑。"售货员立即制止。

"为什么不能挑?"

"要挑就不是这个价了。"

"我就要挑。"中年人来了拗劲。

"你怎么不讲理呵。"

"谁不讲理了,"中年人把秤一拨拉,"我还不要了呢。"

"你不要拉倒。"售货员也急了。

这时,中年人眼睛盯着售货员,突然说了一句:"你不就是干这个的吗?你也就能干这个,下辈子你还得干这个。"说完用鼻子狠狠地"哼"了一声,转身走了。

事情有时就是这么绝。人们一方面对服务质量低下发牢骚,怨气冲天,希望从事服务工作的人能再热情一点,再细致一点,再周到一点;一方面又潜意识里使劲地瞧不起他们,如果一旦触犯了自己的利益,还要挖空心思地贬低他们。这无形之中,在部分顾客和部分售货员中形成了一种心理对抗性恶性循环:

顾客: 我本来就轻视你,你服务态度不好我就愈加轻视你。

售货员: 我本来就受轻视,你不尊重我,我就愈加不为你好好服务……

美国的一位叫玛丽·凯的女士,非常赞赏《圣经·新约·马太福音》第七章中的这样一句话:"你们愿意别人怎样待你们,你们也要怎样待别人。"玛丽·凯女士是美国玛丽·凯化妆品公司的创始人、董事长。二十年前,她的公司才只有九个人,今非昔比,在她们领导下,如今这个公司已发展成为年销售额超过三亿美元,拥有二十万名员工的大公司。这位成熟而富有魅力的女士进一步指出:

这个世界最古老又广为人知的法则"迄今仍然适用"。

是的,对顾客来讲:当我们希望售货员对自己的微笑不要太吝啬的时候,我们自己的观念能不能先变得洒脱一点呢。

是的,对售货员来讲:当我们希望顾客能够理解我们的时候,我们自己能不能先捧出一颗火热的心呢?

尊重与谅解

当我写下这个标题的时候,已经和我探讨之初的某些想法大相径庭。但我还是决定写下这样一节,为千万个辛劳在服务战线上的人们发出一点微弱的呼声。

我参加或听说过各种各样的座谈会,却还是第一次听说过这样的座谈会:1986年7月24日,由北京市第一商业局工会牵头,在和平里北京市第一商业局招待所召开了一个"打不还手,骂不还口,树文明新风座谈会",参加座谈会的有一商局的部分领导,还有来自一商局下属各服务局单位的四十四名职工。四十四人,每个人的心灵都遭受过伤害,每个人都有一段屈辱的记忆。不用一一展览他们遭受辱骂或拳脚的经过,只需看看这个座谈会的名称,就足以使我们的良心感到不安,灵魂感到战栗了。

人们,当我们谴责那些不礼貌、不文明的服务时,是不是也该检查检查我们自己呢?

不少售货员对我说:他们并不畏惧繁重的劳动,但他们忍受不了对他们人格和劳动的不尊重:

有少数顾客来商店买东西,不是好好地向售货员要商品,而是站在柜台前指手画脚地给售货员"派活","嘿,给我拿这个","嘿,给我拿那个","嘿,不对——是上边那个……嘿、嘿、嘿……"叫起来既没个称呼,也没个长幼,仿佛天下售货员是一家,都姓嘿。

还有少数顾客敲柜台,打算盘,隔着柜台用手拽,甚至用雨伞去捅,五花八门,形形色色。

售货员们还有许多难为人知的苦衷:不是要微笑服务吗?平时还好说,小姑娘昨天刚失恋,今天怎么笑?小伙子上午刚和年轻的妻子吵了一架,下午上班又怎么笑?那位四十多岁的售货员这两天老母亲病重,又怎么笑?站在柜台里,你神情沮丧,你没精打采,你心事重重,顾客都不会满意。怪顾客不通情达理吗?顾客是来选购商品的,又不是来和你谈心,给你做政治思想工作的。售货员们只好忍着,可他们也是有血有肉、有感情的人哪,你很难让他一点什么都不流露出来。有时顾客遇到售货员神色恍惚、心不在焉,笼统地认为,就是服务员态度不好,不专心自己的工作,临走时还要丢上一句:"瞧那副丧气样!"

"有时我真想哭。"不止一个售货员对我说。

服务态度冷淡了,顾客说你服务态度不好,服务态度热情了,竟也有麻烦。

有的女售货员在顾客走时,习惯热情地招呼一声"再见"。

谁知却有那么几个小伙子,听了这话就起腻,色眯眯地靠过来:"大姐,咱们哪儿见?今晚六点半,北海公园前门怎么样?"就跟真的似的,前门、后门还说得蛮清呢。

面对这种明显的侮辱,忍了吧,不甘心,回敬他两句吧,又违反纪律;把他叫住评评理,说说清楚吧,这种话一个嘴巴出,一个耳朵进,连个证人都没有。而且这种年轻人,净是些顽闹,到时跟你胡搅蛮缠再倒打一耙就更说不清楚了。有些女服务员眼泪只好往肚里流。

像这样挑逗、侮辱女服务员的,往往还只是些沾有不良习气的年轻人,而对售货员要求苛刻,容不得一丝一毫差错的便是什么人都有了。

有一位顾客到西单菜市场买鸡,一位女售货员给她称好后热情地说:"我给您装进去。"没想到那位顾客勃然大怒:"你说清了,你要给谁装进去?"

"对不起,我说得不够准确,我给您把鸡装进去。"服务员见状,立即改口道。险些爆发的一场纠纷才得以避免。

不错,应该要求售货员表达意思要准确。但售货员每天接待成百上千的顾客,难免有口误的时候,就像我们修一封家书,写一篇文章也难免有错,我们为什么不能表现得豁达谅解一点呢?

如果说,尊重人是一种美德,那么谅解人则是一种风度了。

愿我们人人风度潇洒!

第三章:竖一尊美丽塑像

渴望服务员态度能够迅速根本改观是一回事,能不能迅速根本改观是另一回事。听说百货大楼有个叫朱赤兵的年轻人对服务问题颇有些研究,于是我扮演了一次不速之客的角色。

朱赤兵,三十一二岁的样子,现在百货大楼纺织部工作。他中等个头,也许是当过兵,当过摩托车修理工的缘故,人长得很结实。在百货大楼一间斗室里,我和这位人民大学商业经济系八五届的毕业生聊了起来。

他掰着手指头,一共列举了十二条影响服务态度改观因素,根据他的谈话和我前一段的探讨,我归纳出重要有如下几条:

一、卖方市场。因为卖方市场的存在,使销售和服务不能很好统一起来。即:销售的好坏决定不了服务的好坏,反之,服务的好坏也决定不了销售的好坏。卖方市场,决定商业的主要竞争面是对产品、产品质量和款式的竞争,而非服务态度,服务设施,即服务本身的竞争,服务事实上处于次要地位,也就很容易被领导、售货员,甚至购物心切的顾客所忽视。

二、改革措施不配套。我们正在进行的是一场前所未有的改革，改革初期的工作是错综复杂的。旧的制度很难一下子破除，新的改革措施很难一下子实施。吃大锅饭的现象还很普遍，铁饭碗也很难一下子打破，还有奖罚不分明等，都使职工的积极性受到抑制。

三、全社会精神文明程度不高。举个例子来说，不交钱就不让看货，这种服务态度好不好？当然不好，但有时又不得不这样做，如果精神文明程度有了较大提高，这种规范措施也就根本不必要了。

四、售货员本身的文化素质。发达国家服务质量之所以高，和售货员文化素质高有很大关系，售货员中，大学生就占了相当比重，而我们国家，售货员基本全是中学程度，有的还是小学程度。这里还有一个例子。一个卖糖果的售货员，看到一个腿有残疾的顾客排在后面，他想适当照顾那位顾客，就喊："哎，那个瘸子请到前边来。"结果顾客大为恼火。

五、商品质量。据调查，顾客和售货员发生矛盾，大多发生在退换货上，发生在这一环节的服务问题，占服务质量问题的百分之五十。

六、劳动强度。如果服务员不能始终保持饱满的精神状态，服务上就很容易出问题。据调查，顾客和服务员发生争吵多发生在下午。而下午正是服务员体力、精神已有很大消耗，开始疲惫的时候，这一问题应该引起我们的注意。

从上述情况可以看出，服务态度的根本改观是一个综合治理的问题。上述种种情况如果不能有很大的改变，那么受这些条件制约的服务态度也很难有很大改观，更不用说是根本改观了。从长远的观点来看，突击检查、扣罚奖金等等措施只能使服务态度有某种程度的改变，而达不到根本改观的目的。

有关人士认为,北京要继续生存和发展,"要吃服务饭"。

北京为什么"要吃服务饭"呢?

"这是因为:一、现代生产力的迅速发展,新技术不断被采用,使农业、工业的劳动率大为提高,解放出的大批劳动力必然转向服务部门。二、社会化大生产的发展,使社会分工日益加强,属于第三产业的各类专业性服务公司、租赁公司就会应运而生,才能促进生产的发展。三、随着生产的发展人民生活水平的提高,人们的消费需求必然随之增加。服务部门必须有一个大的发展,才能适应人们对消费不断增加的需要。四、随着我国经济体制改革的深入,有计划的商品经济的发展,横向经济联合的加强,必然会促进第三产业的大发展。"

人们改变生活中出现的吃饭难、做衣难、洗澡难、乘车难、理发难等问题,也只有靠大力发展第三产业才能解决。

我们面临的情况是:一方面服务质量还不高,另一方面又必须大力发展服务业。怎样使服务质量有一个较大的改观,这是一个摆在我们面前的迫切任务。

有些资料表明,1980年,第三产业产值占北京市国民生产总值的26%,到1984年,发展到31.5%。

有关人士认为:到20世纪末,北京市第三产业的人数不占到百分之五十以上,北京就很难发展。

服务业是一个窗口,我们应该也必须在东方的窗口竖立起一尊美丽的塑像,在这项伟大的建设中,不但有千万从事服务工作的人们,而且有你们、他们和我们。

初次发表于1987年第3期《追求》

真正的战士诗人
——访石祥

"昨天你上哪儿去了？"一位朋友问。

"噢，我去采访石祥了。"

"石祥？石祥是干什么的。"

"咳，连石祥都不知道，《十五的月亮》词作者呀。"

"噢，想起来了，想起来了。"

真的，如果说，在中国的大地上有许多人不知道石祥是何许人，那么很难找到不知道《十五的月亮》这首歌的人了。由部队词作家石祥作词，作曲家铁源谱曲的《十五的月亮》这首歌，以其真挚的感情，优美的曲调，强烈的时代感打动了亿万颗心。前线的战士唱它，后方的人民唱它，孩子们唱它，老人们唱它；田野、工厂、哨所、兵营、机关、学校，到处能听到这首歌。在很短的时间里，这首歌飞遍了大江南北，传遍了长城内外，在由群众投票评选的十首当代优秀歌曲中，《十五的月亮》名列榜首。

此刻，这位《十五的月亮》词作者，著名诗人石祥就坐在我的面前。他中等偏高的个子，穿着一身笔挺的军服，很有点儒将风度。随着我们交谈的展开，这位著名诗人的成长过程，历历出现在我的眼前……

石祥，原名王石祥。1935年出生于河北省清河县杜家村，1958

年入伍,历任战士、班长、排长、代理指导员等职。1959年开始学习写诗,1964年由百花出版社出版了他的第一本诗集《兵之歌》,曾被誉为"真正的战士诗人"。那时的石祥,年仅二十五岁。二十多年来,石祥创作了数以千计的歌词,广为流传的有《老房东查铺》《一壶水》《祖国一片新面貌》等,石祥创作的配乐朗诵诗《周总理办公室的灯光》在国内外引起强烈反响,他的另一篇诗作《悲痛化作千钧雷》被选入全国中学课本。最近两年,石祥的创作活动十分活跃,他曾参加大型音乐舞蹈史诗《中国革命之歌》的创作,还为大型纪录片《钢铁长城》《国庆受阅》等写过诗解说。

在他创作的作品中,影响最大、流传最广的恐怕还是《十五的月亮》这首歌词。据说,在北京军区大院里,甚至两口子吵架,有的也拿《十五的月亮》作比。当老百姓的"一半"对当军人的"一半"说:你别以为自己怎么怎么样啊,没听过《十五的月亮》吗?你那一半不容易,我这一半也不容易。更令人惊奇的是,在越军的广播里,也播《十五的月亮》这首歌,为的是勾起我方战士的思乡之情,瓦解战士的斗志。听从前线回来的人说,每当越军播完这首歌,广播里就会传来诸如:"对面的兄弟们,你们赶快回家吧!"等等鼓噪。

谈到近几年的创作体会,石祥深有感触地说:我们的文艺应该离群众、离时代,近一点、再近一点。我们的文艺作品应该能充分地反映出人民群众的喜怒哀乐,在艺术表现形式上,归结起来,还是那几个字:真、善、美。

他进一步解释说:"真,就是真情、真心、真实,群众再也不会理会假大空那一套了;善,就是亲善、和善、慈善,人们现在对高、坚、硬的东西也普遍表示厌倦;美,就是优美、壮美,只有美的事物才能得到群众的拥护和欢迎。"

在采访中,我了解到,石祥最近正在探索把诗和更多样式的文艺结合起来,例如诗歌与音乐,诗歌与舞蹈等等。他对我说,这只是一个探索,效果如何,实践以后才能知道。

初次发表于1987年第4期《新疆青年》

友谊公司的年轻人

陈岚，北京友谊公司国际商店青年销售员：

您让我谈些什么？噢，谈谈我的工作。我们和友谊商店同属友谊公司，但服务对象有所不同；友谊商店以接待外宾为主，我们则以接待出国人员为主，同时也接待外宾。现在不是要搞活经济吗？所以也对内宾开放了。我们接待的顾客真可以说是各式各样，黄种人、白种人、黑种人，还有棕色皮肤的人。您让我谈谈体会？那好，我们接待的宾客形形色色，无形之中就有个比较，说实在的，我不想这样说，可实际情况就是这样：外宾的文明礼貌程度要普遍比内宾好。从哪儿表现出来？自从陈香梅给《人民日报》写信，批评"友谊商店不友谊"以后，商店对我们要求可严了，领导一会儿跑出来转一圈，搞得我们一天到晚精神状态特别紧张，累劲自然就更提了。商店要求我们文明礼貌待客，顾客来了要主动上前打招呼。问题是有些国内顾客根本不理解你。辛苦点没什么，如果顾客不能尊重你的劳动，对你的热情无动于衷，总让人感到心里不是滋味。谈具体点？比方顾客来到我们柜台前了，我们主动和他打招呼："您好，您买点什么？"他看看你，冷冷地说："不买，随便看看。"再比如，顾客在那头，我们在这头，我们走过去，热情地和他打招呼，他看看你，什么也不说，走了，这种理都不理你的情况在内宾特别多。外宾？外宾一般就不是这样了。他就会很客气地对你笑笑说："谢谢。"即便他什么也不买，你心里也觉得舒服。我就遇到过这样一件事。有一位外宾来买丝绸围巾，他要买的是白颜色的，上海出的。你知道，白颜色上沾一点灰尘就特别显眼，他还挑得特别仔细，一盒围巾是十条，十条里边他也就能选中二三条，我把架子上的盒子都打开让他挑，也没挑够数，我又来回去库里跑了三趟，给他拿货，他一共挑了二十条。在挑的过程中，他一个劲儿地向你道歉，弄得你都不好意思了，其实我们就是干这个的，可是他这样一说，话不多，你心里就特别愉快，说明我们的工作没白做呵。有人说，售货员的工作不需要理解，这我不能同意，人都是需要理解的，理解万岁嘛。

当然了，外宾中也是什么样的人都有。有个别外宾，来柜台前，什么东西也不买，专找漂亮的姑娘搭话，问你：有没有朋友啦，会不会跳舞啦，有时还会塞给你一张舞会票或请柬什么的。遇到这种事怎么办？我们能有什么好办法，躲着点呗。中国有句俗语说：三十六计，走为上计，到我们这儿倒真用上了。如果他们纠缠不休就请别的师傅接待。我们商店女售货员都是很自重的。

段然，北京友谊公司国际商店青年售货员：

刚才陈岚提到了陈香梅给《人民日报》写信的事。先甭谈这件事的实际情况怎么样，就因为这件事，我们1986年夏天连冷饮费都没发，你的服务态度不好，还发你冷饮费？我们国际商店条件也不是特别的，夏天室内温度和室外温度差不了多少，辛苦不用说，有时还要加两小时夜市，一共十个小时，也不能坐，还要保持十个小时微笑，容易吗？特别像我们女同志，回家还要洗衣服、做饭、看孩子，要多累有多累。您是记者，我希望您也能替我们说几句话。我们对自己应该严格要求，同时也希望顾客能够公正地对待我们的劳动。对于我们售货员来说，累不可怕。关键是要得到人们的尊重和理解。有时我们不知在哪儿就把顾客得罪了,现在是只要顾客给售货员提了意见,就要被扣奖金,甭管你有理没理。我给你举个例子:我们商店有个卖风衣的售货员,接待过这样一位顾客,他是个四十岁左右的男同志,他的个子大约一米六〇,可他非要拿一米六五长的风衣试,结果那件风衣穿在身上是又肥又长,根本不合适。我们那位售货员对他说:这件风衣是一米六五左右个的人穿的,您穿太长了。那位顾客一听就急了,嚷嚷道:"我就是一米六五,我就是一米六五。"那位售货员很和缓地对他说:"您穿这件确实不合适,您能不能确切地告诉我您的身高,我好给您拿。"这下可好,那位顾客拂袖而去。在意见本上说:"你们商店售货员贬低我,嫌我个矮,这是污蔑我的人格。"

记者同志,您说这是哪儿和哪儿呵?这句话,我们应该这么说?得,这下可好,一百分奖金,一下扣了四十分,那位售货员只好自认倒霉了。

李晓宁,北京友谊公司友谊商店青年售货员:

我是卖家具的,您知道我们售货员最烦什么人吗?就是出过几天国、留过几天洋的那些人。怎么回事吗?到我们这儿来,常把嘴一撇:"哟,这家具怎么这么次呀!跟国外比差远了,简直没法比。"当然了,我们国家某些家具工艺水平确实不如国外高,但说话也不能这么难听呵,也不能对自己国家的东西这么损呵。我没有什么高深的学问,但我觉得,作为一个人来讲,爱国比学问更重要。您说呢?作为友谊商店的售货员,如果常常想到自己的言谈举止和祖国的荣誉是连在一起的,那么他自然知道该这么做。

初次发表于 1987 年第 5 期《东方青年》

对逃票者的现场采访纪实

一

逃票，又叫"蹭车"。如果你经常乘坐公共汽车上下班的话，会常遇到因为售票员和逃票的人发生争执而影响汽车正点运营的情况。

至于逃票人如何逃票，则是五花八门，不尽相同。

最常见的一种是上车不买票，下车时裹在拥挤的人流中一溜了之。还有比较多的就是，该打一毛钱的票打五分；私换月票上的照片；使用过期月票；借用别人月票；甚至伪造月票等等。有些精力旺盛的年轻人，逃起票来简直像是在摄影机的长镜头下表演"小品"。

有一次，五六个年轻人一起上了一趟车，快下车的时候，其中的一个神色显得特别诡秘不安，这引起了售票员的注意，售票员故意提醒道"没有票的同志买票了"。

这个小伙子却连理都不理，待到一开门，这个小伙子率先溜了，待售票员下车追上他，他还佯装不解地问："你追我干什么？"

"你的车票呢？"

"这儿呢，看——吧。"年轻人若无其事地从口袋里把月票掏了出来。

看到售票员有些尴尬，小伙子更得意了，挑战似的说："怎么样？瞧够了吗？……发不出奖金了吧，哥们儿，悠着点劲儿，别闪喽腰。"边说边眯着眼睛摇头晃脑。

小伙子的月票自然是挑不出毛病了，实际上真正逃票的同伙早已逃之夭夭了。于是早晨这一幕，就可能成了中午饭桌上的笑料和逗女朋友抿嘴一笑的噱头。

令人十分遗憾的是，像上述种种逃票行为并不是极个别的，而是一种相当普遍的社会现象。而且逃票的人也是什么样的都有：既有天真烂漫的孩子，也有豆蔻年华的姑娘；既有体格粗壮的工人，也有文质彬彬的大学生、研究生；既有机关干部，也有为人师表的教师。我到管理北京市所有电车的电车一场采访，了解到1986年共查出违章使用的月票2551张，补款18335元；全年漏票49617张，补款4336.30元。共计22671.30元；52168人次。

据电车一场的一位老同志估计，查出来的逃票人次，顶多也就是实际逃票人次的十分之一，这也就是说，仅在北京市电车一场所管理的十三条线路上，1986年坐车不打票的乘客可能要高达五十二万多人次，损失票款可能高达二十多万元。即便除去某些客观因素，如车挤没买上票，或真的忘带月票了等情况，这个数字仍然是巨大的。至于逃票这种行为，对于人们心灵和社会风气潜移默化的不良影响，则是难以用数字来计算的……

二

今年6月11日下午，105路电车宣武门站，电车一场的几个检查员在一丝不苟地工作着。这时，从一辆靠站的电车上下来几位乘客，其中有一位容貌秀丽、身材颀长、衣着整洁的姑娘，当检票人员要她出示车票时，她从衣兜里掏出一个塑料夹子在检票人员面前一晃，又迅速地把夹子放了回去，姑娘脸上一丝慌乱的神色和不安的动作,被经验丰富的检票人员注意到了。

"请你把月票拿出来,我们再看看。"

姑娘的脸腾的一下红了,她迟疑地掏出了塑料夹子。经过检票人员的检查,姑娘使用的是她本人今年3月份的过期月票。按照规定,应补罚款三十六元,因为姑娘没有带够钱,她把自己的海鸥牌手表摘下来做抵押,并当场在一张表格上填写了自己的姓名、年龄、工作单位、家庭住址和电话,她表示过几天到电车一场服务科补交罚款,取回手表。三四天过去了,姑娘没有来,检票人员按图索骥,照表格中填写的地址找到了中央某大机关,几经周折,才查清,逃票的姑娘填写的情况都是冒名顶替的,她的真实身份是待业青年,年龄只有十九岁。

当姑娘的母亲带着她来补交罚款的时候,适逢我在那里采访。姑娘的母亲对孩子做了这种丢人的事痛心疾首,老泪横流,那位姑娘也是追悔莫及,潸然泪下。

我相信,如果她早知道会有这么一天的话,即便是倒给她钱,她也不会这么做的。那么,许许多多正在这样做的人,是否该想想如果有这么一天呢?

三

如果说一个美丽的姑娘做了这么一件不太漂亮的事让人感到十分遗憾的话,那么下面这件事,则让人感到深深地悲哀了。电车一场的赵师傅告诉了我这么一件事:

"去年五月份,我们在西单商场站查票的时候,查到了一个五十岁左右的老太太。下车的时候,她不紧不慢地拿出月票给我们出示,还挺从容的哪。我拿过月票一瞧,就觉得不对劲儿,我对她说:'这张照片和您有出入,您这照片是什么时候照的?'她说,这是我上学的时候照的。我说,不对,您这岁数和我差不了多少,五十年代的时候,咱们可不像现在这么洋气,您就跟我说实话得了。其实,我一看照片就猜出这月票是她闺女的,可她就是不认账,还挺横,大概觉得自己这么做是天衣无缝了吧。后来,打电话把她的领导叫来了。原来,她还是北京市××局的一位工程师呢!她的领导来了后,刚开始还挺护着她,说是她年轻时候的照片。我们气得认真到底。那老太太心虚了,最后承认这张月票是她女儿的,补了九块多罚款,事情才了结。"

听着赵师傅的叙述,一种难以言状的感觉在我脑海里萦绕。我想,也许在业务上,这位女工程师是很聪明的,但在做人上,她并不聪明。为了省下几块钱,竟冒着在单位的领导和群众面前失去正直的形象,在儿女们面前失去一个母亲的尊严的风险,真的就那么值得吗?

四

1986年10月10日,一辆从东向西行的103路电车上,乘坐着辽宁某市剧团的几个青年演员。电车行至白塔寺站的时候,这些人一窝蜂下了车,其中有几个人没打票,这辆车的售票员李景林拉住其中一个人,要他们补票,结果遭到围攻。这些人先是推推搡搡,后来发展到用手打,售票员的衣服被撕破,帽子也给扔丢了。这种野蛮行径激起了车上乘客的公愤,于是将这几个人扭送到派出所,派出所打电话把他们在京的领导叫了来,双方责令肇事者赔款、道歉,事情得到了比较妥善的解决。

今年6月份,一位外地来京的男青年,乘103路电车没有买票就想下车,售票员要他补票。

他蛮横地说:"你让不让我走?"

售票员说:"你不买票,当然不能走。"

售票员话音刚落,那人突然抽出随身带的水果刀向售票员扎去,售票员一躲,锋利的刀刃还是把售票员的肚子划了一条长口子,接着那人又将售票员的大腿咬伤,肉都翻了出来。当巡逻的警车赶到的时候,那人甚至举拳要打警察,最后被武警战士用电棍将他击倒,带走。

上车不打票已与社会公德相抵了,当售票员要求其补票时,有些人不但不补,反而出言不逊,甚至推搡、殴打、用刀划伤售票员的事情可以说是屡见不鲜。据北京市电车一场统计,1986年共发生大大小小纠葛二百五十八起,其中起因是乘客上车不打票引起的纠葛一百三十五起,约占全部纠葛的52%,这个数字位居各类纠葛之首。那么,全北京市公交系统,由于这个原因所产生的纠葛有多少,也就可想而知了。

五

为了实际了解一下逃票的人形形色色的心态,我于今年6月底7月初的几天,随着检票人员到北京的几个繁华车站对乘客逃票现象进行了现场观察和采访。我最先遇到的是个二十多岁的小伙子,他没买票,下车就想从车身后溜走,被检票人员截住。

"你的票呢?"检票人员问。

"车太挤,没买上。"我看了一下车上,的确十分拥挤,乘客们像被塞进了沙丁鱼罐头。

"你在哪站上的车?"

"起点。"

"那就不对了,起点站是车最空的时候,你怎么说车挤买不到票,那后上车的人就更甭买了。"

"那……那我补票。"也许由于心虚,年轻人一脸慌张的神色。

看得出来，这还是个比较老实的小伙子。

他补交了五角钱罚款，检票员也没再为难他。

我跟着他走了二十几米，轻轻拍了拍他的肩膀："我是记者，你不必告诉我你的单位和姓名，你只告诉我你是干什么工作的，为什么这样做？"我掏出记者证，开门见山地对他说。

他略微犹豫了一下，期期艾艾地说："我是个工人……这样做不对，我知道，可很多人不都这样吗，今天算我倒霉就是了。"也许怕再引起别人的注意，说完他就匆匆消失在人流之中。

看着别人占便宜，自己心里便痒痒，这可以说是逃票者一种很典型的心理。也许，他们也曾为这样做自责过。于是看看别人，他们又想了，为什么不呢？别人也是这样的呀。于是，他们的心理仿佛找到了平衡。

被检票人员查获的第二个逃票者，是个打扮时髦、颇有风韵的漂亮少妇，她使用的是过期月票，当她的过期月票被查获后，她既不狡辩，也没有丝毫羞涩：

"该罚多少钱，你们说个数。"她无所谓地说。

根据有关规定，检票人员告诉她应罚款七十元。我原以为她不可能一下带这么多钱，即便带了，也会央求检票人员少罚一点儿。

谁知，她打开随身携带的一个十分精致的挎包，掏出一沓十元的人民币，十分利索地点了七张，很潇洒地啪的一下拍给了检票人员，那动作一点不像是交罚款，倒像是女老板随手开了一张支票。

"没事了吧？"她问。

"你生活不困难，为什么要做这种事？"一个干部模样的老人十分气愤地说。

"这年头，谁管谁呀。"她那美丽的长睫毛往上一挑，一脸不屑的神色。

"没事我走了呵。"说完她把挎包往肩上一甩，满不在乎地走了，留给许多围观者的是一脸迷惘。

侥幸心理则是逃票者的一种普遍心态：车那么挤，人那么多。售票员哪照顾得过来，哪那么巧就把我给截住了，逃吧，得逃就逃，不逃白不逃呵。

而一些售票员工作的懈怠和软弱，也在一定程度上助长了这种不良现象。

有一天，在王府井一个逃票者让售票员叫住了，售票员仔细一看小伙子五大三粗，一脸横相，自个儿心先含糊了："你有钱就掏五分，没钱就走吧。"

本来应该罚款的事，这时却成了一种准交易。这一幕只能给人以这样的启示：只要横点，逃票逮住了也没事。当然，这也不能完全责怪售票员，他们也有自己的苦衷。不管吧，人们有意见；管吧，一旦发生争执，一旦逃票的动手打人，围观的人群常常是噤若寒蝉，坐山观虎斗。特别是一些成群结伙的年轻人，上车不打票，下车时由于售票员忠于职守，把售票员打了而扬长而去的事，并非只有十起八起……

无疑，乘车逃票是一种不道德的行为，也是影响社会风气和安定的一个因素。但由于逃票行为不像盗窃、流氓、抢劫等行为为人们所深恶痛绝，还由于参与逃票的人数众多，因此，要根本转变这种情况显然不是一件容易的事情，单单靠司售人员的努力是不够的，它需要全社会的配合。

最后笔者想说的是：人们，当我们对种种社会上的不良风气表示焦急、忧虑、愤怒的时候，能不能为改变它献出我们自己的一点力量呢，哪怕是从上车买一张五分钱的车票，这样一件微不足道的小事做起。

初次发表于1987年第6期《追求》

是他谱就《血染的风采》

他有一个潇洒的名字：苏越

名字倒是起得挺不错，有什么正经本事吗？有。由他作曲的《血染的风采》这支歌已经唱遍了整个神州。

苏越何许人也，怎么从来没听说过？他是男是女，是老是少？他有着怎样的经历？人们纷纷猜测、揣度。《血染的风采》这支歌早已是"大珠小珠落玉盘"了，而这首歌的曲作者却是"千呼万唤不出来"。于是，便有了下面这富有喜剧色彩的一幕。

湖北重镇武汉，在一次有不少音乐界人士参加的聚会上，一位音乐编辑的女儿问苏越："苏越来了吗？"

"你看来了没有？"苏越打趣道。

"肯定没来。"清澈的眸子搜寻了一遍，女孩子蛮有把握地说。

"你觉得苏越该是什么样呢？"苏越来了兴趣。

"我想苏越应该是个五十多岁的老太太。"

"哈哈……"苏越笑了，他笑自己变成了一个白发苍苍的老太太。

其实，苏越也是蛮喜欢笑的，在我们谈话的过程中，他总是面带微笑，他的笑坦诚而爽快，给人一种亲切之感。苏越今年三十一岁，他中等个子，穿着一身笔挺的西服，挺有点艺术家的"味"儿。

他那个"贤内助"朱可心,是八一电影制片厂的演员,说起来也不是个等闲之辈,电影《西安事变》中的第一夫人"宋美龄"是也。

苏越的少年时代,展现在他面前的并非一片灿烂朝霞,一丛绚丽的鲜花,一条金色的大道,生活给予他更多的是不幸、坎坷与磨难。他告诉我说,在他很小的时候,父母就因感情不和离婚了,他成了"孤儿",寄居在姑姑家。姑姑一家对他不错,但为减轻姑姑一家的负担,他要靠捡橘子皮卖钱来交学费。不必赘述他少年时代种种落魄、伤心、凄凉的情景了,不必详细描述他怎样在落日黄昏,斜倚在窗前,用一把小提琴,如诉如泣地倾诉自己内心的孤独、忧伤与困惑了。有这么一个外号,大概很能把苏越那时的倒霉相勾勒出来。那时他的外号叫——小脏孩。

简直有点像个古老的寓言或童话,有谁能把当年的"小脏孩"和今日这个才气横溢、倍受听众和音乐界的前辈们看重的青年作曲家联系起来呢?

在北京、在上海、在广州、在西安,在全国各地,不知有多少所音乐院校,不知有多少年轻人艰难地在向艺术的巅峰上攀登,他们无不渴望自己的作品有一天能够打动亿万颗心灵,同时向世界证明自己的价值。而实际只有少数甚至是个别人才能如愿以偿。而从未进过一天音乐院校的苏越却幸运地做到了这一点。呵,不要以为那支《血染的风采》是"撞"出来的,是"蒙"上了。不,不是那么回事,不服气的话,你也来蒙个试试。

除了《血染的风采》以外,苏越还作过《在海边》《开花的季节》等许多脍炙人口的歌曲,他还为电视连续剧《甄三》等多部电视剧作过曲。风云神州大地的年轻的歌唱演员彭丽媛、苏虹、郁钧剑都唱过他的曲子……还是用苏越的好友、年轻的词作家甲丁的话来做本文的结尾吧:

"他就是苏越。

"这位在学语时就萌生了强烈的音乐意识的青年作曲家,正带着而立之年的求索和成熟,用一条坠满音符的彩链接起他的心,你的心。

"他就是苏越,音乐就是他的生命。"

初次发表于1987年第7期《群众文化》

一个助理研究员的迷惘

他叫徐喆,今年三十二岁了。没有成家的三十二岁,在中国可以说是一个常常令人感到窒息的年龄。也是,如果结婚早一点的话,孩子也该上小学了吧,而他至今仍是个自由的"元素"。

他出身于高级知识分子家庭,身材修长,气质文雅。虽然刚三十出头,却已是个助理研究员了。在爱情上,他远不像事业上那么一帆风顺。尽管追求过他的女孩子很多,他也有过几次短暂的"恋爱",但是每一次都未来得及"升华"就夭折了。别以为他对爱情十分浪漫。不,一点也不。他在爱情上之所以不成功,也许就因为他太认真了。

他性格直爽,喜欢直言不讳。他不否认他喜欢长得漂亮一点的女孩子。当然,这只是一部分,还有许多更重要的东西。是什么呢?性格、才学、修养、风度、气质、品质?……似乎是,又似乎不是。爱,就在似与不似之间。他认为,爱是一种可以意会不可言传的东西,如果你能像数钞票似的数出你所衷情对象的一、二、三,那么你还没有真正在爱,真正的爱是说不清的,是一种深刻的体验,是一种高度的升华。

有一天,他来找我,几个月不见,他变得消瘦了,脸色显得很苍白。

"最近忙什么呢，怎么显得这么疲倦？"我问。

"唉，怎么说呢？"他叹了一口气，给我讲了这样一件事：

"大约在一年多前吧，我去参加一个学术讨论会，在那里结识了一个姑娘。她是那个单位的资料员，临时抽出来负责讨论会的接待工作。坦率地讲，见到她的第一面，我就被她吸引住了……

"怎么形容她呢，还是借用一位女诗人的话吧：'遇上你，就是遇上了一株兰草，遇上你，就是遇上了一只鸽子。'她的风度，她的气质，她的清纯，都是我最欣赏的那一种。我觉得这是一个机会，是一个可遇而不可求的机会，我怎么能错过呢。于是，在讨论会结束的那天我找到她。

"'听说你在这儿搞资料工作，也许以后我会来麻烦你，留下你的电话好吗？'理由无疑是堂而皇之的，但我还是紧张得手心直出汗，我真怕她一下回绝了我，这样连进一步接触的余地也没有了。

"她那秀气的眸子闪烁了一下，沉吟了一会儿：'好吧。'说着，她把自己的通信地址和电话号码一行娟秀流利地留在了我的通信录上。

"几天以后，我给她打了个电话，请她帮我借几本书。又一天下午，在东面的十字路口，她把书给我带来了，我向她表示了谢意，接着请她喝杯咖啡，她踌躇了一下，接受了我的邀请。我们在附近找了个幽雅的咖啡厅。在那儿，橘黄色的灯光给餐桌镀上了一层淡淡的柠檬色，录音机里播放着舒缓柔慢的音乐，咖啡厅里人不多，弥漫着一种宁静、舒适的氛围，我们一边缓缓地搅动着杯里的咖啡，一边开始了我们的交谈。很快我就谈起了我的专业——新闻，也许这就是人们常说的三句话不离本行吧。那个时候，正是美国和利比亚冲突逐步升级的时候，电视新闻里常报道当时的情况，我向她谈了，没想到她对此极为感兴趣。听话人的兴趣，无疑助长了说话人的情绪，我又向她谈起了我所知道的撒切尔夫人的一些趣事和城市改革中的一些重大事情。从她聚精会神的神态和一眨不眨地眼睛里,我感觉她听入迷了。后来,她也向我讲述了自己的种种有意思的经历。我们就这样谈着谈着,不知不觉几小时过去了。两人都感觉这次谈话是极为愉快的。我对未来充满着信心,想不到在分手时,她却委婉地告诉我,她已经结婚了,但是她仍希望我们之间还能再有这样愉快的谈话。尽管对此我有一定的思想准备,但那一瞬间,我的心情还是沉重的,仿佛一颗明亮的星星,在我面前闪了一下,当我刚想用眼睛捕捉她时,她却又倏然而逝了。旋即我恢复了常态,即便我们不能再进一步发展关系,但我们无疑是能够成为很好的朋友的,为什么不呢?后来,我们隔不长时间就会去那家咖啡厅坐一坐,进行一次有趣的谈话。随着彼此熟悉程度的加深,谈话的时间也一次比一次长,谈话的内容也一次比一次深入,不久以后,从她的谈话里,我对她的家庭和爱人有了一些了解。她的爱人是一个十分善良的人,憨厚老实,但缺乏锐意进取的精神和远大的抱负,这常常使她非常失望,也在一定程度上影响了俩人的感情,从她的言谈中,我明显地感到,如果当时我和他爱人同时认识她,她一定会选择我的,尽管她的爱人也是一个大学生。但现在一切都晚了,太晚了。

"后来,我们的谈话有时很愉快,有时又很哀伤,我们越是感到了彼此的理解,心灵的默契,这种颓丧的气氛就越重,我们开始陷入苦恼之中。不过,我以人格担保:尽管如此,我们之间的关系仍是十分纯洁的,在这一段时间里,她写了几篇类似于日记之类的东西,昨天她刚拿给我看……"说着,徐喆把一沓装订得很工整的稿纸递到我面前,我怀着好奇的心情翻了起来……

日记中记述了她和徐喆接触的过程;记述了她和徐喆的感情纠葛;记述了她那心中的矛盾、渴求、向往,显得情真意切。

"最后一篇日记是她前几天刚写的,昨天,她在把这几篇东西交给我时,她说最近愈来愈苦恼,她觉得我们再这样来往下去,迟早有一天会出事的,可是从此和我不再来往她又受不了,她希望我能够告诉她我们今后该怎么办……"徐喆一边说着一边烦躁地揪着自己的头发。

"你是了解我的,你说说我怎么做才好?"徐喆问我。

徐喆该怎么办呢?我的内心也充满了矛盾。他和那位姑娘的友谊原是无可厚非的,可是发展下去很可能就不是原来的样子了,徐喆迷惘了,我也说不清楚,于是,我把这个真实的故事写了出来,问问年轻的朋友们吧……

初次发表于1987年第8期《年轻人》

屏幕上的"《七巧板》姐姐"

她就是鞠萍,中央电视台《七巧板》节目主持人吗?

很普通的呀。尽管她长得挺"甜":白皙的皮肤,秀气的脸庞,明亮的眼睛,苗条的身材。可这样的姑娘,上一趟王府井大街,怕能找出一大把吧。

在一位朋友家里,我见到了她。正值中午,朋友家的桌上摆着几盘热气腾腾、色香味俱全的菜肴,虽然都是些菠菜、油菜、鸡蛋之类,可由于烹调得法,刀工精细,还真有点叫人垂涎欲滴的意思呢!

"谁的手艺?"我问。

"鞠萍。"朋友们用手一指。

"哟,真没想到。"我对这个小姑娘禁不住要刮目相看了。

再看她摆弄碗筷一颦一蹙,简直活现了她在电视中为孩子们讲故事、做手工时的音容笑貌,那么亲切自然、干净利落,怪不得深受孩子们痴迷和喜爱呢!

那么,是怎样一缕轻风,把她送上一片蔚蓝的天空呢?

鞠萍,今年二十一岁,父亲是一个普通军人,母亲是调压器厂的一个普通工人。她还有一个弟弟。就是这样一个简简单单、普普通通的家庭,几乎没有给她任何艺术上的熏陶,但这并不妨碍她在四岁多一点的时候，神气活现地唱上一曲"都有一颗红亮的心"。十岁时，她考取了中央广播电台少年广播合唱团；十二三岁，又先后学会了弹钢琴、拉手风琴、玩吉他。就是在那时，她认识了那个风度潇洒的著名节目主持人陈铎。

人总是要长大的，初中毕业后，她考取了北京幼儿师范学校，她开始用一颗年轻的心，去编织未来的绚丽多彩的花环。

就在毕业这一年，命运女神微笑着向她走来了。当时，中央电视台少儿部要招收一名节目主持人，陈铎知道了，立刻想起了她，这个甜美秀气、能歌善舞的女孩子。

"叫她来试试吧！"少儿部主任发话了。

听到这个消息，她去试唱了一首歌，跳了一段舞，讲了一个小故事。于是，那小小的演播厅里，播洒出一阵春雨，旋起一股轻风，溅起一束浪花。

是机遇？是幸运？是实力？也许都是，也许都不是。她来不及多想，就像一只轻柔的小燕子，飞到了千家万户的屏幕上。

她那清纯的形象，柔和的语调和大方的举止，很快赢得了亿万观众，赢得了一颗颗纯挚热情的心。

黑龙江一位孩子家长来信说："每当《七巧板》节目开始时，我立刻放下手中的家务和儿子一起观看。当我看到他被节目中的有趣镜头逗得哈哈大笑时，我从心底感激您。"

河南一位年仅三岁的小观众让妈妈代笔，来信说："阿姨，我可喜欢您主持的节目啦！每天都想看。可不知怎么回事，总是有时有时无。妈妈说，阿姨要休息，不能每天陪着你。可我，多想天天都看到您主持的节目啊。"

还有一位日本小朋友，在离开中国之前给鞠萍寄来了一封充满眷恋之情的信："七巧板小姐，您好！我是来自日本国大阪府的高桥明子。自从来中国后，经常在电视上看到您，您的发音好美呀！您是我学习中文发音的好老师,谢谢您啦!下个月我就要离开中国,一想到再也不好见到您,我的心里真难受。七巧板小姐,我请您把您的生活照片送给我两张,好吗?"

像这样的信,每天都有一摞,可真够她忙一气的。

"看这么多来信,不累吗?"

"累?阅读观众来信,特别是孩子来信,可是我每天最快乐的事了。"幽深的眸子一转,随之滚落一串开心的笑声。听说,以前她是用那种铅印的信笺回复,孩子们看了好伤心噢,有的说:"鞠萍姐姐手懒。"打那以后,她就亲笔给孩子复信。

就这样,她把一颗诚挚的心,献给了孩子,献给了观众。

在她居住的部队大院里,孩子们管像她那么大的姑娘叫"阿姨",唯独管她叫"姐姐"。

爸爸妈妈半喜半忧地对她说:"这不行,这可不行,老叫姐姐怎么成,这辈分不对呀!"

问问孩子为什么,"为什么?那还用说,叫姐姐亲切呗!"

她是周围孩子们的"姐姐",也是《七巧板》所有小观众的"姐姐"。辛勤的劳动,结出了美丽的果实。她被广大电视观众评为1985—1986年度全国专栏节目的优秀主持人,她主持的《元旦联欢会》《六一联欢会》,也分别获得了一等奖和二等奖,让我们祝愿这位年轻的《七巧板》"姐姐",永远年轻,永远亲切,永远快乐!

初次发表于1987年第8期《青年月刊》

《血染的风采》诞生记

歌曲《血染的风采》创作出来以后，很快传遍了整个神州大地的工厂、军营、机关、哨所、田野。这首歌是出自什么人之手？她是怎样诞生和传开的？她在社会上又引起了什么反响？不久前，记者带着这些问题，找到了这首歌的曲作者，年仅三十一岁的北京某音像公司作曲者苏越。在他的寓所里，进行了一场开门见山的谈话：

记者： 请问，《血染的风采》创作于什么时间？

苏越： 这首歌创作于 1986 年 4 月。

记者： 你怎么想起创作这样一首歌的呢？

苏越： 我从前是军人，在总政歌舞团工作，我理解军人。近几年，我一直想写一首歌颂军人牺牲精神的歌，我觉得当代军人的牺牲精神真是太伟大了。我们同他们生活在同一地平线上，我们每天面对的是希望，而战士们面对的常常是死亡，他们需要理解，他们的献身精神是值得我们为之讴歌的，我常常感到，不写点什么就对不起战士们，这就是我创作这首歌的动机。

记者： 请你谈谈这首歌的创作过程。

苏越： 1986 年 4 月的一天，陈哲到我这儿来。我认识陈哲是通过唱片社的一个编辑，我常去那个编辑家，陈哲和他住对门，就这么认识了，后来就开始合作，他写词，我谱曲。陈哲也是三十多岁，原是首钢的电工，现在好像专门在家写歌词。陈哲到了我这儿以后，我就把我的想法告诉他了，年轻人的心总是相通的，他回去以后当天就把歌词写出来了。第二天他把歌词给了我，我当天下午上班时就给谱了曲，谱了三种方案，一共用了两个多小时，现在流传的是其中一种方案，这种方案写得最顺手，只用了十分钟左右。晚上回到家，我把这几种方案都唱给我爱人朱可心听（朱可心，八一电影制片厂演员、电影《西安事变》中宋美龄的饰演者——笔者注），她认为现在流传的这个方案好听，就定下用这种方案了。

记者：这首歌的歌词你作过什么改动没有？

苏越：改过，而且不止一处。

记者：都作了哪些改动？

苏越：最大的改动就是这首歌的歌名，原来的歌名叫《你不要悲哀》，我拿到歌词以后，觉得这歌名局限性太大，经过考虑，改成了《血染的风采》，对此，陈哲一直和我有不同意见，直到这首歌传开后，才不争了。另外，原来的歌词第二段和第一段差不多，我给加上了"也许我长眠再不能醒来……"等几句，删去了原词中"替我转告下一代"几句，我认为原词的这部分写白了。当然，也有改得不成功的地方，原词是只用一个人唱，我曾经改成对唱的形式，后来还是根据词作者的意见，改了回来。春节晚会为什么又成了对唱形式呢，那是李双江等人的意见，是为了好排戏，我也尊重他们的意见。

记者：这首歌创作出来后，你意识到这首歌会引起这么大反响吗？

苏越：没有，这首歌引起这么大轰动是我从未意料到的，不过当时有一件事给我印象很深。给这首歌录音的时候，我们那儿的一位录音师对我说："几年了，我都没有过听到一首歌想哭的，但听了《血染的风采》我想哭。"

记者： 这首歌是什么时候开始传开的呢？

苏越： 在一个偶然的机会，王昆曾听到这首歌，她很喜欢这支歌，对这支歌赞不绝口，她在许多场合都极力推荐这支歌，她曾对"百名歌星"说，我们有一位作曲家，写了一支《血染的风采》，你们都应该听听，感人，太感人了。她把这首歌推荐给东方歌舞团的一位青年演员唱，遗憾的是没有引起那位演员的重视，没唱。最先引起人们注意的是去年"八一"，部队歌手董文华在电视台《热血颂》节目中演唱了这支歌以后，许多观众来信点播这支歌。"十一"电视台又播放了这支歌，进一步扩大了影响，真正使这支歌家喻户晓，还是今年春节晚会上徐良唱了以后。但是，最先发现并向社会推荐这支歌的，还是东方歌舞团团长王昆。

记者： 现在到处都在播放《血染的风采》这支歌，可见这支歌在社会上引起的反响是巨大的，请你谈谈你所知道的这方面的情况。

苏越： 我可以举几个例子：

——中央电视台春节晚会一共收到五百多个电话，其中四百个和《血染的风采》有关，并有十几个驻华使团称赞《血染的风采》这支歌感人；

——前不久我去云南石林，有三个为旅游者带路的"阿诗玛"，为客人们演唱节目演的就是《血染的风采》，她们并不知道客人里边有一个就是这支歌的作者；

——一位在美国的留学生来信说，他们在美国听到《血染的风采》以后，许多中国留学生都哭了；

——据说，南京有的舞厅跳贴面舞时，放的竟然也是《血染的风采》，这真叫人哭笑不得……还有些例子，一时也想不起那么多了。

记者： 你最近都在忙些什么？

苏越： 除了创作歌曲以外，还为一些电视剧配乐、配器，电视连续剧《神跤甄三》的曲子也是我作的。

初次发表于1987年第9期《金色年华》

有真情时才去写

一天,办公室的小董对我说:"小汪,我前两天在中国革命博物馆见到你的诗了。"

"中国革命博物馆?"我不由一愣,我还好端端地活着,怎么诗已进了博物馆了,这可不是什么好兆头。

"噢,你的那首《我微笑着走向生活》被老山前线一个战士抄在笔记本上,这个战士已经牺牲了,笔记本是作为烈士遗物送到'革博'的,现在'革博'已把这首诗收入到《祖国在我心中》一书。"小董向我解释道。

我缄默了,心里涌动着一种难以言说的复杂感情。我不由想起了关于这首诗的片片段段……

我不由想起了江西一个青年的来信:"《我微笑着走向生活》是你写的诗,也是我案头的座右铭。"

我不由想起了陕西一个女孩子的来信:"我是一个十九岁的女青年,由于身体的缘故,没有能上大学,是你的诗《我微笑着走向生活》鼓起了我生活的勇气,并使我喜爱上了文学。"

我不由想起了青海一个青年教师写给中央人民广播电台的一封信:"我是一个受过生活欺骗的年轻教师,一向对生活抱有愤慨,很长时间来我对生活的态度颓丧而消沉,当我听到你台播放的

《我微笑着走向生活》一诗后,受到极大震动,我决心重新开始生活……"

我不由还想起了一位朋友告诉我的一件事:有一次,她出差去上海,在翻看她表姐的一个笔记本时,看到上边抄录的《我微笑着走向生活》。

"哟,表姐,这首诗的作者还是我的一个朋友呢!"

"是吗?他什么样呀。"

"也是个年轻人,跟咱们差不多大。"

"我很喜欢这首诗,还背诵过呢。"她的表姐这样告诉她。……在我收到的大量读者来信中,许多人都抄录、背诵、朗诵过这首诗。

那么,是这首诗的构思巧妙吗?我一向不这样认为,这首诗的构思可以说是很"平凡"。

那么,是因为这首诗的语言华丽吗?我一向不这样认为,这首诗的语言可以说是相当"朴实"。

那么,是因为这首诗的形式新颖吗?我一向不这样认为,这首诗的形式在新诗形式中也很"传统"。

那么是什么打动了读者和听众呢?我认为是诗中流露出的"真情"。

有一段时间,每当我在报刊上读到或看到周围一些青年朋友,因为在生活中遇到坎坷、磨难、不幸,而消沉、而迷惘、而绝望的时候,总感到很压抑,总想对他们也对自己说点什么,心头总有一种不吐不快的感觉。1984年夏天的一个晚上,我的脑海里忽然再现出了《我微笑着走向生活》这个题目,当这个题目想出来后,我立刻感觉到一种压抑不住的创作冲动:

我微笑着走向生活

> 无论生活以什么方式回敬我

接下来这首诗一气呵成写了出来,写这首诗内心的感觉不是在"流"而是在"喷",可以说这首诗融入了我的真情和对生活的理解与思索。

坦率地讲,我似乎不能娓娓道出"花儿为什么这样开",因为一切都来得似乎过于简单和突然,但是创作这首诗给了我一个深刻感觉,要想写出一首好诗,首先必须倾注你的真情,从某种意义上讲,真情比技巧更重要。

1987年9月6日于北京

【附】

我微笑着走向生活

我微笑着走向生活,
无论生活以什么方式回敬我。

报我以平坦吗?
我是一条欢乐奔流的小河。

报我以崎岖吗?
我是一座大山庄严地思索!

报我以幸福吗?
我是一只凌空飞翔的燕子。

报我以不幸吗?
我是一根劲竹经得起千击万磨!

生活里不能没有笑声,
没有笑声的世界该是多么寂寞。

什么也改变不了我对生活的热爱,
我微笑着走向火热的生活!

原载于 1984 年《年轻人》

1985 年第 3 期《青年文摘》转载

1985 年第 8 期《青年博览》转载

1986 年 11 月 4 日、5 日中央人民广播电台广播

1987 年 3 月 17 日、18 日中央人民广播电台重播

初次发表于 1988 年第 2 期《当代诗歌》

淡淡的忧郁
——葛晓峰素描

北京，初秋的天空是湛蓝的，龙潭湖的碧水明澈透底。在一个秋高气爽的日子里，我来到了秀丽的龙潭湖畔的一幢居民楼，找到了我要采访的主人公葛晓峰。

我之所以要采访他，完全是为报上的一条消息所吸引：一个二十四岁的年轻人，在短短的几年中竟搞出了一百多项发明，其中有些已经获得了国家专利公告，有的已经获得了国家专利证书。他既不是名牌大学毕业的，也不是研究所的业务骨干，而是一个还没有正式职业，以制作名片为生的"个体户"。这事是不是有点太神了？这是怎样的一个年轻人呢？

当我和葛晓峰在他那摆了许多"玩意儿"的房子里无拘无束地谈了差不多两个小时后，我完全被他那五彩缤纷的发明所吸引、所折服了。不，确切地说，是为他的一种不屈不挠的精神所折服了。还是让我们先来看看他的发明吧：

——世界通表：在这块表上，不经换算，你就可以知道世界任何地方的地方时间，他的发明在航空、旅游、军事等方面有着广泛的用途和重要意义；

——载波录音（像）机：它能在一盘磁带（录像带）上录下普通几百盘磁带（录像带）才能容纳的信息量；

——医用多孔注射针头：既可减少痛苦，又可加快注射速度，长期注射而肌肉不结块；

——变色玻璃光圈：它代替了机械光圈，对照相机可自动调节透光率；

……

还可以列举许多许多，他的发明领域是异常宽广的，可以想象这些发明渗透了他多少心血。没有一种"衣带渐宽终不悔，为伊消得人憔悴"的废寝忘食的拼搏精神，是根本不可能获得如此大面积丰收的。然而葛晓峰所走的人生之路并不是平坦的……

一

葛晓峰不是个幸运儿，似乎从来都不是。

七岁，正是无忧无虑、充满欢乐的年龄，他却因为一次意外摔伤，造成严重颈椎错位，以致到了二十四岁的今天，当他和你谈话时，过不了一会儿就要声明一声："对不起，我得先歇会儿。"然后开始转动他那因一会儿没有改变姿势而显得疲惫不堪的颈椎。在我采访他的两个小时里，我暗暗数了一下，天哪，这样的"活动"竟达七次。他却若无其事地一边转动脖颈一边对我说："贝多芬不是要扼住命运的喉咙吗？我可是名副其实地被命运扼住了。"他的诙谐，让我感到的却是一阵苦涩。

中学毕业的时候，像许多同龄人一样，他把未来的希望更多地寄托在高考上。在一拨又一拨的同学、邻居欢天喜地的收到录取通知书的时候，他迎来的却是一次又一次的失败。是呵，他不能像正常人一样笔管条直地坐着听课，那摔伤过的颈椎，使他坚持不了多久就要打"蔫"。上课，对他来说常常不过就是走过场。

二十四岁的他，也曾有过一两次短暂的"罗曼史"，可最后却以失败告终。他长了一点八六米的大高个,这是时下一些姑娘心中的理想高度,可是有些女孩子一听说他是个个体户,还没等见人就早已退避三舍。他解嘲地对我说:"现在的女孩子都想找个'铁饭碗',其实将来哪有什么'铁饭碗'呵,现在世界上贮存的核武器至少能够把地球毁灭五十次,地球都不是铁的,饭碗还有铁的吗?"他的话幽默而又不无道理,可是谁能说里边不包含辛酸呢?

年纪轻轻,就遭遇了太多的坎坷与不幸。曾经,他甚至想到过死。晚风吹拂,星光闪烁,站在五层高楼之上,他真想一扑而下,在大地母亲的怀抱里获得永久的慰藉。但他终于还是没有这样做。不是因为怯懦,而是因为他笃信人活在世上就该为这个世界留下点什么。于是,他又孜孜不倦地开始了探索。辛勤的耕耘结出了丰硕的果实,他的一百多项发明,终于引起了社会的注意,报纸、电台先后发表消息和报道,介绍和披露了他的创造发明。

他发现,璀璨的星空中,原来也有他自己的位置。

二

从葛晓峰走过来的荆棘丛生的路上,我依稀看到了他父母的身影。可以说,没有父母的理解和支持,葛晓峰是很难取得今天这样的成绩的。

葛晓峰出身于一个知识分子家庭,父母也都是多年从事教育工作的知识分子。葛晓峰小时候有着极强的好奇心,飞机为什么会飞,火车为什么能跑,船舶为什么能在江海里航行,这些司空见惯的现象都能引起他的极大兴趣。幸运的是这种好奇心没有受到任何压抑,并得到了循循善诱的引导。

从小时候起,葛晓峰的好奇心就使家里许多物品"惨遭不测",手表、闹钟、半导体都曾被他拆得"七零八落",有的即使复原,也已是遍体鳞伤了,有的则干脆"寿终正寝"。在许许多多生活并不宽裕的家庭,如果孩子这般地"胡作非为",很可能会受到严厉的训斥,甚至挨打。而葛晓峰从来没有这样的遭遇。相反,父母从葛晓峰善于思索的眸子里和很强的动手能力上,看到的是一束智慧之光。

像许许多多普通的中国家庭一样,葛晓峰家并没有腰缠万贯,而申请每一项专利都是需要交纳一笔手续费的。葛晓峰的父母可以在生活上省吃俭用,但在孩子申请专利时,却毫不吝啬地几十、上百地往外拿钱,用他们那温暖的心照亮孩子的人生之路。

三

应该说,他成功了。

有人要拿五十万美元买他的一项专利,有人要聘请他去当副厂长。金钱、名利都开始微笑着向他招手,但我从他的眸子里,看到的却是一层淡淡的忧郁。

"你还有什么困难吗?"我问。

"困难当然还有许多,我指的不是发明创造上的困难,这样的困难什么时候都会有,只要我想继续我的追求。我指的是一些我自己难以克服的困难,最简单的,也是最苦恼的,就是我现在连去图书馆借书都不成。这使我的思维和视野受到极大限制。我是个体户,办不来借书证。"他忧郁地说。

"就是这些吗?"

"还有,我搞的许多项发明,由于人们不知道,不能很快产生经济效益。"

是的,如果发明创造永远仅仅停留在图纸或样品上,那么也就失去了它存在的意义。我理解他的心情。

告别他后,走在回家的路上,我不由得想,当一个二十多岁的年轻人,历经人间坎坷,自强不息地拼搏的时候,社会和人们是不是也能为他做点什么呢?

初次发表于1987年第12期《自学》

以情染风采的人

　　也许我告别将不再回来，你是否理解，你是否明白，也许我倒下将不再起来，你是否还要永久地期待……

歌声激昂悲壮，旋律似浪似涛。
"你知道这支歌是谁唱的吗？"
"知道，董文华、彭丽媛、徐良，还有……"
"你知道这支歌是谁写的词吗？"
"知道，陈哲。"
"你知道是谁作的曲吗？"
"……呀，想不起来了。"
如果你遗忘了的话，那么我告诉你，这首歌的作曲者叫苏越。

　　在北京新街口附近的一幢灰色楼房里我找到了苏越。他住的这间陋室，远不如他创作的许多歌曲那样恢宏、气派。十二平方米左右的房间，一长溜组合柜，一张双人床，两个单人沙发和一个冰箱就占去了这所房子的大部分空间。如果多来几个客人，感觉简直像被塞进了沙丁鱼罐头。房子是狭小了一点，但这有什么呢？"山不在高，有仙则名；水不在深，有龙则灵"嘛。

坐在苏越身旁的是他的妻子朱可心,也不是个等闲之辈,电影《西安事变》中的第一夫人"宋庆龄"是也。

在我的要求下,苏越点燃一支香烟,向我谈起了他的童年,他的过去……

黄昏,一个瘦弱的少年倚在窗前,全神贯注地拉着一把小提琴,一支支忧伤、悱恻的曲子汩汩从窗口流了出来。这是谁呀?拉的曲子好凄凉!那个少年,就是中学时代的苏越。中学时代,本该是充满幻想、憧憬和欢笑的时代。而苏越在小学三年级的时候,父母因为感情不和离婚了,这无疑给他幼小的心灵注入了悲剧色彩。

后来,他寄居在姑姑家。尽管姑姑一家对他不错,但是为了减轻姑姑一家的经济负担,苏越是靠每天放学后去捡橘子皮来交纳一个学期又一个学期的学费的。中学时代的一个绰号就大概很能把我们这位年轻的作曲家当年的倒霉相惟妙惟肖地勾勒出来,那时他在同学们中的绰号叫——"小脏孩"。

从"小脏孩"到作曲家,这是一个多么美丽的童话呵。

我打量着眼前的苏越:他中等个子,略微有点发福的躯体使他显得很敦厚,但他那双眼睛无疑是富有灵气的,他所走过的音乐道路是他聪慧的佐证:他没有受过任何正式的科班训练;他没有在明媚的阳光下每天在琴房里弹奏一段钢琴的童年;也没有在音乐学院附中,在老师的指导下接受系统的专业训练的少年。他最初的音乐启蒙,全部得益于在中学宣传队那几年的摸爬滚打。

中学毕业之后,苏越被分配到北京的一家眼镜厂工作,眼镜厂没有宣传队,他反倒更来劲了。工人们都不愿意上夜班,说一个夜班下来,那脸色跟绿豆糕似的,没法看。为了学音乐,苏越专拣夜班上,上完自己的那一周,再和别人调成夜班。在眼镜厂的那几年,他先后考了中央或北京市的五六个文艺团体,都因种种原因未被录取。他没有气馁，反而练得更勤了，人们议论：这小子怕是走火入魔了吧。

苏越是勤奋的，也是聪明的，他有自己的一套办法和理论："我学音乐，不是从最简单的学起，而是从最难的学起，不论拉琴还是后来作曲都是这样，一遍不行，就来一百遍、一千遍，如果按部就班地学我永远赶不上那些从小就学音乐的人。"

天道酬勤。在一位朋友的介绍下，苏越又参加了闻名中外的解放军总政歌舞团的考试，参加考试的一共十六名考生，苏越是考生中年龄最大的。经过考试，只有大约三分之一的考生进入了复试。

复试是在总政歌舞团的一位提琴手家里进行的，那位提琴手就是这次复试的"主考官"。苏越满怀信心地拉了一支帕格尼尼的高难度提琴曲《魔鬼的颤音》。曲子拉完了，苏越自我感觉良好。但是那位造诣颇深的"主考官"却听出了曲子中的许多破绽。他叼着一根长长的烟嘴，眯着眼睛不无幽默地慢悠悠地说："小伙子，是你拉错了呢？还是你把这首曲子给改喽？"在场的人"哄"的一下全笑了，苏越给臊得脸通红。

"哈哈……"我们都笑了。

复试完了以后，同苏越一起参加复试的一个小伙子自得地对苏越说："嘿！哥们儿，下次咱俩还能见面。"

"我恐怕是来不了了。"苏越懊恼地摇了摇头，他沉浸在一片悲哀之中。

"你来不了，我也能来。"小伙子眉飞色舞地咋呼道。

"后来呢？"我问。

"后来？后来我来了，他没来。"

我们都笑了。

就这样，经过这次复试，苏越以对音乐的灵敏感觉和深刻理解力，最后被总政歌舞团录取了，他是十六名考生中唯一的被录取者。

"就是在总政歌舞团，我认识了朱可心。"苏越呷了一口茶对我说。

"谈谈这方面的情况好吗？"我说，"不保密吧？"

略微思忖了一下，苏越又侃侃谈了起来……

"说起来蛮有意思，我认识朱可心的媒介竟是个小流氓……"

"小流氓？"许是劣质电影看多了，我的脑海里不禁幻化出一组苏越空手入白刃，舍身救少女的镜头，可是仔细打量打量眼前这个文质彬彬的年轻人……

"那会儿，我们团的一些人，经常到新街口附近去吃宵夜，有一天，碰到了一个'砍'爷，他自称是对外友协的，去过法国、到过巴黎，还说认识我们团好多人，还认识朱可心，说实在的，那时候我还不认识朱可心呢。

"后来出了一件事，第二天和我们一起去吃饭的小女孩，在大街上让人给'拍'上了。那个人后来到我们团找这个女孩子，乐队的人看他流里流气的就把他给堵住了。问他是谁介绍来的，他告诉说是苏越。乐队的人就找到我，我想了半天不认识这么个人呵！终于想起那天晚上吃饭时遇到的那个人，对了，他不是认识朱可心吗？我就找朱可心核对事实……得，这么我们就算认识了……"

"噢，是这样。"我为刚才自己闪过的念头感到好笑。

"认识了以后，自然就有些交往，乐队的一些老大哥见了以后就使劲往一块儿撮合，创造各种机会让我们接触。

"'苏越，今天晚上有舞会，叫上大姐一块儿跳舞去。'

"'苏越，这儿有两张音乐会的票，叫上大姐一块儿看演出去。'

"整个一个幕后策划……

"团里的人是怎么跟我介绍他的呢？"秀丽、文雅的朱可心接过话茬,"他们告诉我,苏越如何如何肯钻研,生活经历如何如何凄凉。我们女同志是最富有同情心的呀,这一同情不要紧,那还不误入'歧途'。"

"中了圈套了是吗?"我说。

"可不就是嘛。"朱可心笑着说。

"我对朱可心有好感,很重要的还有这么一个原因,就是朱可心这个人正直,不论在什么情况下不出卖朋友。"苏越接着说,"早先议论江青,她被总政保卫部关起来过,让她揭发别人,她就是不说,一口咬定那些小道消息是从公共汽车上听来的。我知道了这个情况,就觉得这个人好,我想将来有一天我要蹲蹲监狱,她也不会把我招了的。嘿,你别乐,可不是吗?找爱人不就是要找靠得住的和自己一条心的吗?你说是不是?"

我笑着点了点头。

苏越的名字,是和《血染的风采》连在一起的。我之所以想到要采访苏越,也是因为他创作了这首脍炙人口的歌。近几年,自《十五的月亮》之后,恐怕没有哪首歌像《血染的风采》这样风靡全国,引起亿万人的强烈共鸣。

1986年4月,苏越的朋友陈哲到苏越家来玩儿,苏越向他谈起了自己的想法,写一支歌颂当代军人献身精神的歌。朋友的心是相通的,第二天一早,陈哲就把歌词拿来了,下午上班的时候,苏越用了两个钟头谱就了这首后来为人们所熟悉、所感动、所喜爱的《血染的风采》。

苏越告诉我说:"这首歌名原来不叫《血染的风采》,而叫《你不要悲哀》,拿到歌词以后,我觉得原来的歌名太局限了,经过考虑,改成了《血染的风采》。"

《血染的风采》一出现,就以其真挚的情感和澎湃的旋律赢得

了人们的普遍喜爱和欢迎:

东方歌舞团团长王昆在一个偶然的机会听到了这支歌曲,深深地被这首歌所蕴含的深情打动了。一有机会,她就向演员们推荐这首歌:"你得唱这支歌,你得唱这支歌,这支歌太感人了。"是王昆这位著名的歌唱家,第一个发现并向全社会推荐了《血染的风采》。

第一个为《血染的风采》录音的录音师,激动地向人们述说:"这几年,我不知录过多少首歌,还从来没有一首歌让我听了以后想哭。《血染的风采》让我流下了热泪。"

一位在美国的中国留学生来信对朋友说:"你也许想不到,在美国我听到《血染的风采》会哭,不,不是我一个人哭了,而是许多个听到这首歌的中国留学生都热泪盈眶。"

北京电台的一位编辑述说了这样一件事,他们曾收到一个年轻人的来信,来信说,从前我最讨厌军人,一看到穿绿军装的人就气不打一处来。原来在"文革"军队支左中,他那幼小的心灵曾受过深深地伤害,但是听了《血染的风采》之后,他理解了当代的军人,他决心去参军……

"军中百灵"徐良讲了这么一件事情,有一支集结在峡谷里的几千人的部队,明天就要全部开上战场了,晚上吃完饭以后,一个战士边弹吉他,边含着眼泪唱《血染的风采》。刚开始是他一个人唱,后来发展到一个班、一个排,最后竟扩展到整个部队几千人一起唱《血染的风采》,你听过几千人的合唱吗?那场面既悲且壮,摧林涛,撼山岳,那是几千名战士用青春热血和生命发出的心声呵!

……

苏越是值得骄傲的,他创作出了《血染的风采》。我深信,不论现在或者将来,只要有战争,人们就会想起、唱起《血染的风采》。即便将来没有战争,《血染的风采》也将珍藏在整整一代甚至几代人的心中。

初次发表于1988年第1期《东方青年》

东方之星
——首都中、青年艺术人才巡礼(一)

"青艺"行

中国青年艺术剧院,坐落在北京繁华的东单十字路口西北角。同国家剧院这块响亮的牌子比起来,它的"门面"显得有点"寒酸",仿佛是个穷得叮当响的儒生。进去以后,几幢简易的小楼,构成了"青艺"建筑的主要内容。即便刘姥姥到此一游,也会如履平地。好在我们的祖宗早有"山不在高,有仙则名,水不在深,有龙则灵,斯是陋室,惟吾德馨"的名言在。而"青艺"也确实是个藏龙卧虎的地方。我所采撷的,只是灿烂星群中,熠熠生辉的几颗……

潇洒、敏捷——孙艳军

他这个人演戏挺有"味"的,第一次看他演戏就有这种感觉。那次的位置好,5排1号,看得清楚极了。他在话剧《街上流行红裙子》里扮演一个调皮的警察。他一出台,就觉得他的戏有"味",果然,那天晚上他的表演"味道好极了",以至现在想起来还心神往之。后来,又看了他在话剧《魔方》中的表演,依然留下了十分美好的印象。

想不到,在台下他依然给人以这种感觉:有味儿。这"味"是什么？一时还真找不出个确切的词来形容，大概是一种魅力什么的吧。对，就是一种魅力。

他身上有一种魅力，使得你不由得想了解他，甚至想追寻他过去的足迹。

"过去，我是大庆的一个石油工人。"他平平淡淡地说。世界上想不到的事情真是太多了，今天又碰上一件。

"石油工人一声吼，地球也要抖三抖。"他这文质彬彬、风度翩翩的形象，实在难以和那些粗犷的战天斗地的石油工人联系起来，难道是岁月洗去了他脸上的风尘？

他从小是个孤儿，是在外公的戒尺下长大的。外公是个老脑筋，并不喜欢他搞艺术什么的。但是，他参加工作的时候，正赶上"文化大革命"。下了班没地方去，几个哥们儿凑到一块堆，拉拉二胡，吹吹笛子，或者再"嚎"那么两声解闷。他的嗓子不错，渐渐成了哥们儿群中小有名气的歌手。有一次，他所在的石油化工总厂要排话剧《年轻的一代》，有个领导对他说："孙彦军，你去演个角色吧。"

他说："这戏可怎么个演法呵。"

"咳，去了就知道了，让你怎么演你就怎么演呗。"

他的师父也有许多旧意识，觉得演戏算不上什么正经本事，对他说："不去，坚决不能去。"

他也含糊了。

后来，不知怎么搞的，总厂政治部点名要他去，去就去吧，有枣没枣打一竿子再说。

那时他还不到二十岁，却在话剧中扮演一个老头儿——兰兰的爸爸。他是工人，看戏的也是工人，两者中间有一种默契，有一种亲切感。戏演完了，哥们儿半是赞赏半是起哄地欢呼道："孙彦军，演得好。"

帮着排戏的哈尔滨话剧团的一个导演对他说:"孙彦军,演得不错,你聪明,悟性强,以后就到哈尔滨话剧院去得了。"

要放着别人,怕早乐颠了,他还挺拿劲儿:"那是不可能的,我今后可不想往这方面发展。"

原来,他鬼主意还挺多,早"瞄"上东北石油学院了。

第二年,东北石油学院和中央戏剧学院一起到他们那儿招生,他报了东北石油学院,报名以后,自我感觉良好,自个常寻思,这录取通知书什么时候来呵。后来,一打听,没戏了,他被一名厂领导的儿子给挤对下来了。

中央戏剧学院倒是有点慕名而来。一位老师对厂领导说:"听说你们这儿有个孙彦军,嗓子特别好,能不能让我们见见。"

他一听这消息,感动得不得了。再加上只剩一个机会了,过这村就没这店了,于是,立即骑上自行车向中央戏剧学院招生的老师住地赶去。那天下着大雪,雪花好稠好密,像千万只玉色蝴蝶。一路上不知摔了多少个跟头,总算"翻"到了目的地。看着他满身泥泞满身雪的,戏剧学院的老师又被感动了,也不休息了,立即张罗着面试。

"来,小伙子,给我们唱一个吧。"

唱一个就唱一个呗,他有滋有味地唱了起来。

"来,小伙子,再给我们演一段吧。"

演一段就演一段呗,他有声有色地演了起来。

小荷初露尖尖角,他的戏剧才华得到了老师们的赏识,就这样,他考上了中央戏剧学院,这时历史的指针对准的是1973年。

那正是个"天下大乱"的年月,学院的主要课程是"大批判",批斯坦尼体系,批才子佳人,批一切不该批的理论和人。那时,学生们要借几本值得借的书都难。不过他有得天独厚的地方,他和图书馆的老师是关系户,他把自己整天泡在知识的海洋里。那几年,许多人的年华都虚度了,他却用书本充实了自己。

靠着扎实的理论修养和基本功训练,来到"青艺"以后,他在一系列的话剧中扮演了主要角色。他是个刻苦的演员,为了找到每一个角色的感觉,他除了虚心向老演员请教外,还常常在家抱着凳子练习,进行"无对象交流"。他的戏路很宽,他扮演过饱经风霜的渔民、活泼调皮的警察、复员军人、外国戏里的坏军官……在许许多多节目里,他洒下了汗水,收获了鲜花,赢得了荣誉,也留下了遗憾。

他热爱舞台,为此他牺牲了许多拍影视戏的机会,《蹉跎岁月》《四世同堂》等剧的导演都曾邀请过他。

失掉这么多机会,他不遗憾吗?

他不遗憾,作为一个热爱戏剧艺术的青年演员,他坚信自己所从事的事业的前景是灿烂辉煌的。

我终于有点明白,他的"味"是从哪儿来的了……

漂亮、真实——王慧源

女演员我采访过不少,像她这样谈话的还真是第一个。作为一个优秀的话剧演员,她竟说,她不喜欢话剧这个行当。而且说这话时,她的表情绝对严肃、认真。她还说,她的志趣是要当一名女医生。

她说得好轻松——不喜欢。

我知道,她一点也没有为难我的意思,我们往日无怨,近日无仇。可这会儿,她却真的让我为难了。

写一个真实的她吗?写一个优秀的话剧演员如何如何不热爱她的本职工作?这话是打哪儿说起呢,这也实在太违背我采访她的本意了。那么,编一个虚伪的她吗?说她如何如何痴爱自己所从事的艺术事业,遗憾,我实在又缺少"编"的细胞。

既然编不出来,还是老老实实写一个实实在在的她吧。

她无疑是漂亮的,身材匀称丰满,上帝把她五官的位置也安放得恰到好处,关于这一点,有上边的照片为证。

"难道你从小就不喜欢当演员吗?"我无论如何想弄清楚这个问题,这可是不少人妙龄时光的梦呵。

"是的,不喜欢。"

"这倒有点怪了,许多人喜欢,还当不成演员,你不喜欢,怎么就成了话剧演员了呢?"

"咳,那实在是一个误会,历史的误会。"

啧,太令人难过了,这样的"误会"我怎么没碰上呢?

"这么说,历史给你开了个不大不小的玩笑?"

"可以这么说吧……真的,我的性格不适于当演员。"

"这……怎么说呢?一个人性格的形成和家庭、社会的影响有很大关系,是吧?"

"是这样的。"我点了点头。

"我出身不好。"

"这'不好'是个什么概念?"我觉得有必要弄清楚她的意思,资本家?海外关系?时下,这可是财富和出国的象征,不少人想套还套不上呢;老农?拉平板的?时下,这可是缺少文化的象征……

"……地主呵,"她笑了,"当时不是要查三代吗,因为有了这层关系,我还能有个好吗?"

"其实,我的父亲很早就参加革命了,后来曾经被家里找回来过,有段时间他脱离了革命,后来他实在在家里待不住了,又去找革命了。'文化大革命'中,把他在家里待的这一段时间说成了叛变行为。'文革'前,他是我们那个地方的教育局长,'文化大革命'一来,他又是叛徒,又是右派,还是走资派,那年头,有这么一顶帽子就够了,何况是三顶?那还不把他整趴下。那时候又兴株连,差不多十几年,我都是在社会的白眼里生活的。这样的环境,使我的性格忧郁、内向,话也很少,那时,我还学会了拉小提琴,似乎不是一种爱好,而是一种寄托,生活太累,太艰难,我想通过拉琴来抒发自己的惆怅与悲哀……"

我开始明白,为什么她说自己的性格不适于当演员了。

也许,她的话是对的。她更适合于干一种娴静的工作,比如医生。

但是,她毕竟当了演员,而且还演得相当不错,她还得过话剧表演的一等奖。有人说,爱好的不一定擅长,擅长的必定爱好。这话没错,可是她"擅长",却不"爱好"。这究竟是怎么回事呢?

她说:"当了演员以后,我才知道,做演员的,一定要非常能'拉下脸来',就是说,马上就可以'演戏',我完全不行,进入角色很难、很慢,要酝酿很久,不过一旦进去了,就很真。"

我想,也许是这个"真"字成全了她。真实、真情、真诚、真挚,当一个演员完全进入了角色,忘却了这是在演戏,达到了"真"的境界,这样演出来的效果自然会好。一个不能全身心"投入"的演员,永远感动不了观众。

她在话剧舞台上,大多扮演那种性格压抑、富有悲剧色彩的人物。坎坷和磨难使她比较容易理解和把握这类人物的内心世界,她往往能比较快地和剧中的人物找到内心的共鸣。当然,作为上海戏剧学院的高才生,她也完全能够胜任那些开朗、明快的角色。只是饰演这类人物,她首先要摆脱掉岁月积淀在她心头浓重的阴影,使自己实实在在地"高兴"起来。

在舞台上,她的命运往往是悲惨的,令人宽慰的是,随着那噩梦一样的岁月的消逝,在现实中,她的个人命运有了根本的变化。现在,她已有了一个幸福和谐的小家庭。她愉快地告诉我,她的爱人是搞外贸工作的,只是性格有点像她,内向了点。原来,她的爱人在那使我们整个民族蒙受了奇耻大辱的岁月里,竟也有着和她相似的遭遇。

她说得既不含蓄,也不委婉。但我却要为这点感到庆幸。一个不能说实话的民族,一个不敢说真话的人,不是都太可悲了吗?

岁月,使她失去了许多宝贵的东西,却没有使她失去人的一种宝贵的品质——真实。

为了她的真实,我要谢谢她。

英俊、深沉——冯福生

认识他,有点像田径中的"三级跳远"。

第一次,是在电视屏幕上,他在电视片《东方又放花千树》中,是节目中间"串戏"的主持人。由于我和东方歌舞团的许多演员很熟,再加上他那自然、流畅、颇具韵味的表演,给我留下了印象。

第二次,是在西单附近的一家饭馆,那天,我和一位同事办完事,到那家饭馆去撮了一顿,偶然一抬头,不觉眼前一亮:"哟,这不是《东方又放花千树》里的节目主持人吗?"我悄悄对那位同事讲。

"嗯,是他。"

"你觉得这个节目主持人怎么样?"我问。

"挺像个男子汉的。"

一句最佳评语。

这年头,对于男同胞们来讲,什么英俊、潇洒、风度翩翩,都不如"像个男子汉"这样的评价来得够味儿。放个浅点的小伙子,让一个美丽的姑娘下这么一句评语,保险够他猫着腰躲在一边偷乐半拉月的。

第三次,就是这次我到中国青年艺术剧院采访,我知道了他的名字叫冯福生,是"青艺"的一个重要演员。

对于许多从事艺术工作的人来说,艺术的大门有叩开的,有闯开的,有撞开的,甚至还有通路子给捣鼓开的,对于冯福生来讲则不是这样,那道挺威严的大门倒有点像首都机场候机大厅的自动门,人已到那儿,门就开了。

二十一年前,风华正茂的冯福生陪着两个同学去报考"青艺",两个同学考试的时候,他在一边瞧,他那堂堂的仪表和颀长的身材引起了主考老师的注意。

"你是来参加考试的吗?"一位老师走过来问。

"不是。"

"你喜欢什么?"

"体育……打排球。"

"你表演几个救球的动作我看看。"

于是,他在主考老师面前很潇洒地露了一手。

"再朗诵一段我听听。"

老师随便从哪儿翻来一张报纸,指着报纸上的一首小诗对他说。

他又真像那么回事似的朗诵了一段,浑厚的声音,抑扬顿挫的语调,如行云流水一般。

结果,这竟让那位老师小小地惊喜了一下,老师笑了,记下了他的名字、年龄和通信地址。

过了一段时间,"青艺"发榜了,那两位同志仁兄都考"煳"了,而他则榜上有名。

幸运哉?命运哉?

冯福生,二十多年来主演了许多话剧和电影,如话剧《千万不要忘记》中的丁少纯,《于无声处》中的欧阳平,电影《李清照》中,李清照(谢芳饰)的丈夫赵明诚,等等。

对于许多羡慕艺术工作的少男少女来说,艺术这碗饭是诱人的，称得上是"色香味"俱全，但是他们往往不知道作为一个真正的演员，在台下是要吃许多苦的。台湾当代著名剧作家姚一苇编剧的话剧《红鼻子》中的红鼻子，是由冯福生主演的，话剧演出后，得到了专家们的一致首肯和观众的广泛好评。在接受这个角色的时候，有一段时间，冯福生怎么也找不到剧中红鼻子的人物感觉，于是那个著名的女导演陈颙对他来了一番"恶治"。

她把冯福生叫来，又找来一个会吹口技的演员，在陈颙的指挥下，那个吹口技的演员一会儿猪、一会儿牛、一会儿狗的"吹"了起来，冯福生就得随着口哨的声音一会儿一种动物地表演起来，"真把我折腾得够呛。"事隔数年之后，冯福生心有余悸地说。别以为那是导演急红了眼整人，戏剧理论美其名曰：极端训练。

"这种训练苦是苦了点，但对提高演员的表演技巧，捕捉人物的感觉有时还真有奇效。"冯福生补充说。

由于冯福生的形象好，体形好，他大多是饰演正面人物。偶尔饰演反面角色，竟也颇为成功。他在前不久中央电视台播放的侦破题材电视连续剧《傍晚敲门的女人》中，饰演反面男主人公王少怀，他的表演自然、适度，给观众留下了深刻的印象。

他的一个学生来信说，看了《傍晚敲门的女人》后，觉得和以往留给他的印象不一样，希望他以后不要再饰演这类反面角色了，希望老师留给他的印象永远是美好的。希望他"改邪归正"。

"那你怎么样看呢？"

"如果有好的本子，我还是希望把自己的戏路子拓宽一些，我不会拒绝饰演反面角色，一个演员应该是什么角色都能演，不应有太大的局限性。"

他的学生也许要失望了，从这一番话来看，他们的老师还无意"改邪归正"。

秀丽、爽朗——宋洁

一望尚知,她就不是那种城府很深的人,她给我的第一印象:年轻、开朗、爽快。

如果不是她在自己说,我怎么也想不到她已是进入而立之年的人了,她的外貌、举止,甚至谈话,都使你觉得她不过是个二十多岁的小姑娘。

1978年,她带着一个女孩子纯真的憧憬和梦跨进了"青艺"的大门。

从此,她的身影出现在《猜一猜谁来吃晚餐》《迟开的花朵》《原野》《死罪》《他们没有墓志铭》等许多话剧中。

在话剧《迟开的花朵》中,她惟妙惟肖地饰演了一个思想空虚、爱慕虚荣,总想着出国的女孩子,她的成功表演,使她获得了文化部青年演员表演一等奖。

《猜一猜谁来吃晚餐》是她上的第一个戏,而且饰演的是戏中的女主人公,白人姑娘——乔伊。

刚到"青艺"的时候,她和二十多个新来的学员都安排在一个培训班里,由"青艺"的老师给他们上课:讲小品、讲表演。到"青艺"还不到半年,有一天,培训班的主任找她谈话。

主任说,要上一个新戏《猜一猜谁来吃晚餐》,准备让她参加,并且扮演戏中的女主人公乔伊。

"这可是件好事。"我说。

"哪儿呵,当时把我吓了一跳,差点没晕过去,我当时的自我感觉一点也不良好,听到这消息,我第一个反应是:不去。我害怕呀,特别害怕。"

"真有那么可怕吗?"

"真的,我当时特别希望老师能帮我说一说。最好别让我去了……那个剧组都是老演员，导演又是我们剧院的名导演，我又不会演戏，这要演'砸'了可怎么办呵。"

"后来思想怎么就通了呢？"

"后来老师也对我说，这是个难得的机会，不会的地方可以向老演员学。这也是剧院领导决定的呵。我那会儿单纯，特别听话，既然头儿发话了，就去呗……"

她的话和栩栩如生的表情，把我逗笑了。她也笑了起来，"那时我还想了，反正我不会演戏，既然你们叫我演，演坏了我不管，那是你们的事，不是我的事。就这么……"

"去了？"

"去了……去了以后也不好受。那个戏是讲一个黑人和白人姑娘结合的事，反映的是种族歧视的问题。谁想，演我对象的那个演员，刚巧和我父亲年龄一样大，这真叫我太难为情了。我觉得别人都像看什么新鲜东西似的看我……"

"据我所知，观众对你演的这个戏的反应不错。"

"不错是不错，戏演完了，我也不知道什么地方演得好，什么地方演得不好，只有一点感触特别深。"

"那是一个怎样的美好的回忆呢？"

"那是一个关于穿高跟鞋的回忆……我从小生活在一个军人的家庭里，又刚从农村回到城市，挺土的，我又不像一些女孩子追时髦，基本上没穿过高跟鞋，可在戏里必须得穿呀。"

"感觉怎么样？"

"甭提了，不会走路，那次还给我找了一个特别高的高跟鞋，足有三寸高，而且戏的要求是从一个特别宽的楼梯上，节奏很快地跑上跑下，我把好大的精力都放在练穿高跟鞋走路上了。刚开始，走起路来膝盖直打弯，样子好难看。可是我想，这戏无论如何也不能砸在穿高跟鞋上，这算怎么回事呀，就这样经常地练，最后还真练成了。"她又笑了起来。

"看来,你是一个很开朗的演员。"

"是吗?其实我是一个很内向的人,不过表现出来很外向,也可能这和我的职业有关系……说真的,我以前并不喜欢这个职业。"

"为什么?"我感到很惊讶,她和王慧源的经历完全不同,怎么也会有这样的想法?

"传统意识,觉得演员不好。后来,干了这一行,我觉得我还是喜欢这个工作的,而且是越来越喜欢了。"

"就是说,你不后悔自己的选择。"

"是的,我不后悔,我觉得艺术能满足我追求的欲望,总使我在寻找一点什么新的东西。在艺术追求的过程中,我总能发现一些真善美的东西,这无疑是令人愉快的,我觉得这样的生活挺有意思。"

是的,不懈地追求是她和所有取得成就的演员共同的特征。

初次发表于1988年第1期《群众文化》

东方之星
——首都中、青年艺术人才巡礼（二）

民族之花

中央民族歌舞团位于北京西北角，它的南面不远处，是气势巍峨的北京图书馆新馆和风景秀丽的紫竹院公园；它的北面，是聚集了全国各地来的莘莘学子的学院区。这里林木繁多，景色宜人。

中央民族歌舞团里，荟萃了全国许多少数民族的优秀文艺人才，他们为繁荣我国文艺舞台，继承和发扬我国优秀的少数民族艺术做出了重要贡献。本文将向您介绍两位活跃在文艺舞台上的少数民族青年艺术家。

永远属于舞蹈的姑娘
——记白族青年舞蹈演员杨丽萍

我自信我的灵魂
我的肉体与精神
将永远属于舞蹈
并系着土风升华升华

——杨丽萍

要写她真不是件容易事。

她不爱说话。不是因为生疏，不是因为装腔作势，也不是因为拿着"劲"儿，什么也不为，她性格如此。

你想让她多谈点：启发，诱导，恰到好处地说几句幽默话活跃活跃快要让人休克了的气氛，甚至和她"套瓷"——例如，举出几个和她一般年龄又颇有名气的演员："你认识东方歌舞团×××吗？我们是老朋友啦。"

"你认识中央芭蕾舞团的×××吗？我跟她也挺熟的。"

没用，她根本不吃这一套。

"认识。""当然认识。"

完了，没下文了。

只要不开口，神仙难下手。她就是这样，让你的采访没着没落，前途一片渺茫。

好不容易她谈了起来，声音小得也像蚊子叫，你得支棱起耳朵认真听，稍一走神，脑子里便是一片空白。

她告诉我，有一个人曾写过她一篇报告文学。

是谁？这么大本事，采访到那么多材料，居然够写一篇报告文学的了。再一细打听，心又凉了。

原来，那是她的一个什么"姐们儿"，她认识她的年头，足够让一个穿开裆裤的小孩，成长为一个中学学生会主席的了。

我想把她的谈话用录音机录下来，这回她倒是挺主动的，把接线板递了过来。试了一个插座，录音机的灯没亮。

"来，再试试这边这个。"她边谈边又换了一个插座。

好，亮了。看来，她是个行动多于语言的人。

录音机中的磁带转动起来，随着她话语像涓涓细流流淌，我依稀看到了她走过来的步履蹒跚的人生足迹。

她天生丽质，找她拍照片的摄影记者，比找她采访的记者还多。在她家一侧的墙上，一溜摆着许多别人给她拍的五彩缤纷的大彩照。看着她那一张张面带微笑的照片，你也许想不到，她小时候的日子很苦很苦……

在她很小的时候，父母离异，母亲带着四个孩子，三十多元的工资要维持五口人的生活。这点钱，摊到每个人身上，比一壶醋钱多不了多少。别人家的孩子放学了，可以去玩，去跳，去折腾个够，她却要挎着篮子去拾柴火，挖野菜。

她的母亲，是一个典型的中国妇女，勤劳、善良、纯朴、坚韧。那时，母亲没有钱给几个孩子买好衣服穿，几个孩子的衣服总是大的穿过了老二穿，老二穿过了老三穿，孩子们身上的衣服虽然是补丁摞补丁，但母亲总是把他们的衣服洗得干干净净，扯得平平整整，尽量让孩子们在人们面前显得整洁，利索。

夜阑人静，月明星稀，杨丽萍从睡梦中醒来，常常看到母亲在微弱的灯光下为他们缝补衣裳，这一幕深深地镌刻在她的脑海里，留下了永生难以磨灭的印象。

杨丽萍小时候从来没有穿过一双买来的鞋，这样的事让城里的孩子听了都觉得新鲜，可当时的日子就是这样清苦，以致她的母亲现在回想起这些事来，还抑止不住心头的酸楚。

十二岁，她开始了艺术生涯。自己背着行李跟着大人们涉小溪，穿林莽，翻大山，跨大河，走村串寨地演出文艺节目。那时，许多偏远的村寨贫穷，落后，晚上住在竹楼里，铺盖一打开，刚一躺下，就要受到成排整连的臭虫、跳蚤的袭击。

于是，大家只好在露天点起塘火，围着塘火打个盹就算休息了，第二天照样打起背包出发。

这样的生活，换个娇滴滴的小姐早不干了，即便对于一般的女孩子来说也是苦不堪言。而她仍是满不在乎地整天跳呀笑呀，尖着嗓子唱歌。

生活在带给她不幸和贫穷的时候，也赐给她乐观和坚韧。

以至今天，她回忆起当年那艰难的日子，笔下流出来的竟是诗一样的语言：

"我忘不了能歌善舞的傣族人民，忘不了版纳原始森林中浸入肺腑的浓雾，忘不了覆盖群山苍茫的云海，忘不了山谷震耳欲聋的回声，更忘不了上山砍柴被狼群追逐的险景。这一切酿造了我浓浓的情愫，渗透了我的整个心灵，控制住了我的每一根神经，在我的心中产生了一个意味无穷的世界。在这个世界里，我获得了精神和感情的升华。"

同时这个世界，由于人们对生活的理解不同，世界呈现在人们眼睛里的色彩也不同。

世界在有的人的眼里是一片蔚蓝，在有的人眼里是一片死灰，在有的人眼里是一片金黄，在有的人眼里是一片漆黑，而在她眼里，世界总是郁郁葱葱的绿色——生命的颜色。

后来，她参加了西双版纳歌舞团。真正使她崭露头角，是在七年前的云南文艺调演中，她因在舞剧《召树屯与楠木诺娜》中，出色地扮演了孔雀公主而获得了表演一等奖。

那一年，她二十岁。

第二年，《召树屯与楠木诺娜》剧进京，参加全国文艺汇演，一下子轰动了京城。

普通老百姓说："《召树屯与楠木诺娜》剧中的这个孔雀公主让那个年轻演员演绝了。"

专家们评论说："杨丽萍的胸、背、肩，甚至每个手指都富有细腻的表演能力。"

杨丽萍的爱人张平生是个爽朗而实在的人，他说："杨丽萍是个事业心极强的人，有时晚上1、2点钟，她还在排演场练功呢。"

她赶忙打断话头:"那不是有兴趣的时候嘛。"

她极力想冲淡丈夫描述的这组镜头,但是,这一次她没有成功,因为我了解到,她感"兴趣"的时候忒多。

从张平生简短的话语中,我领悟到了杨丽萍所能够成功的堂奥。

朝阳初露,晨风轻拂。

一只洁白、美丽的孔雀,轻盈跃出,卓然而立。她舒展双臂,轻盈飘逸;她步履轻盈,美婀绝伦……

1986年10月金秋,她在全国第二届舞蹈比赛中,自编自演的《雀之灵》获得了表演第一名,创作一等奖。

她那如行云流水般的精湛表演,让无数观众为之倾倒,让许多同行为之心折。

孔雀舞,在我国已有悠久的历史,过去舞台上出现过数不清的大孔雀、小孔雀、白孔雀、金孔雀,特别是孔雀舞到了我国著名舞蹈家刀美兰的表演中,更是达到了出神入化、炉火纯青的境界。

而杨丽萍的《雀之灵》,在充分吸取了前人精华的基础上,充分利用了自己得天独厚的身体素质和条件,运用修长、柔韧的臂膀和灵活自如的手指形态变幻,创造了引颈昂首的直观形象,特别是她"运用了手臂各关节魔术般有节奏、有层次的节节律动,表现了孔雀的机敏、精巧、高洁,令人叫绝"。

杰克·安德森说:"舞蹈——头脑,心灵和肌体的艺术。"

真是精彩至极!

她把整个身心和肌体都献给了舞蹈,舞蹈主宰了她的头脑、心灵和肌体。

她为舞蹈而哭,她为舞蹈而笑,她为舞蹈沥洒下汗水,她从舞蹈里收获陶醉。舞蹈是她的生命,她的一切:

> 自打十五年前的那一天
> 爱——对舞蹈的爱
> 电流般充满了我全身
> 从此,一切都变成了舞蹈
> 土地、山脉
> 大海、闪电和飘曳的白云
> 整个世界都在舞蹈
> 于是,什么都敢"拿"来
> 但什么也都变了形
> 变成灵与肉的交响
> 那是我的

是的,舞蹈是属于她的,她也是属于舞蹈的。

舞蹈对她的诱惑力之大,大得没法说。而对于其他的东西,她都看得很淡很淡。

出国,时下对于不少年轻人来说是梦寐以求的。为了出国,有夫妻反目的,有铤而走险的,对于某些人来讲,只要能出国,什么都可以干,什么也都可以不干。作为一个海内外知名的舞蹈家,出国对于她来说,只是小菜一碟,问她,许多青年演员都出国了,你想过出国吗?她的回答质朴而实在:

"我是跳民族舞的,中国的民族舞那么多,学都学不过来,跳都跳不过来,难道要去外国学跳中国舞吗?"

她不想走,她不赶时髦,她不随波逐流,是因为她无比热爱在这块古老土地上生长繁衍的民族舞蹈艺术。

"热爱是最好的老师。"

她的心很高,她的目标很高。她不想成为转瞬即逝的流星,她希望放射出更璀璨、更长久的光芒。

她懂得"功夫在诗外"的道理。她孜孜不倦地从其他姐妹艺术中汲取养分：文学、美术、摄影、音乐都是她所衷情的。

她写诗，可以写出：

> 金色的秋天
> 丰满得仿佛要爆裂
> ——这收获的季节
> 谁都想获得
> 连小小的蚂蚁
> 也叼着比它身躯大得多的果实
> 朝着自己的洞穴走去
> 充满欢欣

这样富有灵气和生命的诗句。她写散文，可以写出：

我怀着梦想来到这个世界，我希望我的梦想走不到头。

大千世界在梦想中疯狂地扭动，我的梦想使我伸出双臂去抚摸它。

我不知道我们是什么时候靠近的。

也许是在听竹瑟吹出的一个个贝经上的传说的时候，也许是在看到年迈的奶奶，每次去寺庙都打扮得像新嫁娘的时候。

记得我小的时候，常常喜欢看太阳，总在想它为什么这么亮？尽管每次都被灼热的太阳刺得直掉眼泪，可我还是紧盯着它。

……

我相信每个人的梦想都不是一样的，只要固执地做下去，就会形成自己的风格。

我希望我的生活永远有梦想，梦想也永远吸引我。

这样文采斐然而又富有激情的篇章。

她，这个白族姑娘，揣着梦想从远方走来，带着梦想向远方走去，留给人们的却是似梦非梦、久久萦绕在心头的美丽的回味……

一泓清澈的泉水
——记彝族青年歌唱演员曲比阿乌

不论你是谁，都很容易喜欢她。

不是因为她长得漂亮。当然，她长得确实漂亮。可我敢说，她最能拨动你心弦的，是她的清纯。

大千世界，芸芸众生，并不是什么人都能赢得清纯的美名的。甚至可以说，能让人有这种感受的人真是凤毛麟角。

我相信我的感觉。

为什么要写她？

她还没大红大紫，可我总觉得她有很大的潜力，况且她又是个很有追求的演员。并且，我一向觉得，即便是在文艺界，也并不是只有大红大紫的人才值得写，其实有许多大红大紫的人根本不值得大写特写的，揭去他们头上那瑰丽的桂冠，你说不定会失望得直跺脚："呀，这就是他（她）呀！"

即便她永远不会使你吃惊，她也会使你感到愉快，感到灵魂的纯净，让你的心不由自主地去呼应一种真诚，这还不够吗？

她——曲比阿乌，是个有一定影响的彝族青年歌唱演员，特别是在她的老家四川，特别是在她生长的大凉山。

我对她说："我们随便聊聊，你屋子里有插座吗？我好录音。"

她立刻紧张得不得了："别，别录音了，拿本子记还不成吗？"

"用本子记会影响我们的谈话的。"我解释说。

"哎呀，要是录音我可都不敢说了。"她慌得直摆手，那神情简直像个孩子。

瞧她那个不情愿的样子，我忍不住笑了。

天晓得，当她走到舞台中央的麦克风前，面对台下黑压压一片的观众，双腿怎么会不打颤。

"没关系，谈一会儿你就会习惯了。"和我一同去的女记者安慰着她。

看她的样子，还是有点不成。

不过，算她逮着了。我们录音机的插头是圆的，她房间里的插座口是扁的，对不上。

我只好作罢，掏出纸和笔。

她笑了。

我采访过的演员多了去了，为这事笑的，她是第一个，真逗。

她唱的歌，大家都是听过的，只是可能想不起来了。

1987年除夕联欢晚会上，有个很引人注目的节目：民歌大联唱，里边荟萃了许多著名的歌唱演员。最后唱彝族歌曲《快乐的椤梭》的那个美丽、快活的女演员就是她。

一般观众看了，只是觉得这个节目形式活泼又很有意义，演得不错罢了。可是许多少数民族同胞看了，都高兴得不得了。

前线有个彝族战士，除夕联欢会的时候，正值他站岗。下哨回来听战友说，中央电视台播放的晚会节目里，有个穿彝族服装的青年女演员唱了首彝族歌曲，他因没看到，遗憾极了，后来想了许多办法，终于看到了晚会节目的录像。曲比阿乌听说了这件事，心里感到了莫大的欣慰。

不久前，她随团到前线慰问演出，看到战士们在那样艰苦的条件下生活，作战，她感动得天天掉眼泪。她就是这样，心特善良。

有个前线的战士喜欢唱歌，对她说，我们一起唱一个二重唱吧，她立刻答应了，俩人一起唱了一个《望星空》。

歌唱完了，战士高兴极了，她也快乐得像回到了童年。

她纯洁、真诚，为此赢得了许多朋友。有个广西护校的小女孩，特别喜欢听她的歌，给她写了封信，根本没料到她会回信，她回了，还挺认真。几年下来，俩人通的信足有厚厚一沓。现在护校的小女孩毕业了，她们也成了亲如姐妹的好朋友。

她在几年前成立了幸福的小家庭，爱人在国家民委工作。她二十六了，为了事业，她说暂时还不想要孩子。作为一个具有更多古朴民风的少数民族同胞，做到这点是很不容易的。

她就像一条执着的小溪，不论千回百转也要向那气势磅礴的浩瀚的大海流去……

初次发表于1988年第2期《群众文化》

东方之星
——首都中、青年艺术人才巡礼(三)

全总文工团,位于繁华的西单大街附近。

她自1956年建团至今,已有近三十二年的历史。几十年来,这个团在全国总工会党组的领导下,以反映工人生活、民族民间、丰富多彩、群众喜闻乐见的艺术形式,深入到全国二十多个省、市、自治区和工厂、矿山进行巡回演出,深受各级工会组织和广大职工群众的欢迎。

本文所介绍的是这个团的两位主要青年演员,她们是苏红、李丽娜……

苏红这个人
——记青年歌唱演员苏红

苏红这个人,是个矛盾体,让你一下子捉摸不透。

你说她活泼吧,她特别喜欢书法。你说她文静吧,她又十分爱好短跑,长得挺文气的,可真要跟你侃起来,一个钟头都不带打磕巴的。

不过她这个人待人倒是蛮热情的,很少驳人家面子。

我对她说,这种热情也好,也不好。怎么呢?好,是方便了群众;不好,是太苦了自己。有时,不但把自己赔了进去,连家里人也给饶上了。

1986年,她获得了全国电视大奖赛通俗演唱专业组第一名,观众的来信雪片似的,多的得用秤称,用斗量,用麻袋装。

尽管她"一人立功,全家光荣",可这么多来信怎么处理呢?回吧,这么多来信都靠自己回,怕是甭干别的了,不回吧,那也太伤写信人的感情了。于是,全家总动员,老少齐上阵,全家组成了一个回信班子,大大小小地忙碌起来……

后来,家里人也觉着受不了了,对她说:"咱们复印吧,头前写个名字就成了,这样处理效率高得多。"

她说:"不成,这算怎么回事呀。"

我采访她的时候,她似乎特别不爱披露这一段,说:"如果观众知道这些信不是我亲笔回的,会不高兴的。"

我说:"没事,观众会理解的,谁碰到这种事情也没辙。"

1987年的春天,她随团去哈尔滨演出,在火车上被旅客认出来了,列车员还真能凑热闹,把这个消息给广播了。这下,她和团里的演员们算不得安宁了。

她们到餐车吃饭的时候,要路过四节车厢,每经过一节车厢,她们都要表演几个节目才能通过,她更是旅客们的重点"劫持"对象。

到餐车的这段路,她走一路,唱一路,每个歌她都认真唱,她说:"怎么能不认真呢?观众的热情实在太感动人了,你要是不认真唱,就觉得良心过不去,太对不起大家的热情了。"

我想,多亏时下的列车车厢少,要是中间过四十个车厢,我怕是今天见不着她了。

苏红歌唱得好,舞也跳得不错。可惜我没有亲眼欣赏到,只是听人说。

有人告诉我,苏红舞跳得好,是因为她爱人是舞蹈演员。

她承认，她在事业上取得的成就和她爱人的支持和帮助有很大关系。不过，她似乎不大认可她的舞跳得好是因为她的爱人给她吃了"小灶"。

关于这一点，姑且存疑，好在她已答应我，在近期找个机会专门跟我谈谈她走过的生活道路……

不喜欢跳舞的女演员
——记青年话剧演员李丽娜

人在与其他人接触的时候，大都很相信自己的第一感觉，我也是，但第一感觉似乎是个不大牢靠的东西。

我刚见到她的时候，她给我的感觉爽朗、活泼、外向，但一交谈，发觉并不是那么回事……

她是天津人。

今年三十岁，从事话剧艺术已有十三个年头。十三年来，在不少话剧里担任过女主角。

她走上文艺道路，纯属偶然。

十三年前，二炮话剧团去天津招文艺兵，那时她高中还没有毕业。她性格内向，平时少言寡语，本来，怎么轮也轮不到她的，可学校的老师认为她的形象、身材、嗓子都够标准，对她说：

"李丽娜，你去试试吧。"

既然老师说了，试就试试呗。

谁知，初试、复试、再试，到录取的时候，一百多个考生刷得只剩下了俩，她有幸成了二分之一。

她并没有太坎坷的经历，可是不知怎么，她喜欢演悲剧。

她说，首先因为她的性格更适合演悲剧，再者她认为，悲剧人物更有打动人心的力量，不论从前在部队话剧团，还是1980年到全总文工团以后，她都不改初衷。

遇到她喜欢的悲剧角色，她能很快地理解人物的性格，把握住人物的内心世界，把自己同所扮演的人物融为一体。

她说，每当我进入那种特定的悲剧氛围，都止不住眼泪往下噼啪直掉，那真是悲从中来，可不是像有的观众想象的，演员的眼泪像自来水龙头，什么时候需要什么时候有，一种纯机械的运动。

也许，能够把自己彻头彻尾地融入角色，是一个优秀演员必须具备的素质，一个只能机械地流泪的演员是很难真正打动观众的。

她喜欢悲剧。由于工作需要，她也扮演过不少喜剧色彩的人物。例如，在话剧《灰色王国的黎明》中，她扮演一个女秘书，那是个既复杂又明朗的人物：漂亮、泼辣、能干，善于交际又工于心计。

她告诉我说，排这场戏可把她难坏了，在戏里有场女秘书跳迪斯科的戏，可是她平时不喜欢跳舞，不会跳舞。

我说，这可和我认识的许多演员大相径庭，他们不但喜欢跳，而且喜欢跳到哪儿就把哪儿的舞厅的舞迷们给"毙"了。

她听了哈哈笑。

为了学这段迪斯科，她正经费了不少劲，到民族宫舞厅去学，跟着电视模仿，专门找老师教，直到练得把脚都磨出了泡，总算把迪斯科学会了。

我说："当演员可真不轻松，现在喜欢跳舞了吗？"

"还是不大喜欢。"她说。

……

初次发表于1988年第3期《群众文化》

民歌新秀龚七妹

她是唱民歌的。在一些时髦的年轻人眼里,那是土得掉渣的"玩意儿"。

有的歌手,几首流行歌曲一唱就出了名。唱民歌?于名于利都亏大发了。有鉴于此,不少唱民歌的演员,也同民歌"拜拜"了。

这就是她与众不同的地方:执着,对于她喜爱的民歌艺术的执着。她不想拣一条轻松的路走,她追求的是一种境界:炉火纯青。

前两年,为了提高自己的演唱水平,她曾自费到音乐学院进修,她本来工资不高,这样一来更是囊中羞涩、捉襟见肘了。有时,困难得常常靠吃馄饨、烙饼打发一天天的日子。即便混到这副惨象,她还是自得其乐,快快活活地生活。

在台下,她是个很文秀的人,说话不紧不慢,举止稳稳当当。在台上,却另是一番姿色:动作活泼、舒展,歌唱得字正腔圆,"民"味十足,如行云流水一般,很受观众欢迎。

有一次,她用民歌表演绕口令,速度快得让台下的孩子看得张大了嘴直发"愣"。

她很注意从其他艺术中汲取养分。我毫不怀疑,这是一种素质,一种潜力,她会有一个更灿烂的前途。她是谁?她就是获得1986年度,全国民歌比赛四川赛区一等奖和全国优秀歌手奖,现为全总文工团主要独唱演员的青年歌手——龚七妹。

初次发表于1988年5月22日《中国青年报》

天使的忧郁

——首都护士职业扫描

她们有着最美丽的名字——白衣天使;她们有最神圣的职业——救死扶伤;她们还有着少女或母亲各不相同的五光十色的梦。

她们大都是些温柔、纯洁、干练的女性。有了她们,天空显得更蓝,草木显得更绿,生活也更多了欢乐和诗意。那么,她们本身也一定是快乐的一群,幸福的一群,无忧无虑的一群吧。

不,不完全是这样。天使总要来到人间,梦总是要醒的,当那些美丽的梦醒来的时候,她们面对的是必须正视的现实……

1. 夜,静谧,安详。

在一幢幢病房大楼里,幽暗的灯光照着长长的走廊,病人们大都睡着了,只有值夜班的护士不时地来去:观察危重病患者,照顾起夜的病人,紧急处置病人发生的险情……

夜是美丽的,工作是美丽的,心灵是美丽的。但是,有谁留意过,她们当中的许多人,原来红润、俏丽的脸庞,却在这日复一日的"美丽"的堆砌中,渐渐变得苍白、消瘦,甚至显得有些憔悴了呢?

她们实在太累了。

能不累吗?据了解,全国护士队伍缺员高达三十万人。

那么三十万人的工作量能够自动消失吗?当然不能。这些工作量全部压在了现在从事护士工作的人们身上。

1987年下半年,北京市卫生局医政处对北京市近二十所医院的调查结果表明:现在北京相当多医院医生与护士比例倒置,一般正常比例应为1∶2,而现在的比例则是1∶0.8,这种比例不合理的现象,在全国许多地区的医院都不同程度存在。医生多,医嘱也就多,医嘱多,工作量也就大,许多本来就超负荷工作的护士,就更忙得不可开交了。

最辛苦的是那些离家远有孩子的护士。一个月要上两周夜班,下了夜班不能休息,要去赶车,路上还要买菜,到了家还要做饭,照顾孩子,还没睡个囫囵觉,上夜班的时间又到了,又得往回赶。长年累月下来,这些护士感到整天疲惫不堪。由于工作劳累又得不到很好的休息,许多护士体质严重下降。

最近,对北京市直属的19所医院的5325名护士的调查发现,有病的护士人数高达1696人,占调查总数的31%。青年护士3736人,有病的704人,占接受调查的青年护士总数的18%。

在有病的护士中,最为集中的几种病是:心肌炎、肝炎、结核、心动过速。不难看出,这几种疾病都同工作劳累和护士所处的工作环境有直接关系。

可以毫不夸张地说,这些白衣天使是在用青春和生命的琼浆浇灌患者。

是的,在她们五彩缤纷的梦中,有一个梦就是为病人提供尽可能细致周到的服务……

——护士小刘,是个外表秀气、气质典雅的姑娘。望着她,容易让你联想起一幅水墨画,一首山水诗,抑或小夜曲。她举止温柔,反应机敏,病人们对她印象极佳,许多人还夸她说:小刘护士打针,一点儿不痛。

可是,病人们也许永远不知道这样一幕:一次,她给病人打针的时候,针头没扎准,针头穿过自己左手食指才扎入病人的皮肤,十指连心哪,可她一直等着把药水推完了,才拔出针头,她不痛吗?当然痛。可她却轻描淡写地说:"病人本来就受疾病的折磨,怎么好让病人多挨一针。"

——小王护士,漂亮、爽朗、兴趣广泛,唱歌、跳舞、滑冰她都喜欢。她平时不显山不露水,在人们印象中,只是一个活泼的长得不错的小姑娘罢了。但在一次全医院外语口语演讲比赛中,她竟独占鳌头,不但使参赛和观看比赛的那些大学毕业的医生吃惊不小,而且那些德高望重的专家、教授也赞叹不已。

可是,他们也许永远不会知道,为了不耽误业校的外语课程,她主动要求值夜班,而且一值就是半年。在一百八十多个日日夜夜里,踩着星斗上班,白天经常放弃休息赶去听课。谁能说她的行为不是一种无言的昭示呢?

——小钱,是儿科病房的护士,文静、善良、腼腆。由于她工作出色,家长们在把孩子领出院的时候,总要对她千谢万谢。有一个她护理了一个多月的小男孩,在出院的时候竟不要妈妈要"阿姨"。她的工作感动了许多孩子的家长。

可是,这些家长也许永远都不会知道,由于劳累,她自己腹中的小生命却流掉了……

我不知道,护士队伍中有多少个小刘、小王、小钱这样的姑娘,我只知道,一定是很多很多……

我不知道,白衣天使们那孱弱而坚韧的肩膀,究竟默默地承受了我们民族中的多少忧愁与欢乐,眼泪与希望,痛苦与向往,我只知道,一定也是很多很多……

2. 白衣天使们所从事的是一项极其崇高的事业。

但是,在今天的现实生活中,她们的工作并没有得到社会的广泛理解、尊重与重视。在这里,我们不妨摄取她们生活和工作中的几个镜头：

镜头之一。有一位大学毕业被分配在中央某部委工作的青年干部小H，托他中学时代一位在医院工作的同学帮他找个女朋友，条件倒也简单：第一，漂亮；第二，最好是医生，若没合适的，打字员什么的也成。那位同学物色了半天，准备给他介绍一个容貌美丽、举止温柔，各方面条件都很不错的外科护士小A。不料，这个青年干部对着姑娘的照片，把头摇得像个拨浪鼓："这小姑娘长得倒是挺漂亮的，可是护士我不要。"

那位同学在列举了姑娘的种种优点，诸如善良、正派、贤惠等等之后，问他："护士有什么不好？！"

那个青年干部略微思忖了一下，下结论似的说："护士不就是打针、发药、端尿盆、伺候病人吗？没劲儿。"

类似这样的镜头，在今天的实际生活中俯拾皆是。

那个青年干部，对护士的了解，可以说仅仅是个皮毛。

实际上，当好一个护士是很不简单的，她不但要具备医学、药物学、护理学等方面的知识，甚至对社会学、伦理学、心理学等方面的知识也要有相当的了解。不说别的，一个护士要熟练掌握的常用药品就得有几百种。

据一些老护士回忆，在50年代，许多青年知识分子都愿意找护士，认为护士温柔、麻利、会照顾人，找一个护士当妻子，完全可以解除后顾之忧。那么，为什么今天护士的地位在青年知识分子眼中就下降了这么多呢？这是值得我们深思的。

镜头之二。北京某大医院护士小B，是一位参加工作多年的护士，她和男朋友认识了好几年，已拖到了"大龄"。因为没有房子一直结不了婚。好不容易小B的医院分给她一间六平方米的住房，这本来是件好事，但让人哭笑不得的是，房子的上边通过了好几条厕所管道，管道中还不时传来不知怎么形容好的响声，更让他们担心的是万一有什么黄色液体从管道中渗出来。

小 B 的姥姥在从外地赶来参加外孙女婚礼的时候，看到房间狭小、局促、管道密布的情景，竟忍不住当着众多来宾的面哭了起来，说："孩子，你的命怎么这么苦呵！"对此情景，许多参加小 B 婚礼的护士都相对无言，唏嘘不已。

住房难，这是当前城市中普遍严重存在的一个问题，尽管这些年国家在这方面投入了大量钱财，但由于欠债太多，要根本缓和这种状况，显然不是三两年内能够办到的。要求护士一结婚，医院就能分给住房，这无疑是一种苛求，是根本办不到的。

现在的问题是，由于一些医院的领导本身轻视护理工作，在许多单位存在着护士分配到的住房比例过小的问题。笔者从有关方面获悉：北京 A 医院共有护士 477 名，住医院房子的是 64 名；北京 B 医院共有护士 287 名，住医院房子的是 31 名；北京 C 医院共有护士 487 人，住医院房子的是 25 名；北京 D 医院共有护士 317 名，住医院房子的仅 9 名。在这些住医院房了的护士中，还有许多是沾了丈夫是医院的医生或是职工的光。如果除去这部分情况，护士分到住房的比例就更小了。

当然，情况并不都是这样。1986 年 5 月全国首次护理工作会议以后，广西南宁等几个城市，专门为护士设计、建造了护士大楼，并严格规定，只有从事护理工作的人才能住进护士大楼，这使护士们受到了极大鼓舞，护理工作的水平也有了很大的提高。

镜头之三。护士小 C 是个勤快的姑娘，在病房里整天忙前忙后，把病人照顾得都很周到，病人中有一个在基层当领导的干部对她说：姑娘，瞧你细皮嫩肉的，怎么干这个工作，等我出院的时候给你换个工作。

这位好心的病人的话表明了什么呢？至少表明了两点：第一，护士工作确实辛苦；第二，表明了对护士工作的轻视。

3. 护士工作辛苦，又得不到社会广泛的理解、尊重和重视，致使许多护士纷纷改行，另谋出路。有的到大饭店当了服务员，有的到公司当了推销员，还有的当了小车司机。

北京某护校1983年毕业的一个班中六名同学被分配在同一所医院，到我采访的时候，这六位护士竟走得一个不剩。有的老护士伤心地说："我要告诉我的子子孙孙，让他们将来再不要来当护士。"

一位老护士长忧心忡忡地说："这样发展下去，将来还有多少人愿意当护士呢？"

这位老护士长的话并不是杞人忧天。这些年来，报考护校的人数大量减少，致使许多护校招生时"门前冷落车马稀"。报考的人数少，必然导致护校招收的学生水平下降。

护士素质下降的直接后果就是护理水平下降，最终遭受损害的是病人。

谁都可能生病，病房的大门对谁都不会是永远陌生的，我们轻视护士职业，最终倒霉的不是别人，而是我们自己。

正是这样，现代文明使社会的分工日趋严密和合理，社会对任何分工的蔑视，最后接受惩罚的都必将是社会本身。

初次发表于1988年第6期《东方青年》

没有比脚更长的路
——记青年演员梁丹妮

她叫梁丹妮,名字起得很秀气。

不过,她给我的第一感觉并不像她的名字那么文静,怎么说呢?她给人的感觉:干净、利索,甚至有点小伙子的冲劲儿。

这也许同她出生在一个军人家庭有关。她的父亲梁信,是个部队剧作家,他最有名的电影剧本叫《红色娘子军》。

在中国的大地上,不知道《红色娘子军》的人恐怕不多。

小时候,父亲除了把军人的气质潜移默化地传给丹妮外,还给了她许多文学上的熏陶,她是听着父亲讲《格林童话》和许多美丽的传说度过童年的。她很小就参加工作了,那时候还是个娃娃。

多大?九岁。

九岁的时候,她成为广州军区战士杂技团的一名小学员。

在当学员的那些日子里,她主要的是进行基本功训练和在节目中当"尖子"。

当兵没几年,赶上了"文化大革命",一夜之间,她沦为"狗崽子"。当了"狗崽子",自然没什么好果子吃,她还算幸运,因为年纪小,没有被立即扫地出门,只是被发落到下边的部队当了护理员。说是当护理员,当时,正赶上她所在的部队在执行围海造田的任务，她一个十三四岁的小姑娘，也像男兵一样，干起了铲土、背石头的力气活。好在她从小就出来摔打，什么阵势没见过？尽管每天累得贼死，居然没熊，颇得那些男子汉的夸奖。

天总有亮的时候，1972年，她的父亲被"解放"了，她又回到了军区杂技团。

凭着一股子"狠"劲儿，她成了杂技团的台柱子之一。在杂技团里担任了魔术演员兼报幕员。

她曾随团到过澳大利亚、新西兰、泰国、新加坡、中国香港等许多国家和地区，所到之处，她的魔术表演和主持节目落落大方的风度颇受当地观众和舆论界的好评。可以说，在杂技艺术的领域里，她得心应手、走得很顺，完全可以沿着这条道路一帆风顺地走下去。

她之所以"跳槽"到话剧和电影表演方面来，那是因为她从小就有个夙愿，有个美丽的梦，她渴望在和文学更近的艺术领域里一显身手。

她的运气不坏，心想事成。

1978年的时候，机会来了。电影《傲蕾·一兰》剧组到广州挑演员，由于剧中有不少技巧性的动作，使挑选的范围大大缩小了。

她从九岁起就在杂技团里滚，技巧性的动作对她来说自然是没多大问题。她幸运地被选上了，在影片中，饰演一个仅次于女主角的配角。后来，以此为契机，她又在风光故事片《漓江情》、立体故事片《欢欢笑笑》、故事片《新兵马强》《第三个被谋杀者》中扮演了主要或重要角色。

在拍了这些故事片以后，1983年，她转业来到了铁路文工团话剧团……

我发现，她的谈话极富有条理，表达清晰、流畅，简直是不假思索，话一谈起来，就如春江之水汩汩流淌……

这和我采访过的有些演员不同，尽管他们很有名，可以拿奖，但是一到谈话就挠头，心里想说却不知道怎么表达才好。

我一向认为，谈话也在一定程度上说明了一个人的修养。

她只上过小学，谈起话来没有丝毫窘迫之感，有条不紊，头头是道，实属不易。

我把我的想法告诉了她。她笑了，说："尽管我从前只有小学四年级的文化程度，但是我到了铁路话剧团后又上了电大，三年的课程是两年学完的，那两年累得好苦噢。最精彩的要算1985年那一年了，从1月份到12月份居然考了二十门课，进了二十次考场。那一年，甚至有在二十天内进七次考场的纪录，形势对我来说太严峻了。"

她就是这么个人，有股子毅力，有股子拼劲儿。

她"底子"薄，一本书别人看一遍就懂了，她就看三遍、四遍，硬着头皮把不懂的地方啃下来。碰上不重的戏，前台在演戏，她就利用临上场前的时间抱着书本在后台看。那两年，上街买菜她也在看书、背书。演员常常通过看电影、电视来借鉴别人的长处，在那段时间里，她甚至有好几个月"不触电"的纪录。

她今年已经三十四岁了，已感到了岁月的无情和年华的紧迫。结婚好几年了，到现在她还没打算要孩子，并不是不想要。

前两年，她怀上了孩子。正值排《奥赛罗》，她在戏中演主角，机会难得，她到医院做了手术。

许许多多的观众也许并不知道，许多优秀的演员，当他们把青春奉献给艺术，把艺术奉献给人民的时候，是承受了怎样的痛苦与牺牲。

她之所以肯于这样做，是因为她觉得一个人活在世上就要有所追求，就要鼓起勇气去爬那一个个坡。

我想，对于像她这样的女性来说，"女人，你的名字是弱者"这句名言，怕就该重写了。

初次发表于1988年6月《新疆青年》

女人的心　漂浮的云

——八十年代青年女性离婚案

既然所有的节日

都可以是一次开始

既然所有的开始

都可以是一次节日

那么，请跟我来

我要告诉你

一个斑斑驳驳的故事

当历史的车轮无可更改地滑入20世纪80年代后，中国女性不论是内心的世界还是外部的形象都起了令人眼花缭乱的变化。

"寻找男子汉"，这是80年代中国青年女性提出的一个口号，其亮度、硬度、振聋发聩的程度都堪称一流。为什么在当代，在中国会出现这样的口号？是因为当代的中国女性更具有独立意识，还是因为当代的中国男性缺少一代雄风，还是两者兼而有之。我毫不怀疑，这个口号所包含的深刻内蕴，是足以让一切哲学家、历史学家、文学家和有识之士过足了烟瘾的。

不但如此，在婚姻问题上，中国女性也表现出了从未有过的果敢。进入80年代以来，几乎所有办理离婚的部门都发现，由女方率先提出离婚的比例大大提高,把自己不中意的男人"辞"了,再也不是什么新闻。

> 我不想惋惜不已
> 更不想无聊地诅咒
> 相聚或分手
> 都有不能抗拒的理由

她叫钱丹枫,人很聪慧,长得也漂亮,喜欢她的小伙子不少。

爸爸、妈妈对她说:"男孩子长相过得去就行了,最重要的是有才。"

她有主见,人也很孝顺,她下决心要找一个才华横溢的小伙子。在单位里,她人缘不错,没多久,别人给她介绍了个小有名气的青年作家。

介绍人在那位青年作家面前,把她吹了个天花乱坠。居然使那个挑剔透顶了的青年作家坐不住了,迫不及待地要和她见面。

月明星稀,树影婆娑,公园里弯弯的石径上留下了两道年轻人的身影。

第一次见面,那位青年作家给她的第一印象不错,虽然文章发表了不少,但一点也不狂气,长相也比她想象之中的好。俩人谈得很投机。临别的时候,那位青年作家趁热打铁地送了她一本自己的小说集。还说,让她赐教。

不料,这却在她那愉悦的情绪上留下了一道阴影。她觉得这人怎么这么浅呀,深沉点不好吗?干吗刚一认识就透着自己有学问的样呀?她又不是什么世面都没见过。

又接触了几次,她觉得没劲儿了,尽管那个青年作家很勤奋,有才气,发表了不少作品,可迄今为止没有一张正规的大学文凭。

闹了半天只是个"民兵"呵,这太跌份了,她才二十一岁,着得哪门子急呀,她把他给"蹬"了。

尽管是她提出吹的,过后她又有点后悔了,毕竟他是出色的,毕竟社会上这样的青年人不多,为此,她心里常常有一缕惆怅和苦涩。

不久,在一位朋友家里,她和一个在合资企业当翻译的小伙子认识了。那小伙子一口流利的日语立刻把她给"镇"了,她那会儿正自学日语,有个男朋友是日语翻译那是太好不过了,更何况那个翻译对她也极殷勤。在那个翻译的一阵穷追不舍之下,她稀里糊涂地就在感情上缴了械。

爸爸、妈妈对她交这么个朋友很不以为然,因为他们凭着老年人的阅历,觉得"那小子的味儿不对",整个像个花花公子,看见爸爸、妈妈如此态度,钱丹枫也有点含糊了……

那个翻译却是个情场老手,很快地诱使钱丹枫和他的关系有了"质"的突变,待钱丹枫也醒过味来,知道眼前这位绝不是什么如意郎君的时候,木已成舟。

果然,俩人结婚以后,她那口子仍然在外边寻欢作乐。终于有一天,这事在家就让她给撞上了。

她是个极要脸面的人,哪能容忍这种事,把那个骚货赶走之后,她立即就打了离婚报告……

谈起过去的这段经历,钱丹枫说:"对于流逝的青春我不想惋惜,对于别人的背叛行为我也不想诅咒,这都没有用,更何况这一切都是我自己选择的。但是,由此我看到了自己的浅薄和生活的严峻……"

  即便我们有

  也不要随便地给予

> 轻易能够得到的东西
> 别人往往不珍惜

尹薇薇还在情窦初开的时候就有一个绮丽的梦,将来若能找到一个理想中的白马王子,一定做个贤妻良母。

尹薇薇出身于一个书香世家,从小看了不少中国古典才子佳人小说,那些小说编织了她一个又一个的玫瑰色的憧憬。

尹薇薇有一个年龄和她差不多的姐姐,在她们半大不小的时候,俩人常常在大人下班的时候,趴在阳台上议论下班路过的大人们。诸如哪个阿姨长得漂亮啦,哪个叔叔长得帅啦,还有哪个阿姨新穿的裙子真好看啦等等,都是她们俩人议论的话题,如果看见有一对很般配、很潇洒的年轻夫妇路过,尹薇薇就会捅一捅姐姐:"你瞧,这个叔叔和那个阿姨走在一起真好。"

于是,姐姐便也如梦如幻地回答:"呵,是真好。"

然后,姐俩就傻傻地一直盯着人家的背影直到消失。

就是带着小时候的这个梦,尹薇薇找到了于大成。

于大成不但人长得帅,还是某重点大学的高才生,现在是某研究所的业务骨干。尹薇薇觉得没什么不满意的了。

俩人刚一确定关系,尹薇薇就开始惯着于大成,于大成的毛衣她给打,于大成的裤子她给做,即便于大成换下来的衣服她也主动要来自己洗,在为于大成做这一切的时候,她心里有一种甜甜的满足感。

刚开始的时候于大成还有点不落忍,时间长了,习惯成自然,落得自己逍遥自在。俩人结婚以后,一切家务都推给了尹薇薇。

尹薇薇的姐们儿见状颇有点不平,对她说:"你可太惯着你们那口子了,当心那小子给鼻子上脸,将来你可就不好收场了。"

每逢这时,尹薇薇总是恬然一笑:"女人嘛,就该干这些事情,真让他干我还不放心呢。"

小姐妹们见状,也只好叹一口气,都说于大成这小子祖上也不知积了什么德了,遇上这么个好媳妇。

尹薇薇是一家报社的打字员,有一阵子,文凭在社会上越来越重要了,没张文凭总觉得低人三分。为了也弄张文凭,尹薇薇报了夜大。即便这样,她也没忘了自己的责任,总是赶在上夜校前把饭给于大成弄好。但有时单位里来了急件,忙活完了就没回家做饭的时间了,只得匆匆忙忙往夜校赶。

于大成是被伺候惯了的人,下班回到家一看尹薇薇没了人影,饭也不知什么时候才能吃上,气就不打一处来。尹薇薇上夜校回来,他就摔盆打碗地发脾气。刚开始尹薇薇还直觉得自己不好,一个劲儿向于大成道歉,并力争今后能做得更好些,但夜校不是三天两天就能完的,类似的事,以后又时有发生,于大成不但发脾气,嘴里也开始不干不净起来:"整天晚上往外跑,谁知上哪儿去了?"

尹薇薇脾气再好,也有压不住性子的时候,听于大成这么说,一改平时的温良恭俭让,冲着于大成喊道:"于大成,你说我什么都成,我不允许你败坏我的名誉,你一个大学生有什么了不起的。"

"我没什么了不起的,你一个打字员更没什么了不起的。"

吵到后来,总是尹薇薇先流着泪不吭气了。于大成倒也见好就收,不再扩大战事。

后来,于大成见这么下去也不是个事,就和尹薇薇商量:"你这个夜校是不是就免了?"

尹薇薇不答应:"干吗不上,我不愿意在报社里见人矮三分。"

于大成见好好说不成,后来干脆威胁尹薇薇:"如果你非要上夜校,咱们就离婚,省得家不像家的。"

于大成原本就是想吓唬吓唬尹薇薇,本意并不真想离婚,可是尹薇薇却认了真,她觉得于大成有点欺人太甚了,结果,离婚倒是尹薇薇提出来的……

　　心理学家认为，在和睦的夫妻关系中，妻子的柔情是十分重要的，这种柔情能使俩人的感情更和谐，但如果滥施柔情，处处迁就顺从对方，结局则很有可能和原来的愿望相反……

　　　　爱是纯真的
　　　　不爱也是纯真的
　　　　失去纯真
　　　　换取一袭轻柔的白纱
　　　　白纱也会变得冰凉

　　雨淅淅沥沥地下着。韩璐伫在窗前，听着外边的雨声，思潮起伏，心潮难平，她怎么也没想到，她这辈子还能干出这么一件事——离婚。

　　韩璐是一家中等规模工厂的统计员，活不算累，整天和工时、质量、合格率什么的打交道。人长得也算不上漂亮，但是秀气，文静。

　　二十三岁的时候，她曾经谈过一次恋爱，那个人是和她同一个工厂宣传科的干事，能说会道，还不时有点小消息、报道之类的见诸报端。在七八百人的工厂里，便也算得上是个人物了。

　　韩璐之所以能和他好上，主要还是俩人有比较多的共同语言。在工厂里待着，工人们谈话的主题大都很实惠，都是些诸如工资、奖金、市场行情、家长里短的内容，韩璐不愿意掺和到这种话题里去，因此和她有共同语言的人不多。

　　宣传科的小李，人脑子活泛，也喜欢看书，物以类聚似的俩人聚到一块堆儿了。俩人好上没半年，就都去了对方的家。到小李家的时候，韩璐管小李的父母叫伯父、伯母；小李到了她家，却张口就爸爸、妈妈的叫上了,虽说把韩璐的父母吓了一大跳,过后却乐得嘴都合不拢了。小李不但嘴甜,也会来事,第一次上门就烟呵、鱼呵地都捎上了。韩璐虽然觉得这多少有点俗气,但知道社会风气如此,何况礼多人不怪,也就没多想什么。

可是好景不长,后来小李又让宣传科新来的一个小姑娘迷上了。自然,小姑娘比韩璐年轻、漂亮。韩璐的眼泪只好往肚里咽。

经过这次打击,韩璐性格有了很大变化,对男人也有了一种戒备心理,她不大再像从前那样相信人间有什么真正的爱情,为了排遣寂寞的时光,她晚上出去上夜校学上了画画。学了素描,又学人物,学了人物又学花鸟。几年下来,画艺居然大有长进,她的画,朋友拿出去估过价,有的老外居然肯出一二百美元买她一张仕女画。

画艺虽然大有起色,个人的事却一筹莫展,她自己也不上心,整天埋头作画,倒也自在逍遥。放着个年近三十的闺女嫁不出去,当父母的哪还有个消停日子过,免不了人前人后地唠叨。

在单位里也没个安静,耳朵边不是这个今天牵线,就是那个明天做媒,把她烦得够呛。万般无奈之际,她和一个同她一起学画,一直默默地追求她,老实得不能再老实的小伙子结了婚。

她对这次结合,原本没有寄予太高的期望,但实际结局,比她预想得还差。俩人本来共同语言就少,婚后整天在一起过日子,更没有几句好说的了。精神上的生活一片空白。她原本是借结婚摆脱孤独寂寞的处境,没想到,结了婚以后她感到的是双倍的孤独。没有感情,对自己的丈夫自然缺乏热情,这使她常常内疚。她常常命令自己要温柔一点,要对自己的丈夫好一点,可不知怎么,就是做不出来,即便做出来了,也显得很生硬,这种不死不活的婚姻维系了一年半,她终于提出了离婚。她说:"我原本想这一辈子就这么凑合过了,可是结了婚以后,我才发现这是对对方的一种长久的伤害,他知道我不爱他。再有,他们家虽是兄弟俩,但他哥哥生的是一个女孩,他的父母都希望他能给继上香火。一想到要和一个自己不爱的人有一个孩子,我就痛苦得不行,孩子长大了,知道了父母的感情不好,一定会在心灵造成伤害,我不愿意在这样的状况下有一个孩子,可我又没有理由不履行这样一种义务,因此,我觉得离婚对我来说是一种最好的解脱……"

"那么,你以后还想结婚吗?"我问。

"怎么不想,我也希望能有一个坚实的肩膀在我累了的时候让我靠一靠,我也盼望当我苦闷和彷徨的时候,有一个人能给我安慰和力量,可是,我觉得前途就像这屋外的雨夜,一片迷茫……"

> 如果爱了
> 还用得着什么
> 海誓山盟
> 如果不爱了
> 海誓山盟
> 又能有什么用

"是谁把你打成这样,跟妈说,妈找他算账去。"

柳芸霞看着自己七岁的儿子裤子也脏了,手也破了,脸也花了,在自己面前抽抽噎噎一把鼻涕、一把眼泪的那副惨相,禁不住心头的火一股一股往上蹿。

"是……是小强子他们。"儿子哽咽着说。

"他们为什么打你。是不是你招他们来着?"

"没有,是……是他们先骂我的。"

"他们怎么骂你来着,你给我说清楚了,我找这帮小兔崽子去。"柳芸霞真火了。

"他们说……说，我家的表叔数不清，没有大事不登门……"

"啪，"儿子的小花脸上又挨了一个耳光，"别说了。"柳芸霞坐在了椅子上。

柳芸霞是一家工厂的检验工，外号"一枝花"。

一来是柳芸霞漂亮，虽说在这个女工占了近半数的大工厂里不敢说数一数二，但是进入前十名绝对有戏；二是因为离婚离得勤。柳芸霞二十二岁结第一次婚，到今年三十一岁已有第四任丈夫了，绝对全厂之最。

据知情者说，柳芸霞的四任丈夫，全都是舞场认识的。柳芸霞的舞跳得好是全厂公认的，她也特别爱跳舞，甚至燕京饭店、中国大剧院、国际俱乐部这些比较高档的场所也时常出现她轻盈的身姿。

柳芸霞人不坏，工作也挺认真，就是好打扮，而且特别多情，社交场合去得多了，人认识得就多，其中自然不乏长得风流倜傥的骑士。

舞场上就是这样，某位男士相中了某位女士，就会频频相邀。柳芸霞也如此，和谁跳默契了，别人相邀总是婉言拒绝。这样常常是一场舞会只和一个男士跳，自然这位男士必须是十分出色的了，至少外表如此。

这样，一场舞会下来，她就能和一位从不相识的男士，熟稔得像老朋友一样，接下来就有可能是听音乐会、上饭店、接吻、拥抱、海誓山盟，然后结婚，离婚。

柳芸霞是个热情、奔放又极有个性的女人，她不大愿意约束自己，也不大在乎别人怎么评价自己。

你说她对待爱情不真诚吧，可她真是爱上谁的时候，不但信誓旦旦，甚至给人感觉豁出命的事她都敢干；你说她对待感情真诚吧，她却一个劲儿地换丈夫，真叫人有点受不了。

生活并不都是欢乐
　　回忆却是一首永恒的歌

　　解除不幸的婚姻，把自己解放出来，这无疑是一种社会的进步。
　　生活在赐予我们痛苦的时候，也给了我们新的希望，我们没有理由悲观和沮丧。
　　值得庆幸的是，大多数离了婚的青年女性，虽然也有过消沉和颓丧的时候，但她们大多数最后都挺起了胸膛，勇敢地面对生活，面对未来……

初次发表于1988年第10期《时代》

透过隐秘的世界

男子有男子的隐秘,女性有女性的隐秘,青春期有青春期的隐秘,这里,我们向读者展示一个新的世界。

一、艰难的起步

成年和童年的一个显著区别是,我们不再像从前那样天真、烂漫,那样无忧无虑,我们有了忧愁、苦闷、绝望等等"灰色的情感"。

为了摆脱这种"灰色的情感",生活中,有的人靠吸烟麻痹自己,有的人靠酗酒遗忘自己,有的人甚至靠自杀来永久地解脱自己。

怎样使人类的内心情感从一个灰色的王国回到一个透明的世界中来,心理学在一定程度上担负起了这一崇高的使命,心理咨询则可以说是这一学说在一个方面的实践中的应用……

今年,北京繁华的西单大街东北角多了一个去处,在一幢二层小楼的门上方,醒目地挂着一块"心理行为健康指导中心"的牌子。在小楼门旁的墙上和地上还立着几块"简介""说明"之类的木板。

从"中心"开张那天起,就不断地引来行人好奇的目光。

在我国，对心理咨询的系统研究和临床应用只是几年的事。据了解，目前专门从事心理咨询的专家和医务工作者，全国仅有百人左右。

当我们至今还对心理咨询感到神秘无比的时候，在一些发达国家，到心理咨询所去看门诊已成为家常便饭了。

是不是中国人患心理疾病的特别少呢？显然不是。

不必说个人感情和社会交往方面导致的心理疾病了，仅就最实际的衣、食、住、行方面所面临的许多严重的问题，就够让许许多多的人背上沉重的精神枷锁了。

二、隐秘的世界

一对恋爱中的年轻人，曾有过这样一段对话：

女："你说，人的一生中有没有不想对任何人说的秘密，包括父母、兄弟姐妹，当然也包括恋人。"

男："我认为，任何人心中都会有一个秘密的角落，这个角落只属于自己，你细想想看，你会同意我的观点的。"

女："是的，我同意。"她轻轻叹口气，点头赞许。

这就是我和我的第一个女朋友之间，曾经有过的一次对话。

我至今仍然相信，谁也不可能把自己完完全全地"交"出去。

但是，面对心理咨询医生，患者们不得不敞开自己的隐秘世界，尽管这可能是不完全的。因为他们知道，只有这样，医生才能够"对症下药"。

1. 情到深处

"医生，您救救我吧。"张潇焦灼地对小陆医生说。

"怎么？"小陆医生虽然只有二十几岁，但人显得很沉稳，说起话来给人一种可靠的感觉,他是一所名牌大学的心理学专业的毕业生。

"我也不知道怎样搞的,这一年多会变成这样,整天失魂落魄的,饭也吃不香,觉也睡不好,老是胃痉挛,这会儿胃还痛着呢。"张潇用手压着胃,一副痛苦不堪的样子。

"你和家里人关系怎么样?"小陆问。

"挺好的。"

"结婚了吗?"

"结了。"

"夫妻感情怎么样?"

"感情好极了,我对我丈夫简直太满意了。"一提起自己的爱人,张潇眼睛也亮了,精神也来了,胃好像也不痛了,"也许就是因为我觉得他太好了,我才惶惶不可终日呢。"

她的话,把医生和旁听的我都逗笑了。

张潇今年二十八岁,是某科技研究所的干部,她有一个长得很体面的当外科医生的丈夫。据她讲,她和她丈夫是通过别人介绍认识的。初谈恋爱的时候,她并没有把他放在心上,熟悉点儿以后,还经常拿他取笑什么的,因为她觉得自己的条件不"软"。经过一段时间接触,她发现自己越来越喜欢他,他的气质、才华、事业心越来越深地吸引着她。不知不觉中,在俩人的交往中,她变得低声下气起来,几乎事事顺着他。

结婚以后,刚开始还好。不久,她的丈夫给一个漂亮的女大学生动了外科手术,那位漂亮妞出了院就给她丈夫来了一封温度烫得可以的情书。从此她心里就像撂了一块大石头。尽管她丈夫仍然对她一如既往,但她还是整天神思恍惚,打不起精神来,一种自卑的感觉深深袭扰着她。

"有时,我简直想去找一个第三者,否则不行呵,我丈夫要哪天真的甩了我，我非得精神病不可，要是有了个第三者，将来也好有个人安慰我。"张潇很认真地说，一点也没有开玩笑的意思。

张潇想"留一手"。可她的想法简直就是个时代的怪胎，一方面她保留了中国女人的某些传统心理：依附于男人，另一方面又开化到了想去找一个"第三者"。说到底，还是摆脱不了依附的实质。

而我想到的却是另一个问题：原来，爱也能使人的心理产生异常。

2. 一个外表很憨的小伙子

不论从哪个角度看，刘强都不失为一个很好的小伙子，外表高大，结实，人看上去也显得很朴实。

当他告诉医生，他曾被判过三年刑，我简直惊诧极了。

刘强是河北一个小火车站的搬运工，为人不坏，和女孩子说起话来还脸红。他主要的毛病就是性子急，别人一旦欺负他或家里人，动不动就跟人"玩命"。上小学二年级的时候，有一次一个比他块头大得多的四年级学生欺侮他，他抄起砖头就把人家脑袋开了，对方被缝了四针。从此他在班里成了"大王"，在年级里也出了名，好在他这个大王从不欺侮人；自然，也不能被人欺侮。

把他送进监狱，是由于这么一件事：几年前的一天，他的父亲在离家门不远的巷子口让一个骑自行车的小伙子撞了，本来小伙子没理，老老实实说声对不起，也就没事了，偏偏小伙子不是盏省油的灯，撞了人还骂："你个老丫挺的，走路也不看着点道？"

这下刘强的父亲不干了，加着离家不远胆子也壮，他一把将小伙子拽了下来，要和他评理。

小伙子下来二话没说，给老人家玩了一通"少林拳"，一下让老头子见了血。偏巧这一幕让刘强的一个邻居，外号"长舌妇"的看见了。那长舌妇一看势头不好，立即跑来报信了，本来就生个

"死马能说活了"的嘴,再加上一副气喘吁吁的样子,好像刘强晚一点去非出人命不可似的。

刘强一听,抄了把菜刀跑出来,一看父亲满脸是血,一下红了眼,抡着菜刀就上去了……结果锒铛入狱。那一年,他正好十八岁。

他出来也不过两年,前不久,由于工作上的事和"头儿"吵了起来,一怒之下,顺手把铁锹抄了起来,吓得那个平日趾高气扬的头儿屁滚尿流的差点创了百米跑世界纪录。

他自己冷静下来,也觉得后怕,可是犯急的毛病好像总也改不了似的。为此,他近来常做噩梦,还伴有恶心、失眠等症状,体质明显下降,人瘦了一圈。他觉着这么活着太累,他甚至怀疑自己是不是精神上有什么毛病,于是,他跑这儿来了……

来看心理门诊的人,除了精神状态不好外,往往身体上也有这样或那样的不适,而许多病的病源就是心理因素。

我国古代人就重视心理因素的致病作用,《灵枢·口问》中曾说:"夫百病之始生也,皆生于风雨寒暑阴阳喜怒饮食居处。"

《素问·阴阳应象大论》更提示"怒伤肝""喜伤心""思伤脾""忧伤肺""恐伤肾"等。

心理异常,不仅使人精神萎靡,还是许多身体疾病的病源。因此,保持心理健康,对于一个人的身体健康有着不容忽视的作用。

3. 难言之隐

也许由于太紧张了,还没有说话,他的额头上已沁出细细的汗珠。

他说:"我是下了很大的决心才到这里来的,我的病再不治,简直没有勇气工作和生活了……"

他是唐山市一所技校的教师,今年二十六岁,有一个感情不错的妻子。

"说来简直难以启齿，可是不说这病怎么治得好……"他反复地唠叨着，"我近一二年来，染上了一个毛病，不知怎么回事，总喜欢盯着女同志的敏感部位看。胳膊、大腿、乳房等等，一到夏天这毛病就更厉害，自己也知道这样做不好，可就是改不了。有一次，我坐公共汽车，有一个长得很漂亮的姑娘坐在我的面前，那是夏天，她的衣服胸也开得比较大，我就偷偷盯着人家看。后来被她发现了，她瞪了我一眼，说了声'流氓'，然后起身走了。当时我被她骂得无地自容，真恨不能地上有条缝钻下去，我是当老师的，班上的女生不少，而且那些女生正处在妙龄。一到夏天我简直不知该怎么办好，既要来讲课，又要时时提防自己不要在课上犯毛病，讲台下众目睽睽的好几十个人，要让学生看出来，那我简直要跳河了。有时，我就想是不是自己意识不好，可又觉得不是，对爱人我也是这样，弄得没办法，我现在一到公共场合都要戴一副茶镜，甚至天都很黑了也不敢摘，可是上课总不能戴茶镜吧，我真不知该怎么办好了……"

专家告诉我，这是一种"病态人格"，简单地说，就是心理和行为的变态，这种变态有时很严重，但又不是精神病，这种病的表现形式还有：喜欢收藏女人的内衣、内裤等，有的还有其他不轨行为。

专家特别指出，具有病态人格的人有些做法从表面上看已构成犯罪，但对这类人要和常人的不轨、犯罪行为加以区别，病态人格患者的行为和正常人的不轨或犯罪行为主要有如下区别：

（1）正常人的犯罪一般总是有计划和有预谋的，而病态人格常常是无预谋的；

（2）正常人的犯罪一般都有明确的动机和目的，而病态人格的犯罪一般来说动机和目的都比较模糊；

（3）正常人的犯罪在作案时往往手法隐蔽，并有目的地进行销赃灭迹，以逃避罪责。而病态人格没有这种明确的意识，他们往往同时害人害己，而且对自己危害更甚；

（4）病态人格患者很少造成复杂而严重的犯罪案件，如凶杀案等。

专家认为，不能随便地把道德败坏和违法犯罪的犯罪都诊断为病态人格，但是也应该看到，在各种违法犯罪者中确实有一部分是病态人格患者。

4. 一个为情所困的少妇

于眉近来常常偷偷地喝酒，因为她总是觉得心里堵得慌。让酒精刺激一下，她觉得舒服多了。

于眉在一家合资企业当打字员，人长得很有风韵，她在两年前结的婚，丈夫是中央某机关的一般干部，结婚前，于眉的追求者不少，但一直没有满意的，后来矮子里拔将军，挑上了现在的丈夫张海洋。张海洋各方面条件不错，就是窝囊了点，到了关键时刻，缺乏男子汉的果敢和勇气。

有一次，于眉和张海洋乘车去王府井。张海洋不小心踩了一个小伙子的脚，那小伙子当时像训孙子似的训了张海洋一顿，张海洋连吭一声都不敢。这让于眉火透了，觉得丈夫把自己的脸都丢尽了，于眉知道这是张海洋的怯懦而不是涵养。张海洋的肩膀挺宽，可于眉总觉得那是堵快塌了的墙，没法靠。

后来于眉在工作中认识了某外事部门的翻译，那人有个感情不好的妻子，整天借酒浇愁。也许是同病相怜，也许是确实谈得来，俩人偷偷好上了。

俩人曾商量过各自离婚重组家庭的事，但是一要动真格的，俩人都犹豫，下不了决心。男方犹豫是因为膝下有个挺可爱的儿子，离了婚孩子肯定判给女方，他舍不得。另外，张海洋虽说平庸了点，但对于眉是好得不能再好了，她不愿意让张海洋伤心。于眉处在一种离婚也不是、不离婚也不是的两难境地。

一想到今后的生活，于眉就烦得不得了，长期的郁郁寡欢，心情苦闷，使于眉的健康大受影响，经常出现头晕、耳鸣、冒虚汗等症状。于眉与其说是看病，倒不如说是让人出主意来了，因为真实的情况一旦泄露出去，就会出现一种很尴尬的局面。而到心理门诊来，彼此谁也不认识谁，于眉感到比较放心，即便只是把心里话吐出来，于眉也觉得心里舒服多了。

到心理门诊看病的患者，不少是为情所困的青年男女，由于失恋、失身、夫妻感情不和、性生活不和谐引起的忧虑和焦躁不安，由于第三者插足引起的家庭关系紧张等等。

三、有着广阔发展前景的事业

据专家介绍，来看过心理门诊的患者，大约80%的病情有不同程度的缓解或得到了根治，也有少量的患者治疗效果不理想。这也好理解，因为心理疾病往往要比生理疾病复杂得多。不过，因为心理门诊主要是解决病人的心理问题，一般很少用药物配合治疗，因此一般不会产生副作用。

我采访了部分心理疾病患者，其中认为治疗效果很好的约占30%，比较好的约占20%，有一定效果但不明显的约占30%，基本不起什么作用的约占20%，和专家提供的数字基本一致。

我的一个朋友，知道了我正在采写这样一篇文章，好奇地向我了解了有关心理咨询的一些基本情况。

友人：你注意了看心理门诊的主要是哪些类型的人了吗？

我：注意了，看病的人主要是这样两多两少，年轻人多，老人少；知识层次高的人多，知识层次低的少。

友人：这倒是个有意思的现象，为什么会出现这两多两少呢？

我：我想，年轻人多，是因为年轻人的思想不成熟，且爱情、生活、工作等许多人生的重要问题还处在一种非常不稳定的阶段，这样就容易因情场失意、长期待业、高考落榜等等原因产生心理障碍。

老年人各方面情况相对稳定，产生心理障碍的原因较青年人少，另外，老年人思想较成熟，见多识广，正所谓"曾经沧海难为水"。

知识层次高的人多，是因为这些人更易理解和接受新鲜事物，而知识层次低的人这方面就要差一些。另外，知识层次高的人相对来说，对事物的反应要敏感得多，考虑的问题也多，这样产生心理障碍的机会也就多……

心理咨询在我国还是一个年轻的事业，但也是一个有着广阔发展前景的事业，随着社会的进步和心理咨询事业的进一步发展，一定会有更多的人跨进心理门诊的大门，当他们走出来的时候，展现在他们面前的将是一个更加明亮的世界。

初次发表于1988年第12期《金色年华》

画坛新秀——石愚

如果要了解一个画家,最好的途径莫过于欣赏他的绘画。

人们从徐悲鸿笔下的奔马,看到了一代大师那一泻千里、不可遏制的才气与激情;

从黄胄笔下的毛驴上,看到了老画家老骥伏枥、童心犹存的壮心与质朴;

而从画坛新秀石愚的绘画艺术上,人们看到的则是一个青年画家豪迈的气势与不懈的追求。

石愚的绘画,对题材涉猎颇广。在他的笔下,有栩栩如生的花卉,呼之欲出的走兽,还有形神兼备、潇洒飘逸的形形色色的人物。此外,石愚还精于篆刻。

他画的花卉,格调清新,气韵不凡,著名画家董寿平在观看了他画的一幅四米长的巨幅"紫藤图"后,欣然题词:"画家石愚此作颇得我国花卉名家之长,融吴让之、赵之谦、任伯年于一炉,斯盖所谓既能继承传统又能独树风格。"

他的篆刻,古朴大方,匠心独到。著名画家关山月称赞他的篆刻是"方寸似天宽"。

不过,石愚最擅长的还是画虎。

石愚画虎,贵在有一种气势,或走或奔,或扑或掀,都有一种威风凛凛的气度。著名书法家启功先生夸赞石愚画的虎道："写得山王貌，巍然一世雄。彩笔挥舞处，纸上起秋风。"

更让人称奇的是，这样一个前途远大、声誉日隆的青年画家竟是靠自学成才的。

石愚生于天津，长在西安，周秦汉唐丰富的文化遗产和60年代崛起的"长安画派"使他受到了良好的艺术熏陶。他通过发奋自学，广泛涉猎，虚心向古代和当代的艺术大师学习，潜心研究古代和当代的艺术精品，终于具备了相当高的艺术造诣。

他的绘画，不但受到了前辈画家和广大群众喜爱，而且在国外也有了相当影响。澳大利亚、加拿大国立博物馆还收藏了他的作品，东南亚的一些国家，还把他的绘画作为珍贵礼品赠送他国。

石愚画花，喜画花中之魁——牡丹；画鸟，喜画鸟中之冠——孔雀；画兽，则喜画兽中之王老虎。那么，作为一个画坛新秀，他是不会满足于已取得的成就的，他正在向更高的山峰攀登。

初次发表于1989年第1期《艺术家》

歌星杭宏素描

在数不清的影视歌星中,她不属于知名度很高的那一类,如果你向十个人提到杭宏这个名字,很有可能一大半人都不知道,甚至有人可能反过来问你:杭宏?杭宏是谁?她是干什么的?

这也难怪,尽管这个生在山东长在杭州的姑娘已灌制了三盒个人演唱的磁带,但她的身影毕竟没有频繁地出现在电视屏幕上,她也不曾在全国电视歌手大奖赛中夺取那令歌手们仰慕的桂冠。而这两条,似乎是当今一个歌星成名的捷径。

是的,中国歌坛的天空群星灿烂,她还不是最有光彩的一颗,比她耀眼的歌星,闭着眼睛怕也能数出一把来吧。

为什么写她?

我欣赏一位搞评论的朋友说的,我们还是多干点雪中送炭的事,锦上添花的事留给别人去干吧。当然,不仅如此,因为我觉得她身上有一种可贵的诚实的品质,同时,她身上还笼罩着一层艺术的星光,而这是一个从事艺术工作的人走向成功的基石。天才来自勤奋,勤奋的并不都是天才,搞艺术的需要灵气,她有。

另外,她还有着令许多歌星羡慕不已的条件:年轻。她今年只有十九岁,正可谓来日方长,前途难以限量。

我有许多从事电影、电视和歌唱艺术的朋友,他们当中的不少人都是当今中国艺坛上的风云人物。他们身上有着许多共同优点，诸如：勤奋、执着、刻苦等等。

但是，社会和生活也教会了他们中间不少人这样一种不那么美好的处世之道：世故。这多少让人有点遗憾，因为世故多了，真诚势必就少了，而真诚该是一种多么珍贵的品格。

杭宏很富有人情味，却并不世故。比如，你问她："你喜欢摄影、绘画什么的吗？"她会坦率地对你说："不喜欢。"

如果换上别人，不论她是否真的喜欢，在这个问题上一般的回答都会是：喜欢。因为这样的爱好，可以表明一种艺术上的修养，到了记者的笔下，便可能是一连串的溢美之词，有多少人能拒绝送你一束鲜花的诱惑呢？更何况并没有谁会去深究你真的喜欢与否。

再比如，谈到社会上的"行乞"现象，她很干脆地说："尽管我不是个小气的人，但碰到这种人，我一分钱也不给，人应该自食其力。"换上别人，或许说的要比她委婉得多，她太不善于掩饰自己，她还不懂得用绚丽的光环装扮自己，这也是她的可贵之处，但愿她能永远如此。

杭宏是坦诚的，也是执着的，她有一种要么不干，要干就非得达到目的的韧劲。为了攀登歌唱艺术的高峰，她没有少干像晚上打着手电筒在被窝里抄歌谱，戴着耳机听歌曲录音的事，正是靠着这种拼劲儿，她才能在竞争激烈的第三届全国青年电视歌手通俗歌曲大奖赛上获得优秀奖，同时被中央电视台聘为特约演员，这样的成就，对于一个年仅十九岁的姑娘来说实属不易。

她还被香港《新城月刊》杂志誉为"中国最有前途的新秀歌星"。

杭宏是个在艺术上有追求、生活中有个性的姑娘，却也是个相当粗心的姑娘。在她的宿舍里，她请我喝饮料，当她把一杯荔枝汁递给我，我只喝了一口就被齁得够呛，仔细一看，她端给我的是一杯浓缩的荔枝汁，里边忘了兑水。

我对她说："杭宏，你瞧……"我指了指饮料桶上的商标。当她看到"浓缩荔枝汁"的字样时，恍然大悟道："呀，对不起，对不起……这是我刚刚买回来的，还没有喝过，所以……"

什么也不必解释了，她毕竟还太年轻，年轻得像一张白纸，要靠未来去描绘。

年轻是一种优势。杭宏，愿你凭借这种优势，张开艺术的翅膀飞得更远更高……

初次发表于1989年第2期《今天》

青年服装设计师马羚素描

每个人都有自己的梦。有的人,梦醒来的时候太阳正在升起;有的人,梦醒来的时候夕阳已经快落山了。

她的梦,醒来的时候正是清晨。

她今年只有二十岁。二十岁的女孩子,有些正在学校里发奋读书,有些正在为求得一个好职业奔波忙碌,有些正在尽情享受爱情的星光照耀。而她,在二十岁这个年纪,已经取得了一连串令人眼花缭乱的成就:她曾荣获北京青年艺术节舞蹈比赛一等奖,也曾担任电视片《五彩缤纷》中时装表演等大型活动的导演,还曾饰演歌舞故事片《摇滚青年》中的女主角,最近又在北京举行了"马羚时装设计作品发布会"。

参加她的作品发布会的专家评论说:"以马羚这样的年龄,就举行了个人时装设计作品发布会,不论在国内还是国外,都是十分罕见的。"

她的才华令人羡慕,她的成功令人羡慕,她的年龄也令人羡慕。当人们注视着发布会上那个美丽而活泼的女孩子时,在欣喜之余,不能不有点肃然起敬了……

马羚的成功,主要靠自己的天赋和努力。无疑,也得益于她那良好的家庭教育。马羚的父亲是北京建筑工程学院的一位教授,母亲是一位多年从事舞美设计的专家,她还有一个当歌手的姐姐。在这样一个有着浓郁文化氛围的家庭里,从小就受到极好的艺术熏陶和影响。

在她的时装设计发布会上,十二个美丽的女模特轻盈出场,展示了由她设计的一百多种时装……

——飘逸的色彩、精致的面料、潇洒的款式,使人仿佛进入了亚热带鲜花一般的世界。印度的纱丽和中国傣族少女的筒裙是这组服装的"根",它将是1989年国际时装流行的趋势;

——简练的线条,多彩的图案,时髦舒适的款式,体现了少女青春活跃的个性;

……

这十二个女模特气质优雅,动作舒展优美,很好地体现了设计者所要表现的思想和感情,给观众留下了十分美好的印象。这些模特从挑选训练到登台表演,都是由当时还不到二十岁的马羚亲自主持和担任老师的,这使得许许多多见多识广的新闻记者也不由感到惊诧。

马羚原是个很不错的舞蹈演员,何以又搞起了服装设计呢?

她说:"舞蹈是青春的事业,一个十几岁的姑娘在舞台上是很美的,但是到了三四十岁,还能那么美吗?显然是不可能了,我当然要看得远一点……"

在一篇她写的题为《我的梦》的文章中,她进一步写道:"服装设计一直对我具有强烈的吸引力,它好像是我的生命和一切。从迷人的西双版纳到神秘的青藏高原,从海南岛的椰林到长白山的冰峰,勤劳勇敢的中国人就生活在这块土地上。傣族姑娘穿着绮丽的筒裙,朝鲜族少女的长裙柔美飘逸,黎族妇女制作着多彩的织锦,藏族男子佩戴粗犷的服饰……我热爱这一切。它们唤起我的想象,使我热切地想把它们融汇到其他人们的衣饰色彩中,让人们用更多的色彩装饰新的一天。"

和同龄人相比,马羚是出色和成熟的,她还会更出色更成熟。衷心祝愿她的事业放射出更加璀璨的光芒。

初次发表于1989年第3期《青年月刊》

在生活的舞台上
——鞠萍 李玲玉 唐敏待人接物小记

颇富人情味的鞠萍

鞠萍是为广大观众所熟悉的中央电视台少儿部节目主持人。她主持的《七巧板》节目受到了孩子们和家长的欢迎。在1988年12月30日"全国优秀专业节目主持人揭晓晚会"上,她成为电视观众和专家评出的"十佳"之一。

我第一次见到鞠萍,是在一位朋友家里。起因是一家刊物约我写一篇介绍鞠萍的文章。那家刊物的编辑并告诉我,鞠萍好像不一定很乐意人家写她,曾有好几个记者碰了软钉子。

碰巧,我的一位好朋友和鞠萍很熟,知道我要采访鞠萍后,那位朋友给鞠萍打了个电话,约她来家一起聊聊。

几天以后的中午,我去那位朋友家。我到的时候,鞠萍正在厨房里掌勺,我的那位朋友负责打下手。菜被一盘盘端上桌,我似乎也很难像个一级厨师似的给她烧的菜打分,不过她实在是露了一手,把那些流光溢彩的菜照搬到荧屏上也不会太逊色。

一会儿,鞠萍从厨房出来了,朋友给我们彼此作了介绍。

从外表上看,鞠萍算不上特别漂亮,她给我的印象是秀气、大方、亲切,很适合干她现在的主持人工作。

当桌上那些盛满菜肴的盘子差不多干净得快成为杂技团的道具的时候，我和鞠萍已进入了各自的"角色"。那次谈话，使我对鞠萍有了一定的了解，并十分有幸事先看到生活中鞠萍的一个"特写"镜头。无疑，这个"特写"是颇富人情味的。

热情平易的李玲玉

有一次，我的一个朋友给我打了个电话，说家里有两个亲戚来北京，很想看东方歌舞团的演出，希望我帮忙搞几张票。我答应了。

可上哪儿去搞这几张票呢？东方歌舞团的演员我认识好几个，熟悉一点的还就是李玲玉了。可这时，我已经好长时间没和李玲玉联系了，况且她现在已是很走红的歌星了，她还肯帮忙吗？

为了不使我的朋友失望，我还是决定试一试。我给李玲玉拨了个电话。在简单的寒暄之后，我直接说出了自己的要求。

"你要几张呢？"电话里她问。

"四张。"

"行，明天下午上我这儿来拿票吧。"一切都极为简单、顺利。

"谢谢你。"我愉快地放下了电话。

后来，我的那位朋友告诉我，取票的那天，李玲玉待她很客气，很热情，一再挽留她在家里坐一会儿，一点没有明星架子，给她留下了十分美好的印象。

李玲玉对待朋友是不错的，对待陌生的读者也相当负责。

有一次，我去她那儿做客她正在给读者回信。

"你收到的信一共有多少封了？"

"差不多一千多封吧。"她说。

"怎么，挑着回吗？"

"不，我想争取每封都回。"

乖乖，一千多封信，如果每封都回，即便是一天回三封，也得回一年。

我不知道后来她是否给每位观众都回了信，但是作为一位走红的歌星，能有这种精神，就足以不辜负喜爱她的观众了。

谈吐幽默的唐敏

唐敏是中央芭蕾舞团的主要演员，曾主演过《天鹅湖》等许多芭蕾舞剧，在国际芭蕾舞大赛中也得过奖。

初识唐敏的一些人，常常会觉得唐敏这个人冷傲，不大容易接近。

但一旦你和她熟了，你就会发现唐敏是个相当热情、活泼的人。她如果和别人谈话投机了，也是一副神采飞扬的样子，并且在她的谈话中，不时能露出许多幽默风趣的语言，和她谈话很有意思。

有一次，我去中央芭蕾舞团办事。我熟悉的一位摄影记者托我带给唐敏几张他为唐敏拍的照片，由于那位记者是个新手，他还特别嘱咐我，征求一下唐敏对照片的意见。

我如实转达了他的要求。

"是吗？"唐敏把手中的照片又来回端详了几遍。

一会儿，她慢悠悠地笑着说了一句："他是不是想让我自杀呀？"

就凭她这一句话，我知道照片不理想。

我回去以后，把唐敏的意见和那位仁兄重复了一遍，那位仁兄的脸腾地红了。隔了很长一会儿，他也慢悠悠地说了一句："哪是她想自杀呀，她分明是想让我自杀嘛。"

初次发表于1989年第7期《青年月刊》

"我喜欢唱民歌"

——记全总文工团青年歌唱演员龚七妹

我喜欢和她谈话,不是作为采访者和被采访者,而是作为朋友。

在我采访过的演员中,她无疑是属于有深度的那一种,这从她的言谈、举止和她那间小房间的布置能够感觉出来。

她在谈自己的生活、事业、理想的过程中,非常自然地掺进了她对人生的理解,使得你在了解她的时候,似乎对人生也有了一个新的层次的认识。

她是四川人。她的名字也起的蛮有意思。她在家中排行第四,只因为是初七那天生的,所以父亲给她起名叫"七妹"。

她是个有着极强烈事业心的演员,用她的话说:"我不想成为一个匠人,而想成为一个真正的艺术家。"

为了提高自己的演唱水平,前两年,她自己掏腰包去音乐学院进修。这笔钱,对薪水不高的她来说,无疑是个不小的负担。为此,她经常穷得叮当响,混得整天吃馄饨、烙饼。

她喜欢民歌,喜欢极了。不少唱民歌和美声的演员一看流行歌曲吃香,都转了向,可她偏不。

她愿以自己的整个青春,追寻心中的梦。

发表于1989年10月27日《北京青年报》

红十字下的忧郁
——首都护士职业采访纪实

前 言

从普通的意义上讲,医院那鲜红的十字标志,是生命的起点,也是生命的复归。

除了怀着喜悦的心情,等待婴儿那第一声嘹亮的啼哭的人们外,这是一个人人都想避免却又无法避免来到的地方。俗话说:有什么也别有病,没什么也别没钱。人们对疾病的认知,真可谓入木三分;无须证明,到这个地方来的人,已是痛苦、不幸甚至灾难缠身了。

每一个来这里治病的人,都怀着一种虔诚的希望,对于那些危重患者来讲,那鲜红的十字,更是他们生命夜色中冉冉升起的太阳。

在这红十字俯照的地方,总有一群差不多是最忙碌的人,她们的名字叫——护士,她们还有一个更动听的名字——白衣天使。

白衣天使:美丽、圣洁、可爱;即便她们不能成为人们心目中的上帝,也应该是人们心灵殿堂里的偶像。

可是……是的是的,无论干什么都最怕这个"可是"。

可是,曾几何时,"天使"在人们的心目中普遍地被亵渎了,甚至沦落到了差不多和奴婢近似的地步:护士?护士不就是伺候人的吗。

在一些急于"跳槽"的年轻护士眼里,护士这个职业,也快成了万劫不复的地狱……

"哟,你怎么当护士了?"几年不见的熟人这样说,语气之中透露出的无限惋惜之情,让人觉得这位护士好像是鲜花插在了牛粪上。

"你他妈的小护士懂个屁,还不给我赶快叫医生来。"心急火燎的病人家属这样喊,态度蛮横,仿佛一个粗野的老板在训斥他手下闯了大祸的小伙计。

"护士,不好不好,整天伺候人,还得上夜班……"一些渴望结一门让人羡慕得发昏的姻缘的绅士,对介绍人委屈得差不多要叫了出来……

这就是中国的白衣天使吗?是的,这就是时下中国人眼里的白衣天使。

近些年来,在相声里,护士的形象几近泼妇;在文章里,护士的形象几近悍妇;在照片里,护士的形象几近家妇……真有点把人挤对死了算的味道。

护士们气愤地说:难道,我们就是这副尊容?

……

1900年的一天,在英伦三岛,一位老妇人迎来了她生命之树的第八十个年轮。这一天,全英国的皇族和人民,甚至全世界的学校和护士团体都在为她祝寿。

1907年11月,继任维多利亚女王的爱德华国王颁给这位八十七岁高龄的老妇人一枚荣誉勋章,这可是人人仰慕的光荣呵!而她却是第一个获此殊荣的伟大女性。新闻和各大杂志掀起了有关她的报道高潮,来自各地的贺电不绝于途,刚好来到英国的德国皇帝也是她的仰慕者,他特派属下送来了美丽的花朵和动人的贺词……

这位受到举世仰慕的老人，就是把毕生精力都献给了护士职业、创立了现代护理学的南丁格尔。她是英国人，出生在意大利北部风景秀丽的佛罗伦萨，为了纪念这个美丽的地方，她的全名叫佛罗伦萨·南丁格尔。

亨利·杜南，这位创立了红十字会的瑞士商人，这位使得全世界的红十字徽章都以他的祖国瑞士国旗红底白字为构想，调换颜色成为白底红字，为瑞士赢得了巨大荣誉的商人说：我的成就完全归功于一位伟大的英国妇女，她就是佛罗伦萨·南丁格尔。

南丁格尔只是一名护士，但却以她的人道主义和献身精神温暖了人类的心灵，赢得了全世界的仰慕与尊敬，并大大提高了护士在世人心目中的地位。

世事沧桑，斗转星移。以往的一切，对于今天千千万万个中国护士来讲，仿佛只是一个极为遥远、虚无缥缈的天国之梦。

令人不安的现状

在今天的中国，护士已不是什么令人羡慕的职业，同招收空中小姐、公关小姐、饭店服务员报名处车水马龙、趋之若鹜的盛况相比，护士学校招生的地方，真成了被"爱情"遗忘的角落。

早在1985年，以写散文见长的广东作家岑桑就在《广州日报》上撰写了《南丁格尔们的问题》一文，文章中提到：一个非常热爱自己本职工作的护士改行了，这个护士与一工友同时在一个单位开始工作，前者的工资不但不如后者高，而且全部工资还不够孩子的半托入托费。这篇文章还提到，广东的卫生学校招生，历时三个月才能凑足人数，而最后还有二十人放弃学籍不报到。

几年过去了，这方面的情况似乎没有什么好转。

浙江《东方青年》记者刘晓林在该刊1988年12期《白色的警

告》一文中指出：浙江省"六·五"期间护士队伍缺编一万六千零七十人，"七·五"期间，即1986年——1990年间，全省缺护士近两万人。

据北京卫生局医政处吴瑾茹同志介绍，近年来北京地区护士学校学生来源日趋紧张，为了完成招生任务，往往要降低分数线降格以求。由于市区报考护校的学生愈来愈少，护校招生人员不得不把目光转向近郊。

我们不妨再看看生活中的一些例子：

容貌秀丽、举止文静的护士小刘谈起一件往事：有一天，她去一个熟人家串门，适逢那位熟人家来了客人，在主人去另一间屋子给小刘张罗茶水的时候，那位客人和小刘有如下一段对话：

客人："请问，您在什么地方工作？"

小刘："××医院。"

客人："在医院具体做什么工作？"

小刘："内科。"

客人很知趣，没有再往下问，把话题转到别处去了。据小刘讲，如果客人再问她："在内科干什么？"她准备好的答案是："病房。"不到万不得已，她是不想"供"出自己是护士的。因为她觉得护士这个工作，实在"掉价"。护士们对自己的职业怀有怎样的心态，由此可见一斑。

护士小王是个勤快姑娘，在病房里整天忙前忙后，把病人照顾得十分周到，病人中有一个基层领导干部对她说："姑娘，瞧你细皮嫩肉的，怎么干这个工作，等我出院的时候给你换个工作。"话虽不多，社会对护士工作的偏见，亦由此可见。

小王对记者说："尽管这位同志是好心，可是我听到这话的时候却是一种欲哭无泪的感觉。病人一方面感激我们，一方面又瞧不起我们，即使我们原来热爱自己的工作，这样的经历多了，怎么叫我们不寒心呢？"

由于护士工作辛苦，又得不到社会广泛的理解、尊重和重视，致使许许多多护士纷纷改行，另谋出路。有的到大饭店当了服务员，有的当了推销员，还有的当了小车司机。调走的护士，往往还是护士中素质较高的骨干，因为她们要改行，除了要有路子外，自身也要具备某方面的长处，如容貌美丽，外语好，社交能力强，聪明勤奋等等。

北京某护校1983年毕业的一个班中有六名同学被分配到同一所医院，到我采访的时候走得一个不剩。有的老护士伤心地说："我要告诉我的子子孙孙，让他们将来再不要来当护士。"

一位老护士长忧心忡忡地说："这样发展下去，将来还有多少人愿意当护士呢？"

据一些老护士介绍：在50年代，护士是为许许多多女孩子所喜欢所追求的职业，那个时候报考护校，不但要经过严格的文化考试，还要进行面试，面试对护士的仪表、身高、形体、言谈举止、反应能力都有一定的要求。这样的要求是有道理的：如果护士容貌端庄、体态轻盈、态度亲切，对病人的心理无疑是一种安慰，并且容易使病人产生一种亲切感和信任感，这对配合其他方法的治疗是有很大帮助的。

近年来，由于报考护士学校的人数太少，面试这一关已经取消，因此在一些医院里，我们有时能够看到一些体形较胖、身材矮小，或者是粗着嗓门讲话的护士，在50年代的医院里，这种现象基本是见不到的。

护士素质下降的直接后果就是护理水平下降，事故隐患增多，最终遭受损害的是病人。

比如：手术中辅助医生的器械护士，在手术前必须把盛手术器械的盘子里放置了多少把手术器械，多少块纱布，这些东西放在什么位置，手术中这些东西用去了多少，还剩多少等等牢记于心。最近，在北京某医院的一次手术后，清点器械和纱布时发现少了一块纱布，当班护士也说不清纱布的去向。这样，不得已又把病人缝合的伤口拆开寻找，结果仍未找到，只好再将伤口重新缝合，最后经认真寻找，发现那块纱布卷在盖盛手术器械的布里，尽管这次没有造成伤害事故，但是却延长了手术时间，增加了病人的痛苦。

再比如，有的护士由于责任心不强，把该发给甲病号的药发给了乙病号，还有的护士打针能疼得病人直嘬牙花子，类似这样的现象有所增多均和护士素质下降有密切关系。

应该说，当好一个护士是很不简单的，她不但要具备医学、药物学、护理学等方面的知识，甚至对社会学、伦理学、心理学等方面的知识也要有相当的了解。不说别的，一个护士要熟练掌握的常用药品就得有几百种。

即使我们司空见惯的护士打针、走路也有学问。

护士给病人打针，不但要做到熟练、准确，还要做到两快一慢：进针快、拔针快，推药慢，使病人感觉不到多大疼痛；即使在紧急的情况下，护士走路不但要做到迅捷，还要做到轻盈，不会因发出过大声响影响病人休息；手术中的护士更必须心灵手巧，她应该能根据手术的进程和医生的眼神，迅速、准确地递给医生一件又一件手术器械，这中间不能有丝毫差错和迟疑。

除此之外，护士还要能通过病人呼吸、气色，甚至大、小便的颜色观察出病人的病变和整体情况。

一个优秀的护士，还能纠正医生的错误处置……

现实情况是：一方面从事护士工作的人应该具有较高的素质，一方面又没有太多的人愿意从事护士工作，使护士的素质呈下降趋势，这应该引起我们深切的忧虑，因为护士们服务的对象就是我们人类自身。

沉重的红十字架

夜，静谧，安详。

在一幢幢病房大楼里，幽暗的灯光照着长长的走廊，病人们大都睡去了，只有值夜班的护士不时来去：观察危重病患者，照顾起夜的病人，紧急处置病人发生的险情……

夜是美丽的，工作是美丽的，心灵是美丽的。但是，有谁留意过，她们当中的许多人，原来红润、俏丽的脸庞，却在这日复一日的"美丽"的堆砌中，渐渐变得苍白、消瘦，甚至显得有些憔悴了呢？

她们实在太累了。

能不累吗？据了解，全国护士队伍缺员高达三十万人。

那么这三十万人的工作量能够自动消失吗？当然不能。这些工作量全部压在了现在从事护士工作的人们身上。

1987年下半年，北京市卫生局医政处对北京市近二十所医院的调查结果表明：现在北京相当多医院医生与护士比例倒置。一般正常比例应为1：2，而现在的比例则是1：0.8，这种不合理的现象，在全国许多地区的医院都不同程度地存在。医生多，医嘱就多，医嘱多，工作量就大，许多本来就超负荷工作的护士，就更忙得不可开交了。

最辛苦的是那些离家远有孩子的护士。一个月要上两周夜班，下了夜班不能休息，要去赶车，路上还要买菜，到了家还要做饭，照顾孩子，还没睡个囫囵觉，上夜班的时间又到了，又得往回赶。长年累月下来，这些护士感到整天疲惫不堪……

在一般人看来，护士这个职业是千万种职业中的一种，她们所做的一切都是应该的，就像工人应该做工、农民应该种田、商人应该经商那样自然、天经地义,没有什么可大惊小怪的。在每天的忙忙碌碌之中,白衣天使们究竟付出了什么,只有她们自己清楚。这里,我不妨随便撷入她们工作和生活的几个镜头……

——夜班。凡是当护士的,基本上都要上夜班。夜班无论对精神还是体能的消耗都比白班大。由于房子紧张,一间集体宿舍要住四五个,甚至七八个人,互相干扰,使上夜班的护士白天也不能很好地休息。有的护士想通过进修提高自己的业务水平,由于医院人手缺,班次又倒不开,只好自己辛苦点,整月整年的连续上夜班,抽出白天的时间去学习。长时间的生物钟颠倒,使大多数护士都患有程度不同的神经衰弱症。

——吃饭。护士吃饭的时间永远难以准时。快到吃饭时间了,或者正吃着半截,突然来了危重患者,护士就要参与抢救工作,至于什么时候能吃上饭,那就说不好了。在医院中,得胃病的护士占有相当比例。

——环境。医院里,什么样的病人都有,有不少病人患的是传染性很强的疾病,稍有不慎,就会被传染上。不但如此,有的时候就是预防也预防不了,比如儿科的护士带着孩子去放射科照 X 光,儿科患者主要是二十八天到十四岁之间的孩子,许多孩子得护士抱着或拽着才能听话,这样,护士也得陪着孩子"吃线"。长期"吃线",对护士健康损害极大。

——打针。打针对于护士来说是最基本的工作之一,这里边还有什么故事吗?护士每天要给许多病人打针,时间长了,次数多了,有时难免出现些差错。比如,有时针没有扎准,针头先扎在自己的手指尖上,穿过自己的手指才扎进病人的皮肤,遇到这种情况,护士只好忍着疼痛,把药推完了才把针拔出来,这既是避免增加病人的痛苦,也是为了避免由此和病人发生争执,像这样的细节,护士自己不说,病人是从来不会留意的。

上面所列举的,只是随手拍来的几个镜头,类似这样的镜头,我们还可以列出许多。

由于工作劳累、紧张,又得不到很好的休息,许多护士体质严重下降。

最近,对北京市直属的19所医院的5325名护士的调查发现,有病的护士人数高达1696人,占调查总数的31%。青年护士3736人,有病的704人,占接受调查的青年护士总数的18%。

在有病的护士中,最为集中的几种病是:心肌炎、肝炎、神经衰弱、结石、心动过速。不难看出,这几种疾病都同工作劳累和护士所处的工作环境有直接关系。

可以毫不夸张地说,这些白衣天使是在用青春和生命的琼浆浇灌患者。

有谁说得清,白衣天使们那孱弱而坚韧的肩膀,究竟默默地承受了我们民族中的多少忧愁与欢乐,眼泪与希望,痛苦与向往……

天使的忧虑

护士的工作是极为辛苦的,她们的待遇如何呢?

先说工资。同样是中专毕业生,在大宾馆工作的服务员,厨师,每月的总收入要比从事护士工作的人每月一百余元的总收入至少高出二到三倍,即便是被分配的工厂的工人,一般也要比护士高出20%—80%不等。

护士小贺说:她有一位中学同学现在一家合资饭店工作,漂亮时装一套一套的,价格贵得让她咋舌,这位同学经常出入的都是诸如"顺美""爱德康"等高级时装店,而这些时装店她是不敢问津的。

护士大都也是些二十岁左右的姑娘,也非常想把自己打扮得漂亮点儿。她们买不起高档的时装，只好从服装的款式和花样上多下点功夫，以满足自己的爱美之心。

虽然，小贺是笑着说上面那些话的，但在那微笑的后面，我似乎看到了隐隐的沮丧。

再说住房。在医院工作的护士，很难有机会在本院分到住房。论文凭，她们比不了和她们同年参加工作的医生。政策规定：医生上大学期间的五年算连续工龄；护士初中毕业到护院学三年，高中毕业到护校学两年，这些都不算工龄；工龄要从参加工作算起。

论工龄，她们比不过和她们同时从初中或高中毕业的医院后勤人员，那些人毕业后直接就到医院来了，她们却多拐了个"弯"，这一"拐"，却把房子给"拐"没了。

北京某大医院护士小B，是一位参加工作多年的护士，她和男朋友认识了好几年，已拖到了"大龄"。因为没有房子一直结不了婚。好不容易小B的医院分给她一间六平方米的住房，这本来是件好事，但让人哭笑不得的是，房子的上边通过了好几条厕所管道，管道中还不时传来不知怎么形容好的响声，更让他们担心的是万一有什么黄色液体从管道中渗出来。

小B的姥姥在从外地赶来参加外孙女婚礼的时候，看到房间狭小、局促、管道密布的情景，竟忍不住当着众多来宾的面哭了起来，说："孩子，你的命怎么这么苦呵！"对此情景，许多参加小B婚礼的护士都相对无言，唏嘘不已。

住房难，这是当前城市中普遍严重存在的一个问题，尽管这些年国家在这方面投入了大量钱财，但由于欠债太多，要根本缓和这种状况，显然不是三两年内能够办到的。要求护士一结婚，医院就能分给住房，这无疑是一种苛求，是根本办不到的。

现在的问题是，由于一些医院的领导本身轻视护理工作，在许多单位存在着护士分配到的住房比例过小的问题。笔者从有关方面获悉：北京 A 医院共有护士 477 名，住医院房子的是 64 名；北京 B 医院共有护士 287 名，住医院房子的是 31 名；北京 C 医院共有护士 487 人，住医院房子的仅 25 名；北京 D 医院共有护士 317 名，住医院房子的仅 9 名。在这些住医院房子的护士中，还有许多是沾了丈夫是医院的医生或是职工的光。如果除去这部分情况，护士分到住房的比例就更小了。

当然，情况并不都是这样。1986 年 5 月全国首次护理工作会议以后，广西南宁等几个城市，专门为护士设计、建造了护士大楼，并严格规定，只有从事护理工作的人才能住进护士大楼，这使护士们受到了极大鼓舞，护理工作的水平也有了很大的提高。

还有一个影响护士队伍稳定，使护士们深感忧虑的问题是今后的出路问题。常言道："老将出马，一个顶俩。""姜还是老的辣。"在相当一部分行业中，人是愈老愈吃香。但对于护士来说，则完全不是这样。年龄大了，眼也花了，手脚也不利索了，已明显不再适合于在紧张、忙碌的一线工作。目前医院似乎也没有更好的去处安排这些老护士，一般多是把她们安排在挂号室或分配到各个门诊科室去负责叫号，尽管这样分配带着照顾性质，领导是出于一种善意，可是由于这类工作谁都能干，不需要什么专长，却不由使老护士们产生一种"穷途末路""何处话凄凉"的感觉。

工作累、待遇低、前途黯淡，这是许多人对护士职业望而却步，许多护士不安心本职工作的主要原因，也是影响到护士服务态度的一个重要因素。

护士小陈直率地说："护士吃不好、住不好、休息不好，这几样不好加起来，服务态度能好吗？"尽管这是一时的激愤之言，却不能说没有一点儿道理。

又要马儿跑，又要马儿不吃草，这更多的只能是一种良好的愿望。

宽容与理解

病人和医护人员发生纠纷,这是一个令人头痛的问题。作为医护人员,长期和各种各样的病人打交道,要做到永远风平浪静是极为困难的。

到医院来看病的病人,往往带有郁闷、焦虑和烦躁的情绪,处理不好,很容易和医护人员发生争执。由于病人还指着医生看病,在病人的心目中医生的地位也确实高一些,因此有些病人对待医生还克制些,却把火撒在了护士头上。病人和护士发生争吵,基本分为三种情况:一种情况是病人无理取闹,主要责任在病人;另一种情况是护士态度不好,主要责任在护士;还有一种也是非常大量的情况是,由于病人或家属不了解护士的工作造成的"误会",病人或家属对护士的一些行为的不理解也源于此……

隋淑英,北京阜成门医院监护病房护士(大方、秀气、说话富有条理,发言有较强的概括力):我举一个简单的例子,比如这个病人神志不好,我们去叫醒他,去轻轻敲敲他,病人家属就特别不高兴,冲我们嚷嚷:"病人刚睡着,你别折腾他了。"其实,那种状态在医学上不是一个正常状态,家属就不理解。再比如,我们不希望家属老来探视,因为这特别容易导致心脏病人精神兴奋,致使心律失常,甚至危及病人生命,可病人家属就是不理解,冲我们发脾气:"你们小护士有什么了不起的……"有时,还有更难听的话甩出来,我们怎么办?还真得有点涵养……

李俊杰,北大医院外科护士(戴着一副眼镜,性格爽朗,话语简练):我觉得病人和护士之间互相增加了解挺重要的。比如,有的肾功能衰竭的病人好不容易有点尿了,我们真高兴:"哎哟,可有尿了。"大家拍手欢迎。好多病人不理解,你们倒尿还有什么可乐的？好像我们怎么了似的，怎么那么疯呵。

梁方，北大医院内科护士（有一双活泼的大眼睛，说话富有幽默感，有较出色的演讲能力）：我们那儿是高干病房，老同志特别多，这些老同志还都不错，对人彬彬有礼的，有那么些长者风度。当然了，我们也是彬彬有礼的，礼尚往来嘛，双方关系很融洽。只是有的家属有点够呛，仗着老子或者爱人来压人。总是：你们护士应该怎么怎么的……我心说了，我就是干这个的，还用得着你来指手画脚？

不过，医院对我们高干病房的护士要求可挺严的，绝对不许和老同志发生冲突，因为有些人是"通天"的，一下捅上去，我们整个医院可都玩完啦，即使捅到院长那儿，我们也吃不消呵。老人嘛，有些怪脾气，有点老小孩的性质，有时挺爱计较，就说发药吧，有的老同志就问："哎，怎么发他了，没发我呀。"我心说了，没您的药，我发您干吗呀，解释一下也就完了。

有一次，一位老同志问一个护士："怎么没我的药？请去查一下。"那个护士清楚地记得就是没他的药，就没去查，得，那位老同志有意见了……

陈建军，北大医院儿科护士（身材修长，举止稳重，有相当强的语言组织能力，谈话能抓住要点）：我们儿科不让陪住，这就牵扯到一个问题，在家里往往是四个大人照顾一个孩子，而我们这儿二十一张床，总共有六个护士，我们的床位比例我算了一下，是0.54∶1，这"0.54"里边，还得包括病假、事假、婚假、产假和各种教学假等等。这么算下来，差不多是0.3∶1，从比例上看，就比在家差远了。家长们都有这样的要求：孩子必须照顾好。有时，家长来了，一看孩子的尿布没换，就非常生气。我们换尿布，是两个小时换一次，也许这次换的时候孩子没尿，也许孩子刚尿完还没来得及换，家长来了看见了。家长当然就不干了：我的孩子沤在尿里，这在我们家是绝对不允许的。

可是我们这么几个护士,又有那么大的护理量,加上喂饭、喂水、大治疗、小治疗……要做到孩子每次尿了马上就能发现,真是很困难。

从护士们的上述发言中不难看出,只要增加沟通和了解,许多争执是可以避免的,许多不满情绪也是可以化解的。宽容和理解,不论对病人、病人家属,还是对医护人员来说,都是非常重要的。

破碎的少女梦

大龄女青年的恋爱、婚姻问题,是目前社会上一个十分严重而又棘手的问题。尽管近来这个问题在报刊上边已不像前两年那么多地被提到了,但这丝毫也不表明这个问题已经解决或接近解决了。这个问题在社会上仍普遍存在,在护士群里也相当严重地存在着。

据了解,在北京的许多医院都有不少三十岁左右的护士没有结婚,甚至还没有男朋友,其中不乏一些容貌出众、气质高雅的女护士。

出现这种现象的原因之一是,这些护士有较高的文化修养,自身的条件也比较优越,因此自视甚高,但由于不少条件好、文凭高的男青年把护士排除在他们选择视野之外,致使不少条件优越而又不想降低标准的护士在爱情问题上陷入了一种孤芳自赏的窘境。

有一位大学毕业被分配在中央某部委工作的青年干部小韩,托他中学时代一位在医院工作的同学帮他找个女朋友,条件倒也简单:第一,漂亮;第二,最好是医生,若没合适的,打字员什么的也成。那位同学物色了半天,准备给他介绍一个容貌美丽、举止温柔,各方面条件都不错的外科护士。不料,这个青年干部对着姑娘的照片,把头摇得像拨浪鼓:"这小姑娘长得倒是挺漂亮的,可是护士我不要。"

那位同学在列举了姑娘的种种优点，诸如善良、正派、贤惠之后，问他："护士有什么不好？"

那个青年干部略微思忖了一下说："护士不就是打针、发药、端尿盆、伺候病人吗？没劲。"

另有一位青年工程师的看法是：护士接触人太多、太杂，三教九流，各色人等。一个女人认识的人太多，不是什么好事。特别是有些病号，长期住院，接触时间长了，男女之间难免产生些感情纠葛，做一个男人老得提防着老婆跟别人跑了，这样的活法太累。

还有一位青年编辑发表了这样的高见：护士工作太脏，整天和病人打交道，有时还得接触病人的屎、尿、脓水什么的，那种情景想起来就饱了。他说，他现在活得挺滋润，还没到想绝食的份儿呢。

即便是整天和护士一道工作的医生，有许多人也不愿意找护士。一个理由是，护士和自己是同行，这样的结合，使生活视野太窄了；另一个理由是，医院太忙，这样的结合无法照顾家庭。

当然，也有一些条件优越的男青年特别愿意找护士，不过用护士的话说：那是因为这些人动机不纯。大家都知道护士温柔、体贴、会照顾人，他们找护士不是因为特别瞧得起护士，而是为了想过得舒适些，即便是这样，在青年知识分子中这样的人也不太多。

尾　声

在我的书架上，摆放着一本描写南丁格尔一生的《南丁格尔传》，其中有一段是这样描写的：

有一个夜晚，弗罗和朋友在庭院散步。

"哇！好美呵！好像漂浮在雾中的画舫。"

她的朋友不禁停下脚步，紧握弗罗的手，惊诧地说："嗯，的确很美！"

　　从窗户里射出来的灯光，照在迎风摇动的每一朵花草树木上，就像梦幻仙境般缥缈、虚无。

　　弗罗止住脚步，望着灯光说："把这里改成医院该多好，每一个窗子下面摆设一张病床，我是受人尊敬的护士，每天来回探望、照顾床上的病人，让他们在这种环境和亲切的安慰下，安心养病……那该多好！"

　　这一段描写，生动地刻画了一个少女的"天使"梦。那么纯真，那么美好，那么亲切。

　　看到这里，我被深深地感动了。

　　同时，我也深深地希望和祝愿，在不远的将来，在我们这片古老而广阔的土地上，也会有千千万万个少女，在做着和南丁格尔一样美丽的梦……

初次发表于1989年第10期《大学生》

熄灯号和起床号

——小记青年书法家张正正

我对能够写一手漂亮书法的人,无论长幼,都怀着十二分的羡慕和钦敬。

因为尽管作为一个书法家,他的资格委实嫩了点。

张正正从十九岁时开始学习书法,至今已有十几年的历史了。十几年来,他练习书法几乎每天不断。在学习上,张正正是个极用功的人,在学校期间就被同宿舍的同学戏称为"熄灯号"和"起床号"。

中国的书法艺术源远流长,几千年遗留下来的论著和碑帖难以数计。书法,作为一门有着悠久历史的艺术,描摹容易创新难。

张正正的书法贵在有一种创新意识。他独辟蹊径,以"胆"为魂,以"情"以"意"驭笔,通过不同的墨色和对字体点、线、形的多变组合,在作品中筑成深邃而优美的意境。

张正正写每一幅字,事先都要在头脑中反复构思,揣摩,然后落笔。每创作一幅作品他还要用卡片将字迹临摹下来,作为资料保存,日积月累,这样的卡片已有好几千张了。我们不难窥见他创作态度的认真和严谨。

张正正毕业于北京第二外国语学院,现在一家杂志社担任英文编辑。目前,他的译著也已有好几本了。一本是中国传统的书法艺术,一本是时下最时髦的英语。

他的前途是光明的,他的身后则是一条蜿蜒曲折的小路……

初次发表于1990年1月5日《北京青年报》

常扬和他的报告文学

常扬从事报告文学创作的时间并不长,但是由于他有着较深的生活经历和文学素养,所以,他的作品一问世,就显示出独有的特征,引起社会的极大关注。

1986年,我国黄河北干流发生了历史上最大的沉船事件,全国各大报刊的记者都涌向那里,但唯有常扬用扎实的采访和全方位的描述,写出了震魂慑魄的报告文学《黄河沉船》,不仅许多报刊转载介绍,《文艺报》还专门作评,誉之为"又一首黄河船夫曲"。

1987年,在乡镇企业的一片赞扬声中,他以一个青年作家和记者的敏锐,深入到生活的最底层,艰苦采访,先后接触两百余人,大胆而客观地写出了剖析中国乡镇企业弊端的具有厚实分量的作品《惊险的跳跃》。

这篇报告文学一经刊出,立即引起国内外的注意,日本《读卖新闻》社记者还专程飞往西安采访了他,从而成为陕西第一位接受外国记者采访的记者。在今天的治理整顿中,我们重阅这部作品,更感到它难得的作用和价值。

从此,常扬的创作一发不可收,并以极大坚韧和毅力向经济领域探索，写出一篇篇现实意义极强的佳作。《夹缝时代》第一次全方位、多侧面地写出我国燃眉之急的第三次待业高峰；《黄色悲剧》在众多表现黄金题材的作品中独辟蹊径，全面深刻、充分显示出作者潜在的哲学与艺术功力。正因为如此，才受到中央电视台的热情扶持，改编为四集电视专题片。

尤其是他用沉重的焦灼和火样的热情写出的《中国税收的疾呼》，成为我国第一部全面、深刻表现税收题材的报告文学。发表后受到国家税务总局局长的高度赞誉和万千税务工作者的热情称颂。许多报刊转载，几家电视台同时连播，在我国财政颇为吃紧的今天，这部作品正显示它十分及时的作用。

从常扬的报告文学中，我们不仅感受到了时代脉搏的跳动，也感受到了这位青年作家强烈的社会责任感。常扬的报告文学所描写的主题，都是我们的国家和人民迫切需要文学来反映、来思考、来昭示的问题，他的报告文学总是扣紧时代脉搏，丝毫也不游离于时代的主旋律之外。

所以，他的作品多能成为改革者有益的参数，成为我们乃至后代观察今日社会的一面镜子。

这些厚重的作品都是在一种极端困难的条件下写成的，常扬是位年轻作家，也是一位年轻的父亲，这便使他的生活在多一层欢乐的同时，也多了一层深重。

他在即将由陕西人民出版社出版的报告文学《夹缝时代》的"跋"中写道：

"孩子在襁褓时，我刚进入构思，他哭醒了，我只得抱着他，一边摇，一边写；长大了，他又与我争地盘，我只得趴在床上，躲进厨房，或编一段故事将他哄着，骗出门。为此，孩子亏了多少欢乐和父爱啊！"

这就是常扬！他在用手中的笔描绘这个时代的同时，也在用他的勤奋与深刻塑造着充实的自己。

初次发表于 1990 年 7 月 8 日《中国青年报》

序：为王昆著《爱之梦——爱情、青春诗选》而作

我一向觉得，朋友是要讲缘分的，以诗为友亦然。

当我读完王昆这一本诗集之后，应该说，我是喜欢他的诗风的。王昆的诗清新、淡雅、质朴，有较强的可读性和较高的美学价值。这本诗集中有些诗，可以说写得颇为精彩，比如他的《多多少少》一诗，即是很有韵味的一首。

少一点掌声
也是一种真诚

多一点宁静
也是一种声音

少一点渴望
也是一种心情

多一点平凡
也是一种人生

这首诗很短，很凝练，但是留给人回味的余地很大，说是过目难忘，大概并不过分。

我读过的诗集不下百种，有相当一部分诗集，读过之后，我都感到一种淡淡的失望，因为从整本诗集中，甚至找不出一首能够给我留下深刻印象的诗。而王昆的这本诗集中的一些诗作，却给我留下了美好的印象，这不是一件简单的事情，特别是对一个年仅二十五岁的青年人来说，更是如此。

我不敢说王昆将来能够成为最优秀的诗人，但我可以说，他至少可以成为比较优秀的诗人，如果他能确确实实不懈努力的话。对于他来说，创作的艰辛和取得的荣光，将可能都会是巨大的。

创作于1990年8月，初次发表于1991年2月《爱之梦——爱情、青春诗选》（中国妇女出版社，1991年）

我们在一起

以下答陕西江红、段小红,黑龙江李文彬,四川关庆等读者问……

问: 您是从什么时候开始写诗的?

答: 认真开始诗歌创作是 1985 年,从那个时候起,我意识到我是可以写出比较好的诗来的,在此之前仅仅限于爱好。

问: 您认为对于一个诗人来说最重要的是什么?

答: 真诚。

问: 您总共发表过多少首诗?

答: 大约两百余首。

问: 您自己最得意的诗是哪一首?

答: 目前为止我最喜欢的是《热爱生命》。这首诗是 1988 年第 10 期《读者文摘》的卷首诗,同一期的《青年文摘》也转载了这首诗。

问: 您经常在什么时间写作?

答: 晚 9—12 点。

初次发表于 1990 年第 11 期《女友》。

笔答读者（一）

问：请问写诗需要有灵气吗？

答：是的，至少写好诗需要灵气。

问：您毕业于哪一所大学？

答：广东暨南大学中文系。

问：您被退过稿吗？

答：[老鼻子]了，肯定比你多。

问：有消息说，您的诗集已出版，请问哪儿能够买到您的诗集？

答：我现已出诗集两种，请按下面地址邮购：《年轻的思绪》二元七角（已含邮资）款寄北京前海西街文化艺术出版社邮购部，并请写明您的地址和邮编。另一本现已脱销。

初次发表于 1990 年第 12 期《女友》

笔答读者（二）

问：我很想和您通信，却又担心您太忙，您能给我来信，我将很高兴，若收不到您的来信，我也能够理解，我十分想知道您处理读者来信方面的情况，能告诉我吗？

答：关于这个问题，我想多说一点，对广大读者来信我的态度是一贯的，争取每封信都复，曾经在很长一段时间，我也基本做到了这一点，那时的读者来信日均是三到四封。我现在日均收信量常在五十封左右，以每封十分钟回复计算，一天复信时间约有八小时。如果给每位读者再复第二封信，那么回信量会更大。显然，一天用八小时以上的时间来写信，对于比较忙碌的我来说工作量是太大了。因此，像从前那样每信必复是极为困难的。

对于读者来信，我是认真处理的。特别有代表性的读者来信约三十到四十封，我已选入 1991 年由中国友谊出版公司出版的《汪国真其人其诗》一书，入选的读者来信，我均已去信征询读者本人是否同意发表。因此，收入该书中的读者来信必都是经写信人本人同意的。对于建设性的意见和建议，凡读者呼声比较高的，我都尽量采纳。比如，这个"笔答"栏目，就是根据读者的意见设置的，读者建议写的题目，有些也将在专栏中陆续出现。另外，我每天还专门抽出 1—2 个小时来为读者回信。即使这样，直接和间接回复的读者来信也只有来信量的三分之一或四分之一，大部分读者仍然得不到满意的回复，我常常为此感到不安。朋友之间最重要的是理解，我理解读者，尽可能多的写一些复信，读者理解我，收不到回信也不要埋怨我，好吗？

汪国真这个名字很普通，这个人也很普通，他将永远是你们中普通的一员，是你们的朋友，真的。

初次发表于1991年第1期《女友》

生命的呼唤（评点）

没有华丽的辞藻，没有费解的意象，没有艰深的晦涩。《往事》依然动人。

《往事》宛如夏夜里的晚风清清爽爽地向我们走来，走进了我们的心中。《往事》使我们感到亲切，使我们浮想联翩，因为从《往事》中我们读到了自己。

这是一首写得不错的小诗，语句凝练，比喻恰当，全诗一气呵成，毫不拖泥带水，基本无大的可挑剔之处。

《别送啦，父亲》，我已不再是少年时那个顽皮的孩童；《别送啦，父亲》，望着您秋天般的萧索，让我在春意中更加感到沉重；《别送啦，父亲》，在不太遥远的将来，我会有一个动人的故事讲给你听。

这首诗饱含深情，写得颇有新意，总体感觉不错，有的诗句略显直白。

《青春的风》在三月吹来，冻得麻木的意识也会苏醒；三月的风吹过，谁又能够再面无表情；三月的风吹过，可是有了杜甫一样深沉的感情和李白一样桀骜的心灵……

这是一首有一定深度的诗，这首诗的题材本不易驾驭，但作者驾驭得不错，看来，这首诗的作者是个不坏的"骑手"。

《黄州》在纸上,是因为黄州在梦里;黄州在梦里,是因为黄州是故乡。黄州是历史,黄州是传奇。

名胜古迹不容易写,因为难出新意。但这首《黄州》写得颇有韵味。如"黄州是一本书／人写／人读","黄州的装璜是古色古香的"都是精彩之句。如删去最后三行更好,此处不宜写尽。

"冬末的荒原"用萧条把冬天背后的热情遮掩;"冬末的荒原"中不知有多少对于温柔的企盼;"冬末的荒原"你能覆盖住绿色,却覆盖不住生命的呼唤。

这首《致冬末的荒原》写得最好的是开头,分段看亦不错,总体看,略有松散的感觉……

《收割季节》《五月的麦地》抒写对土地的一往情深,真挚而深沉,给人以无穷的回味。

注:《往事》作者:王嘉实(男　编辑),《别送啦,父亲》作者:梁乃勤(团干部)

《青春的风》作者:韦朋(男　二十岁　待业),《黄州》作者:程贤彬(男　二十三岁　农民)

《致冬末的荒原》作者:张劲松(高中生),《收割季节》作者:顾建华(男　二十三岁　中学教师),《五月的麦地》作者:吴建勋(男　三十二岁　中学教师)

初次发表于1991年第2期《中国青年》

汪国真答本刊记者问

编者的话：1990年，中国大陆掀起了汪国真热，汪国真成了许许多多青年人目光注意的焦点，为此，本刊特别约请几年来长期担任本刊特约记者的汪国真来回答读者所提出的最为关切的一些问题，现发表如下，以飨读者。

问：您在出版了《年轻的潮》《年轻的思绪》等集子后，读者现在很想知道1991年您有什么新作问世。

汪：1991年是我出书较多的一年，主要的著作将有：由中国青年出版社出版的《汪国真爱情诗精选》；由中国友谊出版公司出版的"汪国真诗文系列"九种中的前三种，即《汪国真其人其诗》《汪国真哲思短语》(一)，《汪国真抒情诗选》(一)；由新华出版社出版的《汪国真抒情诗硬笔书法字帖》；还有国际文化交流音像出版社出版的《汪国真抒情诗选》配乐诗朗诵磁带；由北京青少年音像出版社出版的《汪国真作品精选》歌曲磁带；由中国妇女出版社出版的《汪国真爱情诗卡》等，与我有关的，由别人撰写的书籍则有国际文化出版公司出版的《年轻的潇洒——与汪国真对白》，由中国妇女出版社出版的《汪国真抒情诗赏析》。

问：在诗歌领域之外您还有什么新的打算？

汪：是的，我除了写诗以外，在1991年会较多地进行歌词创作。最近，我已应中央电视台文化生活组和七巧板组的导演之约，为中央电视台的一些晚会撰写了主题歌和插曲的歌词，为中央电视台春节家庭趣味比赛晚会撰写了主题歌歌词。目前，我正在和作曲家谷建芬合作创作新的歌曲，同歌星杭宏合作，在准备灌唱新的歌曲磁带。同时，我已被中央人民广播电台主办的《广播歌选》杂志邀为专栏撰稿人。

再有，就是我很希望能去外语学院进修一下，提高我的外语水平，为将来有一个更大的发展奠定更厚实的基础。

问：您能不能介绍一下您的简历？比如您的出身，您的年龄，您的学校生涯及现在您从事的工作等等。

汪：可以的。三十四年前，我出生在一个知识分子干部家庭，我的父亲早年是厦门大学教育系毕业的，他所从事的专业使他能够比较得心应手地教育子女，我想，我今天的成才是和家庭教育有很大关系的。我还有一个妹妹，她毕业于北京建筑工程学院机械系，我觉得父亲性格的宽厚和母亲性格上的敏感，对我都有很大影响。我的小学生涯是在北京二龙路学校（分校）度过的，中学生涯是在北京实验中学度过的，大学生涯则是在广州暨南大学度过的，在大学我所学的是中文系的汉语文学专业。

我现在从事的是编辑工作，现任北京中国艺术研究院《中国文艺年鉴》副主任。

问：您现在很走红，您有一些什么感觉？

汪：首先是感觉很累，写稿、出书、到大学讲课，接待采访的记者，来访的读者，整天忙得像个上了发条的钟。

另外，就是觉得时间太不够用。

问：您的人际关系怎么样？会不会对您的创作有什么影响？

汪：我的性格比较随和，不论成名前还是成名后，对人都是平易的。因此，我的人际关系大体是不错的。因此，这种影响更多的是有利于我的创作而不是相反。

问： 有许多读者猜想，您一定受过许多挫折，不然不可能写出许多细腻而又深刻的东西来，是这样吗？

汪： 也有许多人这样问过我，应该说一些小的挫折和磨难是有过的，但大的挫折的确没有，至于作品中的深刻和细腻，我想主要是广泛读书、深入观察和思考的结果。

问： 您的作品现在大家都已很熟悉了，您的个人生活，特别是感情上的经历却鲜为人知。据说，您以前一直向采访您的记者回避这一点，这一次能不能向《追求》的读者们详细谈一谈呢？比如您是否成家了？如果没有，是什么原因使您现在还独身生活？您心目中的女性是什么样的？您准备长期维持这种现状吗？

汪： 诚如你所知道的，我现在并没有结婚，原因很简单，我曾在发表于《中国青年》杂志上一篇谈"婚姻"的文章中写道：比较而言，独身是自由的，婚姻是不自由的，放弃自由应该是为了爱，如果没有爱为什么要放弃自由呢？

我想，如果我要和谁结婚，前提是我必须非常非常爱她，否则，既是对她的伤害，也是对自己的伤害。或许因为我太追求诗意的生活，而生活并不那么诗意，所以我至今不能成功。在这个问题上，有不少人向岁月投降，我希望我能比岁月更坚强。

我心目中的女性，应该是纯洁、大方、美丽而有修养的，我并不希望长期维持这种现状，但世界上有许多东西是可遇而不可求的，只好走着瞧。

问： 近几年港台作品风靡大陆，国外的作品也翻译了不少，您有没有打算将您的作品推向海外？

汪： 我现在可以告诉你的是，今年将至少有三本我的书在港台出版和销售。我想去进修外语，就是希望有一天自己能把作品译成外文,介绍出去。

  我知道今后的路还很长,我希望自己能走得稳一些,实一些,远一些。

初次发表于1991年第2期《追求》

汪国真答大学生及读者问(之一)

1990年10月中旬至12月,北京三十余所高校邀请我到校园里举办诗歌讲座。在讲座中,同学们提出了大量有关诗歌创作、文学创作和我的创作生活道路等许多问题,这些问题和我收到的读者来信中提出的基本一致,现回答如下:

问:有人说,真正的诗人是不写诗的,您对此有何评价?

答:如果以此推论,是不是也可以得出真正的作家是不写作的,真正的战士是不打仗的,真正的工人是不做工的,真正的农民是不种田的,等等这样的结论?我看不出这样的推论有什么不妥。当我们把这个问题推开来看,这个提法的荒谬是显而易见的,除了这是一种故作出来的惊人之语外,我看不出这种提法有什么真正的实际价值。另外,如果这种观点成立的话,古今中外的一切诗人和诗歌发展史都会被否定。我想,该否定的不是那些中外的优秀诗人和诗歌发展史,而是这种提法本身。

问:请问,如何理解"诗才"和"天才"?

答:"天才"是各种各样的,"天才"不一定就是诗才,而"诗才"我想多少是要有一点天赋的。

问:我觉得有的中学生写在笔记本上的诗都比你的好,你对此有什么看法?

答：我不知道你说的是他的某一首诗，还是这位中学生所有的诗都比我好。即便是，这也没有什么奇怪的，中国有句老话：自古英雄出少年。

问：我们大家有一个共同的感受，这就是您的诗写出了我们这一代人的心声，这也是为什么有这么多人喜欢您的诗的原因。我们要问的是：等您老了的时候，还能写出我们这一代人的心声吗？

答：我想是可以的，因为等我老了的时候，你们在座的诸位——也老了。

问：据我所知，您的诗在青年中，特别是在高校中很受欢迎，有人说这是因为您的诗通俗易懂，但也有的同学不这样认为，他认为您的诗的弱点就在于通俗易懂，这会显得没有分量，您对此怎么看？

答：你的问题使我不由想起了一位著名的英国学者，他叫莫蒂，这位学者曾经提出了著名的选定名著的六条标准，其中之一就是："名著通俗易懂，面向大众而不是面向专家教授。"

谁都不会否认名著的价值和分量，而名著是通俗易懂的。并不是说我的诗就是或必将是名著，我是想说明好的作品是不会因通俗易懂而失去它的分量和价值的。

问：您写了这么多美好的爱情诗，这是不是表明您的爱情经历很丰富呢？具体地说，是不是您谈过很多次恋爱呢？

答：坦率地说，我的爱情经历是相当曲折的，恋爱中的一些经历给我留下了很深的记忆，言为心声，有些诗就是根据我的亲身体验写的；不过，我以为，恋爱经历的多少和写出爱情诗的多少，没有很必然的因果关系。有的人谈一次恋爱可能写出十首好的爱情诗，有的人谈十次恋爱却不一定能写出一首好的爱情诗，关键在于是否善于从生活中捕捉、提炼和升华那些含有诗的因素的东西。谈恋爱和写爱情诗当然有一定关系，但不一定就是水涨船高的关系。

问：听说您准备开始用很大的精力转入歌词创作，是这样吗？

我是您诗歌的热心读者,我想知道您是否会因为从事了歌词创作而不再写诗了?我不希望您放弃诗歌的创作。

答:是的,我曾经向记者谈过我将用相当的精力从事歌词创作,因为从客观方面讲,从1990年10月起,一些著名的歌星、作曲家已经陆续向我发出了在歌曲领域进行广泛合作的邀请,中央人民广播电台、中央电视台的一些部门也已开始比较多地约组我的歌词。从主观方面讲,我长期以来就有从事歌词创作的愿望,只是因为时机不够成熟而一直未能如愿,现在时机已大体成熟了。我想,从1991年开始,你们会不断地从广播和电视中听到由我作词的歌曲……大家刚才鼓掌了,这说明大家乐意听到我作词的歌曲,我希望在这一新领域里能获得成功。

至于我会不会因为从事歌词创作而放弃写诗,我可以告诉这位同学的是——不会的,因为我深深喜爱诗歌这一文学形式。

问:您是否准备领导当代中国诗歌的新潮流?

答:我觉得一种文学现象或文学潮流的形成,它要受到各种条件影响,诸如政治的、历史的、文化的、心理的、时代的等等,不是某个人想领导就领导得了的,何况我从写诗以来,就从未热衷于创立什么诗歌潮流,提出什么诗歌宣言,打出什么诗歌主义,即便是在今天,我也没有一种领导诗歌潮流的想法。我只想用我的心,我的真诚,我的生命,去写我想写的东西。

再者,我的名字叫汪国真,而不是叫"西铁城",帮帮忙,你可千万别弄错了。

(未完待续)

初次发表于1991年第4期《女友》

汪国真答大学生及读者问（二）

问：您从前投稿失败后气馁吗？您出名后是否所有的诗都能发表？

答：你们投稿失败后是什么心情，我也是什么心情，不同的或许是我能较快从沮丧中解脱出来，重新以更大的热情再来尝试。当我成名以后，我更加注意发表作品的质量，如果我认为不够质量的诗，我便不会再拿去投稿。

问：您的诗韵律性较强，这是否与您吸收的唐诗宋词中用韵有关。

答：是的。

问：您对台湾女诗人席慕蓉如何评价？

答：我以为席慕蓉的诗很自然、很流畅，也很美，她的诗抒发感情很真挚。席慕蓉的诗在大陆的流行和风靡，说明大陆的诗歌作品在以上方面还有欠缺，还不尽如人意，否则就很难解释席慕蓉的诗为什么能在大陆流行。不仅是席诗，一般说来，能够在大陆风靡的海外作品，大体有两点很重要的原因：一是大陆欠缺，二是读者渴求。大陆的作家不能满足这种审美需求，读者目光自然会转向港台或国外。我以为改变海外作品风靡大陆的局面，不是如何如何去评说人家的作品不好，去贬低人家的作品。而是要拿出自己的为读者所欢迎的作品，精力主要应该放在这个地方。

问：在时下，出了名的人很容易遭人嫉妒，您现在可以说已经有了很大名气了，有人嫉妒您吗？如果有，您如何对待呢？

答：我觉得，对于一个出了名的人最重要的是要谨慎，这对将来的发展有利，对于处理好周围的人事关系也有利，但这仍不能保证就没人嫉妒你，我在一篇论《嫉妒》的文章中说过这样一句话：嫉妒者给予我们最重要的启示是——不要嫉妒；对于某些嫉妒者最好的回答是——让他更加嫉妒。

问：您刚才给我们讲了《叠纸船的女孩》的创作过程，请问您和那个叠纸船的女孩的结局怎么样了？

答：我能告诉你的是，有许多美妙的故事，留下来的都是遗憾……

问：我有一种担心，会不会有这样一天，没有任何一个记者能再采访到汪国真，没有任何一个倾心你的诗的读者能再找到你……有人说汪国真到森林隐居去了，有人说到海外定居了，总之，汪国真在大陆消失了，你能否坦诚地告诉我，会有这样的情景出现吗？

答：你给我出了一个难题，要把我未来几十年的道路现在就告诉你实在有点让我为难了。不过，一般来说，短暂的停止创作或在一段时间内离开大陆这种可能性是存在的，因为我也需要在适当的时候来深入思考一些东西，我也希望在有条件的时候去开阔自己的眼界，但这都会是暂时的，你说的那种情景即便出现了，时间也不会太长。

（未完待续）

初次发表于1991年第5期《女友》

序：为艾君著《奇异的情思》而作

艾君先生打电话给我，希望我能为他即将出版的诗集《奇异的情思》写一篇《序》。

我与艾君相识近一年，虽然各自工作忙，联系不是很多，但他的热情、正直和坦诚却给我留下了很深的印象。艾君是个只有二十几岁的小伙子，在这个年龄的文学青年最需要的是帮助和扶持。

我很爽快地答应了艾君的要求，当我看了这本诗集之后，感觉到同我接触到的诗有些不一样。这些诗重写现象、心理、感情色彩浓郁，并且与青年人的生活贴得较近，生活化强。这正是艾君要进行探索的。

艾君这种诗的探索能否成功，并非一两个名人的评价能够说明问题的，而最有说服力的应该是社会的广大读者。路是人走出来的，一切富有探索精神的诗人都会得到我的尊重，一切富有探索精神的作品我们都无理由轻易忽视。

社会需要发展，文学需要进步，都离不开创造和探索。在创造和探索的过程中，有成功也会有失败，这都不重要，重要的是不要失去创造、探索精神。任何新事物都不是能被人们一下子接受的，新事物的成长过程要经历艰难和曲折的。这一点艾君应该有充分的思想准备。

艾君在新闻单位工作，这个工作对于开拓思路、启迪心智都是大有裨益的。希望艾君充分利用现有的工作条件，充分听取诸方不同的意见，使自己对诗的探索臻于成熟。这是我对艾君的深深希冀和祝愿。

创作于1991年6月26日，发表于《奇异的情思》（中国华艺出版社出版，1991年）

王毅访汪国真：有信心打出国界吗？ *
——和汪国真"侃大山"

王：你的处女作是什么时候发表的？

汪：我的第一首诗发表在1979年4月12日的《中国青年报》上。

王：你为什么选择诗歌作为一生的事业追求？

汪：1984年《年轻人》杂志发表了我的诗《我微笑着走向生活》，这首诗发表后马上被《青年文摘》和《青年博览》转载，我也开始收到读者来信。那时，我突然意识到我能够写出读者尤其是青年读者所喜爱的诗歌，也就是诗歌这种形式很适合我，我开始把主要精力投入诗歌创作。我深深地觉得与其说我选择诗歌，不如说诗歌选择了我。

王：到目前为止，你一共创作了多少首诗歌？

汪：我收进十几本诗集、诗卡和报刊上发表的有三百多首诗。大约有一百多首未发表，我也不准备发表，因为那些都是我初写诗的练笔之作，显得很幼稚。我把它们当作自己的一段历史。

王：作为诗人，你的特点是什么？

汪：我这个人外表看上去很文静，但有特点。我真正写诗是1985年，当时诗坛已经开始不景气，已经开始寂寞，许多人都放弃诗歌创作，而我却不断地写信发表诗，当人们一窝蜂去写朦胧诗时，我也没去写。总之，我是独立的，不大容易被潮流或某个流派

---

* 本文为《女友》专访：王毅访汪国真。

所左右。我的作品我的为人处世都有自己的原则。

王：你是不是主要写那些缠绵悱恻的情诗？

汪：好像不能这么定义。我的诗主要两类比较能打动读者：一类是谈生活和人生的诗，一类是爱情诗。我觉得前一类更打动人一些，当然爱情诗也占了我诗歌相当大的比重。

王：爱情诗是不是与你的爱情有关？

汪：我的相当一部分爱情诗与我的恋爱经历有关，我把我的亲身体验倾注在诗里。但有些是我在用诗表现别人的爱情故事和心情。有很多人以为我的爱情经历非常非常丰富。关于我这方面的谣传也很多。

王：你有过几次深刻的恋爱？

汪：真正刻骨铭心的恋爱有过两次。这两次恋爱我都投入了全部的情感，但两次都只持续了半年的时间。

王：动人的情诗是不是产生于痛苦和不成功的爱情？

汪：一般是这样的。我的爱情相当周折，过程非常复杂，也许正因为如此，我的体验才更深刻，才能发现常人没有的东西。其实，越个性的东西，越能得到人们的认可。

王：你至今未成家，是不是在等待诗意般的爱情？

汪：我的前两次爱情，从发生到发展是在一种很特定的环境和条件下产生的，好像有着某种诗境。我现在没有恋爱，也许是像酝酿诗歌一样在酝酿爱情。

王：你理想中的爱人是什么样的？

汪：我希望她纯洁、大方、美丽而富有修养。最重要的是两个人之间有一种无须用语言表达的默契。按理说，这种条件的女性并不难找，只是看有没有机遇碰到，碰到后能否产生默契。默契未到大概缘分也就未到。

王：你的成功有与众不同的地方吗？

汪：我的人生在很多重要的时刻都比别人慢了一拍，这种感觉相当明显。人家二十二岁一般大学毕业，而我却刚刚进大学，我慢了别人四五年；作为诗人成才的年龄，一般是二十三四岁，而我又比别人晚了七八年；中国的男子，二十五至三十岁结婚的居多，而我恐怕又要比别人晚许多。虽然我老是慢一拍，但每次结局都不错，在婚姻上，我想我的结局也不会差。所以，人要善于忍耐，要耐得住寂寞。事业上急于求成，往往不太成功。有些不用作品本身促成的"显赫"，是最靠不住的，最靠得住的是自己的实力。

王：你认为青年人喜爱你的诗是偶然的吗？

汪：我觉得是必然的。我的诗的成功其实是我追求的成功。我的诗引起青年人的共鸣，是因为我的思想与这一代青年人很真诚地脉搏相通、合拍。我用很自然很亲切的语言，像是从心底流出来的一般，没有玩文字游戏，没有丝毫做作。

王：你对港台文化占领大陆文化市场，怎么看？

汪：我一直很遗憾！近几年来，港台的小说、诗歌、散文，包括通俗歌曲对大陆冲击很厉害，可以说港台的文化在大陆出尽了风头，我们相继有过琼瑶热、三毛热、席慕蓉热，而大陆的作家几乎没有产生过这么大规模的轰动。这是极不正常的现象，我们地域这么辽阔，人口这么众多，文化积淀这么深厚，根本没有理由比不过港台。我不知道我们的文学家为什么表现得那么"谦虚"。

王：你如何评价大陆和港台的流行歌曲？

汪：在宏观的把握和深度上，大陆的流行歌曲优于港台的，如：《黄土高坡》《一无所有》《走西口》，还有一些电影电视剧的主题歌。可惜，值得称颂的不多，首先在数量上我们便处在下风。而港台的歌如何一红再红呢？它们的歌曲在抒发人的感情方面，更贴近生活，更富人情味，因为在商品经济高度发展的社会，人与人之间的关系容易疏远淡漠，但人的内心又向往和渴求这种逝去的情感。

而大陆的青年处在商品经济发展的过渡时期，自然很容易引起热潮。如果大陆的作品一味停留在深度和广博上，而忽视人们在感情上的弥补和需求，那么就难于赢得大量的听众。港台的东西之所以风靡大陆，总有它们影响读者的原因，这不是一种单纯的现象，无论是心理因素还是社会因素都值得我们研究，绝不是简单的否定可以了事的。再说，想要证明比别人强，就应该用自己作品的价值和生命力来说话。

王：你觉得你可以把你的诗和歌词打出国界吗？

汪：我有这个信心，而且我的诗已引起了外界的注意。我的诗歌打出国界主要依靠我的诗本身的魅力。但歌词就比较复杂了，首先在写词上我要尽力发挥大陆的优势，同时吸收港台的营养，创作出一种适合大陆和港台听众喜闻乐见的样式。但这不是我一个人的力量可以实现的，我希望和更多的作曲家和歌星合作完成这个伟大的事业。

王：你已经很著名了，为什么还保持着那份朴实和谦逊？

汪：我觉得一个人如果目标定得很高远，他就不容易满足现状，不容易满足现状，就不容易自大自傲。另外，一个成功的人背后都站着许多人，我们应该善待那些对你有过帮助的人，而不是只眼盯着对你更有利的人。这是人的一种素质，也是人的一种品质。

王：谢谢你给了我这次随便"侃"的机会。

汪：不要这么说，因为我们都年轻，才会"侃"得投缘。

初次发表于1991年第7期《女友》

汪国真答大学生及读者问（三）

问：读您的诗乃至现在听您讲话，都感觉到了一种"汪国真风格"，真，坦诚，请问在您的生活中有没有作过假？

答：如果我说没有作过假，那显然是不真实的，如果我说作过假，那也不"真"了，你给我出了一个难题。

应该说生活中的我是作过假的，而且恐怕不只一次，不过我想有一些作假如果只利己不损人，好像有时还是可以理解的，只不过我一点也没有鼓励作假的意思。

问：您的诗给人一种静谧、深邃的感觉，这是否与您的生活哲学有关，有您最喜欢的座右铭吗？可以简单谈一下吗？

答：我的座右铭，是我自己写的话："为别人着想，为自己而活。"

问：您喜爱自己的诗超过任何其他诗人吗？

答：是的，我想不只我一个人这样，这似乎也好理解，谁都觉得自己的"孩子"好，对于一个作家或诗人来说，他的作品就是他的"孩子"。

问：您对生活总是微笑吗？

答：笑在脸上，哭在心里。

问：二十几岁写诗是不是有些晚了？

答：有点晚，不很晚，像我就是二十几岁开始写诗的，并不很晚，是吧？

问：当我们称呼您为"大陆的汪国真"，您知道这里面包含了多深的感情吗？！它在诗歌方面已经取代了港台作家的位置，在其他方面有什么打算？

答：我完全能够体会到你刚才说的这句话的分量，我还正在创作散文和歌词，我希望在这两个方面我也能够逐步成功。

问：当"汪国真热"降温之后，您将如何对待？

答：准备"东山再起"，或者沉着准备"复辟"。……你们不要笑，我说的是真的。

问：我认为诗应该是真情的自然流露，诗人的诗应该代表一个人，当您渴望自己的诗流芳百世的时候，您的诗是否还是真诚的？

答：我想只有倾注真情的诗才能够流芳百世，矫情的诗恐怕很难做到这一点，能流传三年两载也就不错了。很少有诗人或作家不希望自己的作品流传，但这并不妨碍他以真诚的态度写诗，唯其真诚才更有可能流传。

初次发表于1991年第7期《女友》·汪国真专栏。

序:为雪野著《雨季匆匆》而作

美好的十七岁

这本诗集的作者只有十七岁。

十七岁,一个美丽的季节。

对一个十七岁的少年来说,雪野的诗是有一定基础的,有的诗是写得很不错的。

他的诗自然、清新、流畅。从这本诗集看,他写诗的手法也有一定变化。例如《船家》这首诗同他的许多短诗比较,风格和手法就不大一样。

十七岁,可塑性很强,不一定急于形成自己的风格,多读一些优秀的诗篇,多深入生活,逐渐再形成自己的风格或许会更好一些。

我历来很少写太长的文章,写序更要求精悍。写下点滴感想,权作序吧。最后,我想送给雪野同学一首我写的诗,写给十七岁的朋友们的一首诗——《美丽的季节》:

这是一个美丽的季节

青春的花　开遍了原野

风儿吹动了我们的思绪

思绪像飞舞的彩蝶

多少回忆和憧憬

蓝天你可像春风一样理解

多少故事和情节

飘落大地一片雪的纯洁

美丽的季节是年轻的我们

年轻的我们是美丽的季节

创作于1991年11月20日,初次发表于《雨季匆匆》〔(香港)金陵书社出版公司,1991年12月〕

序：为张建术著诗集《寂静》而作

青年诗人张建术对于诗歌界来说还是一个比较陌生的人物。

我一向觉得，一个人艺术成就的优劣，仅仅在于他的作品本身，而不在于其他。发表作品多的人，未必是艺术造诣深的人，发表作品少的人，也未必是艺术造诣低的人。

我喜欢张建术的诗，张建术的诗有着清新、质朴、隽永的特点，而且从中能够读到一个思索着的灵魂和感受到一颗火热的心。

有诗为证，他写《车尔尼雪夫斯基的小屋》就能写出"没有取暖的煤火／却有一支热情的笔勾写火的阵容／最寒冷的思想家吟咏人间最温暖的事物／最孤独的房子里产生最不孤独的著作"这样极为凝练而又意味深长的诗句。这样的诗句，能使我们在思索中感动，又在感动中思索，诗歌的思想价值和美学价值在这样的诗句中得到了充分的体现。诗能够写到这个份上，无疑是一种成功。

我们再来看他写的另一首诗《过客》的片断："早晨人们到街上心里说这是新的一天／其实你看到的也都是经过化妆了的／只有太阳例外"。从这样的诗句中，我们不难看出张建术捕捉、提炼、升华生活的本领是相当强的，这样的诗句给予我们心灵的震撼和启迪都可以说是巨大的。

我们再来欣赏他的一首《山谷呵　山谷》："那紫微微的山势／

那齐刷刷的青草／那碧森森的杂树／和崖畔粉花上滚动的露珠／那野生物的气息／那凉润润的山风／和婉转清丽的鸟语／都使我快乐得想哭"。读这样的诗,我们仿佛跟着一个出色的向导漫游在景色迷人的山壑之中,不仅如此,这位"向导"在带领我们领略了秀丽的山川之后,还恰如其分地道出了我们心中的喟叹,"快乐得想哭"。这样,就使我们在欣赏美丽的山川的同时,也不知不觉中在心灵上接纳了这位"向导"。

可以毫不夸张地说,张建术的这本诗集《寂静》中,有不少诗篇都可以称为优秀或比较优秀的。我衡量一本新看到的诗集,往往用一个最简单的标准:读后是否受益,是否有收获。读张建术的这本诗集《寂静》,我感到了一种愉悦和充实,因此,我乐意把这本诗集介绍给喜爱诗歌的朋友们,并以这篇小文,权作序吧。

创作于1991年3月2日,初次发表于《寂静》(花山文艺出版社,1992年)

序:《爱心爱语——青春赠言集粹》

世界上的书有很多,好书也有很多,好书中的精华依然有很多。而有知识的人们渴望读书,更渴望读好书,还渴望把好书中的精华如沙里淘金似的筛出来。于是,有人在读过的书中圈圈点点,有人把要点和喜欢的片断或整个作品(如诗歌、歌词)做成卡片,还有人用本子作摘抄。无疑,这样的工作是有意义的,反复阅读和吟诵这些精致的作品,对于提高自己是大有神益的。

然而,一个人的精力有限。时间有限,所能阅读的书籍也有限。怎样才能在最短的时间内阅读到更多的精彩之作呢?《爱心爱语——青春赠言集粹》就一个侧面试图帮助读者解决这一矛盾。

类似《爱心爱语——青春赠言集粹》这样的书从前不是没有出版过,那么这本书有什么自己的特点呢?我以为这本书有三个特点:第一,全;第二,精;第三,新。

这三个特点构成了这本书的价值,也构成了这本书的魅力。

我以为,喜欢习文、作诗、写词的读者更会从本书中获得收益。我们愿意把这本书奉献给读者,特别是年轻的读者朋友们。

创作于1992年6月12日,初次发表于《爱心爱语——青春赠言集粹》(汪国真主编,书目文献出版社,1992年10月)

赵冬印象

认识赵冬已有三年了,未见赵冬也已有三年了。

我知道,太多太多无缘结识赵冬的读者喜欢赵冬的文,而我则是他的文和人都喜欢。一种阅读和了解后的喜欢,赵冬有两点给我印象最深:一是他的善良,二是他的才气。他靠他的善良征服朋友,他靠他的才气征服读者。赵冬是一个能与之交心的朋友,一个很有实力的青年作家。

就我个人来说,我有一个简单的品评作品的方法:一般的作品我只读一遍,好的作品则要读两遍或者许多遍。赵冬的作品我常常要读两遍甚至许多遍。这完全不是由于我与他相识、是朋友。而仅仅是因为他作品本身的魅力吸引了我。

赵冬的《骚动的世界》《永远别让心灵寂寞》《渴望缠绵》《请把魅力留下》《别人的女朋友》等等许多文章,真可说是道尽了一种情绪,写透了一种感觉,画神了一种浪漫。

对于一个作家来说,这样高质量的文章,偶尔写出一二篇或许并不太难,能写出这样多高质量的文章就不是一件容易的事了,这需要才华和功力。

三年来,我见不到赵冬,却常常能见到赵冬的文章,从赵冬文章中我总能感觉到他的纯朴、他的执着、他的进步。每当这时,总是由衷地为他高兴。

赵冬在写作上的技能是多方面的,他小说、诗歌、散文都能写,是个多面手,并且其中佳作迭出,他的各种体裁的文章经常不断地被《青年文摘》《青年博览》等报刊转载,便是一种证明。

赵冬还让人羡慕的地方是他的年轻。已经发表了这样多有影响诗文的赵冬今年才二十八岁。年轻是一笔财富,赵冬一定可以凭借这笔财富,在未来的创作道路上,为人们建设起更加辉煌的建筑来。

初次发表于1992年10月22日《文学报》

序:《爱心爱语——青春赠言集粹》

一首首诗读过,好似一缕缕清新、自然的"青春之风"迎面袭来。——这是对王禹诗的最初感觉。

如今国门大开的岁月,往日平静、安详的生活似乎不复存在,"出国热""经济热"一个个热潮不断地涌动着,尤其在撞击着一颗颗青春易感的心。在这个"风情四起的季节"里,在触摸人生的过程中,年轻的心不断地有过茫然、有过失落、有过寂寞,一切都在所难免,可是正如《平凡人生》中所述:"不会因有悲凉的黄昏／就放弃美丽的早晨／人生的弯曲／如一条美丽的小河／轻轻的波动／是河面美丽的光辉"。这是一种多么令人感动的人生啊!

文学艺术来源于生活,一些作品如《老牛》《情趣》《少年的烦恼》,充满着作者细细观察、思索生活中的点滴和情趣,另一些作品如《真情》《太阳梦》《遥远的风景》等等,都体现出一种在人生道路上遇到挫折之后依旧热情、依旧真诚的人生态度,这是一位真正的成功者所必需的,却不是所有诗人都能用诗的语言表现出来的。

从这一首首文笔自然、流畅的诗篇里,可以感受到诗人真诚、美好的心愿和积极向上的人生信念以及仍然清纯、丰富的内心世界,这样的青春,的确是无悔的青春。

"生命的意义,永远在远方"。相信诗人在不断地思索、不断地追求之后,更有所创新,更有所突破,那个时候,诗人"最美的风景",将不再遥远。

初次发表于《青春的感觉》(南海出版公司,1993年)

序：给你，年轻的朋友

今天，我的诗集和哲思短语集在台湾出版了，这对我来说是一件值得高兴和庆幸的事。"篱外谁家不系船，春风吹入钓鱼湾"。此刻，我庆幸春风把幸运之船吹送到了我的身边。

我在大陆出版的第一本和第二本诗集，都是由"手抄本"演化来的。在我的作品结集出版以前，大陆的不少读者从发表我诗文的报刊上搜集并传抄我的作品，这种现象引起了出版社的注意，这样我的作品集得以在大陆一本一本顺利出版，并在二三年间发行了几百万册。我的作品在台湾还能有类似的荣幸吗？我不知道。

我的诗和文都是我感情和思想的流露。我喜爱它们，因为这些作品的字里行间都凝结着我的心血。

如果这些作品能带给你们——我的同胞，一缕温馨，一点启迪，一些共鸣，我将感到十分欣慰。

收录于《开朗文库①—⑤》（台湾金安出版社，1993年）

修养，女人魅力的添加剂

——答哈尔滨陈晓云问

晓云：

我也很有幸为您解答第一个问题。

在我们日常生活中，的确有您信中提到的问题，在公共场所穿戴入时的女性口出不逊成了社会一大"景观"。我想，女性立足于社会都在自己的心里设置了美好的向往，或高雅不俗，或亮丽可人，追求这些风格塑造自己的形象，无非是让人们欣赏她，尊敬她。所以，女性喜欢出入于美容厅，喜欢把时间花费在时装店，对装饰物不惜花高价而节衣缩食选购来打扮自己，这的确是无可挑剔的。但是为什么有人对美女仍是不以为然，这里恐怕就有一个漂亮的女性追求时髦而欠缺修养的问题。

修身养性，这是女人和男人都不能忽略的课题。我给您讲这样一个故事。在一次由邵逸夫的邵氏公司举办的有各界名流参加的盛大宴会上，香港影星林黛的母亲也出席了。当林黛的母亲向邵逸夫敬酒时，邵逸夫因忙于各方面的应酬而没有注意到。林黛的母亲觉得受了怠慢。这时，林母可以有两种选择，一是忍将下来，理解邵氏此时正忙，而待机再行敬酒；一是怒发冲冠，将杯中酒泼向邵氏。林母最后还是忍无可忍，在自制不能的情况下，将酒合杯倾到了邵逸夫的脸上，见此情景，周围的人都不禁愕然。尽管林母此举并不被人赏识，但事已至此，不知邵逸夫先生该作何反响。

此情此景，邵逸夫亦有两种选择：一是用酒泼回去，有来有往，也算不上太过分；二是不快之下，拂袖而去，虽令场面尴尬，却也在情理之中。

可是，邵逸夫对这两条路均未选择，而是走了第三条路——他并不动怒，只是微笑着说了一句"老太太醉了"，然后依然谈笑风生，仿佛无事一样。如此一来，紧张得快要爆炸了的气氛，顿然逝去，在场的人把杯举向邵氏，钦佩他的自制和豁达。

这时，邵氏已经把尴尬还给了林母，此时最不自在的还是林母，泼了一杯酒，把自己的风度都泼没了。此后，林黛觉得有愧于邵氏，从而更尽心尽力地为邵氏公司出力了。

因此，我觉得你提出了一个很值得思考的问题，女人追求时髦漂亮，是为了增添自己的魅力，显示自己的高贵，假如不注意修养，很可能一张嘴便使自己变得一钱不值。这种修养在生活中于人于己都可以说是益莫大焉。晓云，您说对吗？

初次发表于1993年第1期《妇女之友》

浅谈《寻找丢失的我》

编者按： 王小林同志是本市集美区乐安中学青年教师，是散文诗集《寻找丢失的我》的作者。

王小林今年刚满二十五岁，却已经写了二十年的诗。

十多年时间，足以改变人生道路，尤其社会有诸多的诱惑和变化，更足以改变一个人的初衷，从王小林的散文诗集《寻找丢失的我》，我感到的是一颗真诚心灵的自然流露，坚定的信念、执着的追求，使作者走过了二十年的创作之路。

也许正因如此，无论是言志的篇章，如《金秋思绪》《寻找丢失的我》等，还是抒情的篇章，如《蛰伏的日子》《远去的日子》《海的交响》等，作者都能将成熟向上、富有哲理的观点融入其中，在不断摸索的过程中，不断地坚定信心、不断地鼓励自己——

进一程，再进一程！夜半球已慢转过来，黎明的曙色业已探头，她将以沾满氤氲雾岚的玉手抚摩我们。（《雨季航行》）

对于人生的思索，作者挚爱的心里充满了理性和朝气——

显而易见，世界是因为有年轻的我们，所以也一天天年轻起来了/年轻的时候不宜留下过多的空白，年老的时候才不至于留下过多的遗憾。(《空白》)

对于朋友，对于真挚的友情，作者毫不吝啬地敞开心扉——

你迷路了，正在人海车流中不知所措，这时你看到一个人正拿着一张地图向你走来——那就是我……(《那就是我》)

在描写爱情的篇章里，作者用温柔、细腻的文笔描述了一个个美丽动人的故事，用一颗富有激情的心灵苦苦寻觅和等待能与自己相厮守的爱人。对待爱情，年轻的作者有着同样的执着、同样的坚定与无畏——

我们注定会有天涯明月寄相思的日子，但你的一举一动，一颦一笑，却再也逃不过我情感的磁场，再也逃不出我的梦域/我爱你/我准备为你付出我的一生。(《我至爱的人》)

应该说，这一首首感人的散文诗，就是作者多年来的一次次难忘的回忆，一次次感情的交汇与碰撞，以及思想智慧的不断升华与结晶，我们从中的确看到了作者过去的影子。某些篇章如果在语言上更加简洁、深刻一些，我相信作者以后的散文诗将更富有灵性、更具有诗情。

最后，让我引用作者散文诗里的两句话作为本书的结尾，同时也想把这两句话送给所有年轻的读者:"我就这样不断地寻觅、思索,不断地经历痛苦和欢乐。我不想对现在下结论,我只想用自己的坦诚、自己的信心和毅力,去画出一条青春年华中不懈求索的轨迹。"

初次发表于1993年9月29日《厦门特区工人报》

序：为蔡勇著《回报生活的爱》而作

我与蔡勇同志素不相识。今年 8 月的一天，他从河北宣化二炮某部告假来京办事，同时来看我，并带来他写的一本《回报生活的爱》的散文集书稿，希望我为该集作序。他为人质朴，言辞恳切，又是位年仅二十二岁年轻军人，我便答应了他的要求。

读完了《回报生活的爱》后，掩卷思之，感到他的作品思路清晰，颇有文采，对问题、事件及人物的描述亦生动感人，是一本思想性、艺术性和可读性都较强的作品。

这本散文集共分三大部分。第一部分主要是写他童年时期的许多趣事。如《偷瓜记》中，他和一帮小朋友精心设计了"偷瓜方案"，利用有利时机，去偷集体菜地的香瓜吃；在《不知事的日子》中，他伙同小朋友用石头、泥块砸"地主"的屋顶，有时还拦路饱揍"地主"一顿，把这作为"打仗"的游戏；在《想陪妈妈去旅游》中，他瞒着母亲去偷集体鱼塘的鱼，被妈妈揍后，补交了鱼款才算罢休。诸如这些趣事在文章中都写得十分有趣和动人。第二部分主要是写爱情。如《讨女友便宜》中写道：同女友首次接触时，她端起一杯香茗予我，我搓了半天手居然不知如何是好，好不容易迸出一句话说是：谢谢，我不会喝茶，以至于她那七十岁的奶奶一口咬定我不是"神经病"便是"二百五"。类似这种如见其人如闻其声的细致描写，在这部分的文章中还有好几篇。第三部分主要是写他在部队中的生活。如《藏信乐》中写道：他十八岁那年参军到偏僻的山区当了一名工程兵，这里日照不到四小时，每天打风钻清渣搬石头等枯燥而累人的活儿，对于一个正处于好动而渴望热闹的年轻人来说，其苦闷的心情是可想而知的。但当他收到高中时一位女同学写来的信时，第一次在心里实实在在地感到战胜寂寞并非一定得身处红灯绿灯之下，远方友谊的力量可以使人对艰苦日子产生一种新的体味。他认为"寂寞和无聊是自己给自己的压力和包袱，而去掉这份压力和包袱的关键，是从生活中去寻找可以自我调节的另一种平衡。"《感激您的关怀》是写他在新兵团时一位政委对他的关怀："初次站在您这么一位'大首长'面前，我很拘谨。然而，您却没有一点'官架子'，恰似兄长般的随和，使我很快从部队金字塔般的上下级关系中挣脱出来。""您是'官'，但您同我却形似兄弟，对我无话不说，您曾对我讲，为人处世当以诚相待，以心换心，断不可互相利用。""您的关怀使我永生难忘，您给我的精神财富我当好好珍藏，多少次在梦中我回味着你的谆谆教诲，多少次在人生的失意面前我顽强地挺了过来……"这种亲密的官兵关系跃然纸上……

二十二岁的年龄，文章能写得如此情趣盎然，淳朴而富有魅力，这不是件容易的事，何况这样的文章不是二三篇，而是许多许多。以蔡勇的年龄和经历，写出这样的文章是很和谐的，不必过于追求深沉和老辣，不妨把这些留给将来，蔡勇不是还很年轻吗？

以蔡勇的年龄和才气，只要他仍然不断努力，他会有大作为的，我这样相信也这样期望。

初次发表于《回报生活的爱》（军事谊文出版社，1993年12月）

序：王丽颖诗集《因为不全懂》而作

王丽颖的这本诗集我通读了两遍，其中一些好的诗篇反复读了多遍。最开始读是为了写这篇序，后来读是因为喜欢。我虽然不是什么学问家，但诗及伪诗读了不少。既读了许多诗也写了许多诗，对诗感觉比较挑剔。但我得承认，王丽颖的许多诗给了我一种如毗相鸣的美好感受，她的许多诗写得精辟而又传神。例如《致自己》的前三行："开始你忧郁／后来／忧郁就是你了"，虽仅三行，却包容了相当丰富的内涵，三行诗，写出一段人世的沧桑，并留给读者相当宽广的想象余地。再比如，《情已逝》诗内的两句，"当初你伤我心／伤得乱了如今"，这又是精彩之笔，在仿佛轻描淡写的叙述中，却深刻地反映和展示了人生可泣的一面，这样的诗句在王丽颖的这本诗集中还有许多。这反映了这位诗坛新人具有向诗歌方向发展的潜力与素质。我觉得这本诗集不仅对初学写诗的人会有启发，即使是对有相当创作经历的人来说，仍会颇有收益。王丽颖的这本诗集在展示自己良好的素质和潜力的时候，也反映出了她创作的一些弱点，我以为主要有两点：第一，她虽然有很好的诗的感觉，但有些诗的诗味似乎还不够浓郁；第二，她写感情方面要比写生活和人生方面明显出色，在写生活和人生方面还需进一步努力。如果王丽颖能够在以上两方面有所提高，我相信在她的笔下一定能够流淌出更多优秀的诗篇，我真挚地期待着。

初次发表于《因为不全懂》（时代文艺出版社，1994年1月）

坚韧修炼出的价值
——常扬创作漫谈

他叫常扬,在今日的中国文坛上,他的声名一点也不显赫,但他创作上的韧劲和认真实在令我钦佩,他作品中的雄强之气和理性色彩实在值得大书一笔。

他选择了苦累劳顿的报告文学,对此又是玩命似的认真,艰辛就更为沉重了。

采访前,他都要读大量专业书籍,采访中,使着执拗的性子层层深挖。先宏观,后微观;先框架,后细节;从人物的内心和外表,从事件的过去和现在进行全方位地探索。

1986年,我国黄河北干流发生了历史上最大的沉船事件,全国各大报刊的记者云集陕北佳县。他们多采取听汇报、看资料的方法,常扬却钻到船工堆里,躺在沙滩上神聊,挤在土坑上交心,并超越落水、抢救这一偶然事件的表层,向导致空前悲剧的必然原因深挖。半月时间,黑瘦的身子背回十五万字的采访笔记。

乡镇企业一时成为热门话题,新闻或文学作品多是轰轰烈烈的场面和人物。常扬却从经济学家的告诫中,从一些农民企业家身上看到另一番景象:小农意识的劣根性重演着农民起义的悲剧!他深入生活底层,采访乡镇企业存在的问题。这一不讨好的角度必然与报喜不报忧的传统观念大相径庭。有几个当官的敢于和愿意为他创造采访条件呢？他只有骑着一辆破车子在方圆几百公里的区县穷跑。往往在这家企业采访的同时，又通知另一家等候，节奏之快，宛若打仗。一月下来，腿跑累了，脸晒黑了。朴实憨厚的农民企业家正是在这种精神的感动下，透露了家私，倾吐了真言，常扬也因此获得大量报纸、会议上见不到的翔实材料。

税收乃国家存在之必需，但由于专业性太强，文学的触角很少涉猎。执拗的常扬却要啃这颗酸果。一接触这一题材，他便将视点定得颇高：一定要用历史和文化的观点透视习以为常的偷税现象。采访前，除突击税收知识外，他还读了大量历史、哲学和经济学方面的书籍；采访中，除与偷税者打交道外，他还穿梭于政府各部门，接触有板有眼的人物二百个。

辛勤的劳动带来了丰硕的收获，他的报告文学《惊险的跳跃》发表在一家全国性刊物不显眼的位置，但它立即引起国内外的注目。日本《读卖新闻》社记者专程飞往西安，就此采访常扬，并很快将采访记录发表于该报。

常扬的《黄色悲剧》这篇作品引起广泛注目，并受到中央电视台的热情扶持，拍成四集电视专题片。

尤其值得一提的是那篇广征博引、气势恢宏的《世纪末选择》，它像一个历史老人在反思我国四十年经济动荡不已、冷热不定的原因，在疾呼世纪末关头中国选择之路的紧要和迫切！

人们有理由关注这位作者，有必要评判这些有价值的作品，从而使他写出更多更好的作品来。

初次发表于1994年1月13日《文学报》

我的近况

《金色年华》的编辑告诉我,许多读者十分关心我的近况,希望我能谈谈自己的两年来创作方面的情况,在这里简述如下:

近两年我除了继续诗歌创作,将主要精力放在了为一些报刊开辟的专栏上,例如上海的《新民晚报》、山东的《大众日报》以及《湖南日报》,还有近期应邀为天津的《今晚报》开辟的专栏等。关于我的出书情况,1993年上半年台湾金安出版社出版了我的系列专集,其中包括三本诗集和两本哲思短语集。1994年金安出版社将继续出我的作品,分别是:一本新的诗集、两本哲思短语、一本歌词集、一本随笔集,这样,我自创作以来至1993年底的所有作品,均由台湾金安出版社率先出齐了。1993年我的诗集日文版也已问世。这两年来,创作以外的空隙时间,还曾应邀为北京电视台、黑龙江电视台、陕西电视台等主办的电视栏目或晚会做过节目主持人。

曾经有读者问我会不会"下海",我想目前还没有这个打算。从1993年开始,我不断地创作着旧体诗词,已发表了约五十首。今后的一段时间里,我将把旧体诗词作为创作的一个重要方面,希望能给这一旧的传统文化形式赋予新的生气,走出一条新的路子。另外,我也在不断地和作曲家们进行合作,期待有更多的好的歌曲走向荧屏,走向广大观众。

最后,献上我新作的两首歌词。

学会等待

不要因为一次失败就打不起精神
每个成功的人背后都有苦衷
你看即便像太阳那样辉煌
有时也被浮云遮住了光明

你的才华不会永远被埋没
除非你自己想把前途葬送
你要学会等待和安排自己
成功其实不需要太多酒精

要当英雄何妨先当狗熊
怕只怕对什么都无动于衷
河上没有桥还可以等到结冰
走过漫长的黑夜便是黎明

放飞快乐

风筝在天上飘成一朵彩云
牵线的孩子是那么聚精会神
他让快乐飞了起来
那个孩子是放飞快乐的人

快乐更多属于童年时光

长大了会有许多事情牵肠挂肚

真想再做一次放风筝的孩子

像风筝那样放飞理想

初次发表于 1994 年第 2 期《金色年华》

序言二：为李木生著《翠谷》而作

木生兄的第一本诗集马上就要出版了，他希望我为其诗作写几句话，我欣然应允。

木生兄在刊物上发表过的诗作，我陆续看过一些。综观他的诗作，其内容是积极向上的，有新意，有哲理，又较通俗易懂。他用凝练的语言和形象的比喻来状物言志，许多诗是写得很好的。他诗作的主要特点有如下几个方面：

一、有不少诗作的选题，富有当地特点。木生兄是在山东省济宁市济宁日报社工作，他对山东省的一些著名历史人物和名胜古迹很熟悉，并借此为题材，通过诗的形式表达出来。为使读者能更好地理解诗的含义，他对所写的这些历史人物和名胜古迹，还逐一地作了简要的背景介绍，使人读了如身临其境，形象深刻，有一种美不胜收的感觉。如诗中所写的《孔宅故井》《孔林鸟瞰》《孟子故里》《颜庙陋巷井》等等。

二、面向生活，贴近生活。木生兄年轻时参军当过兵，在他的诗作中有一部分是写军人的生活。如《他笑得那样甜蜜》的诗中写道："在炮火轰鸣中，倒下一个射击的战士，他的热血染红了岩石。""那个倒下的战士！没有呻吟，只有焦急，'阵地……阵地……阵地……还在不在……我们手里？'整个生命迸出一个问句。"阵地在我们手里！请看敌人堆积的尸体，请看你身旁飘扬的红旗。""他放心地永远地闭上了眼睛，脸上留下安详的笑意，笑得是那样甜蜜。"又如《哨兵》中写道："当霞光染透了领边的红旗／那绿色的军装和钢枪啊／就在这朝霞里融为一体／绿衣内裹着多少爱与忠诚／枪膛内藏着多少力与警惕／这擎天柱般的哨兵啊／正和太阳一起组成世间的美丽。"用上述的这些诗句来表达战士为祖国的牺牲精神和保卫祖国的坚强意志。

三、感情真挚充沛，形象鲜明感人，语言通俗而奇崛，思想丰富而深刻。读木生兄的诗，那种真诚、正义感、历史的沧桑感让人过目难忘。如《回眸》诗中写道："不经过追求的艰辛／怎能有成熟的青春／怎能有成熟的辉煌／在苦里难里折磨里泡过的生命／才会饱沁光彩与力量／咀嚼过戈壁一截又一截岁月的骆驼／是怎样陶醉了亘古的单调呢／瞧那眼睛／绿影水意／还有富庶的论桑。"又如《无题》中写道："寂寞往往崇高／沉静往往深刻／只要是燃烧的生命／就耐得住沧桑炼磨／善良是人类通用的语言／宇宙都会屏息／倾听这天与地的唱和。"用上述这些诗句来激励人们不怕挫折，积极向上的进取精神。

以上是我看了木生兄的一部分诗作后想写的几句话，不一定全面和准确。在这里我衷心地期望木生兄的第一本诗集，能得到广大诗歌读者的喜爱。

发表于《翠谷》（山东文艺出版社，1994年10月）

干大活的常扬

陕西作家中，多有功勋卓著的骁将。操持报告文学的常扬也算得一个坚韧的猛士吧。这对我这样一个性格柔顺、文风飘逸的人来说，实在是难得的朋友，所以，我们一交就是十年啊！十年来，常扬给我印象最深的便是：此君是干大活的料！

我们相识于1986年。正是那年，常扬揣着一厚本稿子让我评判能否在北京发表。我一读就被作者的气度和手笔所震慑。这是一部表现黄河沉船的长篇报告文学，但作者没有停滞在歌颂水火英雄的层次上，而是把笔触伸向导致沉船的社会原因。想象得出，他是付出了何等巨大的心血和劳作。果然如他所说，他没有在汇报中摄取现成，而是住在农家。朋友似的淘出鲜活的内容，并翻阅了大量历史资料和水文记载，思考良久才得出如此厚重之作。社会给他以公正的回报，发表后全国数十家报刊点评介绍，《文艺报》称之为"又一曲黄河船夫曲"。

我为朋友的首战告捷欣喜，也庆幸交这位有出息的朋友，此后，你来我往，交情甚深，每每畅谈必彻夜。他那种秦人特有的朴实和倔强，那种大气的心境和意识给我这个南国儒生极大的感染。客观地说，我之所以还有些成就，与这种感染不无关联。无疑，他此后佳作不断也是这种气质使然。

那几年，在乡镇企业红火之时，赞美文章遍天下，常扬却反其道而行之，写了一篇剖析乡镇企业弊端的作品。发表后非但未惹出什么麻烦，还招来外国记者的专访。可见他独辟蹊径的胆略是建立在严谨的思考上，而思考又必以翔实的材料为据，这一切无不以苦斗换得。

1989年是常扬创作的旺盛期，他一家伙有三部力作发表于全国大型刊物的显赫位置，每篇都立意大气，布局恢宏，构思别致，融思辨和形象为一体，着实奠定了他的风格和位置。正如一位文坛先辈所言：此人不是等闲之辈！

也就在此后，他欣然触"电"，操起电视这件武器，兼撰稿、编导、制片于一身，快节奏地干了十部电视专题片。其中多在京制作，每每见他，都是神情憔悴，两眼红肿，可见苦衷不比单纯的玩笔杆子小，但一谈起中央台对片子的青睐，他又满脸惬意，浑身的疲倦消失了。

最可喜的是刚刚过去的1994年，他一部表现陕北水土保持的报告文学座谈会在京召开。按说类似会议，文坛多矣，但这个会开得认真和投入，甚至有几分肃穆。评论家动了感情，老作家湿了眼眶。并非这部作品有什么诱人的热点和刺激，而是它与媚俗之风相比，实在是一部振聋发聩的力作，是一部催人深思的檄文。

可见常扬没有随波逐流，没有为收入给浅薄和时髦献媚，而是始终坚守自己的信念：干大活！

初次发表于1995年2月23日《西安日报》

多色调的胡常红

有这样一位女税务局长,她所在的局涉外税收收入从1992年的2171万元,迅速增长到1995年的9374万元,平均每年增长65%。

她个人连续多年被山西省税务局、太原市委、太原市税务局评为"三八红旗手"、"优秀共产党员"和"先进工作者",1993年被国家人事部和国家税务总局联合授予"全国税务系统先进工作者"称号,1994年被山西省委表彰为"优秀共产党员"……

她就是太原市税务局涉外分局局长胡常红。

爱默生说过:"在所有该付的钱中,人们最不愿意偿付的是税钱。"这句话,道出了税收工作所必然面临的艰辛。在太原税务局涉外分局采访的日子里,我所接触的方方面面使我体会到了税务工作的艰难和复杂。同时,我也感受到作为一局之长的胡常红有着能把复杂的事物条理化,再把条理化的事物重点化,然后抓住重点,带动其他,使面临的种种问题迎刃而解,从而开创出新局面的本领。

现年三十九岁的胡常红不是那种简单的经验型的税务干部,她编写过所有税种的讲课教案,参与了太原市政府、市体改委关于深化改革,搞活太原集体经济,发展第三产业,推进股份制企业试点,整顿和发展知青企业等有关规定和政策的研究工作,为决策提供大量有价值和深度的建议。

她还有着相当扎实、细致的工作风格。涉外分局一位科长告诉我这样一件事:一次他把一份已经税务人员统计,经他审核过的报表送到胡局长案头。这份报表很快被退了回来,上面有局长批的文字:"计算有误,请重新计算。"后来经他再次计算,数字果然错了。太原市涉外分局所管的外资企业高达六百九十四家,胡常红经常要面对繁多的报表和令人眼花缭乱的阿拉伯数字,而她却能从中发现很不容易发现的差错。

税务部门面对的是比一般部门多得多的诱惑。胡常红注重在廉政方面做出表率,建立一整套分局廉政制度。此外,她还组织成立了社会监督网络,设置举报箱,企业征求意见卡等。

胡常红不是个单色调的人,我听过她唱歌,字正腔圆,行云流水,蛮有些专业味道。据山西新闻界朋友介绍,她还是个挺不错的合唱指挥。太原市税务局的大合唱队在市直机关中颇有名气,曾五次参加市直机关歌咏比赛,并连续五次夺得冠军。而胡常红一直是这个合唱队的指挥和舞台总监。

在工作中,胡常红每年都有新的目标并付诸实施。近年她非常重视征管改革和微机开发工作。其中一个举措是建立纳税申报制度。在税款征收方式上,全面实行自报自缴的申报方式,并全面实行了微机化管理,尽可能地减少涉税事宜中的人为因素,普遍加强了纳税人的申报纳税自觉性,方便服务于企业,维护了税法的严肃性。再有是在率先取消专管员制度和普遍实行申报自缴后,重点加强税务稽查。重点强化了税务稽查力量,在稽查范围上给予了更为广泛的权力,同时配备了现代化的办公设施,新的征管模式有力地加强了涉外分局的稽查力量。

有现代意识的胡常红认为,现代税收形式的快速发展,对税收征管工作提出了愈来愈高的要求。她花大力气抓了微机开发方面的工作。现在一套独立的税务信息微机管理系统已在涉外分局初步建成投入使用。

初次发表于 1996 年第 33 期《瞭望新闻周刊》

试问春归谁得见[*]

陕北很穷，在逐渐走向富裕的中国，就显得更穷。贫穷的陕北缺粮少衣，却不缺少英雄豪杰。于是，这更让人平添了几许悲怆和惆怅。

陕北人民对于中国革命的成功和中华人民共和国的建立是有着特殊的巨大的贡献的。他们完全应该过上比现在好得多的生活，可是革命成功四十七年后的今天，陕北依然贫穷……

试问春归谁得见？

凡深切了解陕北历史和现状的人们，都会产生尽快改变陕北贫穷、落后面貌的愿望。于是，便有了"女友爱心工程"。

是的，陕北不该这样无人问津，陕北不能再这样贫穷下去了！

我们感谢《女友》，感谢《女友》特别行动小组的朋友们，让我们清楚、真切地了解了今日的陕北，并为我们提供了一个向陕北人民表达自己一点心意的机会。

初次发表于1996年第9期《女友》

---

[*] 1996年第7期《女友》发表了《陕北啊，陕北》一文，在广大读者中引起了强烈的震撼。此文即为响应"女友爱心工程"所写，并参与捐资。

他把蓝天留住
——记卢新民

鹧鸪天

一望秋水再望山，几番秋色几番寒。落花已从冬日去，春叶何时随风还。　　天已破，梦不残，炼成彩石可补天。扶栏眺远依稀处，不是烽烟是紫烟。

一

卢新民这个名字太普通了，普通得显不出一点光彩。随便翻开中国哪个大城市的电话号码簿，你能翻出一串叫新民的。不过，卢俊义这个名字也挺普通，天晓得偌大个中国曾经叫过卢俊义的有多少。可是，一部砖头厚的《水浒》，如果少了个卢俊义，不知会少了多少故事，多少风采。梁山泊好汉一百单八将，个顶个都是好汉，他却稳稳地坐了第二把交椅，不服行吗？

卢新民不是卢俊义，但他绝对是个人物。1994、1995 年中国房地产业大滑坡，一时泥沙俱下砸得平时颐指气使的房地产大老板们，整日晕头转向的不知多少，整日叫苦连天的不知多少，整日欲哭无泪的不知多少。他却没事人似的，在山西汾河西畔，盖好了、售光了，让整个太原市市民津津乐道、山西老百姓引以自豪、全国建筑业引为典型的漪汾苑小区,又紧锣密鼓地张罗着再盖一个更加"出彩"的永乐苑小区。

这还不算,他还把触角伸向了三亚,伸向了苏州,伸向……

指点金戈铁马,挥洒春花秋月。卢新民,天下的风光你想尽揽么?

二

卢新民是中国房地产开发公司太原公司的总经理。不过,这个总经理却不是好当的。1987年12月1日上任伊始,生意还没开张,他就先背上了遗留下来的五千四百万元债务。饶你膀大腰圆,你能背得动五百斤沙包,你能背得动喜马拉雅山么?谁能说,五千四百万元的债务不是一座山。

"千古盈亏休问,叹慢磨玉斧,难补金镜。"卢新民,宋代词人王沂孙的这句词,是在写当年的你吗?

卢新民并不是古希腊神话中那个力大无穷的安泰,但是他的确搬走了一座山。

搬山的事,说来或许好听,但绝不好干。不信,你试试?

搬走的是一座沉重山,建起的是一个美丽的漪汾苑,这叫什么,功绩?功德?

功绩自然有人嘉奖,什么"劳模"啦、"优秀企业家"啦、"优秀经理"啦,名头多得像葡萄串儿。

功德谁来奖呢?

甭看卢新民搞企业有许多新思路、新方法、新道道,可骨子里,中国传统的东西也不少。我去太原那会儿,正碰上他刚刚抱上小孙子,当他一谈起他的小孙子,满脸都跑着笑,像孩子。

有人开玩笑说,这是对卢总功德的奖赏。奖赏。谁给的?老天爷?!

卢新民就任总经理的时候,面对错综复杂而又十分艰难的局面,有意不带一个亲朋故旧来帮他支撑局面。关于这一点,卢新民自有说道。他说:"一个领导调哪儿都带上一帮人,好像这些人都跟他同心同德,便于开展工作,但我认为这样做弊病是很多的。"

我问:"主要有哪些弊病?"

"你带了一帮人,就会给原来的人一种印象,你喜欢搞团团伙伙,你只信任你的人,对其他人有戒心,这就容易造成你带的一小部分人和大多数人脱离开,这就不利于团结多数,也就不利于开展工作。"他说。

与其说这是一种工作方法,不如说这是一种性格。我想,卢新民骨子里一定很傲,不是骄傲的傲,而是傲视的傲。

骄傲是一种浅薄,傲视不是,傲视中自有豪气在。

这使得那些一旦掌权,就恨不得把七大姑八大姨都招来帮忙,以巩固自己地位和权势的人显得小气和滑稽。

也真是,又不是黑灯瞎火过坟地或逢上好日子赶庙会,要那么多人干吗?

壮胆?

凑热闹?

卢新民不带一兵一卒,依靠原来的人马把走了很长时间"背"字的企业顺了过来,由原来负债五千四百万到现在拥有四个亿的资产,十年含辛茹苦,走向新的辉煌。这件事情,在许多企业面临亏损的今天是有着重要的启示意义的。

由于种种客观原因,即便能人出山也回天乏力的企业固然为数甚多,但由于领导不力而造成亏损的企业恐怕也不在少数。

这里用得着中国两句古话:

一句是:"兴废由人事,山川空地形。"

另一句是:"兵厌一个,将厌一窝。"

三

介绍我写卢新民的,是我的一位在山西当教授的朋友,我之所以乐意写他,是因为他的确很有特点。

有特点的事物总是值得人们关注的。

我去漪汾苑小区参观过两次,一次在晚上,一次在白天。

漪汾苑小区很干净,很漂亮。像山间清流,像海中小岛。

我知道,太多地方的秩序、清洁是靠诸如罚款之类的手段来维持的。

据报载:一天,在北京街头,一位骑车的违章了,被有关人士拦住。罚款。开收据。递收据。骑车人不要收据,于是,纠正违章的人员随手把收据撕碎、扔掉。不想,违章者立刻把工作证掏了出来,原来是管市容为生的,反过来要罚罚他款人的款。

这算什么,生物链?

漪汾苑小区没有罚款规定,没有罚款规定的漪汾苑小区却特别干净。天天干净得像在过节。

关于这一点,卢新民又有说道。他说:"定立罚款规定,首先在观念上就把人的觉悟看低了,把人放在一种很低的位置,还没与人接触,你就知道人家要做那种违法乱纪的事?……"卢新民不罚款,他努力营造小区的大环境,把个小区建得花团锦簇,公园似的。小区里也有宣传牌,但都是正面教育的,没有罚戒性的。

我不由想起了一句话:"天下皆知美之为美,斯恶已;皆知善之为善,斯不善已。"是的,当人们知道了美和善,丑的和恶的东西就不容易存在了。这句话像星星,闪着光。这是谁说的来着?噢,是老子。

历史在延续,思想亦如此。

老子地下有知,应该高兴。喂,老人家,来两盅你们河南老家的张弓酒,如何?

四

我结识的人不少,能给我深刻印象的不多,卢新民算一个。

卢新民会工作,也挺会玩。

他歌唱得不错,声音浑厚,字正腔圆。他特别喜欢唱前苏联歌曲。《莫斯科郊外的晚上》《三套车》《喀秋莎》《红莓花儿开》等都是他喜欢的歌。

他的青春留在那个时代了,想忘也难。

歌声中自有一段沧桑。

不过,他歌唱得好并未给我太多感觉,自从卡拉OK风行以来,嗓子差不多的就敢和歌星比,能把歌唱好的有多少?海了。

卢新民会弹钢琴,这却出乎我的意料。

那天傍晚,他边弹边唱。悠然自得。

风在歌声中走,雨在旋律中行。键盘下滑出的是风雨和鸣声。

我想,漪汾苑小区建设得那么好,是否与卢新民会弹钢琴有一定关系呢?

因为音乐中不仅有美,而且还有和谐。

把小区建出内在的旋律和韵味来,那是一种什么劲头?

我又想,那些把房子盖得千疮百孔,乱七八糟,惨不忍睹的房地产发展商们,恐怕缺的不仅是德,还有品位。

品位无形,但房子有形。品位无声,但房子却会说话。房子说出的话不仅人懂,大地和岁月也懂。

水流。

云浮。

一切尽在不言中。

五

卢新民确是个值得一写的人物。他把房子盖好，也就是帮人把家安好。今天，一个恪尽职守、帮人把家安好的人，难道不值得一书吗？

在我的印象里，有一些房地产商简直坏透了，黑了心地赚钱。盖的房子不是渗水就是掉墙皮，有的连门窗都变形得关不上。中国的老百姓买套房子不容易，一旦在房子上摊上假冒伪劣，那整个就是在毁他呢。

而且，不是毁他一天、一月、一年，而是毁他一辈子。

偏偏有那么一些房地产商，整日"毁"人不倦，不知坑了多少人。

对比之下，更显出卢新民的可贵和真诚。

这点，有漪汾苑为证：

漪汾苑小区整体设计色调明朗而富有变化，不论是地上人们走的甬道还是楼房外表的图案，都是经过精心推敲的，既富有文化味道又显得自然，建筑质量不用说更是一流的。就是楼房的距离也较一般的小区更为宽敞。不像有的房地产商，恨不得每寸地上都长金子，把一个小区建得像杂货铺柜台里堆积的小零碎，一副小媳妇受气的委屈样。站在楼下，望天空恨不得只有巴掌大，心里明白地知道头顶上那片叫蓝天，糊涂的以为那是块手帕呢。

我想，如果我是住户，我一定会从心里深深感激卢新民，为他所做的许多许多，更为他把蓝天留住。

我知道,他的善意,他的胸怀,他的真诚,他的祝愿,都融在那片蓝天白云里了……

初次发表于1997年第2期《传记文学》

友谊的使者

——访南斯拉夫驻华大使斯洛博丹·翁科维奇

那一天，4月25日是南斯拉夫宪法日，我和同事盛女士应南斯拉夫驻华大使斯洛博丹·翁科维奇博士之邀到大使馆参加庆祝酒会。

我能有幸参加这次招待会，缘于此前不久对大使的一次采访。

大使人很随和，一副绅士派头，在男人中应是有魅力的那一种。做外交工作，大使并非科班出身，这从大使的履历中可以看出：

大使1938年12月19日生于南斯拉夫。1961年毕业于贝尔格莱德大学经济系。1964年在同系获得硕士学位，1961年底大学毕业后即在该系任教，18年前晋升为专职教授，讲授旅游经济学和旅游管理课程。

大使在南斯拉夫、美国及世界上许多大学中都享有盛誉。1989年，他获得国立莫斯科罗蒙诺索夫大学名誉教授称号。还曾任伦敦商业学校客座教授。大使撰写了大量的学术著作，并用塞尔维亚语、英语、汉语、意大利语和其他多种语言发表。这些著作论及了经济理论和经济政策，管理，企业组织，特别是旅游经济和组织等问题。他的著作在研讨南斯拉夫和世界大学及科学组织方面也是同样引人注目的。他最著名的一本书名为《旅游经济》，从1974年出版至今已再版十次,分别用塞尔维亚语、英语等多种语言出版。此书于1986年用中文出版。

大使曾任贝尔格莱德大学经济系主任,并担任了一个任期(四年)的贝尔格莱德大学校长。这所大学是欧洲及世界上最著名的大学之一,现有八万名学生,其中有七万多人来自世界上七十多个国家。他也在前南斯拉夫和塞尔维亚担任过重要领导工作,曾任前南斯拉夫议会议员,塞尔维亚议会议员和议长。他担任过塞尔维亚共和国政府副总理及科学技术部部长。他对国际活动的广泛参与是十分活跃的。在作为贝尔格莱德大学的校长时,曾是最负盛名的组织"欧洲大学校长和副校长常设会议"的成员,还曾任"世界大学联合会"执行委员。他长期担任设在斯特拉斯堡的欧洲委员会主管大学事物的委员会中的南斯拉夫代表,并且是世界旅游组织(总部在马德里)的专家,也是世界旅游专家协会(总部在日内瓦)的成员。这也可以说是大使的外交经历吧。他从1995年12月15日起任南斯拉夫联盟共和国驻中华人民共和国大使。

我们和大使的交谈,是由大使的秘书,一位很有风度的小姐娜达担任翻译的,我们的谈话内容是相当广泛的,在采访中我们请大使谈了他对中国的印象。大使告诉我们:在中国生活的相对较短的一段时间里,他已有机会会见了我国政治、科学、文化和其他各个领域的知名人士。他们自身的水平以及他们对南斯拉夫和他本人的友好之情给他留下了深刻的印象。而给他和他的夫人里莲娜留下最深刻印象的就是善良的中国人民。他和他们相遇在北京、上海、深圳、珠海、大连、西安、厦门、哈尔滨和中国其他美丽的地方的大街上、公园里⋯⋯

大使认为,中国人民十分热情并且有高尚的品德。由于在中国生活时间相对较短,大使还很难确切找出是什么原因使中国人民如此的可爱和高尚。但大使认为,这里肯定有很多历史的、文化的和其他方面的原因。至少现在可以清楚地确认一点，那就是长期的光荣传统的影响以及在这个国家成功地建立了将近五十年的社会主义制度的作用。他和他的夫人，以及他有时来中国的孩子，都对中国人民怀有深深的爱。他们希望中国人民获得成功，能够在和平的环境中幸福地生活。

当谈及大使的家庭时，大使笑了，那是一种灿烂的笑，像花朵也像阳光。大使扼要地告诉我们：

他的夫人里莲娜·翁科维奇毕业于经济专业并曾成功地长期担任贝尔格莱德银行经理。儿子亚历山大毕业于经济专业，现在南斯拉夫从事私人商业活动。女儿杜布拉夫卡毕业于法律专业，现在南斯拉夫一个名为"进步"的外贸企业工作。

我们还了解到，大使除了在国内外从事非常重要的工作以及闻名于各种国际组织之外，一直坚持从事自己的学术工作和大学教授的职业。大使到现在还保持着与贝尔格莱德大学的日常联系并继续撰写学术著作。在中华人民共和国任职期间，除从事大使的工作外，他利用业余时间研究中国经济发展中的各种现象，还研究东南亚地区的旅游发展特点，尤其关注中国这方面的情况。他对中国的成功与发展，特别是近十几年来所取得的巨大的经济进步深感钦佩。可以预料，不久之后，大使又会有这方面的论著问世。

初次发表于1997年第12期《传记文学》

序言：为张宝瑞著《一只绣花鞋》而作

著名作家张宝瑞的"文革"手抄本文学作品《一只绣花鞋》终于问世了，这一流传了二十多年的手抄本小说历经风风雨雨，就像一株异草展示在世人面前。

《一只绣花鞋》故事的产生和繁衍，几种手抄本的辗转流传，有其深刻的历史渊源。众所周知，"文革"期间，由于"四人帮"推行极"左"路线，文坛萧条寂寞，但是中国人迫于在文化沙漠中跋涉的饥渴，于是民间口头文学不胫而走，各种手抄本应运而生，而且鱼龙混杂。手抄本文学现象是中国文学史上一种特殊的文化现象，因为它诞生于"文革"时期这一特殊的历史环境。在"文革"中流传最广的手抄本之一就是《一只绣花鞋》。实际上，这部书中所描写的梅花党故事就像一个幽灵，在中国民间已游荡了半个多世纪。

民间传说也是文学创作的来源之一，清代著名文学家蒲松龄在家乡山东淄博浦家庄的柳泉旁，设一个茶摊儿，邀请路人，从他们肚子里掏故事，某一日《聊斋志异》便呱呱坠地。《西游记》《三国演义》《三侠五义》《水浒传》等文学著作中的许多故事早已在民间流传了若干年。我的朋友张宝瑞是当时"老三届"中最小的一届的毕业生，70年代初期正在北京铁合金厂当炉前工，他的文学天赋很高，而且口才极佳，为了驱赶工作的劳累与单调，工余便给工人们创讲《一只绣花鞋》等故事，进而用文字创作了这部长篇小说，当时年仅十七岁。那时关于《一只绣花鞋》流传的手抄本有十几个版本，但张宝瑞写的版本是当时比较积极、健康、完整，文学性相对比较强的一种版本。这个版本朴实、生动、真实，基本保持了原始的面貌，比较珍贵，如今正式出版具有一定的意义。

历史是一首写在人类记忆上的回旋诗歌。

历史是一艘航船，装载着现代人离奇和美好的回忆，驶向遥远的未来。

积极健康向上的口头文学的手抄本也应载入中国文学史，作家张宝瑞和他的手抄本也不能例外。

2000年秋于北京寒舍

初次发表于《一只绣花鞋》（大众文艺出版社，2000年10月）

序：为张浩著《让我软软的束缚你》而作

今天的诗坛，可读的诗不多，精彩的更少。从一定意义上来讲，与其说今天的读者远离了诗，不如说今天的诗远离了读者更确切。

因此，当张浩表示希望我为她即将出版的这本《让我软软的束缚你》的诗集作序时，我最初的想法是翻翻，因为我很少给人作序，潜意识里却是想翻过几首再说。可是，没想到当看过她的一些诗作之后，最初的想法改变了。应该说我是乐意为她的诗集写序言的，因为张浩的诗可读，能吸引你一口气读完。这样的诗目前并不多，这样说并不夸张。

张浩的诗，能把你带入另外一个纯情世界；能使你对爱情有重新的发现和新的体验，这是无比丰富和复杂的感情，这是爱情无私无我的高尚。读后能让你感叹，哪有这样的女性！哪有这样的爱情！

整个诗集还表现了一个女性的心理路程，从青春的行走开始，更有一缕走过岁月的忧伤，可那是一种美丽的忧伤。

整本诗集给我的感受是没有自以为是、故弄玄虚、粗俗不堪这些诗坛的"时髦病"，而是清清新新、自自然然，这是可读之一。

文笔流畅，短小凝练，超凡的比拟和想象使意境非常动人，这是可读之二。

不落俗套，常有精彩诗句出现，这些可以作为经典的诗句使语言的构筑非常精美，这是可读之三。

有此三者，在当今诗坛立足，足矣。

张浩，可以为诗。

写下以上感想，权当序吧。

2001 年 1 月 29 日于北京

发表于《让我轻轻地束缚你》（作家出版社，2001 年 4 月）

诗情画意

——读南枫诗集《爱.com》

精美的摄影,浪漫的意境,缠绵的诗篇,真挚的爱情——在静静的夏夜,读完南枫朋友的诗集《爱.com》,我的脑海里就有了这样的感觉和印象。

近几年由于忙碌,诗写得少了一些,但对诗歌的钟爱和对诗坛的关注,却一如既往。诗坛寂寞,诗歌市场不景气,诗歌类图书出版困难的事实,常常令我感伤。但是,对于诗歌的前景,我依然非常乐观,非常看好,因为,首先我们生活在一个有唐诗宋词的国度,诗歌有广泛深厚的基础;其次,无论时代、社会发生什么样的变化,人都不可能没有情感,而诗歌是最贴近心灵,最适合直接抒发情感的一种方式;当然,更重要的还是,在生活交往中,我接触到了很多爱诗写诗的朋友,他们或摘抄剪辑,低吟轻唱,自得其乐,或守着孤灯清贫,默默探索耕耘,不折不挠,无怨无悔……南枫朋友就是其中的一位。

常说"四十不惑",一个人如果到了不惑之年依然对某项爱好保持一份痴迷,一份激情,那么,这个人的人生一定是充实的、多彩的、有希望和成就的。南枫朋友就是如此。他自幼喜爱文学,对诗歌更情有独钟,无论在校园、在军旅生涯,还是在大型国企,诗歌都是他的良伴爱侣,他把爱情路上的酸甜苦辣、离合聚散,把生活中的点点滴滴的感受领悟，记在了心上，又用富有韵律的语言表达了出来，日复一日，年复一年……所以，诗集《爱.com》的出版，也就成为必然。

翻开这本诗集，我想多数人首先会有一种赏心悦目的感觉——视觉的美感。那一幅幅摄影——春天的花，秋天的叶，冬天的冰雪，那海边的徜徉，斜阳下的徘徊，还有那脉脉的眼神，撩人的风情，无不充满了浪漫的情调，又洋溢着浓浓的生活气息；而那一首首小诗，那些男人和女人在梦想与现实之间的缱绻缠绵、痛苦忧伤，读来仿佛品味清香又苦涩的茶，醇厚又醉人的酒……什么是诗情画意？我想在读了这本《爱.com》，就会有深切的体会。

时下的诗歌需要有人为它呐喊，为它投入付出，南枫朋友做了可贵的努力和有益的尝试——诗作与摄影的紧密结合还是首次，所以，在祝贺他的诗集出版发行的同时，我想把我的旧作中的两句诗送给他，送给那些爱诗、在寂寞艰难中探索前行的写诗的人们——

　　没有比脚更长的路
　　没有比人更高的山

初次发表于 2003 年 7 月 10 日《文学报》

江海之外有诗章
——《心痕拾遗》序

认识昌清先生已有五载。昌清先生本系政府官员,曾任安徽省池州地区专员,后任安徽省经贸委常务副主任。昌清先生和某些除了会做官其余都不会的官员不同。昌清先生能诗擅书而且为人豪爽,因此我和昌清先生成了朋友。由于昌清先生长我,他称呼我为"小老弟",我也乐得有这样一位兄长。人道,背靠大树好乘凉。尽管我到他这棵大树下"纳凉"的时候并不多。

昌清先生的诗作多为有感而发,这里没有为赋新诗强说愁的做作,没有文人互相吹捧的唱和,也没有古来士大夫吟风弄月的浮夸。他的诗作朴实、自然、清新。感时伤事,诗由心出。如郊野之风,如山间之泉。

他有一首《思乡》(二)是这样写的:

一别故乡他方去
花凋青枝落离绪
往事纷繁和烟老
泪水化作杜鹃啼

历来写乡愁的诗很多,汗牛充栋,不计其数。但这首诗仍有可品之处。高度凝练是可品之一：多少坎坷，多少喜悦；多少落寞，多少欢畅；多少春风，多少秋雨，惟天知，惟地知，惟己知。这数不清的经历和感受都被"往事纷繁和烟老"这一句一笔轻轻带过。诗人需要有这种举重若轻、删繁就简的本领；语出新奇是可品之二：我很欣赏诗中"花凋青枝落离绪"这一句。它把一种不该凋而凋不该落而落的离愁别绪，写得别出机杼，诗意盎然。

我们再看他的一首《冷对炎凉》：

一腔热血换炎凉
莫道天地本无常
劝君静气观四方
惟有时光定短长

我想，诗人写这首诗的时候，一定是心潮汹涌，起伏难平。这里既有对人生的思索，又有对际遇的感叹。而这思索和感叹的背后，却是太多太多的人生体验。然不论天地如何"无常"，诗人都愿自己和朋友"静气"以对。这淡定自若的态度，配以从容不迫的诗句，真可谓相得益彰。

昌清先生的这部集子里，还有许多写得很好的诗章，这对于一个政府官员来说，尤为难能可贵。我以为，时下的中国，官员不少，诗人也不少，集官员和诗人于一身的并不多，昌清先生便是一位。

创作于 2003 年 8 月 18 日，初次发表于季昌清著《心痕拾遗》
（2003 年 10 月准印证编号：皖内部资料性图书 2003-098 号）

情系煤海

人们把煤矿工人比喻为给人类带来光明的普罗米修斯。

付拴水同志就是一名煤矿工人。

作为一名煤矿工人,付拴水同志对煤矿工人的感触是深刻的,甚至说是刻骨铭心的。作者在繁忙的工作之余,创作了大量的诗歌。这些诗歌清新朴实、意味深长,尤其是那些带着浓郁生活气息和时代特征的"煤炭诗",表达了作者对煤矿工人浓厚的思想感情。作者的多数作品通过对矿工及这片黑土地上的其他生命和物的内心世界、生命、精神和灵魂状态的描述,勾画出新时代矿工风貌,歌颂了新一代矿工豪迈的气派和勇于拼搏的献身精神。如《采煤工人之歌》《掘进工人之歌》《走进岁月的巷道里》《矿工的风采》等都是对煤矿工人血与火生活的讴歌。《咏煤》则是一首咏物诗,通过煤短暂而辉煌的一生折射出它存在的价值和光华,以此来歌颂生命,抒发"煤"的理想。

煤是矿工生命之源,生存之本。矿工的生命背景首先是黑色,黑色深藏着苦难和死亡。其次是水、火、瓦斯和煤尘。矿工们在"死亡地带"行走,随时都有牺牲自己的危险。正如《心灵的呼唤》里所描写的:"我们播种的是汗水,收获的是乌金,我们不要带血的煤!"这是新时代煤矿工人艰辛劳作、勇于献身的真实写照,更唤起矿工对安全的责任意识和使命感。此外,作者力求通过对矿灯、矿车、道轨、支架、风筒、风机、天轮等静物的想象描写,赋予它们一种美的情感,这种爱的升华和物的内心世界的表白,给人激情,催人奋进。这些火热的诗句,是对黑土地上生存的黑色生命群体的心灵歌唱,表达了作者对矿山的无限热爱和对矿工的深厚感情。

作者工作之余"漫步山水",挖掘"生活浪花",用一个煤矿工人的独特视觉观察世界、讴歌社会,用心来感受山川土地,用情来触摸广袤的自然,用爱来编织时代的赞歌。这些诗立意新颖独特,语句朴实生动。如《古柏齐年》里"悬翁山下一长老,俯首横卧为哪般",用拟人的手法赞美古柏如长老般苍劲、俊逸。又如《早春》里"细雨落地悄无息,桃花微笑在梦里,谁家牛嗥破日晓,早开春播第一犁",描写了一幅山村夜晚甜美幽静的自然画景,通过"一声牛嗥"划破山村黎明的静谧,给人以清新隽永之感。另外,这本诗集中,还有几则寓言诗,不但语言诙谐,而且还很凝重,文中蕴含的哲理,值得回味。总之,他的诗无论是咏叹祖国的河山壮美,还是倾吐柔柔的恋曲亲情;无论是歌颂人物的浩然正气,还是提醒人们正视生活的谆谆告诫,无不叫人动情感慨。可见作者是一个对生活充满挚爱的人,否则是不会写出这么多如此悠扬的旋律的。

读了付拴水同志的诗,我仿佛看到了一个驰骋煤海的年轻人捧着乌金孕育文学之梦的情景,看到了一个面对大自然的年轻人,是怎样战胜自己,怎样穿越时空,怎样实现精神的跨越的。我觉得他的心中有一盏不灭的灯,这盏灯给他指引着方向,使他无惧无畏,使他展开自由飞翔的翅膀,让他通过文学创作歌颂生命,歌颂自然,歌颂真善美,歌颂当代的普罗米修斯。

作为一个初涉文坛的年轻作者,付拴水同志的作品也有着明显的不足,尚有文笔略显粗糙、语言还欠锤炼的弱点。不过,我相信，只要作者加强艺术修养，永葆创作激情，就一定能写出更多的艺术作品奉献给广大的读者。

愿付拴水同志在文学创作的金光大道上一直走下去！

初次发表于 2005 年 7 月 27 日《三门峡日报》

序：为要力石著《实用图书策划学》而作

听说要力石一本新的图书策划学的专著将要出版，我为他高兴。我认识力石源于2002年我那本《汪国真新作选》的出版，这本书是朋友张宝瑞和要力石一起策划出版的，收入在由他们二位担任总策划的新华出版社"金蔷薇"丛书之中。为这本书，宝瑞、力石还陪我一起去了河北石家庄举办新书发布活动，他们细致独到的策划，给我留下深刻印象。

也正是那时，力石出版了他的第一本图书出版著作《谋划出书》。四年后，他又要推出这本《实用图书策划学》，想来他是勤奋和善于思考的。

我并不研究策划学，但知道策划学是一门新兴的学科，对这门学科有兴趣，并致力于扎扎实实实践的人越来越多。当代社会，是一个知识经济的社会，人们的知识、智力、思路、策略对于个人和社会的成长发展，作用越发明显。但凡在社会上有影响的成功的活动，无不凝结着策划者的心血。能够把众人的成功过程总结出来，归纳成理性思维的，就是策划学的任务吧？

不过，正如力石在他的新书中所说，当今策划学主要研究的还是企业经营方面的，而关于图书策划的专著至今还未见到。出版业内的人士也许把精力主要集中在了图书策划出版的实践中，使得畅销书好戏连台，对生活的影响颇大；但善于把这种策划活动进行理性总结的人还较少，力石是其中之一。他虽然从新闻行业进入出版行业时间不长，但在研究图书策划的经验和规律时，确实很用心。

更难能可贵的是，力石的这本《实用图书策划学》突出了实用性和可操作性，使得阅读本书的人能够在汲取理念、知识、观点的同时，又能真正从中学到真本事，学到实用的方法，而这对于实践性很强的图书策划业，是极具出版参考价值的。

我们可以从书中感觉到三个明显的特点：一是本书扑面而来的新鲜气息，它对于图书策划规律的总结都来源于当今前沿的策划活动，书中大量数字统计、知识点、案例、现象、方法和问题等都是鲜活的，现实存在的。我甚至注意到有的案例是图书付印前一个月的；二是这本书实用性强，空洞的大道理很少，阐述时精练，留下篇幅多用于对实际例子的举证和分析，很多策划方法具有可操作性，对图书策划有兴趣的人士阅读后应该是"管用"的；三是这本书的语言风格娓娓道来，与那种规范但往往呆板的教科书式的语言风格不同，作者的语言是平实的，简练的，阅读这本书像是在听好朋友的一番谈话，相信这和力石原有的新闻记者的功底以及爱好散文写作有关。

读书的人越多，新书出得越多，参与图书策划的人就会越多，希望有志于研究图书策划学的人也会越多，这样就会推动图书策划迈向更高水平。

图书策划本和我不是一个行当，好在我读书、写书、喜欢书，也曾有过被宝瑞、力石"策划"一回的经历，所以姑且为力石的这本新书写一篇序吧。

创作于 2006 年 10 月，初次发表于《实用图书策划学》（中国书籍出版社，2007 年 1 月）

序：为李素红著《有梦在江南》而作

李素红是个奇女子。

她能诗、能文、能书、能画。

她的诗文自然、生动；她的书法秀丽、洒脱；她的绘画简约、含蓄。我以为，即便在文化界，修养如此全面的女性也并不很多。何况，她还很年轻。

读李素红的诗文是这样一种感觉：其中没有华丽的辞藻，没有做作的修饰，也没有故作的深沉。一切都是那么地亲切、自然。如一条明澈的小溪，似一幅雅致的山水，像一杯可口的清茶。我曾经写过一首诗：清茶一杯飘清香，古筝一曲音绕梁。天边一抹晚霞红，远望青山笑君王。这是我心中向往的一种境界。读李素红的诗文我就能感受到这样一种境界，这也是我喜欢和欣赏她诗文的原因。

言为心声，在李素红的诗文中充分体现了这一点。

在她的诗文中，我们可以读到她的真诚："有缘成为朋友 / 说什么 / 我都不会和你反目成仇 / 错了 / 一点有你错的理由 / 我不承受 / 谁来承受……"（《朋友》）

在她的诗文中，我们可以读到她的善良："你想走 / 我给你最好的理由 / 所有的痛苦 / 我愿意独自承受 / 因为爱 / 可以为你付出生命 / 恨你不如为你祝福……"（《恨你不如为你祝福》）

在她的诗文中,我们可以读到她的坚强:"今夜你最美/因为你选择了坚强/迷失的世界里/我找回了自己/让自己站起来/需要多少勇气……"(《今夜你最美》)

真诚、善良、坚强,这也是李素红留给我的印象。接触了李素红的人和诗文,我感到了一种清澈。这种清澈,在物欲横流的今天,更显得弥足珍贵。为了这清澈,我衷心祝愿她明天更好!

创作于2008年4月6日,初次发表于《有梦在江南》(中国文联出版社,2008年5月)

序：为汪情天著《为爱执著》而作

为爱执著（代序）

为爱执著
因为爱里有
最纯的感情
最真的生活

为爱执著
无论生命有怎样的艰辛
爱都会给岁月
戴上花冠抹上亮色

为爱执著
让世界多一点爱吧
爱中，有你有我

情天的诗，发自内心出自真情。诗是应该这样写成的。

初次发表于《为爱执著》（广东旅游出版社，2008年8月）

画由诗造　诗因画生
——读白金尧的花鸟画

翻开白金尧的画册，浓浓诗意油然溢出，感觉雅情顿生，意趣盎然，俨然不觉间步入到一个诗与画的梦幻世界。

白金尧的花鸟画正是脱胎于诗韵天籁的一种创作。他把写意的手段融会于工笔技法之中，从设色到水墨，再从写境到抒情，又于抒情到达意，最后达到"形、神、韵"三位一体的效果。他在技法上巧妙融会工笔与写意的笔意和韵味，力求用简洁的黑白二色来反映自己的内心世界，使创作达到意境之端。在其所画中多用梅兰竹菊来衬附翎毛草虫。用动来喧闹静，用一动一静的画面不知不觉地讲述一个个的隽丽故事，而随着手法的高超技能，张弛、自然、灵鲜又悄透画面，给人以心髓的启悟与叹止。画匠动其目，画师动其心。当掩卷之余，每一个观者都会产生出一种莫名其妙的心的悸动，大概这就是艺术的感染力吧。

观画如观诗，是白金尧花鸟画的最显著的特色。翻开每一幅画卷，你首先感到的不是丹青痕迹，而是一首首用色彩精心勾勒成的诗句。同时，你也触摸到作者的诗心脉动，由衷感觉出作者是位饱学儒君，举手投足便表现出灵气与蕴含。当你看到《一枝红艳露凝香》时，自然就会从那枝盛开的牡丹中看到杨玉环的影子，在雍容华贵中绽露着得意之形，而悠然而至的一俯一去的啼鸣也会引起遐想构思,欲落不忍,欲飞不能的逼真形态完全构思出了牡丹"露凝香"的精髓。真真地令人拍案叫绝。

看过白金尧的画卷,诗意与画面经常交织在三维幻图里,使之自然融合,心绪难脱其境,读诗之时,常有画面逾现于脑,坦浮于心。吟到李白《秋风词》:"秋风清,秋月明,落叶聚还散,寒鸦栖复惊,相思相见知何日,此时此夜难为情。入我相思门,知我相思苦,长相思兮长相忆,短相思兮无穷极,早知如此绊人心,何如当初莫相识。"脑海中顿然凸现出那瑟瑟风中的残风苍竹;那凄鹰俯悲,踉跄折落;那劲风簌吹,枝抖叶摇的《天涯何处不秋风》画面,猎猎秋风于那昂冽的词句交织着更迭,在秋门渐闭中沦落着相思。读着苏轼的《书林逋诗后》:"先生可是绝伦人,神清骨冷无尘俗。"顿然想到《扫清繁艳余清骨》中的独鹤,傲然蔑踏于松梅之上,一袭黑衣浑含于黑白清羽,品格、德行、志向达于绝伦之界。似这样的摄人心魂的画面,在诵读唐诗宋词时经常可以释出,如读到杜甫的:"丹青不知老将至,富贵于我如浮云。"就会不由想到《富贵长春》图中欲放的馨荃牡丹;想到邓拓的名句"春风大雅能容物,秋水文章不染尘"时,就会浮现出其同题画:一幅用秋枫与高峰栖鸟揉塑的画面,振飞与期待蕴构成的奇妙文章。

无须赘述了,观画如斯,解诗如斯。能把诗与画如此巧成天作之人,能将境韵融合如一之作,金尧首推也。热爱生命是白金尧花鸟画的主题,他通过笔墨的韵味、线条的质感、色彩的变化来升华演绎了另一层次的世界,那就是天籁诗韵。从徐黄二家、青藤白阳的淡墨欹毫,纵横豪宕,创出清新里走出,回归到个性突出、飘逸潇洒、气骨兼备、情趣盎然的梦诗,乃一般人欲为而不可为之境界。而此种境界,白金尧则独领神会。凡人则可望不可及也。一旦走进他的欲望世界，会使你的心迹流连忘返，久久地在幽境诗意中徘徊。

初次发表于2008年9月6日《美术报》

序：为龚智勇著《对手》而作

我的挚友龚智勇的又一力作《对手》（小说版）即将问世，由他编辑、吴京安和张凯丽主演的同名电视连续剧也即将在全国各大电视台播出。智勇是一位勤奋的高产作家和编剧，他写的影视作品涉猎广泛，古装、历史、现代、军旅、公安等题材，精品频出。

这部长篇小说讲述了市纪委书记凌云上任之际，丈夫杨天雄突遭陷害，锒铛入狱。女儿被人绑架，命悬一线。各种扑朔迷离的事情纷至沓来。凌云最后才知道悄然伸出魔爪、隐藏在背后的对手竟然是她寻找了二十多年的弟弟……

小说从一个崭新的角度切入，故事跌宕起伏、环环相扣、引人入胜，令人不忍释卷，给人耳目一新的感觉。作品揭示了现代社会金钱的诱惑，良心的回归。谱写了一曲天网恢恢、邪不压正的反腐赞歌。

智勇不仅擅写小说、影视剧本，而且他在诗歌、歌词等方面也有颇深的造诣。放眼当今文坛，能将小说、剧本、歌词、诗歌等艺术融于一身，并将之"锻造"为精品的人少之又少。

前不久，我和智勇应邀参加了上海大学生音乐节，我俩是总决赛的评委，智勇扎实的功底，谦和的为人之道，获得了同道的敬重和赞誉。

我曾写过《走向远方》，这首诗最适合智勇。

是男儿总要走向远方，走向远方是为了让生命更辉煌。走在崎岖不平的路上，年轻的眼眸里装着梦更装着思想。不论是孤独地走着还是结伴同行，让每一个脚印都坚实而有重量。

我们学着承受痛苦。学着把眼泪像珍珠一样收藏。把泪水都贮存在成功的那一天流，那一天，哪怕流它个大海汪洋。

我们学着对待误解。学着把生活的苦酒当成饮料一样慢慢品尝，不论生命历经多少委屈和艰辛，我们总是以一个朝气蓬勃的面孔，醒来在每一个早上。

我们学着对待流言。学着从容而冷静地面对世事沧桑。"猝然临之而不惊，无故加之而不怒"，这便是我们的大勇，我们的修养。

我们学着只争朝夕。人生苦短，道路漫长，我们走向并珍爱每一处风光，我们不停地走着，不停地走着的我们也成了一处风光。

走向远方，从少年到青年，从青年到老年，我们从星星走成了夕阳。

"没有比脚更长的路，没有比人更高的山。"我期待着智勇在文学的道路上不断有新的佳作问世。

创作于2009年7月28日，初次发表于《对手》（中国人民公安大学出版社，2009年9月）

诗人谷传民与总理的不了情结

谷传民是一名记者，也是一位诗人。他同全国人民一样，对温总理有着一种无限的热爱的不了情结。

2008年5月12日，四川汶川发生8.0级大地震，造成我国近八万条同胞鲜活的生命瞬间消失在废墟之下，百万同胞奔波在逃难路上，震惊了中国和世界。就在我们敬爱的温总理、我们的子弟兵、全国同胞、侨胞以及世界上所有友好的人民，不遗余力地支援灾区的时刻，我们的同胞，不论是行家里手，还是草根作者，甚至是一个从未写过诗歌的农夫，都迅速拿起笔来，饱蘸着爱，含着热泪，书写自己的心声，表达着一个中国人对同胞的那种血脉相连、生死不离的美好感情。全国上下霎时间形成了一种前所未有的地震诗潮，这些发自人们肺腑的诗歌在华夏大地上迅速流传。

谷传民，就是这样一位诗人。还是在小学的时候，他就学写古诗。中学时代，已出版诗集《家乡雨》一书。也就在国难当头、国殇之时，作为一个中国人，一个热血诗人，谷传民也同样拿起笔来。5月15日，当他又一次看到温总理含泪安慰灾民的场面时，几天来积聚在心头的悲伤不禁一下子像洪水般袭来，他只觉得鼻子一酸，已是满脸淌满了泪。于是，他写了诗歌《又见总理含泪的双眼》，并在人民网首发。这首诗歌发表后，获得了很大反响。人民网也立即将它放在"心系汶川"征文的首页，成为一首非常优秀的地震诗歌，并在全国尤其是汶川灾区朗诵流传，被网民誉为写总理最优秀的一首诗歌，谷传民也被誉为"地震诗人"。现在，这首诗歌已入选文化艺术出版社的《国殇》、华中师范大学出版社的《汶川情·中华魂》、福建少儿出版社的《抗震救灾朗诵诗歌精选》等多部书籍，并由著名朗诵艺术家齐克建朗诵，制作成了音乐电视，感动着更多的人。

今年汶川大地震一周年之际，谷传民的这首诗再度走红网络，并获得人民网"十大地震诗歌"称号。华中师范大学教授黄曼君、张永健，著名歌星李琛都对此诗给予了高度评价。文学评论家王美春在陕西人民出版社出版的《汶川地震诗歌漫谈》一书中，多次提到这首诗歌，赞誉这首诗歌是地震诗歌中最具有代表性的诗歌之一。

初次发表于2009年第9期《黄河之声》

诗坛新秀少年行

——《烟花三月》序

我喜欢张雷的诗。

张雷的诗有真情,有文采,有意境。

因为年轻,张雷并不为太多人所知。但是,当你认真地读过一些张雷的诗作之后,你会有一种感觉,他的诗作水平远胜过一些徒有虚名的所谓诗人。我们且看他写的一首《五绝 酒楼宴饮中忽闻满江红》:"燕市气吞虹,沉沦梦远征。长歌惊醉客,座上泪如倾。"张雷崇拜太白、东坡,也崇拜素有抱负的杜牧、渴望恢复神州的放翁和文天祥等,尤其崇拜苏东坡先生笔下的周郎,许多诗词作品中都提及周郎:"东风至、看雄姿英发,何逊周郎""何时得骋凌烟梦,敢笑周郎赤壁功""谁家纤指弄冰弦?直教周郎对月酣"。醉闻《满江红》,这位"英概遥凌云汉",而又"东风不便周郎",于是"且歌且饮且疏狂,取次长安市上"的作者把自己听到《满江红》时的感受,写得沉郁传神,豪气干云,而又青春失意。寥寥十字,读来却令人感动。这样的诗句,只有饱含深情才能写就。

张雷的诗是非常有文采的,你看:"弯月为钩,霓作线、钓尽九天星座。抱月餐霞,裳虹佩雪,夜以清弦彻。"再如,"长宵自扪是何情,心似沉舟秋气横。阑夜愁眠独进酒,为谁哭泣为谁雄""月下诗郎醉矣,临风仗剑诵歌。谪仙逊我几分耶?遥问盛唐桂魄。"这些诗句写得倜傥风流,文采飞扬。其中"抱月餐霞,裳虹佩雪;为谁哭泣为谁雄"等句,更是十分精彩。张雷诗的文采还表现在善于用典上。在旧体诗的创作上,用典重要却殊不易。辛弃疾是写词大家,但辛词在用典上多为人所诟病,认为辛词在用典上常有堆砌卖弄之嫌。张雷的许多诗在用典的分寸上是把握得比较好的,如"冯唐易老广难封,抚剑吟怀涕泪横。春雨不谙人有恨,淅淅沥沥到天明"。冯唐,西汉人。有才学不得志。有人向汉武帝推荐他时,他已九十多岁了。李广是汉代名将,军功卓著,却始终未封侯。谈古人事,抒发自己的感慨。古之典故,信手拈来;有情有景,情景交融;自然贴切,恰到好处。

张雷的诗还注意对意境的营造,这为他的诗歌增添了美感。"屏翠岚白猿啸清,愁怀万丈付秋风。飘然一梦如仙客,放棹巫峡沧浪中。"这些都是写得很美好的诗句。诗中有画,画中有诗,相得益彰。

由于张雷喜写且擅写旧体诗,这为他的新诗创作带来很大益处。谈张雷的新诗,这可以是另一篇文章的事。张雷还年轻,留待将来吧。

是为序。

创作于2009年10月30日,作于旅途中,初次发表于张雷著《烟花三月》(河北教育出版社,2011年5月)

张建斌的诗情画意

在今天的社会中，看诗的人不多，写诗的人不少。为何看诗的人不多？因为好的诗太少；为何写诗的人不少？因为喜欢诗的人太多。人间缺好诗，人们要读的也是好诗。以次充好、自吹自擂、假装深刻，这些小伎俩都没有用，因为群众的眼睛是雪亮的。林肯曾说过这样一段话：你可以在所有的时候欺瞒某些人，你也可以在某些时候欺瞒所有的人，但你却无法在所有的时候期瞒所有的人。这段话，用来说明今天诗坛的某种情形，也大致合用。

要让读者认可你的诗歌，首先是你的诗歌值得人们认可，其次的都是扯淡。

我认可并喜爱张建斌的诗歌，当然也是因为他的诗歌值得我认可和喜爱。读读建斌的诗歌，你会觉得我的想法是有道理的。

建斌的诗是自然的。我一向对那些故弄玄虚、装腔作势的诗歌深恶痛绝，但在今天的诗坛，这样的诗歌绝非个别。建斌的诗没有沾染这样的陋习。你看"我本想把我的身体绽放／我本想／在太阳下把生命开成一朵／前世的辉煌／／哪怕让我／做一粒渺小的草籽／哪怕让我／能有一片生存的土壤／／哪怕将我吹向荒无人烟／只要能让我发芽／哪怕只是一点点的鹅黄／那我就很满足／因为我发芽了／发芽了／就无愧来这世上一场"。再看"我站在爱情的坟茔前／

怀念曾经的时光 / 那时的我们像一双蝴蝶 / 在春天的田野 / 肆意地吮吸花儿的芬芳 // 美丽的时光 / 随着花儿的衰败而衰败 / 又是谁的手 / 把转瞬的爱情埋葬 // 如今的我 / 只能用心来祭奠 / 让缕缕的青烟 / 化成团团的思念"。这样的诗如原野的清风,如春天的花朵,如山涧的泉水,自然而美好,看着就让人喜爱。

  建斌的诗是艺术的。艺术总能让人回味,让人在回味中感受艺术的魅力。"你冰冷的语气 / 告诉我爱情的结束 / 你沉默的眼神 / 告诉我没有了记忆 // 你说你是一块冰 / 早就凝固在了冬季 / 你说你拒绝融化 / 心早已被冬天冻死 // 看着你渐渐远去的背影 / 看着你慢慢地消失在风里 / 我只有拾起那份遗失的感情 / 悄悄地揣在我的怀里"。这是一首写分离的诗,诗人写得很艺术,语言、氛围、感觉莫不如此。一方的冷漠、决绝,另一方的无奈、留恋,表现得形象、生动,分离的情形栩栩如生,跃然纸上,特别是"悄悄地揣在我的怀里"一句,把一种失落、无助、痛惜的复杂感觉表现得淋漓尽致。艺术的诗让我们记住诗歌的时候也记住了诗人。

  建斌的诗是有思想的。诗歌中有无自己独立的风格和思想,这是评价一首诗水平高低的重要标尺。建斌的许多诗句都闪烁着思想的光芒。"把你无奈地打量 / 谁让我不完美呢 / 谁让我把你遇到 / 却无法给你天堂"。再如"我平静的天空 / 因谁而多姿多彩 / 我黑色的夜空 / 闪烁着谁的关怀 // 我一直都不敢相信 / 我竟然有了一个真爱 / 只是我不敢确定 / 你是不是我的未来"。这样的诗句所以吸引我们,是因为貌似平静的叙述里,蕴含着诗人对爱情和人生的思索。

  建斌的诗是自然的、是艺术的、是有思想的,建斌的诗值得一读。

初次发表于2010年3月8日《河南日报》

汪国真热线

十年后人们会更记得我的音乐
——与《楚天都市报》读者谈诗论乐

当我们跨越了一座高山
也就跨越了一个真实的自己

——《跨越自己》

从诗歌到音乐　换到另一个江湖

问：我们都很关心一个问题，那就是您最近在忙些什么？

汪国真（以下简称"汪"）：最近几年创作的重心从诗歌转移到了音乐，我在尝试作曲，已经差不多四百首了，其中比较重要的是给一些古诗词谱曲等，几年前我出版了《小学生必修80首古诗词曲谱》。

问：作为诗人，您已经家喻户晓，而作为作曲家，人们还比较陌生。您为什么想到要做这项工作？

汪：一方面，我最初写诗，得到读者肯定以后开始研习书法和绘画，有一定收获以后，就自然而然地想到作曲；另一方面，对于现在的学生而言，记一首流行歌的歌词很容易，但背诵古诗词却很苦恼，我希望他们能通过音乐来背诵古诗词。有一次我看电视，一位歌手在接受文化考评。题目是两句陆游的诗，问作者是谁，小伙子回答"汪国真"，把我乐坏了。我同时意识到，让孩子和年轻人更愿意学习古诗词是多么重要。

问：什么时候开始的谱曲创作？对自己有信心吗？

汪：在我的各项尝试中，谱曲是最晚的，从七八年前开始。我作曲靠自学，因为诗歌创作已经让我很娴熟地掌握节奏、韵律，只需要学习如何记谱就行，这是技术上的事情。更重要的是根据歌词的风格，配上或雄壮或抒情的曲风。我曾为歌手白雪配过曲，歌词是苏轼的"但愿人长久"。后来白雪告诉我，唱这首歌的时候她哭了，我想这种感染力有一半归功苏轼，也有一半是我的功劳吧。

问：那诗人和作曲家两个身份，您更愿意选哪个？

汪：现在我是个诗人，但也许十年以后，我的音乐会更加有名。

问：之前您还练习过书画，感觉您是一个精力很旺盛的人，这么多才多艺，学习的动力来自何处？

汪：练习书画其实很偶然。因为诗歌出名，我有了很多签名的机会，但当时字很难看，所以想着练字。等字有了长进，又开始学画画。无论是写诗还是书画，或者作曲，我都把它们看成实力的表现。实力就是机遇。人们都说现在大学生就业难，但有实力的大学生就业其实很容易。就像我写的那句诗"不是苦恼太多／而是我们的胸怀不够开阔"。

问：那在将来，有没有可能为武汉也写一首歌？

汪：其实我一直有一个梦想，那就是为祖国各地都写一首歌，当然我也希望，将来有一天能亲手为武汉写一首歌。

其实，成功很远也很近

成功是出色的平凡

——《成功是出色的平凡》

各种意外巧合　造就许多第一次

问：您觉得自己的成功有没有幸运的地方？

汪：有的。我的第一次发表诗作就不是自己投寄的，而是《中国青年报》的记者在校园发现了我们一批学生的诗作而刊发的；我的第一本诗集也不是自费出版——尽管上世纪90年代初，诗歌已经辉煌不再。那时一位老师发现学生都在传抄我的诗，她的先生是出版社的编辑，敏锐地发现了其中的出版价值，然后才有我那本《年轻的潮》。

问：那您研习书画，有没有难忘的第一次？

汪：第一次出版书法作品集也很巧。我曾用毛笔给一个美术编辑写信，收到回信时，他就提出出版我的书法集，因为他觉得我的字还不错。有一年我去安徽巢湖开会，而此时距离巢湖不远的庐江正打算在周瑜墓前建纪念碑，得知我在安徽，便邀请我来撰写碑文，结果我的字第一次刻上了旅游景点。

问：那《小学生必修80首古诗词曲谱》是您第一本音乐曲谱集？

汪：是的。我还有第一张音乐光碟，和第一次个人的专场音乐会，很多音乐人都不一定有。

问：还会有什么"第一"？

汪：我曾经写过古典诗词，大约一百多首，过去零散地发表，今年底可能会结集出版。这应该是我第一本古典诗集吧。

大路走尽　还有小路

只要不停地走

就有数不尽的风光

属于鲜花　微笑　和酒杯

怎比得属于原野　清风　和海洋

——《即便成功使我们声名远扬》

若为吃饭发愁　我也没心情写诗

问：上世纪90年代的"汪国真热"，对您来说有什么变化和影响？

汪：就是觉得生活秩序被完全打乱了，当时经常到大学里面讲课，还有很多社会活动，其实我倒想静下来好好写写诗。

问：上世纪90年代诗歌已经被边缘化了。您如何形成了诗歌热？

汪：人们的确在排斥一些自以为是却不知所云，或者是仅仅有一些小圈子的人叫好的诗歌、诗刊。我觉得真正能够流传起来、为大众所接受的诗歌，应该有三个标准，那就是通俗易懂、能引起人们的共鸣及经得起品味。

问：换到这个时代，您觉得您还能写出来吗？

汪：我相信我可以写出来。诗歌的生命力在最广大的读者身上。我的诗在部队、学校，甚至在打工人群中都很受欢迎，这是它的生命力所在。90年代的时候诗歌环境就不好，也并非所有诗人都能写出来的。一首诗好不好只有两个标准，第一是读者是否欢迎，第二是是否经得住时代的考验。很多人的诗只在当时的时代受欢迎，时代一过就没有人再读了。

问：您觉得诗歌的繁荣还会再现吗？

汪：这个是需要多个因素共同影响的。但是有一条，人们的生活压力不能像现在这么大。如果我需要为吃饭、住房发愁，我很难想象自己是否有心情去写诗。

初次发表于2010年8月1日《楚天都市报》

谈中学生的创作问题

最近有一位朋友请我写一篇有关中学生创作问题的文章，我思虑再三，现就谈谈自己的一些想法。

中学生学习创作，首先要树立能写好作品的信心，特别是对那些写作水平一般或较差的同学来说更为重要。在学习创作之前，更坚信自己的智慧和力量能把这件事做好。绝不可妄自菲薄，也不可偷懒，更不可把创作视为一件高不可攀的事情。只要自己富有顽强进取的精神，不怕吃苦，不怕挫折，在自己现有文化知识的基础上，坚持不懈地努力，经过一段时间的磨炼，在创作上是可以取得好成绩的，功夫是不负有心人的，这一点应该深信不疑。有了这种思想准备之后，在学习创作的过程中，还应重视从以下几个方面去努力。

一、要认真阅读古今中外一些优秀作家的优秀作品，从中汲取一些创作的营养。优秀作家的优秀作品，一般都是反映当时的时代精神的，它是经过作家反复锤炼并具有典范性的佳作，是值得我们认真去阅读的。阅读这些优秀作品，能使我们提高对客观事物的认识水平，了解作者对作品的布局谋篇的精心安排，以及遣词造句用字的恰当选择，还可窥见作者写作时的思路发展等。当我们反复阅读了一些优秀作品后，对如何创作心中就有些数了，这对我们学习创作是很有帮助的。

二、要写有真情实感的作品，不要胡编乱造。文章是要教育人启迪人的，要引导人积极向上的，而不是胡编乱造地做文字游戏。文章要有真情实感，才能以情动人，才能达到教育人启迪人的目的。因此，要学会观察，学会在日常生活中留意观察人们的言谈举止，在人们的言谈举止中，在人们对待事物的态度中，有哪些事物触动了你的喜怒哀乐的感情，使你欢欣鼓舞，或使你伤心落泪等，把这种真情实感写出来，这样的作品才能贴近生活，才能为人们所喜爱和欢迎。

三、要经常练习写作。人们常说，脑子要常用才能灵活锐利，不常用就会生锈。同理，写作要经常练习，才能不断提高水平。常练习就可以逐步做到熟能生巧，巧能生精，从而达到完美的境界。如何经常练习呢？你可以经常写写日记，或经常做些读书笔记，或者有时你对某一事物感触较深，就可以动手写作品。但在动手之前，你必须先弄明白写这篇文章的主题思想。然后围绕这个主题思想去组织材料，同时段落之间要有内在的联系，使这篇文章成为一个有机的整体。

总之，中学生学习创作，主要是要多看、多写、多付出一些艰辛的脑力劳动，其他没有什么捷径可走。

初次发表于2010年第9期《好家长·青春期教育》

序三：为周明臣著《寄情墨花》而作

明臣先生原是一家大型国企的董事长。明臣先生为人谦和，待人诚恳，没有架子。我一直把他视为一位可尊敬的师长。明臣先生喜诗、擅书、能文，我们有许多共同语言，这是我与明臣先生能够走近的主要原因。在明臣先生的这部诗集即将出版之际，我想谈谈我读明臣先生诗作后的几点观感。

一、通过叙事以言情。在中国诗歌创作的历史上，通过叙事以言情可谓有悠久的历史。在这些诗作里，所叙之事是亲历之事，所言之情是真切之情。韩愈的《左迁至蓝关示侄孙湘》是叙事言情诗作的典范，"一封朝奏九重天，夕贬潮阳路八千。欲为圣明除弊事，肯将衰朽惜残年！云横秦岭家何在？雪拥蓝关马不前。知汝远来应有意，好收吾骨瘴江边。"辛弃疾的"醉里挑灯看剑，梦回吹角连营。八百里分麾下炙，五十弦翻塞外声，沙场秋点兵。马作的卢飞快，弓如霹雳弦惊。了却君王天下事，赢得生前身后名。可怜白发生"。此诗虽有想象的成分，也可归于此类。在明臣先生的诗作里，有不少通过叙事以言情的佳作。下面这首《闲云野鹤——和嘉实君》就是："烟云掠过发成霜，还历解甲归梓桑。岁月见证霜蹄路，是非评说不思量。察古观今心如水，闲云野鹤度重阳。"这里，作者也在叙事,但又惜墨如金。多少难忘的岁月,多少悲喜的往事,皆用"烟云掠过"四字轻轻带过,我以为,上面的诗句中"霜蹄"两字用得很好。何谓"霜"?不平凡、不平坦、不容易之谓也。何谓"蹄"?奋发、奋进、奋勇之意也。从诗句中看,作者的人生路上坎坷、艰辛、磨难大概不少,即便如此,作者依然是乐观的、淡定的、执着的,而岁月见证了这些。

二、贴近生活,语言生动。这是明臣先生的诗的另一个显著特点。通观明臣先生这部诗集里的作品,几乎都能找到生活的影子。"五载挥师淮河滨,残灯枯盏影随身",这是贴近生活之诗;"天意留客地显灵,选址不二张家港",这也是贴近生活之诗;"风雨狂扫穿云层,上下甩动机身响。坐机急落二百米,餐具横飞饭上窗"。这依然是贴近生活之诗。不仅如此,明臣先生的诗歌语言还是生动的,诸如"残灯枯盏影随身","选址不二张家港,""餐具横飞饭上窗,"等等都是。谈到贴近生活,语言生动,我想起了辛弃疾的一首词:"茅檐低小,溪上青青草,醉里吴音相媚好,白发谁家翁媪?大儿锄豆溪东,中儿正织鸡笼,最喜小儿无赖,溪头卧剥莲蓬。"这样美好的诗歌,看了不由人不喜爱。明臣先生的一些诗,与这些古诗词,有异曲同工之妙。

三、继承传统,注重文采:在从事领导工作的人中,不乏诗歌创作的爱好者。其中有的人是写得很好的。但相当一部分人创作出来的诗歌更像顺口溜、大白话。值得欣喜的是明臣先生的诗歌较好地继承了传统,并颇具文采。像"横笛吹秋月,回首相思长""我欲海滨看大浪,暴雨横扫难出行""急流飞卷泻幽川,两岸峭壁一线天"等等都是写得很有文采的诗句。这些诗句既有传统的美感,又有现代生活的气息,非常好。

明臣先生的诗集就要出版了，写下上面一些话，表达我的心声与祝贺。

创作于 2011 年 4 月 6 日，初次发表于《寄情墨花》（文化艺术出版社，2013 年 9 月）

似曾相识在长安
——《结客少年场行》序

第二次为张雷写序了,再读张雷的诗稿,欣喜比以前更多了。大概有两方面原因,一是他痴迷诗歌,水平必然与日提升;二是这是他二十岁到三十岁、十年之间的作品选集,所以读起来,就感觉每首都极有韵味,字字珠玑。

"少年底事不风流,当赋琛珠传九州。春客梁园书逸兴,秋歌清曲散谪愁。雄关遥望云盈梦,永夜低吟月满楼……"读张雷的诗,首先感到的,是那种所谓的"少年精神",宛如一位唐代少年之作,那种"盛唐气象"在他笔下熠熠生辉。例如"出塞愿提十万旅,作诗须诵五千年""一饮千斛问九垓,男儿雄气酒中开""曾携一剑到石门,夜气遥凌燕市云""若问平生何所欲,塞北江南"。他的笔下总是充盈着一种呼鹰古垒、截虎平川的万斛壮气。"雄剑应于牛斗异,男儿须作世间奇""东风何日与余便,亦展雄姿向大江"此类纵横排闼之语数不胜数。他弱冠时便写下《七绝吟雷》:"谁言宇宙断无龙,天地一巡闪影踪。独啸乾坤风雨日,扬眉出剑裂苍穹。"由此可见,张雷昔日真无愧于"少年诗客、弱冠诗郎"之称谓。过龙泉刀剑行,二十几岁的他便发出"何当奉命出沧海,一剑堪敌百万师"的逸响。二十五岁时,他以诗自励:"鼎盛青春君莫负,谪仙仗剑去国时。"

张雷喜太白诗、东坡词,"我自长安眠市上,醉中仙、千古独自否""醉卧芳丛狂自诩,前生定是李谪仙"。见潇洒风度与倜傥性情。他二十余岁写下的《白石山》颇有谪仙、坡仙风致:"久有仙人欲,飞上九重天。百旋来访日月,恣意在云穿。回首惊无来路,一派烟霞苍莽,何处是人间?……不见飞流直下,入耳有鸣泉……""山麓亦归苍莽间,乘风飞上九重天。直冲云海八千丈,回叹山行五百旋……"还有"慷慨伫楼船,壮观沧海间""我寄诗心向天际,随波千里到蓬莱",潇洒神飞物外,极具风神。"芳草亦谙人有恨?伴随游子到天涯",连天芳草,在他的笔下也通达人意,如此传神。因他最爱赤壁词,所以爱屋及乌,最崇坡仙笔下的周郎,诗多着墨。此外,从他的诗还可以看出,杜牧之、陆放翁、刘克庄、文天祥、蒋捷等人对张雷诗词创作的影响也很大。他喜牧之,甚爱陆游,他惊叹文天祥的英雄气概与天纵逸才,以文天祥为世间奇男子,也仰慕蒋捷的翩然风度。

"浮身蹭蹬空遥望,又是江南雨细时。"诗意无限的江南,是张雷魂牵梦萦的地方,在诗里着墨甚多,"江南游子飘然醉,溪上白云自在行""飘然一梦如仙客,放棹巫峡沧浪中"。在他笔下,西湖之美,竟让夕阳都倚壑不肯归去:"西湖美,最爱柳丝垂。游子泛舟浑欲醉,夕阳倚壑不思归。山外晚霞飞。"他眷恋江南:"此生欲作江南客,放棹空蒙烟雨中。"他在苏州写道:"长欲吴城居水巷,不谙诗赋也风流。"重到杭州,他写下了"无限秋风吹客梦,桂花香里到余杭"的美妙诗句。在高雅的音乐中,他向往的,也都是烟雨江南:"谁家纤指弄冰弦?直教周郎对月酣。独卧小楼听彻后,飘然一梦到江南。"他听《琵琶语》:"恍然身是姑苏客,明月园林一画楼""一曲琵琶听不彻,今宵梦里客扬州"。他用新诗写听罢《月落乌啼》的感觉:"一曲杳然/如烟/月光下/我恍如身在梦一样的姑苏、梦一样的江南……"

"谪仙逊我几分耶？遥问盛唐桂魄""别意从来苦，何堪月正圆。"咏月，是张雷诗歌的一个主题："伊人见我飘然至，疑是坡仙诵月还。"他有许多咏月的诗篇，这或许是古今文人的一个共性，李白给儿子起的小名就叫"明月奴"，东坡咏月篇章甚多。张雷的一切情愫，仿佛都跟月有关："良辰如梦杳，那夜月如钩""正是斯年携手处，一轮明月照西楼""思伊悲不见，明月照双泉""谁伴幽独消永夜，半壶清酒半轮秋"。他还用新诗描写中秋的月亮："……你的美丽／不是因为你曾辉映在雪莱、普希金的诗笺／而是缘于那美丽的仙子、捣药的玉兔、朦胧的桂花／更重要的是／你来自李白苏轼的笔下……"涓涓笔迹，足见爱月之情、眷月之心。明月还是他漂泊的伴侣，"多情最是家山月，窗外依依送我行。"（《作于南下车中》）与咏月诗歌分不开的，是张雷的怀乡诗作。中秋良夜，他在异乡写道"家山明月应如故，不见清光又一年""今夜谁谙游子意，一轮明月入幽尊"写出了异乡月夜之幽独。"惟有东山月，还如年少时"（《五绝回乡》）"万里家山何处，笛声吹断客肠""正是游人肠断夜，雁声嘹戾九霄来"，都透露出他许多漂泊异域的感触。"游子天边孤月，慈亲故里寒霜""故山枕上听微雨，又是生涯一度秋"。故园家山，凝聚着这位游子无限的羁梦乡愁。

张雷喜交游，我们先读他一首《七绝 赏段云强院长赠我牡丹图》："经年画院又相逢，兄赠牡丹还赠茗。国色何须南下见，吾家便是洛阳城。"再看一首《七绝 谢陈子剑兄赠我〈清荷图〉》："陈兄子剑墨风流，赠我荷漪满纸幽。从此吾家有西子，小阁便是望湖楼。"在京遍访诗友以后，他归来诗曰"京华小住朝朝醉，直教归来厌看樽"。他赠友人："笔走如风还似雨，琴飘似梦复如纱""十年音信杳，梦里雁鸣孤。洒我千滴泪，读君万里书""痛饮狂歌残夜里，阳关一曲泪如倾""不羡坡仙苏小妹，诗郎有姊亦如她"。（《赠王静》）张雷赠友诗中最传神的，是那首《五绝 访故人》："绿树静园排,鸟鸣轩半开。柳花轻快舞,知是故人来。"浅显易懂,而又独臻妙境,读罢使人惊羡!

"无眠一夜独听雨,又负风华半度秋""秋风又起分,无奈是流年"。张雷惋惜流年似水,同时以诗遣怀,慰藉自我。我十分欣赏他的"莫恨天涯沦落久,一箫一剑亦风流"。这是多么经典的诗语,潇洒俊逸,倜傥风流。他在醉中这样自嘲:"四壁萧萧惟有书,闲吟风月卧茅庐。元直北去休回马,我本洨川一酒徒。"(《七绝醉酒归来自嘲》)张雷笔下那种黯然的失意,凄凉的羁旅谪愁,读来也是别样清佳。如"我亦人间沦落客,知君底事泪如倾""不见元直走马还,抱膝且啸水云间""英概遥凌云汉,东风不便周郎。且歌且饮且疏狂,取次长安市上"。

豪放婉约,并非不可兼得,人道"苏辛"为豪放代表,殊不知此二人婉约亦为绝世大家。张雷虽偏于豪放,但丝毫不废婉约秀丽,且相当精致、幽约、婉美,丽词泉涌。他少年时写下的《浣溪沙》:"莫道佳人如美玉,当言美玉似佳人。"真可谓巧思丽语。还有"梦尽红笺锦字,长空不见有飞鸿""缱绻离愁,依稀别梦,一饮直须三百觞。长亭外、对纤纤弱柳,芳草斜阳"。独自凭栏,他能写下"危阑休去倚,槛外是清秋"这般清愁无限、空灵蕴藉的诗句。无眠的时候,他有"惆怅萦怀唯欲醉,蹉跎伴夜不成眠。玉龙吹彻立庭轩"这样天然流丽而又别出心裁的句子。美哉少年!我看了创作时间,写这首词时,张雷才二十五六岁。"春雨不谙人有恨,淅淅沥沥到天明""寒蛩知我夜愁眠,故送秋声入小轩"。他内心的多愁与善感,总是化成凄美的文字:"奈何春老去,花落断人肠""不见那时人,依旧菁菁草""佳人无觅处,红药似昔年"。这种幽微的心境,这般空灵的笔墨,轻灵秀润,独臻神秀。尤其值得一提的,是他的两首《鹧鸪天》,一为《鹧鸪天 无题》:"芳褪香疏春已阑,忆乘花舫客梁园。识伊唯怨相逢晚,恨我多情执手难。

游曲径,倚雕栏。回眸旧梦已如烟。无言独立兰桥上,飒飒清风拂翠澜";二曰《鹧鸪　天龙凤湖》:"送目天堂游子酣,轻吟一曲雨潺潺。恍成黄鹤楼中客,疑是苏堤柳下眠。春已尽,酒将阑,暂凭醉眼看湖山。此身无奈飘零久,聊认他乡作故园。"如梦似幻,妙绝精美!

"击筑悲歌雄发冲,辞燕飞盖入强嬴。死灰人物临官怯,莫道荆卿剑术穷。"(《七绝　咏荆轲》)张雷喜读史,因此他的作品中有大量的咏史篇章。他写李广:"卫儿私念重,遗恨走单于""莫哀至死难封事,论将无人谈卫青"。他叹惜"良将谁堪并,名当盖祖先"的李陵的命运:"当年不是家门灭,肯以胡服终汉身?"张雷认为,如果没有"乌台诗案",命运也未必使得苏东坡能到达黄州、两游赤壁。苏轼一生便未必能写下《念奴娇》词和前后《赤壁赋》。于是他说"乌台诗案擦身过,人世应无赤壁篇"。

"妈妈/你听/晚钟敲响了/那不是晚钟/是我祈祷的心儿"。关于新诗,张雷从不盲目崇拜,他用清醒、智慧的双眼,对目前这种胡作乱写冷眼相看,他用端正的态度对待新诗,这一点,令我深感欣慰。"不知道为了什么/走近你的感觉/就像走近了春天""梦到了你/又是烟柳江南的纤纤细雨/梦到了你/还是当年的月、吴侬软语"。那首《海上》真是青春的赞歌:"是海风吗/仿佛在沐浴春水/天际那一抹丹青翠黛/可是传说中的仙山/客船激起的/不是浪花,是飞雪/空中舒卷的/不是天上云/是青春的风采/海上飞翔的/不是海鸥/是我们自在的灵魂/我们驶向的/不是彼岸,是期冀/眼前不是沧海/是男儿博大的胸襟"。何其奔放!何等飞扬!他的《前世,我们只有五百次回眸》:"迢递的梦/终究要面临穷途末路/我将远去/远去在青鸟飞不到的、消息的尽头/别了/萍水相逢的人儿/请将我忘记/前世/我们只有五百次回眸!"含蓄委婉,别出心裁。关于新诗,张雷的方向是很正确的,他在阳光、健康地发展。他认为，新诗应像旧体诗词一样，也应该给人以美感与启迪，清醇雅正，令人陶醉，才是真诗。他坚决反对用梦呓和废话来写新诗，对此深恶痛绝。

年轻的张雷，身材很高，相貌斯文儒雅，有着天生的诗人气质和风度。虽然年轻，但他却走出了如此明朗、清正的诗路，且已经达到了很高的境界，非常难得。他以诗为生命，生活中的许多事情都能信手拈入诗里，即便在病中，他也以"前生应姓沈，小恙总缠身"自嘲。他的诗歌热情奔放，多情重义，关心国事，关注社会民生，正气浩然，正如他的诗句："要向人间播正气，敢称笔下有清风。"读他的诗集，宛如缕缕清风拂面，令人神怡。

关于张雷和他的诗，就谈到这里。总而言之，除我以上提到的诗作以外，张雷还有许多佳句，我没有罗列到序里，还请大家细读这部《结客少年场行》。最后，祝贺张雷创作十周年！我非常看好这位年轻的诗人，对他充满了期望，相信他今后会写出更多更美的诗篇！

2011 年 9 月于北京

创作于 2011 年 9 月，初次发表于张雷著《结客少年场行》（大众文艺出版社，2012 年 7 月）

我看操驰的画

我欣赏操驰的画。这是因为,首先,操驰的画是自然的,由于自然,操驰的画便少了匠气,少了做作,少了俗套。其次,操驰的画立意上是独特的。绘画和其他艺术一样,具有独特的风格是非常重要的。操驰的画在用墨、用色、造型上都有自己的想法并形成了自己的绘画风格,这是特别难能可贵的。尤其是她的瓷盘画别具一格,打破了传统的瓷器绘画技法,将国画写意技法运用到瓷器绘画当中,形成了一个属于自己的新品牌。另外,操驰对佛学、道家、诗歌文学等还有着自己的见解,对画荷花有着与人生密切联系的感悟,入情、入境、入心。

再者,操驰的画呈现给我们的是自由不羁,天真烂漫。其实,在绘画上达到这样一种境界并不容易。不但要靠勤奋,关键要靠悟性。这位颇具才情的女画家,她的韧性和恒心体现了一种精神,这种精神撑起了她作品的大美。

初次发表于2011年11月27日《广州日报》

读林卓宇的诗歌

林卓宇现在还不到十六岁。有人说,不到十六岁就被称为诗人,是不是太夸张了点?我以为能不能称为诗人,不是以年龄而是以作品来划分的。十几岁时的骆宾王,不是比与他同时代的、许许多多已几十岁也在写诗的人更当得起诗人的称号吗?

林卓宇虽然年少,但他的诗却是可读可品的。

其一:林卓宇的诗是生动而富有想象力的。"我的梦儿踮起脚尖／将简单的思绪挂在梧桐树的枝丫上",再如:"雨的忧伤／写在了云的脸上"。这都是非常生动而富有想象力的诗句,体现了作者的诗才。更难能可贵的是,这样美好的诗句,作者写得十分自然,毫不做作。

其二:林卓宇的诗是有一定深度的。把诗写得有深度,这不简单,不但需要有诗才,还需要有思想。缺少思想和深度的诗人不会是大诗人。这方面,年少的林卓宇表现了较好的潜质。"童年的痛／不过是轻微的痛""在雨水里／我踏不到光芒／但是却踏得到诗意"。这是有思想的诗,很好。

其三:林卓宇的诗是有独特风格的。艺术创作,逐渐形成自己的风格很重要,古今中外,凡是有大成就的文学家、艺术家都有自己独特的风格。林卓宇的诗在结构、语言、追求上初步具有了自己的特点,这很明智。希望他保持这一点,并使之更加完善和成熟。

　　林卓宇已经取得了一定的成就,我相信他会有更大的成就,只要他努力。

初次发表于 2012 年 1 月 16 日《文艺报》

《太阳是一朵花》点评

1.《日出》诗情点击:

太阳有小脚丫吗?小诗人给了我们肯定而惊奇的回答。这是孩子用"第三只眼"发现的。小诗带给我们一个明亮而充满活力的早晨:太阳的小脚丫在树叶上跳舞,在湖面上行走,在田野上奔跑……快活的一天开始啦!

2.《太阳花蕊》诗情点击:

古希腊哲学家亚里士多德在他的《修辞学》中写道:"善于用比喻是天才的标志。"《太阳花蕊》就运用了这种方法,当我第一次读到这首小诗的时候,我几乎惊呆了,惊喜和激动在我内心升腾,"太阳是一朵花,白云是花瓣",这一个美丽而经典的比喻,奠定了整首诗的基调。

3.《太阳和月亮》诗情点击:

此诗有奇思,难得。

4.《时间》诗情点击:

时间是什么呢?时间由白天和黑夜组成,"时间还给自己的脚印／取名字呢／黑脚印叫夜晚／白脚印叫白天"这是神来之笔，也是本诗的"诗眼"。

5.《透明的河被子》诗情点击：

这是一首清丽、优美的小诗，更是一个隽永、迷你的微型童话。

6.《冬天的句号》诗情点击：

这首诗妙在立意。最后一段不仅推高了整首诗，而且给人留下了回味的余地。

7.《小草是一本图书》诗情点击：

这首诗的诗题新颖、有趣，很吸引读者。有人说："花香蝶自来，题好文一半。"看来是有道理的。

8.《空调橡皮》诗情点击：

"空调是一块神奇的橡皮／赶走热浪／送来凉爽"小诗用神奇的比喻，独特的意象，给读者意外的惊喜。这是点睛之笔，更是这首诗的灵魂。可见，想象的作用举足轻重。

9.《飞机画家》诗情点击：

少儿有少儿的思维。成年人恐断不会想出"飞机是一个画家"这样的句子。出新、出奇方能出好诗，在某些方面，少儿也有值得成年人学习的地方。

10.《春姑娘是个音乐家》诗情点击：

作者善于捕捉、提炼、升华生活中含有诗意的元素，自然地把它们融入诗中。如此，不写诗真是可惜了。

11.《严厉的老师》诗情点击：

这首诗想象奇特、形象和语言生动,是儿童诗中的佳品。

12.《云朵面纱》诗情点击：

作者年龄虽小,却有着比较丰富的创作经验。作者不仅想象力丰富,而且语言也很讲究,特别是结尾两句,提升了整首诗的格调。

13.《演讲》诗情点击：

这首诗好在结尾一段,因为出人意料。情理之中,意料之外,这是许多成功作品共有的特质。

14.《夜空姐姐》诗情点击：

在孩子的眼里,这是一个童话的、神奇的、灵性的世界：夜空是一个姐姐,穿了一件漂亮的晚装,基调是黑色的,还镶嵌着一颗颗璀璨的钻石呢,显得高雅而端庄,夜空姐姐,太迷人了！全诗充盈着童趣、童真,这是一首属于孩子的诗！

15.《太阳关进玻璃房》诗情点击：

这样写太阳我是第一次见到。太阳并不好写,因为赞美太阳的诗文太多。这首诗与众不同,所以给我们留下了深刻的印象。

16.《风是树的字儿》诗情点击：

风是树的字儿。这是多么离奇的想象,这是多么绮丽的遐想,这是多么神奇的诗行。读完这首短小精悍的小诗,我想,你会认同小诗人陌生、新奇、诗意的发现。

17.《云妈妈和雨宝宝》诗情点击：

诗的语言是自然的，诗歌本身又充满了童趣。自然、清新、质朴是本诗的特点。

18.《风弟弟》诗情点击：

艺术源自生活，但如何把生活中司空见惯的现象入诗，并不是所有人都能做到的。但作者做到了，而且还做得比较自然、贴切和巧妙。

19.《大山爷爷》诗情点击：

如果把一首儿童诗比作一碗汤，那情趣便是味精，倘若在汤中加入适量的味精，味道可就不一样了。可见，趣味性在儿童诗中的作用非同小可。

20.《笔的脚印》诗情点击：

"笔，留下了/一串串/一串串/字的脚印"，这是孩子的思维，十分幼稚，却是诗意的开始。

21.《小水珠》诗情点击：

皮亚杰认为，儿童的思维是"以自我为中心"的思维，主客体不分、物我不分，将世界万物拟人化、人格化，也就是"万物有灵论"的原始思维。《小水珠》这首诗，就是对孩子"万物有灵论"的思维认同。

22.《雨针》诗情点击：

春天里，雨是寻常的，如一枚枚银针，融入泥土。这湿润的、温暖的、多情的雨，是泥娃娃最知心的朋友。雨针，对于孩子也是特喜欢的啊。

23.《太阳金子》诗情点击：

过于优美的语言，过于华丽的辞藻，反而有害诗意的滋长。这首诗的特点是文字朴素、语言平实、情趣浓酣。

24.《洗澡的太阳》诗情点击：

"美丽的诗和美丽的梦一样，是可遇而不可求的"。"那满天／闪烁的星星／就是他／溅起的水花"，是呀，星星是太阳洗澡时飞溅的水花，这么奇特的想象、这么灵动的意象、这么新奇的发现，我想一定不是小诗人闭门造车的结果，那是生活的感悟，是灵感的火花，是智慧的花朵。

25.《毛笔和爷爷》诗情点击：

"情是诗的色泽，诗是情的底片"，这首小诗抒发了小诗人对爷爷浓浓的爱，深深的情。这份感情令人动容，为之感动。

26.《太阳洗衣服》诗情点击：

生活是写作的源泉，善于发现就有诗。

27.《跑步机》诗情点击：

这首诗比喻新颖，文字凝练，联想丰富。在一首短诗中，兼具这几个方面，不是件容易的事。特别是对于一个少年来说更是如此。

28.《梳辫子》诗情点击：

这首诗好在想象奇妙。诗中的一"借"一"还"，既生动，又自然。这一"借"一"还"，使整首诗活了起来。

29.《日历》诗情点击：

这是作者诗集中不多的用近于成人的思维写的诗。但以诗的隽永来说，是胜过了许多成人写的诗。

30.《醉了》诗情点击：

"白云喝了太阳酿的酒／醉成了片片晚霞"这是孩子独特的发现，这是诗歌的眼睛。"我看着看着／也醉了"，小诗人已沉醉在如画似诗的梦境中，这是她特有的体验。小诗构思巧妙，语言隽永，想象绮丽，是儿童诗作品的佳作。

31.《我想成为太阳》诗情点击：

所谓童言无忌，在这首诗中有了很好的体现。要鼓励孩子的想象，而不是扼杀它。不要那么四平八稳，不要那么老气横秋，不要那么无可挑剔。

32.《大地妈妈的心愿》诗情点击：

诗歌应该关注和介入当下的生活，而不是整天无病呻吟。关注和介入生活是诗人和诗歌的责任和使命，《大地妈妈的心愿》在这方面做出了努力。

33.《烟花》诗情点击：

这首诗的结尾最妙，再看前面的铺垫，层层推进，步步推高，构思见功夫。

34.《我替蚂蚁许个愿》诗情点击：

为一只小小的蚂蚁："在一个有月亮的晚上／我虔诚地举起双手／

对着月亮／许下最美好的心愿"，多么美丽的心愿，多少虔诚的祝愿。"功夫在诗外"，要写好一首诗，关键还得拥有一颗善良的童心！

35.《会写诗的鱼》诗情点击：

孩子的思维和语言，都与成年人不一样。这是不同之处，也是可贵之处。

36.《星星》诗情点击：

这是一个美丽的神话，还是一个凄美的童话，这是一个遥远的传说：星星来到人间，变成了一块块普通的石头。"我家后院有许多的石头／本来都是挂在夜空中／最闪亮最耀眼的星星"。这首小诗，值得我们好好品读。

37.《透明的梳子》诗情点击：

诗人林庚说过："诗的本质就是发现。"诗人要永远像婴儿一样，睁大好奇的眼睛，去观察周围的世界，去发现世界的新的美。小诗人发现了太阳用透明的梳子，梳理自己的阳光金发。那一头灿烂的金发，是温暖而迷人的，给了我们一个最温馨、最甜美的记忆。

38.《难忘的旅行》诗情点击：

落叶，它的生命终止，何尝不是一首可歌可泣的诗歌；它无怨无悔地离去，何尝不是一件惊天地泣鬼神的壮举。这是一首有力量的诗作。

39.《快乐是有形状的》诗情点击：

每一个孩子都有属于自己的快乐。无形的快乐在哪里？在孩子嬉闹里，在孩子的笑容里，在孩子的问候里……

40.《蜗牛》诗情点击：

小诗用儿童的视野，向我们展示蜗牛独特、乐观的生存状态，令人肃然起敬！

41.《田野》诗情点击：

"小鸟飞出来／发梢沾满瓜果的问候／歌声里夹杂着／香甜的气息"，富有张力的语言，描绘了一幅甜美、丰收的秋景图，让我们沉醉不知归路……

42.《绿蜡笔》诗情点击：

这首小诗，意象鲜活，构思精巧，语言质朴。绿色的枝干"蜡笔"，在孩子的眼中，"里面／藏有一个春天"，这是惊喜地发现，这是绮丽的意象，这是美丽的想象……

43.《不起眼的小草》诗情点击：

于平凡处见精神，于细微处见精神。用诗化语言昭示的道理，总是让我们感到会意和温馨。

44.《做客》诗情点击：

《做客》这一首小诗，用拟人的手法、简单的情节，叙述了一个盒子的遭遇，读后令人深思。一个盒子的遭遇，如同现实社会中一个穷人的生活奇遇，如果从这样一个层面去解读这首诗，就更具诗的内涵和现实意义。

45.《石头》诗情点击：

石头不好写，因为没有生命。予生活以色彩，予寻常以不凡，予平淡以浪漫，予石头以生命，这就是诗人。

46.《如果》诗情点击：
给人印象深的是诗写得不俗，有出人意料之笔。而且诗中体现的精神，也是我们倡导的。

47.《语言》诗情点击：
不要以为只有人类才有语言。问题在于你是否能像小诗人一样学会倾听。

48.《月光》诗情点击：
诗作营造了一个温馨、宁静、和美的意境，月光似水，我浸泡在如水的月光里，仿佛一个人在童话的故事中漫步，如白云一样的柔和、如夜来香一样的芬芳、如冰激凌一样的清凉。我沉湎在月色的柔情里，陶醉在月色的梦幻中，迷失在月色的多情里……

49.《红叶里的金秋》诗情点击：
一叶知秋，从一枚红叶，我们窥视了一个金色的秋。红叶里，有一道迷人的景色：一路阳光，一路惬意，一路芳香！

50.《羡慕》诗情点击：
你愿意是天上自由的鸟，还是笼中坐享其成的鸟？面对好的童诗，孩子会停下来思考一下，而成人会回头细细品味。这首诗作就是这样。

51.《理想》诗情点击：
是呀，生活的磨砺里有真谛，人生的坚守里有风景，生命的付出里有美丽，命运的多舛里有奇迹！这是《理想》这首小诗，留给我们对人生的启迪和思忖。

52.《风筝》诗情点击：

童年是什么？是小小的风筝，散步的风儿，自由的白云。快乐是什么？快乐就是那一种放飞的诗情！

53.《唯一的知己》诗情点击：

纸是笔的知己。就如：船是水的伴侣，风是树的朋友，白云是天空的恋人……本诗以孩子独特的视角，向我们展示了孩子纯净如水、无瑕似玉、湛蓝如天的情感世界。

54.《选择》诗情点击：

这是一首通俗浅显却又意味深长的诗。放弃该放弃的，选择要选择的，人就是在这样的过程中，走向成熟，走向高尚，走向自由。

初次发表于何乐彦著《太阳是一朵花》（北京少年儿童出版社，2012年6月）

我读卢梓仪的诗
——评卢梓仪《花开的声音》

卢梓仪是北京十一学校一名喜欢写诗的女学生。

十几岁,诗一样的年龄。所谓少女情怀总是诗,正是这样。

喜欢写诗的孩子不少,写得好的并不多。像骆宾王那样,小小年纪就能写出"鹅鹅鹅 / 曲项向天歌 / 白毛浮绿水 / 红掌拨清波"这样优美、生动诗歌的孩子毕竟凤毛麟角,否则也就不会有这样的千古佳话了。在喜欢写诗的孩子中,卢梓仪的诗无疑是写得非常棒的。卢梓仪的诗好在什么地方呢?

首先,卢梓仪的诗是纯净的。这种纯净不仅仅是指内容,更包括了语言上的不拖泥带水。一个优秀的歌手,他的声音是不应该有杂质的。一个优秀的诗人,他的文字则应该是干净的。卢梓仪的诗歌较好地做到了这一点:"我要学会 / 像阳光一样微笑 / 向着天空 / 自由地大叫 / 去寻找 / 那种叫作梦的味道"。再如:"通往城堡的路 / 总是充满迷途 / 让你丢掉了花裙子、水晶鞋和南瓜屋 / 让你在希望中 / 一次又一次地踯躅"。在这样的诗歌中,没有废话,没有可有可无的词句。在诗歌创作中,做到这一点并不容易。表达一个意思,一般人说三句,小说家说两句,而诗人只说一句。

其次,卢梓仪的诗是真挚的。在诗歌创作中,真挚是非常重要的。真挚的诗歌才自然、才亲切、才流畅。失去了自然、亲切、流畅的诗歌，往往成了堆砌、卖弄、不伦不类。读卢梓仪的诗歌，仿佛在读一个小女孩心灵的历史。她所写的，基本上是她经历的、感受的、思索的、向往的。在我们读来，则是真挚的。"如今的我／掉入这个落泪的流年／每次的潮起潮落／都会记录一朵花的笑脸"。再如"阅读点亮青春／奋斗成就未来／世界那么大／有更多的领域／等待我们去开发"。这些诗句，因为感受真切，因此写来真挚。因为感情真挚，这样的诗句我们读来便似微风、像细雨、如清泉，吹拂、滋润和涤荡着我们的心灵。

　　最后，卢梓仪的诗是美好的。在卢梓仪的诗歌里，有惆怅更有向往，有眼泪更有歌声，有烦恼更有微笑。"爱我的人呵／请不要为我担心／我爱的人呵／不会让你失望"，这是在写感情；"在追梦的路上／困难是我们的财富／朋友是我们的臂膀／让我们一起上路／在梦想的彼岸／享受明媚的阳光"，这是在写憧憬；"朋友呵／你可能已经忘记了我的模样／可我依然从心里觉得／有朋友真好"，这是在写心声。卢梓仪是以阳光和健康的心态与笔触写生活，她的诗歌是美好的。

　　对于一个十几岁的小诗人而言，有以上三点，足矣。

创作于2012年6月19日，初次发表于卢梓仪著《花开的声音》（中国少年儿童出版社，2012年11月）

序：为柳钢点评《一只绣花鞋点评本》而作

著名作家张宝瑞的"文革"手抄本小说《一只绣花鞋》终于问世了，这一流传了多年的手抄本小说历经风风雨雨，就像一株珍贵神奇的异草展示在世人眼前。

《一只绣花鞋》故事的产生和繁衍，手抄本的辗转流传，有其深刻的历史渊源。众所周知，"文革"期间，由于"四人帮"推行极"左"路线，文坛萧条寂寞，但是中国人不满于在文化沙漠中长途跋涉的饥渴，民间口头文学不胫而走，各种手抄本应运而生，而且鱼龙混杂。手抄本文学现象是中国文学史上一种特殊的文化现象，因为它诞生于"文革"时期这一特殊的历史环境；在"文革"中流传最广的手抄本之一就是有关梅花党故事的《一只绣花鞋》。

民间传说也是文学创作的来源之一，清代著名文学家蒲松龄在山东淄博家乡的柳泉旁，设一个茶摊儿，邀请路人，从他们肚子里掏故事；某一日《聊斋志异》呱呱坠地。《西游记》《三国演义》《七侠五义》《水浒传》等文学著作中的许多故事早已在民间流传了若干年。我的朋友张宝瑞是当时"老三届"的毕业生，20世纪60年代末期正在北京铁合金厂当炉前工，他的文学天赋很高，而且口才极佳，为了驱散工作的劳累与单调，调动工友的生产积极性，特别是上夜班，防止大家犯困打盹儿，工余便给工人们讲这些故事，并创作了这部小说，当时年仅十七岁。这个手抄本朴实、生动、真实，基本保持了原始的面貌，比较珍贵，正式出版具有重要的意义。

这部名著正式出版是一件可喜可贺的事情，填补了中国文学史"文革"十年断代史的一些空白。以前翻阅各种版本的当代文学史，"文革"似乎总是八个样板戏和天安门诗歌等，总感到有一种擦肩而过的感觉。这世间，许多东西都可以没有，但是伟大的文学作品和真实的历史记载是不朽的！中国历史上南北朝时期尽管发生两次废佛焚卷事件，但是隋末的有志僧人静琬在北京京西石经山毅然发起石刻佛经运动，历经隋唐辽金元明一千余年，经数万僧人的磨砺，终于完成石刻大佛经，成为世界佛教史上一件惊天动地的壮举，北京石经山云居寺也被誉为"北京的敦煌"。秦始皇可以"焚书坑儒"，"烟雨骊山君子仇，咸阳四百六十丘"，但"坑灰未冷山东乱，刘项原来不读书"。司马迁忍受宫刑，著出了辉煌的《史记》。李白可以不被唐玄宗重用，但是成为中国历史上公认的最伟大的诗人。

"文革"十年是中华文明史上空前的灾难时期，极"左"路线使优秀文化备受摧残，百花凋零，但是在民间却涌动着一汪温暖的潺潺小溪，似报春花缀满的小溪，尽管是涓涓溪流，却充溢着蓬勃的生命力！

"文革"期间出现的口头文学、手抄本现象是特殊历史时期的特殊文化现象。据初步统计，目前流传下来的手抄本有三百多种，一些同样主题的手抄本又有多种版本。由于各种原因，作者匿名，传抄者或用信纸，或用日记本，或在煤油灯下，或在课堂传抄，有的辗转传抄数十万人。这些手抄本在乡村、城市、工厂、部队，在山西、陕西插队知青部落，在内蒙古大草原的蒙古包里，在北大荒的黑土地，在云南西双版纳的橡胶园，讲述、传抄；在陕北高原的窑洞里,油灯闪耀,人影晃动,讲述人绘声绘色地讲着一只绣花鞋的故事。在东北大兴安岭的篝火旁,远处狼嚎凄厉,知青们正在听讲《林强海峡》;在首钢冶炼炉前,工人们正在听讲《梅花党》《一只绣花鞋》,我特工人员龙飞与风姿绰约的梅花党女特务白薇曲折的经历。

应当说,这种"文革"手抄本熏陶了一代人,在手抄本文学的土壤里成长起一批优秀作家,如张宝瑞、刘心武、梁晓声、王朔、刘震云、史铁生、甘铁生、柯云路、叶辛、郑义、孔捷生、北岛、舒婷等。

"文革"中的手抄本大致可分为五类:第一类是反特侦破题材,悬疑性强,有的具有一定的恐怖色彩。如张宝瑞的《梅花党》系列、《一只绣花鞋》《绿色尸体》《龙飞三下江南》《金三角之谜》《粉红色的脚》等,还有其他作者的《林强海峡》《一缕金黄色的头发》《远东之花》《302号房间的秘密》;日本小说《第108尊美女塑像》等。第二类是反映爱国主义、民族主义的主题,如张扬的《第二次握手》等。第三类是反映社会现实的作品,如北岛的《波动》、靳凡的《公开的情书》、张新蚕的《红卫兵日记》、其他作者的《九级浪》《塔里的女人》等。第四类是神话、志怪、武侠等题材,如张宝瑞的《落花梦》等。第五类是不健康的作品,如《少女的心》《曼娜回忆录》等,描写表哥表妹的初恋性体验,当时对青少年有较大的负面影响。

"文革"手抄本就文学表现形式而言,也有剧本、散文、日记、诗歌等,如北岛、食指、杨炼、芒克、顾城等人的朦胧诗,《白洋淀诗选》、张宝瑞的《恩来之歌》、童怀周编的《天安门诗抄》等;剧本有《国恋》《假如生活欺骗了你》《邹容》等。

伟大的时代造就伟大的人物,使过去不可能发挥的才能发挥出来,伟大的时代同时又造就伟大的作品,因为文学是人学,文学是时代的一面镜子。

"文革"手抄本出版伊始,正像 21 世纪曙光初露一样,但愿能给跋涉过那样一种文化沙漠的人们,带来一种难以割舍的怀旧情绪,使人们在历史的废墟之中奋起;也给当代青年一些知识,把这些有价值的作品奉献于光天化日之下,诚然是一件善事,因为只要你诚心实意地拥抱太阳,太阳就会给你光和热!

历史是一首写在人类记忆上的回旋诗歌。

历史是一艘航船,装载着现代人神奇和美好的回忆,驶向遥远的未来。

积极健康向上的口头文学的手抄本也应载入中国文学史,著名作家张宝瑞和他的手抄本经典著作也不能例外。

《序——为柳钢点评〈一只绣花鞋点评本〉而作》初次发表于《一只绣花鞋点评本》(新华出版社,2012 年 8 月)

星星的诗意
——《星星点灯》序

本来,我并没打算写下文字,尽管作者拿来的是一部诗集。试想一下,面对一个原本陌生的人,把这部书稿匆匆浏览一遍,又能有多少话可说呢?

然而,当我与他相识交谈后,听到他的人生经历,就对他有了很好的印象,心中不禁涌出许多感动。我对他说:"书稿留下吧,我愿意为它写几句话。"

我应当承认,是"星星"这两个字吸引了我。

地上有多少人,天上就有多少颗星星。星星是有诗意的。幼年时,我们常常仰望星空。一个个夜晚,我们慢慢地抬起头向蓝黑色的天空望去。无数颗星星,在天空上玩耍,集结在一起发出强大的光。可以说,星空让仰望它的人,内心温暖明亮起来;星空是夜幕下寻找方向的指南,让回望青春的人用来标记岁月。

当年,温家宝总理在同济大学演讲时说:"一个民族有一些关注天空的人,他们才有希望;一个民族只是关心脚下的事情,那是没有未来的。我们的民族是大有希望的民族!我希望同学们经常地仰望天空,学会做人,学会思考,学会知识和技能,做一个关心世界和国家命运的人。"此后,他还发表了一首《仰望星空》的诗歌:"我仰望星空,它是那样寥廓而深邃;那无穷的真理,让我苦苦地求索、追随。我仰望星空,它是那样庄严而圣洁;那凛然的正义,让我充满热爱、感到敬畏。我仰望星空,它是那样自由而宁静;那博大的胸怀,让我的心灵栖息、依偎。我仰望星空,它是那样壮丽而光辉;那永恒的炽热,让我心中燃起希望的烈焰、响起春雷。"

我不知道孔令伟是否经常仰望星空,"燃起希望的烈焰、响起春雷",但我相信他是一个有梦想敢担当的人。这位 1973 年 12 月出生的农家子弟,1994 年大学毕业后,下江南,赴省城,只为"星星"的创业之梦。在纷繁杂芜且竞争激烈的当代社会中,每个人的未来都充满了变数,不敢轻言谁个笃定可以成功,因此便有了诸多酸甜苦辣的人生滋味,有了寂寞和孤独。好像是谁说过:"当你感到孤单的时候,抬头看星空,这世界就会变得很大很大……"不知别人有怎样的感受,我相信孔令伟一定有这样的体会。我不知道他是否已经摘到自己心中的那颗星,单从他目前的身份和企业的荣誉来看,他已经有了自己的星光。

尤为难得的是,经商之余从未放弃过写作。他的创作以诗歌为主,以诗歌记录自己的商界人生和心路历程。作品毫无无病呻吟之态,主旋律积极向上,催人奋进,重点突出、表现和挖掘生活中阳光的、快乐的、永不放弃的时代精神。他的现代诗富于想象,构思精巧,有高度的概括性、鲜明的形象性、浓烈的抒情性以及和谐的音乐性。而且,每一首诗都以一个真实的故事为背景,每一首诗均基于一种真实情感,不会让人感觉朦胧暧昧,晦涩难懂。他的古典诗词,或含蓄隽永,或率真自然,或雄奇豪放,或沉郁顿挫,不拘一格,各有其趣。

一般来说,为人作序应该对文集内容详细点评,我反倒认为,读者更有慧眼慧心。当读者读到《星星点灯》的时候,都会有自己的评说和自己的体会,又何用我来饶舌?古人有言:"诗言志,歌咏言,故哀乐之心感而歌咏之声发。"我想,无论星空灿烂或者月朗星稀，只要有一种相随的陪伴，已经叫人感动。从孔令伟的作品来看，他看到了星光后面的人性，他捕捉到了人性深处一闪而逝的星光。

曾经被星空蛊惑的人，都会懂得星星的诗意。

是为序。

创作于 2012 年 8 月 25 日，初次发表于孔令伟著《星星点灯》（中国文联出版社，2013 年 4 月）

序 二
——为唐思远著《思远诗书》而作

近来事繁,迟复为歉。诗读过,有灵性亦有文采。写了几句诗代序吧!

人能思远路更长

亦诗亦书亦经商,
篇篇都是好文章。
挥袖可作东风引,
人能思远路更长。

创作于2012年9月,初次发表于《思远诗书》(中国文化传媒出版社,2012年11月)

序：为劳怡童著《花开有声》而作

劳怡童现在是一位高一的学生。

我要谈的，是她在初中三年里所写的文章。

劳怡童的文章有什么特点呢？首先，我以为劳怡童的文章是自然的。不论抒情，不论状物，不论叙事，她的文笔都是自然的。自然，就不做作；自然，就不虚假；自然，就不矫情。从一定意义上说，走向自然就是走向美好，就像我们走向春天一样。"随着太阳的升起，大海像饱饮了那鲜美的玫瑰酒似的，亮丽的光泽使人惊讶，像有一层薄薄的轻纱盖在上面，让所有的人为之赞叹。"你看，写得多好。文采在自然中喷发。

其次，劳怡童的文章是真挚的。作为风景来说，仅有自然就够了。作为文章来说，则还不够。好的文章总是能够以情动人。李煜、李清照的词所以能够千古流传，很重要的一点，是他们的诗文里，蕴含着深沉的感情。劳怡童的文章也比较好地做到了这一点。"对于回报，不一定要多么隆重，在平常只要我们多帮助母亲分担些家务，别总闹脾气，就这些不起眼的小事，在她们看来，就是子女对她们最好的回报。"文字是质朴的，但却感人。情感在真挚中沉淀。

最后，劳怡童的文章是典雅的。典雅，是需要修养和讲究的。

没有修养和讲究，怎么可能典雅呢？"一曲清歌，唱不完陌上花开几人赏；一腔离恨，悲不完乱世春秋无处寻。原来那积淀了无数光阴流年的梨园戏曲仍旧在九州血脉中流淌。在宫商角徵羽的无穷变幻中，依旧团扇水袖，犹然跃马横枪。"这样的文字，可说是清丽、典雅。光芒在典雅中闪烁。

以上，是劳怡童文章的几个特点。如果她的文字再凝练一点，水平更整齐一点，则会更好。她还很年轻，以她的才智，只要坚持，定会有一个灿烂的未来。

创作于2012年11月11日，初次发表于《花开有声》（五洲传播出版社，2013年1月）

《开封颂》点评

《开封颂》立意高远、气势恢宏、感人肺腑,从某种意义上,堪称一部开封的抒情史诗。

初次发表于《开封颂》(中国文联出版社,2013年4月)

序：为赵德伟著《韵墨集》而作

近年来诗坛略显冷清，缺少让人眼前一亮、富有个性的诗作，其原因，我个人认为是如今的很多诗人缺乏情感历练与气度修养，受社会浮躁之风影响过深所致。《尚书》有言："诗言志，歌咏言。"谢灵运认为"诗以言志，赋以敷陈，箴铭诔颂，咸各有伦。"强调的都是要写出有高度和富有独特风格的作品，作者本身就必须要有足够的志向与胸襟气度等方面的修养，将这些修养与自己的文采结合在一起，才能写出真正打动人心的作品。而这一点恰恰是很多诗词作者所缺乏的。

当我读了赵德伟的《韵墨集》，却有了完全不同的感受，作为一名资深的医务工作者，他将自己的仁心仁术，多年积累而来的人文素养，还有心怀天下、热爱生活之情，融汇于心间，厚积薄发，最终形成不绝如缕的文思，织就一篇篇华彩诗文，兼具带有清新、隽永、雄浑之风。"问渠哪得清如许，为有源头活水来"，由此可见能从心中流淌出如此诗文的人，必定是胸有沟壑，腹藏锦绣。我几乎已经可以在心中勾画出一位医者、文士、仁者合而为一的形象。

"智者乐水，仁者乐山；智者动，仁者静；智者乐，仁者寿。"纵观诗集，所收录的作品能别出机杼，不拘泥于动静的差异与分别，能够透过表象，最终上升到人本主义与人文关怀的层面，动中有静，静中寓动，灵动中暗含崇高，沉静中隐含热情，隽永中不乏清新之风，沉稳中又有雄浑之势，兼具仁智之长，也是胸襟与素养的自然流露。

纵观整部《韵墨集》，可以看到人文主义、浪漫主义的影子，可以品出儒家与道家的风范，可以感悟哲学与文学，这本书是一个微缩万花筒，从中可以管窥大千世界，蠡测各类思绪，是一部不可多得的好书。

创作于2013年6月，初次发表于《韵墨集》（大众文艺出版社，2014年3月）

对话与争鸣

中国古诗词歌曲的传承与发展
——为古诗词谱曲

大家知道我是写诗的,我也很喜欢音乐。这些年我除了写诗之外也曾试着给一些古诗词谱过曲。但是我的谱曲不是按照古曲(的风格)来谱曲的,因为我觉得即使把古代曲谱找到了,可能从当代审美观或审美习惯来讲也不一定容易接受。与古典诗词相比,现在流行歌曲的歌词很多我都不喜欢。很多歌词与古典精华的诗文差得太远了。现在很多人包括歌手、主持人等对古诗词是不熟悉的。给古诗词谱曲是一件很有意义的事情,并且要争取做到雅俗共赏。古诗词大家要喜欢唱才能够流传和推广。古诗词的普及是很重要的。为古诗词谱曲的要求要尽量做到好唱、好记、好听。

初次发表于2014年8月《当代音乐·理论版》

缪斯之恋
——《梓涵行吟集》随笔

如果说，记者是喉舌，那么，诗人则是缪斯的宠儿。记者的铁肩担的是道义，诗人的笔触讴歌的是深情。从某种意义上而言，二者同为人类灵魂的歌者。

记者和诗人有太多的类同：敏锐、激情、爱心。敏锐使记者成为社会的瞭望者，使诗人成为心灵的传感器。正是因为敏锐，拍岸惊涛的震撼化作记者笔下的风雷；春花秋月的悸动卷起诗人灵魂的风暴。激情是记者和诗人创作的引擎。激情使记者将社会的风云化作锦绣华章；激情使诗人将心底的波澜化作滚烫诗行。爱心是记者和诗人创作的源泉。是爱心高擎起记者和诗人灵魂的火把，烛照人寰！

然而，从某种意义上而言，记者和诗人，新闻和诗歌又常常背道而驰，南辕北辙。大体而言，记者入世，诗人出世；记者逐热，诗人趋冷；记者从众，诗人孤独。新闻易碎，诗歌永恒；新闻写真，诗歌写意；新闻理性，诗歌感性。

记者和诗人如此和谐又如此矛盾，试问当今新闻界有几名优秀诗人？试问当今诗坛有几位真正的记者？

我认识的一位记者梓涵则是为数不多的记者兼诗人。

作为记者，她的新闻作品文质相重，辞采横溢，洋溢着浓浓的诗情，几十次获得国家级、省部级新闻奖励。她已出版四五部四百余万字的新闻专著。作为诗人，她的诗歌澎湃着时代的激情，清新明快，意味隽永。与时下诗人不同，作为记者诗人，梓涵的诗歌呈现出别样的美。

首先梓涵的诗呈现出一种时代感和新闻性，是诗歌和新闻的完美结合。她的诗每每和新闻作品相互映照，呈现出诗歌和新闻的双重光芒。譬如：她的《湖北参谒炎帝寻根节感二》中写道："遍尝百草荫后世，五千文明薪火承。四海之内共华帝，九州盛世祈大统！"诗前小序写道："庚寅初夏六月八日，应邀赴湖北省随州市历山参加炎帝神农寻根节……"——其实，序可视为一则新闻消息嘛！然而，诗歌和新闻在这里结合得近乎完美。记者和缪斯的相恋交相辉映，光彩照人。

其次，梓涵的诗呈现出一种大气和恢宏。同样是在《湖北参谒炎帝寻根节感二》中，她写道："寰宇三万龙子孙，济济膜拜祭神农。文化同源祖同根，和合天下乐苍生！"立意宏远，高屋建瓴。

最后，梓涵的诗呈现出一种蕴藉和深情。与时下一些所谓的故作高深、故弄玄虚的诗不同，蕴藉和深情是梓涵诗的一大特色。她的《秋伤》写道："相思长入骨，哽咽泪千行。冷秋伤凄离，愁情断人肠。"委婉深情，感人肺腑，流露出才女的绵绵情思。

梓涵为什么有如此才情？究其根本

——是江淮大地的画山秀水和浩荡文风孕育了她的蕙质兰心。她生于江淮，这里自古是有名美女窝子。显然，梓涵继承了美丽的基因——不仅仅是自然意义上的，同样是文化意义上的。她是自然和文化诗意的交响——美美与共，和合相生。

——是代代相传的翰墨书香陶冶了她的诗心文胆。梓涵出生于书香世家。她的家族多从事教育，伯父、舅父、堂兄以及母亲的外祖父、舅父皆怀瑾握瑜，含英咀华。受这种环境的熏陶，梓涵从小就展现了文艺方面的天赋。加上她后天的勤奋,她的新闻和诗歌自然粲然生辉。

——是风霜万里的记者生涯历练了她的胸襟情操。作为记者,为采访青藏铁路铺通和通车,她远涉大河,踏访昆仑;为采访三亚,她鹏翼南天,劈波海洋……高山、大河、莽原都化作她笔下的锦绣文章……

作为一名献身于新闻事业的记者,梓涵不可能有整块的时间进行诗歌研究与创作。她的诗歌多写在三上:飞机上、会上、枕上。自然,她的诗的不足也是存在的。譬如,有的诗句不和平仄与韵律;有的诗篇还失之直白……但相信随着与缪斯热恋的深入,阅历的丰富,诗艺的提高,她会创作出更多的佳作。

初次发表于2014年4月《海内与海外》

有爱就有诗

刘文科先生是我很多年的朋友了。

作为朋友我经常提醒他：不要把自己搞得太忙、太累、太辛苦！刘文科先生主编着《黄河之声》这样一本大型半月刊，常常是白天忙里忙外，夜里笔耕不止。大家都知道，刘文科先生还是文化艺术界的一位知名人士，他是一位诗人、画家、美术评论家，他身兼若干职位，频频出现在各种大型文艺活动和学术研究的场合。他的很多观点、见解和方法被人学习和运用。刘文科先生是一个谦谦君子，从不与人争高论低。这些年《黄河之声》杂志一直开展各种有益的活动，无论是在革命圣地西柏坡，还是古城南阳、古镇千灯、百强县市慈溪我都有幸参加了《黄河之声》一系列的活动，见到总是忙忙碌碌的刘文科先生，我常常问他：都快忙得脚不点地了，你那些作品是怎么写出来、画出来的？他总是谦虚地笑笑，一一照顾好大家，自己默默地钻到一个不起眼的地方，悄悄地做自己能做的事情。最近，听说刘文科先生出版了自己的一本叫作《大爱无疆》的诗集，同时又与孙安民、张文成、李嘉存、李海峰等齐派大家集结出版画册，我想我应该对他对大家对所有热爱诗歌、热爱绘画的人们说点什么了。看着一行行从心底里流出来的诗篇，一幅幅精美绝伦的画作，我终于明白刘文科先生为什么总是那么有活力、有干劲,在他的脸上总是充满笑容、充满宽容,因为在他的心中一直燃烧着真爱的火焰,流淌着大爱的情愫,放射着人性的光辉。

在这个五彩杂陈的世界,很多人为了名利的纷争忙得不亦乐乎,现在很少有人能够静下心来一行一行写诗,一笔一笔绘画。只有那些胸怀真爱、真正热爱生活、富有人性的人才有心思去写诗绘画,才能写得出好诗、画得出充满诗情的画作。刘文科先生的诗与画很耐看、很有味道,基本上是他生活和情怀的写真,看了他的诗与画就仿佛读了他整个的人,冷静里蕴藏着火热,平淡中穿透着激情,一板一眼中弥漫着丰富的想象。可以说刘文科先生是那种心中充满着大爱的人。翻开这一摞厚厚的诗稿,一幅幅富有内涵的画作,我仿佛看到刘文科在人生道路上跋山涉水的身影,听到他爽朗的笑声。读过很多诗,写了很多诗,见过很多画,也画了很多画,但是毫不夸张地说:读刘文科先生诗与画的过程是能够让人在轻松阅读中获得深沉、在谈笑风生中感悟生命、在三行两句中行走漫长,是一件充满快感的事情!

读这样的诗与画能够读出精彩、读得率性、读得意味深长。

我喜欢这样的诗与画。

初次发表于2014年第14期《黄河之声》

图书在版编目（CIP）数据

风雨兼程：汪国真诗文全集Ⅰ/汪国真著．—北京：作家出版社，2023.1

ISBN 978-7-5212-1587-8

Ⅰ．①风… Ⅱ．①汪… Ⅲ．①诗集—中国—当代②散文集—中国—当代 Ⅳ．① I217.2

中国版本图书馆 CIP 数据核字（2021）第 223387 号

风雨兼程：汪国真诗文全集Ⅰ

作　　者：	汪国真
主　　编：	汪玉华
责任编辑：	秦　悦
装帧设计：	刘十佳
封面画像：	汪玉华
书名题字：	彭评选
出版发行：	作家出版社有限公司
社　　址：	北京农展馆南里 10 号　　邮　编：100125
电话传真：	86-10-65067186（发行中心及邮购部）
	86-10-65004079（总编室）

E-mail:zuojia @ zuojia.net.cn
http://www.zuojiachubanshe.com

印　　刷：	河北京平诚乾印刷有限公司
成品尺寸：	142×210
字　　数：	724 千
印　　张：	44
版　　次：	2023 年 1 月第 1 版
印　　次：	2023 年 1 月第 1 次印刷

ISBN 978-7-5212-1587-8
定　　价：168.00 元

作家版图书，版权所有，侵权必究。
作家版图书，印装错误可随时退换。